KB057290

천명의 백인신부

ONE THOUSAND WHITE WOMEN: The Journal of May Dodd
by Jim Fergus
Copyright ⓒ 1998 by Jim Fergus
All Rights Reserved.

This Korean edition was published by BADA Publishing Co. in 2011
by arrangement with Jim Fergus c/o Writers House LLC, New York
through KCC(Korea Copyright Center Inc.), Seoul.

이 책은 (주)한국저작권센터(KCC)를 통한 저작권자와의
독점계약으로 바다출판사에서 출간되었습니다.
저작권법에 의해 한국 내에서 보호를 받는 저작물이므로
무단전재와 복제를 금합니다.

천 명의 백인 신부

짐 퍼거스 장편소설 | 고정아 옮김

바다출판사

딜런에게

차 례

감사의 말

글을 쓰는 일이 모두 그러하지만 특히 소설을 쓰는 일은 정확하게 — 약간 낭만적이지 못한 비유지만 — 바윗덩어리를 언덕 위로 굴려 올리는 것과 비슷하다. 작가는 때때로 도움이 필요하고, 운이 좋으면 사람들이 꼭 필요한 때에 와서 격려의 말도 베풀고 나아가 자기 어깨를 바위 밑에 넣고 함께 힘을 기울여 주기도 한다. 나는 그런 행운을 누렸고, 많은 친구, 가족, 동료가 도와준 덕분에 이 책이 세상에 나오게 되었다. 그러므로 다음에 적은 모든 사람에게 특별하고도 깊은 감사를 바치고자 한다.

바니 도널리의 믿음과 아량이 없었다면 나는 작가가 되지 못했을 것이다. 최고의 프로인 내 에이전트 앨 주커먼은 정확한 본능으로 돌무더기 속에서 이 이야기를 끌어내 주었다. 나의 편집자 제니퍼 엔덜린은 이 작업에 끊임없는 애정과 노고와 격려를 바치고 예리한 편집자적 판단을 보태 주었다. 레이턴 매카트니는 오랜 세월 내게 현명한 조언과 한없는 신뢰를 베풀어 주었다. 내가 이 '바윗돌'을 굴리기 시작한 초기에 만난 존 윌리엄스는 내게 이 일을 계속할 수 있는 힘을 주었다. 거의 20년 전 내게 처음으로 잡지 기고 일을 주었던 밥 윌리스는 놀랍게도 편집장으로 나와 다시 만나서 이 뒤늦은 '처녀작'을 보살펴 주었다. 보니 홀리와 더글러스 테이트는 귀중한 통찰과 영국의 지명, 인명, 인물에 대한 정보를 주었다. 로리 모로는 낭만적 애정과 관련해서 여자의 예리한 관점을 전해 주었다. 롤랜드 W. 해버스톡 목사는 1875년 무렵 감독교 교회와 의식에 대해 중요한 정보를 주었다. 테레즈 드 라 발덴 수녀는 도그우드 팜스의 소중한 은거지를 제공해 주었고, 기 드 라 발덴은 훌륭한 식사와 내게 꼭 필요했던 자신감을 선물해 주었다. 마지막으로 지난 15년 동안 작가의 배우자라는 보람 없는 역할을 즐거이 떠맡아 준 딜런에게 감사한다.

저자는 이 소설이 탄생하는 데 이 모든 분들에게 많은 도움을 받았지만, 이 작품이 지닌 모든 문제는 전적으로 저자의 책임임을 밝힌다.

이 책의 저자 인세 5퍼센트는 몬태나 주 애슐랜드에 있는 세인트 레이버 인디언 학교에 기증한다.

여자들은 그녀를 사랑할 것이다.
어떤 남자보다도 훌륭한 여자이기 때문이다.
남자들은 그녀가 가장 아름다운 여자이기에 사랑할 것이다.

―윌리엄 셰익스피어, 《겨울 이야기》 5막 1장

저자의 말

사실인 듯이 꾸민 많은 장치에도 불구하고 이 책은 전적으로 허구의 산물이다. 하지만 작가의 상상력 속에 이 소설의 씨앗을 뿌린 것은 실제 역사적 사건이다. 1854년에 포트 래러미에서 열린 평화 회담에서 북부 샤이엔 족의 이름 높은 족장이 미국 군 당국에게 자기 부족의 젊은 전사들에게 천 명의 백인 신부를 선물로 달라고 요청한 것이다. 샤이엔 사회는 아이들이 어머니 부족에 소속되는 모계사회였기 때문에 이를 통해서 자신들이 백인 세계에 통합될 수 있으리라고 여긴 것이다. 아메리카 원주민은 1854년에 이미 그 위협적인 백인 세계에는 자신들의 자리가 없다는 것을 똑똑히 알았다. 말할 필요도 없이 백인 당국은 샤이엔 족의 요청을 들은 척도 하지 않았고, 평화회담은 결렬되었다. 샤이엔 족은 돌아갔고 백인 신부는 가지 않았다. 하지만 이 소설에서는 간다.

다른 역사적 사건들도 등장하지만 그 맥락은 모두 허구적이다. 또한 몇몇 역사적 인물의 실명도 사용했지만 인물 자체는 창조물이다. 그 밖에 모든 점에서 이 책은 허구의 작품이다. 이름, 인물, 장소, 날짜, 지형이 모두 작가의 상상의 산물이거나 허구적으로 가공되었다. 실제 인물, 사건, 장소와 유사한 점이 있다면 전적으로 우연의 일치다.

마지막으로 저자는 샤이엔 어를 되도록 정확하게 제시하려고 최대한 노력을 기울였지만, 잘못된 철자나 문법이 이 책에서 발견될 것이다. 그런 잘못에 대해 저자는 샤이엔 사람들에게 충심의 사과를 드린다.

들어가는 글
-J. 윌 도드

시카고에서 살던 어린 시절, 나는 밤이면 미친 조상 메이 도드 할머니 이야기로 동생 지미를 겁주곤 했다. 할머니는 정신병원에서 달아나서 인디언들과 함께 살았다고 한다. 어쨌거나 그것은 막연한 대로 많은 상상력을 촉발하던 집안 비밀의 기본 원료였다.

우리 집은 레이크 쇼어 드라이브에 있었고, 그 시절 '올드 머니'*의 후손인 우리 가족은 아직도 매우 부유했다. 그 재산과 왕조를 시작한 것은 우리의 5대조 할아버지 J. 해밀턴 도드였다. 그는 청년기인 19세기 중반에 시카고 주변의 광대한 평원을 갈아 엎어서 세계에서 손꼽힐 만큼 비옥한 중서부 농지에 곡물을 재배하기 시작했다. 우리 후손들이 아직도 '파파'라고 부르는

❖ 미국 뉴잉글랜드의 전통적인 자본가.

그 할아버지는 시카고 상공회의소의 창립 회원이기도 하다. 그는 이 급성장하는 중서부 도시 시카고에서 최고 사업가들의 친구요 벗이요 파트너요 경쟁자였다. 그들 가운데는 수확기 발명가 사이러스 매코믹, 유명한 육류 포장업자 필립 아머와 구스타버스 스위프트, 그리고 미시건 주의 광대한 원시림을 매입해서 오직 두 사람의 힘으로 그 울창한 스트로브 잣나무 숲을 파괴한 벌목업자 찰스와 네이선 미어스 형제 등이 있다.

우리 집안은 증조할머니 메이 도드에 대해서는 별로 말이 없었다. 부유한 가문에서 조상의 정신병은 언제나 쉬쉬하는 수치가 된다. 여러 세대가 지나면서 초기 악덕 자본가의 냉혹한 유전자가 계통 번식과 조용한 교외 클럽 생활, 기숙 학교와 아이비 리그 교육으로 나약해진 지금도 우리의 사교계에서는 누구도 자신이 미친 여자의 후손이라는 사실을 인정하고자 하지 않는다. 많은 편집이 이루어진 공식 가족사에도 메이 도드는 거의 각주처럼 남아 있을 뿐이다. '1850년 3월 23일 출생…… J. 해밀턴 도드와 호텐스 도드의 둘째 딸. 23세에 신경 장애로 입원. 1876년 2월 17일 병원에서 사망.' 이게 전부다.

하지만 올드 머니의 과묵함— 그에 대해서는 지상에 경쟁자가 없다 —과 어두운 비밀을 지키는 부자들의 그 못지않은 능력도 세대에서 세대로 수군수군 전해지는 소문을 완전히 묻지는 못했다. 그것은 메이 도드가 죽은 상황이 실제로는 수수께끼라는, 그러니까 병원이 아니라 서부 평원 어딘가였다는 것이다. 이 이야기가 나와 동생 지미의 상상력을 촉발했다.

내가 대학교 3학년이 되었을 때 우리 아버지는 가문의 재산을 대부분 탕진했는데, 그것은 이미 생산성 없던 후손 — 사람들이 흔히 '탕아'라고 하는 — 두 세대를 거치면서 대폭 줄어든 것이었다. 우리 아버지는 시장이 붕괴하는 시점에서 시카고 상업 부동산에 투자하는 실수를 거듭해서 재산을 거덜내더니 어떤 방법을 썼는지 신탁 기금을 풀어서 아들들의 고등 교육에 쓸 마지막 자금마저 술로 탕진했다. 이를 비롯한 몇 가지 이유로 지미는 징집되어 — 이런 일은 우리 주변에선 거의 유례가 없었는데 — 베트남으로 갔고, 메콩 강 삼각주의 논에서 지뢰를 밟아 죽었다. 그리고 그 뒤 6개월도 지나지 않아 아버지가 술병으로 돌아가셨다.

나는 동생보다는 운이 좋아 징집되지 않고 대학을 계속 다녔고, 저널리즘 전공으로 졸업해서 결국 시카고 잡지 《치타운》의 편집장이 되었다.

내가 메이 도드란 이름을 다시 만난 건 시카고의 옛 조상들에 대한 기사를 준비하면서였다. 나는 내가 지미에게 해주던 이야기가 떠올랐고, 할머니가 '서부로 가서 인디언과 살았다'— 이 말은 우리 집안에서 정신병을 둘러 말하는 표현이 되었다 —는 소문을 어디서 처음 들었는지 궁금해졌다.

나는 집안의 자료를 뒤지기 시작했다. 처음에는 그냥 가벼운 조사였지만 갈수록 흥미가 커져서 나중에는 거의 집착 수준이 되었다. 메이 도드가 정신병원에서 자녀 호텐스와 윌리엄— 그녀가 병원에 수감되었을 때 그들은 아직 아기였다 —에게 보냈다고 하는 편지 한 통이 남아 있었다. 오랜 가족 비밀의 근원이자 메이의 광증에 대한 증거인 이 편지를 통해 나는 길고도 신기한 여행을 시작하게 되었다.

나는 잡지사에 휴직계를 내고 메이 도드의 복잡한 인생을 추적하는 일에 몰두했다. 그리고 추적의 결과 몬태나 주 남동부에 있는 텅 리버 인디언 보호 구역에 이르렀는데, 거기서 그 편지를 신원 증명서 삼아서 샤이엔 족에게 전해지는 다음의 일기를 접할 수 있었다. 그들은 이 일기를 백 년도 넘게 부족의 신성한 보물로 간직하고 있었다. 이 일기에 담긴 미국 정부의 음모와 사회적 실험이 미국 서부 역사의 중대 비밀 가운데 하나라는 것은 굳이 덧붙일 필요가 없을 것이다.

이어지는 프롤로그는 메이 도드 이야기의 배경이 되는 역사적 사건에 대한 간략한 설명으로, 당시의 신문 기사, '국회 기록', '인디언 감독관에게 바치는 연례 보고', 워싱턴의 국립 자료관 관리부장실 서류철의 통신문을 비롯해서 시카고 뉴베리 도서관의 자료들에 근거해서 구성했다. 리틀 울프의 1874년 워싱턴 방문에 대한 인디언의 관점과 이 일기가 끝난 뒤의 사건들은 1996년 10월 몬태나 주 레임 엘크에서 해럴드 와일드 플럼스에게 들은 북부 샤이엔 족 구술사를 바탕으로 했다.

프롤로그

1874년 9월, 샤이엔 족의 '온화한 주술 대족장' 리틀 울프는 백인들과 영원한 평화를 이루겠다는 목적으로 부족 대표단을 이끌고 수도 워싱턴까지 기나긴 육로 여행을 했다. 그는 여행을 하기 전 몇 주일 동안 44명의 족장이 참가한 부족 회의에서 짙은 담배 연기 속에 여러 가지 평화 방안을 논의하고서, 존망의 위기에 처한 부족민에게 안전하고 번영하는 미래를 열어 줄, 약간 기발하지만 샤이엔의 세계관으로 볼 때는 더없이 합리적인 제안을 가지고 이 나라의 수도로 왔다.

인디언 지도자는 외국 국가 원수의 방문 전례에 따라 성대하게 영접받았다. 국회의사당 건물에서 미국 대통령 율리시즈 S. 그랜트와 특별히 뽑힌 의회 대표단이 함께 참가한 공식 환영회에서 리틀 울프는 대통령 평화 메달— 은으로 만든 큼직한 메달 —을 받았다. 이후 족장은 — 아이러니를 의도해서가 아니라

(그들은 아이러니를 모른다) — 샤이엔 족의 자유를 지키기 위해 고투하던 마지막 시절에 이 메달을 목에 걸고 미국 군대에 맞섰다. 메달의 한 면에는 그랜트의 옆얼굴이 찍히고 둘레에는 '우리에게 평화와 자유와 정의와 평등을 주소서'라는 글귀가 새겨져 있었다. 반대편에는 갈퀴, 쟁기, 도끼, 삽 등의 농기구 위에 성경이 펼쳐진 그림에 '지상에서 인간에게 평화와 선의를 1874'라는 글귀가 새겨져 있었다.

이 역사적 현장에 대통령 부인 줄리아와 워싱턴 언론계의 선택된 소수 인사도 참석했다. 줄리아는 미개 부족의 위용을 보고 싶어서 남편을 졸라 거기 참여했다. 날짜는 1874년 9월 18일이었다.

이 회합을 찍은 낡은 은판 사진을 보면 샤이엔 족은 최고의 예복을 갖추어 입었다. 구슬 장식 모카신을 신고 엘크 사슴 이빨을 두른 가죽 각반을 찼으며, 솔기에 적의 머리 가죽을 달고 구슬과 염색한 호저 가시로 공들여 장식한 사슴 가죽 전투 저고리를 입었다. 머리카락에는 망치로 두드려 편 은화를 달고, 땋은 머리에는 놋쇠 철사와 수달 털가죽을 둘렀다. 워싱턴 사람들에게 그런 장대한 모습은 처음이었다.

리틀 울프는 이때 쉰 살이 넘었지만 나이보다 십 년 이상 젊어 보였다. 여위었지만 강건한 몸집이었고, 매부리코는 아래쪽이 널찍했으며, 광대뼈가 힘있게 솟고, 번쩍이는 갈색 피부에는 1865년 샤이엔 족을 강타한 수두 자국이 박혀 있었다. 큰 덩치가 아닌데도 당당히 쳐든 고개, 천부적 강인함과 반골 기질이 어린 얼굴은 위엄이 대단했다. 나중에 신문들은 그의 태도를 '오만'하고 '무례'했다고 적었다.

리틀 울프는 캔자스 주 포트 서플라이 출신의 통역사 에이머스 채프먼을 통해서 자신의 뜻을 곧바로 전했다.

"샤이엔 방식에 따르면 이 세상에 태어나는 아이들은 모두 어머니의 부족에 속한다."

그는 미국 대통령 그랜트의 눈을 살짝 외면한 채 그에게 말했다. 그들에게 상대의 눈을 직시하는 것은 무례한 일이었다.

"우리 아버지는 아라파호 인이고, 우리 어머니는 샤이엔 인이다. 그래서 나는 어머니의 부족 샤이엔 인으로 자랐다. 하지만 나는 언제나 아라파호 족을 찾아갈 수 있고, 그렇게 해서 그들의 삶도 배운다. 이것은 좋은 일이라고 생각한다."

평소 같으면 리틀 울프는 여기까지 말한 뒤 파이프를 피우며 참석자들이 자신의 말을 생각해 보게 했을 것이다. 하지만 백인이 원래 그렇듯 예의를 모르는 위대한 백인 아버지는 이런 큰 회합에 파이프를 마련해 두지 않았다. 족장은 말을 이었다.

"우리 사람들(샤이엔 족은 스스로를 '치치스타스'—사람들이라고 부른다)은 작은 부족이다. 수 족이나 아라파호 족보다도 작다. 우리는 예전부터 수가 적었다. 세상에는 적정한 수의 사람들만이 살아 갈 수 있다는 걸 우리는 알기 때문이다. 그것은 곰, 늑대, 엘크 사슴, 가지뿔영양 같은 다른 동물들도 다 마찬가지다. 한 동물의 수가 너무 많아지면 먹을 것이 없어져서 다시 적정한 숫자로 돌아간다. 우리는 소수를 유지하면서 모두가 풍족하게 먹는 편을 좋아한다. 당신들이 가져온 질병(리틀 울프는 뺨의 수두 자국을 가리켰다)과 당신들이 일으킨 전쟁(이때는 자기 가슴에 손을 댔다. 그는 전투에서 수많은 부상을 입었다) 때문에 우리 숫자는 훨씬 더 줄어들었다. 우리 사람들은 곧 이 땅에서 버펄로가 사라진 것처럼 사라지고 말 것이다. 나는 '온화한 주술 족장'이다. 내 임무는 우리 사람들이 살아 남게 하는 것이다. 그를 위해서 우리는 백인의 세계로 들어가야 한다. 우리 아이들이 당신들 부족의 일원이 되어야 한다. 그러므로 위대한 백인 아버지에게 부탁하니, 우리와 우리 아이들에게 버펄로가 사라진 뒤 살아갈 방법을 가르쳐 줄 천 명의 신부를 선물로 주기 바란다."

회의장에 일제히 놀람의 한숨이 터지면서 경악의 외침도 섞여 들었다. 사람이 말하는 데 끼어드는 것은 동의를 뜻하는 조용한 추임새를 빼고는 샤이엔 족에게 크나큰 무례였고, 이런 요란한 반응은 리틀 울프를 분노시켰다. 하지만 백인은 원래 예의가 없다는 걸 잘 알았기에 그리 놀라지는 않았다. 그래도 그는 잠시 말을 멈추고, 사람들이 잠잠해지고 자기의 불쾌감이 참석자 모두에게 전달되기를 기다렸다.

"그렇게 해서," 리틀 울프는 말을 이었다. "우리 전사들은 샤이엔의 씨앗을 백인 여자들의 배 속에 뿌릴 것이다. 우리 씨앗이 그들의 자궁에서 싹터 자랄 것이고, 그렇게 태어난 샤이엔 아이들은 당신들이 지닌 모든 특권을 지닌 백인의 일원이 될 것이다."

리틀 울프가 그 말을 한 시점에 그랜트 대통령의 아내 줄리아가 기절을 해서 바닥으로 쓰러지며, 허파에 총을 맞고 죽어 가는 암 버펄로처럼 길게 꾸르륵거리는 소리를 냈다. (줄리아 덴트 그랜트는 나중에 회고록에서 자신이 기절한 이유는 미개인과 백인 여

24

자가 교합하는 일에 대한 도덕적 거부감 때문이 아니라 그날 회의장이 계절에 맞지 않게 더웠기 때문이었다고 주장했다.)

보좌관들이 대통령 부인에게 달려갔고, 대통령은 벌게진 얼굴로 비틀거리며 일어섰다. 리틀 울프는 그랜트가 술에 취했다는 것을 알았고, 이날 회의의 중요성을 생각할 때 그의 의전상 과실이 실로 크다고 느꼈다.

"천 명의 백인 신부를 선물로 주면," 리틀 울프는 좌중의 소란을 뚫고 큰 목소리로 단호하게 말했다. (하지만 이 지점에서 통역자 채프먼의 목소리는 거의 속삭임이 되었다.) "우리는 당신들에게 말 천 마리를 줄 것이다. 야생마 오백 마리와 길들인 말 오백 마리로."

그런 뒤 리틀 울프는 축복 기도하는 교황처럼 손을 들어 당당한 위엄을 보이며 연설을 마쳤다.

"오늘 이후로 우리 두 부족의 피가 영원히 하나가 될 것이다."

하지만 그때 이미 회의장은 난장판이 되어서 위대한 지도자의 마지막 말을 들은 사람은 거의 없었다. 상원의원들은 고함을 치며 탁자를 내리쳤다.

"이교도들을 체포하라!"

누군가 소리쳤고, 회의장 옆에 정렬해 있던 군인들이 총검을 들고 전투 대형을 이루었다. 이에 샤이엔 족장들은 일제히 일어나서 본능적으로 칼을 뽑아 들고 서로 어깨를 맞댄 채 둥글게 둘러섰다. 메추라기 무리가 포식자를 막기 위해 밤에 잠자리 대열을 짓는 것과 비슷했다.

그랜트 대통령도 비틀비틀 일어섰다. 그는 얼굴이 벌겋게 상기된 채 손가락으로 리틀 울프를 가리키며 호통쳤다.

"말도 안 되는 소리야! 말도 안 돼!"

리틀 울프는 대통령이 뛰어난 전사이며 적들에게 존경받는 장수라고 들었다. 하지만 온화한 주술 족장은 이렇게 상대에게 삿대질하는 무례를 고약하게 여겨, 만약 채찍이 있었다면 위대한 백인 아버지가 술을 마셨건 안 마셨건 이런 행동의 대가로 그를 무릎 꿇렸을 것이다. 리틀 울프의 분노는 샤이엔 족 사이에 유명했다. 그의 분노는 서서히 끓어오르지만, 그 매서움은 불곰과도 같았다.

마침내 회의장은 다시 질서를 되찾았다. 샤이엔 족은 칼을 거두었고, 수비대는 더 무슨 일이 일어나기 전에 인디언 대표단을 회의장 밖으로 이끌고 나갔다. 위대한 족장은 그 선두에서 당당하게 걸었다.

그날 밤 워싱턴에 샤이엔 족의 불경한 제안이 퍼지면서 시민들이 문을 꽁꽁 잠그고, 차양을 내리고, 아내와 딸들의 외출을 금지했다. 이튿날 신문들은 인디언에 대한 공포와 시민의 히스테리를 더욱 자극했다. '미개인들, 백인 여성을 성 노예로 요구!' '붉은 악마들이 백인 신부를 원하다!' '인디언과의 물물 교환: 백인 처녀와 야생마!' 그 뒤로 며칠 동안 여자를 데리고 외출을 감행한 소수의 시민들은 무시무시한 붉은 피부 인디언이 말을 타고 달려와서 괴성을 지르며 번쩍이는 칼로 머리 가죽을 벗기고, 비명을 지르는 여자들을 납치해 가서 이 세상에 튀기들을 쏟아낼지 모른다는 19세기 미국 남자 최악의 공포에 젖어 사방을 두리번거렸다.

리틀 울프의 특이한 제안에 대한 공식 반응은 재빨랐다. 하원은 도덕적 분노가 가득한 선언을 했고, 행정부도 불안한 시민들에게 백인 여성이 이교도에게 팔려 가는 일은 절대로 없을 것이며 미국 군대가 여성을 보호하기 위해 즉각 조치를 취할 것이라고 단언했다.

이틀 뒤 리틀 울프 일행은 수비대의 호위 속에 가축 수송 열차를 타고 수도를 떠났다. 인디언의 평화를 위한 제안이 전신선을 타고 퍼지면서 분노한 시민들이 떼 지어 비난 문구를 적은 피켓을 들고 나와서 이동하는 샤이엔 인들을 조롱하며 수송 객차에 썩은 과일을 던지고 욕을 퍼부었다.

북부 샤이엔 족이 중서부의 기차 역들에서 백인들에게 야유를 받는 동안, 훨씬 더 흥미로운 현상이 전국에서 일어나고 있었다. 샤이엔 족의 청혼에 대한 전국 각지 여자들의 반응이었다. 그들은 백악관에 전보를 치고 편지를 보내서 샤이엔 족의 신부가 되겠다고 자원했다. 이 여자들이 모두 미친 여자는 아니고, 사회 경제적 계층뿐 아니라 인종도 다양한 것 같았다. 우중충한 인생에서 벗어나 모험을 해보고자 하는 도시의 미혼 근로 여성에서부터 노예 제도가 사라졌어도 신생 산업국 미국의 각종 공장에서부터 장시간 노동과 저임금에 시달리며 탈출구를 꿈꾸는 해방노예 출신, 남북 전쟁으로 과부가 된 청상들까지 그 범위가 자못 넓었다. 그리고 그랜트 행정부는 그런 요구에 귀를 닫지 않았다.

최초의 소동이 가라앉고 나서 대통령과 자문위원들은 리틀 울프의 유례없는 샤이엔 족 동화 계획에 실용적 의의가 있다는 것을 조용히 인정했다. 이미 인디언 보호 구역 관리를 아메리칸 교회에 넘기는 '인디언 평화 정책'을 실행한 바 있는 그랜트는 아직도 일촉즉발인 대평원의 상황에 대한 평화로운 해결책이라면 무엇이든 고려해 볼 마음이 있었다. 현 상황이 계속되면 경제 발전을 저해하고 변경 개척민들의 지속적인 희생이 불가피했기 때문이다.

그래서 '인디언 신부 계획'(대통령의 최측근 사이에서는 BFI Brides for Indians라는 비밀 약어로 통용된)이 태어났다. 행정부는 이런 너그러운 신부 선물로 미개인들을 달래는 한편, 교회와 협력하는 '고귀한 미국 여성'이 샤이엔 족에게 긍정적인 영향을 미칠 것이라고, 그들을 가르쳐서 야만 생활에서 문명 생활로 이끌어 낼 것이라고 믿었다.

내각의 다른 장관들도 이 계획을 '인디언 문제'의 해결책으로 옹호했는데, 어쨌거나 저항하는 부족에게는 여전히 군사적 몰살이라는 '최종 해결책'이 남아 있다는 것을 모든 관계자가 알았기 때문이었다.

그렇지만 많은 이들이 원주민 전체의 몰살이 도덕적으로 훌륭하고 정치적으로 편리한 방법이라 여기다 보니, 내각의 진보적인 인사들마저 백인 여자가 미개인의 아이를 낳는 일은 대중에게 통하지 않을 것임을 알았다. 그래서 이 문제에 대한 비밀 고위 회의가 잇달아 열린 끝에 행정부는 유서 깊은 방식으로 그 일을 직접 떠맡아서 결혼 계획을 은밀히 추진하기로 결정했다.

그랜트의 측근들은 이런 대담한 실험에 참가하는 여자는 모두 자원자여야 한다는 — 그러니까 우편 주문 신부와 그리 다를 것 없다는 — 조건을 걸어 자신들의 정치적 양심을 달랬고, 거기에 교회가 이 일을 감독한다는 것으로 도덕적 위안을 추가했다. 공식적인 논거는 사회 문제에 예민하고 모험심 강한 여자들이 스스로의 의지에 따라 서부 인디언 사회에 들어가 살고, 그 과정에서 샤이엔 족이 호전적 생활 방식을 떨치게 된다면 모두에게 좋은 일이 되리라는 거였다. 그것은 정부가 사회적 이타주의와 개인의 자발성을 독려한다는 제퍼슨적 이상을 완벽하게 실현하는 것이었다.

행정부는 '인디언 신부 계획'의 아킬레스건이라면, 자원자가 부족할 경우 감옥, 감화원, 채무 감옥, 정신병원의 여자들로 — 완전한 사면과 무조건 석방을 약속하며 — 채워야 하는 것임을 알았다. 정부가 오랜 세월 원주민과 거래하면서 알게 된 한 가지는 그들은 말을 꾸미는 법을 모르는 사람들이라서, 조약은 일점일획 그대로 실행되기를 기대한다는 것이었다. 샤이엔 족이 천 명의 신부를 말하면 그것은 정확히 그 숫자를 요구하는 것이고, 그 대가로 그들은 정확히 천 마리의 말을 줄 것이다. 약간의 불일치도 인디언들을 전쟁의 길로 몰아갈 이유가 될 것이다. 행정부는 그런 사태를 원하지 않았다. 그를 위해 일부 범죄자와 경미한 정신 장애자를 조기 방면해야 할지라도.

샤이엔 족의 신부가 되겠다고 자원한 백인 여성 1차 지원단을 태운 기차는 1875년 3월 초 철저한 비밀에 싸인 채 북부 대평원을 향해 워싱턴을 떠났다. 리틀 울프 족장이 그 놀라운 제안을 한 뒤 겨우 6개월이 지난 시점이었다. 그리고 그 후 몇 주일에 걸쳐 뉴욕, 보스턴, 필라델피아, 시카고에서 각각 기차가 출발했다.

1875년 3월 23일에 시카고에서 북쪽으로 50킬로미터 떨어진 사설 기관 레이크 포리스트 정신병원에 수용되어 있던 메이 도드라는 이름의 25세 여자가 유니언 역에서 시카고 지역 출신의 다른 지원자 47명과 함께 유니언 퍼시픽 기차에 올랐다. 그들의 목적지는 네브래스카 준주準州에 위치한 캠프 로빈슨이었다.

다음의 일기는 사소한 철자와 구두점만 약간 고쳤고, 나머지는 거의 저자 메이 도드가 쓴 그대로이다. 메이 도드의 일기에는 가족에게 쓴 편지도 몇 통 있다. 편지를 부쳤다는 내용이 없는 것으로 보아, 이 편지들의 일차적 기능은 저자가 일기 속 등장인물에게 '대화'를 하는 것이었던 것 같다. 메이가 편지를 남긴 이유도 일기를 쓴 것과 마찬가지로 만약 그녀가 이 모험의 와중에 죽으면 나중에 가족들이 읽기를 바라서였던 것 같다. 이 편지들도 일기장에 등장하는 순서와 형식 그대로 옮겼다.

영광을 향해 가는 기차

'솔직히 내가 평생토록 이른바
"문명인"들에게서 어떤 대접을 받았는지를 생각하면,
미개인들과 함께 사는 것이 오히려 기대된다.'

— 메이 도드의 일기에서

내 사랑하는 딸과 아들, 호텐스와 윌리엄이
사랑하는 엄마를 다시 만나지 못할 경우를
대비해서 이 기록을 남긴다.
어느 날 아이들이 나의 부당한 감금과 지옥 탈출과
앞으로 이 일기를 채워 나갈 일들의
진실을 알 수 있도록······.❖

⋙ 1875년 3월 23일 ⋘

오늘은 내 생일이고, 나는 최고의 선물을 받았다. 바로 자유
다! 나는 이 형편없는 첫 글을 오늘 오전 6시 35분에 시카고 유
니언 역을 떠나 네브래스카 준주로 가는 유니언 퍼시픽 철도 서
부행 기차에서 쓴다. 일정은 14일이고 그사이에 많은 정거장을
지나며, 오마하에서 기차를 갈아탄다고 한다. 최종 도착지는 우
리에게 알려지지 않았지만, 호송 군인들의 대화를 엿들은 바에
따르면(이들은 여자의 청력을 과소평가한다), 일단 철도로 포트 시
드니까지 간 뒤 거기서 마차로 갈아타서 와이오밍 준주의 포트
래러미로 가고, 다시 네브래스카 준주의 캠프 로빈슨까지 가는

❖ 이 내용은 날짜 없이 메이 도드의 일기장 첫 쪽에 나온다.

결로 보인다.

　인생이란 얼마나 기이한가. 내가 이 기차를 타고 머나먼 여행길에 올라 시카고가 뒤로 물러나는 모습을 보고 있다니. 나는 시카고의 마지막 모습을 보기 위해 기차가 달리는 역방향으로 앉았다. 날마다 거대한 양산처럼 미시간 호수가로 밀려오는 검은색 석탄 연기, 질척거리고 북적이는 도시가 내 곁을 마지막으로 지나간다. 쥐도 새도 모르게 감금된 이후 나는 이 시끄럽고 정신 사나운 도시를 얼마나 그리워했던가. 지금 나는 현실 세계에서 떨어져 나와 섬뜩하지만 아직 쓰이지 않은 역할을 맡고 연극 무대에 오른 것 같은 느낌이다. 차창 밖으로 보이는 사람들이 얼마나 부러운지. 우리는 이렇게 운명의 포로가 되어 거대한 미지의 세계로 들어가는데, 그들은 안전한 일상의 노고 속으로 종종걸음 쳐 들어가고 있다.

　우리는 방금 1871년 대화재 이후 사방에서 솟아나 도시를 뺑 둘러 싼 판잣집들을 지났다. 잡동사니 목재를 끼워 맞춘 것에 지나지 않는 그 집들은 종이로 만든 것처럼 바람에 흔들리며, 시카고의 허약한 울타리를 이루어 대도시가 퍼져 가는 것을 어떻게든 막으려 하는 것 같았다. 반 벌거숭이 아이들이 진흙땅에서 뛰어놀면서 지나가는 우리를 다른 세계의 존재들인 양 멍하니 바라본다. 아, 정말 내 아이들이 보고 싶구나! 떠나기 전에 두 아이를 마지막으로 한 번 보고, 내 품에 안아 볼 수만 있다면……. 나는 한 손을 차창에 대고 내 아들 윌리엄을 연상시키는 어린아이에게 손을 흔들었지만 아이는 더러운 금발 곱슬 머리에 기름기가 흐르고 얼굴에는 땟국이 가득하다. 눈이 짙푸른 색으로 반짝이는 그 아이는 내 인사에 머뭇머뭇 손을 들어 답을 했다……
나는 안녕 하고 말한 것 같다…… 아이는 점점 더 작아지고, 우
리는 동쪽 하늘에 태양이 빛나는 가운데 이 도시의 빈궁한 외곽
을 떠난다. 무대는 점점 작아지고 멀어진다. 나는 그 모습을 끝
까지 바라보았고, 그러고 난 뒤에야 자리를 바꿔 앉고서 나의
어둡고 혼란스러운 과거를 접고 불확실하고 겁나는 미래로 시
선을 돌릴 수 있었다. 그랬더니 눈앞에 펼쳐진 땅의 광대함, 말
할 수 없이 광막하고 쓸쓸한 평원에 숨이 목에 걸렸다. 그 모습
은 내게 어지러움과 혼미함을 안겨 주었고, 나는 허파의 공기가
모두 빠져나간 듯한, 세상 끝에서 떨어져 텅 빈 공간을 낙하하
는 듯한 느낌을 받았다. 아마 그게 사실인지도 모른다…….

하지만 신이시여, 나를 용서하기를. 나는 다시는 불평하지 않
겠다. 자유가 얼마나 좋은 것인지 내게 끊임없이 일깨우겠다. 이
순간이 오기를 얼마나 간절히 기도했던가, 그리고 그 기도가 응
답을 받은 것이다! 앞날에 대한 두려움은, 평생을 그 지긋지긋
한 '감옥'에서 '수감자'로 살아갈 전망에 비하면 아주 사소해 보
인다. 그곳은 병원이 아니라 감옥이었고, 우리는 환자가 아니라
죄수였다. 우리의 '치료'는 동물원의 동물처럼 창살 안에 갇혀
냉혹한 의사들에게 무시당하고, 잔인한 직원들에게 고문과 조
롱과 폭행을 당하는 것이었다.
나에게 정신병원을 정의해 보라면 나는 '정신병자를 만드는
곳'이라 말하겠다.
"내가 여기 왜 왔죠?"

내가 카이저 박사에게 물었다. 그는 '입원' 후 꼬박 이 주일이 지나서야 처음으로 나를 보러 왔다.

"문란 행위 때문입니다."

그는 내가 이런 질문을 한다는 사실 자체가 더없이 놀랍다는 듯 대답했다.

"하지만 사랑한 게 죄인가요!"

내가 항의하고, 박사에게 해리 에임스 이야기를 했다.

"우리 가족이 나를 여기 넣은 건 내가 집을 나가서 결혼도 하지 않고 우리보다 신분이 낮은 남자하고 같이 살아서예요. 다른 이유는 없어요. 아무리 설득해도 내가 그 사람 곁을 떠나지 않으니까 나를 강제로 그 사람과 아기들에게서 떼어 놓은 거예요. 선생님, 제가 선생님만큼이나 정신이 또렷하다는 걸 모르시겠어요?"

의사는 눈썹을 추켜올리고 기록지에 무언가 적었다. 그리고 웃기지도 않는 경건한 표정으로 고개를 끄덕이며 말했다.

"아, 그러니까 당신은 가족의 음모로 여기 들어왔다고 생각하는군요."

그러더니 일어나서 나갔고, 나는 그 뒤로 6개월 가까운 시간이 지난 뒤에야 그를 다시 볼 수 있었다.

그런 뒤 얼마 동안 나는 그 착한 의사가 나의 '질병'을 고치기 위해 처방한 혹독한 '치료'를 받았다. 그것은 날마다 질 내부에 뜨거운 물을 주입하는 것으로, 나의 일탈한 성욕을 다스리고자 하는 것이었다. 그리고 나는 몇 주일 동안 침대 밖으로 나가지 못했다. 다른 환자들과의 대화도 금지되고, 책을 읽거나 편지를 쓰거나 그 밖에 일체의 활동이 허락되지 않았다. 간호사와 직원들은 내가 세상에 없다는 듯이 내게 말도 걸지 않았다. 나는 육체적으로 아무런 문제가 없는데도 환자용 변기를 강요당하는 수모까지 겪었다. 항의하거나 침대를 벗어난 것이 발각되면 하루 낮 하루 밤을 침대에 묶여 지냈다.

이런 감금 생활 속에서 나는 정말로 미쳐 버리는 줄 알았다. 날마다 당하는 고문만으로 부족했다면, 철저한 고립과 활동 부족은 그 자체로 견딜 수 없었다. 나는 신선한 공기와 운동, 예전에 하던 미시건 호수 산책이 그리웠다. 그래서 때로는 새벽이 오기 전에 위험을 무릅쓰고 침대를 빠져 나가 내 방 의자 위에 서서 눈을 찌푸리고 작은 채색 창문 앞을 두른 쇠창살 너머를 내다보았다. 그러면 약간의 햇살과 푸른 잔디밭 한구석이 보일 뿐이었다. 이런 내 운명에 쓰디쓴 눈물이 솟았지만 힘을 다해 눈물을 참았다. 이곳 직원들 앞에서 눈물을 흘려서는 안 된다는 것을 알았기 때문이다. 그 사실이 전달되면 문란 행위라는 어처구니없는 진단에 히스테리 또는 우울증이라는 진단을 추가로 내릴 테고, 그것은 새로운 고문을 더하는 역할을 할 것이다.

여기에 내가 이렇게 감금된 진짜 원인을 적어 두고자 한다.

지금부터 4년 전 나는 해리 에임스라는 남자와 사랑에 빠졌다. 해리는 나보다 몇 살 연상으로 아버지의 곡물 탑에서 일하는 작업반장이었다. 해리는 아버지와 이런저런 일을 의논하러 우리 집에 자주 들렀고, 우리는 그때 만났다. 해리는 약간 거친 면이 있지만 튼튼한 팔뚝과 노동자다운 자신감이 넘치는 매력적인 남자였다. 나와 같은 신분의 여자들이 차 모임이나 무도회에서 만나는 파리한 도련님들하고는 전혀 달랐다. 나는 해리의 매력에 푹 빠졌고, 이런저런 일들이 자연스럽게 이어지면서…… 그렇다, 어떤 사람들의 기준으로 보면 나는 문란한 게 맞는지도 모른다.

당당하게 인정하건대, 나는 예전부터 뜨거운 열정과 강렬한 육체적 욕망을 지닌 여자였다. 그 사실을 부정하지 않는다. 나는 이른 나이에 꽃피었고, 우리 가족의 좁은 사교 범위에서 만나는 우물쭈물하는 젊은이들은 내게 겁을 먹었다.

해리는 달랐다. 그는 남자였다. 나는 불나방처럼 그에게 끌렸다. 우리는 몰래 만나기 시작했다. 아버지가 우리 관계를 용서하지 않을 것을 알았기에, 해리는 나만큼이나 들킬 것을 두려워했다. 일자리를 잃을 위험이 있었기 때문이다. 하지만 우리는 서로를 거부할 수 없었다. 헤어질 수 없었다.

해리와 처음으로 동침한 날 나는 임신했다. 내 딸 호텐스다. 우리 사랑을 육체적으로 완성한 그 순간 나는 아이가 자궁 속으로 뛰어 들어오는 것을 느꼈다. 해리는 신사답게 책임을 지려고 내게 청혼했지만, 나는 단호히 거절했다. 내가 그를 사랑했고 계속 사랑하지만 나는 독립심이 강한, 말하자면 관습을 벗어난 여자다. 나는 결혼할 준비가 되어 있지 않았다. 하지만 아기는 포기할 생각이 없었기에 아무 말없이 부모님 집을 나와, 시카고 강둑에 있는 내 사랑의 오두막으로 가서 그와 함께 단순하고도 행복한 삶을 살았다.

당연한 일이지만, 아버지는 곧 작업반장의 배신을 알게 되어 즉각 그를 해고했다. 하지만 해리는 아버지의 경쟁업체에 자리를 얻었고, 나도 일자리를 구했다. 나는 뇌조를 가공해서 시카고 시장에 내보내는 공장에 다녔다. 일은 불결하고 힘들었다. 부유하게 자란 탓에 그런 일에 익숙해질 기회가 없었기 때문이다. 그리고 아마도 같은 이유로 진짜 세상으로 나온 것, 그렇게 스스로의 힘으로 살아가는 것은 기이한 해방감을 안겨 주었다.

나는 호텐스를 낳았고, 그 후 곧 다시 아들 윌리엄을 가졌다. 사랑스러운 윌리엄. 나는 부모님과 연락하며 살고자 했다. 그분들이 손자손녀를 알기를 바랐고, 내가 다른 인생길을 선택했다고 나를 미워하지 않기를 바랐다. 하지만 어머니는 내가 힘들게 집을 찾을 때마다 히스테리를 보였고 — 정신병원에 입원할 사람은 내가 아니라 어머니다 — 아버지는 완강하게 나와의 대면을 거부했다. 나는 결국 집을 찾지 않게 되었고, 가족하고는 역시 호텐스라는 이름의 결혼한 언니를 통해 약간의 접촉만을 유지했다.

윌리엄을 낳은 뒤 해리와 나 사이에 문제가 생기기 시작했다. 지금 생각하면 아버지의 수하들이 진작부터 그를 괴롭힌 것이 아닌가 싶다. 그가 거의 하룻밤 새 돌변해서 나를 멀리하기 시작했기 때문이다. 그는 술을 마시고 외박을 일삼았고, 집에 오면 다른 여자 냄새가 났다. 나의 상심은 이루 말할 수 없었다. 나는 여전히 그를 사랑했기 때문이다. 하지만 내가 그와 결혼하지 않았다는 사실이 그때만큼 기쁜 적은 없었다.

그렇게 해리가 집에 들어오지 않던 어느 날, 아버지가 보낸 불량배들이 들이닥쳤다. 그들이 한밤중에 문을 부수고 들어와 나를 결박하는 동안 함께 온 유모가 아기들을 데리고 갔다. 나는 힘을 다해 그들에게 저항했다. 소리 지르고 발길질하고 물고 할퀴었다. 하지만 아무 소용없었다. 그 어두운 밤 이후로 나는 아이들을 한 번도 보지 못했다.

그런 뒤 나는 이곳 정신병원에 끌려와서 날이면 날마다 어두운 방 안의 침대에 누워 지내는 처지가 되었다. 몇 주일이 지나고 몇 달이 지나도 날마다 똑같은 고문을 당하고 아이들을 생각하는 일 말고는 할 일이 전혀 없었다. 아이들은 분명히 아버지 어머니와 함께 살 것이다. 해리가 어떻게 되었는지는 짐작도 가지 않고, 그 생각은 밤낮으로 나를 괴롭힌다. (해리, 내 사랑, 내 아이들의 아버지. 우리 아버지가 당신한테 금 쪼가리를 던져 주면서 깡패들에게 나를 넘겨주라고 한 거야? 당신이 아이들을 우리 아버지에게 판 거야? 아니면 아버지의 손에 죽은 거야? 어쩌면 그 진실은 평생 모를지도 모른다.)

이 모든 불행은 내가 평범한 남자를 사랑한 죄 때문이다. 이 모든 상심과 고통과 처벌은 내가 사랑하는 너희를 이 세상에 태어나게 해서이다. 내 모든 캄캄한 절망은 내가 관습에서 벗어난 삶을 선택해서이다.

아, 하지만 지금까지의 일은 앞으로 벌어질 일에 비하면 그다지 관습을 벗어났다고 말할 수 없을 것이다! 내가 이 기차에 오르게 된 과정을 자세히 적어 보자. 이 주일 전에 어떤 남녀가 정신병원의 여자 휴게실에 왔다. 내 '병명'의 특성 때문에 — 내 입원 서류에는 '도덕성 상실'이라고 적혀 있다(새빨간 거짓이다. 얼마나 많은 여자가 이런 식으로 억울하게 감금되었을까!) — 나는 엄격히 동성끼리만 지내야 하는, 이성과는 가벼운 어울림도 허용되지 않는 환자 집단에 속해 있었다. 아마 내가 그들과 성교를 할까 봐 두려워서였을 게다. 기가 막혀서! 그런 한편 내 병명은 정신병원 내 몇몇 남자 직원을 밤중에 내 방으로 불러들이는 공개적 초대장이 되기도 했다. 비만하고 혐오스러운 독일인 프란츠가 땀 냄새를 풍기며 나를 짓누르는 바람에 숨이 막혀 깨어난 적이 몇 번이던가…… 오, 하느님. 나는 그를 정말 죽이고 싶었다.

남자와 여자는 우리가 경매장의 소라도 되는 듯 꼼꼼히 살펴보더니 그 가운데 예닐곱 명을 골라서 어느 직원의 방으로 데리고 갔다. 거기서 빠진 사람들은 나이가 많다거나 정말로 가망 없는 정신병자— 몇 시간씩 계속 몸을 흔들며 신음하는 사람이나 끊임없이 우는 사람, 자신만의 악마들과 늘 말싸움을 하는 사람 —들이었다. 그런 가련한 사람들은 제쳐 놓고 좀 더 '번듯한' 부류의 정신병자들이 손님을 배알하도록 선택되었다.

직원의 방에 가자 벤턴 씨라는 남자가, 자신은 서부 평원 인디언과 관련된 정부 계획에 동참할 인력을 찾고 있다고 말했다. 동행한 여자는 크롤리 간호사로, 우리의 동의 아래 신체검사를 할 것이라고 했다. 면접과 검사를 통해서 우리가 그 계획에 적절하다고 판단되면 바로 병원에서 풀려날 수 있다고 했다. 나는 당연히 그 제안에 깊은 관심을 느꼈다. 하지만 가족의 동의가 필요하다고 했는데, 나로서는 받아낼 가능성이 매우 희박했다.

그래도 나는 힘껏 협조하겠다고 나섰다. 면접과 신체검사조차도 아무 할 일 없이 침대에 앉거나 누워서 끝도 없는 시간을 보내야 하는 지옥 같은 단조로움과, 부당한 감금과, 아기들을 빼앗긴 상실감을 곱씹으며 지내는 것보다는, 그러니까 나의 절망적인 상황과 다음번 '치료'에 대한 두려움보다는 나을 것 같았다.

"혹시 불임일 거라고 생각한 적이 있습니까?"

신체 검사를 시작하고 크롤리 간호사가 가장 먼저 한 질문이 그것이었다. 나는 황당했지만 이 수수께끼 같은 시험을 통과하기로 결심한 상태여서 망설이지 않고 말했다.

"Au contraire!(전혀요)"

나는 간호사에게 내가 결혼하지 않은 채로 소중한 아들과 딸을 낳았지만 사람들이 아이들을 강탈해 갔다고 말했다.

"사실 저는," 내가 말했다. "아이가 너무 잘 생겨서, 사랑하는 해리 에임스가 갈망의 눈길로 쳐다보기만 해도 곡물 자루가 터진 것처럼 아기들이 태어났답니다!"

(말할 수 없는 것을 말해야겠다. 내가 밤마다 내 침대로 기어든 그 역겨운 괴물 프란츠의 아기를 갖지 않은 것은 그 얼간이가 더러운 액체를 늘 침대보에 쏟았기 때문이다. 그는 그런 때이른 사정에 낙담해서 신음하며 서럽게 흐느꼈다.)

나는 크롤리 간호사에게 나의 다산성을 강조하려는 열망이 강한 나머지 너무 멀리 나간 게 아닌가 싶었다. 간호사의 눈빛에 지루한 기색과 더불어 이제는 너무나 익숙해진 두려움, 정신병이 전염되기라도 한다고 생각하는 듯한 그 두려움이 담겼기 때문이다.

하지만 나는 최초의 시험을 통과한 것 같았다. 다음으로 벤턴 씨와 면접을 했기 때문이다. 그 역시 나에게 계속 기이한 질문을 던졌다. 모닥불에 요리를 할 줄 아는가? 야외 생활을 좋아하는가? 천막에서 자는 걸 좋아하는가? 개인적으로 서부 미개인들을 어떻게 보는가?

"서부의 미개인요?" 내가 말했다. "서부 미개인을 만나 본 적이 전혀 없기 때문에 이렇다 저렇다 평가할 게 없는데요."

마침내 벤턴 씨는 본론으로 들어갔다.

"당신은 정부를 위해서 희생할 생각이 있습니까?"

"그럼요." 나는 망설이지 않고 대답했다.

"서부 미개인과 결혼하고 그의 아이를 낳아 주는 일을 고려할 수 있습니까?"

"하!" 나는 너무 놀라워서 외치듯이 웃었다. "도대체 왜요?"

그리고 모욕감보다는 호기심에 사로잡혀 물었다. "무슨 목적으로요?"

"대평원에 영원한 평화를 가져오기 위해서입니다." 벤턴 씨가 대답했다.

"우리의 용감한 개척민들이 피에 굶주린 야만인들에게 약탈당하지 않고 안전하게 다닐 수 있는 길을 열기 위해서죠."

"그렇군요." 내가 말했지만, 물론 그 말을 다 이해한 것은 아니었다.

"그 계약에 따라," 벤턴 씨가 덧붙였다. "대통령께서는 깊은 감사의 표시로 당신을 이 병원에서 즉각 풀어 주실 겁니다."

"정말이에요? 여기서 풀어 준다고요?" 나는 목소리가 떨리는 것을 애써 감추며 물었다.

"그것은 절대적으로 보장합니다." 그가 말했다.

"물론 그 전에 당신의 법적 후견인에게서 동의 서명을 받아야 하지만 말입니다."

그때 나는 이미 자유를 향한 여정에 가로놓인 이 마지막 장애물을 뛰어넘을 계획을 세우고 있었기에 한순간도 망설이지 않고 대답했다. 그리고 일어서서 치마 끝을 잡고 정중하게 절했다. 감금 생활로 인한 운동 부족과 자유를 얻을 희망에 대한 흥분으로 무릎이 후들거렸다.

"조국을 위해 이런 고귀한 직분을 수행하는 것, 미합중국 대통령께 소박한 봉사를 하는 것은 제게 진실로 큰 영광일 것입니다."

사실 정신병원을 탈출할 수 있다면 나는 지옥행 열차라도 기꺼이 올랐을 것이다. 하지만 어쩌면 이게 바로 지옥행 열차인지도 모른다……

부모님의 동의를 얻는 중요한 문제에 이르면, 미리 말해 두건대 내가 정신 나가고 문란하다는 비난을 받았을지는 모르지만 지금껏 나를 바보로 여긴 사람은 아무도 없었다.

BFI 계획('인디언 신부'의 약어라고 벤턴 박사가 우리에게 말해 주었다) 후보자 가족에게 이 사실을 알리고 그들을 병원으로 불러서 퇴원 서류에 서명을 받는 일은 이 병원의 수석 의사이자 나에게 어처구니없는 병명을 진단한 시드니 카이저 박사가 맡았다. 서명을 받으면 환자들은 자유를 얻고 이 계획에 참가할 수 있게 된다. 내가 그곳에 감금되어 있던 일 년 반 동안, 이미 말했는지 모르지만 이 좋은 의사는 나를 딱 두 번 찾아 왔다. 하지만 그를 만나려는 노력을 기울이던 중 나는 그의 조수 마사 애트우드와 알게 되었는데, 착한 성품의 마사는 나를 가엾게 여겨

나의 친구가 되었다. 사실 마사는 그 음울한 곳에서 나의 유일한 친구이자 말벗이었다. 그녀의 연민과 우정, 그리고 그녀가 무수히 베푼 작은 친절이 없었다면 내가 어떻게 버텼을지 알 수가 없다.

서로를 알아 가면서 마사는 차츰 내가 정신병원에 있을 사람이 아니라는 것, 내 정신 건강은 마사와 다를 바가 없다는 것, 그리고 나는 그곳의 다른 여자들처럼 가족에 의해 부당하게 수용되었다는 것을 알게 되었다. 내가 '탈출' 기회를 얻자, 그녀는 나의 필사적인 계획을 돕기로 약속했다. 먼저 그녀는 카이저 박사의 집무실에 있는 내 서류철에서 아버지의 편지를 '빌려서', 아버지 편지지의 고유 문양을 복제했다. 그런 뒤 우리는 함께 아버지 필체로 카이저 박사에게 위조 편지를 써서, 마침 출장을 가게되어 병원에서 열리는 회의에 참석할 수 없노라고 말했다. 카이저 박사가 이것을 의심할 이유는 없었다. 그는 우리 아버지가 시카고 앤드 노스웨스턴 철도 회장이며, 철도와 연계한 대형 곡물탑 체인— 아버지가 늘 강조하듯이 시카고 최대, 최고의 곡물 창고들 —을 설계하고 건축한 것을 잘 알았다. 아버지는 일 때문에 끊임없이 출장을 다녀야 했기에 어린 시절에 나는 아버지를 보는 일이 아주 드물었다. 카이저 박사에게 보내는 위조 편지에서 마사와 나는 — 그러니까 우리 '아버지'는 — 우리 가족이 최근에 내가 BFI 계획에 참가하게 되었다는 소식을 정부를 통해 직접 들었으며, 벤턴 씨가 인디언 땅에서 지내는 동안 나의 안전을 각별히 보장해 주기로 했다고 썼다. 마사와 나는 면접 과정 전체를 꿰뚫고 있었기에, 내가 이 계획의 일급 후보로 판정받는 모든 요건을 통과했다는 것을 알았다. (물론 합격의 주요 기준이 임신 능력과 일상생활을 할 만큼의 정신 건강이었으니 이것이 어떤 성취라고 할 수는 없었다. 정부가 이런 결혼 생활의 행복 여부를 할당량 달성만큼 중요하게 여겼을 리가 없다. 할당량, 그것은 뼛속까지 사업가이자 실용주의자인 아버지가 진정으로 중시하는 것이다.)

우리가 보낸 편지에서 아버지는 내가 '이교도를 동화하려는 이런 흥미롭고도 고귀한 계획'에 참가하는 것을 축복했다. 아버지가 볼 때 서부 미개인은 언제나 미국 농업 발전의 걸림돌이다. 그 비옥한 평원이 기독교인들의 손에 경작되어 아버지의 곡물 탑을 그득그득 채우지 않고 낭비되는 것을 한탄한다. 사실 아버지가 붉은 인디언들을 깊이 혐오하는 이유는 그들에게 장삿속이 없다는 점 때문이다. 아버지에게 그것은 말할 수 없이 심각한 단점이다. 아버지와 어머니가 끝없이 연 파티들에서 아버지는 흔히 자신과 동료 부자들의 행운을 축하하기 위해 색 족 추장 블랙 호크에게 건배한다. 블랙 호크는 "땅은 사고 팔 수 없다. 들고 다닐 수 없는 것은 사고 팔 수 있는 것이 아니다"고 말했는데, 아버지에게 그 말은 정말로 기이하고도 우스운 것이었다.

그리고 — 이것을 짚고 넘어가지 않을 수 없는데 — 아버지는 이런 기회를 빌려 나를, 그리고 내 부끄러운 행동과 '조건'이 집안에 안긴 수치를 없애게 된 것을 은근히 반겼을 것이다. 아버지는 지독한 속물이다. 친구와 사업계 인사들로 이루어진 그의 사교 생활에서 집안에 정신병자가 있다는 낙인, 아니면 더욱 고약하게도 성적으로 문란한 딸이 있다는 낙인은 매우 견디기 어려울 것이다.

46

그래서 아버지는 그 특유의 허풍스러우면서도 산만한 방식 — 나를 고등 여학교에 보내라는 편지라도 쓰는 듯한 말투(어쩌면 우리가 한핏줄이라서 그러기도 했겠지만, 아버지의 어투를 흉내 내는 것은 내게 어처구니없을 만큼 쉬웠다)—으로 '서부의 상쾌한 공기, 눈부신 야외의 건강한 원주민 생활, 흥미로운 문화 교류는 고집 센 제 여식의 철딱서니 없는 정신을 일깨우는 데 필요한 바로 그것이 될 것입니다' 라는 소신을 밝혔다. 아버지에게 딸이 원주민과 동침할 것을 허락해 달라고 요청한다는 건 (그리고 그것을 허락한다는 건!) 참으로 놀랍지 않은가?

아버지의 편지에는 서명된 병원의 퇴원 서류가 동봉되었으며, 이 모든 것을 마사가 인편으로 카이저 박사의 집무실에 배달시켰다. 의심할 요소가 전혀 없는 완벽한 구성이었다.

물론 이런 사기 행각에 동참한 것이 밝혀지면 — 결국 밝혀지고 말 텐데 — 마사는 즉시 해고될 것이다. 어쩌면 고소당할지도 모른다. 그래서 나의 진실하고도 용감한 친구— 아이도 없고 애인도 없이 (사실을 말하자면 그다지 예쁜 얼굴은 아닌) 외로운 독신의 인생을 살 가능성이 다분한 —도 나와 함께 BFI 계획에 지원했다. 그리고 지금 이 기차의 내 옆자리에 앉아 있다. 그래서 나는 적어도 내 인생 최대의 모험을 홀로 떠나지는 않게 되었다.

⋙ 1875년 3월 24일 ⋘

우리를 기다리는 새로운 인생에 내가 두려움을 느끼지 않는다면 거짓일 것이다. 벤턴 씨가 설명한 바에 따르면, 우리는 인디언 남편에게 아이 하나만 낳아 주면 그곳을 자유롭게 떠날 수 있다. 아이를 낳지 못하면 만 2년 동안 남편 곁에서 지내야 하지만 역시 그 기간이 지나면 자유를 얻는다……. 어쨌건 정부 당국의 말은 그렇다. 어쩌면 우리의 새 남편은 계약에 대해 우리와 생각이 다른지도 모른다. 그래도 평생을 정신병원이라는 지상의 지옥에서 보내는 악몽에 비하면 그 정도 대가는 미미해 보인다. 하지만 실제로 여행이 시작되고, 우리의 미래가 너무도 불확실하고 수수께끼다 보니 불안이 이는 것을 막을 수가 없었다. 정신병원을 탈출하기 위해 내 평생 가장 미친 짓을 저질렀다는 것은 얼마나 아이러니인가.

그런데 순진한 마사는 이 일을 기대하고 있는 것 같다. 결혼에 대한 기대감에 얼굴이 달아오르는 것 같다! 조금 전에는 내게 약간 숨찬 목소리로 육체적 일에 대해 조언을 구하기도 했다! (내 감금 사유로 제시된 진단 덕택에 모든 병원 관계자─ 내 유일한 친구마저 ─ 는 내가 그런 일에 일종의 권위자라고 여기는 것 같다.)

"조언이라니, 어떤 조언?" 내가 물었다.

마사는 아주 부끄러운 표정으로 목소리를 낮추고 내게 몸을 기울이며 속삭였다.

"그러니까…… 남자를 기쁘게 해주는…… 남자의 육체적 열망을 만족시켜 주는 방법 말이야."

나는 그녀의 귀여운 순진함에 웃음이 나왔다. 마사는 미개인 남편에게 육체적 만족을 주고 싶어한다!

"그러려면 먼저 가정을 해야 돼." 내가 대답했다. "원주민들의 육체적 욕구가 우리 고귀한 인종의 남자들과 비슷하다고 말이야. 사실 그 반대로 생각할 이유는 없지. 만약 모든 남자의 마음과 육체가 비슷하다면, 내 한정된 경험으로 볼 때 그 사람들을 기쁘게 하는 — 만약 그게 네 진정한 목표라면 — 최고의 방법은 그 사람들에게 지극 정성을 바치고 요리를 해주고 그들이 원하면 언제나 성교하되, 자신이 먼저 시작하거나 적극성 또는 열망을 보여서는 안 된다는 거야. 남자들은 그러면 무서워하는 것 같아. 남자는 대부분 거죽만 어른이고 속은 어린애거든. 그리고 가장 중요한 건 남자들은 대체로 여자가 성적 욕망을 표현하는 것만큼이나 자기 의견을 표현하는 것도 싫어해. 주제가 뭐건 의견이 뭐건 상관 없어. 나는 이런 걸 해리 에임스 씨한테서 배웠어. 그러니까 새 남편의 말에 무조건 동의하는 걸 추천하겠어. 아 그리고 하나 더, 남자한테 그 사람 물건이 아주 크다는 믿음을 심어 줘. 그게 사실이건 아니건."

"하지만 그게 큰 건지 아닌지 내가 어떻게 알아?" 순진한 마사가 물었다.

"이런." 내가 대답했다. "브렉퍼스트 소시지와 브라트부르스트 소시지의 차이를 알 거 아냐? 피클 오이하고 보통 오이 차이? 연필하고 소나무 차이?"

마사는 얼굴이 새빨개지더니 손으로 입을 가리고 정신없이 킬킬거렸다. 나도 함께 웃었다. 이렇게 거리낌 없이 웃은 게 정말로 오랜만인 것 같다. 다시 웃을 수 있게 되어 아주 기분 좋다.

호텐스 언니에게

지금쯤 언니는 내가 시카고를 떠났다는 소식을 들었겠지? 안타까운 건 가족들이 가둔 '감옥'에서 내가 '탈옥'했다는 사실이 전해지는 순간을 내가 목격하지 못했다는 것뿐이야. 특히 내가 곧 신부가 될 거라는 소식에 아버지가 어떻게 반응했을지 보고 싶었는데 말이야. 그래 맞아, 나는 곧 결혼해. 그리고 진짜 샤이엔 족 미개인의 짝이 돼! 하! 그야말로 도덕성 상실이지. 아버지가 불을 뿜는 소리가 들리는 것 같아.

"하느님 맙소사, 그 애가 정말로 미쳤구나!"

아, 정말 그 얼굴이 보고 싶은데! 그런데 언니, 예전부터 이 고집쟁이 동생이 언젠가 이런 모험을 떠나서 이런 신기한 일을 할 거라고 예견하지 않았어? 내가 덜컹거리는 기차를 타고 드넓은 미지의 변경으로 가는 모습을, 가능하다면 상상해 봐. 우리 두 자매의 인생처럼 서로 다른 인생이 있을까? 언니는 (지루하지만) 안락한 시카고 부르주아지의 굴레 속에서 창백한 은행가 남편 월터 우즈와 역시 창백한 자식들과 함께 살고 — 애들이 모두 몇이지? 중간에 놓쳤어. 꼬마 괴물이 넷, 다섯, 여섯이던가? — 모두가 반죽하다 만 밀가루 덩어리처럼 핏기도 없고 찰기도 없지.

언니를 공격하는 것처럼 보인다면 용서해 줘. 이제 드디어 — 자유롭게, 검열도 처벌의 공포도 없이 — 나를 그토록 학대한 가족에게 분노를 표현할 수 있게 되어서 그런 것뿐이야. 내 생각을 말하면서도 미친 여자 취급을 받지 않을 수 있고, 또 아이들을 영원히 만날 수 없을지 모른다는 두려움에도 시달리지 않을 수 있으니까. 마침내 나는 자유야. 몸도 마음도 영혼도……. 어쨌건 자궁으로 자유를 산 사람이 누릴 수 있는 만큼은 자유야.

하지만 그 이야기는 그만하고 이제 언니한테 내 모험, 우리의 기나긴 여행, 내 눈앞에 펼쳐지는 신기한 세상 이야기를 해줄게. 모든 것이 신기하고 황량하고 쓸쓸해. 언니는 시카고 바깥을 나간 적이 거의 없으니 상상할 수 없을 거야. 시카고는 대화재의 잿더미를 딛고 재건 사업으로 솔기가 터져 나갈 듯, 살아 있는 생명체처럼 평원을 향해 팽창하고 있어. (미개인들이 서쪽으로 더 밀려가는 데 저항하는 게 무슨 놀라운 일이겠어?) 우리가 어렸을 때 완전히 야생의 평원이었던 곳에 인파가 북적이고 온갖 활동이 벌어지는 걸 언니는 상상하지 못할 거야. 우리 기차는 신흥 축산 지구를 지나왔어. 내가 해리하고 같이 살던 동네에서 가까운 곳이야 (언니는 한 번도 우리 집에 찾아오지 않았지? 그게 왜 놀랍지 않을까?) 공장 굴뚝은 온갖 색깔— 파란색, 주황색, 빨간색 —의 구름을 내뿜고 그 연기들은 공중에 나오면 팔레트 위에 유화 물감이 섞이듯 서로 뒤엉켜. 어떤 정신 나간 신의 그림처럼 아주 기이하게 아름답지. 도축장 근처를 지날 때 말 못하는 동물들의 두려움에 찬 외침 소리가 기차 안까지 들려왔고, 그 악취는 고약한 시럽처럼 객차 안으로 흘러들었어. 하지만 기차는 마침내 짙은 안개를 뚫고 나가듯 도시를 둘러싼 연기 막을 뚫고 나가서 이제 막 들을 갈아엎은 시골로 들어섰어. 새로 뒤집은 검고 기름진 흙 위로 아버지가 사랑하는 작물들이 고개를 내밀기 시작하고 있었어.

아버지의 말과 달리, 평원의 아름다움은 농장의 완벽한 조화에 있는 게 아니라 농장이 끝나고 진짜 평원이 시작되는 곳에 있어. 천연 초지가 산 짐승처럼 숨 쉬고 출렁거리며 지평선까지 뻗은 곳에. 오늘 나는 초원뇌조를 보았어. 수백, 수천 마리 떼였는데 우리 길 앞을 구름처럼 날아 지나가더군. 기차 소음에 파묻힌 날갯짓 소리는 그저 상상만 할 수 있을 뿐이야. 지독했던 뇌조 공장의 경험 이후 살아 있는 한 다시는 그 새를 보고 싶지 않을 것 같았는데, 그것들이 날개를 퍼덕이며 하늘을 나는 걸 보니 얼마나 이상하던지. 언니를 비롯한 우리 식구들은 내가 그런 비천한 일을 하고, 견줄 수 없을 만큼 지위가 낮은 남자와 결혼도 하지 않고 함께 사는 일을 이해하지 못했을 거야. 식구들은 내가 제정신이 아니라는 게 이 사건을 통해 처음으로 드러났다고 말했지. 하지만 호텐스, 내게 더 넓은 세상과 접촉하려는 열망을 불어넣은 것은 바로 어머니와 아버지의 과잉 보호였어. 그 우중충하고 울적한 집에 조금이라도 더 머물렀다가는 나는 아마 지루함에 질식해 죽었을 거야. 그리고 공장 일은 정말로 역겨웠지만, 그런 일을 한 걸 후회하지는 않아. 나는 공장의 남녀 동료에게서 많은 걸 배웠어. 세상 사람들이 — 대부분의 사람들은 우리만 한 행운을 타고 나지 못했으니까 — 어떻게 사는지를 배웠어. 언니는 평생토록 그걸 모를 거고, 그래서 영혼의 가난을 벗을 수 없을 거야.

그렇다고 언니더러 뇌조 공장에서 일하라는 건 아니야! 으, 그 악취는 평생 극복하지 못할 거야. 지금도 손을 눈앞에 들면

뇌조 피, 깃털, 내장 냄새가 나는 것 같아. 살아 있는 한 다시는 새 요리는 안 먹을 것 같아! 하지만 야생 새들이 바퀴에서 튀는 불꽃처럼 기차 앞으로 날아가는 모습을 보니까 새들에게 새로운 관심이 생겼어. 저무는 태양 앞에 날개를 저으며 나는 모습이, 그 거대한 곡선으로 이 지루한 직선 철로를 가로지르는 모습이 너무 아름다운 거야. 내 옆에 앉은 마사에게 이 멋진 비상을 보여 주고 싶은데, 마사는 차창에 머리를 가볍게 달그락거리며 자고 있어.

하지만 재미있는 만남이 있었어. 새들의 비상을 보는데, 키가 크고 마른 체격에 진갈색 머리를 짧게 자르고 영국식 트위드 모자를 쓴 창백한 얼굴의 여자가 객차 복도를 급하게 지나오더니 허리를 숙여 창밖을 내다보고 이어 다음 자리로 옮겨 창밖을 내다보고 하는 거야. 질긴 아일랜드 천으로 만든 남성용 칠분바지 정장 차림인 데다 머리도 짧고 트위드 모자까지 써서 자칫하면 남자로 착각할 만했어. 조끼도, 긴 양말도, 무거운 구두도 전부 남성용이고, 거기다 화가들이 쓰는 스케치북을 들고 있었지.

"실례합니다." 여자는 창밖을 내다볼 때마다 그 자리에 앉은 승객에게 일일이 말했어. 영국식 억양이 뚜렷했지. "실례합니다. 아, 세상에!" 그녀는 소리치며 기쁨과 놀라움에 눈썹을 추켜올렸어.

"환상적이에요! 대단해요! 눈부셔요!"

영국 여자가 내 옆의 빈자리에 이르렀을 때, 뇌조들은 지평선 너머로 사라졌고, 여자는 앙상한 팔다리로 그 자리에 털썩 주저앉아서 말했어.

"큰초원뇌조예요. 그러니까 '팀파누크부스 쿠피도'예요. 표본이야 당연히 봤지만 야생의 모습은 처음이에요. 그래도 동부 지역에 사는 이 종의 친척 검은멧닭은 뉴잉글랜드를 여행할 때 자세히 연구했답니다. 학명은 그리스 어로 큰 북이라는 뜻의 '팀파나논'과 북이 있다는 뜻의 '에케인'에서 온 거예요. 그건 목 양옆의 커다란 식도하고 ― 구애 기간에 수컷의 이게 부풀어 올라요 ― 수컷이 흥분했을 때 둥둥 울리는 소리가 나는 걸 모두 가리키죠. 그리고 쿠피도는 비너스의 활 쏘는 아들의 이름을 딴 거지만, 에로틱한 뜻은 없다는 걸 덧붙여야겠네요. 그건 구애 과시 때 수컷 머리 위에 일어서는 길고 빳빳한 깃털이 큐피드의 날개하고 비슷하기 때문에 붙은 거거든요."

그러더니 여자는 내가 있는 걸 처음 안 것처럼 갑자기 고개를 돌렸어. 영국인답게 우유처럼 하얀 얼굴은 변함없이 놀랍다는 표정이었지. 추켜올린 눈썹과 즐거운 미소를 담은 입술이 세상은 멋질 뿐 아니라 정말로 놀랍다고 말하는 것 같았어. 나는 이 여자가 마음에 들었어.

"잠시 수다를 떨어도 될까요? 제 이름은 헬렌 엘리자베스 플라이트예요."

그녀가 남자처럼 힘차게 손을 내밀고 말했어.

"혹시 제 작품 보셨나요? 제가 쓴 책《영국의 새들》은 지금 3쇄를 찍었어요. 제 동료이자 협력자인 선덜랜드의 앤 홀 부인이 인쇄를 지원했죠. 안타깝게도 부인은 지금 건강이 안 좋아서 이번 미국 여행에 동행하지 못했어요. 이건 다음 책《아메리카의 새들》을 위해 표본을 모으고 스케치를 하기 위한 여행이죠.

오두번 씨의 책하고 제목은 같지만 헷갈리지 마세요. 오두번 씨는 흥미로운 화가지만 제가 볼 때는 좀 지나치게 화려해요. 그 사람이 그린 새는 좀…… 요란해요! 생물학적 정확성 따위는 안중에도 없다니까요. 그렇게 생각하지 않으세요?"

나는 이 질문이 수사적 질문 이상이라는 걸 알았지만, 어떻게라도 대답하려고 하는 순간에 플라이트 양이 다시 물었어.

"당신은 이름이?"

그리고 기대감으로 두 눈썹을 추켜올렸지. 내 신원을 아는 일이 더없이 긴급한 과제이자 놀라울 게 분명한 일이라는 듯한 표정이었어.

"메이 도드예요." 내가 대답했어.

"메이 도드! 그렇군요." 그녀가 말했어. "총명한 여자의 초상 같은 분이군요. 안색이 이렇게 하얀 걸 보면 잉글랜드 계인가 봐요."

"아뇨, 스코틀랜드 계예요." 내가 말했어. "하지만 저는 뼛속까지 미국인이에요. 시카고에서 나고 자랐거든요." 내가 약간 그리움에 젖어 덧붙였지.

"설마 당신처럼 사랑스런 처녀가 미개인들하고 살겠다고 지원한 건 아니겠죠?"

플라이트 양이 물었어.

"아뇨, 지원했어요." 내가 말했어. "당신은요?"

"연구 자금이 모자라서요."

플라이트 양이 이 일에 대한 혐오감으로 얼굴을 살짝 찌푸리며 말했어.

"후원자들이 더는 미국 여행 비용을 대주려고 하지 않는데, 이 일은 추가 비용 없이 서부 평원의 조류를 연구할 완벽한 기회로 보였어요. 기절할 만큼 짜릿한 모험이죠, 안 그래요?"

"그래요." 내가 웃으며 말했어. "기절할 만큼요!"

"하지만 비밀을 하나 말해야겠네요." 그녀가 다른 사람이 엿듣지 않는지 주변을 둘러보고 말했어. "나는 아기를 낳지 못해요. 불임이에요! 어린 시절의 병 때문에요."

그녀는 유쾌한 듯 눈썹을 찡긋거렸지.

"이 일에 참여하려고 검사관에게 거짓말을 했어요!"

"이제 물러가야겠네요, 도드 양."

플라이트 양이 갑자기 진지해져서 말했어.

"조금 전 광경이 아직 눈앞에 생생할 때 빨리 스케치를 하고 큰초원뇌조의 멋진 모습을 기록해야 하니까요. 기차가 멈추면 내려서 표본 몇 점을 사냥하고 싶어요. 산탄총을 가져왔답니다. 이번 여행을 위해서 뉴캐슬 어펀 타인의 페더스톤, 엘더 앤드 스토리 사에서 특별 제작한 거죠. 혹시 무기에 관심 있어요? 그렇다면 보여 줄게요. 내 후원자들에게 재정적 문제가 닥쳐서 내가 이 넓은 대륙에 좌초하기 전에 미국 탐사 여행을 위해 특별히 제작한 거예요. 제 자랑 가운데 하나죠. 하지만 이제 가봐야겠네요. 만나서 반가웠어요. 당신이 함께 간다니 기쁘네요! 앞으로 더 이야기해요. 당신하고 내가 아주 잘 맞을 것 같은 느낌이에요. 당신 눈은 정말 파랗네요. 파랑새하고 같은 색깔이에요. 괜찮다면 표본을 그릴 때 당신 눈을 기준으로 팔레트의 물감을 섞어야겠어요. 그리고 오두번 씨 작품에 대한 당신의 의견을 듣고 싶어요."

그 말과 함께 그 정신없는 여자는 자리를 떴어! 이야기가 나온 김에, 그리고 마사가 지금으로서는 이렇다 할 말벗이 되어주지 못하기 때문에, 언니에게 다른 동행자들을 좀 더 소개할게. 이 사람들을 만나는 것은, 광대한 모습이 아름답기는 하지만 절경이라고 하기는 어려운 들판을 달리는 길고 단조롭고 뻔한 길에서 내가 접하는 유일한 여흥이 되고 있거든. 아직 여자들 전부와 인사를 나누지는 못했지만, 서로 목표와 종착지가 같다 보니 수월하게 친숙함이 생겨난 것 같아. 머뭇거리거나 부끄러워하지 않고 개인사와 비밀을 털어놓게 되더라고. 이 여자들— 다들 어린 티가 가시지 않은 여자들인데 —은 시카고 일대 아니면 다른 중서부 지역 출신이지만 사회적 배경은 제각각이야. 어떤 이들은 가난 또는 연애 실패, 또는 내 경우처럼 불쾌한 '생활 조건'에서 탈출하려는 것 같아. 하! 우리 정신병원 출신은 나를 빼고는 한 명뿐이지만 시카고 일대의 비슷한 시설 출신은 몇 명더 있어. 어떤 이들은 나보다도 더 괴짜야. 하지만 정신병원에서 관찰한 바에 따르면, 거기 있는 사람들은 대부분 누군가는 자기보다 더 미쳤다고 생각하면서 자기를 위로하더라고. 에이다 웨어라는 이름의 여자는 머리끝에서 발끝까지 검은색 옷을 입고 과부 베일을 쓴 데다 두 눈은 항상 퀭하니 꺼져 있어. 미소는 고사하고 이렇다 할 표정 자체가 없어. 사람들은 그 여자를 '검은 에이다'라고 불러.

언니, 마사 기억하지? 언니가 딱 한 번 정신병원에 왔을 때 만났잖아. 마사는 정말 착해. 나하고 나이 차이는 두 살도 안 나지만 실제로는 더 어려 보이고, 인물은 좀 없는 편이야. 나는 마사에게 영원히 빚을 졌어. 자유를 얻는 데 마사가 값진 도움을 주었으니까.

아까 말했듯이 내가 있던 병원에서 또 한 명이 선발 과정을 통과했어. 많은 여자들이 벤턴 씨의 제안을 거절했지. 그때 나는 그 여자들이 미개인과 결혼한다는 거부감 때문에 그 참혹한 장소에서 벗어날 기회를 포기하는 게 아주 이상했어. 어쩌면 내가 이 말을 한 걸 나중에 후회할지도 모르지만, 평생토록 그런 지옥 구덩이에 갇혀 사는 것보다 더 나쁜 일이 어디 있겠어?

그 아가씨 이름은 세라 존스턴이야. 예쁘고 수줍은 아가씨고, 이제 겨우 사춘기를 벗어난 어린 친구야. 이 친구는 말을 못하는 것 같아. 말수가 적다는 게 아니라, 말할 능력이나 그럴 의도가 없는 것 같아. 이 친구하고 나는 병원에서 당연히 접촉이 거의 없었고 그래서 잘 몰랐어. 하지만 앞으로는 변할 거야. 그녀가 나하고 마사에게 친근감을 느낀 것 같거든. 지금 기차에서 우리 맞은편 자리에 앉아 있는데, 눈물이 그렁그렁한 채 몸을 앞으로 숙이고 내 손을 꼭 잡는 게 한두 번이 아니야. 나는 그녀의 과거도 모르고 어쩌다 정신병원에 들어갔는지도 전혀 몰라. 그녀는 가족이 없고, 마사에 따르면 나보다 훨씬 전부터 거기 있었대. 어릴 때부터 말이야. 입원비를 대준 사람이 누구인지도 몰라. 언니도 알다시피 그 망할 병원은 자선 시설이 아니잖아. 마사가 넌지시 비춘 바로는 병원장 카이저 박사가 이 불쌍한 아가씨를 내보내려고 이 계획에 참여시켰대. 아버지가 보면 비용 절감 조치라고 하겠지. 마사에 따르면, 이 아가씨는 병원에서 '가난뱅이 친척' 같은 대접을 받았어. 마주 앉은 관계로 자유롭게 이야기하기가 어려웠지만, 마사는 이 친구가 아마 그 훌륭한 의사와 혈연 관계일지도 모른대. 어쩌면 그가 전에 있던 환자에게서 낳은 아이일지도 몰라. 도대체 어떤 아버지가 자기 딸을 미개인들에게 보내는 건지는 알 수 없지만……. 사정이 어떻든 간에 나는 이 소녀가 여기 합류한 게 편하지 않아. 세라는 세상에 대해 겁을 먹은 연약한 소녀고, 그곳에서 펼쳐질 힘겨운 생활에 아무런 준비가 되어 있지 않으니까. 하긴 벽돌담과 쇠창살에 갇혀 자라났으니 진짜 세상의 그 어떤 경험에 준비가 되어 있겠어? 내가 볼 때 그녀도 마사처럼 육체적 경험이 전혀 없을 거야. 그 역겨운 괴물 프란츠가 밤에 찾아가는 일을 뺀다면. 부디 그런 일이 없었기를……. 어쨌거나 나는 할 수 있는 한 세라를 돌보고 그 아이가 다치는 걸 막아 줄 생각이야. 이상하게도 그 어리고 겁먹은 모습이 내게 힘과 용기를 주고 있어.

그리고 여기, 시카고 아일랜드 타운 출신의 마거릿과 수전 켈리 자매가 씩씩하게 복도를 걸어오네. 붉은 머리에 얼굴에는 주근깨가 가득한 일란성 쌍둥이인데 찰떡이라는 말로도 부족할 만큼 딱 붙어 다녀. 이 두 친구는 놓치는 게 없어. 그 빈틈없는 연록색 눈동자는 모든 걸 예리하게 살피지. 나는 혹시나 싶어 가방을 가슴에 꼭 대고 있어.

둘 중 한 명이 ─ 나는 아직 두 사람을 구별하지 못해 ─ 내 옆자리에 앉네.

"메이, 담배 좀 없어?" 우리가 거의 모르는 사이인데도 아주 절친한 사이처럼 은밀한 목소리지. "담배 한 모금이 간절해."

"나는 담배를 안 피워요." 내가 대답했어.

"감옥도 이 더러운 기차보다는 담배 구하기가 쉬웠어." 그녀가 말했어. "안 그래, 메기?"

"그렇고말고, 수지." 메기가 대답했어.

"감옥에 왜 갔는지 물어봐도 될까요?" 내가 물었어. 그리고 일기장을 기울여 보였지. "언니한테 편지를 쓰고 있거든요."

"괜찮고말고."

메기가 내 앞자리에서 몸을 앞으로 기울이며 말했어.

"매춘과 절도로 일리노이 주립 교도소 10년 형을 선고받았어."

그 말이 어찌나 당당한지 자랑스러워 보이기까지 하더라고. 그리고 내가 제대로 쓰는지 들여다보더니 공책을 손가락으로 짚으며 "절도를 빼먹지 마" 하고 말했어.

"맞아, 메기." 수전이 만족스럽게 고개를 끄덕이며 덧붙였어. "그리고 우리가 링컨 파크에서 턴 신사가 하필 판사가 아니었다면 잡히지 않았을 거야. 그 영감탱이가 우리한테 잠자리를 요구했어. '쌍둥이라니! 빵 두 개로 내 소시지를 덮는 거야.' 그 사람은 그걸 원했다고. 거지 같으니라고! 우리는 그 머리 양옆에 벽돌 두 조각을 댔지! 그리고 눈 깜짝할 새에 회중시계와 지갑을 손에 넣었어. 지갑이 그렇게 두둑한 걸 보고 아무것도 모르고 봉 잡았다고 했지. 그건 물어볼 것도 없이 그자가 규칙적으로 받는 뇌물이었어."

"당연하지, 수지. 그 돈만 아니었으면," 마거릿이 끼어들었어.

"그걸로 끝이었을 거야. 판사는 곧장 자기 친구인 경찰청장한테 갔고 유명한 켈리 쌍둥이를 잡아들이려고 시카고 최대의 검거 작전이 벌어졌다니까!"

"맹세코 진실이지, 메기." 수전이 고개를 젓더니 내게 말했어. "아마 당신도 신문에서 우리 기사를 봤을걸. 나하고 메기는 한 때 꽤 유명했어. 재판이 후다닥 끝나고 — 우리 관선 변호사는 잠만 잤어. 더러운 놈 — 우리는 10년 형을 선고받았어. 주머니에 뇌물을 그득 받은 엽색꾼 판사한테서 정조를 지키려고 한 게 10년 형이라니 믿을 수 있어?"

"부모님은요?" 내가 물었어. "어디 계시나요?"

"그건 우리도 몰라, 친구." 마거릿이 말했어. "부모가 우리를 버렸거든. 갓난아기 때 교회 문 앞에 놓여 있었지. 그렇지, 수지? 아일랜드 계 고아원에서 자랐지만 우린 거기가 별로였어. 그래서 열 살 때 도망쳐 나온 뒤 우리 힘으로 먹고 살았어."

마거릿은 다시 일어서서 맹수 같은 눈길로 다른 승객들을 훑어보고 있어. 그 눈길이 내려앉은 곳은 복도 맞은편에 앉은 여자, 데이지 러블레이스야. 그녀하고는 한 번밖에 이야기를 해보지 않았지만 남부 출신에 몰락한 신사 계급 분위기를 풍겨. 늙고 더러운 흰색 푸들 강아지를 무릎에 안고 있지. 개는 엉덩이와 주둥이, 그리고 눈물 흐르는 눈 주변의 털이 빨갛게 물들어 있어.

"혹시 담배 좀 없을까, 아가씨?" 마거릿이 그녀에게 물었어.

"없는 것 같네요." 여자가 느릿느릿 말했는데, 말투가 그리 다정하지 않았어.

"강아지가 예쁜걸." 마거릿이 남부 여자 옆자리에 앉으면서 말했어. "이름을 물어도 될까?"

쌍둥이의 의도는 속이 훤히 보였어. 그녀가 개에 아무런 관심이 없다는 건 누구라도 알 수 있었지. 데이지 러블레이스는 마거릿을 무시하고 개를 바닥에, 그러니까 두 사람 다리 사이에 내려놓고 심한 남부 사투리로 강아지에게 속삭였어.

"가서 오줌 누고 오렴, 펀 루이즈. 어서. 엄마를 위해 오줌을 눠."

그러자 가련한 강아지는 킁킁거리며 복도를 뻣뻣하게 걷다가 어느 빈자리 옆에 앉아 오줌을 눴어.

"이름이 펀 루이즈로군." 메기가 말했어. "멋진 이름 아냐, 수지?"

"귀여워, 메기." 수전이 말했어. "강아지도 귀엽고."

남부 여자는 둘을 계속 무시하면서 가방에서 작은 은색 병을 꺼내서 한 모금 마셨어. 쌍둥이는 그 행동에 큰 관심을 보였지.

"그거 위스키야, 아가씨?" 마거릿이 물었어.

"위스키 아니에요." 여자가 냉랭하게 말했어. "신경 안정제예요. 의사의 명령이고, 두 사람한테 줄 수는 없어요."

쌍둥이가 호적수를 만났다는 걸 알 수 있었지!

그리고 여기 내 친구 그레첸 패타우어가 두 팔을 휘두르고 스위스 민요를 씩씩하게 부르며 위압적으로 다가오고 있어. 그레첸은 언제나 우리의 기분을 북돋아 주지. 마음이 정말 넓고 뜨거운 처녀야. 덩치도 크고 목소리도 크고 씩씩하고 뺨이 붉은 그녀는 샤이엔 족이 요구하는 아기를 혼자서 다 낳을 수 있을 것 같아.

우리는 이제 그레첸의 인생을 우리 인생 못지않게 잘 알아. 그레첸의 가족은 스위스 출신 이민자로, 그녀가 어렸을 때 시카고 서쪽 고원에 자리 잡았어. 하지만 혹독한 겨울 기후, 마름병, 병충해가 잇따라 닥치면서 농장이 망하자, 그레첸은 어린 나이에 집을 떠나 시카고에서 일자리를 구했어. 그 일자리는 매코믹가의 하녀 자리였어. 그래, 우리 아버지의 절친한 친구이자 수확기 발명자인 사이러스 매코믹 맞아. 우리가 어렸을 때 분명히 그 집에 갔을 테고 그때 그레첸이 거기서 일하고 있었다는 걸 생각하면 정말 이상해. 하지만 물론 우리는 뚱뚱한 스위스 하녀에게 아무 관심도 기울이지 않았겠지.

그레첸은 어느 날 서부 개척자들이 〈트리뷴〉지에 실은 '신부 구함' 광고를 보고 가정을 꾸리고 싶은 열망에 연락을 했어. 지원서를 보내고 몇 달이 지나서 오클라호마 준주의 농장주와 짝이 되었다는 통지를 받았지. 약혼자는 정해진 날짜에 세인트루이스 기차 역에서 그녀를 만나 데리고 가기로 했어. 그레첸은 매코믹 가에 이 사실을 알리고 이 주일 뒤에 세인트루이스행 기차에 올랐어. 그런데 슬프게도 그레첸이 마음씨는 비단결이지만 외모는 좀 떨어지거든. 사실을 말하면 좀이 아니라 많이 떨어져. 우리 동행 가운데 쌀쌀맞은 친구들은 그녀를 '감자 얼굴'이라고 불러. 그리고 착한 친구들도 그녀의 얼굴이 좀 많이 울퉁불퉁하다는 데는 동의를 하지.

그래서 그레첸의 약혼자는 그녀를 보더니 짐을 가지러 가겠다는 핑계로 도망쳤고, 그레첸은 그 나쁜 자식을 다시는 보지 못했어. 지금은 이 이야기를 웃으면서 하지만 그때 심정이 오죽 했겠어. 모든 걸 포기하고 온 길이었는데, 낯선 도시의 기차역에 버려진 거야. 남은 건 짐 가방 하나, 몇 가지 물건, 하녀 일로 모은 푼돈이 전부였지. 시카고로 돌아가서 매코믹 가에 다시 받아 달라고 부탁하는 건 너무도 굴욕스러웠어. 또 그렇게 파혼당한 채 집으로 돌아가는 것 역시 불가능했지. 그리고 그레첸은 어떤 식으로건 남편과 아이를 얻고 싶었어. 그래서 막막한 심정에 기차역 벤치에 앉아서 엉엉 울었지. 그때 어떤 신사가 다가와서 이런 광고가 적힌 종이 전단을 건넨 거야.

출산 가능한 연령대의 건강한 젊은 여성으로, 결혼과 색다른 여행, 모험을 추구한다면, 1875년 2월 12일 목요일 오전 9시에 아래의 주소로 와주세요.

이 이야기를 하면서 그레첸은 웃었어. 아주 호탕한 웃음을. 그리고 강한 스위스 억양으로 말했어.

"나는 그 젊은이를 하늘이 보냈다고 생각했어. 정말이야. 그래서 그 주소로 갔더니 사람들이 날 보고 샤이엔 인디언하고 결혼하겠냐고 묻더군. 나는 이렇게 말했어. '미개인들은 그 농부처럼 까탈스럽지 않겠죠? 그렇다면 좋아요. 내 남편에게 크고 튼튼한 아이를 낳아 주겠어요. 온 집을 아기로 가득 채우겠어요.'"

그리고 그레첸은 큼직한 가슴을 두드리며 웃고 또 웃었어. 우리도 모두 따라 웃었지.

켈리 자매는 남부 여자의 차가운 벽을 깨지 못하고 다음 객차로 갔어. 그들은 어떤 게 걸릴까 신경을 곤두세우고 초원을 어슬렁거리는 붉은 여우 두 마리 같아.

여기까지 썼을 때 나의 새 친구 피미가 옆자리에 와서 앉았어. 피미, 그러니까 유피미아 워싱턴은 캐나다를 거쳐 시카고에 온 당당한 체격의 흑인 처녀야. 나하고 동갑인데 그 모습이 아주 늠름하고 강렬해. 키가 180센티미터가 넘고 피부는 윤을 낸 마호가니처럼 아름다워. 거기다 콧망울이 큼직한 잘생긴 코에 흑인다운 두꺼운 입술이야. 언니하고 식구들은 내가 흑인하고 어울리는 걸 알면 경악하겠지. 하지만 이 기차에서 우리는 모두 평등해. 적어도 내 평등주의적 정신에는 그래.

"시카고의 언니에게 편지를 쓰고 있어." 내가 그녀에게 말했어. "동행하는 여자들의 사정을 소개하고 있어. 피미, 우리 언니한테 전할 수 있도록 네가 여기 타게 된 사연을 이야기해 줘."

그 말에 그녀는 낮은 소리로 웃었는데, 가슴 깊은 곳에서 나오는 것처럼 풍성하고도 따뜻한 웃음이야.

"나한테 그걸 물은 건 메이 네가 처음이야." 그녀가 말했어. "그런데 네 언니가 흑인 여자에게 관심을 가질까? 여기 일행 중에도 내가 여기 낀 걸 불편해하는 사람들이 있는데."

피미는 말투가 점잖고, 그 목소리는 내가 여태 들어 본 목소리 가운데 가장 음악적이야. 그 깊은 울림은 꼭 시를 읊거나 노래를 하는 것 같아. 그 말을 들으니까 정말로 언니가 흑인 여자에 관심이 없을 거라는 생각이 들었어. 물론 피미에게는 그런 말을 하지 않았지만.

"너는 어쩌다 캐나다에 가게 된 거니, 피미?" 내가 물었어.

그녀는 다시 나직하게 웃었어. "내가 캐나다 태생 같지 않은 거야, 메이?"

"너는 아프리카 인 같아, 피미." 내가 솔직하게 말했어. "아프리카 공주!"

"그래, 우리 어머니는 아샨티라는 부족 출신이야." 피미가 말했어. "아프리카 최고의 전사 부족. 어린 시절의 어느 날 어머니는 할머니와 다른 여자들하고 땔감을 주우러 나갔어. 그러다 뒤에 처져서 잠깐 쉬려고 앉았지. 걱정은 하지 않았어. 할머니가 금방 찾으러 올 거니까. 그래서 나무에 기대앉았다가 잠이 들었어. 잠에서 깨어 보니 모르는 말을 하는 남자들이 어머니를 둘러싸고 서 있었어. 어머니는 아직 어렸고 겁을 먹었지. 남자들은 어머니를 낯선 곳으로 데려가서 사슬을 채웠어. 어머니는 결국 다른 수백 명의 사람들하고 같이 배에 올랐지. 그리고 몇 달 동안 항해를 했어. 어떻게 된 일인지 영문을 몰랐고, 아직도 할머니가 데리러 올 거라고 생각했지. 그 믿음은 포기할 수 없었어. 그게 생명을 유지시켜 줬으니까. 마침내 배는 어머니가 평생 본 적도 없고 꿈도 꿔 본 적 없는 도시에 멈췄어. 도중에 많은 사람이 죽었지만 어머니는 살아남았어. 도시에서 어머니는 경매를 통해 백인 남자에게 팔렸어. 그 남자는 면화 운송업자로 플로리다 주 애팔래치콜라 항구 도시에 범선 선단이 있었어."

"어머니의 첫 주인은 좋은 사람이었어." 피미가 계속 말했어. "어머니를 집으로 데리고 가서 집안일을 시켰고 교육도 약간 시켰어. 어머니는 글을 배웠어. 다른 노예들은 들어 본 적도 없는 일이지. 그리고 어머니가 처녀가 되자 주인은 어머니를 자기 침대로 들였어. 나는 그 결합에서 태어난 아이야."

피미가 말했어.

"나도 그 집에서 자랐고, 식당에서 주인의 '진짜' 아이들— 백인 아이들 —을 가르치는 가정교사에게 배웠어. 결국 안주인이 내 친부가 누구인지 알아냈어. 아마 깜둥이 식모의 자식과 자기 아이들 사이에 무언가 닮은 점이 있는 걸 발견했을 거야. 그래서 내가 일곱 살도 되지 않은 어느 날 노예 상인 두 명이 와서 나를 데리고 갔어. 우리 어머니가 납치된 것하고 똑같이 말이지. 어머니는 울고 애원하고 저항했지만, 남자들은 어머니를 때려 눕혔어. 그렇게 얼굴을 맞아 피를 흘리며 쓰러진 모습이 내가 본 어머니의 마지막 모습이야……."

피미는 거기서 말을 멈추고 차창 밖을 내다보았어. 눈가에 눈물이 반짝였어.

"나는 조지아 주 서배나 외곽에 있는 대농장 주인에게 팔려갔어." 그녀가 말을 이었어. "그 사람은 나쁜 사람, 악덕 주인이었어. 술을 마시고 노예를 학대했지. 내가 도착한 첫날 그는 내 등에 인두로 자기 이름 머릿글자를 새겼어. 그래, 그 사람은 모든 노예의 몸에 자기 이름을 새겨서 혹시 달아나더라도 찾기 쉽게 해놓았어. 그때 나는 겨우 여덟 살이었는데, 남자는 나를 밤에 자기 거처로 들였어. 거기서 무슨 일이 있었는지는 굳이 말 안 해도 알 거야. 내가 받은 상처는 이루 말할 수 없었지."

"그렇게 몇 년이 흘렀어." 그녀의 목소리가 더 나직해졌어. "그러던 어느 날 캐나다 박물학자 한 명이 대농장을 방문했어. 그곳의 동식물 생태를 연구하러 왔다고 했지만, 그 사람은 노예제 폐지론자였고 그곳을 찾은 진정한 목적은 노예들에게 지하 철도*에 대해 알려 주는 거였어. 그 사람은 훌륭한 소개장이 있어서 아무것도 모르는 농장주들의 환영을 받았지. 내가 교육을 약간 받은 데다가 예전부터 야생 동식물에 관심이 많았기 때문에 주인은 나를 박물학자의 표본 채집 나들이에 심부름꾼으로 붙여 주었어. 그렇게 며칠을 머무는 동안 그 사람은 내게 캐나다 이야기를 해주었고, 그곳에서는 모든 남녀와 어린이가 자유롭고 평등하게 산다고 말해 주었어. 누구도 누구를 소유하는 일이 없다고. 그분은 나를 좋아했고 불쌍히 여겼어. 그리고 내가 아직 어려서 혼자 달아날 수는 없지만 어른 노예들에게 함께 데려가 달라고 부탁하라고 했어. 그러면서 북부로 가는 최상의 길이 그려진 지도를 보여 주고, 도중에 우리를 도와줄 만한 사람들의 이름도 가르쳐 주었지. 몇몇 사람에게 이 이야기를 했지만, 사람들은 주인이 너무 무서워서 탈출할 엄두도 내지 못했어. 도망 노예가 잡히면 어떻게 되는지 똑똑히 봤으니까. 박물학자가 떠나고 일주일 정도 지난 어느 날 밤 나는 주인의 침실에서 노예 처소로 울며 돌아온 뒤, 옷가지와 약간의 식량을 싸들고 혼자 떠났어. 탈출하다 죽어도 상관없었어. 그런 삶에 비하면 죽음이 오히려 반가울 정도였어."

"나는 어리고 강했지." 피미가 말했어. "그 뒤로 며칠 동안 나

❖ 백인 노예제 폐지론자들이 도망 노예를 북부나 캐나다로 피신시켜 주던 비밀 조직.

는 밤을 타서 숲과 습지와 대숲을 달렸어. 정말 쉬지 않고 달렸어. 때로 등 뒤에서 사냥개가 짖었지만, 박물학자는 내게 시냇물과 연못을 밟고 지나면 개들이 냄새를 놓친다고 말해 주었어. 나는 달리고 달렸어. 그렇게 몇 주일 동안 밤을 이용해서 북쪽으로 갔어. 낮에는 덤불에 숨어 있었지. 배를 채우기 위해 숲과 들판에서 닥치는 대로 주워 먹었어. 풀뿌리와 푸성귀가 대부분이었지만, 때로는 농장과 밭에서 과일과 채소를 훔쳐 먹기도 했어. 배가 고팠고 내가 어디를 가는지 모를 때가 많았지만, 항상 북극성을 바라보며 움직였고 박물학자에게 들은 지형지물을 찾았어. 시내로 들어가서 음식을 구걸하고 싶을 때가 많았지만 참았어. 내 등에는 아직 주인의 낙인이 찍혀 있으니 붙잡히면 당장 돌려보내져 엄청난 벌을 받을 게 분명했으니까. 그렇게 몇 달을 헤매는 동안 나는 어머니에게 들은 어머니 부족의 이야기가 떠올랐어. 사냥하는 남자들과 땅의 소출을 걷어 모으는 여자들의 이야기가. 어머니가 내게 야생을 가르쳐 주지 않았다면 나는 자유의 땅에 도착하지 못했을 거야. 우리 할머니의 지식이 어머니를 통해 내게 전해져서 내 목숨을 살렸어. 그 긴 세월을 건너서 어머니의 어머니가 내게 돌아온 것 같았어. 어머니는 늘 할머니가 어머니를 찾으러 올 거라고 믿었거든……."

"몇 달이 지난 뒤 나는 마침내 캐나다 국경을 넘었어." 피미가 말을 이었어. "거기서 박물학자에게 이름을 들은 사람들을 찾아갔고, 마침내 박사의 집에 갈 수 있었어. 거기서 좋은 대접을 받고 교육도 계속 받았어. 그 집에서 거의 십 년을 살았어. 나는 그들을 위해 일했고, 그 사람들은 내게 정직한 봉급을 주었어. 그러다가 어느 날 신문에서 인종, 종교 상관없이 미국 개척지의 중요 계획에 참가할 젊은 독신 여성을 찾는다는 광고를 보았어. 그리고 연락을 해서, 여기서 너를 만나게 된 거야."

"하지만 박사의 집에서 행복하게 살았다면," 내가 피미에게 물었어. "왜 그곳을 떠나서 이 황당한 모험에 참가한 거야?"

"그 사람들은 좋은 사람이었어." 피미가 말했어. "나는 그 사람들을 사랑했고, 그 일을 평생 감사할 거야. 하지만 메이, 나는 여전히 하인이었어. 물론 일한 대가로 봉급을 받았지만, 그래도 백인의 하인이었어. 내가 꿈꾼 건 그 이상이야. 자유로운 여자, 누구에게도 의존하지 않는 자유로운 여자가 되기를 꿈꿨어. 그건 우리 어머니, 내 부족이 준 거지. 너는 백인 여자라서 이해하기 힘들 거야."

나는 피미의 손등을 토닥이고 말했어.

"피미, 내가 자유에 대한 갈망을 얼마나 잘 이해하는지 알면 너는 놀랄 거야."

* * *

하지만 이 순간을 망치는 추악한 일이 일어났어. 피미와 내가 함께 앉아 있을 때, 복도 건너편에 앉은 남부 여자 데이지 러블레이스가 늙고 못난 푸들을 자기 옆 좌석에 내려놓더니, 우리가 고개를 돌려 바라볼 수밖에 없는 큰 소리로 말한 거야.

"편 루이즈, 너 깜둥이가 되겠니, 차라리 죽겠니?"

그랬더니 작은 개가 뻣뻣하게 걷다가 발랑 누워서 짧은 안짱

다리를 위로 쳐드는 거야. 러블레이스는 깔깔거리며 야비하게 웃었어.

"한심한 여자!" 내가 중얼거렸어. "저 여자한테 신경 쓰지 마, 피미."

"당연히 안 쓰지." 피미가 흔들림 없이 말했어. "저 여자는 술을 마셨어, 메이. 그리고 나는 저보다 심한 말도 많이 들었어. 저런 싸구려 재주는 저 여자의 대농장 친구들에게 즐거움을 주었을 거야. 하지만 어쩌다 보니 이런 잡탕 무리에 끼게 되었고, 자기가 적어도 흑인보다는 우월하다는 걸 내세우고 싶은 거야. 아직 저 여자를 이렇다 저렇다 판단하면 안 돼."

잠깐 졸았어, 피미의 어깨에 머리를 대고. 그러다 나시사 화이트라는 무시무시한 여자의 높은 목소리에 깨어났지. 아메리칸 교회의 감독 아래 이 계획에 참가한 복음주의 감독교도야. 화이트 양은 기차 복도를 정신없이 왔다 갔다 하면서 우리에게 종교 책자를 나눠주고 있어.

"'믿음 없이 광야로 들어가는 자는 멸망하리라'라고 주 예수 그리스도께서 말씀하셨습니다."

여자는 설교를 멈추지 않고 다른 헛소리도 많이 해. 하지만 이런 설교는 사람들을 동요시킬 뿐이야. 어떤 사람들은 벌써 도살장에 끌려가는 소처럼 벌벌 떨고 있거든.

안타깝게도 나시사 화이트와 나는 처음부터 서로가 마음에 안 들었고, 아마 끝끝내 원수가 될 것 같아. 그녀는 아주 피곤한 여자고, 가식적인 신앙심과 복음주의 설교로 우리를 진절머리나게 해. 언니가 잘 알듯이 나는 예전부터 교회에 별로 관심이 없었어. 내가 아는 사람들 중 예수 그리스도하고 가장 거리가 먼 아버지가 교회 장로로 위선을 행하는 모습이 내가 기성 종교에 반감을 갖게 된 원인의 하나일 거야.

나시사 화이트는 샤이엔 남편에게 아이를 낳아 줄 의도도 그와 부부 생활을 할 의도도 없다는 걸 진작 밝혔어. 자기가 이 일에 참여하는 건 오직 자기 인생을 주 예수에게 바치기 위해서라는 거야. 이교도 약혼자에게 '그리스도의 길과 진정한 구원의 길'을 가르쳐서 그를 구원의 길로 인도하겠다고 더없이 경건하게 말한다니까. 그녀는 미개인들에게 종교 책자를 나누어 줄 생각을 하고 있고, 줘도 못 읽을 거라는 내 말은 들은 척도 하지 않아. 이런 말은 불경죄에 해당할지 모르지만 나는 나시사 화이트 같은 부류가 대표하는 그리스도 하느님은 미개인들에게 그다지 유익할 것 같지 않아…….

다시 편지할게, 언니.

➤➤➤ 1875년 3월 31일 ◀◀◀

우리는 사흘 전에 미주리 강을 건넜고, 오마하의 숙소에서 하룻밤을 보냈다. 호송대는 우리를 정부 사업의 자원 참여자가 아니라 죄수처럼 다룬다. 경멸과 조롱이 가득하고, 우리에게 보이는 그 불쾌하고 익숙한 태도를 보면 우리가 정부와 맺은 파우스트적인 계약을 얼마간 알고 있는 게 분명하다. 오마하 시내 나들이는 허용되지 않았고, 심지어 숙소 바깥출입조차 금지 당했다. 우리가 마음을 바꾸고 달아날 것이 두려운지도 모른다.

이튿날 우리는 기차를 바꾸어 탔고, 이틀 동안 플랫 강이 내려다보이는 절벽 길을 달렸다. 플랫 강은 넓게 부풀어 오른 강물이 느리게 흐르는 강으로 그다지 멋진 풍광은 아니다.

우리는 작은 개척촌 그랜드 아일랜드에 잠깐 멈추어서 보급품을 받았지만 내리는 것은 허용되지 않았고, 서쪽의 노스 플랫이라는 진흙투성이 마을에서도 역에 내려 다리를 펴는 일조차 금지되었다. 어제 새벽에는 아주 놀라운 광경을 목도했다. 수만, 아니 수백만 마리는 되는 학이 강물에 떠 있었다. 그러다가 어떤 신호라도 받은 것처럼, 아니 어쩌면 그저 우리 기차가 지나가는 소리에 놀라서 갑자기 바람에 떠오르는 거대한 천처럼 한 몸이 되어 하늘로 날아올랐다. 영국 출신 조류학자 헬렌 플라이트는 그 장관에 완전히 넋을 잃었다.

"눈부셔!" 그녀가 납작한 가슴을 두드리며 말했다. "눈부심 그 자체야!"

나는 그녀의 눈썹이 머리 밖으로 튀어나갈 것 같다는 생각이 들었다.

"걸작이야." 그녀가 감탄했다. "신의 걸작이야!"

나는 처음에는 이상한 말이라고 생각했지만 곧 그 말이 얼마나 정확한 표현인지 깨달았다. 새들의 소리는 기차 소음을 뚫고도 똑똑히 들렸다. 수백만 마리의 날갯짓 소리— 상상해 보라! —가 천둥처럼, 폭포처럼 울리는 사이로 기이하고도 낯선 학의 울음 소리가 들린다. 그들의 날갯짓은 무거우면서도 신기하게 우아하고, 그들의 몸은 어떻게 하늘을 날까 싶을 만큼 거대하고, 다리는 그 끝에 아이들 연의 꼬리처럼 어색하게 매달려 있다. 신의 걸작…… 어쩌면 내가 사각의 독방에 그토록 오래 갇혀 지낸 까닭에 그런 자유와 풍요의 광경이 더욱 감동적인 건지도 모른다. 하지만 오늘 아침 이 세상은 전에 없이 아름답고 자유롭게 느껴진다! 황야의 삶이 전혀 싫지 않을 것 같다…….

나는 아직 이 낯선 지역을 잘 모른다. 일리노이 주에 비하면 이 광대한 평원은 황폐하고 생산성 없어 보이고, 범람원에 있는 몇 개의 농장은 습기 차고 개발이 덜 되어 보잘것없다. 들에서 일하는 사람들은 성공과 번영의 꿈을 다 포기한 듯 눈이 퀭하고 힘없어 보인다. 어떤 남자가 황소 두 마리를 끌고 나와 물이 넘치는 들판을 쟁기질하려 애쓰고 있었다. 그것은 부질없는 노력이었다. 소들이 가슴팍까지 진흙에 빠지자, 남자는 울고 싶은 듯한 절망감에 두 팔에 머리를 묻었다.

내가 볼 때는 이렇게 물이 넘치는 저지대에서 농경을 하는 것보다는 고지대에서 축산업을 하는 게 더 나을 것 같다. 사실 서쪽으로 갈수록 소들이 점점 많아지고 있기는 하다. 일리노이 주에서 본 소들과는 상당히 다르게, 다리가 길고 좀 더 거칠고 뿔이 길고 우아하게 굽은 소들이다. 어제는 아주 화려한 광경을 보았다. 카우보이들이 수천 마리는 되는 소 떼를 몰고 강을 건너는 장면이었다. 기관사는 소 떼와 충돌을 피하기 위해 기차를 세웠고, 덕분에 우리는 그 광경을 아주 잘 관찰할 수 있었다. 물론 나는 신문 잡지에서 카우보이에 대한 글을 읽고 화가들이 그린 그림도 보았지만, 실제로 보니 정말로 생기와 활력이 넘쳤다. 마사는 그들을 보고 얼굴이 새빨개졌고 — 그녀는 흥분하면 그런 귀여운 모습이 된다 — 그 모습도 흥미로웠다. 카우보이들은 소 떼를 몰고 짧고 강렬한 소리를 지르며 쾌활한 동작으로 공중에 모자를 흔들었다. 강물을 첨벙첨벙 건너는 소 떼, 그들을 몰고 가는 씩씩한 카우보이, 모두 거친 낭만이 살아 있는 것 같다. 한 군인이 말하기를 이 카우보이들은 텍사스를 떠나 목축업이 번창하는 몬태나 준주로 가는 길이라고 한다. 어쩌면 우리 '인디언 신부'들이 언젠가 그곳을 방문할지도 모른다. 미개인들은 유목 생활을 하니, 빈번히 또 갑자기 이동할 마음의 준비를 갖추고 있어야 한다고 하지 않았는가.

❦❦❦ 1875년 4월 3일 ❦❦❦

오늘 우리 기차는 몇 시간 동안 서 있었고, 그사이에 남자들 한 무리가 객차에 타서 약간의 '스포츠'를 했다. 차창에서 버펄로를 쏘는 것이었다. 이 도살 행위가 어떻게 스포츠가 되는 건지 나로서는 도통 모르겠다. 버펄로는 젖소만큼이나 우둔하고 순박해 보이기 때문이다. 이 불쌍한 동물들이 들판을 어슬렁거리다가 사육제의 사격 과녁처럼 하나둘 쓰러지면, 기차에 올라탄 남자들과 우리 호송대 군인들이 함께 미친 아이들처럼 환호하고 소리 지르고 서로의 솜씨를 축하한다. 여자들은 대부분 객차 안에 화약 냄새가 차오르는 동안 조용히 손수건으로 코를 막고 있다. 아주 기괴한 광경이었고, 더할 수 없이 헛된 일 같았다. 쓰러진 버펄로는 그냥 버려지기 때문이다. 그중 많은 수가 치명상을 입고도 바로 죽지 않아 처량하게 울부짖는다. 어떤 소는 갓난 송아지가 딸려 있고, 사냥꾼들은 그 어린 것들도 유쾌하게 처치한다. 하루 동안 나는 우리가 지나는 들판에서 다양한 모습으로 썩어 가는 뼈와 사체를 보았고, 공기를 역하게 채우는 악취를 자주 맡았다. 이런 추악하고 부자연스러운 일이 신의 눈 아니라 누구의 눈에도 훌륭하게 보일 리 없다. 사람이 얼마나 어리석고 한심한 동물인지 다시 한 번 절감하지 않을 수 없었다. 죽이는 일을 재미로 하는 종족이 지구상에 또 있는가?

이제 우리는 다시 떠난다. 남자들의 살육 욕구가 충족된 모양이다…….

⋙ 1875년 4월 8일 ⋘
네브래스카 준주, 포트 시드니

우리는 첫 번째 기착지에 도착했고, 이제 다음번 이동이 시작될 때까지 여러 장교의 집에 분산 수용된다. 마사와 나는 따로 떨어졌고, 나는 제임스 중위라는 장교의 집에 머물고 있다. 중위의 아내 애비게일은 말수가 적고 차분한 데다 이 여행을 시작한 뒤로 우리가 만난 거의 모든 사람들에게서 발견한 우월감을 보인다. '공식적으로' 우리는 이교도들에게 가는 선교사로 이야기되지만, 모두가 우리 일의 진짜 성격을 아는 것 같고, 그로 인해 모두가 우리를 경멸하는 것 같다. 이런 것을 예상하지 못한 내가 순진했던 것이리라. 나는 우리가 중대한 사회적, 정치적 실험의 사절단으로서 일정한 존경을 받을 줄 알았지만, 중위의 아내처럼 깔볼 사람이 필요한 속좁은 사람들은 우리에게 창녀의 역할을 부여하고 있다.

우리가 도착한 직후 이 여자가 내 방의 문을 두드렸다. 하지만 내가 문을 열자 안으로 들어오지는 않고 문 앞에 서서 오만한 목소리로 저녁 식사 때 아이들 앞에서 우리 임무에 대해 함구해 달라고 요청했다.

"우리 임무는 본래 비밀이에요." 내가 대답했다. "저는 그걸 말할 생각이 전혀 없습니다. 왜 그런 요청을 하시죠?"

"아이들은 술에 취해 요새 주변을 어슬렁거리는 타락한 미개인들에게 노출되어 살고 있어요." 여자가 대답했다. "저는 그런 더러운 사람을 내 집에 들이지 않습니다. 식탁에 함께 앉는 건 더더욱 생각도 할 수 없지요. 저는 아이들이 미개인 아이들과 어울리는 것도 허락하지 않습니다. 우리가 여자 분들을 들이고 식사를 주는 건 요새 사령관의 명령 때문이지 우리가 좋아서 하는 일이 아니에요. 이런 일을 한다고 해도 우리는 당신들에게 도덕적으로 반대합니다. 이 부끄러운 이야기가 우리 아이들을 더럽히지 않게 할 것입니다. 이만하면 잘 아시겠는지요?"

"네, 아주 잘 알겠어요." 내가 대답했다. "덧붙이자면, 저는 당신네 식탁에 앉느니 차라리 굶고 말겠네요."

그래서 나는 제임스 부인 집에 머물던 짧은 시간을 내 방에서 보냈다. 식사는 하지 않았다. 나는 아침 일찍 밖으로 나가 요새 주변을 산책했지만, 그때도 군인들과 요새에 드나드는 건달들— 숫사슴 가죽 옷을 입고 거친 외양을 한 —의 조롱을 피할 수 없었다. 그들의 외설적 언사 때문에 나는 안타깝게도 산책이라는 작은 즐거움마저 포기해야 했다. 우리의 비밀은 변경에서 아주 쉽게 누설된 것 같고, 그것을 아는 모든 사람을 질겁시키는 모양이다. 그러거나 말거나 상관없다. 나는 관습을 벗어나는 일과 인기 없는 일을 하는 데 익숙하다. 어쩌면 지나칠 만큼. 솔직히 내가 평생토록 이른바 '문명인'들에게서 어떤 대접을 받았는지를 생각하면, 미개인들과 함께 사는 것이 오히려 기대된다. 적어도 그들은 우리를 존중하기를 바란다.

⫸ 1875년 4월 11일 ⫷

우리는 다시 길을 떠났다. 이번에는 군용 열차를 타고 포트 래러미로 간다. 시드니에서 몇 명이 사라졌다. 목적지가 가까워지면서 마음이 바뀌거나 그들이 묵은 집의 군인 가족들이 이런 '부도덕한' 사업을 포기하라고 설득했을 수도 있다.

어쩌면 — 이게 가장 가능성이 높은데 — 요새 주변에 사는 미개인들의 처참한 광경에 충격을 받았을 수도 있다. 솔직히 그들은 내가 평생 본 가장 비천한 거지이자 술꾼이었다. 땟국이 흐르는 몸에 누더기를 걸친 그들은 흙 속에 쓰러져서 그대로 잠을 잔다. 만약 이 사람들 가운데 누가 내 남편이 될 거라면 나도 생각을 좀 해봐야 할 것이다. 그 냄새가 얼마나 지독할까!

포트 시드니에 있는 동안 내 친구 피미는 흑인 대장장이 집에 묵었다. 우리 일행 중 많은 이들이 흑인인 피미와 같은 곳에 묵는 것을 꺼렸다. 인종도 다르고 피부빛도 다른 이교도들과 함께 살고 그들의 자식을 낳으러 가는 마당에 그런 세심한 구별은 참으로 하릴없어 보이지만, 이제 미개인 무리에 들어가면 그런 태도는 점차 누그러들 것이다. 그리고 피미는 우리 가운데 한 명, 그러니까 백인처럼 여겨질 것이다.

대장장이 부부는 피미에게 친절하게 대했고 여벌의 옷도 주었다. 그들의 말에 따르면, 우리가 찾아가는 '자유' 인디언들은 '요새 떨거지'들과는 전혀 다르다. 샤이엔 족은 여러 평원 부족들 가운데 인물도 위생도 가장 좋은 편이며, 샤이엔 여자들은 아주 고결하다는 평이라고 했다. 우리는 모두 그 말에 크게 안도했다.

새로 갈아 탄 기차는 훨씬 더 힘들다. 좌석은 거친 나무로 만든 벤치에 지나지 않는다. 문명의 사치가 천천히 제거당하고 있는 것 같다. 마사는 갈수록 불안해 보인다. 말 없는 아이 세라는 거의 신경증적일 정도로 불안해한다. 손을 어찌나 깨물었는지 피부가 다 벗겨졌다. 떠들썩하고 쾌활한 그레첸마저 기이한 침묵과 두려움에 빠져 있다. 다른 사람들도 모두 다양한 불안 증상을 보인다. 데이지 러블레이스는 하얀 푸들을 품에 안고 병에 든 '약'을 몰래몰래 마신다. 헬렌 플라이트는 변함없이 놀란 표정이지만 거기에도 약간의 불안이 깃들어 있다. 말수가 적은 검은 옷의 에이다 웨어는 전에 없이 죽음의 천사 같다. 켈리 자매도 이 끝없는 황야 앞에서 뻔뻔한 악동의 모습을 대폭 잃은 듯하다. 전처럼 기차 안을 계속 어슬렁거리지 않고 거울 상처럼 마주 앉아서 조용히 창밖을 내다보고 있다. 다행인 것은 언제나 모든 사람의 귀에 다 들리도록 큰 소리로 설교를 하는 복음주의자 나시사 화이트가 열렬한 침묵 기도에 빠졌다는 것이다.

오직 피미만이 변함없이 차분한 모습으로 고개를 들고 입술에 엷은 미소를 띠고 있다. 지난 인생의 고난과 시련이 그녀를 그토록 강하게 만든 것 같다. 그녀는 온몸으로 강인함을 내뿜고 있다.

피미가 방금 멋진 일을 했다. 모두가 긴 여행과 앞날에 대한 두려움에 최악의 기분이 되어 말없이 창밖을 바라보고 있었다. 하지만 메마르고 나무도 없이 바위뿐인 황량한 대지는 눈길 줄 만한 데가 전혀 없고, 우리가 실려 가는 무시무시한 신세계를 예고해 주는 것만 같다. 그때 피미가 낮고 음악적인 목소리로 노래를 시작했다. 지하 철도에 대한 흑인 노예의 노래였다.

이 열차는 영광을 향해 간다네, 이 열차는.
이 열차는 영광을 향해 간다네, 이 열차는.
이 열차는 영광을 향해 간다네,
어서 타서 너의 이야기를 하라
이 열차는 영광을 향해 간다네, 이 열차는.

모두가 피미를 바라보았고, 어떤 여자들은 소심한 미소를 띤채 노래에 빨려 들었다.

이 열차는 추가 편이 없다네, 이 열차는.

이 열차는 추가 편이 없다네, 이 열차는.

이 열차는 추가 편이 없다네.

오직 자정 특별 열차만 있다네.

이 열차는 추가 편이 없다네, 이 열차는.

피미의 아름다운 목소리에 담긴 당당한 슬픔은 우리에게 용기를 주었고, 그녀가 다시 1절로 돌아갔을 때 —'이 열차는 영광을 향해 간다네, 이 열차는⋯⋯'— 나도 따라 부르기 시작했다.

"이 열차는 영광을 향해 간다네⋯⋯" 다른 여자들도 하나둘 참여했다. "이 열차는 영광을 향해 간다네, 어서 타서 너의 이야기를 하라⋯⋯"

그리고 마침내 거의 모든 여자— '검은 에이다'마저 —가 감동적이고 기쁨에 찬 후렴 부분을 불렀다.

"이 열차는 영광을 향해 간다네, 이 열차는⋯⋯" 아 그래, 영광, 그렇게 생각하니 기분이 좋다⋯⋯.

광야로 가는 길

'평화는 정복의 본성이다.
그때는 양편이 모두 고결하게 누그러들고,
어느 편도 패자가 되지 않기 때문이다.'

— 윌리엄 셰익스피어, 《헨리 4세》 2부 4막 2장, 메이 도드의 일기에서

≫≫ 1875년 4월 13일 ≪≪

마침내 포트 래러미에 도착했다. 신도 버린 황폐한 땅이 있다
면 여기가 그곳일 것이다. 그래도 꽤나 푸르렀던 시카고 평원을
떠난 지 백 년은 된 듯한 시간이 지난 뒤에 우리는 진정한 바위
와 먼지의 사막에 도착했다. 오, 하느님!

우리는 군대 막사에 단체로 수용되어 간이 나무 침상에서 잤
다. 너무도 원시적이고 불편하다. 하지만 아직은 그런 말을 하면
안 될 것이다. 앞으로 몇 주 후면 우리 인생이 얼마나 더 불편해
질 것인가? 여기서 일주일을 쉰 뒤 군 분견대의 호송 속에 캠프
로빈슨으로 가고, 거기서 마침내 인디언 남편들을 만난다고 한
다. 때로 내가 정말로 미친 것 같다는 생각이 든다. 나뿐 아니라
우리 모두가. 미치지 않고서야 자기 의지로 이런 곳에 올 수 있

겠는가? 미개인과 함께 살겠다고? 이교도와 결혼한다고? 해리,
왜 나를 그자들에게 넘겨준 건지…….

⇒⇒⇒ 1875년 4월 13일 ⇐⇐⇐

　사랑하는 해리에게,

　지금쯤이면 당신은 내가 시카고를 떠났다는 소식을 들었을
거야. 그리고 서부로 갔다는 이야기도. 하지만 어쩌면 당신은 아
직 아무것도 모를지도 모르지. 어쩌면 우리 아버지가 고용한 깡
패들 손에 죽었을지도 몰라. 아, 해리, 나는 당신과 우리 아기들
생각을 하지 않으려고 노력 중이야. 해리, 돈 몇 푼에 우리 모두
를 포기한 거야? 당신을 너무 사랑했기에 이런 질문에 답을 모
른다는 사실이 미칠 듯이 괴로워.

　내가 납치되던 그날 밤, 당신은 혹시 아무것도 모른 채 다른
여자하고 같이 술을 마시고 있던 거야? 당신이 아버지와 한 패
가 되었다는 것보다는 차라리 그쪽을 믿고 싶어, 해리. 나는 당
신의 충실한 애인이고, 당신 아이들의 어머니잖아. 그리고 우리
는 한때 행복했고 아기들을 사랑했잖아? 아버지가 돈을 얼마나
집어 준 거야, 해리? 당신한테는 우리가 얼마만 한 가치였던 거
야?

　미안해, 이건 부당한 비난일 거야. 어쩌면 나는 평생 진실을
모를 거야. 아, 해리, 내 사랑, 놈들이 우리 아기들을 데리고 갔
어. 어찌나 보고 싶은지 꿈에서 그 사랑스러운 얼굴을 보고 놀

라 깨어서 애통해해. 자리에 누운 채 아이들이 어떻게 지낼지, 사랑하던 어머니를 기억이나 할지 생각해. 아이들 소식을 듣고 싶어. 당신은 만났어? 아니, 못 만났을 거야. 아버지가 허락하지 않을 테니까. 그리고 당신처럼 신분이 낮은 남자가 자기 손자손녀의 아버지라는 사실조차 인정하지 않을 거야. 아이들은 나처럼 응석받이 왕자 공주로 커서, 당신 같은 사람들을 깔보는 밉살스러운 꼬마 괴물이 될 거야, 해리. 이상하지 않아? 우리가 이렇게 갑자기 헤어지고 아이들이 한밤중에 납치되고, 나는 정신병원에 갇히고, 당신은……. 당신이 어떻게 됐는지는 하느님만이 알겠지, 해리. 놈들이 당신을 죽인 거야, 아니면 당신한테 돈을 준 거야?

당신은 죽은 거야, 아니면 더 높은 값을 부르는 쪽에 우리를 판 거야? 나는 당신을 미워해야 하는 거야, 아니면 애도해야 하는 거야? 이런 걸 전혀 모르면서 당신을 생각하는 일이 너무 힘들어. 이제 나는 이곳의 임무를 완수하고 시카고로 돌아갈 것을 꿈꾸고 있어. 돌아가서 아이들을 만나고, 당신을 찾고, 또 당신 눈에서 진실을 찾을 것을.

해리, 당신하고 정식으로 결혼하지 않은 게 정말 다행이었어. 지금 나는 다른 사람하고 정혼이 되었거든. 그래, 갑작스럽다는 거 알아. 나는 결혼 제도에 반대하지만, 자유를 사기 위해 난데없는 계약을 맺었어. 그리고 행운의 주인공이 어떤 남자일지는 모르지만, 그 사람이 샤이엔 족 인디언이라는 건 알아. 그리고 행여 내가 이 편지를 보낼 방법을 안다고 해도, 우리는 편지 발송이 금지되어 있어. 이 일은 비밀 계획이거든. 실제로는 모두가 아는 것 같지만……. 그리고 미친 소리 같겠지만, 당신에게 부치지 못할 편지라도 쓰는 게, 당신에게 이 소식을 전하는 게 내 의무 같았고, 이렇게 의무를 행한 거야…….

변함없이 당신 아이들의 어머니인
메이

◈◈◈ 1875년 4월 17일 ◈◈◈

포트 래러미에서 일주일을 보냈더니 이제 길을 떠나도 좋을 것 같다. 지독하게 지루했다. 우리는 사실상 막사에 감금되어 있었고, 외출이라고는 오후에 한 시간씩 군인들의 호위 속에 구내를 산책하는 게 전부였다. 아마 우리가 보호소 인디언들과 만나서 마음을 바꿀 것이 두려운 모양이다. 그들은 비천하기가 포트 시드니에서 본 인디언과 다를 바가 없다. 이들보다 더 참담하고 절망적인 종족은 지상에 없을 것이다. 대개 수 족, 아라파호 족, 크로 족이라고 하는데, 남자들은 술 마시고 도박하고 구걸하는 일밖에 모르고, 술 한 모금을 위해서라면 누더기 차림의 아내와 딸들을 군인이나 요새에 모여 드는 혼혈인과 백인 범죄자들에게 기꺼이 팔아 넘긴다. 불쾌하고 한심하다. 여자들도 술에 취해 저항을 못하는 일이 흔하고, 어쨌건 그들은 이런 추악한 거래에 발언권이 거의 없다.

그래도 요새 주변 인디언들은 우리가 만날 인디언과는 다르다고 믿어야 한다. 적어도 나는 어린 세라와 내 친구 마사를 위해 그런 믿음을 버리지 않고 있다. 그래서 마사에게 그녀의 남편이 위스키 한 병에 그녀를 군인에게 팔 가능성은 별로 없지만, 혹시 그렇게 된다면 그건 의무에서 풀려나 자유를 얻고 다시 우리 땅으로 돌아갈 기회가 온다는 뜻이라고 일러 주었다. 아, 하지만 나는 착한 마사가 미개인에게서 진정한 사랑을 발견하려고 결심했다는 걸 잊고 있었기에 결혼 실패의 가능성은 전혀 위로가 되지 않고 반대의 결과만을 낳았다.

지루한 포트 래러미 생활의 유일한 위안은 장교 식당에서 열리는 공동 식사다. 우리는 보안 때문에 요새의 다른 민간인과 접촉이 금지되어 있지만, 일부 장교와 아내들은 우리와 함께 식사하는 것을 허락받았다. 여기서도 우리의 '공식' 신분은 미개인 '선교' 사업단이었다.

오늘 나는 존 G. 버크 대위의 식탁에 앉게 되었다. 대위는 앞으로 우리 일행의 이동을 책임진 사람이다. 대위는 최근 애리조나 준주의 미개인 아파치 족을 진압한 유명한, 인디언 전사 조지 크룩 장군의 참모다. 우리 일행 중에는 시카고 신문에서 장군의 활약상을 읽은 사람도 있다. 물론 정신병원에서는 신문을 읽는 사치 따위는 언감생심이다.

버크 대위는 좋은 사람 같다. 그는 진정한 신사로, 끝까지 우리에게 예의를 보이는 사람이었다. 미혼이지만 주둔지 사령관의 딸과 약혼했다고 한다. 그녀는 아무 개성도 없지만 얼굴은 예쁜 리디아라는 아가씨로, 식탁에서 대위 오른쪽 자리에 앉아 세상에서 가장 재미없는 대화로 그의 관심을 독차지하려고 했다. 대위는 그녀를 세심히 배려했지만, 그 이야기에는 전혀 흥미를 느끼지 못하는 게 분명하다.

버크 대위는 우리에게 훨씬 더 흥미를 갖고, 조심스러운 어투로 날카로운 질문들을 던졌다. 그는 우리 임무의 진정한 성격을 분명히 알고 있지만, 거기 찬성하는 입장은 아니다. 애리조나 준주에 주둔하던 시절 원주민과 많은 교류를 하면서, 아마추어 민속학자 비슷하게 미개인들의 생활 방식에 상당한 지식을 쌓은 것을 자랑스러워한다.

뜬금없는 소리지만 혼자 말처럼 덧붙여 말하자면, 대위는 여자를 보는 눈이 있는 것 같다. 솔직히 그는 미남인 데다 군인다운 태도와 남자다운 체격까지 갖추고 있다. 검은 머리는 옷깃 바로 위까지 내려오고, 콧수염을 길렀으며, 움푹 팬 담갈색 눈에는 깊은 감정이 담겨 있다. 그러면서도 그 눈은 늘 무언가에 관심이 이끌린다는 듯 장난스럽게 반짝인다. 사실 그 사람의 눈은 군인보다 시인의 눈에 가깝다. 그리고 그 위로 짙은 눈썹이 낭만적인 그늘을 드리운다. 지성과 감성을 겸비한 남자다.

버크 대위가 식탁의 다른 어떤 여자보다 내게 더 많은 대화를 건넨 것은 즐겁고도 우쭐한 일이었다. 그의 약혼녀도 그 사실을 놓치지 않고 한심한 수다를 더욱 장황하게 늘어놓았다.

"존," 그가 애리조나 미개인의 재미있는 종교 의식에 대한 이야기를 할 때 그녀가 끼어들었다. "여자분들한테는 문명과 관련된 대화가 더 좋을 거예요. 예를 들면 당신은 이번에 내가 새로 산 모자를 칭찬해 주지 않았어요. 세인트루이스에서 새로 온 최신 뉴욕 패션이에요."

대위는 약간 산란하지만 재미있다는 듯이 그녀를 보고 물었다.

"새로 산 모자라고요, 리디아? 그런데 그 모자가 치리카후아족의 주술 춤과 무슨 관계가 있나요?"

대화의 주제를 자기 모자로 끌고 가려던 리디아의 노력은 좌절되었고, 그녀는 수치심으로 얼굴이 빨개졌다.

"물론 관계는 없죠. 저는 그저 여자 분들은 식탁 대화의 주제로 미개인들의 미신 같은 지루한 이야기보다는 뉴욕 패션에 관심이 더 많을 거라고 생각했어요. 그렇지 않은가요, 도드 양?" 그녀가 물었다.

나는 놀라서 웃지 않을 수 없었다.

"그래요, 브래들리 양. 모자가 아주 예뻐요." 그리고 말했다. "대위님, 우리 여자들이 미개인에게 뉴욕 패션에 대한 감식안을 키워 줄 수 있을까요?"

대위는 내게 미소를 짓고 고개를 크게 끄덕이며 말했다.

"숙녀의 모자와 미개인의 관습이라는 두 주제를 멋지게 결합하셨군요." 그의 눈에 유머가 반짝였다. "도드 양은 맡으신 선교 사업이 무사히 달성될 거라고 보시나요?"

"대위님 목소리에서 회의적인 기미가 읽히네요." 내가 말했다. "우리가 미개인들에게 문화와 문명을 가르칠 수 없다고 보시는 건가요?"

대위의 목소리가 무거워졌다.

"제 경험에 따르자면, 아메리카 인디언은 본성상 우리 문화를 이해할 수 없습니다. 반대로 우리 또한 그들을 제대로 이해할 수 없고요."

"저희가 맡은 임무가 바로 그거예요." 내가 우리 '비밀'에 조금 가까이 다가가면서 말했다. "두 인종 사이에 조화와 이해의 씨앗을 뿌리는 거요. 장래 세대가 하나로 녹아들 수 있도록 말이에요."

"물론 훌륭한 이상입니다." 대위가 내 말을 완벽하게 이해하고 고개를 끄덕이며 말했다. "하지만 ─ 제 솔직한 발언을 용서해 주십시오 ─ 그건 완전한 망상입니다. 우리가 하느님의 자연스러운 인종 구별을 훼손하면서 만들어 내는 것은, 조화를 이루는 사람이 아니라 소외된 사람들, 떠도는 사람들, 정체성도 목표도 없는 사람들, 물고기도 아니고 새도 아니고, 인디언도 아니고 백인도 아닌 사람들입니다."

"그런 세대의 어머니가 될 사람에게는," 내가 말했다. "정신이 번쩍 드는 말이네요. 그러면 우리가 그 불쌍한 사람들에게 긍정적인 힘을 전혀 발휘할 수 없다는 말씀인가요?"

대위는 내가 대담하게 그 사실을 인정한 데 얼굴이 벌게졌고, 브래들리 양은 대화가 이런 식으로 흘러가는 것이 혼란스러운 표정이었다.

"제 불행한 경험에 따르면, 도드 양." 그가 말했다. "아메리카 인디언은 문명과 삼백 년을 접촉하는 동안 우리에게서 나쁜 것을 빼고는 아무것도 배우지 못했습니다."

"그렇다면 그 말씀은," 내가 말했다. "대위님의 전문적 견해에 따르면 우리의 사역은 희망이 없다는 거네요."

대위는 지성과 감성이 어울린 눈으로 나를 보았고, 두 눈썹

사이의 골이 깊어졌다. 그 눈길에는 걱정 말고 다른 것도 있는 것 같았다. 그는 낮은 목소리로 말했고 그 말은 나를 뼛속까지 오싹하게 했다.

"장교가 사령관의 명령과 반대되는 발언을 하는 것은 배신에 해당할 것입니다, 도드 양."

식탁에 침묵이 내렸고, 기쁘게도 그것을 깨어 준 사람은 헬렌 플라이트였다.

"브래들리 양, 모자의 깃털이 쇠백로의 번식 깃털이라는 걸 알았나요?"

"아뇨, 몰랐어요."

브래들리 양의 말투에는 안도감뿐 아니라 대화의 주제가 마침내 자기 모자로 돌아왔다는 승리감도 있었다.

"정말 멋있죠!"

"네." 헬렌이 말했다. "하지만 고약한 일이기도 해요. 《아메리카의 새들》화보를 위해 지난 봄에 플로리다 주 에버글레이즈 늪지의 섭금류를 연구할 때 봤죠. 브래들리 양 말씀대로 그렇게 깃털을 장식한 모자가 요즘 뉴욕에서 대유행이에요. 모자 업자들은 그곳에 사는 세미놀 인디언에게 깃털 공급을 부탁했죠. 안타깝게도 브래들리 양의 모자를 장식한 멋진 깃털은 번식기의 어른 새에게만 자라나요. 인디언은 둥지에 알을 품고 있는 새들에게 그물을 던지는 교묘한 방법을 고안했어요. 새들은 새끼를 보호하려는 본능 때문에 웬만해서는 둥지를 떠나지 않거든요. 그리고 인디언들은 그 장식 깃털 — 흔히 혼인 깃털이라고 하는데 — 몇 개를 뽑기 위해 새를 죽이죠. 번식지 전체가 그렇게 파괴되고, 부모 잃은 새끼 새들은 둥지에서 굶어 죽어요."

플라이트 양은 몸을 살짝 떨었다.

"안타까운 일이에요. 온 번식지의 새끼가 부모를 찾아 울부짖는 소리는 가슴이 미어진답니다. 몇 킬로미터 밖에서도 다 들려요……."

가엾은 브래들리 양은 이런 설명에 얼굴이 하얘졌고, 새 모자를 잡은 손이 덜덜 떨렸다. 그러다 울음을 터뜨리지 않을까 걱정이 되었다.

"존." 그녀가 힘없이 말했다. "나를 내 거처까지 데려다 줄래요? 몸이 안 좋네요."

"이런, 내가 무슨 실수를 했나요?" 헬렌이 기대에 차 눈썹을 추켜올리며 물었다. "혹시 기분 나쁘셨다면 죄송합니다, 브래들리 양."

나는 버크 대위가 우리 임무를 반대하는 논거를 좀 더 깊이, 따로 듣고 싶었다. 그러다가 저녁 식사 후에 그가 식당 베란다의 의자에 혼자 앉아 시가를 피우는 걸 보았다. 사실을 말하자면 나는 대위에게 끌리고 있었다. 이런 매혹은 그저 헛바람에 그칠 테지만 가벼운 희롱이 무슨 큰 문제가 되겠는가?

내가 대위를 놀라게 한 모양이다. 내가 다가가자 그가 펄쩍 뛰듯이 일어났기 때문이다.

"도드 양." 그가 예의 바르게 허리 굽혀 인사하며 말했다.

"대위님." 내가 대답했다. "브래들리 양이 많이 아픈 건 아니겠지요? 헬렌의 말에 기분이 상한 것 같던데요."

대위는 별일 아니라는 듯 손을 흔들었다.

"안타깝게도 리디아는 변경 생활의 많은 일을 불쾌해합니다." 그의 눈에 즐거운 기색이 비쳤다. "평생토록 뉴욕에서 어머니 곁에 살다가 작년에 여기 왔거든요. 군 요새는 감수성이 예민한 처녀에게는 어울리지 않는다는 걸 깨닫고 있지요."

"이런 곳이 어울리는 건," 내가 농담했다. "우리처럼 거칠 것 없는 중서부 출신 여자들이겠죠."

"이곳은 어떤 여자에게도," 대위가 골똘한 표정으로 이마를 찌푸리고 대답했다. "어울리지 않습니다."

"그렇다면 대위님," 내가 물었다. "요새 생활이 여자들에게 힘들다면, 미개인 사회에서 우리 인생은 얼마나 더 힘들까요?"

"짐작하고 계실지도 모르지만, 도드 양, 저는 상관들에게 이 임무의 내용을 설명 들었습니다." 그가 말했다. "그리고 저녁 식탁에서 이미 언급했듯이, 이 문제에 대한 개인적 견해는 말씀드리고 싶지 않습니다."

"하지만 이미 말씀하셨어요, 대위님." 내가 말했다. "그리고 저는 대위님의 개인적 견해를 묻는 게 아니라 미개인 사회에 대한 전문가로서, 우리가 앞으로 어떤 걸 예상해야 하는지 말씀해 달라는 거예요."

"그렇다면 그 말씀은," 대위의 목소리에는 분노가 떠올랐다. "정부가 이 일로 숙녀 분들을 모집할 때 그런 정보를 주지 않았다는 겁니까?"

"야영 생활을 하게 될 거라는 식으로 말했어요." 나는 약간의 아이러니를 담아서 말했다.

"야영 생활이라……." 대위가 중얼거렸다. "미친 짓, 이 계획은 완전히 미친 짓이에요."

"그건 개인적 견해인가요, 아니면 전문적 견해인가요?" 나는 웃음을 기대하며 물었다. "율리시즈 그랜트 대통령이 우리에게 맡긴 이 고귀한 사역을 당신은 미친 짓이라고 하시네요. 그게 바로 대위님이 말한 배신인가요?"

대위는 내게서 고개를 돌리고 두 손을 등 뒤로 돌려 잡았다. 한 손은 꺼져 가는 시가를 계속 들고 있었다. 그의 강렬한 옆얼굴과 길고 곧은 코가 지평선을 배경으로 도드라졌다. 검은색에 가까운 그의 머리는 옷깃 위에서 곱슬거렸다. 이런 말을 하기에는 적절하지 않은 시간이지만, 나는 다시 한 번 대위의 몸매가 얼마나 훌륭한지 느끼지 않을 수 없었다. 넓은 어깨, 좁은 엉덩이, 꼿꼿한 허리…… 군복 바지는 그 몸매를 더욱 돋보이게 해 주었고……. 그를 바라보자니 내 안에 어떤…… 욕망 같은 것이 솟았다. 그것은 내가 일 년도 넘게 정신병원에 갇혀서 흉악한 고문자들을 빼고는 어떤 남자하고도 접촉하지 못했다는 사실에서도 기인했다.

버크 대위는 돌아서서 깊은 눈길로 나를 내려다보았고, 내 뺨에 피가 확 몰려 왔다.

"그래요." 그가 고개를 끄덕이며 말했다. "워싱턴에 있는 대통령의 사람들이 당신들을 이리 보냈죠. 야만인과의 결혼이라는 말도 안 되는 정치적 실험을 위해서요. 야영 생활이라고요? 그건 도드 양이 겪을 고충 가운데 가장 사소한 일일 겁니다. 물론 워싱턴 사람들은 당신들이 어떤 고난을 겪을지 몰라요. 그리고 아마 신경도 안 쓸 겁니다. 언제나 그렇지만, 그 사람들은 현장 전문가들에게 의논할 생각도 안 하죠. 우리가 받은 명령은 그저 당신들을 인디언 남편에게 안전하게 전달하는 것입니다. 무역 상품처럼요. 그리고 그 대가로 말을 받죠! 부끄러운 일이에요!"

그의 분노는 소나기처럼 거세졌다.

"부끄러운 줄을 알아야 돼요! 하느님 보시기에 참으로 역겨운 일입니다."

"말이라고요?" 내가 조그만 목소리로 물었다.

"백인 신부의 대가로 미개인들에게서 말을 받기로 했다는 건 말하지 않았겠지요."

대위가 말했다.

나는 얼른 차분함을 되찾고 말했다.

"그건 우쭐해야 할 일 같은데요. 제가 듣기로 미개인들은 말을 아주 중요시한다고 하니 말이에요. 게다가 대위님도 아시다 시피 여기 강제로 참여한 사람은 없습니다. 모두가 자원했어요. 우리 과업이 부끄러운 거라면 자유의지로 여기 참여한 우리도 그 수치를 나눠 가져야 할 거예요."

대위는 내가 이런 일에 참여하게 된 동기를 캐내겠다는 듯한 눈길로 나를 보았다. 그의 넓은 이마가 구름처럼 눈 위로 그림자를 드리웠다.

"아까 식탁에서 당신을 관찰했습니다, 도드 양."

그가 낮은 목소리로 말했다.

"그 눈길은 저도 눈치 챘어요, 대위님."

내가 말했고, 얼굴에 피가 솟아올랐다. 몸 속이 간질거렸다.

"당신처럼 사랑스러운 처녀가 어쩌다가 이런 누더기 무리에 끼어 어울리지 않는 사업에 참여하는지 이해해 보려고 했습니다." 그가 말을 이었다.

"어떤 분은, 솔직히 일부 여자 분은 여기 참여한 이유가 쉽게 짐작됩니다. 예를 들어 영국인 플라이트 양은 직업의 절박한 필요에 따라 평원에 가야 합니다. 아일랜드 출신 쌍둥이 켈리 자매는 부랑자라는 느낌을 줍니다. 아마 시카고에서 경찰과 문제가 있었을 겁니다. 그리고 뚱뚱한 독일 여자 분은 백인 남편을 구할 가능성이 매우 제한되어 있을 것입니다……."

"매정하시군요, 대위님." 내가 말했다. "신사 분이라고 생각했는데 그런 말씀은 실망스럽습니다. 우리는 누가 더 낫고 말고 할 게 없어요. 모두가 저마다의 이유로 여기 참가했고, 더 나은 이유라는 건 없으니까요. 그리고 대위님이 그걸 신경 쓰실 필요도 없고요."

대위는 허리를 꼿꼿이 세우고 군인답게 군화 뒤축을 착 붙였다. 그리고 고개를 살짝 숙이며 말했다.

"맞습니다. 사과드립니다. 동료 분들을 모욕하려는 의도가 아니었음을 알아주십시오. 제가 말하려던 건 그저 당신처럼 예쁘고 똑똑하고 재치 있고 또 분명히 좋은 집안 출신인 것 같은 아가씨는 이 집단에 걸맞지 않아 보인다는 것이었습니다. 이 괴이한 실험에 참가한 사람들은 범죄자나 배우자를 구하지 못한 사람, 그리고 정신적으로 문제가 있는 여자들이라고 들었기 때문입니다."

"그렇군요." 내가 말하고 웃었다. "우리 집단이 그렇게 알려졌군요. 지금껏 만나는 사람들마다 우리를 그토록 경멸한 이유가 있네요. 당신이 미개인에게 넘겨주는 사람들이 그런 부적응자나 문제 인물들이었다면 양심의 가책이 덜했을까요?"

"그렇지 않습니다." 대위가 말했다. "제 말뜻은 그게 아닙니다."

그러더니 버크 대위는 이상한 행동을 했다. 내 팔꿈치를 가볍지만 확고한 손길로 잡은 것이다. 그 행동은 이상하게도 애인의 손길처럼 단호하고도 친밀했고, 나는 다시 한 번 욕망이 맥박치는 것을 느꼈다. 그는 내 팔을 잡은 채 가까이 다가왔고, 나는 시가 냄새와 풍성한 남자의 향기를 맡았다.

"지금이라도 거부할 수 있습니다." 그가 말했다.

나는 그의 눈을 들여다보았고, 그 손길에 마비된 듯 마음이 달아올라 멍청하게도 그 말을 그의 애정 표현을 거부할 수 있다는 뜻으로 들었다.

"그럴 이유가 무언가요, 대위님?" 내가 속삭이며 말했다. "제가 어떻게 당신을 거부할 수 있겠어요?"

그러자 이번에는 대위가 웃을 차례였다. 그는 나의 오해에 당황해서 얼른 내 팔을 놓고 물러났다. 하지만 그게 오해였을까?

"미안합니다, 도드 양." 그가 말했다. "제 말뜻은 당신이 지금이라도 인디언 신부 계획을 거부할 수 있다는 뜻이었습니다."

내 얼굴은 아마 새빨개졌으리라. 나는 그에게 인사를 하고 얼른 내 거처로 돌아왔다.

버크 대위는 어제 저녁 식탁에 없었고, 약혼녀 브래들리 양도 없었다. 짐작하기로는 둘이 따로, 아마 대위의 거처에서 식사를 했을 것이다. 하! 내 일기가 ― 지난 하루 동안의 부적절한 낭만적 열망과 마찬가지로 ― 사랑에 빠진 여학생의 일기처럼 되어 가는구나. 한순간도 대위 생각을 멈출 수가 없다. 내가 미쳤나 보다! 만나지도 않은 남자와 약혼한 상태에서, 가질 수 없는 남자에게 빠져들고. 오 하느님! 식구들이 나를 문란하다며 정신병원에 넣은 게 맞는 일인지도 모르겠다…….

호텐스 언니에게,

늦은 밤이고, 지금 나는 포트 래러미의 혹독한 군 막사에서 촛불 하나를 밝히고 이 글을 써. 잠이 오질 않아. 오늘 밤 아주 이상한 일이 있었지만, 동료들에게는 한마디도 할 수가 없거든. 하지만 누군가에게 털어놓지 않고는 견딜 수가 없어서 언니에게 편지를 쓰기로 했어. 그래, 어린 시절 우리가 아직 친했을 때 내가 밤늦게 언니 방에 가서 침대로 기어들고, 우리가 함께 키득거리며 온갖 비밀을 털어놓던 때가 생각난다. 언니, 보고 싶어……. 예전 그때가 그리워. 언니는 그 시절 생각나?

무슨 비밀인지 말해 줄게. 오늘 저녁 식탁에서 나는 다시 한

번 — 내가 볼 때는 우연이 아닌 것 같은데 — 우리를 인디언 땅으로 호송할 존 G. 버크 대위의 식탁에 앉았어. 우리는 내일 네브래스카 준주의 캠프 로빈슨으로 가서 우리의 인디언 남편들을 만날 예정이야.

버크 대위는 나이는 스물일곱밖에 안 되지만, 막중한 역할을 맡고 있고 테네시 주 스톤스 강에서 벌어진 처절한 전투에서 명예훈장을 받은 전쟁 영웅이야. 필라델피아의 중간 계급 출신이고 훌륭한 교육을 받은 신사지. 위트와 장난스러운 유머가 가득하고, 내가 본 남자들 중에 몇 손가락 안에 들 만큼 미남이야. 총명하고 날카로운 담갈색 눈동자는 내 심장을 꿰뚫어볼 것 같아. 아주 정신이 산란해져.

언니가 볼 때는 도살장에 끌려가는 양들 신세인 우리한테 무슨 즐거움이 있고 연애 행각이 있겠나 싶겠지만 그렇지 않아. 특히 저녁 시간은 요새 생활의 지루함과 활동 부족을 벌충해 주는 약간의 여흥이 되고 있어. 그리고 어떤 미혼 여성 집단이라도 그러겠지만, 모두가 자연스럽게 버크 대위의 관심을 차지하려고 다투고 있어. 그리고 그가 나만을 쳐다보기 때문에 모두가 내게 질투의 불길을 태우고 있지.

우리가 사심 없는 매혹과 악의 없는 농담을 주고받는 것은 대위가 올 여름에 결혼할 주둔지 사령관의 예쁘지만 재미없는 딸 리디아 브래들리도 알아차렸어. 그녀는 매의 눈으로 약혼자를 관찰하고 — 물론 나도 그가 내 약혼자였다면 그랬겠지 — 그가 내게 기울이는 관심을 막기 위해 애쓰고 있어.

그를 위해 눈에 뻔히 보이게도 대위가 나의 나쁜 점을 보게 하려고 지대한 노력을 기울이고 있어. 하지만 안타깝게도 그렇게 똑똑한 여자가 아니다 보니 그런 노력도 별로 성공을 거두지 못하고 있지. 예를 들어 오늘 밤 식탁에서 그녀는 말했어.

"도드 양, 교회 선교 협회 소속이라니 궁금한데요. 어떤 교파인가요?"

그녀의 책략은 가톨릭교도이자 어린 시절 예수회 신부들에게 교육받았다고 방금 밝힌 대위 앞에서 내가 개신교도임을 밝히려는 것이었지.

"사실을 말하자면 브래들리 양, 저는 선교 협회 소속이 아니에요." 내가 말했어. "특정 교파에 속해 있지도 않고요. 저는 기성 종교 문제에 이르면 불가지론자에 가까워요."

나는 신앙 또는 불신앙에 대한 가장 효과적이고도 단순한 변호는 진실이라는 걸 알았거든. 그리고 이 사실로 대위가 나에게 편견을 갖지 않기를 바랐지만, 내 경험에 따르면 로마 가톨릭교도는 잘못된 신앙보다는 무신앙을 선호하는 경향이 있어.

"아?" 브래들리 양이 어리둥절하다는 듯 말했지. "이교도들에게 선교사로 가려면, 교회 소속이 필수 조건 같은데요."

브래들리 양이 이렇게 서툴게 나를 끌고 가려는 곳이 어디인지 명백했지. 대위는 의무감과 신중함 때문에 약혼녀와 이 일을 논의하지 않았겠지만, 그녀는 우리 계획의 진짜 성격을 짐작하게 된 거야.

"그건 유동적이에요." 나는 가볍게 대답했어. "사역의 종류가 무엇이냐에 따라 달라져요, 브래들리 양. 물론 우리가 미개인들에게 가서 할 일을 구구절절 말씀드릴 수는 없지만 우리는, 그러니까······ 평화의 사절이라고 하면 충분할 것 같네요."

"알겠어요." 그녀는 내가 이교도와 결혼하러 가는 타락한 여자로서 당황하는 기미를 보이지 않자 눈에 띄게 실망하며 말했어. 정신병원에서 그 비슷한 '죄목'으로 일 년 넘게 보냈더니 브래들리 양처럼 멍청한 여자의 뻔한 심문은 아무런 위협도 되지 않았어.

"평화의 사절이라······." 그녀는 목소리에 냉소를 담으려고 하며 말했어.

"맞아요." 내가 답하고 셰익스피어를 인용했어.

　"'평화는 정복의 본성이다.

　그때는 양편이 모두 고결하게 누그러들고,

　어느 편도 패자가 되지 않기 때문이다.'

　라고 위대한 셰익스피어는 말했죠."

"《헨리 4세》 2부, 4막 2장이네요!"* 대위가 밝은 미소를 짓고 큰 소리로 말했어. 그리고 그 자신이 이어 말했지.

　"당신은 알았소.

　당신이 나를 얼마나 정복했는지,

　그리고 애정으로 약해진 내 칼은

　무슨 일이 있어도 거기 따르리라는 것도."

　❖ 원문은 《헨리 6세》로 되어 있음.

"《안토니우스와 클레오파트라》 3막 11장이네요." 내가 역시 기뻐하며 말했어.

"아, 좋아요!" 대위가 말했어. "셰익스피어를 잘 아시는군요, 도드 양!"

나는 기쁘게 웃었어. "대위님도요!"

불쌍한 브래들리 양은 자기도 모르게 말을 물가로 데리고 가듯 우리에게 또 다른 공통점을 찾아 준 데 말을 잃고 시무룩해졌고, 우리가 활기차게 셰익스피어 이야기를 하는데 헬렌 플라이트가 열렬하게 합류했지. 대위는 아주 똑똑하고 독서량도 많아. 저녁 식탁의 말벗으로 나무랄 데 없었지. 그런 뒤 우리는 다가오는 운명에 대해서는 한마디도 더 하지 않은 채 즐거운 저녁 시간을 보냈어.

그래, 알아, 언니. 언니가 못마땅해 하는 소리가 벌써 들리는 것 같아. 나도 지금이 낭만적 관계를 시작할 때가 아니라는 걸 잘 알아. 특히 버크 대위도 나도 각자 '약혼 상대'가 있으니 말이야. 하지만 남녀 간의 가벼운 희롱을 나누기에 이보다 더 좋은 때가 어디 있겠어? 그리고 이 이상 나갈 수도 없잖아. 이러다 햇빛도 들지 않는 어두운 방에서 죽고 말겠다 생각하며 정신병원에서 고통스럽게 살다가 나를…… 욕망하는 매력적인 군 장교와 함께 있는 게 얼마나 멋진 일인지 언니는 상상도 못할 거야. 언니는 절대로 모르겠지만 금지된 사랑이 가장 달콤한 경우가 많거든.

아 그래, 언니 목소리가 들리는 것 같아.

"세상에, 사랑이라고!"

저녁 식사 후에 브래들리 양은 '몸이 안 좋았어'. 우리하고 식사하기 시작한 뒤 두 번째였지. 대위는 그녀가 너무 예민해서 변방 생활에 어울리지 않는다고 하지만, 우리 여자들은 상상력 없는 자에게 병은 최후의 수단이라는 걸 잘 알지.

나는 이미 현관 앞에 나가 그를 기다렸고, 버크 대위는 브래들리 양을 집에 데려다 준 뒤 저녁 시가를 즐기러 돌아왔어. 따뜻하고 온화한 봄날 저녁이었어. 땅거미가 막 내려와 황야 가득한 헐벗은 바위 언덕들이 지평선을 배경으로 부드러운 윤곽을 그렸지. 태양이 서쪽 언덕 너머로 사라진 자리에는 아직도 노을 빛이 남아 있었어.

대위가 다가왔을 때 나는 그날의 마지막 빛을 마주하고 서 있었지.

"요새를 산책하는 게 어떨까요, 도드 양?" 그가 물으면서 내 곁에 다가와 서자 그 팔이 내 팔에 가볍게 닿았어. 마치 살과 살이 직접 닿는 것 같아 나는 무릎이 후들거렸어.

"저는 좋아요, 대위님." 내가 말했지만 그 감촉을 놓치기 싫어서 그냥 가만히 있었어. 사실 움직일 수가 없었어.

"하지만 당신이 다른 여자하고 있는 걸 약혼녀가 허락할까요?"

내가 반 농담으로 덧붙였어.

"물론 허락하지 않죠." 대위가 말했어. "도드 양은 리디아가 괜한 근심이 많다는 걸 아실 겁니다."

"아뇨, 그렇지 않아요." 내가 말했어. "아주 사랑스러운 분이에요. 그저 나이에 비해 조금 어릴 뿐이에요. 그러니까 미숙한 거죠."

"하지만 당신보다 그렇게 많이 어리지도 않아요." 그가 말했어.

"조심하세요, 대위님!" 내가 말했어. "여자한테 나이 이야기는 예민한 주제니까요. 어쨌든 저는 나이에 비해 노숙해요. 당신처럼요."

"어떻게 노숙한가요, 도드 양?" 그가 물었어.

"경험의 측면에서요, 버크 대위님." 내가 말했어. "어쩌면 당신과 내가 셰익스피어를 좋아하는 건 우리가 그 진실과 지혜를 이해할 만큼 인생을 살았기 때문인지도 몰라요."

"전쟁이 지혜를 주는지는 모르지만 엄혹한 진실을 가르쳐 주는 건 사실입니다." 대위가 말했어. "하지만 당신처럼 좋은 집안 출신의 젊은 처녀가 어떻게 그렇게 인생을 많이 알 수 있는지요?"

"대위님과 저의 짧은 인연을 생각하면 각자의 개인사는 별로 중요한 일이 아닐 것 같습니다." 내가 말했어.

"제게는 벌써 중요해졌습니다, 도드 양." 그가 말했어. "당신도 분명 알고 있으리라 생각합니다."

나는 아직도 지평선을 보고 있었지만 대위의 검은 눈이 내 얼굴에 느껴졌고, 그의 팔은 아직 내 팔에 닿은 채 열기를 뿜었어. 나는 폐에 공기를 제대로 들일 수 없는 것처럼 얕은 숨을 쉬었어.

"밤이 늦었어요, 대위님." 내가 간신히 말했어. "나중에 산책하는 게 좋을 것 같네요."

우리 팔이 떨어지는 것이 마치 뼈에서 살을 떼어 내는 것 같았어…….

초가 거의 다 탔네, 호텐스, 이제 펜을 놓아야겠어.

사랑하는 동생
메이

⫸ 1875년 4월 20일 ⫷

이제 다시 길에 올랐다. 우리는 노새가 끄는 마차에 탔고, 우리를 호송하는 기운 찬 기병대의 선두에는 버크 대위가 당당한 자세로 걸음 가벼운 흰 말을 타고 간다. 대위 같은 유명 인디언 전사에게 우리의 호송을 맡겼다는 건 당국이 우리의 안진을 최우선 과제로 여기는 증거라고 나는 생각한다.

요새 거주자들이 우리의 출발을 보려고 정문 앞에 모여 들었고, 그중에는 대위의 아름다운 약혼녀 리디아 브래들리도 예쁜 연분홍 드레스와 또 비슷한 색깔의 보닛(이번에는 깃털 장식이 되지 않은) 차림으로 나와서 미소를 지으며 떠나는 대위에게 흰 손수건을 흔들었다. 그는 모자에 손을 대서 그녀에게 인사했다. 그들이 정말 부럽다, 둘이 함께 살 인생이. 그녀가 내 마음을 얼마나 우중충하게 만드는지…….

그런 뒤 우리는 요새 정문을 나서 대평원으로 들어섰다. 이제 길은 점점 흐릿해져서 마침내 바퀴 자국 두 줄만 남더니, 이제는 그것마저 곧 사라질 듯하다. 덜컹거리는 노새 마차의 딱딱한 벤치는 더없이 불편하다. 우리는 자리에서 계속 튀어 오르고 때로 이빨이 떨어져 나갈 만큼 격렬하게 튀어 오른다. 마차 바닥 틈새로 먼지가 들어와서 안에는 먼지 구름이 가시지 않는다. 불쌍한 마사는 길을 나선 이후 계속 재채기다. 앞으로 꼬박 이 주일을 가야 하니 그녀에게는 더없이 길고 고통스런 여행이 될 것이다.

❦ 1875년 4월 21일 ❦

봄이 만개했고, 그것은 이 힘든 여행에 약간이나마 활기를 불어넣고 있다. 나는 밖에 나가 지미라는 이름의 입이 거친 젊은 마부와 나란히 앉아 가기로 결심해서 일부 일행에게 충격을 안겨 주었다. 먼지 가득한 마차 안보다는 바깥이 좋고, 거기서는 지나치는 풍경 속에서 봄날의 정취를 약간이라도 느낄 수 있다.

시야도 탁 트였지만, 지미와 함께 마차 꼭대기에 앉아 가는 동안 나는 그에게서 우리의 새로운 땅에 대해 여러 가지를 배울 수도 있다. 그는 거친 친구지만 그 방면에 지식이 많은 것 같고, 또 여자와 동행하게 된 것을 은근히 즐기는 눈치다.

첫날은 밋밋하고 지루한 데다 눈길을 끄는 초목도 거의 없었지만, 오늘은 야트막하게 솟은 언덕들 사이로 강물과 시내가 가로세로 얽히며 좀 더 다양한 지형이 펼쳐지고 있다.

그동안 비가 많이 와서 풀들은 어머니에게서 전해 들은 어머니 어린 시절의 스코틀랜드처럼 푸르렀다. 평원의 들꽃들이 여기저기 꽃망울을 터뜨렸고, 새들은 사방에서 목청 높이 노래를 했으며, 초원종다리가 우리의 행렬을 알리듯이 기쁜 노래를 불렀다. 웅덩이란 웅덩이, 범람원이란 범람원마다 오리와 거위가 수천 마리씩 있다. 헬렌 플라이트는 이토록 풍성한 조류에 미칠 듯이 기뻐하고, 시시때때로 마차에서 내려 산탄총으로 표본을 쏠 수 있도록 행렬을 멈춰 달라고 대위를 조른다. 그렇게 잡은 새는 먼저 스케치를 하고 다음에는 익숙하게 속을 파내서 그림을 그릴 표본으로 만든다.

대위는 그 자신도 스포츠맨인지라 플라이트 양의 산탄총 솜씨에 감탄하며 잦은 지연에 별로 개의하지 않는다. 나의 새 노새꾼 친구 지미도 우리의 명사수에게 감탄해서 새들이 사정거리에 들어오면 어김없이 마차를 세워 헬렌 플라이트가 다시 한번 솜씨를 발휘하게 한다.

그러면 그녀는 남자 보호관과 함께 마차에서 내려 발끝을 바깥으로 하고 두 다리를 살짝 벌린 채 땅을 굳게 딛고 서서 전장총을 장전한다. 날씨가 나날이 따뜻해지지만 헬렌 플라이트는 계속 남성용 칠분바지 정장 차림이어서 뒤에서 보면 여자가 아니라 남자 같다. 그녀는 재킷에서 물병을 꺼내 안에 든 화약을 총신에 붓는다. 그리고 버려진 속치마에서 뜬 솜뭉치로 이것을 다진다. 그런 뒤 가는 산탄을 넣고, 종이 뭉치로 다시 한 번 화약을 고정시킨다. 이것은 산탄이 흘러나오는 것을 막아 준다. 헬렌 플라이트는 멋지게도 날고 있는 새만 쏜다. 다른 것은 '스포츠맨십'에 어긋난다고 한다.

그녀는 이런 식으로 표본을 수집하는 한편, 우리가 먹을 엽금과 물새도 잡는데 그건 우리가 자두나무 숲이나 물웅덩이에서 쫓아낸 새들이다. 그렇게 잡은 오리, 거위, 뇌조, 도요새, 물떼새는 우리의 군대 식량에 반가운 별미로 더해질 것이다.

포트 래러미를 떠난 지 이틀밖에 지나지 않았는데도 그동안 이미 사슴, 엘크사슴, 영양, 그리고 풀을 뜯는 들소의 작은 무리를 만났다. 대위는 인디언의 위협 때문에 군인들이 마차에서 너무 멀리까지 나가서 사냥하는 것을 금하지만, 그래도 여행 중에 신선한 고기는 떨어지지 않는다.

봄철 홍수 때문에 계속 높은 길로 가지만, 가끔은 마차에서 내려 물을 건널 때도 있다. 진흙 밭을 걷거나 발을 적시는 일 자체를 싫어하는 노새에게는 힘든 길이다.

"노새가 제일 싫어하는 건 그놈의 발을 물에 담그는 거요." 지미가 내게 일러 준다. "말하고는 달라. 물만 보면 노새는 지랄같이 까탈스러워요. 하지만 그걸 빼면 나는 언제라도 말보다 노새가 더 좋소. 언제라도."

지미는 특이하고 거친 청년이지만 심성은 좋은 것 같다.

강과 시내를 건너느라 모두 몸이 젖고 진흙투성이가 되었다. 노새의 부담을 덜기 위해 오늘도 벌써 몇 번이나 마차에서 내려 드레스를 들어 올리고 발을 적시며 시내를 건너야 했다. 하지만 강변은 너무도 아름답다. 모든 생명이 여기 살거나 이곳을 지나가거나 인근의 광대한 사막 평원에서 물을 마시러 오기 때문이다.

밤이면 우리는 물에 가깝지만 마른 땅을 골라 야영지를 차린다. 노새들은 두 다리를 한데 묶거나 풀밭에 박은 말뚝에 묶어 둔다. 초원은 이미 보드라운 새싹들로 싱그럽다. 정말 예쁘다. 언젠가 나도 이런 곳에서 살고 싶다는 생각이 든다. 집에 돌아가 아이들을 되찾으면 아이들과 함께 이곳에 와서 미루나무에 둘러싸인 냇둑이나 초원 한구석에 집을 짓고…… 아, 달콤한 꿈이 나를 살아 있게 한다.

하지만 대신 나는 이제 천막생활을 하게 될 것이다! 생각해보라! 유목민처럼, 집시처럼 천막생활을 한다! 이 길은 얼마나 놀라운 모험 길인가!

실망스러운 것은 포트 래러미를 떠난 뒤 버크 대위는 나와 눈도 마주치지 않고 말도 거의 건네지 않는다는 것이다. 일부러 피하는 것 같다. 지금은 공식적으로 '임무 수행중'이기 때문에 군인다운 엄격한 행동이 다정한 사교적 태도를 완전히 대신한 것 같다. 고백하건대 나는 후자가 더 좋다.

오늘 밤 '식당' 천막— 군인들은 그렇게 부른다 —에서 식사를 할 때 대화는 우리의 샤이엔 족을 중심으로 흘러 갔다. 대위는 내키지는 않지만, 그들이 아메리카 인디언들 중 우월한 인종이라는 것을 인정했다. 그들은 잘생기고 자부심과 독립 정신이 강하며, 다른 어떤 부족보다 선교사와 인디언 보호소를 피하고, 대체로 백인과의 거래를 즐기지 않는다고 한다. 그래서 다른 부족들보다 덜 '망가졌다'고 대위는 말했다.

"단어 선택이 잘못된 것 같네요, 대위님." 우리의 공식 교회 대표 나시사 화이트가 그에 반박했다. "기독교 문명이 이교도를 우상 숭배의 나락에서 건져 주는 게 아니라 오히려 타락시킨다는 암시를 담고 있으니까요."

"저는 저 자신을 신앙인이라고 생각합니다, 화이트 양." 대위가 대답했다. "하지만 그런 한편 군인이기도 합니다. 역사의 교훈으로 보건대 기독교 문명의 영토를 넓히려면 먼저 전쟁으로 야만인을 무릎 꿇려야 합니다. 제가 망가진다고 말한 것은 우리 정부가 인디언에게 선물을 줌으로써 — 무상으로 제공하는 배급 식량이라든가 구호품 같은 거요 — 이루어 낸 성과는 그들을 식사 찌꺼기를 받아먹는 개처럼 선물과 식량과 구호품을 계속 더 요청하게 만든 것뿐입니다."

"거기다 신부도요." 내가 부드럽게 끼어들었다. "이교도들에게 백인 신부 천 명을 주면 천 명을 더 달라고 할걸요!"

"그 말씀은 저를 놀리는 말씀이지만," 대위가 즐거운 눈빛으로 말했다. "정확한 말이기도 합니다. 좋은 의도로 선물을 보내 봐야 그들이 더 대담한 요구를 하게 만들 뿐입니다. 미개인들에게 문명의 혜택을 이해시키려면 먼저 우월한 힘으로 그들을 진압해야 합니다."

"그래요. 그래서 정부가 우리를 보내는 거잖아요." 내가 공연한 허세를 부리며 말했다.

"그래, 메이, 내 생각도 그래." 그레첸 패타우어가 말했다. "우리를 만나면 그자들은 우월한 힘이 뭔지 알 거야!"

우리는 모두 웃었다. 그것밖에 달리 무슨 일을 하겠는가?

오늘 밤 저녁 식사 후에 노새꾼 지미가 나와 피미, 마사, 그레첸, 그리고 어린 세라가 함께 쓰는 좁은 천막으로 찾아왔다. 그리고 잠깐 밖에 나오라고 청하더니 버크 대위가 자기 거처로 나를 부른다고 전했다. 하루의 이동을 마치고 꾸리는 야영지에서는 은밀한 시간을 가지기가 매우 어렵기 때문에 그의 요청은 놀라웠다. 특히 대위가 최근에 나를 냉랭하게 대한 것을 생각하면 말이다.

지미가 나를 그리 데리고 갔다. 이 친구는 무언가 이상하다. 무언지 정확히 알 수는 없지만……

대위는 천막 입구에서 나를 맞았고, 내가 온 것을 진심으로 기뻐하는 것 같았다.

"이렇게 도드 양을 부른 일이 너무 뻔뻔하다고 보지 않아 주셨으면 합니다." 그가 말했다. "하지만 들판의 야영이란, 특히 저처럼 이런 일을 수도 없이 겪은 군인에게는 지루하기 짝이 없는 일이라서요. 저는 행군할 때 늘 셰익스피어 책을 가지고 다니면서 밤마다 읽습니다. 오늘 저녁 당신과 함께 읽을 수 있을까 하는 생각이 들었습니다. 저 못지않게 셰익스피어를 좋아하는 분과 함께 소리 내서 읽으면 훨씬 더 재미있을 것 같았습니다."

"고맙습니다, 대위님. 좋고말고요." 내가 대답했다. "헬렌 플라이트도 같이 불러서 역할을 나눌까요?"

나는 대위의 반응을 살피기 위해 작은 '덫'을 놓았다. 그리고 그의 이마에 실망의 빛이 스쳐 가는 것이 기분 나쁘지 않았다.

하지만 그는 얼른 평정을 되찾고 언제나처럼 신사답게 말했다.

"그럼요, 좋지요. 아주 좋은 생각이네요. 당신이 직접 플라이트 양을 부르시겠습니까? 아니면 제가 지미를 보낼까요?"

그런 뒤 우리의 눈이 마주쳤고 우리는 그 상태로 한동안 서로를 응시했다. 그 눈길의 뜨거움에 우리 무언극은 촛불에 닿은 양피지처럼 녹아 내렸다.

"아니면, 존." 내가 나직하게 말했다. "당신을 존이라고 불러도 될까요? 아니면 오늘 밤은 그냥 우리 둘이서 읽는 게 더 재미있을지도 모르겠네요."

"그래요, 메이." 그가 속삭였다. "나도 그렇게 생각했어요. 하지만 당신이 엉뚱한 오해를 받게 하고 싶지는 않아요."

"아, 그래요, 오해." 내가 말했다. "그 위선적인 나시사 화이트는 감시의 눈길을 멈추지 않겠죠. 그 여자는 모든 걸 다 살피고, 남들 일에 끼어들 기회라면 놓치지 않으니까요. 하지만 대위님, 솔직히 말씀드리면 지금 이 순간 엉뚱한 오해는 저의 긴급한 관심사가 아니랍니다."

그래서 나는 존 버크의 천막으로 들어갔고, 그 일은 우리 둘 다 예견했듯 우리 일행에 적잖은 물의를 일으켰지만, 그날 밤은 완벽한 순수함 속에 흘러갔다. 아니 거의 완벽한 순수함이라고 해야 할 것이다. 우리 둘이 모두 서로의 감정을 잘 알고, 그렇게 단 둘이 따로 보내는 시간은 불가능한 불을 부채질할 뿐이기 때문이다. 하지만 그날 밤 우리는 함께 셰익스피어를 읽었고 그 이상은 없었다. 그 이하도 없었다. 명백하지만 침묵에 싸인 우리 사이의 열망 외의 어떤 것도 휘발되어 사라졌다. 그 열망은 우리 둘의 운명을 연결하는 거미줄처럼 우리 사이에 걸려 있다. 어쩌면 그것은 상황의 기이함 또는 우리가 서로를 외면해야 한다는 사실에서 기인하는 것뿐일지도 모르지만, 나는 평생토록 그토록 강렬한 감정은 처음이었다.

몇 시간 후 내 천막으로 돌아갔을 때 옆자리의 마사는 깨어서 기다리고 있었다.

"메이, 너 미쳤어?" 내가 간이침대 속으로 기어들자 그녀가 속삭였다.

나는 미소 짓고 그녀에게 고개를 바짝 댄 뒤 역시 속삭여 말했다.

"'사랑은 광기에 지나지 않아요. 그러니 광인을 다루듯 어두운 방에 가두고 매질을 해야 해요.'《뜻대로 하세요》3막 2장이야. 아마 그래서 내가 사랑에 빠질 때마다 미쳤다는 말을 듣나봐, 마사."

"사랑이라고? 말도 안 돼, 메이." 마사가 말했다. "어떻게 그런 일이! 그 사람은 약혼한 사람이야. 너도 그렇고. 그런 일은 안 돼."

"알아, 마사." 내가 대답했다. "안 되지. 그저 잠깐 즐기는 거야. '사랑에 빠진 자들은 이상한 장난에 뛰어들지요.' 짐작했을지도 모르지만, 우리는 오늘 밤《뜻대로 하세요》를 읽었어."

"설마 너 우리를 떠나려는 건 아니지, 메이?" 마사가 떨리는 목소리로 물었다. "우리를 야만인 틈에 남겨 놓고 대위랑 달아나는 건 아니지? 응?"

"당연히 아니지." 내가 말했다. "우리는 모두 하나야. 그렇게 맹세하지 않았어?"

"네가 아니었으면 나는 여기 오지 않았을 거야." 가련하고 겁 많은 마사는 눈물을 터뜨릴 지경이었다. "제발 떠나지 마. 너하고 대위의 눈길을 눈치챈 순간부터 나는 걱정이 돼서 죽을 것 같았어. 사람들이 다 알아. 모두가 그 이야기를 했어."

나는 마사의 손을 잡고 말했다.

"우리는 모두 하나라니까. 나는 네 곁을 떠나지 않을 거야, 마사. 정말이야. 절대로."

⇒⇒⇒ 1875년 4월 23일 ⇐⇐⇐

이미 짐작했듯이 나시사 화이트는 벌써부터 대위와 나의 '밀회'에 대한 거짓말을 퍼뜨리고 있었다. 그리고 그걸 부추긴 것은 남부 여자 데이지 러블레이스였다. 서로 어울리지 않는 그녀와 화이트는 친구가 되었는데 아마 두 사람 모두 다른 사람들에게 그다지 호감을 얻지 못하기 때문일 것이다. 어쨌거나 두 사람 사이에 나에 대한 어떤 견해 차이가 있겠는가? 그들이 퍼뜨리는 천박한 소문이 질투로 증폭되고 있지만 나는 그런 일에 마음 쓰지 않을 것이다.

사람들은 또 나시사 화이트와 데이지 러블레이스가 기회가 있을 때마다 대위의 환심을 사려고 애쓰는 걸 알았다. 그들은 그 사람이 엄격한 가톨릭 교도로 원칙적으로 개신교도를 싫어한다는 것과 북군 참전 경력 때문에 남부 사람 역시 곱게 보지 않는다는 것을 모른다.

데이지 러블레이스가 식탁에서 자기 '아버지'와 예전의 대농장과 거기서 일하던 '깜둥이' 이백 명 이야기로 대위의 관심을 끌려고 애쓰는 모습은 딱할 뿐이다. 그런 사실은 대위의 반감만 키울 뿐이다.

어느 날 식탁에서 그는 그녀에게 아버지의 대농장이 어떻게 되었느냐고 물었다.

"전쟁 때 다 잃었죠." 그녀가 말했다. "빌어먹을 양키 놈들이 집을 불태우고 깜둥이들을 풀어 줬어요. 아버지는 충격을 못 이기고 술에 빠져 지내다가 무일푼으로 돌아가셨죠."

"안타까운 이야기로군요." 대위가 예의바르게 고개를 숙이며 말했지만 그 눈에는 평소의 즐거움이 없었다.

"아버님도 남북 전쟁에 참전하셨나요?" 그가 물었다.

"아뇨, 참전하지 않았어요." 이 불쾌한 여자가 늙은 푸들 펀 루이즈를 끌어안고 말했다. 그녀는 식사를 할 때 그 더러운 개를 무릎에 앉히고 그 개가 아기라도 되는 양 호들갑을 떨며 식탁의 음식을 나누어 준다.

"아버지는 최우선 의무는 집에 남아서 양키 군대가 자행하는 강간과 약탈에서 가족과 재산을 지키는 거라고 생각했어요. 그래서 전쟁에는 튼튼한 깜둥이 두 명을 대신 내보냈죠. 물론 놈들은 그대로 달아나서 북군에 들어갔지만요. 깜둥이들은 본래 기회만 생기면 배신하니까요."

대위와 나는 서로를 보지 않고도 시선을 교환했다. 우리는 이미 말없이 소통하는 법을 익혔고, 그 순간 셰익스피어라 할지라도 이 여자의 선친에게 그보다 더 어울리는 결말을 쓰지는 못했을 거라고 동의했다.

⋙ 1875년 4월 24일 ⋘

우리는 드디어 인디언 땅으로 들어섰기에, 군인을 대동하지 않고는 마차 밖으로 나서는 것이 허락되지 않았다. 그리고 지난달에 리바이 로빈슨 중위— 우리가 새로 들어선 캠프 로빈슨이 바로 그의 이름을 딴 것이다 —가 포트 래러미를 떠나 바로 이 길을 가던 목재 마차 행렬을 호위하던 중 레드 클라우드 보호소 근처에 매복 중이던 사나운 수 족에게 살해되었다는 소식을 들었다. 이 소식은 우리 일행에 공포심을 일으킬 것을 우려해서 지금까지 비밀로 감추어졌다. 왜 이런 대규모 군대의 호송이 붙고 버크 대위가 그 지휘를 맡았는지 알 수 있었다.

위험이 가까워짐에 따라 우리 사업단에는 새로운 긴박감이 떠돌았다. 지금 이 순간까지는 우리 운명의 진정한 성격을 몰랐다는 듯이, 아니면 생각하고 싶지 않았다는 듯이. 포트 래러미를 떠난 뒤 존 버크 대위의 얼굴이 더 어두워진 이유도 그 때문인 것 같다.

우리는 간다, 앞으로, 정해진 운명을 향해 한 걸음 한 걸음…….

아주 놀라운 사실을 발견했다. 오후에 볼일을 보러 버드나무 숲에 들어갔더니 놀랍게도 우리 노새꾼 '지미'가 나와 똑같은 행동을 하고 있는 게 아닌가. 그래서 나는 그가 '그녀'라는, 그러니까 남자가 아니라 여자라는 사실을 알게 되었다! 처음부터 무언가 이상하다 싶기는 했다. 그녀는 자기 진짜 이름은 거티라고, 변방에서 자신은 '더티 거티'로 통한다고 털어놓았다. 우리는 중간에 들른 요새와 교역소에서 그 여자 이야기를 여러 번 들었다. 술집 여자 출신으로 도박꾼으로 변했다가 총잡이가 되었다가 노새꾼이 된 그녀는 내가 만난 어떤 여자보다 거칠고 특이했지만 그렇다고 나쁜 쪽은 아니다. 그녀는 다른 노새꾼들은 자기 정체를 모르고, 속인 게 들통 나면 일자리를 잃으니 이 일을 비밀로 해달라고 부탁했다.

"나도 먹고 살아야 하거든." 그녀가 말했다. "여자 노새꾼을 써 줄 곳은 하나도 없어. 특히 그 여자 이름이 더티 거티라면. 그리고 남자 행세를 하면 밤에 사내들이 잠자리로 줄지어 기어드는 것도 막을 수 있지. 기어들어도 그런 놈은 나중에 동료들한테 심하게 당해. 사내놈들은 여자만 보면 그 여자가 뭐라고 하건 귓등으로 듣고 그저 줄부터 서고 봐. 하지만 남자로 알려진 사람의 바지를 벗기려 들었다가는 다른 이들한테 혹독하게 당하지. 남자란 아주 이상한 동물이야, 친구. 내가 이 세상에서 확실히 아는 건 바로 그거야."

남자들이 더티 거티의 잠자리로 줄을 지어 기어드는 모습은 쉽사리 상상되지 않았지만, 그런 비밀을 알고 나니 '지미'와 함께 마부석에 앉아 가는 일이 더 즐거워졌다. 그 일은 아무에게도 말하지 않았다. 대위에게도. 하지만 그는 이미 알고 있을 것 같기도 하다.

➹➹➹ 1875년 5월 5일 ◆◆◆

캠프 로빈슨은 말 그대로 캠프, 그러니까 야영지였다. 우리는 커다란 공용 천막에서 나무와 캔버스 천으로 만든 간이침대에 누워 이제는 익숙해진 거친 군용 모직담요를 덮고 잔다. 여기서도 안전 조치는 아주 강력해서 호송대가 하루 종일 사방을 지키고 프라이버시란 전에 없이 빈약하다.

올봄 내내 보호소 인디언 사이에 여러 차례 소요가 있었던 모양이다. 불쌍한 로빈슨 중위가 죽은 바로 2월 그날, 애플턴이라는 남자가 레드 클라우드에서 살해되었고, 정부 보급소의 노새 열네 마리가 도둑맞았다. 우리가 만날 샤이엔 족도 수 족과 함께 이 약탈에 참여했다고 한다. 우리는 적절한 건지 어쩐지는 몰라도 어쨌건 일촉즉발의 상황에 도착한 것 같고, 버크 대위는 그래서 더욱 우리의 안전을 염려했다. 이제 우리는 곧 우리 여자들이 고집 센 미개인들에게 문명을 가르친다는 계획을 전면적으로 시험하게 될 것이다.

도중에 인원이 계속 줄어서 우리 일행은 이제 마흔 명도 되지 않는다. 우리는 미개인에게 인도되는 '1차분'이라고 한다. 그러므로 우리는 이 이상한 실험의 진정한 개척자들이다. 보고에 따르면 다른 집단들도 각지의 요새에서 출발한 상태기 때문에 곧 우리 뒤를 따를 것이다. 우리는 최초의 신부들로서 샤이엔 족 가운데서도 특히 뛰어난 리틀 울프 대족장의 집단에 가기로 되어 있다. 인디언에 대한 대위의 전문적인 지식에 따르면, 샤이엔 족은 작은 부락 공동체를 이루어 살고, 해마다 특정 시기가 되면 기러기 떼처럼 한데 크게 모인다. 그래서 이런 교환의 실무가 좀 복잡해졌다. 이들은 봄, 여름, 가을에는 버펄로 무리를 따라 옮겨 다니고, 겨울이면 강변에 정착해서 지내기 때문이다. 우리는 먼저 이런 겨울 야영지— 정확한 위치는 아직 밝혀지지 않았다 —로 갈 예정이지만, 대위는 우리가 곧 다시 이동할 준비를 해야 한다고 말했다. 이것은 대체로 정주 생활에 익숙한 일행에게는 더욱 생경한 두려움을 안겨 준다.

사실 나는 우리가 다가올 고난을 위해 어떤 준비를 해야 하는지 모르겠다. 아마 대위의 말대로 이 모든 게 미친 짓일지 모른다. 우리 일행에 피미와 헬렌 플라이트가, 그리고 그레첸이 함께 있는 게 얼마나 다행인지. 거친 자연과 함께한 그들의 경험은 이 모험에서 우리 모두에게 귀중한 자산이 될 것이다. 우리 중 다수가 야외의 일에 대해서는 아는 것이 거의 없는 '도시 여자' 들이기 때문이다. 나는 벤턴 씨가 왜 야영 생활을 좋아하느냐고 물었는지 약간 이해가 된다. 하지만 대위의 말에 따르면 그것은 우리의 걱정 가운데 가장 하찮은 것이다.

오 하느님, 오늘 그들을 보았다! 우리의 가족이 될 부족을. 그들 일부가 우리를 교역 물품처럼 살펴보러 왔다. 사실 우리는 교역 물품이 맞다. 그들은 내게 놀라움을 안겨 주는 데 성공했다. 내가 센 바로는 쉰세 명이었다. 물론 그것은 바람에 날리는 모래 알갱이를 세는 것과 비슷했지만. 모두 남자였고, 말을 탄 모습이 마치 말과 한몸인 것 같았다. 그들은 모래바람처럼 일제히 말의 방향을 바꾸었다. 우리 호송대는 놀라 천막 주변에서 사격 자세를 취했지만, 곧 인디언이 교역 물품을 살펴보러 왔을 뿐이라는 것이 분명해졌다.

다행히도 그들은 요새 주변의 비천한 인디언들과 전혀 다르다. 날씬하고 건강한 남자들로, 갈색 피부에 골격은 작지만 근육이 단단한 인종이다. 거기에다 행동은 동물처럼 민첩하고 표정은 고결하다. 첫 인상을 말하자면 그들은 우리 코카서스 인종보다 동물의 왕국에 좀 더 가까운 것 같다. 하지만 나쁜 의미는 아니다. 그들이 우리보다 좀 더 '자연스럽다', 그러니까 대자연과 일체라는 뜻이다. 나는 어떻게 해서인지 ― 신문 잡지가 그렇게 그려서일 것이다 ― 그들이 이토록 날렵하고 요정 같은 존재가 아니라 덩치가 거대한 종족일 거라고 상상하고 있었다.

그렇다고 미개인들에게 위엄이 없다는 건 아니다. 많은 사람이 얼굴에 기이한 그림을 그리고, 화려한 가죽 각반과 저고리 차림에 온갖 종류의 번쩍이는 장식을 달았다. 그러지 않은 사람들은 맨가슴과 다리를 드러냈는데, 그 몸통에도 화려한 그림이 그려져 있었다. 어떤 이들은 커다란 깃털 관을 쓰고 오색 장식된 창을 햇빛에 번득였다. 땋아 내린 머리에는 구슬과 두드린 은화를 달고, 목에는 뼈, 동물 이빨, 놋쇠 단추, 은종을 꿴 목걸이를 걸어서 거기서 나오는 짤그랑 소리는 그들의 장대한 입장 행렬에 환상적인 느낌을 더해 주었다.

그들은 승마 솜씨가 뛰어나고, 걸음이 빠른 조랑말을 완벽하게 다루었다. 말들에도 요란한 그림을 그리고 갈기와 꼬리에 깃털과 구슬과 털 가죽, 놋쇠와 구리 철사, 단추와 동전을 장식하고 있었다.

어떤 미개인은 허리께의 천 조각밖에는 전혀 옷을 입지 않았다. 이런 불경한 의상은 눈앞에 너무 많은 것을 노출시켜서 우리 일행 일부는 정숙하게 고개를 돌렸다. 그다지 정숙한 적이 없던 나는 고개를 돌리지 않았다. 사실 이 뒤엉킨 존재들— 남자와 말이 일체를 이룬 —을 처음 본 순간 내 마음에 솟아난 여러 가지 모순되는 감정 속에는 기괴하고 섬뜩한 기쁨도 있었음을 인정하지 않을 수 없다.

이 샤이엔 집단의 지도자로 보이는 당당하고 잘생긴 남자가 우리 호송대의 하사에게 빠른 수화를 건넸다. 우리는 모두 이 수화를 배우는 게 좋다는 조언을 들었고, 가장 많이 쓰는 수화를 W. P. 클라크 중위가 정리해 놓은 소책자도 받았다. 수화에 능한 버크 대위도 이동 중에 우리에게 기본적 동작 몇 가지를 가르쳐 주었다. 대위와 나는 장난으로 《로미오와 줄리엣》의 대화를 수화로 표현해 보려고 하다 실패했지만, 덕분에 많이 웃었고 우리 운명이 다가오면서 그런 웃음은 더욱더 소중하게 여겨진다.

요새에 사는 인디언이나 미군의 척후로 일하는 원주민이 말하는 걸 들으면 그 언어를 어떻게 배울지 아득하게만 느껴진다. 그 말은 발음 자체가 아주 원시적이고 — 툴툴거리고 꾸르륵거리는 것 같다— 당연히 라틴어 어원이 아니다. 그건 어쩌면 코요테나 학의 말을 배우는 것과 비슷할지도 모른다.

인디언들이 엄청난 소음을 일으키며 밀려들 때 어떤 여자들은 소심하게 겨우 천막 자락을 들추고 내다볼 뿐이었다. 대담한 부류는 우리의 새로운 남성 친구들을 제대로 관찰하기 위해 천막 앞에 나와 섰다. 정말로 특이한 순간이었다. 삼삼오오 모여 선 여자들과 말 탄 미개인 남자들이 서로를 마주하고 코를 쿵쿵거리는 개처럼 살피는 장면은.

불쌍한 마사는 인디언들을 보자 얼굴이 새빨개지고 완전히 말을 잃었다. 우리의 영국 여자 헬렌 플라이트는 언제나처럼 놀라운 표정으로 눈썹을 추켜올렸고, 할 말도 잃지 않았다.

"아…… 이럴 수가! 정말로 화려하잖아! 내가 플로리다 늪지대에서 잠깐 만났던 인디언들은 모기 떼를 막으려고 온몸에 갈색 진흙을 발랐거든. 하지만 이 친구들은 화가들의 꿈인걸!"

"그리고 여자의 악몽이지." 계속 술을 마신 게 분명한 데이지 러블레이스가 늙은 푸들을 가슴에 끌어안고 부은 두 눈을 가늘게 뜨며 말했다. "꼭 깜둥이들처럼 새까맣구나, 펀 루이즈. 자기 딸이 깜둥이 인디언하고 결혼하는 걸 알면 아버지가 기절해서 돌아가실 거야."

악동 켈리 자매도 미개인들의 모습에 전혀 주눅들지 않고 우리 앞으로 밀고 나와서 그들을 대담하게 바라보았다. 그들은 샤이엔 족이 붉은 머리 쌍둥이에 매혹되었다고 여겼다. 남자들이 낮은 소리로 말하며 그들에게 비밀스러운 눈길을 던졌기 때문이다. 미개인들은 사람을 보는 방식이 아주 특이하다. 설명하기 힘들지만 백인처럼 상대를 똑바로 보지 않고 곁눈질로 살피는 것 같다. 수전이 말했다.

"메기, 저 남자 나한테 완전히 반했어! 흰색 점박이 조랑말에 탄 잘생긴 남자 말이야. 아, 날 좋아하는 게 분명해!"

그러더니 이 용감한 아가씨는 드레스 자락을 들어 올려 청년에게 맨다리를 드러내 보였다.

"한번 보여 줄게." 그녀는 말하고 거침없이 웃었다. "이 보드라운 땅에 그 창을 어떻게 꽂을 거야?"

그녀의 대담한 행동에 그는 혐오스러운 듯 좁은 원을 그리며 말을 돌렸다.

"수지, 이 장난꾸러기!" 마거릿이 말했다. "너 때문에 저 불쌍한 친구가 벌써 안달복달이잖아! 하지만 저 친구가 널 점찍은 건 확실해."

그레첸 패타우어는 두 손을 넓은 골반에 댄 채 햇빛에 눈을 찌푸리고 집채처럼 굳건하게 서 있었다. 그러더니 여길 보라는 듯 주먹을 들고 소리쳤다.

"이봐 친구들! 나는 좋은 여자야! 좋은 아내가 될 거야." 그리고 가슴을 쾅쾅 두드렸다. "예쁜 여자는 아닐지 몰라도 크고 튼튼한 아기를 낳아 줄 거야!" 그러더니 황소 같은 소리로 크게 웃었다.

피미는 언제나처럼 더없이 평온했고, 이런 광경이 즐겁다는 듯 선량한 웃음 속에 고개를 저을 뿐이었다. 그녀의 검은 피부가 야만인들에게도 약간의 놀라움을 일으킨 모양이었다. 몇 명이 그녀에게 다가와서 대화 같은 것을 하며 피부색을 논하는 듯 자기들 얼굴을 만졌기 때문이다. 그러더니 누군가 무리에게 소리쳤고, 잠시 후 덩치 큰 흑인 인디언이 달려나와 피미 앞에 섰다. 그 사람은 미개인 옷차림을 했지만 흑인이 분명했고, 체격이 어찌나 우람한지 인디언의 작은 말이 어린애 조랑말처럼 보였다.

"아이쿠야." 피미가 나직하게 웃으며 말했다. "그동안 세상을 다 본 줄 알았는데 당신은 뭐지? 왜 인디언 옷을 입고 있는 거야, 깜둥이 아저씨?"

하지만 흑인 남자는 다른 미개인들과 마찬가지로 영어를 모르는 것 같았고, 자기들 언어로 뭐라고 알아들을 수 없는 말만 내뱉었다.

그런 뒤 이교도 사이에 열띤 토론이 이어졌다. 일부는 서로에게 소리를 지르기도 했다. 시카고 방목장의 소 경매가 떠올랐다. 아마도 누가 누구를 가질지 결정하는 모양이었다! 그들은 손가락으로 가리키지는 않았지만, 우리를 유심히 살펴보며 소리쳤다. 그들의 대화 내용이 상상되었다. '난 저 노랑 머리로 하겠어! 나는 저 붉은 머리. 난 저 덩치 큰 여자! 나는 저 흑인 여자. 나는 검은 옷 입은 여자가 좋아! 나는 하얀 개를 안은 여자!' 상황이 그토록 꿈결 같지 않았다면, 그런 뻔뻔함은 우리에게 반감을 일으켰을 것이다. 하지만 우리가 새로운 세계에 들어간다는 것과 우리가 살았던 문명이 발밑에서 꺼져 가는 것은 처음부터 분명했고, 지금은 그것이 가장 확연하게 드러나는 순간이었다.

126

나는 누가 나를 선택했다면 어떤 사람일지 알아보려고 둘러보다가 이 집단의 선두로 달려와, 이제는 아무런 움직임도 소리도 없이 말 위에 가만히 앉아 내게 곁눈질을 하는 남자를 보았다. 그는 창과 화려하게 장식된 방패를 손에 들었고, 머리에는 독수리 깃털이 등 뒤로 흘러내려 말 엉덩이까지 뻗은 웅장한 관을 썼다. 그가 탄 검은 말은 다리에 번개 같은 지그재그 무늬가 그려졌지만, 그의 얼굴에는 아무런 그림도 없었다. 다른 사람들보다 나이가 들어 보였지만, 그것은 그의 고요함과 자신감에 찬 성숙한 분위기 때문인지도 몰랐다. 피부는 검고 반듯한 이목구비에 입을 꼭 다문 모습이 아주 강인해 보였다. 그는 다른 사람들처럼 소리치지도 않고 조각상처럼 꼼짝도 하지 않고 앉아 있었다. 그러더니 그가 창을 들고 한 번 짧게 흔들어 나를 가리켰다. 군왕 같은 당당한 소유권— 중세적인 권리 —을 선언하는 동작이었고, 나는 이 남자, 인디언 우두머리가 나를 신부로 골랐다는 데 일말의 의심도 없었다. 나는 고개를 끄덕였다. 그건 장래의 남편에 대한 개인적 반응이라기보다 단순한 체념, 우리가 맺은 이 기이한 거래에 대한 최종적 승인이었고, 고백하건대 여자다운 계산과 탄탄한 현실 감각으로 생각했다. '이만하면 최악은 아냐.'

그리고 이어 저편에서 불안한 대형을 이루고 이런 기이한 과정을 지켜보는 기병 중대를 보았다. 그들은 불안감에 콧김을 뿜으며 히힝거리고 경중거리고 앞발질을 하는 말들을 제지하려 애쓰고 있었다. 공기는 인디언들의 낯선 냄새와 풍경으로 자극적이고도 아슬아슬했다. 그리고 군대의 맨 앞에 선 존 버크 대위가 옆으로 비켜서는 백마의 등자에 꼿꼿이 선 채 견딜 수 없이 슬픈 눈빛으로 나를 보고 있었다.

그리고 그때 들어올 때만큼이나 갑작스럽게, 어떤 알 수 없는 신호가 내려진 듯 미개인들은 하늘로 날아오르는 찌르레기 떼처럼 완벽한 조화를 이루어 돌아서더니 왔던 길로 되돌아 떠나 갔다.

꿿꿿 1875년 5월 7일 꿿꿿

오늘 아침 주둔지 사령관 브래들리 대령이 버크 대위를 대동하고 우리를 보러 왔다. 우리에게 임박한 '인도' 절차를 설명하기 위해서였다. 그 말은 얼마나 낭만과 거리가 먼가! 그 일은 내일 아침에 이루어질 예정이다. 샤이엔 족은 동이 트자마자 올 것이다. 우리는 되도록 짐을 줄일 것을 조언 받았다. 미개인들은 트렁크라는 것을 모르고, 그것을 운반할 적절한 수단도 없다고 했다. 대위가 쓴웃음을 지으며 지적했듯이 그들은 아직 바퀴를 모른다.

돌이킬 수 없는 시점이 닥치기 직전에 더 많은 사람이 마음을 바꾸었다. 아마 어제 원주민을 본 탓이 클 것이다. 나처럼 시카고의 어느 정신병원 출신인 한 여자는 — 입원 사유가 '신경쇠약'이었는데 — 완전히 혼이 나간 듯 거세게 흐느끼면서 횡설수설했다. 그녀는 캠프의 의무 천막으로 갔다. 정신병원 출신이다 보니 이런 행동이 그렇게 놀랍게 여겨지지 않을 것 같다. 진실로 이곳은 예민한 사람이 있을 곳이 아니다. 그 밖에 야음을 타서 도망간 사람들은 오늘 아침에 군인들에게 다시 잡혀 왔다. 여자들은 언덕 지대를 다니는 인디언 척후들에게 발견되었는데 정신적으로도 육체적으로도 탈진된 상태였다. 밤에는 아직도 꽤 쌀쌀하기 때문이다. 그 사람들이 어떻게 될지 모르겠다. 내 생각에는 우리는 계약을 맺었으니 그것을 이행해야 한다. 그런데 저마다 이렇게 생각들이 다르다…….

그렇다, 그들은 내일 온다……. 하느님, 우리가 무슨 짓을 저지른 거죠?

덧붙임: 저녁 늦게 '지미'가 다시 우리 거처로 와서 나를 불렀다.

"대위가 자기 천막으로 불러." 거티가 말했다. "경고하는데, 지금 대위는 상태가 아주 안 좋아."

나는 아까 스미스 대령에게 짧은 교육을 받을 때 대위가 말을 잃고 넋이 빠져 있는 걸 눈치챘지만, 그의 천막에 갔을 때만큼 동요된 모습은 처음이었다. 그는 술잔과 술병을 앞에 두고 의자에 앉아 있었고, 내가 도착하자 자리에서 일어나 우리에 갇힌 성난 사자처럼 서성거렸다.

"내가 당신을 왜 불렀는지 알아요?" 그가 평소의 예절을 잊고 물었다.

"셰익스피어를 읽기 위해서는 아닌 것 같네요." 내가 대답했다.

"놀리고 싶으면 놀려요, 메이." 그가 분노하며 말했다. "당신은 당당하고도 어리석은 여자니까. 하지만 이건 놀이가 아니에요. 당신은 더 이상 어릿광대극의 배우가 아니에요."

"그 말은 안타깝네요, 존." 내가 말했다. "그 사실을 저만큼 잘 아는 사람은 없어요. 아까 당신 질문에 다시 대답을 하죠. 저더러 내일 인디언에게 가지 말라고 부탁하려고 부른 게 아닌가요?"

그는 걸음을 멈추고 돌아서서 나를 보고 소리쳤다.

"부탁한다고요? 부탁? 아뇨, 부탁하지 않습니다. 금지합니다! 이런 미친 짓을 그만둬야 해요! 절대 허락할 수 없습니다."

그런 대위의 괴로움을 보고 웃음이 나왔음을 고백한다. 하지만 그것은 절박한 여자의 허세였다. 사실을 말하면 나 또한 이 모험 앞에 점점 자신이 없어져 나와 동료들의 앞날에 대한 두려움에 거의 마비될 지경이었기 때문이다. 미개인들을 실제로 본 뒤 우리의 사기는 산산조각 났다. 하지만 다른 사람들에게도, 대위에게도 이런 낙담과 공포를 드러낼 수 없었다.

"대위님." 내가 대답했다. "저는 당신의 수하가 아니니 당신에게 명령을 받지 않는다는 점을 일러 드리고 싶습니다. 어쨌건 우리는 더 높은 곳의 명령을 받고 왔습니다."

대위는 믿을 수 없다는 듯 고개를 저었지만 분노는 사그라드는 것 같았다.

"어떻게 아직 웃을 수 있나요, 메이?" 그가 놀라움을 담은 부드러운 목소리로 물었다.

"제가 가벼운 마음으로 웃는다고 생각하나요, 존?" 내가 말했다. "내가 당신을 놀린다고요? 이걸 놀이로, 나를 무대 위의 배우로 여긴다고요? 눈물이 날까 봐 억지로 웃는 걸 모르나요?"

그리고 나는 인용했다. "'나는 내 슬픔에게 오만하라고 가르치겠어요.'"

"'비통은 오만하고, 오직 그 주인이 고개를 숙이는 것이니.'"❖ 그가 인용문을 완성했다. 그러더니 그는 내 옆에 무릎을 꿇고 앉았다.

"내 말 들어요, 메이." 그가 내 손을 움켜쥐며 말했다. "앞으로 당신한테 어떤 고난이 닥칠지 당신은 상상도 못해요. 당신은 그 사람들의 삶을 견디지 못해요. 그건 늑대 소굴이나 곰 소굴에서 못 사는 것과 마찬가지예요. 우리는 그 사람들하고 너무도 달라요. 내 말을 믿어야 돼요. 미개인들은 우리하고 인종만 다른 게 아니라 생물 종으로도 달라요."

"그 사람들은 인간이 아닌가요, 존?" 내가 물었다. "적어도 인간 남자와 여자로서의 공통점도 없다는 건가요?"

"그 사람들은 석기 시대를 살아요, 메이." 대위가 말했다. "동물의 왕국에서 처음에 차지한 자리를 그대로 지키고 있고, 문명의 아름다움과 고귀함을 겪지 못한 이교도예요. 그들의 종교는 미신이고, 미술은 바위에 그린 막대기 형상뿐이고, 음악이란 북소리뿐이에요. 글이란 건 아예 없어요. 한번 묻죠. 미개인에게 셰익스피어가 있나요? 모차르트는? 플라톤은? 그들은 거칠고 게으른 인종이에요. 그들의 역사는 수천 년 동안 잔혹 행위와 도적질, 살육, 살인, 변태 행위로 얼룩진 피의 역사예요. 내

❖ 《존 왕》 3막 1장, 콘스탄스 부인의 대사.

말 들어요. 그들은 우리처럼 생각하지 않아요. 우리처럼 살지 않아요."

그러더니 그는 적절한 표현을 찾아 망설였다.

"그리고 그들은…… 우리처럼 사랑하지 않아요."

대위가 한 말이 너무도 노골적인지라 나는 두려움과 공포에 숨이 막혔다.

"사랑요?" 내가 어느 때보다 더 흔들리며 물었다. "존, 미개인들이 어떻게 사랑을 하기에 우리하고 다른가요?"

그는 고개를 저으며 내 눈을 피했다.

"동물처럼 해요……." 그러고는 마침내 웅얼거렸다. "동물처럼 사랑 행위를 합니다."

"아, 존……." 나는 평생 가장 절박한 감정 속에 나직하게 말했다. 아니 잠시 그런 감정에 젖었다. 하지만 나는 곧 탈출을 원했던 나의 갈망을 떠올리고 비겁한 생각에서 벗어났다.

"당신은 내가 왜 이 계획에 참여했는지 궁금해했죠." 내가 말했다. "이제 말씀드려야겠네요, 대위님. 그러면 당신이 평안을 얻는 데 도움이 될 거예요. 저는 정신병원에서 여기 왔어요. 평생을 거기 갇혀 지내는 것과 미개인 사회에 사는 것 가운데 선택이 주어졌죠. 존, 당신 같으면 무얼 선택할 것 같은가요?"

"당신은 나만큼이나 정신이 멀쩡해요, 메이." 대위가 반박했다. "실례를 무릅써도 좋다면 당신의 병이 무엇이었나요?"

"사랑이죠." 내가 대답했다. "우리 가족이 허락하지 않는 남자와 사랑에 빠져서 결혼하지 않고 그의 아이들을 낳았어요."

나는 이 순간 존 버크의 얼굴에 실망의 빛이 지나가는 것을 놓치지 않았다. 그가 지닌 가톨릭 신자의 엄격함은 내 '죄악'에 움찔했으리라. 그는 혼란스러운 듯 내게서 눈길을 돌렸다.

"그런 실수 때문에 정신병원에 갇히지는 않을 텐데요."

그가 마침내 말했다.

"실수라고요, 존?" 내가 말했다. "사랑은 실수가 아니에요. 그리고 이 모험이 끝나면 다시 만나기를 밤마다 기도하는 내 아이들도 실수가 아니에요."

"그러면 의사들이 당신을 거기 수용하면서 내린 공식 병명은 무엇이었나요?"

"도덕성 상실이죠." 내가 에두르지 않고 말했다. "우리 가족은 문란 행위라고 했고요."

대위는 이제 내 손을 놓은 뒤 꿇었던 무릎을 펴고 일어섰다. 그는 다시 나를 외면했고, 그 얼굴의 고통은 더욱 커졌다. 나는 그가 무슨 생각을 하는지 알 수 있었다.

"존." 내가 말했다. "나는 그런 거짓말을 다시 해명할 필요는 없다고 생각해요. 과거나 현재의 내 행동을 변호하는 일도요. 당신하고 나는 친구예요. 짧은 시간이지만 우리는 깊은 우정을 나누었어요. 내가 착각한 게 아니라면, 다른 상황이었다면 우리는 그 이상이 될 수도 있었겠죠. 나는 정열적인 여자일지 몰라도 문란한 여자는 아니에요. 평생토록 남자는 한 사람뿐이었어요. 그리고 그 사람은 내 아이들의 아버지인 해리 에임스고요."

"제가 당신을 위해 당국에 이야기를 넣을 수 있어요, 메이." 대위가 돌아서서 내 말을 잘랐다. "당신을 이 일에서 뺄 수 있을지 몰라요."

"당신이 그 일은 할 수 있다고 해도," 내가 말했다. "우리 가족이 나를 다시 그곳에 넣는 건 막지 못할 거예요. 당신은 나더러 미개인과 함께 사는 게 어떤지 상상 못할 거라고 하지만, 정신병원에서 내 인생이 어땠는지 당신은 상상 못할 거예요. 매일매일이 어제와 똑같고, 햇빛 한 줌 없고 희망도 전혀 없어요. 우리가 가는 낯선 신세계에 어떤 일이 기다린다고 해도, 정신병원의 죽음 같은 지루함과 단조로움보다 나쁘지는 않을 거예요. 나는 돌아가지 않아요, 존. 그러기 전에 죽을 거예요."

나는 일어서서 그에게 갔다. 그리고 그의 허리에 팔을 두르고 그의 가슴에 머리를 얹은 뒤 그를 끌어안고 그의 심장 박동을 느꼈다.

"이제 내가 싫어졌죠, 존." 내가 말했다. "진실을 알았으니 말예요. 내가 미개인들과 살 만한 여자라고 생각할 거예요."

대위가 내게 팔을 둘렀고, 그 순간 나는 정말로 오랜만에 포근함을 느꼈다. 내가 마침내 그의 가슴에서 인생의 혼란과 상심을 끝낼 성소를 찾은 것 같았다. 그에게서 가을의 숲 같은 강한 남자의 체취가 났고, 그의 등과 팔 근육은 잘 지은 집의 튼튼한 벽과도 같았다. 내 가슴에 닿은 그의 심장의 규칙적인 박동은 지구 자체의 맥동 같았다. 이 착한 남자의 품에서 영원히 쉴 수 있으면 좋겠다는 생각이 들었다.

"당신은 내가 당신을 사랑하는 걸 알아요, 메이." 그가 말했다. "당신을 미워할 수도 비난할 수도 없다는 걸요. 이 미친 짓을 멈출 수 있다면, 나는 당신을 위해 어떤 일이라도 할 거예요."

"당신은 약혼한 몸이에요, 존." 내가 말했다. "나도 그렇고요.

내가 구출해 달라고 요청한다고 해도 이젠 늦었어요."

하지만 구출이 필요한 사람은 존 버크였던 것 같다. 내 지독한 욕망, 그와 내가 하나가 되어 서로의 몸속으로 녹아들고픈 열망에서 구출되어야 할 사람은. 예수회 수도사에게 교육받은 아일랜드 계 가톨릭 소년보다 더 빠르고 강력하게, 그리고 엄청난 고통 속에 타락한 사람이 누구일까? 이룰 수 없는 사랑보다 더 달콤한 사랑이 무엇일까?

존 버크가 내게 키스했을 때 나는 그 입술에 묻은 희미한 위스키의 단 맛을 보았고, 그의 도덕적 망설임이 한층 더 강력한 욕망 앞에 굴복하는 것을 느꼈다. 그와 내가 모두 열렬한 감각에 휘말렸고, 나는 두 육체의 접촉만이 나를 이 시간과 장소에 붙잡아 둘 수 있다는 듯, 그와 나의 육체가 하나로 매끄럽게 연결될 때만이 내가 이 세상에, 내가 아는 유일한 세상에 닻을 내릴 수 있다는 듯이 그를 끌어안았다.

"알려 줄래요, 존." 내가 그의 입속에 속삭이며 부탁했다. "존, 지금 나한테 알려 줄래요? 문명인들은 어떻게 애정 행위를 하는지?"

⋙ 1875년 5월 8일 ⋘

사랑하는 해리에게,

오늘 저녁 당신한테 유쾌하고 수다스러운 편지를 써보려고 해. 내가 정말로 완전히 미치는 날이 있다면 그건 바로 이 이상한 밤, 인디언 땅의 첫 밤일 테니까. 내가 당신한테 편지를 쓰고 당신이 정말 이 편지를 읽는다고 상상한다면, 어쩌면 모든 게 잘 되는 척할 수도 있을 거야. 이것은 다 꿈이고, 깨어나면 나는 우리 집의 당신 품에 안겨 있고, 아기들은 옆에서 새근새근 자고, 모든 게 다 잘될 거라고, 그래, 모든 게 다 잘될 거라고…….

나는 족장의 아내가 될 거야. 맞아, 미개인 우두머리가 나를 신부로 골랐어. 그 사람은 미개인의 왕에 해당하니까 나는 왕비 비슷하게 되는 거야. 하! 해리, 우리 행동의 결과가 이런 일로 이어진 것을 안다면, 당신은 무슨 생각을 할까? 대족장의 아내, 샤이엔의 왕비, 미개인 왕손의 장래 어머니…….

그 남자의 이름은 리틀 울프야. 평원 인디언들 가운데 이름이 아주 높고 워싱턴 D. C.에서 율리시즈 그랜트 대통령을 직접 만나기도 했어. 나의 대위조차 족장은 용맹한 전사이자 위대한 지도자라고 인정해. 그리고 미개인 기준으로 보면 생김새도 준수한 편이야. 나이는 짐작되지 않아. 젊은이는 아니고 나하고 꽤 나이 차이가 나지만 그렇다고 노인은 아냐. 아마도 마흔 살 가깝지 않을까 싶어. 하지만 날렵하고 건강한 몸에 검은색에 가까운 짙은 눈동자, 강렬한 이목구비는 꼭 늑대 같은 인상이야. 그리고 그 사람의 나직하고 부드러운 말소리를 들으면 괴상한 인디언 말조차 그렇게 흉하게 들리지 않아.

그 사람들은 오늘 아침에 왔어, 해리. 어마어마한 소리— 희한한 괴성과 동물 같은 울음, 그러니까 미개인들이 낼 것 같은 소리 —를 내면서 말 떼를 앞장세우고 왔지. 말은 캠프 축사에 들어갔고, 캠프 검사관이 수를 세었어.

물론 말과 교환된다는 건 착잡한 느낌을 줘. 그나마 리틀 울프가 나를 아내로 맞으며 주둔지 사령관에게 준 말이 모든 면에서 최고라는 사실로 위안을 삼아야 할 것 같아. 물론 내가 말을 잘 알지는 못하지만, 나의 노새꾼 친구 '지미'가 하는 말이 그래.

그러니까 내가 각별한 품질의 말과 교환되었다는 사실로 나를 위무할 수 있다, 이렇게 말하면 좀 나을까?

내 친구 마사는 아주 무시무시하게 생긴 친구의 배필이 되었어. 그의 이름은 꼭 들어맞게도 '탱글 헤어'*야. 그 사나운 머리는 정신병원에서도 가장 심한 환자들하고도 비슷해. 하지만 그 사람 역시 여러 면으로 볼 때 뛰어난 전사인 게 분명해.

이런 기이하고도 황당한 상황에서 우리의 용감한 흑녀 피미는 미개인 중의 흑인에게 선택되었어. 그 사람은 이름도 '블랙맨'이야. 프랑스 인과 수 족의 혼혈인 브뤼에르라는 캠프 통역사가 피미의 남편감은 어린 시절 도망 노예들의 마차에서 잡혀 왔다고 말해 주었어. 샤이엔 족과 함께 자라 거기서 태어난 것만큼 자연스럽게 그들의 일원이 되었대. 이 사람은 영어를 못하고 모든 면에서 다른 부족민들과 동등해. 이 점에서 미개인들은 우리보다 더 문명화된 것 같아. 그는 잘생겼고, 키도 아주 커서 180센티미터를 훌쩍 넘는 것 같아. 피미에게는 아주 잘 어울리는 상대지. 두서없이 떠드는 것 같다면 미안. 피로와 공포의 하루를 겪었더니 그래. 이 절박한 상황을 좀 더 정연하고 또렷하게 설명해 보도록 노력할게.

❖ 헝클어진 머리

우리의 미술가 헬렌 엘리자베스 플라이트는 '호그'*라는 이름의 이름난 샤이엔 전사에게 선택되었어.

"그렇다면 나는 처녀 적 이름을 고수하겠어." 그녀가 익살스럽게 말했지. "헬렌 호그라면 어감이 안 좋지 않아?" 이름은 그래도 호그 씨는 잘생긴 친구로, 키도 크고 어깨도 넓어.

어린 세라는 '옐로 울프'라는 호리호리한 젊은이의 짝이 되었어. 이제 겨우 사춘기에 이른 듯한 어린 청년이지. 하지만 이번에도 역시 샤이엔 족의 선택이 현명했어. 그는 정말로 수줍은 얼굴이었는데, 세라에게 홀딱 빠진 게 역력했거든. 그녀에게서 좀처럼 눈을 떼지 못했어. 아마도 우리가 깨지 못한 세라의 침묵과 공포의 세계를 그가 깨어 줄 수도 있을 것 같아.

버크 대위 말에 따르면, 미개인들은 광기를 신의 선물로 여기기 때문에 광인을 존중하고 나아가 존경한대. 그러니까 우리의 일부는 남편에게 높은 평가를 받을 테고, 어쩌면 우상이 될지도 몰라! 실제로 에이다 웨어를 두고 미개인들 사이에는 열띤 경쟁이 일었어. 우울병으로 정신병원에 입원도 했던 에이다는 우리 사회에서는 '인기녀'가 되기 힘들 거야. 하지만 통역자 브뤼에르에 따르면, 미개인들은 그녀의 검은 옷차림을 신성함의 상징으로 여기고 있어. 그들은 지금까지 접촉한 우리의 여러 종교를 뒤죽박죽 섞어서 이해한대.

우리의 짐가방은 인디언들을 아주 기쁘게 했어. 좀 덜 점잖은 친구들이 어리석은 동료들을 즐겁게 해주려고 짐가방 손잡이를

❖ 돼지

잡고 돌아다니다가 쓰러져서 땅바닥을 데굴데굴 구르며 웃은 거야. 이 사람들은 정말로 개구쟁이 같은 데가 있어! 나는 내 약혼자가 이런 바보짓에 참여하지 않고 엄격하게 바라보기만 하는 게 기뻤어.

불쌍한 데이지 러블레이스는 자신을 고른 친구하고 한바탕 소동을 피웠어. 그 남자가 짐을 챙기다가 그녀의 푸들 펀 루이즈를 달라고 한 거야. 하지만 아마 계속 그 '약'을 먹었을 데이지는 개를 꼭 부여안고 말했어.

"안 돼요. 펀 루이즈를 건드리지 말아요! 알아들어요? 내 사랑하는 강아지한테 손가락 하나 대지 말아요."

하지만 남자는 고양이처럼 재빠른 동작으로 데이지의 품에서 개를 빼낸 뒤 목덜미를 잡고 다른 사람들에게 보여 주었지. 사람들은 웃으면서 공중에서 발버둥치는 개를 보러 모여들었어. 내가 데이지 러블레이스를 좋아하지 않고 그 못난 푸들은 더욱 싫어하지만, 동물이 학대당하는 모습은 보기 안타까워서 데이지를 도와주러 갔어.

"개를 돌려줘요!" 내가 요청하자, 미개인 친구는 내 말을 이해한 듯 어깨를 으쓱하고 쓰레기를 버리듯 개를 땅에 툭 떨구었어. 개는 철퍼덕 떨어졌지만 곧 일어서서 원을 그리며 뛰었고, 미개인들은 더 신나게 웃어 댔지. 하지만 펀 루이즈는 원심력이라도 작용한 것처럼 갑자기 원을 벗어나더니 자신을 학대한 미개인에게 달려가 그 발을 물고 지옥에서 온 꼬마 악마처럼 으르렁거리며 고개를 흔들었어. 그러자 그 미개인은 우스운 동작으로 껑충거리며 고통의 비명을 질렀지만 개를 떼어내지 못해 다른 사람들에게 더 큰 웃음을 샀어.

"잘한다, 펀 루이즈!"데이지 러블레이스가 신이 나서 소리쳤어. "깜둥이를 혼내 줘! 저 이교도 놈이 너를 갖고 놀지 못하게 가르쳐."

마침내 지친 개는 미개인을 놓아 주더니, 숨을 헐떡이고 피거품을 흘리며 주인에게 뛰어갔어. 미개인은 계속 다친 발을 잡고 땅바닥을 뒹굴며 고통의 외침을 질렀지. 하지만 동료들은 그의 괴로움을 재미있는 사건으로 여길 뿐 아무도 동정하지 않았어. 사실 이 소동 때문에 팽팽했던 분위기가 누그러들었고, 푸들 펀 루이즈는 우리에게 많은 사랑을 받게 되었지.

말 교환은 그저 당국에 대한 형식적 의례였기 때문에, 군대는 우리에게 인디언 땅으로 타고 들어갈 좋은 미국 말을 한 마리씩 주고, 휴대를 허락받은 가방과 약간의 사치품을 묶고 갈 군용 안장도 지급했어. 군인들은 드레스 차림으로 그런 안장에 앉아 가는 것이 힘들다는 것을 예견하고 사려 깊게도 원하는 사람들에게 기병대 반바지를 서둘러 만들어 주었어. 옷이 잘 맞는지 여부는 각자의 운이었지. 어쨌건 이 일을 거절한 여자들은 길에 오르자마자 그 허영을 후회했어. 미개인 남자들은 우리 짐가방에 흥미를 느낀 것만큼이나 우리의 바지에 당황하고 못마땅하다는 듯한 소리를 냈어. 그들이 바지를 입지 않으니, 그런 차림을 한 여자는 처음 보았겠지.

나는 소중한 공책들과 버크 대위가 준 튼튼한 납 연필을 여러 자루 가져왔어. 그는 현명하게도 우리가 가는 곳에서는 잉크는 구하기 힘들 것을 알았어. 대위는 소중한 셰익스피어 책 한 권도 내게 주었어. 그게 그에게 얼마나 큰 의미인지 알기 때문에, 나는 좀처럼 받을 수 없었지만 대위가 꼭 가져가라고 했지. 우리는 함께 울었어, 해리. 헤어진다는 슬픔에 서로를 끌어안고서. 그건 당신하고는 누려 보지 못한 호사였지.

그래, 해리 당신에게 마지막으로 고백하겠어. 나의 첫사랑, 내 아이들의 아버지. 당신이 어디 있든 어떻게 되었든, 어젯밤이 오기 전까지 내가 알았던 단 한 남자. 그래, 대위와 나는 열정과 거센 감정에 휘말렸어. 우리는 자제할 수 없었고, 나는 자제하고 싶지 않았어. 나는 왜 이렇게 걸맞지 않은 남자들하고만 엮이는 걸까, 해리. 공장의 작업반장, 약혼녀가 있는 가톨릭 교도 대위, 그리고 이제 미개인 족장까지. 오 하느님, 나는 정말로 미친 여자인가 봐요.

불가피한 일을 늦추기 위한 마지막 시도로, 여자들은 위원회를 급조해서 브래들리 대령에게 우리가 캠프에서 마지막 밤을 보낼 수 있는지 물어보았어. 사람들은 크게 동요했고, 나는 대량 탈주가 걱정되었어. 대령이 우리 요청을 리틀 울프 족장에게 전달하자 그는 다른 인디언 우두머리들과 이 일을 의논했어. 그런 뒤 족장이 돌아와서 결정 내용을 전했어. 약속대로 말을 인도했으니 우리는 그들에게 가야 한다는 거였어. 아직도 해가 많이 남아서 자기들 천막촌으로 돌아갈 시간이 충분하니, 출발을 하루 늦출 이유가 없다고 보는 것 같았어. 브래들리 대령은 약속한 대로 우리를 넘겨주지 않으면 샤이엔 족은 우리가 조약을 깨려 한다고 생각할 거라고 말했어. 그러면 문제가 생길 건 자명했지. 이런 대담한 모험의 목적은 미개인들과 더 이상의 충돌을 막는 것이었기 때문에 대령은 문명의 품에서 마지막 하룻밤을 보내고자 하는 우리의 요청을 안타깝게 거절했어. 하지만 어차피 우리가 다 동의한 내용이잖아.

마지막 순간에 헤어 목사가 합류했어. 그는 포트 페터먼 출신의 비만한 감독교 선교사로, 어제 여기 도착했고, 우리와 함께 황야로 가게 되어 있어. 그는 아주 특이하게 생긴 데다 몸무게가 150킬로그램도 넘을 것 같고 머리는 당구공처럼 매끈하게 벗어졌어. 흰 사제복을 입은 목사는 더도 덜도 아닌 강보에 싸인 거인 아기 같아. 그가 탄 흰 노새는 덩치가 컸는데도 목사의 무게로 신음했지.

목사가 오는 걸 보고 버크 대위는 고개를 설레설레 젓더니 "피둥피둥한 개신교도" 어쩌고 하는 말을 나직하게 내뱉었어. 대위는 이 목사가 미개인들에게 행하는 복음주의 선교 활동을 잘 아는 게 분명해. 그는 대통령이 인디언 평화 계획을 내자 온갖 교파가 미개인의 영혼을 구하겠다며 스테이크 뼈를 본 개 떼처럼 달려든다고 조용히 불평한 적이 있지. 목사는 인디언들이 '흰 옷'이라고 부르는 감독교도로, 샤이엔 족의 영혼이 '검은 옷'인 로마 가톨릭 교도에게 사로잡히는 것을 막고 그들을 자기 교파 신도로 만들기 위해 감독교 교회가 파견한 사람이야. 이 거대한 목사가 브래들리 대령과 버크 대위 앞에서 가장 먼저 선포한 것 하나는 자기 교회의 관점에서는 미개인들이 가톨릭 교도가 되는 것보다는 이교도 상태로 남아 있는 게 더 좋다는 것이었고, 그것은 당연히 나의 대위에게 그리 맘에 드는 발언이 아니었지.

그래도 헤어 목사는 이미 여러 해 전부터 인디언들과 일했고, 언어 능력이 뛰어나서 샤이엔 어를 포함한 몇 가지 원주민 언어에 능숙하다고 들었어. 그러니까 그는 도살장에 끌려가는 우리 기이한 양 떼들의 통역자이자 영적 지도자의 역할을 할 거야.

이런 마음 상태로 우리는 장래의 남편들과 함께 캠프 로빈슨을 떠났어. 어떤 여자들은 결혼이 아니라 장례식에라도 가는 것처럼 구슬프게 울었어. 나는 침착함을 유지하려고 애썼어. 버크 대위의 우려에도 불구하고 나는 이 모험에서 긍정적인 얼굴을 유지하기로, 이것은 임시 직무라는 생각— 우리는 나라를 위해 복무하러 가는 군인이고, 때가 되면 집으로 돌아갈 수 있다는 —을 잊지 않기로 맹세했어.

내 마음 가장 깊은 곳에 있는 해리, 나는 우리 소중한 아이들의 기억을 간직할 거야. 어느 날 아이들에게 돌아갈 꿈을 가슴 속에 영원히 품고 있을 거야. 이 꿈은 나를 살아 있게 하고 내게 강인함을 줄 거야. 나는 처음부터 이런 생각으로 다른 사람들을 위로하려고 했어. 언젠가 우리는 다시 자유를 얻어 문명의 품으로 돌아갈 거라고.

그래서 나는 행렬 맨 앞에서 약혼자 옆을 자랑스럽게 달리며, 버크 대위에게 가볍게 고개를 끄덕여 보였지. 그의 당황스러움은 얼굴에 똑똑히 쓰여 있었어. 나는 그에게 손을 흔들어 작별 인사를 하려 했지만 그는 검은 눈동자를 땅으로 내리깔고 나를 보지 않았어. 그 눈길에 수치가 담겨 있었던가? 가톨릭 교도로서의 자책이? 나와 열정의 순간을 나눔으로써 하느님과, 약혼녀와, 군인의 의무를 배신했다는? 심지어 자신을 유혹한 방탕한 여자, 악마의 탕녀가 미개인들과 살러 간다는 것에 안도의 기색도 있었나? 그것은 복수의 신이 그날 밤 우리가 저지른 달콤한 죄에 내리는 적절한 벌이라고 생각했나? 그래, 나는 존 버크의 내리깐 눈에서 그 모든 것을 보았어. 이건 여자의 운명이야, 해리. 남자의 죄는 여자를 추방함으로써만 사함받을 수 있지.

하지만 나는 고개 숙이지 않았어. 나는 이 낯선 인생에서 어떻게 해서라도 품위를 지킬 생각이고, 내가 족장의 아내가 된다면 그 역할을 위엄 있게 해낼 거야. 그래서 출발하기 전에 친구 마사를 비롯해서 겁에 질린 다른 사람들에게 이교도들과 산 적이 있는 나의 노새꾼 친구 지미, 그러니까 더티 거티에게 들은 조언을 해주었지.

"언제나 당당하게 행동하고, 우는 모습을 보이지 말아야 돼."

하지만 물론 이런 조언이 특히 더 어려운 사람들이 있지. 나는 개인적으로 약한 모습을 보이지 않기로, 언제나 강하고 확고하고 당당하기로, 실제로는 아무리 두렵고 혼란스러워도 겉으로는 그런 모습을 보이지 않기로 결심했어. 다른 방법으로는 이 고난을 견딜 수 있을 것 같지 않았으니까.

여자들 대부분은 짧은 시간 안에 운명에 체념한 것 같았어. 울부짖음은 목 메인 울먹임으로 변했고, 우리 사이에 대화란 거의 없었어. 우리는 아이들처럼 아무 말도 하지 못하고 두려움에 싸여 그들이 이끄는 대로 순순히 황야로 들어섰어.

우리 행렬은 얼마나 기이했을까. 비뚤배뚤한 긴 줄— 인디언과 신부의 전체 수가 백 명에 가까웠어 —을 이루어서 달리는 우리 행렬은 최근에 군대와 함께 한 행군에 비하면 질서가 없었어. 만약 신이 우리를 굽어보았다면, 언덕을 넘는 우리 모습은 꼭 개미 행렬 같았을 거야. 우리는 소나무 언덕을 올랐다가 다시 내려가서 초목이 빽빽한 강가로 내려갔고 말들은 봄비로 불은 강물, 등자까지 찰싹거리는 흙탕물을 건넜어. 내 말— 내가 대위를 생각하고 '솔저'라고 이름 붙인 적갈색의 튼튼한 말—은 차분하고 확고한 걸음으로 쓰러진 나무들 틈을 헤치며 갔고, 그런 뒤 부드러운 속보로 바위 언덕을 달려 능선에 올랐지. 그러자 이동이 수월해졌어.

아름다운 봄날 오후였고 우리는 모두 미래가 아무리 낯설고 불확실해도 어쨌거나 같은 하늘, 같은 태양 아래 살 거고, 우리의 신이 — 우리가 신을 믿는다면 — 계속 우리를 굽어볼 거라는 사실로 위안을 삼았어.

공중에 희미하게 떠도는 나무 타는 냄새가 저 멀리 어딘가에 인디언 천막촌이 있음을 알렸지. 곧 하늘에 모닥불 아지랑이가 일렁였고, 우리는 천막촌이 가까워졌다는 걸 알았어. 길에서 몇몇 사내아이들이 우리를 맞아 기이한 소리로 놀라움을 표현했어. 아주 어린애들은 덩치가 크고 다리가 긴, 생전 처음 보는 털복숭이 개를 타고 있었는데, 그 늑대 같은 동물은 개보다 오히려 셰틀랜드 조랑말과 더 비슷해. 개들은 깃털과 구슬, 종 같은 장신구들이 달렸고, 남자 어른들의 전쟁마를 흉내 낸 그림이 그려졌지. 이제 나는 우리가 다른 세상— 인종도 다르고, 동물도 다른 —으로 들어간다는 걸 어느 때보다 강렬하게 느꼈어. 우리 세계의 그림자 속에 존재하는 동화의 나라……. 하지만 우리 세상이 이곳의 그림자 속에 있는 세상인지 어떻게 알겠어? 겁 없

는 아이들은 살그머니 달려와서 내 발을 만지고 다람쥐처럼 달
아났어.

꼬맹이 무리가 천막촌으로 뛰어들어 우리의 도착을 알리자
그에 반응해서 법석이 일고 개가 짖는 소리가 들렸지. 마을 사
람들이 일으키는 불협화음, 그것은 정말로 낯선 소리였고 고백
하자면 하나같이 섬뜩했어.

호기심에 찬 여자들, 아이들, 노인들이 천막촌에 들어서는 우
리 주변에 모여 들었어. 천막— 티피라고 하는 —들은 둥근 대
형을 이루고 설치된 것 같아. 천막 너댓 개가 반원을 이루고 그
반원들이 모여서 더 큰 원을 이루지. 전체적으로 아주 요란하고
시끄러웠어. 시각적 자극이 엄청났지만, 너무 낯설어서 제대로
보지도 못한 데다 사람들이 낯선 말을 떠들며 모여들어서 우리
다리와 발을 만지는 통에 정신이 더 산란했어. 그렇게 우리는
주민들 앞에 퍼레이드라도 하듯 천막촌 끝까지 간 뒤 다시 말
을 돌려서 돌아왔어. 이교도들이 소리를 지르며 떠들어 댔는데,
어쩌나 시끄럽고 정신없던지 뭐가 뭔지 도저히 알 수가 없었어.
우리는 곧 일행과 헤어졌고, 나는 몇몇 여자가 절망의 외침을
내지르는 걸 들었어. 나는 그들을 부르려고 했지만, 법석 속에
목소리가 묻혀 버렸지. 우리가 속한 미개인 가족들이 우리를 하
나하나 자기들 세계로 데려가는 동안 나는 마사의 모습을 놓쳤
어. 머리가 빙빙 돌았고, 낯선 움직임, 색깔, 소리가 뒤죽박죽 밀
려와 정신을 잃을 것 같았어.

해리, 당신에게 편지를 쓰는 이곳은 이제 안전한 군대 천막이
아니라 샤이엔 전사의 천막이고, 나는 저무는 햇빛과 천막 가운

데서 꺼져 가는 모닥불의 희미한 불빛으로 이 글을 써. 그래, 나는 이 낯선 꿈의 인생으로 들어왔어. 현실일 수 없는 인생, 우리 세상에서 일어날 수 없는 인생, 미친 사람들만이 진정으로 이해하는 꿈속으로…….

지금 나는 모닥불도 꺼져 가는 원시적 천막 안에서 음울한 표정으로 쪼그려 앉은 미개인들에 둘러싸여 있고, 우리 상황은 드디어 피할 수 없는 현실이 되었어. 오늘 오후에 캠프 로빈슨을 벗어날 때 나는 처음으로 이 거대한 평원 한가운데서 죽을지도 모른다는 생각이 들었어. 이 낯설고 가련한 사람들에게 둘러싸여서. 이 사람들은 동화 속 트롤들 같고, 내가 아는 인류가 아니라 다른 어떤, 우리보다 오래된 세상에서 온 존재들 같아. 존 버크의 말이 옳았어. 둥근 티피 안을 둘러보니 정신병원의 좁은 방마저 안락하고 친숙했다는 생각이 들어. 견고했던 그 사각의 방……. 하지만 나는 이런 생각을 떨쳐야 해. 새 세상, 새 땅에서 새 사람들과 함께 살아야 해. 용기를 내야지!

안녕 해리, 당신이 어디 있건 당신과 함께한 내 인생은 이제 끝났다는 사실이 지금처럼 분명한 적이 없었어. 달나라에 있다 해도 당신과 이렇게 멀리 떨어져 있지 못할 거야. 이상하지만 내 인생은 여러 장으로 나뉜 한 권의 책이 아니라, 각기 다른 여러 권의 책으로 이루어진 것 같아. 이런 기분으로 나는 내일 새로운 일기장을 시작할 거야. 그리고 제목을 '인디언 아낙의 삶'이라고 할 거야. 그리고 해리, 이제 다시는 당신에게 편지하지 않을 거야. 당신은 이제 내게 없는 사람이고, 나 또한 당신에게 마찬가지니까. 하지만 예전에 나는 정말 당신을 사랑했어…….

인디언 아낙의 삶

'나는 깊은 잠에 빠져서 아주 이상한 꿈을 꾸었어.

아니면 꿈같은 일이 일어났어. 꿈이었을 거야.

남편이 나와 함께 천막에 있었으니까. 그는 아직도 소리 없이 춤을 추고 있었어.

모카신을 신은 발이 아무 소리도 내지 않고 부드럽게 오르락내리락했고,

모닥불을 돌며 조롱박 딸랑이를 흔들었는데 그것도 소리가 나지 않았어.

남편은 그렇게 혼령처럼 춤을 추며 내가 누워 자는 곳을 빙글빙글 돌았어.

나는 점점 몸이 달아올랐어. 그의 춤을 보니 배 속이 짜릿해지고

가랑이 사이에서 욕망이 간지럽게 끓어올랐어.'

– 메이 도드의 일기에서

⫸⫸ 1875년 5월 12일 ⫷⫷

오 하느님! 여기서 나흘을 지내는 동안 일기도 쓸 짬이 없고, 진이 빠지고, 낯섦과 수면 부족과 프라이버시 결핍에 거의 미칠 지경이다. 대위의 말이 맞는 것 같다. 이 실험은 미친 짓이고 엄청난 실수다. 나는 들개 소굴에 들어온 것 같다.

먼저 한 천막에 장래 남편과 다른 아내 둘과 노파 한 명과 소녀와 소년, 그리고 아기도 함께 산다는 것은 얼마나 기이한가! 그렇다, 나의 거처에 이 많은 사람이 함께 산다. 도대체 부부 생활은 어떻게 한다는 말인가? 프라이버시를 유지하는 방법은 아주 단순하게 상대를 보지 않고 말을 건네지 않는 것이다. 그것은 투명 인간이 된 것 같은 이상한 기분을 안겨 준다. 이 많은 사람이 이 좁은 공간에 함께 살아서 발생하는 이 냄새는 뭐라고 설명을 할 수가 없다.

족장의 '둘째' 아내가 내 시중을 들어 준다. 나보다 나이도 별로 많지 않은 예쁜 여자로, 헤어 목사에 따르면 이름이 '페더 온 헤드'*이다. 이미 말했듯 리틀 울프에게는 나 말고도 아내가 두 명 더 있지만, 집안 일은 주로 첫째 아내가 돌본다. 그녀는 요리와 청소를 하는데 아직 내 존재를 인정하지 않고 있다. 그녀의 이름은 '콰이엇 원'**이다. 말이 거의 없기 때문이다. 그녀는 내가 눈앞에 없는 듯이 행동하지만, 그녀의 미움이 얼마나 크게 느껴지는지 마치 그녀가 내 목에 칼을 대고 있는 것 같다. 실제로 여기 온 뒤 나는 매일 밤 똑같은 악몽을 꾸었다. 꿈속에서 콰이엇 원이 성당의 괴물 조각상처럼 내 위로 몸을 굽히고 앉아서 내 목에 칼을 대고 있는 것이다. 나는 소리를 지르고 싶지만 그럴 수 없다. 움직이면 칼날에 목이 베이기 때문이다. 나는 번번이 목이 졸린 채 숨을 헐떡이며 꿈에서 깬다. 이 사람을 조심해야 한다…….

여자들은 오자마자 천막촌 안팎의 허드렛일을 해야 했다. 우리는 인디언 어머니에게 가르침을 받는 아이 같고, 실제로 노예보다 나을 게 별로 없다. 우리는 그들에게 문명 세계의 방도를 일러 주러 왔지 사역 짐승이 되러 온 건 아니라고 알고 있지만, 헬렌 플라이트가 지적했듯이 식탁이 없는데 식탁 예절이 무슨 소용이겠는가. 사실 야만인 여자들은 우리가 새내기라는 점

❖ 머리에 깃털.
❖❖ 조용한 이.

을 이용해서 우리에게 가장 힘든 일을 맡기는 것 같다. 새벽에 일어나 시냇가에서 물을 긷고, 식사를 위해 장작을 모으고 오후 내내 들판에서 풀뿌리를 캔다. 이런 중노동이라니! 오직 피미만이 이런 노역을 면제받은 것 같다. 어떻게 그러는지 모르겠다. 그녀를 보기가 힘들어 이야기를 나눌 기회가 없기 때문이다. 천막촌은 넓게 퍼져 있고, 우리는 일이 너무 고되서 할 수 있는 일이라고는 냄비에 끓인 역겨운 고기 몇 점을 얻어 먹고 저녁이 되면 잠자리에 픽 쓰러지는 것뿐이다. 나는 당분간은 협력하겠지만, 노예나 하인이 될 생각은 눈곱만큼도 없고, 이미 몇몇은 헤어 목사에게 이런 대접에 대한 불만을 전했다.

반면에 미개인 남자들은 오두막에서 뒹굴고 담배 피우고 자기들끼리 수다 떨며 지내는 것 같다. 그런 걸 보면 이곳이나 그곳이나 다른 게 없어 보인다. 진짜 일은 여자가 다 하고 남자들은 잡담이나 하는 것이.

⋙ 1875년 5월 14일 ⋘

우리는 미개인들이 피로연과 춤 잔치 정도로 이루어진 집단 결혼식 같은 것을 준비한다는 말을 들었는데, 거기다 기독교 예식을 치러 주어야 한다는 헤어 목사의 강력한 의무감 때문에 일이 복잡해졌다. 여기서 목사 이야기를 좀 하는 게 좋겠다. 통역도 해주고 그 밖에 우리가 낯선 삶에 적응하는 데 이런저런 도움을 주기는 하지만, 그는 보기 드물게 게으른 사람이라서 여기 온 뒤 며칠 동안 무슨 작은 신처럼 주로 버펄로 모피 위에서 빈둥거리며 보냈다. 그는 샤이엔 성직자 한 명과 같은 오두막에서 지냈는데, 그 남자는 이름이 '도그 우먼'이다. 이 이름이 왜 이상한지는 나중에 설명하겠다. 너무 많은 일이 일어나고 우리 감각은 연발하는 기이한 일들에 맹폭당하는 데다 육체적으로 너무 피로해서 그 일을 제대로 기록할 수 있을지는 모르겠지만.

어쨌건 목사 때문에 일은 더욱 혼란스러워졌다. 현재 우리가 맺은 계약에 따르면 우리는 2년이 지나면 인디언 '남편'과 '이혼'할 수 있다. 하지만 교회 선교협회의 감독 아래 이 계획에 참가한 몇몇 교단은 이혼을 허락하지 않기 때문에 우리가 기독교 예식을 치르면 약간 문제가 된다. 말도 안 되는 일이다! 내가 볼 때는 우리는 그저 이교도 방식으로 결혼하는 게 낫다. 어쨌건 로마에 가면 로마법을 따르는 게 원칙인 데다, 그러면 추후에 법률적 종교적 의무가 발생하지 않을 테니 말이다. 어쨌거나 이런 일이 해결되기 전까지는 신방도 꾸릴 수가 없었다. 내가 볼 때는 본말이 뒤집힌 것 같다.

그리고 나는 이제 존 버크를 마음에서 몰아내고 족장의 충실한 아내로 살 준비가 되었다. 물론 말처럼 쉬운 일은 아니지만, 내가 제정신을 간직하려면 지난 일에 연연해서는 안 된다는 것이 너무도 분명하다. 안 그러면 정말로 미치는 길밖에 없을 것이다. 내가 정신병원에서 배운 교훈이 한 가지 있다. 하루하루 닥치는 대로 살고, 과거를 후회하지도 미래를 걱정하지도 않는 것이다. 과거도 미래도 내가 어떻게 할 수 없는 영역이다. 그 교훈은 여기 야만인 곁의 인생에도 적용되는 것 같다. 나는 정말로 또 다른 정신병원에 온 것 같은 느낌이 들기 때문이다. 그리고 이곳이 모든 곳 가운데 가장 끔찍하다.

내 일상에 대해 몇 마디 더 해보겠다. 아침에 남자들은 시내에 가서 함께 수영을 한다. 여자들은 이런 일을 하지 않는 것 같지만, 그들은 이따금 오후에 시내에 가서 옷을 입은 채로 목욕한다. 더러운 노동으로 하루를 보내고 나서 이런 목욕은 성에 차지 않는다. 개인적으로 나는 날마다 목욕하는 걸 좋아한다. 정신병원에서도 그렇고 여기까지 오는 긴 여행에서 가장 아쉬웠던 게 그것이다. 그래서 여기 온 뒤 사흘째 되는 날 아침에 족장을 따라 오두막을 나섰다. 그는 지금껏 내게 아무런 관심도 보이지 않았다. 말도 걸지 않고 눈길도 주지 않았다. 애정의 표시 같은 것은 더 말할 필요도 없다.

나는 오래전 해리하고 미시건 호수로 일요일 외출을 나갈 때 입었던 낡은 수영복을 내 약소한 짐에 넣어 가지고 왔다. 그것은 정신병원에서도 내 트렁크에 있었고, 나는 감상에 사로잡혀 여기까지 그걸 가지고 왔다. 하지만 마음 한구석으로는 이렇게 자연 속에서 목욕을 하는 상황도 생각하고 있었다. 미개인들의 개인위생 규정이 어떤지는 모르지만, 냇물에 간단히 몸을 담그는 일이라면 누구나 할 수 있을 것 같았고, 또 사람들 앞에 알몸을 보일 생각도 없었기 때문이다. 아침마다 여자들이 물을 긷고 장작을 모으고 식사를 준비할 때 남자들이 수영을 가는 걸 보고 나는 남자들과 함께 물에 들어가기로 결심했다. 소녀 시절 나는 수영을 꽤 잘했고, 감금된 뒤로 수영을 못하게 된 일을 정말로 아쉬워했다.

그래서 오늘 아침 나는 일찍 깨어나 버펄로 모피 속에서 수영복으로 갈아입고(프라이버시 결핍을 빼면 소나무 가지, 버펄로 가죽, 담요로 이루어진 잠자리는 그렇게 많이 불편하지는 않다) 족장이 아침 목욕을 하러 천막을 빠져나갈 때 그를 따라 시내로 갔다. 남자들이 비버 댐이 만든 웅덩이 앞에 모여 학생들처럼 잡담하며 얼음 같은(나는 곧 알게 됐다!) 물속에 뛰어들 준비로 심호흡을 하고 있었다. 내가 다가가자 그들은 일제히 불만에 찬 소리를 냈다. 말이라기보다는 그냥 소리였다. 그러더니 한 명이 무슨 말을 했다. 지금 보니 내 수영복을 가리킨 것 같고, 모두가 웃음을, 보기 흉한 폭소를 터뜨렸다. 그들은 곧 배를 잡고 바보처럼 바닥을 굴렀다. 리틀 울프만이 족장답게 평정을 유지했다.

남자들의 무례함에 화도 났지만 고백하건대 내 허영심도 다쳤다. 나는 언제나 수영복을 입으면 내 몸매가 돋보인다고 믿었다. 거기다 나는 조롱받는 데 익숙하지 않았다. 내 얼굴은 새빨개졌을 테고, 나는 수치와 분노의 눈물을 참아야 했다. 하지만 그들의 바보짓에 지지 않기로 했다. 그래서 기운을 차리고 비버 웅덩이 위로 놓인 통나무 끝으로 걸어가서 최대한 우아한 동작으로 차가운 물속에 뛰어들었다. 연못이 너무 얕지 않기를 기도하면서! 하지만 물에 닿았을 때 그 충격에 심장이 멈추는 줄 알았다! 내가 깊이 잠수했다가 물 표면으로 나오자 남자들은 웃음을 멈추고 감탄 어린 표정으로 나를 보았다.

오후에 나는 헤어 목사를 통해 나에게 붙은 인디언 이름이 '제비'라는 뜻의 '메소케'라는 걸 알게 되었다. 그건 예쁜 이름이고, 이런 이름을 갖게 된 건 행운이다. 예를 들어 목사에게 들은 바에 따르면, 우리의 우람하고도 씩씩한 친구 그레첸은 무언가 발음하기 힘든 이름이었는데 그 뜻은 '목청 큰 이'이다. 이 사람들은 정말이지 모든 것을 있는 그대로 표현하는 사람들이다.

차가운 물에 적응한 뒤로는 수영이 즐거워졌는데, 내가 물에 들어가자 남자들은 쑥스러워하며 물에 들어오지 않았다. 그들은 여자하고 함께 수영하는 걸 싫어하는 모양이다. 그들은 하나씩 다른 곳으로 갔고, 마침내 리틀 울프만이 남아서 나를 바라보았다. 남자들과 함께 수영하는 일은 이교도들의 어떤 한심한 행동 규범에 어긋나는 모양이다. 정말 어처구니없다! 아버지가 소속된 시카고의 답답한 남성 사교 클럽이 떠오른다. 그렇다. 그래서 나는 이들의 모임을 미개인 수영 클럽이라고 부르기로 했다!

리틀 울프는 마침내 물에 들어왔다. 그가 입은 옷이라고는 허리에 헐렁하게 두른 끈 앞에 작은 가죽 조각을 늘어뜨린 게 전부였다. 그 옷은 몸을 제대로 가려 주지 못한다.

족장을 설명해 보자. 그는 날씬한 몸매— 골격이 작고 근육도 작다 —에 눈 색깔도 얼굴빛도 검은 남자다. 피부는 신기할 만큼 매끄럽고 주름이 없으며, 색깔은 진한 구릿빛이다. 광대뼈가 높은 것이 몽고계 아시아인과 비슷하고, 새까만 머리는 까마귀 깃털처럼 반짝인다. 그는 '이국적' 기준으로 상당히 미남이고, 위엄이 대단하다. 나는 아직 그가 족장답지 않은 행동을 하는 걸 보지 못했다. 얼굴 표정은 엄격하다. 실제로 그가 물속으로 들어올 때 나는 생각했다. '약혼자의 미소를 한 번 볼 수 있다면…….' 그랬더니 보라, 그 순간 내 마음을 읽기라도 한 듯 족장의 얼굴에 미소가 스쳐 가는 것 같았다. 물론 그게 차가운 물에 닿아서 얼굴이 찌푸려진 걸 수도 있지만.

리틀 울프 씨는 수달처럼 날렵하고 우아하게 물속을 다이빙해 들어갔다가 개처럼 가볍게 떨며 올라오더니 나를 한 번도 돌아보지 않고 웅덩이를 떠났다. 솔직히 나는 조금 실망했다. 우리가 늘 한공간에 있는 다른 사람들에게서 떨어져서 따로 친해질 수 있는 완벽한 기회 같았기 때문이다. 웅덩이의 차가운 물속에서 족장이 내게 애정의 접근을 해오기를 기대하거나 부추긴 것은 아니지만, 적어도 그가 내게 말을 걸었다면 좋았을 것이다.

⇶ 1875년 5월 15일 ⬳

우리는 천막촌 곳곳에서 날마다 소집단 모임들을 갖기로 했다. 우리의 경험을 함께 나누고 미개인 생활에 적응하는 데 서로 도움을 주기 위해서였다. 이 모임은 헤어 목사가 인도하기로 되었지만 이미 말했듯이 비만한 목사님께서는 샤이엔 성직자 도그 우먼과 함께 쓰는 오두막에 영원히 틀어박힌 것 같다. 이 도그 우먼을 설명해 보자. 개로 변할 수도 있다고 하는 이 도그 우먼은 샤이엔 인들 사이에 '헴나네', 반남반녀라고 불린다. 그가 그저 여자 옷을 입는 남자인 건지 아니면 정말로 남자와 여자의 성기를 모두 지닌 건지는 모르지만, 평생 처음 보는 특이한 사람이기는 하다. 숫사슴 가죽 통옷, 밝은색 어깨걸이와 각반을 보면 특별한 매력은 없다 해도 충분히 여자로 보인다. 이런 일은 아주 혼란스럽고, 우리가 정말로 다른 종의 인류가 사는

158

세상에 들어왔다는 느낌을 더해 줄 뿐이다. 다시 한 번 나는 존 버크가 한 말을 잊을 수 없다.

이 도그 우먼이라는 사람은 샤이엔 인들에게 큰 존경을 받는 것 같고, 헤어 목사에게 거처를 제공하도록 선택되었다. 문명사회와 미개사회의 두 성직자— 한 사람은 고도 비만이고 한 사람은 여자 옷을 입은 —는 기이한 짝이 되었다! 두 사람의 티피에는 노파도 한 명 있어서, 입주 하인처럼 그들의 시중을 들었는데, 그 여자 이름은 '도그 우먼과 동침하다'라는 뜻이라고 해서 더 혼란스럽다.

목사는 중서부 인디언 부족들과 함께 지낸 경험이 풍부해서 편의 시설 부족에 별로 불편을 느끼는 것 같지 않고, 여기서도 이미 편안하게 자리 잡은 것 같다. 여기서 지내면 그의 과도한 살집이 줄어들 거라고 생각할 수도 있지만, 어떻게 해서인지 그의 곁엔 늘 여러 가지 맛있는 음식이 넘쳤고, 천막촌의 여자들이 직접 음식을 가져다주기도 했다. 여자들은 하루 종일 다양한 음식을 들고 그의 천막에 가서 우상에게 제물이라도 바치듯 엄숙하게 상납을 한다. 목사가 성직자라는 지위를 이용하고 있다는 생각이 들지 않을 수가 없다.

물론 그는 인디언 말을 할 줄 알고, 그건 우리 모두가 감사하는 일이다. 언어의 장벽은 우리의 정착에 정말로 큰 장벽이 되고 있기 때문이다. 나는 열심히 수화를 익히고 있고, 이제 몇 가지 유용한 동작을 안다.

날마다 모이려고 노력하지만, 새로운 생활의 긴장과 압박이 너무도 강력하다. 겨우 며칠밖에 지나지 않았는데 벌써 우리 공동체가 느슨해지는 것이 느껴진다. 이미 말했듯이 하루의 노동을 마치면 너무 지쳐서 모이기 힘들 때도 많고 천막촌이 넓게 퍼져 있는 것도 서로 소식을 전하기 어려운 이유가 된다. 내가 할 수 있는 것은 잠깐씩 짬을 내서 가까운 친구들과 따로 만나는 게 전부다. 인디언 마을에는 포고꾼이 있다. 아침마다 그날의 '소식'과 '활동'을 소리쳐 알리는 노인이고, 나는 우리도 그 비슷한 일을 하자고 제안했다.

그러다 어제 모임에서 마침내 유피미아를 보았을 때 나는 너무도 큰 충격을 받고 또 감격했다. 이미 언급했듯이 나는 그녀가 다른 여자들처럼 허드렛일에 시달리는 걸 보지 못했다. 그런데 이제 그녀가 마치 공주처럼 걸어 들어왔다. 그녀는 이미 문명의 옷을 벗어 던지고 인디언 복장을 했는데, 힘줄로 바느질한 사슴 가죽 통옷과 모카신, 각반이 잘 어울려 아주 멋있었다.

다른 여자들이 모여들어 옷을 칭찬했다. 나는 곧바로 그녀에게 가서 두 손을 잡고 말했다.

"걱정 많이 했어, 피미. 병이라도 났던 거야? 왜 일하는 모습을 볼 수 없었지?"

피미는 그 깊게 울리는 목소리로 웃고 말했다.

"아 메이. 나는 또다시 노예가 되려고 여기 온 게 아냐. 그런 인생은 이미 떠났고, 나는 다시는 남을 위해 노역하지 않겠다고 약속했어. 나는 자유인이야. 지금부터는 내가 하고 싶은 일만 할 거야."

"하지만 어떻게?" 내가 물었다. "다른 사람들은 모두 허드렛일에서 빠져나오지 못하는데."

160

"거절하면 돼. 선택의 자유를 주장하는 거야." 피미가 말했다. "나는 식물 뿌리를 캐는 대신에 사냥을 하기로 했고, 남편에게 그런 일에 힘을 쓰겠다고 했어. 이 사람들이 어쩌겠어? 사슬을 채우겠어? 채찍질을 하겠어? 한번 해 보라고 그래. 나는 등에 지울 수 없는 채찍 자국도 있고 혹독했던 노예 생활을 상기시켜 주는 낙인도 있어. 다시는 그런 일을 반복하지 않을 거야."

"잘했어, 피미!" 내가 말했다. "오늘 모임에서 모두 네 사례를 모범으로 삼아야 해."

"한 가지 더 알려 줄게, 메이." 피미가 말하면서 생가죽 통옷을 허리까지 들어올려 샤이엔 정조 끈을 보여 주었다. 여기 도착한 첫날 우리는 모두 이 어처구니없는 물건을 받았다. 샤이엔 처녀들은 모두 이것을 차는 모양이다. 그것은 허리에 둘러서 앞쪽에 매듭을 짓는 밧줄로, 그 양쪽 끝은 거의 무릎까지 허벅지를 감아 내려간다. 그러자 참석한 여자들 중에 특히 얌전한 척하는 몇몇이 (어떤 이들은 아주 까탈스럽다. 도대체 왜 이런 계획에 참여했는지 모르겠다!) 못마땅한 소리를 냈다. 하지만 피미는 신경 쓰지 않았다.

"열쇠 없이는 아무도 여기 접근하지 못해." 그녀가 노래 같은 목소리로 말하고 웃었다. "노예로 살 때 이런 장치가 있었으면 얼마나 좋았을까. 주인 나리의 변덕에 이 깜둥이 계집애는 잠을 한잠도 못 잔 날이 부지기수였어. 하지만 나는 이제 내 인생의 이 분야도 책임지고 있어."

"피미." 내가 말했다. "너 그 끔찍한 걸 정말 차고 있구나! 나는 우리 천막의 노파가 내게 그걸 채우려고 하기에 거절했는데 말이야. 그건 너무 불편해 보여."

"그런데 억지로 채우지는 않았지?" 피미가 지적했다. "그러니까 메이, 이 사람들은 민주적이야. 그리고 불편함을 말하자면 많은 여자들이 날마다 입는 코르셋만큼은 편해."

"하지만 우리는 여기 정조를 지키러 온 게 아니라 아이를 낳으러 왔어, 피미." 내가 말했다.

"그래, 하지만 그 시기도 내가 결정할 거야." 피미가 말했다.

신문과 잡지에 넘쳐나는 부도덕하고 괴상하고 탐욕스러운 미개인에 대한 기사와 달리 이 사람들은 육욕에 관심이 없는 것 같다. 날마다 갖는 이 모임에서 들어 보면 아직까지 아무도 장래의 남편으로부터 접근을 받지 않았다. 이런 상황에서 정조 끈은 별로 필요 없는 물건 같다.

"그래, 메이." 장난스런 메기 켈리가 말했다. "여기 온 뒤로 내 남자의 무기를 장전시키려고 아무리 노력해도 당최 생각이 없어. 토끼처럼 수줍어한다니까."

켈리 쌍둥이는 기이한 대칭으로 미개인 쌍둥이들과 짝이 지어졌다. 넷이 함께 있으면 신기한 거울상 같다. 미개인은 쌍둥이가 부족에게 복을 가져다준다고 여겨 쌍둥이는 그들 사회에서 특별한 지위를 누리는 것 같다. 당연히 켈리 자매는 이들의 미신을 서둘러 깨우쳐 줄 마음이 없다. 그들의 주요한 일은 쌍둥이 약혼자와 천막촌을 돌아다니며 사람들의 찬탄을 받는 것이기 때문이다.

메기의 말에 몇몇이 웃었지만, 목사가 엄격하게 웃음을 잠재웠다.

"여러분은 아직 우리 하느님의 눈앞에서 결혼하지 않았다는 것을 일깨워 드리고자 합니다. 혼례 성사가 이루어지기 전까지 간통은 금지됩니다."

"맞아요, 당신 하느님 앞에서는 그렇죠, 목사님." 수지 켈리가 말했다. "하지만 당신은 개신교도잖아요! 우리는 로마 가톨릭 신부가 집전하지 않으면 어떤 예식도 소용없어요. 그러면 나하고 메기는 이 황야에 틀어박혀 평생 이교도 아이들을 키우며 살아야겠지만. 우리가 맺은 계약은 2년이에요. 그런 뒤에 메기하고 나는 시카고에 돌아가서 할 중요한 일이 있어요. 그렇지 메기?"

"그렇고말고, 수지." 메기가 말했다. "하지만 그냥 뚱뚱한 이단자의 주례 아래 악마의 교회에서 결혼하는 게 좋아. 네가 말했듯이 그걸로는 착한 가톨릭 처녀들을 결혼에 묶어 두지 못하니까."

그러자 목사는 얼굴이 새빨개져서 말을 더듬었다.

"그런 말씀 마십시오, 아가씨. 사제를 존중하세요. 내가 속한 감독교는 하나뿐인 진정한 신앙이자 진정한 하느님의 집으로, 정부는 우리에게 이교도의 영혼을 구원하는 임무를 맡겼습니다!"

"그렇다면 이교도의 영혼이 불쌍하군요." 메기가 목사의 분노에 기죽지 않고 말했다. "개신교도가 지옥에 가는 건 모두가 아는 사실이니까요!"

"당신들은 신성을 모독했어요!" 목사는 얼굴이 빨개져서 빨간 머리 자매 둘을 한꺼번에 가리키며 소리쳤다. "신성 모독자! 사탄의 자식!"

나는 우리들조차 이렇게 하느님에 대한 견해가 엇갈리니 미개인을 기독교도로 만드는 사업은 더 복잡해질 거라는 생각이 들었다.

"제 생각도 수전이나 마거릿과 같아요." 내가 말했다. "결혼식은 그저 형식일 뿐 우리를 구속하면 안 돼요. 우리가 여기 온 건 미개인들의 아이를 낳기 위해서고, 계약을 빨리 이행할수록 빨리 집으로 돌아갈 수 있어요. 모두 그 사실을 인정해야 돼요."

"도드 양, 어떤 권위로 당신이 우리의 도덕적 지도자 역할을 떠맡는 건가요?"

여자들을 단결시키려는 나의 노력을 번번이 훼방하는 나시사 화이트가 물었다. 그녀의 질투는 리틀 울프 추장이 나를 신부로 선택한 데 반해 자신은 '터키 레그즈'✢라는 남자— 그 이름이 아주 적절한 깡마른 남자로, 부족 내에서 이렇다 할 지위가 없는 —에게 선택되었다는 사실로 더욱 격화되었을 것이다.

"권위 같은 건 없어요." 나는 그 공격에 놀라서 대답했다. "나는 그저 여기서 우리가 맡은 임무를 수행하려고 하는 것뿐이에요."

"당신이 맡은 역할에는," 그녀는 경건한 척하며 말했다. "도덕적 행동과 관련해서 다른 사람에게 조언하거나 결혼식의 종교적 성격을 결정짓는 일은 없어요. 그런 영적 문제에 결정을 내리는 건 아메리칸 교회 선교협회의 공식 대표인 나와 감독교 인

✢ 칠면조 다리.

164

디언 위원회에서 파견한 헤어 목사예요. 물론," 그리고 그녀는 은근한 어조로 덧붙였다. "육체적 문제에 이르면 당신이 누구보다 경험이 많다는 건 분명하지만요."

이 마지막 말에 여러 사람이 키득거렸다. 사람들은 이제 모두 내가 정신병원에 감금된 이유를 안다. 성적 문란함이라는 것은 여자의 평판을 망가뜨리기 충분하고, 특히 여자들 사이에서는 더욱 그렇다. 거기다 버크 대령과 열정에 빠졌던 순간을 누군가 보았을 수도 있다.

"두 아이의 어머니로서," 내가 대답했다. "비만한 성직자와 열성 독신녀보다는 내가 그 분야에 더 많은 지식을 가졌기를 바라지만, 그렇다고 전문가가 되는 것은 아닙니다."

그 말에 나의 지지자들이 웃음을 터뜨렸다.

"내가 볼 때 어떤 분들은," 내가 말을 이었다. "우리 임무를 주도한 것이 교회라고 잘못 알고 있는 것 같네요. 우리에게 미개인의 아이를 낳을 임무를 맡긴 최고 권위자는 미국 정부 아닌가요?"

"부분적으로는 맞아요." 나시사 화이트가 말했다. "하지만 그런 뒤 정부는 인디언 일에 대한 책임을 교회와 선교협회에 넘겼어요. 여기서 최고 권위자는 우리입니다."

"무슨 소리야?" 수지가 말했다. "여기는 권위자 같은 거 없어."

나는 목사를 보았다. 그는 음식 그릇으로 돌아갔는데, 그의 종교적 분노는 황야의 황제처럼 손으로 집어 먹는 고깃점들로 눈에 띄게 누그러들어 있었다.

그는 손등으로 입술의 기름을 닦고 미소를 지었다. 자비로운 아버지의 형상 자체였다. "여러분," 그가 차분하게 말했다. "감독 교회는 이교도의 영혼을 구원하는 임무를 부여받았습니다. 그리고 이교도들을 보호 구역에 보내 하느님 품에 정착시키는 임무도요."

"하지만 샤이엔 족은 보호 구역이 없잖아요." 내가 말했다.

"곧 만들어질 겁니다." 그가 말했다. "우리는 지금도 그 목적을 위해 일하고 있습니다. 곧 우리의 진짜 일이 시작됩니다."

"우리가 여기서 할 일은 샤이엔의 아이를 낳아서 미개인을 우리와 동화시키는 것이라고 들었어요." 내가 말했다.

"네, 그것도 있지요." 목사가 어깨를 으쓱하며 말했다. "정부의 생각이지요. 그런 뒤에 샤이엔 아이들, 그러니까 여러분의 자녀는 어린 나이에 우리가 이 일대에 세울 교회 부속 기숙학교에 들어갈 것입니다. 이것은 모두 대통령이 승인한 인디언 평화 계획의 일환입니다. 그렇게 해서 여러분의 자녀가 그 순수한 정신에 가장 먼저 받아들일 교육은 문명화한 백인 및 선량한 기독교 교육이 될 것이고, 덧붙이자면 개신교 교육이 될 겁니다. 교회와 정부가 희망하는 것은 절반의 백인인 여러분의 자녀는 순종 이교도보다 영적으로나 지적으로 뚜렷한 이점을 가질 테니, 미개인이 그 우월한 새 세대를 따라 순순히 문명의 품으로 들어오고, 기독교가 베푸는 구원의 길에 들어올 것입니다. 제가 여기 있는 것은 오직 여러분을 영적으로 인도하기 위함입니다."

그 말을 하면서 비대한 목사는 다시 한 번 황제처럼 고개를 까딱였고, 아침 햇살 속에 그 머리는 광택제를 바른 햄처럼 반짝거렸다.

"켈리 자매하고 제 말은 그저 일단 우리에게 맡겨진 일을 하자는 거예요."

"기독교인으로서," 나시사 화이트가 말했다. "우리는 더 높은 길을 선택해서 미개인들을 지금의 저열한 상태에서 그리로 끌어올릴 수 있어요."

"당신 장래 남편도 다른 사람들하고 똑같이 당신을 위해 말을 주었어요." 내가 지적했다.

"분명히 말하건대 나는 말 한 마리에 이교도에게 내 정조를 넘겨 줄 생각이 없습니다." 그녀가 대답했다. "나는 남편에게 진정한 기독교적 구원의 길은 그보다 높은 차원에 있다는 걸 가르치겠어요."

"아, 당신은 대단한 여자야, 나시사." 메기 켈리가 말했다. "불쌍한 터키 레그즈 씨는 결혼식 날 그 돌투성이 땅에 연장을 박아 넣으려고 하다가 경을 치고 말 거야."

"너는 어때, 피미?" 내가 물었다.

피미는 다시 나직하게 웃었다. 나는 정말로 그녀의 차분함이 부럽다. 그 어떤 것도 그녀를 흔들지 못한다.

"내가 준비되면 할 거야, 메이." 그녀가 말했다. "내가 남편을 좋아하고, 그가 좋은 아버지가 될 거라고 생각될 때 정조 끈을 풀 거야. 하지만 내 남편은 이교도에 깜둥이니까 아무래도 목사님이 교회와 정부의 소망이라고 말씀하시는 우월한 백인 혼혈 아이를 낳기는 어렵겠는걸."

"아, 피미, 우리도 개신교 아기는 낳지 않을 거야." 수지 켈리가 말했다. "그건 당연한 일이지, 안 그래, 메기?"

미개인들이 민주적이라는 피미의 말은 옳았고, 나는 그녀의 모범을 본받아 여자들의 허드렛일에서 차츰 풀려났다. 특별한 재주가 있으면 ― 그게 오직 미개인들만이 알아주는 재주라 할지라도 ― 도움이 되는 것 같다. 쌍둥이라는 이유만으로 고된 노동을 면제받는 악동 켈리 자매처럼! 그와 똑같이 미개인들은 내 일기장도 신기해하고, 내가 여기 글을 쓰는 것을 어떤 초자연적인 능력으로 여긴다. 그것은 내게 이롭게 작용한다. 하지만 나는 일을 피하지는 않을 것이다. 내가 내 몫의 일을 하지 않으면 다른 사람들과 나의 천막 식구들에게 부당한 짐을 지울 것이기 때문이다.

미개인들에 대해 이 말도 해야 할 것 같다. 이들은 관용이 큰 사람들이라는 것. 우리의 몇몇 관습이 재미있어 보인다고 해도, 그들은 아직 그것을 비난하거나 금지하지 않는다. 지금까지는 그저 호기심을 보일 뿐이지만 그러면서도 늘 우리를 존중한다. 아이들은 특히 우리에게 관심이 커서 우리가 지나갈 때마다 하던 일을 멈추고 신기한 동물을 보듯 눈이 휘둥그레진다. 그리고 사실 우리는 신기한 동물이다! 아이들은 때로는 소심하게 다가와서 우리 드레스를 만지고 키득거리며 달아난다. 배고픈 개떼처럼 거리를 약간 두고 따라올 때도 있다. 나는 포트 래러미의 보급품 상점에서 사탕을 사 가지고 왔고, 몇 개씩 주머니에 넣어 가지고 다니다 아이들에게 준다. 그 아이들은 갈색 피부에 건강한 활기가 넘치고 아주 사랑스럽다. 나이보다 성숙하고 건

168

강해 보이며, 같은 또래 백인 아이들보다 품행이 바르다. 아이들은 너무 수줍어서 말도 제대로 못 걸고, 내가 사탕을 주면 엄숙하게 받아들고 까치처럼 깍깍거리며 달아난다. 아이들이 우리와 미개인의 생활을 연결해 주는 다리가 될 것 같다. 아이들은 모두 마음이 착하지 않은가. 어쨌거나 아이들은 아이들이다. 인종과 문화는 중요하지 않다. 아이들은 무엇보다 어린이라는 인종과 문화에 속한다. 나는 어려운 샤이엔 어를 익혀서 이 미개인 요정들과 이야기하고 싶다. 아, 나는 아이들을 보는 게 정말로 좋다! 아이들이 천막촌 곳곳을 뛰노는 걸 보면 가슴속에 큰 기쁨과 슬픔이 섞여 든다. 내 사랑스러운 아기들 생각을 떨칠 수 없기 때문이다. 정말로 그 아이들을 내 품에 안고 싶고, 이 이교도 아이들을 내 몸으로 낳고 싶어진다!

아이들 이야기가 나왔으니, 나는 어린 세라가 잘 지내는지 힘껏 살피고 있다. 아주 기이한 일이 있다. 그 아이가 말을 하는 걸 들었는데 영어가 아니라 인디언 말이었다. 아니면 그냥 웅얼웅얼하는 건지도 모른다. 마사도 나도 알아듣지 못했으니까. 그녀의 어린 약혼자 옐로 울프는 그 말을 알아듣는 것 같아서, 그가 세라에게 자기 말을 가르쳐 주는 모양이라고 추측할 뿐이다. 하지만 나는 아직 세라에게서 영어를 한마디도 이끌어 내지 못한다. 이상하지 않은가? 그리고 놀랍다. 아마도 여기 미개인 사회에서 애정이 싹트고 있는 모양이다.

마사는 미개인 생활에 적응하는 데 문제를 좀 겪는 것 같고, 강력한 더벅머리 전사 탱글 헤어 씨에게 품은 낭만적 기대는 당연히 실망을 겪을 수밖에 없었다.

"마음씨는 고운 것 같아, 메이." 어제 아침 우리가 다른 여자들과 함께 풀뿌리를 캘 때 그녀가 말했다. "하지만 조금 단정하게 하고 다녔으면 좋겠어."

그러더니 그녀는 잠깐 손을 놓았다.

"궁금한 게 있어. 결혼하면 나는 탱글 헤어 부인이 되는 거야? 지금 미개인들이 나를 뭐라고 부르는지 알잖아. 헤어 목사님이 그건 '넘어지는 여자'라는 뜻이래. 내가 워낙 어설퍼서 그래."

미개인들은 이름을 지을 때 눈에 띄는 특징을 아주 잘 포착하는 것 같고 사실 마사는 좀 어설프다. 계속 비틀거리고 넘어진다.

"그건 네가 높은 구두를 고집해서 그래, 마사." 내가 말했다. "시카고의 포장된 길에서는 문제없지만 이런 울퉁불퉁한 땅에는 맞지 않아. 그리고 이렇게 풀뿌리 캐는 일에도 불편하고. 네 신발 좀 봐!"

"알아, 네 말이 맞아, 메이." 마사가 말했다. "신발이 다 망가졌어. 하지만, 하지만……."

불쌍한 마사는 울음을 터뜨리기 일보 직전이었다.

"이걸 보면 집 생각이 나서……." 그런 뒤 그녀는 결국 울음을 터뜨리고 흐느꼈다. "미안해, 메이. 너무 피곤하고 집 생각이 자꾸 나. '넘어지는 여자'라는 이름도 싫고 '탱글 헤어 부인'도 싫어. 집에 가고 싶어."

"마사," 나는 그녀를 달래며 말했다. "지금은 안 돼. 하지만 네 남편감한테 머리를 빗으라고 할 수는 있어. 인디언 이름이 마음에 안 들면 새 이름으로 바꾸게 하면 돼."

"어떻게?" 마사가 손수건으로 코를 닦으며 물었다. 울음이 잦아들고 있었다.

"인디언들은 계속 이름을 바꾸는 것 같아. 그렇다고 변덕스러운 건 아니지만." 내가 말했다. "네가 어떤 일을 해내거나 새로운 버릇을 들이거나 아니면 그냥 특정한 옷을 입기만 해도, 예를 들어 머리에 스카프를 두르면 사람들은 너를 '스카프를 두른 여자'라고 부를 거야."

"그런 이름도 싫어." 마사가 약간 토라져서 말했다. 우리 모두가 경험하는 생경함과 향수에 노동의 피로가 쌓이고 밤잠도 자주 설치면서 우리는 모두 변덕스러워진 것 같다.

"그냥 예로 든 거야, 마사." 내가 말했다. "네가 원하는 이름은 뭐야?"

"좀 더 낭만적인 거. 예를 들면 너는 제비라는 뜻의 '메소케' 잖아. 그건 어느 언어로 해도 예뻐. 아니면 '바람에 맞서는 여자' 같은 거. '넘어지는 여자'하고는 댈 바가 아니지."

"그러면 네 마음에 들고 너한테 어울리는 이름을 생각해 보자. 아, 이 일 정말 힘들다." 나는 미개인들이 이 일에 쓰는 나무와 돌로 만든 작은 삽 같은 도구를 던지면서 말했다. "손톱이 엉망이야. 다 갈라지고 때투성이가 되었어. 우리가 들일을 하러 가는 줄 알았다면 작업용 장갑과 삽을 가지고 왔을 거야. 앞으로 사람들은 나를 '손톱 정리가 필요한 여자'라고 부를 거야."

"하지만 그런 이름은 누가 붙이는 거야?" 마사가 내 농담에 웃지 않고 물었다. 그녀는 이 일에 꽤 마음을 쓰고 있었다. "어떻게 해서 다른 사람들한테까지 퍼지는 거야?"

"글쎄 내가 보기로는 그냥 저절로 그렇게 되는 것 같은데." 내가 대답했다. "예를 들면 누가 네가 높은 구두를 신고 비틀거리는 걸 봐. 그런 뒤 사람들이 네 이야기를 하게 되면, '그 있잖아. 넘어지는 여자 말이야' 이렇게 되는 거지."

"왜 내 세례 받을 때 이름으로 부르지 않는 거지? 마사라고 말이야."

"네가 미처 못 알아차렸는지 모르겠지만, 마사." 내가 말했다. "이 사람들은 기독교인이 아니야. 그러니까 우리가 머리를 맞대고 너한테 어울리는 이름을 찾은 다음에 그걸 사람들이 널리 쓰도록 만드는 거야."

"하지만 우리는 이 사람들 말도 몰라." 마사가 말했다. "희망이 없어."

나는 그녀가 다시 울음을 터뜨릴까 겁이 났다.

"그래도." 내가 말했다. "우리는 수화를 배우고 있고, 언제든지 헤어 목사에게 도움을 받을 수 있어. 물론 그 전에 그 사람의 거대한 엉덩이를 버펄로 모피에서 일으킬 수 있어야겠지만. 어쨌거나 아까 말했듯이 이 사람들은 행동이나 신체적 특징을 가지고 이름을 짓는 것 같으니까."

우리는 계속 풀뿌리를 캐면서 그 일을 생각했다. 마침내 나한테 한 가지 생각이 떠올랐다.

"불을 뛰어넘는 여자, 어때? 약간 수수께끼 같으면서도 낭만적이고……."

마사의 표정이 밝아졌다.

"그래! 마음에 들어. 불을 뛰어넘는 여자! 네가 무슨 말을 하려는지 알 것 같아."

"그래." 내가 말했다. "앞으로 오두막 바깥에서 — 탱글 헤어
씨 오두막 안에서도 마찬가지지만 — 꺼져 가는 불을 볼 때마다
그 위를 뛰어넘는 거야. 그러면 자연스럽게 그런 이름으로 불릴
거야. 그런 행동을 보고 달리 어떤 이름이 나오겠어?"

아, 하지만 이 멋진 계획은 안타까운 결과를 빚고 말았다. 마
사가 운동 능력이 뛰어나지 않다는 걸 고려하지 못한 것이다.
나와 헤어진 뒤 마사는 불을 보자마자 여러 미개인이 보는 앞
에서 그것을 뛰어넘으려고 했다. 하지만 몸이 날래지 않은 데다
아직도 그 높은 구두를 신은 탓에 그녀는 비틀거리다 불구덩이
로 쓰러져서, 머리에서 발끝까지 검고 미끈거리는 검댕을 뒤집
어쓰고 말았다. 인디언들은 작명 솜씨가 귀신같아 오늘 아침에
목사에게 들은 바로는 마사에게는 두 가지 이름이 붙었다. '불에
넘어지는 여자'하고 더 안타깝게도 '재투성이 얼굴'이다. 그녀가
체념하고 이 이름을 받아들일 수 있을 것 같지 않다. 내가 그날
비버 연못에 충동적으로 뛰어든 것이 얼마나 다행인지…….

❧❧❧ 1875년 5월 19일 ❦❦❦

호텐스 언니에게,

한 달이 지나도록 언니에게 편지를 쓰지 않았다는 생각이 들
었어. 이번 달은 내 인생에서 가장 이상한 달이야! 할 말이 너무
많아. 하지만 먼저 형부는 어때? 아이들은? 아버지와 어머니는?

두 분께 소식 전해 줘. 아, 정말 그럴 수 있다면…… 우리 아기들 소식을 들을 수 있다면…….

물론 여기 변방에 우편물 배달은 드물지만 주소는 이렇게 쓰면 돼. 마담 리틀 울프, 미개인 왕비. 아니면 간단하게 제비라고 해도 돼. 주소는 미국 네브래스카 준주, 황야의 어딘가에 있는 샤이엔 족 마을이야. 그러면 금세 나한테 올 거야. 하! 그럴 수 있다면…….

사실 나는 여기가 어디인지 몰라. 분명히 딴 세상일 거야. 가끔 나는 언니랑 우리 식구 모두가 시카고에서 문명의 품에 안겨 있는 모습을 상상해. 예를 들어 어머니의 거실에서 오후 다과를 나누는 모습 같은 거. 그 모습을 떠올리려면 정신을 아주 집중해야 돼, 언니가 지금 내 생활을 상상하기 아주 어려운 것처럼 말이야. 언니는 꿈에서도, 악몽에서도 이 인디언 마을과 이 사람들, 이 풍광을 떠올릴 수 없을 거야.

천막촌에서 미개인들과 함께 사는 우리의 일상을 소개해 줄게. 세 명의 리틀 울프 부인― 그래, 부인이 셋이야. 나이 든 부인, 젊은 부인, 그리고 신참 백인 부인까지. 물론 우리는 아직 결혼한 게 아니지만(족장을 보면 해리는 '복 많은 인디언'이라고 불렀을 거야) ―이 모두 같은 티피에 살아. 백인들 신문 잡지는 이걸 거창하게 오두막이라고 부르지만, 호숫가에 있는 아버지의 사냥 오두막하고는 전혀 달라. 그저 지름이 4.5미터 정도 되는 크고 둥근 천막일 뿐이니까. 언니도 화가들이 그린 원시적 주택의 그림을 보았을 거야. 버펄로 가죽으로 만들고 조악한 원주민 문양이 그려져 있어. 바닥은 흙이고 가운데 모닥불을 피워. 우리의

'침대'— 라고 할 수 있다면 —는 바닥에 나뭇가지와 나뭇잎을 깔고 그 위에 동물 가죽을 덮은 것이고, 기대앉을 수 있는 나무 등받이가 있어. 이제 인정하지만 이런 잠자리는 가구도 없고 바닥에서 자는 생활에 익숙해지면 그럭저럭 편안해.

오두막에는 우리 세 부인과 족장뿐 아니라 '프리티 워커'라는 이름의 소녀— 아마도 첫째 부인의 딸일 거야 —도 있고 말을 돌보는, 아마도 고아인 듯한 소년도 있고, 아이들 꿈에 나오는 마녀처럼 매부리코가 큼직한 노파가 함께 살아. 노파는 우리 천막의 질서 담당이야. 천막 바로 안쪽, 입구 왼쪽에 서서 지켜보다가 내가 아직 잘 모르는 복잡한 티피 '규칙과 규정'을 조금이라도 어기면 커다란 나무 몽둥이를 휘두르지.

우리의 이런 행복한 대가족을 완성하는 것은 둘째 부인 페더 온 헤드가 낳은 갓난아기야. 아이는 어찌나 조용한지 나는 오두막에 오고 며칠이 지나서야 아기가 있다는 걸 알았어. 인디언 아기들은 백인 아기들처럼 울지 않아. 정말 신기해. 꼭 사슴 새끼 같아. 소리를 내면 정체를 드러내니까. 그리고 아마 아기 어머니가 본능적으로 내가 여기 온 처음 며칠 동안 아이를 숨겼던 것 같아. 아, 호텐스, 내가 아기를 발견했을 때, 아니 페더 온 헤드가 마침내 아이를 드러냈을 때 내 가슴이 얼마나 아팠는지 몰라. 이 조그만 아기를 보자 달콤하고 쓰라린 기쁨과 고통이 섞여 들고, 우리 두 아기에 대한 그리움이 솟았으니까. 내 아이들 얼굴이 생생하게 떠올랐어. 그 찡그린 듯 웃는 얼굴들, 그 얼굴을 다시 볼 수 있을까?

아기는 곧장 나를 좋아했어. 언니도 알다시피 내가 원래 아기들하고 잘 지내잖아. 하! 그래, 알아. 만들기도 잘하지만, 돌보기도 잘하지. 나를 올려다보며 웃는 그 모습은 정말이지 작은 천사야. 밤색 피부, 구리 동전처럼 반짝이는 두 눈. 내가 자기 아들하고 친해져서 좋아하는 걸 보고 페더 온 헤드도 금세 내게 다정해졌어. 부드러운 표정으로 수줍게 웃고 그 뒤로 우리는 친해졌어. 그녀는 나의 첫 샤이엔 친구야! 하지만 언어 장벽 때문에 의사 소통은 제한되어 있어. 페더 온 헤드는 내 수화를 많이 도와주고, 나도 샤이엔 어를 이해해 보려고 노력하지만 아마 나는 이 언어를 평생 배우지 못할 것 같아. 이 언어는 모음이 안 들릴 때가 많아. 말이라기보다는 목에서 내는 거친 소리들 같아. 슈슈, 꾸룩꾸룩, 으엉으엉 하는 소리 말이야. 언니하고 내가 사는 세상— 아니, 언니가 사는 세상이라고 해야 할지 모르겠지만—이 아니라 더 오래고 원시적인 세상에서 나오는 기이한 소리.

　최근에 알게 된 건데 미개인들 중 몇몇은 약소한 수준이지만 영어를 할 줄 알고, 일종의 변형된 불어를 하는 사람은 그보다 더 많다는 거야. 오래전에 프랑스 모피 사냥꾼과 무역업자들에게 배워서 전해 내려온 건데, 이해가 쉬운 건 아니지만 샤이엔 어보다야 백만 배 낫지. 언니한테 그 발음을 들려 주고 싶다! 처음에 이 괴상한 소리를 들었을 때 나는 그게 불어라는 것도 몰랐어. 하지만 약간이나마 친숙하긴 하지. 다행히 우리 중에 프랑스 여자가 있어. 마리 블랑슈 드 브르통이라는 예쁜 검은 머리 처녀인데 부모님과 함께 미국을 여행하던 중 부모님이 우리 도시 시카고에서 강도들에게 죽었어. 정말이지, 이제 이 세상에 안전한 곳은 없는 것 같아. 비통과 충격 속에 남의 나라 낯선 도시

176

에서 오갈 곳을 잃은 이 친구는 이 계획에 참가하게 되었어. 우리 중의 많은 사람처럼 그녀도 속으로는 다른 생각을 품고 있을 거야. 어쨌건 마리 블랑슈를 통해서 우리는 샤이엔 인 일부가 불어— 그걸 불어라고 부른다면 —를 안다는 걸 알게 되었지. 호텐스, 정말이지 그 불어를 들으면 어린 시절의 가정교사 마담 부비에가 무덤에서 벌떡 일어날 거야. 그 선생님이 발음에 얼마나 까다로웠는지 생각나? 우리가 발음을 잘못하면 지시봉으로 손가락 마디를 때렸잖아. 이야기가 샜네. 자꾸 과거에 빠지면 안 돼. 언니한테 편지를 쓰다 보니까 이 생활은 꿈이고 아직도 진짜 세상에 사는 언니가 나를 다시 끌어당기는 것 같아. 하지만 늦었어, 늦었어. 그럴 수 있다면…….

언니도 짐작하겠지만 다른 여자의 집('집'이라는 말로는 이런 기이한 생활 조건을 제대로 전달하기가 힘들지만), 아니 내 경우에는 다른 두 여자의 집에 세 번째 신부감으로 사는 건 그렇게 자랑할 만한 처지는 아니야. 첫 번째 아내 콰이엇 원은 젊은 페더 온 헤드와 달리 나를 아주 못마땅해해. 어떤 날은 밤에 침대(라고 할 수 있다면)에 누워 있으면 이러다 내가 잠이 들면 그녀가 칼로 내 목을 베는 게 아닐까 싶어 잠이 안 오기도 해.

상황은 어떻게 봐도 어색하지. 그리고 사실 '어색하다'는 표현은 너무 부족해. 그래, 우리는 출신 배경이 달라. 아, 내 말이 꼭 예전에 내가 하인의 아이들과 놀 때 어머니가 우리에게 하던 설교 같네. 이런 경험에는 전혀 다른 어휘 체계가 필요한 것 같아. 언니에게 이걸 설명하려고 노력하는 것은 미개인들에게 셰익스피어를 설명하려는 것과 같아. 설명할 말이 없어. 언어는 무능해, 존 버크의 말이 옳았어.

하지만 다시 한 번 시도해 볼게. 우리는 천막에 살아. 그래, 동물 가죽으로 만든 천막이야. 세 아내, 어린 소녀, 노파, 갓난아이, 고아 소년 ― 족장 가족이 입양해서 키우는 것 같고, 이 친구는 족장의 많은 말을 돌보고 때로는 여자들 일도 도와 ― 그리고 위대한 족장 리틀 울프가 함께.

천막 치고는 꽤 넓은 편이야. 나만의 구석 자리도 있지. 둥근 천막에 구석이 있을 수 있다면 말이야. 나는 그 구석에서 소나무 가지, 동물 가죽, 담요로 만든 침대에서 자. 우리 '집'의 냄새는 뭐라고 형언할 수가 없어. 이곳 일들을 설명하려다 보니까 형언할 수 없다는 표현을 자주 쓰게 되네. 우선 사람들의 체취가 있고, 흙바닥 냄새가 있고, 이부자리로 쓰는 동물 가죽 냄새가 있고, 모닥불 연기 냄새에……. 아내들이 요리라도 하면(여자들은 끊임없이 요리를 하는 것 같아. 미개인들은 우리처럼 규칙적으로 아침, 점심, 저녁을 먹지 않고 배고플 때마다 먹기 때문에 언제나 음식이 준비되어 있어야 해) 음식 냄새도 더해지지. 어떤 음식 냄새는 꽤 좋지만, 어떨 때는 솥에서 나는 냄새가 너무 역겨워 견딜 수 없기도 해. 속이 뒤집혀서 밖으로 뛰어 나가 신선한 공기를 마시고 싶어지는 냄새. 그러면 나는 그날 하루 배를 곯을 것을 알지. 언니도 알다시피 나는 요리가 취미였지만, 아직까지 '부엌'(이걸 부엌이라고 할 수 있다면. 이것 역시 언어의 부적절함을 보여 주는 훌륭한 사례야)에서 솜씨를 보여 줄 기회가 없었고, 식사 준비를 도와 달라는 부탁도 받지 않았어. 하지만 내가 여기서 이 사람들과 함께 살게 된다면, 나는 스토브를, 그러니까 모닥불을 한

번 차지할 생각이야. 내 천막 식구들에게 프랑스 요리, 예를 들면 코크 오 뱅을 해줄까, 해리가 가장 좋아하던 건데. 하지만 곧바로 떠오르는 문제는 어디 가서 괜찮은 프랑스 버건디 와인을 구하겠어? 아니 아무 와인이라도…… 하! 하지만 또 옛 생각으로 빠져들고 있네. 자꾸 그러면 지금의 생활이 훨씬 더 위험하고 힘들어지고, 참을 수 없게 돼.

하지만 이제 좋은 점들을 말해 줄게. 우리는 드디어 내일 저녁 합동 결혼식을 치러. 우리를 따라 이 황야로 들어온 감독교 소속 헤어 목사가 기독교 예식을 집전할 거야. 언니가 여기 와서 내 들러리가 되어 준다면! 우리 가족이 모두 와서 함께 우리의 손님 천막에 머물 수 있다면! 아버지는 입을 꼭 다물고 경직되어 있을 테고, 어머니는 이교도에 대한 두려움에 울다가 까무러치다가 하시겠지. 그러면 15분마다 각성염을 뿌려 드려야 할 거야! 아, 정말 재미있겠다! 식구들에게 충격을 안겨 주는 재주가 뛰어난 내가 이번에는 정말 최고의 위업을 이루었지?

내가 아는 한 이런 대규모 결혼식은 이들에게 전례가 없었고, 샤이엔 족의 어떤 예식과도 맞지 않아. 미개인들은 말을 주고 피로연을 하고 춤을 추는 게 결혼식의 전부거든. 결혼이란 그저 두 사람의 간단한 합의일 뿐이야. 해리와 내가 함께 산 것처럼. 언니도 알다시피 나는 별달리 종교심도 없고 결혼 제도 자체에도 관심이 없어서 이런 게 적절하다고 보여.

하지만 여기에 기독교 결혼식이 끼어들면서 우리에게나 인디언에게나 일이 복잡해졌지. 미개인들은 아주 작은 일에 대해서도 힘겨운 논의를 수 시간 동안 해야 겨우 합의에 도달해. 그들은 많은 시간을 헤어 목사와 함께 '파우와우'❖를 하고 파이프를 피운 뒤에(이 점은 모든 인종의 남자가 비슷한 것 같아) 양쪽은 마침내 뜻을 모은 모양이야.

그리고 미개인들은 의전에 대해서도 아주 까다로워. 어떤 관습은 너무 기이해서 설명하기도 어려워. 내가 어떤 요상한 금기 같은 걸 어기지 않고 지나가는 날이 하루도 없어. 예를 들어 오두막에 앉아 있을 때 조신한 처녀는 발을 오른쪽으로 하고 앉아야 해. 하지만 우리 일부가 간, 천막촌 본대와 약간 떨어진 작은 부락은 또 여자들이 발을 왼쪽으로 해야 된대. 나는 이런 말도 안 되는 관습이 무슨 이유로 어떻게 자리를 잡았는지 전혀 이해가 안 되지만, 미개인들은 이 일을 아주 진지하게 여기지. 버크 대위의 말에 따르면 이들의 생래적인 미신적 습성 때문이야. 여기 온 첫날, 내가 발을 틀린 방향으로 하고 앉자, 우리 천막의 여자들은 갑자기 비난과 걱정의 소리를 질러 댔어. 노파는 몽둥이를 휘두르며 미친 암탉처럼 꽥꽥거렸지. 물론 나는 발이 어느 쪽으로 놓이건 신경 쓰지 않고, 앞으로도 계속 내가 원하는 방식으로 앉을 거야. 호텐스, 이렇게 나는 내 '지난' 인생에서 그랬던 것처럼 여기 미개인 사회에서도 이미 옥의 티, 관습 파괴자, 스캔들 제조기가 되고 있어. 그건 어느 사회에 가건 내가 맡은 사명인 것 같아.

하지만 아주 놀랍고도 기쁜 일이 하나 있었어. 내 동료 아내들이 내가 본 가장 아름다운 혼례복을 지어 준 거야. 영양 가

❖ 아메리카 인디언의 회의.

죽— 정말 부드러워 —을 힘줄로 꿰매서 만든 건데, 구슬과 호저 가시를 총총 박고 뿌리 염료로 멋진 색상과 도안을 새겼지. 나는 이 선물에 정말로 놀라고 감동받았어. 수백 시간 깊은 공을 들이지 않고는 만들 수 없는 이런 선물을 한다는 건 이 사람들이 나를 가족의 일원으로 받아들인다는 뜻일 테니까. 본래는 신부의 가족이 혼례복을 만드는 게 관습이지만, 우리는 여기 가족이 없으니 부족 여자들이 직접 그날 입을 옷을 만들어 준 거야. 사실 다른 여자들도 모두 혼례복을 선물 받았어. 대개는 약혼자의 누이나 어머니가 만들어 주었지. 어쩌면 내 편견일지 모르지만, 지금껏 본 예복 가운데 내 것이 가장 아름답고 장식도 정교해. 내가 대족장과 결혼하니까 이걸 만드는 데 각별한 노력을 기울였을 거야. 무뚝뚝하고 차가운 콰이엇 원마저 이 예복을 만드는 데 손을 보탰어. 그렇다고 그녀가 나를 대하는 태도가 누그러든 건 아니지만.

언니도 짐작할 수 있겠지만, 나를 비롯한 대부분의 백인 여자는 지금까지 우리 옷을 버리고 미개인의 옷으로 갈아입는 데 저항했어. 우리가 황야로 가져온 옷과 약소한 개인 물품은 우리와 문명 세계를 이어 주는 마지막 연결 고리 같아서 좀처럼 헤어질 마음이 들지 않았지. 미개인 옷을 입으면 우리가 곧바로 미개인이 될 것처럼, 그러니까 미개인의 신부가 아니라 우리 자신이 미개인이 되는 것처럼 말이야. 이건 아주 중요해. 어떤 이들은 여기와 어울리건 말건 상관없이 악착같이 우리 복장과 장신구를 하고 천막촌을 산책하기도 해. 공원에라도 나온 것처럼 유유히 걸으면서 잡담도 하고 양산도 흔들며 현재 상황을 필사적으로 무시하지. 그런 이들은 제정신이 아니라고 생각하지만 —물론 그 일부는 진짜로 미쳤지 — 이 황야에 문명을 도입하는 게 절망적이라고 보는 나조차 동물 가죽 의생활로 들어갈 생각을 하지 않았어.

다행히 샤이엔 족은 사냥뿐 아니라 교역도 하기 때문에 우리 옷과 비슷한 옷들도 있어. 예를 들면 여기서도 우리 세계의 천, 담요, 단추 같은 물품을 구할 수 있지. 어떤 남자들은 백인 옷을 아주 우스운 모양새로 걸쳐. 변형된 군복, 꼭대기를 자른 찌그러진 모자에 독수리 깃털을 꽂은 것 같은 것 말이야. 이런 옷차림의 인디언은 꼭 어른들 옷 입기 놀이를 하는 아이들 같아. 두 문화의 의복이 기묘하게 혼합된 모습이 전사가 아니라 사육제의 광대 같아.

기쁘게도 내 약혼자는 전통 인디언 복장을 수수하게 입어. 그가 착용하는 백인의 의복이라곤 은으로 만든 커다란 평화 메달뿐이야. 그랜트 대통령이 준 선물이지.

또 옆으로 샜네. 무슨 이야기를 했지? 그래, 나시사 화이트와 그녀를 따르는 몇몇 시끄러운 부류를 빼고 우리는 샤이엔 전통 혼례복을 입기로 했어. 피로연 전에 우리의 샤이엔 '어머니'와 '자매'가 입혀 줄 예정이야. 이건 참 설명하기 어렵고 언니가 이해하는 건 더 힘들 것 같은데, 나의 앞날은 뭐랄까…… 겁도 나고 짜릿하기도 한 것 같아.

언니에게 쓸데없는 걱정을 끼치지 않기 위해 정식으로 신부가 된 다음에 다시 편지할게. 지금은 할 일이 아주 많아.

아, 호텐스, 할 말이 너무 많아. 그 경험에서 깨어난 지 이제 겨우 이틀이고…… 아직도 제정신이 아니야. 어쩌면 내가 완전히 달라질지도 모를 것 같아. 나는 모종의 약을 먹은 것 같고, 수많은 감각의 폭격을 받았고, 내 존재 자체가 허물을 벗고 원시적 핵심만 남은 것 같아. 어디에서 시작할까?

음악은…… 아직 내 머리 속에 울리고 몸속에 고동쳐. 춤꾼들은 모닥불 빛 속에 빙글빙글 돌고 언덕 꼭대기와 능선에서는 코요테들이 달빛 아래서 노래를 하고…….

미안해, 언니. 하지만 지난번 횡설수설 이후 잠에 떨어졌어. 하루 낮 하루 밤을 잔 것 같고, 깨어 보니 몸도 가뿐하고 더 튼튼해진 것 같고, 몸속에 아이가 자라는 게 느껴져. 이게 가능할까? 아니면 이것 역시 전부 꿈인가?

그래, 우리 결혼식 날 밤은 이보다 훨씬 생생하게 내 머릿속에 새겨져 있어. 설명해 볼게.

하늘에는 보름달이 떴어. 해가 지기도 전에 떴고 해가 다시 떠오른 뒤에도 지지 않았어. 달은 밤새도록 하늘을 가로지르며 그 신비로운 빛으로 춤꾼들을 비추었지. 그들의 그림자가 땅 위에 펄쩍여서 마치 대지 자신이 춤을 추는 것 같았어. 모두가 달빛 속에 춤을 추었어.

우리는 거의 하루 종일 오두막에서 여자들의 도움으로 옷을 입고 옷과 머리카락에 장신구를 달고 또 얼굴에 이상한 그림을 그렸어. 나중에 창백한 달빛 아래 서니 누가 누구인지 알아보기도 힘들었어. 아마도 이런 분장은 사실은 변장인지도 몰라. 우리가 미개인이건 문명인이건 상관없이 익명성 속에 이교도 의식을 치를 수 있게 만들어 주는. 그 뒤로 며칠이 지났지만 ― 시간 감각을 잃어서 정확히 며칠인지는 확신할 수 없지만 ― 우리 '문명된' 여자들은 광기의 습격을 경험한 뒤 서로 눈도 제대로 마주치지 못하고 있어.

남자들은 바로 얼마 전에 나간 버펄로 사냥에서 풍성한 성과를 거두고 돌아왔어. 나는 어리석게도 샤이엔 족이 결혼 피로연을 계획하기 위해 이런 수확을 기다렸다는 걸 전혀 몰랐어. 풍성한 사냥 소득이 없으면 피로연이 초라해지니까. 이들이 문명 세계에 대해 알아야 할 것만큼이나 내가 이들의 생존 방식에 대해서도 배울 게 많은 것 같아.

피로연은 천막촌의 거의 모든 오두막에서 열렸어. 일종의 대형 ― 공동 ― 이동 피로연이지. 음식이 아주 푸짐했고, 상당수가 놀랄 만큼 맛이 좋았어. 첫째 부인 콰이엇 원은 천막촌에서 요리 솜씨로 유명한데 이번에 그 솜씨를 유감없이 발휘한 거야. 부드러운 버펄로 갈비와 간을 숯불에 굽고, 혀를 삶고, 다른 냄비에는 고기와 이 사람들이 프랑스 식으로 폼 블랑슈라고 부르는 야생 순무를 함께 넣어 스튜를 끓였어. 내가 이름을 모르는 뿌리와 봄철의 푸성귀들도 여럿이었지만, 모두 흥미로운 맛이었어. 우리 '신부'들은 손가락 하나 까딱하지 않았어. 음식을 먹을 때도 인디언들이 작게 잘라서 손으로 입에 넣어 주었는걸. 마치 우리가 힘을 낭비하지 못하게 하는 것 같았는데. 이제 보니 이유가 있었어.

언니한테 특별히 소개하고 싶은 요리가 하나 있어. 나를 포함해서 신부들 대부분이 기절초풍한 음식이야. 끔찍하고 어처구니없어. 바로 개고기야! 그래, 강아지를 죽여서 만들어! 이건 아주 귀한 음식이라서 결혼식 같은 특별한 날에만 먹는데. 콰이엇 원을 도와 함께 요리를 한 페더 온 헤드는 요리 전에 강아지의 목을 탁 비틀었어. 맨손으로 행주를 짜듯이 간단하게. 세상에나! 내가 불쌍한 강아지를 구하려고 했더니, 그녀는 웃으면서 돌아서더니 강아지가 발버둥을 멈추고 축 늘어질 때까지 목을 비틀었어. 그런 뒤 강아지를 끓는 물에 넣고, 털을 뽑고, 내장을 빼고, 불에 구웠는데, 사람들은 모두 감탄 속에 입맛을 다시며 기대감에 법석을 떨었어. 나는 도저히 개고기를 먹을 수는 없었어. 요리하는 냄새조차 견디기 힘들었어.

우리 티피에는 정확히 열두 명의 사람이 복닥거렸어. 대부분은 가난해서 초대받은 사람들이지. 언니는 이런 걸 모를 거야. 안락한 온실 속에 살고 있으니까. 하지만 가난 문제는 동서고금을 초월하는 것 같아. 우리 사회처럼 미개인 사회에도 부자와 빈자가 있어. 사냥을 잘하고 비축한 게 많은 사람은 안락한 오두막에서 풍성한 동물 가죽과 모피에 둘러싸여 살고 말도 많이 거느리고 있지만, 가난한 사람들은 이웃의 호의에 기대서 살지. 그리고 나는 이렇게 너그럽고 이타적인 사람들을 본 적이 없어.

그날 밤 우리 오두막에 온 불쌍한 사람들— 그래, 나는 벌써 주인 같은 태도가 생겨나고 있어 —은 전쟁에 나가 죽은 남자의 가족이거나 어쩌면 우리가 본, 요새 주변 비천한 인디언 남자의 가족일 수도 있어. 아내와 자녀를 버리고 온 술주정뱅이 거지들……. 우리가 이 땅에 오면서 이들의 삶과 생계가 이토록 허물어지는 걸 보면 우리가 이 사람들에게 무엇을 하고 있는지 의문이 생기지 않을 수 없어. 대위의 말대로 우리와 접촉하면서 그들이 '망가지는' 것을 보면.

부족 내의 빈자를 돌보는 건 족장인 내 남편 — 이렇게 말하니 정말 이상하지만 — 리틀 울프의 최우선 의무인 것 같아. 어떤 여자들은 크고 작은 아이들을 피로연에 데리고 왔어. 아이들은 오두막 뒤쪽에 앉아 어머니가 건네는 음식을 조용히 받아먹었지.

음식을 다 먹자 어린 아이들은 모피 위에서 잠이 들었고, 남자들은 파이프를 돌려 가며 이야기를 했어. 나는 당연히 알아듣지 못했지만 좀 큰 아이들은 열중해서 들었어. 배불리 먹은 탓인지, 오두막의 온기 탓인지 아니면 남자들의 부드러운 목소리 탓인지, 그 언어가 전처럼 듣기 싫지 않았어. 고유한 리듬과 운율로 인해서, 여전히 원시적이면서도 전처럼 거슬리지 않아. 나는 일종의 몽환 상태로 들어갔고 그건 잠자는 것과 비슷하면서도 잠자는 건 아니고 그저 꿈을 꾸는 것처럼, 무슨 약을 먹은 것처럼 몽롱해졌어.

그런 뒤 어떤 말 없는 신호가 있었는지 우리는 모두 오두막을 나가서 천막촌 중앙의 마을 광장에 모였어. 시카고의 광장하고 비슷한 거지만 이건 사각형이 아니라 둥근 형태야. 이 낯선 세계에서는 모든 게 원형이야. 음악가(물론 여기서도 이 용어는 느슨하게 받아들여야 해. 이 사람들은 시카고 필하모닉 오케스트라하고는 전혀 다르니까!)와 가수, 춤꾼도 모였어. 백인 여자들은 삼삼오오 모여 서서 서로의 '혼례복'을 살피고, 서로의 얼굴 분장과 특이한 의상에 감탄했지. 내 친구 마사는 얼굴을 검게 칠하고 이마와 코에 흰 줄을 그려서 정말 놀라울 만큼 오소리 같았어. 왜 그렇게 했는지는 모르지만, 미개인들의 행동은 모든 것에 다 이유가 있어. 나는 얼굴 반쪽은 검은 바탕에 흰색의 별자리를 그리고, 이마에는 보름달을 새기고, 얼굴 나머지 반쪽에는 흰색 바탕에 구불구불 흐르는 파란 강물을 그렸어.

"너는 밤과 낮이야." 마사가 이상한 말투로 감탄했어. 그녀 역시 약을 먹어 몽환 상태가 된 것 같았어. "너는 하늘과 땅이야!"

"우리는 한 쌍의 여우야, 메기!" 수전 켈리가 유쾌하게 말했어. 아일랜드 출신의 붉은 머리 쌍둥이는 분장도 똑같이 했는데, 머리에는 진짜 여우 머리를 달고 엉덩이에는 여우 꼬리를 달았어. 그 모습이 정말로 여우 같았을 뿐 아니라, 두 사람의 잔꾀 가득한 성품을 알아보다니 이교도들의 안목이 놀라웠지.

하지만 가장 놀라운 건 흑인 피미였어. 그녀는 얼굴과 몸 전체를 흰색으로 칠하고 팔과 목과 눈 주변에 반짝이는 붉은 줄무늬를 그렸으며 두꺼운 입술은 진홍색으로 칠하고, 머리카락조차 핏빛으로 칠했어. 아, 그 모습은 눈부시게 강렬해 미개인들이 꿈에 보는 여신 같았어.

이제 성직자 도그 우먼과 역시 '헴나네'— 반남반녀 —인 조수 '브리지 걸'이 등장했어. 이렇게 이상한 두 사람은 평생 처음이야! 젊은 조수 브리지 걸은 목소리가 높고 부드럽지만 남자인게 분명해. 도그 우먼도 목소리나 행동은 아주 여성적이야. 물론 시카고 거리에도 이런 사람들이 있기는 하지. 아버지가 '기생 오래비'라고 부르는 사람들 말이야.

두 사람이 춤꾼들을 정렬시켰는데, 그 엄격함과 능숙함이 놀라웠어. 이들은 짝을 찾아 주는 특별한 능력이 있다고 해서 젊은이들한테 인기가 높고, 많은 사람이 이들에게서 연애 관련 조언을 구해. 그들이 남녀 양쪽을 다 알기 때문인 것 같아.

마침내 음악이 시작되었어, 미개인 교향악이! 피리를 불고 북을 치고 조롱박을 흔들고……. 원시의 교향악이지만 투박한 조화가 있고 리듬은 강렬해. 잠시 후 가수들이 노래를 시작했는데 정말 정말 이상한 노래였어. 여자의 높은 음이 남자의 낮은 음위로 둥둥 떠다녔어. 물웅덩이에 이는 잔물결처럼 반복적으로 불끈불끈 울렸어. 나는 등골이 오싹했고, 실제로 이 괴이한 음악이 울리자 백인 여자 상당수가 기절해서 모닥불 가로 데려 가깨워야 했어. 광장 중앙에 거대한 모닥불을 피웠거든. 그 불길과 불꽃이 하늘로 솟아올라 어둠을 핥고……. 언니, 정신병원에 난동이 인다 해도 이보다 기이한 장면은 없을 거야.

도그 우먼은 각각의 춤이 시작되는 지점을 알렸어. 때로 젊은 춤꾼들이 실수를 하면 부드럽게 꾸짖기도 했지. 시카고 무용 학교의 윌리엄스 선생님이 생각났어. 언니도 기억하지? 이렇게 나는 아직도 옛 기억에 매달려서, 이런 엄청난 경험 앞에서도 완전히 미치지 않으려고 하고 있어.

아이들은 어른들 뒤쪽, 광장 가장자리에 앉아서 넋을 잃고 바라보며 손발로 박자를 맞추었어. 그 얼굴들이 달빛에 반짝였고, 모닥불은 아이들의 청회색 눈 속에 타오르며 기름칠한 검은 머리에 황금빛을 비췄어.

잠시 후 흰색 사제복을 눈부시게 차려 입은 비만한 목사가 거구를 이끌고 들어왔어. 그리고 모두의 눈앞에 성경을 높이 들었지. 미개인들은 글을 모르지만 그게 성스러운 책이라는 건 알아. 이들은 토템물을 중시하니까. 많은 사람이 목사를 둘러싸고 그걸 만지려고 했어. 목사가 소리를 치자 신랑들이 불 그림자 밖으로 나왔어. 꼭 유령이 불꽃 속에서 걸어 나오는 것 같았지. 지금도 나는 우리가 피로연 중에 우리도 모르게 어떤 약을 먹었다고 생각해. 나중에 만났을 때 다들 그때 정신이 꿈결 같았다고 말했거든.

우리 신부들은 우리가 요란하게 꾸몄다고 생각했지만, 신랑들의 색깔과 장식은 더 환상적이었어. 누가 누군지 구별하는 게 어려웠고, 그저 자기 옆에 선 사람이 약혼자라는 걸 믿음으로 받아 들여야 했어. 나는 리틀 울프 족장을 알아봤어. 그는 양쪽에 버펄로 뿔을 단 관을 썼는데, 검은 까마귀 깃털과 그 주변의 독수리 깃털이 등 뒤로 물결쳐 흘러내렸지. 구슬을 단 새 모카신을 신고, 지금 생각해 보니 가장자리를 사람 머리카락으로 장식한 사슴 가죽 저고리를 입었어. 그리고 어깨에는 붉은색을 칠하고 온갖 복잡한 문양으로 장식한 버펄로 가죽을 둘렀지. 한 손으로는 붉은색 딸랑이를 음악에 맞추어 부드럽게 흔들었고, 다른 손으로는 부드러운 털가죽을 댄 창을 들었어. 미개인의 광

채 그 자체였고, 나는 몽환 상태에서도 그의 옆에 서 있는 것에 기이한 긍지를 느꼈어. 어쨌거나 결혼식에서 여자는 그런 느낌을 받는다고 하잖아.

음악 소리가 울리고 춤꾼들은 뒤에서 계속 춤을 추는 가운데, 헤어 목사는 기독교 예식의 맹세를 읊기 시작했어. 다른 건 몰라도 이 사람 목소리 하나는 당당하고 또랑또랑해서 음악 소리를 뚫고 솟아올랐지.

"사랑하는 여러분, 우리는 여기 하느님 앞에 모였습니다. 그리고 이 앞에서 이 남자들과 여자들을 신성한 결혼으로 결합시키려고 합니다⋯⋯"

그리고 목사는 한 구절 한 구절을 샤이엔 어로 다시 말했어.

"이 남녀들은 이제 이 신성한 영토로 함께 들어가려고 합니다. 이들이 적법하게 결합해서는 안 될 이유를 댈 수 있는 사람은 지금 말하거나 아니면 영원히 침묵하십시오."

이 순간 버크 대위가 그 큰 백마를 타고 천막촌으로 달려와 나를 이 예식에서 빼낸 다음 초원 끝에 있는 시냇가 미루나무 숲의 작은 집으로 데리고 가면, 나는 그 안전한 항구에 정착해서 사랑스러운 아기들을 다시 만나고 용감한 대위의 아이들을 더 낳으면서 착한 기독교인 아내이자 헌신적인 어머니의 인생을 살게 될까? 예식의 그 순간 내가 그것을, 나의 대위가 그렇게 나를 구원해 주길 기도했던가? 그래, 그랬어. 고백하자면 그랬어. 신이시여…….

　　"당신은 이 여자를 하느님의 법에 따라 아내로 맞아 신성한 결혼을 유지하며 함께 살겠습니까? 아플 때나 건강할 때나 아내를 사랑하고 위로하고 존경하고 보호하며, 살아 있는 동안 다른 모든 이를 저버리고 아내에게만 헌신하겠습니까?"

　목사가 이 마지막 구절을 번역해서 말하자, 신랑들에게서 일제히 '호우' 하는 듯한 소리가 났어. 마치 바깥 세상의 바람이 식장으로 밀려오는 것처럼 기이한 소리였지.

　　"당신은 이 남자를 하느님의 법에 따라 남편으로 맞아 신성한 결혼을 유지하며 함께 살겠습니까? 아플 때나 건강할 때나 남편을 사랑하고 위로하고 존경하고 보호하며, 살아 있는 동안 다른 모든 이를 저버리고 남편에게만 헌신하겠습니까?"

　여기서는 한동안 침묵이 이어지며 여기저기서 드문드문 "네" 하는 소리가 올라왔어. 어떤 소리는 거의 웅얼거림에 그쳐서 우리에게 전반적으로 확신이 부족하다는 걸 일러 주었지. 그리고 상당수의 여자는 최종 도피 수단으로 그 질문에 아예 대답을 하지 않았어.

　　"이제 하느님께서 맺은 인연을 사람이 가르지 못할 것입니다. 이 남자들과 여자들이 신성한 결혼으로 맺어지고, 하느님과 회중 앞에서 똑같이 목격했으며, 그로써 서로 혼약을 하고 손을 잡아 선포했으니 나는 이들을 부부로 선언합니다. 성부와 성자와 성령의 이름으로…… 아멘."

그렇게 해서 예식은 끝났어. 이 중대한 행사의 의미가 뚜렷이 새겨지면서 여자들은 충격에 빠져 침묵에 젖어들었지. 신랑들은 새로이 결혼했다는 사실에 우리만큼 깊은 감흥을 받지는 않은 듯이 아까 나온 그림자 속으로 들어가서 춤꾼들 틈에 섞였어. 그사이 우리 신부들은 삼삼오오 모여들어 혼란스러운 정신으로 서로의 결혼을 축하하거나 가여워했어. 어떤 이는 울었지만 기쁨의 눈물은 아니었다고 생각해. 그리고 이제 또 무슨 일이 벌어질지 모두 궁금해했지.

"우리가 정말 하느님의 이름으로 결혼한 건가요, 목사님?" 기이한 여자 '검은 에이다' 웨어가 목사에게 물었다. 그녀는 결혼식에도 검은 옷을 입고 얼굴에는 검은 베일을 쓰고 있었어. "정말 그런가요?"

모두가 모여들었어. 아마 여자들은 비대한 목사가 그럴 리 없다고, 이건 형식적인 절차일 뿐이라고, 우리가 정말로 이 이상한 사람들하고 결혼한 건 아니라고 말해서 마음의 짐을 덜어 주기를 기대했을 거야.

"내가 망할 깜둥이하고 결혼한 거예요?" 데이지 러블레이스가 물었어. 그녀는 이곳 사람들이 마련해 준 옷을 거절하고 특별히 이날을 위해 특별히 가져온 흰색 레이스의 혼례복을 입어 눈길을 끌었지. 그러더니 그녀는 드레스 속에서 은색 술병을 꺼내서 길게 들이켰어.

"정말로 예쁜 혼례복이네요, 러블레이스 양." 아직도 몽환 속에 있는 듯한 마사가 말했어.

"돌아가신 어머니 거예요." 그녀가 말했어. "나는 조지아 주 올바니의 웨슬리 체스트넛 씨와 결혼할 때 이 옷을 입을 예정이었어요. 하지만 전쟁 때 아빠가 파산하자 체스트넛 씨는 마음을 바꾸었죠. 제 말뜻을 아시겠지만요. 엄마하고 아빠가 지금 자기 귀여운 딸이 '피 묻은 발'(그녀 남편의 이름인데, 이건 사실 그녀의 강아지 편 루이즈 때문에 생긴 이름이야)이라는 이상한 이름의 신사하고 결혼하게 된 걸 안다면! 오 하느님!"

그러더니 그녀는 웃음을 터뜨렸고, 나는 갑자기 그녀에게 연민이 일었어. 나는 그녀가 왜 이 계획에 참가했는지 처음 알았어. 재산을 잃었고, 비열한 남자는 그녀를 버렸으며, 그녀는 이제 자기 주장만큼 젊지도 않았어. 그녀가 가진 온갖 추악한 편견에도 불구하고 나는 이 일을 위해 어머니의 혼례복을 가지고 왔다는 사실만으로 데이지 러블레이스가 훨씬 좋아졌어. 그것은 그토록 차갑게 행동하고 있지만 그녀에게 여전히 희망과 꿈이 있다는 걸 증명했어. 그리고 나는 이런 어처구니없는 상황에 함께 웃기 시작했고, 곧 우리 모두 서로를 보면서 웃었지. 지옥의 악마처럼 꾸미고 야만인들과 결혼한 우리는 이 괴상한 얼굴 위로 눈물이 흐를 때까지 웃었어. 그래, 우리는 약을 먹었다니까…….

이렇게 지칠 때까지 웃고, 이런 기이한 현실이 혼란스러운 의식에 다시 한 번 인식되자 우리는 눈물을 닦고 겁먹은 닭들처럼 모여들었어. 사실 색칠한 얼굴과 요란한 옷 때문에 우리는 정말로 닭 같았어. 우리는 당연히 춤 대열에 끼는 일에 주저했지만 용감한 피미는 그녀답게 가장 먼저 춤을 추기 시작했어.

"이 사람들에게 아샨티 춤을 가르쳐 주겠어." 그녀가 음악적인 목소리로 말했어. "어머니에게 배운 걸."

샤이엔 춤꾼들도 잠시 멈춰 서서 우리의 대담한 흑녀가 춤 대열에 자리 잡는 걸 지켜보았지. 우리는 피미가 정말 자랑스러웠어. 그녀는 인디언 식으로 춤을 추지 않았어. 사실 피미의 춤이 더 훌륭했지. 발동작은 우아하고, 긴 다리가 옷 사이로 번쩍였어. 그녀는 불끈거리는 박자에 맞추어 뛰고 돌았지만, 멋대로 춤추는 것을 금지하는 엄격한 도그 우먼이 정한 전체 틀을 벗어나지 않았어. 인디언들이 웅성거리며 칭찬을 했고, 그 뒤로 춤 전체가 더 자유롭고 격렬해진 것 같아.

"저 키 큰 깜둥이 여자는 춤 솜씨가 상당하네요." 데이지 러블레이스가 말했다. "아빠는 깜둥이들한테 특별한 리듬감이 있다고 말했죠. 누구 이 약 좀 먹고 싶은 사람 없어요?"

그녀는 술병을 내밀고 물었다.

"아, 내가 조금 먹지." 메기 켈리가 말했어. "그러면 발이 풀려서 춤출 수 있을 거야." 그녀는 데이지에게서 술병을 받아 들고 살짝 마시더니 얼굴을 찌푸리고 수전에게 건넸어. "이건 아일랜드 위스키가 아냐, 수지. 하지만 지금 상황에서는 이 정도로 만족해야지."

그런 뒤 켈리 자매는 춤 대열로 들어갔어. 이토록 두려움 없는 쌍둥이는 어디서도 찾아볼 수 없을 거야. 그들은 치마를 들어올린 채 음악에 맞추어 활기찬 아일랜드 지그 춤 같은 걸 추었어. 도그 우먼은 둘의 부적절한 발동작에 안절부절못했지!

"뭐 어때, 나도 낄 수 있을 것 같아!" 사랑스런 못난이 그레첸이 쌍둥이의 대담함에 용기를 얻어 말했어. "계속 보니까 발동작을 따라 할 수 있을 것 같아."

그레첸은 얼굴을 흙빛으로 칠하고, 원시적 문양으로 장식한 희귀한 금털 버펄로 가죽을 입었어. 사실 거대한 버펄로 암컷 같았지. 그녀가 춤 대열로 들어가며 그녀답게 활기차게 소리쳤어. "이야!" 그리고 무거운 슬라브 폴카 비슷한 발동작을 시작했어.

그 둔한 움직임은 사람들에게 웃음을 안겨 주었어. 몇 사람은 손으로 입을 막고 키득거렸고, 원주민 춤꾼과 구경꾼은 그 애쓰는 모습에 온화하게 웃었어. 미개인들은 유머 감각이 없지 않고, 특히 스스로 구경거리가 되는 사람을 재미있어 해.

"아 좋아! 정말 멋진 춤이야!" 헬렌 플라이트가 변함없이 즐거운 듯 눈썹을 치켜올리고 말했어. 인디언 이름이 '새를 그리는 여자' 또는 그냥 '버드 우먼'인 그녀는 좁은 골반에 깃털을 예술적으로 꽂은 모습이 정말로 멋진 초원뇌조 같았다.

"안타깝게도 나는 춤에는 재능이 없어." 그녀가 말했어. "그래서 내 절친한 벗 앤 홀 부인은 내가 무도회에서 춤추는 걸 말렸지. 내가 남자를 이끌려고 '눈에 띄게 서툰 동작'을 한대. 그 부인이 딱 그렇게 말했어."

헬렌 플라이트는 아침 수영처럼 남자들만 하고, 많은 의식을 동반하는 행위인 파이프 흡연으로 이미 원주민 사이에 상당한 물의를 일으켰어. 헬렌이 언제고 거침없이 파이프에 불을 붙이면 미개인들은 내가 티피에서 발을 잘못 놓고 앉았을 때보다 훨씬 더 큰 충격을 받지! 하지만 이 사람들은 헬렌의 그림 솜씨를 존경해서 흡연을 참아 주기로 결정했어. (미개인 예절 독본이 있으면 우리에게 아주 유용할 것 같아.)

어느새 나시사 화이트가 우리 곁에 왔는데, 기독교적 분노로 제정신이 아니었지. 당연히 그녀의 종교적 믿음은 춤추는 걸 허락하지 않았어.

"악마의 여흥이야." 그녀가 말했어. "정열을 불태우고 지성을 마비시키려는 사악한 책략이야."

"아 제발." 데이지 러블레이스가 말했어. "여기서 우리가 지성을 가지고 뭘 하겠어, 나시사?"

나시사 화이트 역시 원주민 복장이 아니었어. 그녀는 아직도 굽 높은 구두와 깃 높은 선교사복 차림이었어.

"이 가련한 인간들을 어떻게 기독교도로 만들 수 있겠어?" 그녀가 물었어. "우리 자신이 같이 타락해 버린다면 말이야."

"나시사." 내가 부드럽게 말했다. "한 번이라도 설교를 멈추고 결혼 잔치를 즐겨 보는 게 어때요. 봐요, 목사님도 즐거워하잖아요."

목사가 샤이엔 성직자들과 함께 모닥불 가의 두둑한 버펄로 모피 위에 편안히 자리 잡고 있는 건 사실이었어. 그 사람은 언제나처럼 무언가 먹고 있었고, 미개인 성직자들과 열띤 이야기를 주고받았지.

"맞아, 메이!" 헬렌 플라이트가 말했어. "미개인들에게 문명을 가르칠 기회는 차고도 넘칠 거야. 지금은 그저 로마법을 따르는 게 좋아. 사실 내가 눈에 띄게 서툰 동작이기는 해도 숙녀 분들이 나무라지 않는다면 한번 시도해 보고 싶어. 나는 번식기의 뇌조를 연구했는데, 이런 발동작이 있지."

그 말과 함께 헬렌도 춤 대열에 들어갔어.

"아, 이런!" 나는 그녀가 원주민 춤꾼들에 둘러싸이면서 환성을 지르는 걸 들었어. 그녀는 그 속으로 사라져서 마침내 머리 위로 즐겁게 흔드는 그녀의 손밖에 볼 수 없게 되었지.

"하느님이 그대들을 돌보시길." 나시사 화이트가 조그맣게 속삭였어.

"나시사," 데이지 러블레이스가 느리게 말했어. "너무 구닥다리처럼 굴지 마. 오늘은 결혼식 날이야. 축하해야 해. 술도 좀 마시고."

데이지가 그녀에게 술병을 내밀었어. 이미 좀 취한 것 같았어.

"오늘 밤 인디언 신랑들하고 열정적으로 사랑하고 내일 아침에 참회하면 돼. 내일이면 우리가 하늘의 용서를 빌게 될 것 같거든. 하지만 뭐 어때, 나도 춤을 출 테야. 메리포사 대농장의 봄 무도회라고 생각할 거야. 나는 거기서 사교계에 데뷔했고, 거기서 내 평생 가장 눈부신 밤을 보냈거든. 웨슬리 체스트넛은 내가 무도회 여자들 중 제일 예쁘다고 말했어. 그리고 베란다로 나가서 내게 처음으로 키스했지……."

불쌍한 데이지는 한쪽 무릎을 굽혀 절하고 보이지 않는 파트너에게 두 팔을 내밀고는 꿈결 같은 목소리로 말했다. "청해 주

서서 고맙습니다. 함께하겠습니다."

그리고 그녀는 음악에 맞추어 느린 왈츠 춤을 추며 춤꾼들 속으로 빙글빙글 들어갔고, 곧 그들과 한 덩어리가 되었어.

그렇게 우리는 각자에게 익숙한 춤동작 같은 사소한 추억들을 붙들고서 ― 그게 우리 밑에 입을 벌린 미개의 심연으로 떨어지는 걸 막아 주는 구명줄이라도 되는 듯이 ― 하나씩 하나씩 춤에 합류했어.

보름달 아래 미친 듯이 휘몰아친 우리 모습은 얼마나 요란했을까. 왈츠와 지그와 폴카, 그리고 예쁜 프랑스 처녀 마리 블랑슈의 캉캉까지, 어떤 춤으로 시작했건 상관없었어. 모든 동작이 점점 빨라져서 마침내 색깔과 동작과 소리가 하나로 뒤엉켜 버렸으니까. 사람들은 번식기 새들 같았어. 깃털을 일으키고, 수컷은 가슴을 부풀리고, 암컷은 뒤집힌 엉덩이를 공중으로 쳐드는. 우리는 앞뒤로 왔다갔다 하고 또 빙글빙글 돌면서 춤을 추었어. 음악 속에는 뇌조의 북 치는 듯한 울음이 들리고 지구의 규칙적인 박동이 울렸으며, 노래 속에는 천둥, 바람, 비의 소리가 들렸지. 이건 대지의 춤이었어. 하늘의 신들은 자기 창조물들을 보며 아주 즐거웠을 거야.

음악과 노래가 뜨거운 밤공기를 채우고, 바람에 실려 평원 너머로 전해지자 동물들조차 무슨 일인가 궁금해서 언덕 위에 모여들었어. 코요테와 늑대가 노래를 시작하고 곰과 영양과 엘크 사슴이 나타났지. 달빛 어린 지평선에 그들의 그림자가 또렷하게 드러났어. 그리고 아이들은 모닥불 뒤에서 지켜보았어. 눈앞에 벌어지는 광란에 약간 놀란 모습이었어. 노인들도 지켜보았어. 서로에게 고개를 끄덕이면서.

우리는 춤을 추고 또 추었어. 사람들은 지켜보았어. 동물들도 지켜보았어. 신들도 지켜보았어.

* * *

어떤 이들은 밤새 춤을 추었어. 저무는 달빛 위로 새벽 첫 빛이 들 때까지 음악이 계속되었으니까. 하지만 대개는 중간에 새 남편의 가족들이 데려갔지. 남편의 가족은 어느 시점에 말없이 우리를 둘러쌌고, 우리는 양처럼 온순하게 그들을 따라 오두막으로 돌아갔어.

리틀 울프의 가족 오두막 옆에 새 티피가 세워져 있었어. 사람들은 나를 그리 데려가서 입구 앞에 깐 부드러운 담요에 앉혔지. 그러더니 족장의 두 아내와 다른 젊은 여자 친척 두 명, 그리고 족장의 딸 프리티 워커가 말없이 담요 가장자리를 들어서 나를 오두막 안으로 데리고 들어갔어. 우리나라에서 신랑이 신부를 안고 문턱을 넘는 것하고도 비슷하지만, 여기서는 신랑이 아니라 신랑의 여자 가족이 데리고 들어가. 사람들은 나를 새 오두막에 데리고 들어가서 가운데 지펴 놓은 작은 모닥불 옆에 내려놓았어. 버펄로 가죽은 새로 무두질을 해서 양피지처럼 하얗고, 온갖 원시적 그림이 장식되어 있었어. 사냥 장면, 전쟁 장면, 남녀의 성적 교접 장면, 가족생활, 아이들, 개도 있고, 나는 해독할 수 없지만 아마 이교도의 신 같은 그림도 있었어.

나만 남고 모두 나가자 나는 안도의 심호흡을 했어. 마침내 혼자 있게 된 거야! 나는 이곳이 나의 새 집이기를 간절히 바랐어. 그리고 여기 온 뒤로 내가 완전히 혼자 있는 건 그때가 처음이라는 걸 깨달았지. 그건 정말이지 너무도 황홀한 사치였어. 나는 피곤해서 부드러운 담요 위에 몸을 뻗었어. 안에는 따뜻한 불이 타올랐고, 밖에는 음악이 계속 맥동치듯 울렸지…….

나는 깊은 잠에 빠져서 아주 이상한 꿈을 꾸었어. 아니면 꿈 같은 일이 일어났어. 꿈이었을 거야. 남편이 나와 함께 천막에 있었으니까. 그는 아직도 소리 없이 춤을 추고 있었어. 모카신을 신은 발이 아무 소리도 내지 않고 부드럽게 오르락내리락했고, 모닥불을 돌며 조롱박 딸랑이를 흔들었는데 그것도 소리가 나지 않았어. 남편은 그렇게 혼령처럼 춤을 추며 내가 누워 자는 곳을 빙글빙글 돌았어. 나는 점점 몸이 달아올랐어. 그의 춤을 보니 배 속이 짜릿해지고 가랑이 사이에서 욕망이 간지럽게 끓어올랐어. 꿈에서 나는 앞가리개 천 밑에서 그의 남성이 뱀처럼 부풀어 오르는 걸 보았어. 그는 춤을 추었고 담요에 배를 대고 엎드린 나는 그 자리에서 폭발해 버릴 것처럼 얕은 숨을 쉬었어. 내가 그에게 다가가려고 했지만 그는 비켜나서 내 뒤로 오더니 이제 벌거벗은 내 엉덩이에 깃털을 댄 듯 나를 간지럽혀서 나는 더욱더 흥분했어. 그런 뒤 나는 엎드린 채 엉덩이를 들어올려 나를 바쳤고, 간질거림이 거세어지자 다시 담요에 납작 엎드렸어. 몸속을 채우고 싶은 열망이 고통스러울 만큼 커졌지. 하지만 그는 계속 내 뒤에서 소리 없이 발을 들었다 내렸다 하며 가볍게 춤을 추었어. 꿈 속에서 내 목에서 어떤 소리가 났어. 다른 사람이 내는 것 같은 소리, 내가 들어 본 적 없는 소리였고 나는 엉덩이를 더 높이 올려서 천천히 돌렸어. 그건 자연 현상이었어. 다시 깃털이 다가오더니 마침내 살과 살이 가볍게 닿았고, 이빨이 목을 가볍게 물었어. 따뜻하고 건조한 뱀이 엉덩이에 내려와서 다리 사이에 놓인 채 박동치다가 내 다리를 벌리고 내 몸을 열더니 천천히 고통 없이 들어왔다가 물러났고 다시 들어왔다가 물러나서 나는 그것을 영원히 잡아 삼켜 버릴 듯 몸을 뒤로 밀었어. 그런 뒤 그것이 내 안으로 깊숙이 들어왔고, 나는 목에서 다시 이상한 소리가 나면서 몸이 덜그럭거렸고, 더 이상 독립적인 의식을 가진 개체가 아니라 무언가 더 오래고 원시적이고 진실한 것의 일부가 되었어. 동물처럼, 이라고 존 버크는 말했지. 그 말뜻을 알았어. 동물 같았어.

거기서 꿈은 끝났고 새벽에 깨어 보니 머릿속에 다른 기억은 전혀 없지만 나는 여전히 담요에 엎드려 있고, 여전히 사슴 가죽 혼례복 차림이었지. 나는 그것이 꿈, 내가 경험한 적 없는 에로틱한 꿈이라는 걸 알아. 하지만 마술처럼 내 안에 아기가 자라나고 있다는 것도 알겠어.

호텐스, 그날 밤에 대해 더 무슨 말을 할 수 있을까? 언니가 이 말들을 읽을 수 있다면 이런 노골적인 묘사에 얼마나 충격받을까! 언니가 월터를 은행에 보내고 아이들을 학교에 보낸 뒤 차를 한 잔 마시면서 이 편지를 읽는다고 생각하니 재미있는걸. 가족들의 술수가 나를 어떤 오지로 보냈는지 알게 되면 해리 에임스는 나한테 그렇게 안 어울리는 사람은 아니었다고 생각할 거야. 나에 대한 비난이 언니가 상상할 수 없이 황당한 세상으로 나를 보냈다는 것을 알게 된다면.

어머니와 아버지에게 안부 전해 주고 곧 두 분께 편지 한다고
말해 줘. 사랑하는 내 아기들에게 키스를 전해 주고, 그들을 생
각하지 않는 순간이 한순간도 없다는 것을 알려 줘. 그리고 곧
아이들에게 동생이 생기고, 언젠가 우리 모두가 함께할 수 있을
거라고.

사랑하는 동생

메이

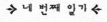

악마의 술

'지구상에 지옥이 있다면, 천막촌은 그 미로 속 같았다.

아직도 몇몇 춤꾼이 죽어 가는 불빛 속에 비틀거렸다.

다른 이들은 불 주변에 정신없이 뒤엉켜 쓰러져 있었다.

어떤 이들은 비척이며 일어서려 했고, 어떤 이들은 바닥에서 몸부림쳤다.

술 취한 남녀 미개인이…… 지나가는 나를 떠밀었다.

벌거벗은 남녀가 동물처럼 땅 위에서 교접했다.

나는 그런 자들을 넘어 갔고, 내 앞으로 다가오는 이들을 밀쳤으며,

필요할 때면 몽둥이를 휘둘러 길을 냈다.

세상이 신의 은총을 잃고, 우리가 여기 버려져서

그 마지막 타락을 지켜보게 된 것 같았다.'

— 메이 도드의 일기에서

기록할 게 너무 많다. 어제 나의 남편 — 아, 이 말은 정말 이상한 느낌이다 — 나의 남편 리틀 울프가 말을 탄 채 내 말을 끌고 우리의 혼인 오두막으로 왔다. 내 말에는 안장이 얹혀 있었다. 그는 짐말도 두 마리 데리고 왔고, 그중 한 놈은 '파플레시'를 얹고 있었다. 파플레시는 샤이엔 식 접이식 짐가방으로, 튼튼한 버펄로 생가죽으로 만들어 안에 살림 도구, 요리 도구, 식량 등을 넣는 것이다. 족장 오두막에는 이런 파플레시가 여러 개 있고, 모두가 정교한 그림이 그려져 있다. 그는 이 부족에서는 분명히 '부유한' 사람이다. '우리' 오두막은 대족장의 오두막답게 어지간한 오두막들보다 크고 시설도 좋다. 버크 대위가 우리에게 설명했듯이 이교도는 말의 숫자가 부의 척도다. 어쨌거나 말이 많을수록 더 많은 물건과 더 큰 오두막을 싣고 다닐 수 있기 때문이다. 아버지조차 미개인 경제학의 단순함을 이해할 것이다.

리틀 울프의 갈색 얼굴은 평소보다 덜 엄격했고, 그는 수화로 나더러 짐을 챙겨서 함께 떠나야 한다는 뜻을 전했다.

"신혼여행인가요?" 내가 웃으며 물었지만, 당연히 그는 내 말을 알아듣지 못했다.

나는 허겁지겁 옷과 세면도구를 챙겨서 다른 몇 가지 물품과 함께 혼인 오두막에 있던 구슬 장식 숫사슴 가죽 주머니에 넣었다. 아마 리틀 울프 가족의 선물인 것 같다. 거기에는 샤이엔 여자 옷 일습과 버터처럼 부드러운 구슬 장식 사슴 가죽 모카신과 정강이에 두르고 무릎 바로 밑에서 끈으로 묶는 ― 우리 식 가터벨트와 비슷한 ― 각반 한 벌이 들어 있었기 때문이다. 옷도 역시 부드러운 동물 가죽으로 만들어 질긴 힘줄로 꿰매고 구슬과 놋쇠 단추로 단순하지만 세련되게 장식했다. 연기 냄새가 약간 나는 건 무두질을 하면서 미루나무 연기를 쐰 때문인데 전혀 불쾌하지 않다. 우리는 교육의 일환으로 샤이엔 여자들이 이런 옷을 만드는 과정을 지켜보았다. 그들은 여러 가지 재주가 뛰어나고, 우리도 그런 것을 익히기를 기대하고 있다. 우리 일행 중 한 명인 지넷 파커라는 여자― 자는 남편을 가죽용 큰 바늘로 찔러 죽이고 주립 정신병원에 수용되었다는 ―는 시카고에서 재봉사로 일했다. 나는 그녀가 정말로 미친 건지 어쩐지는 알지도 못하고 신경도 쓰지 않는다. 그 남편이라는 작자는 그런 운명을 받아 마땅했던 놈 같기 때문이다. 샤이엔 여자들은 지넷의 바느질 솜씨에 감탄했고, 그녀는 그들에게 몇 가지 바느질 법을 알려 주기도 했다. 그래서 그녀는 이곳 여자들의 존경을 받고 있다.

통옷 같은 구조에 망토처럼 소매가 뻥 뚫린 재단이라 나의 새 원주민 옷은 아주 편하고, 각반과 모카신도 마찬가지다. 모두가 살갗 위를 헐렁하게 덮은 약간 감각적인 제2의 피부 같다. 이런 실용적인 복장을 하고 보니 우리의 옷과 신발이 너무도 불편하게 여겨진다. 나는 어쩌면 우리 식 옷을 완전히 포기할지도 모르겠다. 우리가 입고 온 기마 반바지조차 여기 비교하면 지나치게 조인다.

이야기가 샜다. 나는 얼른 물건을 챙기고 내 말 숄저에 올라서 남편과 함께 달려 나갔다.

다른 두 아내가 우리의 출발을 지켜보았다. 콰이엇 원은 충실하게 오두막 앞에 서 있었지만 아직도 나를 제대로 보지 않는다. 나는 지난 며칠 동안 나만의 거처에서 지내면서 몹시 간절했던 휴식을 누릴 수 있었다. 우리 모두 그랬을 것이다. 나는 콰이엇 원이 나를 미워하는 걸 욕할 수 없다. 내가 그녀의 처지라면 내 반응이 어땠을지 상상할 수 있기 때문이다. 젊은 둘째 아내인 페더 온 헤드는 첫째 부인의 동생이라는 걸 알았다. 이런 일은 샤이엔 족에게 흔하고 아내들 사이의 갈등을 줄이기 위해 고안된 제도다. 하지만 샤이엔 족이 모두 일부다처는 아니다. 이들의 문화는 복잡하고, 우리는 서로에 대해 배워야 할 게 많다.

천막촌을 달리는데 내 친구 마사가 수줍은 새댁 같은 모습으로 천막 밖에 나왔다. 결혼식 이후 처음 본 것이지만, 그 얼굴에 떠오른 빛으로 볼 때 그녀의 첫날밤이 실망스럽지 않았다는 느낌이 들었다.

"아, 메이." 그녀가 내 말을 따라 달리며 말했다. "이야기 좀 하자. 오늘 너를 보러 가려고 그랬어. 어디로 가는 거니?"

"나도 몰라, 마사." 내가 말했다. "보다시피 나는 그저 아내로서 남편을 따라갈 뿐이야. 내 착각이 아니라면 우리는 신혼여행을 가는 것 같아!"

"신혼여행? 언제 돌아오는데?" 마사가 불안해하며 물었다. "너 없이 내가 어떻게 지내라고?"

"몰라." 내가 말했다. "하지만 별일 없을 거야. 지난 며칠 동안도 나 없이 잘 지냈잖아. 그리고 금세 돌아올 거야."

"메이, 물어볼 게 있는데." 마사가 얼굴에 홍조를 띠며 말했다. "너는 어땠니? 그거, 저기……."

나는 웃었다. "첫날밤?"

"그래! 어땠어? 이상했니? 좋았니?"

"꿈같았어." 내가 대답했다. "현실이었는지 어쩐지 잘 모르겠어."

"그래!" 마사가 말했다. "나도 그랬어. 꼭 꿈같았어. 우리가 약을 먹은 걸까, 메이? 나는 분명히 그런 것 같아. 이게 꿈인가 현실인가 싶었다니까?"

"다음 날 아침에 어땠는데?" 내가 물었다.

"기진맥진했지." 마사가 말했다. "진이 쪽 빠졌어. 하지만 좋았어. 저기…… 거기가……."

나를 따라 달리는 그녀의 얼굴이 더욱 빨개졌다.

"아팠어?" 내가 그녀 대신 말해 주었다. "피가 났어, 마사?"

"그래." 그녀가 말했다. "나는 처녀였잖아."

"그러면 그냥 꿈은 아니었나 보다." 내가 말했다.

"그런 일이 가능할까, 메이? 꿈이면서 동시에 현실인 일이?"

우리가 이제 마을 가장자리에 이르자, 마사는 그 이상 달리기를 포기하고 멈추어 서서 말했다.

"한 가지만 더, 메이. 너 남편 얼굴 보았니? 저기…… 그거 할 때 남편 얼굴 보면서 했어?"

나는 웃었다.

"아니, 나는 우리가 이번 봄에 본 제비 암컷처럼 꽁지를 허공에 치켜들었어."

"맞아." 마사가 소리치며 우리에게 손을 흔들었다. "바로 그거야! 안녕, 메이. 얼른 돌아와. 여기는 네가 있어야 돼."

"잘 지내, 마사." 나는 그녀에게 소리쳐 인사했다. "넌 잘 지낼거야. 우리는 금방 돌아올 거고. 정말 대단한 모험 아니니!"

마사가 손을 흔들며 소리쳤다. "그래, 맞아, 모험!"

그런 뒤 우리는 마을을 떠나 드넓은 평원으로 들어섰다. 나는 다른 사람들을 두고 떠나는 일이 두렵지 않았고, 남편과 함께 있는 것이 더없이 안심되었다. 멋진 여름 아침이었고 평원엔 꽃들이 만개했다. 온갖 들꽃이 평원의 얕은 언덕들 위로 양탄자처럼 깔리고, 풀들은 산들바람에 초록색으로 반짝이며 나부끼고, 초원종다리는 노래하고, 강가의 버드나무와 미루나무에서는 온갖 새가 아침 노래를 시작했다.

마을이 뒤로 물러난 뒤 고지대에서 돌아보니 티피 위로 아침 모닥불 연기가 뭉클뭉클 피어 오르는 게 보였다. 사람들이 오가며 아침 일을 하고, 개들이 짖고, 아이들이 초원으로 말을 몰고 나갔다. 웃음과 일상의 소리가 희미하게 들리자 나는 처음으로 문득 그곳이 집이라는 강렬한 느낌이 들었다. 이런 느낌을 얻으려면 일단 그곳을 떠나서 돌아보아야 하는 것처럼. 그림의 아름다움을 제대로 감상하려면 고개를 돌렸다 다시 보아야 하는 것처럼. 그리고 그때 나는 처음으로 깊은 평화와 만족감에 싸여서 생각했다.

'나는 얼마나 기이할 정도로 행운아인가.'

그렇다, 미개인 사회의 그 모든 낯섦과 고난에도 불구하고 우리의 새 세상은 오늘 아침 말할 수 없이 달콤해 보였다. 나는 원주민들이 대지와 전원에 묻혀 사는, 교묘하고도 완벽한 방법에 감탄했다. 그들은 봄풀처럼 이 평원 정경의 일부인 것 같다. 그림의 뗄 수 없는 일부로 여기 속해 있다고 느끼지 않을 수 없다.

첫 15분 동안 리틀 울프는 두 마리 짐말을 끌고서 내 앞을 멀찌감치 달렸다. 말도 하지 않고 내가 잘 달리는지 돌아보지도 않았다. 나는 마침내 신발 뒤축으로 말을 차서 느린 구보에 들어섰다. (내 평생 어린 시절 받은 승마 교습이 이렇게 고마웠던 적이 없다! 나는 말 타는 일에 꽤 능숙하기 때문이다. 이 능력은 여기서 유용하게 쓰일 게 분명하다.) 내가 족장과 어깨를 나란히 하자 그는 놀란 표정이었고 약간 불쾌해 보이기도 했다. 내가 다시 어떤 이교도의 예절을 깨뜨린 것처럼.

"나는 미국의 신여성이에요." 내가 그와 똑같은 속도로 달리며 그에게 말했다. "나는 당신 15미터 뒤에서 달릴 생각이 없어요."

리틀 울프가 내 말을 알아듣지 못한다는 걸 알았지만, 나는 손짓으로 나란히 달리는 우리의 말 사이를 가리키고 이어 우리 둘 사이를 가리키고 미소를 지었다. 족장은 잠시 생각해 보는 것 같더니 내 말을 이해한다는 듯 고개를 끄덕이고 미소로 응답했다. 그렇다, 우리는 진정한 의사소통을 한 것이다! 나는 아주 기뻤다.

나는 족장이 우리가 서로를 더욱 잘 알 수 있도록 이런 여행을 계획했다고 생각한다. 또 내게 자신들의 땅을 좀 더 보여 주고 싶었을 수도 있다. 우리는 어제 오후 일찌감치 나는 이름을 모르는 시냇가 미루나무 언덕에 야영지를 꾸렸다. 족장은 작은 가죽 덮개를 가져왔고 우리는 비가 올 때를 대비해서 그것을 버드나무 가지에 묶어 펼쳤다. 하지만 날은 맑고 온화했다. 그 밑에 풀을 깔고 버펄로 모피를 덮어서 잠자리를 만들었다. 야영지를 꾸리자 나는 냇가에 가서 모닥불용 장작을 구했다. 하루 동안 말을 탄 뒤 두 발로 땅을 딛게 되자 기뻤다.

리틀 울프는 작은 생가죽 가방에서 강철 부싯돌과 버펄로 똥을 꺼내고, 불쏘시개 용으로 똥 한 조각을 떼어 냈다. 그런 뒤 거기 불꽃을 튀기고 풀잎과 잔가지를 더해서, 놀라운 솜씨로 요리도 하고 밤의 추위도 물리칠 불을 피웠다.

저녁 식사는 모닥불에 구운 사막꿩이었다. 그날 족장은 우리 앞에 사막꿩 떼가 날아오를 때 말에 탄 채로 활을 쏘아 몇 마리를 잡았다. 아버지조차 그의 활 솜씨에 감탄했을 것이다. 헬렌 플라이트에게 얼른 이 일을 설명해 주고 싶다. 화약 무기를 쓰는 사람은 (남자건 여자건) 이처럼 빠르고 정확할 수 없을 것이다.

새 고기는 맛있었다. 나는 낮에 평원을 산책하며 주운 달래와 약초로 속을 채웠다. 우리 인디언 '어머니들'에게 받은 교육 덕분에 나는 식용 풀의 판별력이 꽤 늘었다.

우리가 온전히 둘이서만 시간을 보내는 건 처음이었고, 그도 나도 처음에는 약간 수줍었다. 하지만 나는 의사소통이 되지 않는 좌절감을 극복하기 위해 마침내 그것을 완전히 포기하는 쪽을 선택했다. 그리고 리틀 울프에게 영어로 내 마음에 떠오르는 온갖 잡생각을 이야기했다. 그가 이해를 못하는데 무슨 상관이랴. 어젯밤 그에게 내 인생 전체를 이야기한 것 같다. 해리와 아이들, 정신병원 생활을 이야기했다. 아버지와 어머니, 언니 호텐스 이야기도 하고, 버크 대위 이야기도 했다. 그렇게 그에게 모든 것을 이야기했더니 기이한 해방감과 편안함이 느껴졌다. 리틀 울프는 참을성 있게 들었다. 이해를 하건 못하건 어쨌거나 듣는 태도를 보였고, 이따금 고개를 끄덕이다가 마침내 자신의 언어로 부드럽게 대답도 했지만 물론 나는 그 말을 알아듣지 못했다. 그렇게 우리는 모닥불 앞에 앉아서 밤이 깊도록 나는 영어로, 그는 샤이엔 어로 대화를 나누었다. 하지만 그는 수다스러운 사람이 아니었기 때문에 그의 이야기는 내 이야기보다 훨씬 드물었다. 나는 그 역시 자기 인생의 중요한 일을 이야기했다고 확신한다. 가끔 그의 목소리가 꽤 뜨거워졌기 때문이다. 나는 주의 깊게 들으며 그 의미를 파악해 보려고 애썼지만, 그냥 흘려들으면서 해석하지 않으려고 하는 편이 오히려 이해가 더 잘 되는 것 같았다. 이런 식으로 우리는 특이한 친밀감을 구축했다.

우리 두 사람 다 자기 가슴속의 이야기를 했고, 우리 가슴은 ─ 머리는 아니라 해도 ─ 서로를 이해했다.

오늘 아침 족장은 일찌감치 사냥을 나갔고, 나는 이 틈을 이용해서 일기에 그사이의 일들을 기록한다. 날은 맑고 새들은 미루나무에서 즐거이 노래한다. 버펄로 모피로 몸을 두르고 있으니 아주 편안하다. 해가 조금 더 높이 떠오르고 공기가 따뜻해지면 나는 냇가로 가서 목욕을 할 것이다.

이럴 수가, 나는 끔찍한 사건을 겪었다. 그 일을 떠올리니 손이 부들부들 떨려서 연필조차 잡고 있을 수가 없다.

앞부분을 적은 뒤 나는 냇가로 갔다. 그랬더니 기쁘게도 거기는 온천 웅덩이가 있었다. 물에서 김이 솟았고, 발가락을 넣어보니 온도가 꼭 알맞았다. 남편이 여기를 야영지로 선택한 것은 온천이 가까워서였을 것이다.

나는 요즘 목욕할 때 늘 그러듯 옷을 벗었다. 정숙한 시늉은 포기했다. 미개인들은 벌거벗은 상태를 꺼리지 않는다. 나는 연못에 들어갔고, 약간의 유황 냄새와 알맞은 물의 온기와 부드러움을 즐겼다. 그리고 물 위에 누워 몸의 긴장을 풀었다.

그때 갑자기 내가 혼자가 아니라는, 누가 보고 있다는 불안감이 엄습했다. 나는 물속에 가만히 있었지만, 정체 모를 커다란 공포로 심장이 쿵쿵 뛰었다. 마침내 나는 앉은 자세로 가슴을 가리고 얼른 주변을 둘러보았다. 그리고 보았다. 어떤 남자─그런 자도 남자라고 할 수 있다면─가 동물처럼 조용히 냇둑에 쪼그려 앉아 있는 것을. 그는 내가 본 사람 가운데 가장 흉악하게 생긴 사람이었다. 헝클어진 긴 머리는 쪼그려 앉은 땅바닥에 거의 닿을 만큼 내려왔고, 검고 두툼한 이목구비는 사람이 아니라 멧돼지 같았다.

그가 입은 옷이라고는 앞가리개뿐이었다. 피부는 때가 꼬질 꼬질했고, 또…… 일어선 성기는 앞가리개로 가려지지 않았다. 나와 눈이 마주치자 그는 씩 웃었고, 그러자 악마의 개처럼 새까만 이가 드러났다. 그러더니 그가 성기를 잡고 혐오스럽지만 익숙한 표정으로 나를 보며 고개를 끄덕였다. 나는 물속에 몸을 더 묻어 최대한 나를 가렸지만, 남자는 성기를 잡은 채로 자리에서 일어섰다. 그의 의도는 아주 명백했다. 그리고 놀랍게도 그는 미개인 언어가 아니라 불어로 말했다.

"Salope, je vais t'enculer a sec.(창녀야, 너한테 비역질을 해야겠어)"
그 뜻은…… 차마 여기에 옮길 수가 없다.

그 망나니는 곧 나를 향해 물속으로 들어왔다. 손은 자기 물건을 무슨 살상 무기처럼 계속 움켜쥐고 있었다. 나는 심장이 목에 걸렸다. 공포로 얼어붙어 움직일 수도 없었다.

"안 돼." 내가 속삭였다. "나를 괴롭히지 마요."

내 평생 그토록 거대한 고립감과 두려움을 느낀 적은 처음이다. 나는 남자를 피해 미친 듯이 뒤로 손을 저어 연못 반대편 둑에 이르렀다. 그리고 커다란 바위에 몸을 붙였다. 남자가 계속 다가오는데 더 이상 갈 곳이 없었다. 이제 남자의 냄새도 났는데, 물에서 오르는 온천 냄새도 그의 악취를 덮지 못했다. 그가 다시 내게 말을 했는데, 그 말이 너무도 저속해서 목구멍으로 담즙이 올라왔고 금세라도 토할 것 같았다.

그런데 그 더러운 놈이 내게 다가온 순간 남편의 목소리가 들렸다. 하느님, 감사합니다! 고개를 들어 보니 리틀 울프가 손에 채찍을 말아 쥐고 냇둑에 서 있었다. 그는 차분하고 평탄한 목소리로 말했고, 나는 그의 말을 알아듣지 못하지만 그가 이 남자를 안다는 걸 감지했다. 그는 이 망나니에게 확고하지만 적의 없는 목소리로 말했다.

남자는 샤이엔 어로 대꾸했는데, 그 말투는 거의 굽신굽신 할 정도였고 그는 곧 연못을 나가기 시작했다. 하지만 무언가 생각 난 듯 중간에 멈추어서 뒤로 돌아보더니 썩은 이를 드러내고 늑대처럼 웃었다. 그리고 이번에는 쉰 목소리로 하지만 놀라울 만큼 유창한 영어로 말했다.

"내 이름은 줄스 세미놀이야." 그 목소리에 나는 소름이 쪽 돋았다. "앞으로 또 볼 거야. 내가 너한테 약속한 그 일을 꼭 할 거야." 그리고 그는 뒤도 돌아보지 않고 연못 밖으로 나갔다.

나중에 나는 리틀 울프에게 이 더러운 인간에 대해 물어보려고 했다.

"사스 – 시스 – 에 – 타스"

그가 말했다. 그건 샤이엔 족이 자기 부족을 가리키는 말이었다. 그런 뒤 그는 오른손 검지로 왼손 검지를 자르는 시늉을 했다. 그것 역시 그들 자신을 가리키는 표시였다.

"샤이엔 인?" 내가 영어로 물었다. "어떻게 그럴 수 있죠?"

아마 리틀 울프는 내 목소리에 담긴 의문을 이해한 것 같았다. 한 손을 가슴 중앙에 놓고 왼쪽으로 이동시켜서 다시 한 번 "사스 – 시스 – 에 – 타스"라고 말하더니, 다음에는 손을 오른쪽으로 움직여 "베호에"라고 말했다. 그건 샤이엔 어로 백인이라는 뜻이다.

"그러면 혼혈이라는 거네요." 내가 말했다.

"옥세베호에." 족장이 대답했다.

우리는 지난 며칠 동안 계속 그 야영지에서 지냈다. 혼혈인 줄스 세미놀 사건 이후로 나는 정말이지 다른 곳으로 이동하거나 아니면 아예 천막촌으로 돌아가고 싶었지만 우리는 그러지 않았다. 공포는 차츰 가라앉았지만 나는 그 남자의 위협이 허투루 들리지 않아서 한순간도 남편을 눈에서 떼어 놓지 않는다. 이제 그가 사냥을 나가면 나도 따라간다. 그가 냇가에 가면 나도 간다. 나는 그렇게 겁 많은 성격이 아니지만 적어도 지금은 리틀 울프가 곁에 있어야 안심이 된다. 그는 내가 옆에 붙어 있는 것을 꺼리지 않는 것 같고, 사실 많은 시간을 함께하면서 우리의 애정은 더 깊어지고 있다. 그는 부드럽고 사려 깊은 사람으로 내게 많은 인내를 보인다.

리틀 울프의 사냥은 계속 성과가 좋다. 우리는 프롱혼, 엘크 사슴, 사슴처럼 큰 사냥감을 비롯해서 뇌조와 오리와 토끼 같은 작은 사냥감도 잡아서 먹었다. 미개인의 생활은 포식 아니면 기아인 것 같고, 음식이 넉넉하면 그들은 거의 쉬지 않고 먹는다. 나는 모닥불에 요리를 했다. 파플레시 하나에 백인 교역소에서 구한 몇 가지 현대적 조리 도구가 있고, 나는 그것으로 기본 고기 요리보다 더 흥미로운 것을 준비하려고 노력한다. 초원에는 달래와 민들레 잎이 있고, 강가 나무들 틈에는 곰보버섯이 있다. 나는 일리노이 주에 살던 시절부터 그걸 알았다. 그것은 봄이 되면 풍성하게 돋아났고, 어머니와 호텐스와 나는 함께 그것을 따곤 했다.

남은 고기는 야영지에서 거리가 꽤 되는 미루나무에 걸어 둔다. 곰이나 다른 야생동물이 그것에 끌려 왔다가 우리를 덮치는 걸 막기 위해서다. 요리뿐 아니라 나는 동물 가죽을 벗기고, 내장을 빼고, 몸을 토막 내는 일을 더 세심하게 익혔다. 미개인 사회에서는 이것도 여자의 일로 간주되는데, 내가 능숙하지는 않아도 어느 정도 쓸 만한 수준이 되도록 족장이 여러 가지를 가르쳐 주었다. 다행히 아버지가 사냥을 좋아한 탓에 나는 사냥당한 동물들을 보면서 자랐고, 피며 내장 같은 것에 몸서리를 치지 않는다. 불쌍한 마사를 비롯해서 우리 중에는 이 일에 적응하는 데 큰 어려움을 겪는 사람들이 있다.

미개인 생활, 특히 여자의 생활은 끊임없는 육체노동이다. 쉴 시간이 거의 없다. 요 며칠의 나들이도 대부분의 백인 여성이 꿈꾸는 이상적인 신혼여행과는 거리가 멀고도 멀다! 그래도 나는 유익한 것을 많이 배우고 있다.

하루의 노동을 마친 뒤의 목욕이 이렇게 고마운 적이 없었다. 더군다나 여기는 온천이다. 목욕을 하면 온몸을 덮은 동물 피도 닦지만, 피부에 바른 역겨운 기름 물감도 지울 수 있다. 나를 비롯한 많은 백인 여자들은 뜨거운 평원 햇볕을 막기 위해서 억지로 이 혼합물을 바른다. 미개인 여자들도 같은 이유로 이 물감을 바르는 사람이 많고, 나는 사람들이 이들을 '붉은 인디언'이라고 부르는 이유를 마침내 알게 되었다. 물감은 이 지역에 흔한 적갈색 진흙에 기름이나 동물 지방을 섞어 만든다. 냄새가 지독하고 느낌은 꼭 진흙을 뒤집어 쓴 것 같다.

흰색 진흙으로 만든 기름 물감도 있는데, 이걸 칠하면 꼭 유령처럼 된다. 흰 물감을 칠한 모습이 가장 사나워 보이는 사람은 우리의 피미다. 그녀는 흰 물감을 좋아하지만, 그녀는 피부에 이미 검은 색소가 있기 때문에 가혹한 햇빛을 막는 물감이 우리보다는 덜 필요하다. 스코틀랜드 계 후손인 나의 창백한 피부는 이 그늘 없는 평원에서 확실히 단점이다. 그것은 헬렌 플라이트나 켈리 자매를 비롯한 '구세계' 후손들 모두가 마찬가지다. 기름 물감이 있는 것이 다행이고 우리가 나무가 있는 언덕에 야영하는 것도 다행이다.

관습에 따라 리틀 울프는 아침에 목욕을 하고 나도 함께 한다. 오후에는 그가 냇둑에 앉아 다시 목욕하는 나를 바라본다. 줄스 세미놀이 또 오는 걸 막기 위해서일 것이다. 그는 아직도 내 악몽에 불쑥불쑥 출현한다.

따뜻한 물은 시카고 집의 스토브로 데운 목욕물처럼 온도가 꼭 알맞고 아주 상쾌하다. 오늘 오후에 나는 연못 가운데까지 헤엄쳐 들어가서 버릇대로 누워 있었다. 그리고 리틀 울프에게 여러 번 손짓을 했다. 그를 물로 끌어들여 함께 놀기 위해 수영을 가리키는 수화를 한다. 남편은 뚱한 사람은 아니지만 진지한 성품이고 좀처럼 놀이를 하지 않는다.

나이와 지위 때문일 것이다. 나는 클라크 중위가 쓴 인디언 수화에 대한 소책자를 가지고 왔는데 간략한 것이지만 큰 도움이 되고 있다. 우리는 밤마다 모닥불 가에서 수화를 연습하고 족장은 내 노력을 잘 참고 봐주며 약간의 샤이엔 어도 가르쳐 주려고 한다. 아주 느린 과정이고 나는 아직도 의사소통의 장벽 앞에서 혼자 영어로 중얼거리곤 한다. 그렇다. 내 끝없는 넋두리를 그렇게 주의 깊게 들어 주는 사람은 누구라도 참을성 있는 사람이 분명하다! 물론 그는 글을 모르기 때문에 책이 무엇인지 이해하지 못하지만, 그 책을 보면 거기 무슨 마술이라도 담긴 것처럼 만지면서 책장을 넘긴다. 어떤 면에서는 사실 마술이 있는 것 같기도 하다. 우리는 간단한 의사소통이 가능해졌다. (물론 버크 대위와 내가 유쾌하게 시도해 본 대로 셰익스피어를 수화로 옮길 수는 없겠지만!)

내가 계속 부추기자 마침내 리틀 울프가 물속으로 들어왔다. 그는 몸동작이 아주 우아하다. 하지만 인디언들은 간단한 개헤엄밖에 치지 않는다. 그래서 나는 그 자리에서 그에게 몇 가지 수영 동작을 가르치기로 결심했다. 먼저 크롤 영법 팔 동작을 보였는데, 운동 능력이 뛰어나다 보니 그는 금세 익혔다. 그런 뒤 평영 팔 동작을 보여 주었다. 그것은 아주 재미있었고 우리는 마구 웃었다. 정말로 신혼여행 중인 신혼부부 같았다! 드디어 '관계의 실마리'를 잡았다는 느낌이다.

나는 충동적으로 족장의 목을 안고 두 다리로 그의 허리를 감았다. 그는 크게 놀랐다. 거의 기겁할 정도였다. 내가 그를 물속으로 끌어내릴까 봐 겁을 낸 건지, 아니면 여자가 이토록 적극적인 것이 흉하다고 여긴 것인지 모르지만, 그는 내게서 떨어지려고 했다.

"걱정 말아요." 내가 그를 더 바짝 끌어안으며 영어로 말했다. "그냥 노는 거예요."

하지만 장난기로 시작한 일이었지만, 막상 하고 보니 이 사람과의 피부 접촉이 아주 좋았고, 그의 팽팽하고 따뜻한 피부 감촉에 바르르 떨림이 일었다. 나는 두 손으로 작고 단단한 그의 어깨 근육을 만지고 발로는 그의 탄탄한 다리를 탐색했다. 그리고 그에게 더 바짝 붙었다. 덧붙이자면 우리는 꿈결 같은 결혼 초야 이후 신체적 접촉이 전혀 없었다.

"이런," 나는 속삭였다. "이럴 생각은 아니었는데⋯⋯."

족장은 내 포옹에 반응하는 것 같았다. 그의 몸에서 긴장과 망설임이 빠져 나가는 게 느껴졌다. 잠시 우리는 이렇게 봄날의 따뜻하고 탄력 있는 물속에 함께, 내 다리를 그의 허리에 감고 떠 있었다. 그런 뒤 나는 그의 목과 얼굴과 입술에 부드럽게 키스했다. 미개인들은 키스의 기술을 잘 몰라 어린아이에게 키스하는 것 같았지만 그는 곧 반응했다.

"좋지 않아요?" 내가 속삭였다. "기분 좋지 않아요?"

이런 일은 말하기 민망한 것이지만⋯⋯ 나는 직접적으로 말하는 것밖에 다른 방법을 모른다. 존 버크가 말했듯 샤이엔 족은 지금까지 백인 또는 선교사와 많이 접촉하지 않았고, 교역을 하면서 우리 방식을 약간 알게 되었다고 해도 거기에, 적어도 리틀 울프의 경우에는 육체적 일까지 포함되지는 않았다. 미개인들이 남자와 여자의 성교에 대해 아는 것은 자연을 관찰한 것이 전부다. 존 버크가 말했듯이 동물의 교미를 관찰하고 그래서 그들도…… 동물처럼 성교를 한다.

내가 나시사 화이트의 말처럼 그런 일에 딱히 권위자라고 할 수는 없지만, 해리 에임스와 내가 활기 찬 성생활을 즐겼다는 것이나 내가 열정이 넘치는 여자라는 사실이 전혀 부끄럽지 않다. 남자들은 그런 것을 자랑한다. 여자가 그러면 정신병원에 갇힌다. 대위와 나눈 하룻밤 일탈과 족장과의 '초야'를 포함하면 나는 길지 않은 인생에 애인이 세 명이나 되는 셈이다. 그러니 내가 죄인인가? 그럴지도 모르지만 나는 그렇게 느끼지 않는다. 창부인가? 그렇지 않다고 본다. 내가 미쳤는가? 아니라고 본다.

이제 남편과 나는 물속에 엉킨 채, 내 팔로 그의 목을 안고 내 다리로 그의 허리를 감싼 채 떠 있었다. 우리 몸은 서로의 몸 위에서 편안하고 익숙하게 미끄러졌고, 유황 섞인 물은 따뜻하고 미끈거렸다. 미개인들에게 우리 방식을 가르치는 것이 우리 임무라고 하지 않았나? 여기에는 육체의 일이 포함되어야 하지 않는가? 그렇다, 족장이 내게 가죽에서 살을 바르는 법을 가르친다면, 나는 그에게 인간 육체의 몇 가지 비밀을 가르칠 수 있을 것이다. 내가 볼 때 그건 두 세계의 공정한 교환이다.

나는 손을 리틀 울프의 매끈하고 팽팽하고 바위처럼 단단한 엉덩이로 내린 뒤 앞으로 가져와서 미끈거리는 온천수 속에서 종마처럼 매끄럽고 뱀처럼 찰진 그의 성기를 쓰다듬었다.

"나를 만져요." 내가 속삭였지만 그는 그 말을 이해하지 못했고 나는 그의 손을 잡은 뒤 내 배를 지나 젖가슴에 얹었다. 그의 손은 아주 섬세했다. 강하지만 그러면서도 동시에 거의 여성적이었고, 그 감촉은 내가 그때껏 경험한 어떤 것과도 달랐다. 나는 다시 그에게 키스했고 이번에는 그도 내게 키스했다. 나는 다시 그를 잡고 골반을 그의 골반에 얹은 뒤 여전히 다리를 그에게 감은 채 그를 내게 이끌었다. 온천수의 따뜻함이 밀려들어 내 안을 열기와 빛으로 채웠다…….

🎋 1875년 5월 28일 🎋

오늘 아침 나는 출발을 준비하면서 허겁지겁 이 글을 쓴다. 아마 마을로 돌아가는 것 같다. 리틀 울프가 지난 며칠 동안 여기서 지내면서 잡고 다듬은 고기와 가죽을 모두 짐말에 싣고 있었기 때문이다. 줄스 세미놀이라는 자를 만난 아찔한 사건을 빼고는 — 다행히 그 뒤로는 다시 마주치지 않았다 — 즐거운 소풍이었고, 여기서 끝나는 것이 아쉽다. 리틀 울프와 나는 두 문화 사이를 잇는 소중한 진전을 이루었다. 여기에는 음흉한 의미만 있는 게 아니다. 물론 그런 뜻도 있지만. 나는 용기를 얻었고, 우리 임무가 성공할 희망이 있다는 믿음이 어느 때보다 커졌다. 아마도 워싱턴 사람들의 생각이 옳은 것 같다. 미국 여자들의 순수한 힘이 두 세계를 연결할 수 있다. 남편과 나는 초보적인 의사소통 방법을 익혔을 뿐 아니라 서로에 대한 존경과 진정한 애정을 키웠다. 족장은 미개인의 삶을 바라보는 나의 진정한 창이 될 것이다. 이 사람 안에는 이 단순한 사람들이 그토록 높이 평가하는 모든 특성— 용기, 위엄, 품위, 이타심 —이 있고,

그 밖에도 내가 아직 제대로 모르지만 아마도 강렬함이라 부를 수 있을 듯한 다른 것이 있기 때문이다. 리틀 울프는 어느 사회에서도 자연스럽게 지도자가 될 품성을 지녔고, 존 버크마저 내키지 않아도 그를 존경할 것이다. 그리고 그 역시 존 버크를 존경할 것이다. 놀랍게도 대위와 족장, 이교도와 가톨릭교도는 닮은 점이 많다. 이 군인과 전사는, 한 여자의 사랑으로 묶이게 되었다.

하지만 아무리 애를 써도 리틀 울프에 대한 나의 감정이 존 버크에 대한 감정과 같다고 말할 수는 없다. 존 버크와의 일은 내가 평생 겪어 본 적 없는 열정, 지성과 육체, 몸과 마음, 영혼의 결합이었다. 나는 세 번의 사랑으로 벌써 세 번의 인생을 산 것 같은 느낌이다. 첫 사랑 해리 에임스와 나눈 불꽃같은 육체적 사랑은 정신병원 독방 생활의 어둠 속에 꺼져 버렸다. 그런 뒤 별똥별처럼 환상적인 새 사랑이 그것을 다시 점화시키고 지나갔다. 그렇다, 해리 에임스가 내 여성성을 끌어낸 예측 불허의 밝은 불꽃이었다면, 존 버크는 강렬하게 타오른 나의 별똥별이었다. 그리고 이 남자 리틀 울프는 내게 온기와 안전을 주는 오두막 모닥불이다. 그는 나의 남편이고 나는 그의 착하고 충실한 아내가 될 것이다. 나는 그의 아이들을 낳을 것이다.

그래서 리틀 울프와 나는 오늘 아침 마침내 파우더 강변의 천막촌으로 돌아왔다. 나는 버크 대위가 준 나침반과 군사 지도의 도움으로 방향을 파악하려고 했다. 그 지도가 얼마나 정확한지 모르고 내가 지도를 읽는 능력이 뛰어나지도 않지만, 적어도 주요한 강줄기는 안다. 족장과 나는 이제 나란히 ─ 지위가 동등한 사람으로서 당연히 ─ 달렸고, 나는 지나는 길에 이것저것을 언급하고 새와 동물과 식물을 가리키며 늘 그러듯 수다를 떨었다.

때로 족장은 내게 이런 것들의 이름을 알려 주었고, 때로는 그저 혼잣말을 했다. 그것은 우리가 함께 있을 때의 방식이 되었다. 나는 드디어 그들의 언어를 약간 이해하기 시작한 것 같다. 물론 소리 내서 말하기는 아직 쑥스럽지만.

광대한 침묵의 평원을 떠나 마을로 돌아오자, 마을은 황야에서 보낸 지난 며칠과 비교되면서 인간 에너지와 활동으로 북적이는 진짜 도시 같았다. 실제로 우리가 자리를 비운 사이 우리 마을 건너편 강둑에 새 마을이 생겨났다. 우리가 떠난 뒤 백 개 가까운 새 오두막이 거기 세워졌다.

천막촌 개들이 나와서 우리를 보고 짖더니 달리는 우리의 발꿈치를 킁킁거리고 깨물고 했다. 흥분한 아이들이 우리 뒤를 쫓았다. 어떤 꼬마들은 얼굴이 익었고 그들을 다시 봐서 기뻤다. 나는 아이들이 정말 좋다! 그리고 얼른 다시 아이를 낳고 싶다!

백인 여자 몇 명이 오두막 앞에 나와서 우리를 맞았다. 겨우 며칠밖에 떠나 있지 않았는데 신기하게도 '우리' 신부 몇 명은 원주민과 구별하기가 어려워지고 있다. 결혼식 이후 많은 이가 미개인 옷으로 갈아입었고, 반대로 샤이엔 여자 몇 명은 우리가 준 '문명' 복장을 하고 있다.

숫사슴 가죽 옷을 입은 그레첸이 물 양동이를 들고 가다 멈춰서서 인사를 하고 사냥감이 가득한 우리 짐말에 환호했다.

"메이, 네 남편 정말 훌륭하다! 내 게으름뱅이 남편은 천막 밖으로 나올 생각을 안 해." 하지만 그 목소리에는 진정한 애정이 느껴졌다. "저 덩치는 그저 버펄로 모피 위에서 나하고 씨름할 생각밖에 없어. 무슨 말인지 알지, 메이? 해도 해도 안 질리나 봐! 나중에 만나서 이야기하자."

우리는 이어 헤어 목사와 도그 우먼의 오두막을 지났는데, 마침 도그 우먼이 백인 여자의 옷을 입고 티피 밖으로 나왔다. 그는 정말로 귀여운 노인으로 보여 놀란 웃음이 터져 나왔다. 하! 도그 우먼은 불편해 보이는 코르셋을 당기면서 나를 노려보았고, 나는 입을 막고 사과했다.

"Je suis désolée.(미안해요)" 이 반남반녀 주술사가 불어를 약간 알기 때문이다. "Alors vous êtes très belle!(정말 아름다워요)"

그 말에 도그 우먼의 분노가 약간 누그러진 것 같았다. 그/그녀는 자신의 새 옷이 아주 자랑스러운 듯 보였다.

"Dites-moi, où est le grand lapin blanc?('거대한 흰 토끼'는 어디 있나요?)" 내가 물었다.

"목사님." 내가 소리쳤다. "안에 계시면 이분이 새 옷 입는 걸 도와주세요."

"도드 양입니까?" 목사의 엄숙한 목소리가 천막 안에서 울렸다. "이번 주에도 일요 예배에 불참하셨죠. 지금 우리 예배는 천막촌 사람 절반이 참석하고 있어요. 이교도들을 기독교도로 만들고 있어요!"

"좋네요, 목사님!" 내가 대답했다. "하지만 이 사람들이 우리를 이교도로 만들기 전에 서두르세요. 저는 위대한 주술교로 개종할까 생각 중이랍니다. 저한테는 이 종교가 맞는 것 같아요."

그러자 목사는 갓난아기처럼 발그레한 대머리를 오두막 구멍으로 내밀고 햇빛에 눈을 깜박였다.

"불경한 말씀이로군요, 도드 양." 그가 나를 꾸짖더니 샤이엔어로 도그 우먼에게 말했고, 도그 우먼은 그 말에 뭐라고 대꾸했다.

"목사님, 족장과 제가 목사님의 새 샤이엔 이름을 지었는데 그게 무언지 도그 우먼에게 물어보세요." 내가 말을 달리며 장난스럽게 소리쳤다. "원래 그렇듯 여행 중 남편에게 목사님 이름의 뜻을 설명하려고 하다가 자연스럽게 떠올랐어요.❖"

목사가 다시 도그 우먼에게 말하자 그도 다시 대답했다. 이렇게 해서 헤어 목사는 자신의 새 샤이엔 이름을 알았고, 그 이름은 분명히 들불처럼 퍼질 것이다.

"불경하십니다, 도드 양!" 마보흐코헤 오보마에스체—'거대한 흰 토끼'—가 소리쳤고, 우리는 천막촌을 달렸다. "불경해요! 당신의 구원을 위해 기도하겠습니다. 그리고 당신의 화가 친구 헬렌 플라이트도요. 당장 그분을 찾아가세요. 당신이 자리를 비운 사이에 플라이트 양은 사탄의 사도가 되어 그 마법으로 미개인을 현혹하고 있으니까요!"

나는 목사가 대머리에 햇빛을 너무 쬔 게 아닐까 약간 걱정이 되었다.

떠나 있는 동안 우리의 혼례 오두막이 철거되고, 내 물건이

❖ 헤어Hare는 영어로 산토끼라는 뜻이다.

'가족' 티피로 돌아간 것을 발견했을 때 나는 크게 실망했다. 그렇게 해서 신혼여행은 끝났다. 혼자 쓰는 오두막의 안락함에 벌써 익숙해진 나는 다시 여러 사람과 부대끼며 살기가 싫어진다.

예상한 대로 우리 오두막을 가장 먼저 찾아온 사람은 마사였다. 그녀는 내가 이 안타까운 사실을 발견하자마자 왔는데, 흥분과 호기심과 새 소식이 넘치고 있었다.

"무사히 돌아와서 정말 다행이야!" 그녀가 숨을 헐떡이며 말했다.

우리의 호스 보이가 이름답게 곧장 나타나서 내 말을 데리고 갔다. 가무잡잡한 피부에 요정처럼 유연한, 사랑스러운 아이다. 나는 아이 머리를 토닥였고, 아이는 내게 다정하게 웃어 보였다.

"할 말이 정말 많아, 메이. 하지만 네 신혼여행 이야기부터 듣자. 어땠니? 어디로 갔어? 낭만이 넘쳤니?"

"음……" 나는 생각했다. "일등 마차를 타고 시내로 가서 최고급 호텔의 신혼여행용 스위트룸에 묵었지. 식사는 모두 룸서비스로 하고, 깃털 침대에서 사랑을 나누었어."

"장난치지 마, 메이!" 마사가 키득거리며 말했다. "정말로 어디 갔었어?"

"그냥 들판을 다녔어, 마사." 내가 대답했다. "시냇가 미루나무 언덕에서 며칠 야영했어. 거기 온천 연못에서 목욕을 하면서…… 열정적으로 사랑을 했지."

"정말?" 마사가 말했다. "그게 정말이야? 나는 네가 농담하는 건지 진담하는 건지 잘 몰라, 메이."

"마을 소식을 전해 줘, 마사." 내가 말했다. "강 건너편 오두막들은 뭐야?"

"남부 샤이엔 족이야." 마사가 말했다. "오클라호마 준주에서 온 우리 '친척'이야."

"아, 그래서 망할 줄스 세미놀이 온 거구나." 그리고 나는 마사에게 그 사람과 만난 일을 설명했다.

"남부 사람들 때문에 여기 남자들도 수탉처럼 가슴을 부풀리고 거들먹거려." 마사가 말했다. "조금 있으면 그 사람들은 우리의 적 크로 족과 전쟁을 하러 간대. 헬렌 플라이트가 그 때문에 사람들과 말의 몸에 새를 그려 주고 있어. 헬렌은 부족의 미술을 담당하는 '큰 주술사'가 되었어."

"목사님 말이 그거였구나." 내가 말했다.

우리는 바로 헬렌 플라이트의 오두막으로 갔다. 그녀는 햇빛 속에 간이 의자를 내어 놓고 앉아서 어느 젊은이의 가슴에 물총새를 그려 주고 있었다. 물총새는 물에 입수하기 직전의 모습이었다. 그 옆의 땅바닥에는 한 노인이 책상다리를 하고 앉아 그녀의 작업을 지켜보았다. 길고 흰 머리를 총총 땋고, 검고 주름진 얼굴이 꼭 오래된 가죽 같은 사람이었다.

헬렌은 우리를 보고 환하게 웃으며 손을 멈추고 입에서 파이프를 뺐다.

"돌아왔구나, 메이!" 그녀가 소리쳤다. "모두 너를 기다렸어. 너희 둘이 같이 와서 정말 기쁘다! 앉아. 일하는 동안 옆에서 말벗 좀 해줘. 나는 지금 하루 종일 일하고 있어. 내가 미개인들에게 '발굴된' 모양이야! 밀려드는 주문을 감당할 수가 없다니까. 그런데 제대로 소개를 못했군."

그녀가 말했다. "존경 받는 주술사 화이트 불 박사님을 만나 본 적 있니?"

"아니." 내가 말했다. "일어서지 마세요."

내가 농담했는데, 노인은 그리 즐거운 표정이 아니었고 사실 차갑고 약간 심술궂었다. 그와 젊은이는 모두 더없이 심각한 표정이었고, 우리에게 눈길도 제대로 주지 않았다.

헬렌은 아름다운 무늬를 새긴 짧은 돌 파이프를 다시 입에 물고 붓을 집어 들었다. 그녀는 생가죽 방패로 아주 그럴듯한 팔레트를 만들었는데, 그 위에 새로 덮은 가죽은 말라서 나무처럼 딱딱했다. 헬렌은 다양한 색깔의 돌과 흙과 풀과 나무 열매와 진흙과 동물 뼈를 갈아 만든 가루와 유액으로, 그러니까 고대 미개인의 방식으로 색을 만들어 거의 모든 색을 쓸 수 있게 된 것을 더없이 기뻐했다.

"진짜 같아, 헬렌." 내가 진심으로 감탄하며 말했다. 정말이지 오두번도 그녀를 부러워할 것 같았다. 헬렌의 물총새는 예술 작품이었다. 젊은이의 검고 팽팽한 피부 위에서 무지갯빛으로 번쩍이는 것이 정말로 새가 살아 있는 것 같았다.

"고마워." 헬렌이 이빨로 파이프를 문 채 말했다. "어젯밤 이 친구 '걸어 다니는 회오리'가 꿈을 꾸었대. 꿈에 전쟁에 나가 총을 맞았는데, 살이 총알을 감싸고 오므라들면서 상처가 아물었대. 아직 전쟁에 나간 적이 없으니 당연히 이런 꿈에 겁이 났겠지. 그래서 아침에 주술사 화이트 불 박사에게 가서 꿈 이야기를 했대. 꿈을 해석하는 건 주술사들의 주요 업무거든."

이 대목에서 마사와 나는 화이트 불을 보았다. 그는 헬렌 플라이트가 젊은이의 가슴에 물감을 바르는 모습을 유심히, 하지만 약간 차갑게 지켜보았다.

"화이트 불 박사는," 헬렌이 말을 이었다. "이 친구한테 그 꿈은 물총새가 그의 '주술 새'라는 뜻이라고 해석해 주었어. 새가 물 표면을 뚫고 들어가면 물이 다시 합쳐지잖아. 이 친구 꿈에서 총알이 살을 뚫고 들어간 다음에 오므라든 것처럼. 기발하지 않아? 그래서 지금 내가 그리는 그림은 이 친구가 부상 입지 않게 막아 주는 거야. 물론," 헬렌이 손을 멈추고 입에서 파이프를 빼며 말했다. 추켜올린 두 눈썹은 아이러니와 놀라움을 담고 있었다. "나는 내 그림에 마술적인 힘이 있다고 장담하지 않지만!"

"내 생각도 그래!" 내가 말했다. "헬렌, 그건 미신이야. 진짜 총알에 맞으면 그림은 아무 소용이 없어."

"그렇겠지." 헬렌이 말했다. "하지만 나는 의뢰된 작품을 그리는 화가일 뿐이야. 마술적 힘을 보장하는 건 여기 화이트 불 박사의 영역이고."

바로 그 대목에서 노주술사는 신호라도 받은 것처럼 낮고 리듬 있는 목소리로 음송을 시작했다.

"봐!" 헬렌이 기뻐하며 말했다. "이분이 내가 그린 물총새에 특별한 힘을 불어넣고 있어."

헬렌의 천막에는 온갖 종류의 새 가죽이 수십 개나 걸려 있다. 여기까지 오는 길에 헬렌이 직접 사냥한 것도 있지만, 미개인들이 자신과 전쟁마의 몸에 그려 줄 것을 '의뢰하며' 그 모델로 가져온 것들도 있다. 오두막 바닥에는 미개인들이 그림의 대가로 선물한 꾸러미들이 쌓여 있었다. 섬세하게 자수를 놓은 옷,

동물 가죽, 온갖 종류의 주술 파이프, 보석, 땋아 만든 말고삐, 안장 등이었다.

"갖고 싶은 것 있으면 가져가." 헬렌이 말했다. "이걸 다 보관할 공간도 없어. 말도 여섯 마리 생겨서 남편 호그 씨한테 주었어. 갑자기 부자가 되고 있어. 내가 이 황야에 와서야 화가로 성공한다는 게 너무 얄궂지 않아? 아, 다음 의뢰인이 오네."

또 다른 젊은이가 가죽을 잔뜩 실은 말을 타고 오자 헬렌이 말했다.

"아마 또 학일 거야." 헬렌이 말했다. "미개인이 변함없이 좋아하는 새지. 역사상 많은 문화권에서 — 동서고금을 막론하고 말이야 — 학에게 특별한 의미를 부여한 걸 생각하면 이건 아주 흥미로운 일이야. 우리 미개인들에게 학은 용기를 상징해. 다쳐서 날지 못할 때에도 이 새는 일어서서 끝까지 싸우거든. 그러니까 이 새를 가슴에 새기면 자기들한테도 똑같은 용기가 생긴다고 믿는 거야."

"하지만 걱정 안 되니, 헬렌?" 내가 물었다. "마술적 힘을 주는 게 박사의 몫이라고 해도 네 미술이 실패하면 — 그야 당연한 거지 — 너한테도 책임이 돌아갈 거 아냐?"

"미술은 실패하지 않아, 메이." 헬렌이 유쾌하게 말했다. "마술과 주술은 실패할지 몰라도 미술은 그런 일 없어. 거기다……" 그녀가 생각에 잠겨 파이프를 길게 빨아들인 뒤 말했다. "전사가 자신의 '주술'을 믿으면 그걸 실현할 수 있지 않을까? 환상적인 이야기지? 이건 이교도 종교의 핵심적 내용이야."

"우리 종교도 마찬가지일 거야." 내가 말했다. "신앙 이야기를 하니 말이야, 헬렌."

"맞아!" 헬렌이 변함없이 유쾌하게 말했다. "그러니까 신의 힘에 대한 믿음, 예술의 힘에 대한 믿음, 주술사와 주술 동물의 힘에 대한 믿음, 그건 모두 똑같은 거야, 메이."

"네 그림은 정말 멋있어, 헬렌." 내가 말했다. "하지만 내기를 해야 한다면, 그래도 나는 총알의 힘에 돈을 걸겠어."

"아, 이 믿음 없는 자여!" 헬렌이 가볍게 말했다.

"목사님은 너하고 내가 그렇다고 말하던데." 내가 대답했다.

"그래." 그녀가 말했다. "그 감독교 목사는 내가 우상 숭배를 부추긴다고 비난해. 그래서 나는 그저 이 세상에서 자리를 잡으려고 노력하는 불쌍한 화가에 지나지 않는다고 말했지."

"이교도에게 미술 감식력을 키워 주는 방법으로." 내가 덧붙였다.

"그래, 메이!" 헬렌이 말했다. "예술은 문명의 초석이야. 그리고 어쨌건 물총새한테 무슨 잘못이 있어? 여기요."

그녀는 자기 의자 뒤에 앉아서 그녀의 작품을 살피는 청년에게 말했다. 그녀는 다 됐다는 동작을 했다.

"끝났어요. 이제 가요. 저 친구는 전쟁에서 맹활약할 거야." 그녀는 만족스럽게 덧붙였다.

"화가가 자기 말을 믿기 시작하는걸!" 내가 농담했다.

헬렌은 파이프를 문 채 미소를 짓고 노주술사 화이트 불을 내려다보았다. 그는 햇살 속에 졸고 있는 것 같았다.

"눈 떠요, 돌팔이 선생님. 다음 손님이 있어요."

남쪽 손님들 때문에 지난 며칠 동안 천막촌에 이런저런 행사가 많이 벌어졌고, 대규모 가족 재상봉이나 시골 장 같은 축제 분위기가 일었다.

나는 친구들 오두막을 방문하고 사방에서 벌어지는 여러 집단과 전사 패의 대결을 구경하며 시간을 보냈다. 그중에는 승마술, 궁술, 사격술, 창술, 경주 등이 있는데, 천막촌 사람들은 거의 대부분 거기 참여하거나 구경을 한다.

버크가 말했듯이 미개인들은 도박을 좋아해 기회가 생길 때마다 내기가 벌어졌다. 남부인들은 우리 천막촌에 오기 전에 교역소에 들러서 여러 가지 문명의 물품— 담요, 부엌 용품, 칼, 구슬, 잡다한 장신구 —을 가져왔고, 이것으로 모든 확률 게임과 대결에 내기를 걸었다.

이런 일이 벌어지는 가운데 도박꾼 무리 속에 켈리 자매가 끼어든 것은 그리 놀랍지 않았다. 그들의 기백은 정말 감탄스럽지만, 그들은 진정한 불한당이다! 미개인들은 그들을 '헤스타카에', '쌍둥이 여자'라고 부른다. 둘을 구별하는 일이 워낙 힘들어서 둘을 한 사람처럼 부른다. (마사에 따르면 둘이서 결혼 초야에 남편을 바꿨다는 소문도 돈다.)

켈리 자매는 경마 사업자로 자리를 잡은 것 같고, 온갖 게임을 조직해서 교역품과 가죽과 말을 긁어모았다. 어제는 우리 피미와 남부 샤이엔 남자들을 경주시켰다. 조각상처럼 당당한 우리의 흑녀 피미는 백인, 미개인 모두에게 충격을 안겨 주었다.

출발선으로 성큼성큼 걸어오는 그녀는 남자의 앞가리개를 빼고 는 완전히 알몸이었기 때문이다.

"세상에, 피미." 내가 그녀를 보고 말했다. "너 거의 알몸이잖 아!"

사실 그 모습은 눈부셨다. 반짝이는 검은색의 긴 다리는 망아 지처럼 탱탱하고, 젖가슴은 소녀처럼 단단하고 작았다. 피미는 부드럽게 웃더니 따뜻하게 인사했다.

"안녕, 메이!" 우리는 내가 여행에서 돌아온 뒤 처음 만났다. "어렸을 때 나는 다른 아이들하고 벌거벗고 경주를 했어. 우리 대농장에서 내가 제일 빨랐지. 우리 어머니는 우리 조상들이 어 떻게 아프리카를 달리고 싸웠는지 말해 주었어. 옷의 무게로 속 도를 지체시킬 필요가 어디 있어?"

"맞아, 피미." 메기 켈리가 말했다. "예전에는 아일랜드 사내들 도 바로 그 이유로 벌거벗고 싸웠다고 하더군."

"그게 적들의 가슴에 공포심을 불어넣거든!" 수지가 덧붙였 다. "그러면 우리 용감한 남성분들 중에 이 아가씨하고 경주하 실 분은 누구?"

그때 이미 몇몇 전사가 출발선에 나와 있었다. 남부 샤이엔 족은 우리보다 백인들과 접촉이 더 많기 때문에 상당수가 어느 정도 영어를 했다. 그들의 통역에 힘입어서 켈리는 내기꾼들과 핸디캡을 두고 옥신각신했다. 미개인들에게 핸디캡은 낯선 개 념이다.

"하지만 피미는 여자라고." 메기가 통역사를 통해서 말했다. "크고 튼튼한 남자들하고 똑같은 조건에서 겨루는 건 공정하지 않아. 이런 점을 감안해서 피미에게 거는 돈은 사내들한테 거는 돈의 절반으로 해야 해. 그 정도면 아주 훌륭한 핸디캡이야."

"나도 끼워 줘, 악당들아." 데이지 러블레이스가 말했다. "여자 건 말건 상관 안 해. 우리 아버지는 늘 달리기로 깜둥이를 이길 수는 없다고 했어. 밀림에서 사자 같은 야생동물들한테 쫓기며 살아서 다리가 길어졌다고 말하지. 그래, 나는 내 친구 유피미아 워싱턴에게 걸겠어."

그런 뒤 출발 신호를 했고 경주자들은 달렸다. 피미는 보폭이 미개인들의 두 배는 되었다. 그녀는 프롱혼처럼 재빠르고 우아하게 달려서 가볍게 경주를 이겼다. 그랬더니 사방에서 자기랑 겨뤄 보자며 내기가 걸렸다. 피미는 두 번째 경주도 이겼고, 참가자들은 친구와 가족 앞에서 수치를 겪고 조롱을 받았다.

흥미로운 건 샤이엔 여자들이 피미의 승리를 우리만큼이나 기뻐하며, 그녀가 먼저 결승선을 지날 때 그들 고유의 높고 떨리는 소리로 환호했다는 것이다. 우리가 여기 온 뒤 그들과 우리 사이에는 긴장과 질투가 있었지만, 피미의 성공은 우리 모두를 잠시나마 여자라는 공통점으로 묶는 것 같았다. 그것은 좋은 일이 아닐 수 없다.

❊❊❊ 1875년 6월 1일 ❊❊❊

남부인들의 도착과 여름 사냥철을 축하하는 축제는 계속된다. 어제 오후에는 이상한 일이 일어나서 '불신앙자'인 나는 헬렌 플라이트와 나눈 마술 어쩌고 하는 이야기를 다시 생각해 봐야 했다.

켈리 자매가 활 쏘기와 총 쏘기 대결을 꾸리는데, 어린 소녀가 들어왔다. 아이는 노인의 손을 잡고 있었다. 노인은 눈이 희뿌연 것이 앞을 전혀 못 보는 것 같았다. 허리도 굽고 노령으로 주름이 깊었으며, 성글고 흰 머리는 가늘게 땋고 있었다. 소녀는 남부 샤이엔 인 한 명에게 수줍게 속삭였고, 그는 그 내용을 메기 켈리에게 통역해 주었다.

"아이쿠머니나!" 메기가 수지에게 말했다. "저 할배가 블랙 코요테하고 사격술을 겨뤄 보겠다는걸."

블랙 코요테는 젊고 대담무쌍한 전사로, 피미가 새로 사귄 샤이엔 여전사 '버펄로 새끼 길 여자'의 남편이다. 그는 온 천막촌에 사격술로 이름이 높았고, 지금까지 모든 사람의 도전을 가볍게 물리쳤다.

"이런 일은 생전 처음이야, 메기." 수지가 웃으며 말했다. "누가 이 할아범에게 돈을 걸겠어? 앞이 캄캄하기가 절벽이구만."

"아이가 말하기를 할아버지한테 큰 주술이 있대, 수지." 메기가 말했다. "멋지지 않아? 자기 가족은 이 할배한테 말 두 마리를 걸겠다는군."

수전이 앞으로 나와서 소녀의 턱을 잡고 말했다. "애야, 지금 네가 무슨 말을 했는지 아니? 네 할아버지는 과녁도 못 봐."

"나한테 뭐라고 하지 마, 수지 켈리?" 메기가 말했다. "이 아이 가족이 내기를 걸겠다면 나는 방해하지 않겠어. 내가 받은 상품을 블랙 코요테한테 걸지. 우리가 받은 상품 중 말이 있지?"

"맞아, 메기." 수전이 말했다. "하지만 이건 아기 손에서 사탕을 빼앗는 일이야. 할아버지를 믿는 소녀에게 슬픔을 주고 싶지 않아."

"그렇다면 네 마음을 편하게 하기 위해서, 수지." 메기가 말했다. "핸디캡을 많이 주자. 이 사람들이 말 두 마리를 거니까 우리는 여섯 마리를 거는 거야. 그러면 너의 고운 양심이 달래질까?"

그들은 곧 미루나무 줄기의 껍질을 벗겨서 거기 둥근 과녁 모양을 새겼다. 중앙에 숯으로 검은 원을 그리고 바깥에 규칙적인 간격으로 동심원을 그렸다. 자신감 넘치는 젊은 사내 블랙 코요테가 먼저 했다. 그는 앞선 대결에서 남부 샤이엔 인에게서 딴 조총을 쏘았다. 가볍게 겨냥하고 빠르고 자신감 있게 총을 쏘자, 총알은 원 바로 안쪽에 박혔다. 구경꾼은 모두 "호우" 소리를 내며 감탄했다.

이어서 노인이 줄에 섰다. 주먹 쥔 손을 펼치니 우리의 재봉사 지넷 파커가 쓰는 재봉 바늘이 나타났다. 사람들은 놀라움의 "호우" 소리를 냈다.

노인은 손을 입에 대고 과녁 쪽을 가리키더니 입을 오므리고 씨근덕거리며 숨을 내쉬었다. 그 숨에는 나뭇잎 하나 팔랑거리지 않을 것 같았다. 하지만 바늘은 그의 손바닥을 떠났고 소녀가 과녁을 가리켰다. 모두 과녁 앞으로 가보았고, 바늘은 정중앙에 박혀 있었다. 그야말로 정곡이었다!

"말도 안 돼, 메기." 수전이 말했다. "어떻게 저 노인네가 이겼지?"

우리 모두 그런 일은 처음이었다!

"무언가 술수가 있어, 수지." 마거릿이 말했다. "그렇지 않고는 불가능해. 무언가 조작을 한 거야."

이제 쌍둥이 자매는 한 소년을 보내서 내깃값으로 치를 말을 가져오게 했고, 아이가 간 사이에 비밀회의를 했다. 그들은 어리숙하지 않기에 블랙 코요테와 노인의 두 번째 대결을 알렸다. 노인의 이름은 통역자에 따르면 '태양을 응시하다'였다. 이번에는 훨씬 더 멀리 떨어진 나무에 과녁을 새기고, 미리 손쓴 흔적이 있는지 모두 가서 살폈다. 미개인들은 미신이 강하기에 많은 수가 노인에게 넘어가서 이번 내기는 아까보다 훨씬 활발해졌다. 쌍둥이들도 핸디캡을 없앤 채 판돈을 두 배로 올렸고, 비공식 개인 내기도 많이 받았다. 그들은 큰 돈을 벌 수 있다고 보았고, 노인이 똑같은 술수를 쓰지 못하도록 대결 직전에 '태양을 응시하다'가 이번에는 바늘이 아닌 다른 걸 사용해야 한다는 규정을 덧붙였다. 켈리 자매는 머리 회전이 보통이 아니다.

이번에도 블랙 코요테가 먼저 쏘았고, 이번에 그는 좀 더 신중하게 겨냥해서 총알은 정중앙에서 일 인치 벗어난 곳에 맞았다.

노인은 허리를 굽히고 손녀에게 무슨 말인가 속삭였다. 아이는 자기 옷에 박힌 호저 가시를 뽑아서 ― 미개인들은 이걸 장식용으로 쓴다 ― 노인의 손바닥에 조심스럽게 놓았다. 쌍둥이는 어떤 손장난이 있을지 예리하게 주시했다.

다시 한 번 노인이 손을 입에 대고 손녀의 도움을 받아 과녁을 향해 들어 올렸다. 그리고 입술을 오므리고 '푸시시' 소리를 내며 힘없이 공기를 뿜었다. 다시 한 번 소녀가 과녁을 가리키자 모두가 그 앞으로 갔는데, 더 이상 속임수가 없도록 켈리 자매가 앞장을 섰다. 하지만 놀랍게도 호저 가시는 과녁의 정중앙에 박혀 있었다.

"어떻게 이런 일이 있을 수 있지, 수지?" 메기가 말했다. "저 돌팔이가 또 우리를 속였어! 우리가 당했어!"

하지만 나는 헬렌 플라이트가 한 말을 떠올리며 할아버지에 대한 아이의 믿음이 그런 마법을 만든 게 아닐까 생각했다. 어쨌건 켈리 자매의 희생 속에 우리는 모두 즐겁게 웃었고, 그들이 처음으로 내기에서 졌다는 사실에 아무도 마음 쓰지 않았다!

◆◆◆ 1875년 6월 4일 ◆◆◆

오늘 아찔한 만남이 있었다. 켈리 자매가 진정한 금맥을 찾았으니 그것은 그레첸 패타우어의 팔씨름이었다. 그레첸은 힘이 장사고, 지금까지 어떤 남자도 그녀를 이기지 못했다!

오늘 아침 마사와 나는 사람들 틈에 서서 그레첸이 또 한 명의 불쌍한 남자를 이기는 것을 구경하고 있었다. 그때 내 바로 뒤에서 오싹할 만큼 익숙한 목소리가 들렸다.

"Je t'ai dit, Salope.(내가 말했지, 창녀야)" 줄스 세미놀이 역겨운 입냄새를 풍기며 내 귀에 속삭였다. "Je vais t'enculer a sec!(조만간 자빠트려 줄게)"

나는 이 망나니에 너무 놀라고, 그의 불결함이 너무도 혐오스러워서 그에게 말했다.

"나는 여기 혼자가 아니야. 그리고 내 몸에 손을 대면 내 남편 리틀 울프가 너를 죽일 거야."

"왜 그래, 메이?" 마사가 내 말과 줄스 세미놀에게 놀라서 말했다. "이 사람 누구야?"

세미놀은 검게 썩은 이를 드러내며 웃었다. 그는 더러운 군복 셔츠 차림이었는데 머리에 쓴 기병 모자를 벗자 기름기 낀 더벅머리가 등과 가슴 위로 구불구불 흘러 내렸다.

"줄스 세미놀입니다, 마담." 그가 마사에게 허리를 굽혀 인사하며 말했다. "Enchantée!(반갑습니다)"

"가서 남편을 데려와, 마사." 내가 말했다. "어서."

그리고 세미놀에게 말했다.

"네가 나한테 하는 더러운 말을 리틀 울프한테 전하면 남편이 너를 죽일 거야."

"Non, non, ma chère.(그렇지 않아, 이쁜이)" 그가 고개를 저어 슬픈 시늉을 하며 말했다. "너는 몰라. 샤이엔 인은 자기 부족민을 죽일 수 없어. 그건 최악의 범죄야. 리틀 울프는 나를 죽이고 싶어도 죽일 수 없어. 우리 어머니가 샤이엔 인이고, 나는 족장의 조카와 결혼했거든. 내가 너하고 무슨 짓을 해도 그는 나를 죽일 수 없어. 그건 우리 사람들의 법칙이야."

"그러면 채찍질이라도 할 거야." 내가 성이 나서 벌게진 얼굴로 말했다. "저리 못 가. 네가 나한테 얼마나 더러운 이야기를 하는지 남편에게 다 말할 거야."

"사랑스러운 Salope(창녀), 너는 네 새 부족에 대해 배워야 할게 많아." 세미놀이 말했다. "네 남편보다 더 용맹한 전사는 우리 사람들 가운데 없지만, 리틀 울프는 온화한 주술 족장이야. 그에게 가장 중요한 건 개인의 일이 아니라 부족의 일이야. 부족 법에 따라서 그 사람은 나를 협박할 수 없어. 그건 이기적인 행동이니까. 그때 온천 연못에서 왜 나한테 채찍을 휘두르지 않은 걸까? 내가 너한테 품은 의도를 몰랐을 것 같아? 내 '베토체'를 못 봤을 것 같아? 나는 도끼가 어린 나무 가지 사이를 쪼개듯 이걸로 너를 쪼개서 벌릴 거야."

그러더니 세미놀이 켈리 자매에게 소리쳤다.

"Oui(그래), 나 줄스 세미놀이 저 독일 암소하고 붙겠어. 위스키 한 통을 걸지."

"위스키라고?" 메기 켈리가 말했다. "그 대가로는 뭘 줄까?"

"내가 이기면 저 암소를 내 오두막으로 데리고 가겠어." 그가 말했다. 그리고 세미놀은 옆에 서서 지켜보던, 약간 아둔한 그레첸의 남편— 이름은 '보네스체아헤', 영어로는 노 브레인즈*다 —에게 빠른 샤이엔 어로 말했다. 그리고 셔츠 주머니에서 작은 병을 꺼내서 뚜껑을 열고 노 브레인즈에게 건넸다. 그는 한 모금을 쭉 마시더니 인상을 썼다. 하지만 곧 미소를 짓고 고개를 끄덕이며 다시 세미놀에게 건넸다.

"Les jeux sont fait, mesdames.(게임을 시작합니다, 숙녀분들)" 세미놀이 말했다. "이 팔씨름에 줄스 세미놀은 위스키 한 통을 걸고 '보네스체아체'는 백인 아내를 겁니다."

"말도 안 돼." 내가 말했다. "그레첸, 이런 일은 하지 마. 자기

❖ 멍청이.

아내를 거는 일은 안 돼. 수지, 메기, 이런 일은 안 돼. 누가 가서 목사님을 불러와."

"도대체 당신은 무슨 남편이 그래?" 그레첸이 넓은 골반에 손을 얹고 노 브레인즈에게 가서 물었다. 남자는 위스키 한 모금에 벌써 취한 것 같았다.

"자기 아내를 팔씨름 내기로 걸어? 어떤 남자가 그런 일을 해?" 그리고 그레첸은 검지와 중지 마디 사이에 남편의 코를 끼우고 비틀었고, 그는 마침내 눈물을 흘리며 고통 속에 무릎을 꿇었다. 모두가 웃음을 터뜨렸다.

"그래." 그레첸이 그의 코를 놓으며 말했다. "당신이 나를 그만큼밖에 생각하지 않는 거지? 좋아, 그럼 하겠어. 이리 와, 프랑스 치."

그녀는 소매를 걷어 올렸다. "어서 와, 받아 주지."

"그러지 마, 그레첸." 내가 부탁했다. "나는 이 사람을 알아. 아주 나쁜 인간이야. 너한테 해를 끼칠 거야."

"그러려면 먼저 나를 이겨야 돼, 메이." 그레첸이 말했다. "걱정 마. 내가 지는 것 봤어? 어렸을 때 우리 집에서 소가 진흙에 빠지면 오빠도 나를 불렀어. 우리 집에서 내가 가장 힘이 셌으니까. 나는 지금까지 팔씨름을 전부 이겼어. 나는 안 져. 걱정마. 이리 와, 프랑스 치. 바닥에서 하자. 스위스 팔씨름 법을 일러 주지. 수지하고 메기가 심판이 되는 거야. 됐지? 내가 이기면 위스키를 주는 거야. 당신이 이기면 버펄로 모피 위에 당신이랑 같이 눕겠어."

그레첸은 퉁퉁한 검지를 공중에 치켜들었다.

"그리고 꼭 한 번이야. 내가 당신 소유가 되는 일도, 당신 곁에 남는 일도 없어. 나는 당신 아내가 아니야. 알겠어? 한 번이야."

"Oui." 세미놀이 말하고 야비하게 조롱했다. "Une fois.(한 번) 당신처럼 뚱뚱한 독일 암소는 나도 한 번 이상 못 참아."

"스위스." 그레첸이 말했다. "난 스위스 사람이야. 그리고 당신도 여자들의 이상형과 거리가 멀다는 걸 알아 둬. 냄새가 돼지처럼 지독해."

나는 그레첸에게 이 일을 그만두라고 거듭 부탁했지만 그녀는 듣지 않았다. 그녀와 세미놀은 땅바닥에 내려와서 서로의 손을 움켜잡았다. 비공식 개인 내기의 열기가 엄청났다. "이건 공정한 대결이 아니야." 그레첸이 말했다. "이 프랑스 치의 입냄새 때문에 시작도 하기 전에 기절해 버리겠어."

그런 뒤 켈리가 신호를 했고 팔씨름이 시작되었다. 그레첸은 더없이 진지하게 힘을 주었고, 그녀의 팔은 말뚝처럼 억세고 튼튼했다. 우리는 모두 그녀를 응원했다. 샤이엔 여자들도 그 떨리는 소리를 내며 응원했다. 모두가 그레첸을 좋아하고 야비한 세미놀을 겁내는 데다 어떤 여자에게도 그런 운명은 가혹한 것이기 때문이다.

하지만 줄스 세미놀은 힘이 대단했다. 그의 짧고 검은 팔은 곰의 팔뚝만큼 굵었다. 그는 차츰 그레첸의 힘을 빼서 천천히 냉혹하게 승기를 잡아 가고 있었다. 그레첸은 힘을 주느라 얼굴이 시뻘게졌고, 팔과 목에는 핏줄이 밧줄처럼 일어섰다. 그녀의 손등은 땅과 몇 인치밖에 남지 않았다. 오 하느님, 그레첸이 지고 있어요…….

"내 입냄새가 역겹다고? 못생긴 암소야?" 세미뇰이 말했다. "Alors(그러면) 조금 있다 내 엉덩이에 네 독일 년 혀를 한번 대 봐."

그때 그레첸의 가슴에서 죽음을 앞둔 거대한 버펄로의 외침 같은 소리가 나왔다. 그것은 고통과 분노가 동일한 분량으로 담긴 소리였고, 그와 함께 어떤 비인간적인 힘이라도 받은 듯 그녀의 팔이 조금씩 올라오기 시작했다. 세미뇰의 원숭이 같은 이마에 땀이 비 오듯 솟구쳤고, 그가 점점 밀리면서 두 사람의 팔은 처음에 대결이 시작된 지점에 고정되었다. 이제 두 사람 다 기력이 빠졌고, 이 순간이 승패를 결정할 게 분명했다.

그때 얼굴이 순대처럼 부푼 그레첸이 더 이상 말할 숨이 남아 있지 않은 듯 속삭임에 가까운 목소리로 말했다.

"스위스야. 말했지, 이 프랑스 돼지야. 나는 스위스 사람이라고!"

그와 함께 승리의 포효를 울리면서 그녀는 망나니의 팔을 땅에 눕혔다. 두 사람이 맞잡은 손이 쾅 하고 돌 떨어지는 소리를 내며 먼지를 일으켰다. 모두의 환호 속에 그레첸이 일어서서 옷에 묻은 먼지를 털었다. 그녀는 응원객을 뚫고 남편에게 가서 말했다.

"이제 가서 위스키를 받아 와, 남편. 하지만 내 오두막에 들어올 생각은 하지 마." 그런 뒤 실망과 상심에 사로잡힌 용감한 그레첸은 주변을 둘러보며 말했다. "누가 이 사람한테 내가 지금 한 말을 전해 줘요. 내 집에 오지 말라고."

오늘 밤은 지난 며칠 동안 벌어진 남부 샤이엔 족 방문 기념
축제의 마지막 날이다. 미개인들은 아주 사소한 핑계만 있어도
축제를 연다. 우리의 반대에도 불구하고 전쟁 패는 내일 크로
족과 싸우러 가고 나머지는 사냥을 간다.

오늘 오후에 마사와 나는 헤어 목사의 오두막에서 우리 남편
들인 리틀 울프, 탱글 헤어와 회의를 했다. 탱글 헤어는 크레이
지 도그 전사 패의 대장이다. 우리가 회의를 연 목표는 목사를
통역 겸 중재자로 활용해서 남자들이 이웃 부족과 전쟁을 벌이
지 않도록 하는 것이었다.

'헴나네', 도그 우먼이 오두막 안에 우리 자리를 정해 주었다.
그는 까다로운 사람이라 모든 것이 제대로 된 뒤에야 남자들이
돌려 가며 피우는 파이프에 불을 붙였다. 여자들은 언제나처럼
남자들의 원 밖에 앉았다. 그것은 아주 마음에 안 드는 이교도
의 관습이었다. 더군다나 이 '파우와우'는 우리가 주도해서 여는
것인데 말이다. 우리 세계 여자들이 받는 취급과 별로 다르지
않은 것 같다. 그리고 물론 우리는 파이프도 건네받지 못했다.

먼저 나는 목사를 통해 남편들이 전쟁에 나가는 데 대한 걱정
을 전달했다. 그가 통역을 하자 리틀 울프와 탱글 헤어 씨는 모
두 재미있다는 기색이었다. 사실 그들은 가볍게 웃기까지 했다.

"적을 습격해서 말을 빼앗는 것은, 아내들이여." 리틀 울프가
목사를 통해 말했다. "우리처럼 '늙은' 족장이 아니라 젊은 남자
들의 임무요."

"그러면 젊은이들에게 가지 말라고 하세요." 내가 말했다.

"그럴 수 없소." 족장이 대답했다.

"하지만 당신은 족장 아닌가요." 내가 말했다. "그 사람들에게 조언할 수 있잖아요."

"크로 족에 대한 습격은 킷 폭스 패에서 꾸리는 거요." 리틀 울프가 설명했다. "나는 엘크 패고 탱글 헤어는 크레이지 도그 패요. 우리는 킷 폭스 패의 일에 끼어들 수 없소. 그건 부족의 법이오."

"킷 폭스, 엘크, 크레이지 도그!" 내가 답답해서 말했다. "꼭 어린애들 놀이 집단 같아요."

"그 말은 통역할 수 없습니다." 헤어 목사가 말했다.

"왜요?" 내가 물었다.

"그건 이곳 사람들에 대한 모욕이기 때문입니다." 그가 말했다.

"그리고 목사님이 말했듯이," 내가 말했다. "우리가 여기 온 건 미개인들을 보호 구역에 정착시키기 위해서예요. 이웃 부족하고 전쟁하는 것은 이런 목적에 맞지 않아요."

"그 점에 관해 우리 정부의 공식적 입장은," 목사가 말했다. "이교도들이 백인과 전쟁하는 걸 막아야 한다는 것입니다. 하지만 부족들이 불화하면 그중 우리와 우호적인 집단은 우리와 적대하는 집단에 대해 척후의 역할을 해줍니다."

"알겠어요." 내가 말했다. "'분할하여 정복하라'는 거군요."

이미 나는 이교도들의 생래적인 호전성뿐 아니라 우리 파견 신부 계획의 허구성을 깨닫고 있었다.

"목사님은 정부의 입장을 대변하시나요? 교회의 입장을 대변하시나요?" 내가 물었다.

"이번 일의 경우 두 곳의 목적은 공통됩니다." 목사가 대답했다.

"그렇다면 저는," 내가 말했다. "당신의 교회나 우리 정부의 파견단이 아니라 아내로서 남편에게 말하겠어요."

"남편에게 무슨 말씀을 하시려는지요?" '거대한 흰 토끼'가 너그러운 척 고개를 끄덕이며 물었다.

"이렇게 말하겠어요. '킷 폭스, 엘크, 크레이지 도그! 어린애들 놀이 집단 같다'고요."

목사는 인자하게 미소 짓고 말했다.

"참으로 불같군요, 도드 양. 그리고 사람을 괴롭히는 일도 잘하고요."

"앞으로는 저를 리틀 울프 부인으로 불러 주세요." 내가 말했다. "여기서 목사님 역할은 검열관이 아니라 통역관 아닌가요?"

"저의 재량에 따라, 리틀 울프 부인." 그가 말했다. "제가 이런 예민한 사안과 관련해 보호할 이해관계가 있음을 이해해 주십시오. 이 사람들과 교류할 때는 지켜야 할 의전이 있습니다. 그리고 나는 이 일에 경험이 많습니다. 외교적 태도가 필요합니다. 명령하지 않고 제안해야 합니다. 모욕하지 않고 아부하고 구슬려야 합니다."

"맙소사, 당신은 성직자가 아니라 정치인처럼 말씀하시네요."

"불경하신 말씀에 주의 드립니다." 그가 차갑게 말했다.

"그러면 아까 한 말을 좀 더 정치적으로 바꿔 보죠." 내가 말했다. "이런 내용을 남편에게 전해 주세요. '우리는 위대한 백인 아버지가 보내서 왔어요.' 아니, 다시 할게요. 나는 저 바보 같은 말이 싫어요. '우리는 미국 정부가 선물로 보내서 온 사람들이에요. 샤이엔 족이 먼저 그 선물을 요청했어요. 버펄로가 사라진 뒤에 살아갈 방법을 우리에게서 배우겠다고요. 우리는 샤이엔 족의 생활 방식을 배우려 노력하고 있어요. 그리고 그 대가로 백인의 생활 방식을 가르쳐 주려고 해요. 지금이 그런 걸 시작할 때예요. 바로 이런 이유로 제가 여기 와서 당신의 아내가 되었어요. 족장으로서 당신은 젊은이들에게 이웃 부족들과 전쟁을 하지 말라고 조언할 의무가 있어요.'"

목사가 통역했다. 적어도 나는 그렇다고 생각했다. 족장은 무표정하게 앉아서 주의 깊게 들었다. 그는 내 말을 생각해 보는 듯 파이프를 길게 빨아들이고 마침내 말했다.

헤어 목사는 그 보기 싫은 능글맞은 웃음을 지었다.

"족장은 백인들은 적국 사이에 전쟁을 하지 않느냐고 묻는군요?"

"물론 백인도 전쟁을 하죠." 내가 대화가 흘러가는 방향이 답답해서 말했다.

"족장은 샤이엔 족이 적과 전쟁하는 것과 백인들이 자기들 사이에 전쟁하는 것이 어떻게 다른지 알고 싶어 합니다."

"목사님이 통역을 정확히 하는지 제가 어떻게 아나요?" 나는 뚱뚱한 감독교 목사에게 화를 내며 물었다.

"리틀 울프 부인, 진정하세요." 목사가 희고 두꺼운 손을 단호하게 들어 내 흥분을 제지했다. "전령을 죽이는 건 어리석은 일입니다."

"그냥 하느님은 샤이엔 족이 크로 족과 전쟁하는 것을 원하지 않는다고 남편에게 말씀해 주실 수 없나요?" 내가 물었다. "그게 그 일에 관한 올바른 하느님의 뜻 아닌가요?"

목사는 나를 보았고, 그의 둥글고 털 없는 분홍색 얼굴에 피가 몰려서 그는 안색이 어두워졌다. 그가 낮은 목소리로 말했다.

"부인, 하느님이 이 사람들에게 무엇을 원하고 원하지 않는지 판단하는 것은 부인의 일이 아니라는 점을 상기시켜 드리고 싶습니다."

"물론 그렇죠." 내가 고개를 끄덕이며 말했다. "그건 교회와 미국 군대가 하는 일이죠?"

"경고합니다, 부인." 목사가 떨리는 굵은 손가락으로 나를 가리키며 말했다. "하느님의 진노를 부르는 일을 그만두기를 최종적으로 경고합니다. 하느님의 진노는 참혹한 것입니다."

"마사," 내가 친구를 돌아보며 말했다. "가만있지만 말고 너도 말 좀 해봐. 네 남편한테 젊은이들이 전쟁에 나가는 걸 막아 달라고 해."

"리틀 울프 부인의 생각을 제 남편에게 똑같이 전해 주세요." 마사가 목사에게 말했다. "제 생각도 똑같으니까요."

목사는 탱글 헤어에게 말했고, 그는 짤막하게 대답했다.

"남편은 이 일을 킷 폭스 패 지도자들과 이야기해야 한다고 하십니다." 목사가 말했다. "이와 관련해서 더 할 말은 없다고 합니다. 그건 저도 마찬가지고요."

우리는 이런 일에 부닥쳐 있다. 존 버크는 여러 모로 옳았다.

이 계획 전체가 무모한, 실패가 예정된 일이라는……. 우리는 고 귀한 권력의 무력한 인질에 불과하다는. 물론 그 권력이 정말로 고귀하지는 않은 것 같지만.

이 글을 쓰고서 나는 또 한 차례— 마지막이기를 바라는데 —의 잔치에 가야 한다. 기쁘게도 오늘은 '집'에서 음식을 하지 않는다. 대신 남부 샤이엔 족의 유명한 족장인 '구름에 앉다'의 오두막으로 간다. 그런 뒤 우리는 춤을 출 것이다. 이런 끝없는 파티는 시카고의 사교철과 약간 비슷하고, '구름에 앉다' 집의 저녁 초대는 어머니와 아버지가 매코믹 가 영지로 초대받아 가 는 것과 비슷하다. 내일 이 잔치 일을 자세히 쓰겠다.

꠸꠸꠸ 1875년 6월 7일 ꠹꠹꠹

오, 하느님! 이틀 전에 쓴 경솔한 일기는 그 뒤로 이어진 공포 의 밤을 예견하지 못했다. 그건 지옥 여행이었다. 이 임무에 대 한 우리의 희미한 믿음은 산산이 깨어졌다. 우리 집단은 사방으 로 흩어졌고, 많은 이들이 당장 이곳을 떠나 문명의 보호 속으 로 돌아가겠다고 부르짖었다. 적어도 지금 우리는 아무런 보호 도 받고 있지 못하다.

우리를 이렇게 처참하게 만든 사건들을 최대한 있는 그대로 설명해 보자. 남편과 나는 앞서 말한 대로 '구름에 앉다'의 오두 막에서 열린 연회에 참석했다. 도착했을 때 나는 거기 모인 손 님 예닐곱 명 가운데 혼혈 망나니 줄스 세미놀이 아내와 함께 있는 걸 보고 기절할 뻔했다. 겁에 질린 모습의 아내는 이름이 '울부짖는 여자'였는데, 전혀 놀랍지 않았다. 그 불쌍한 여자는 망나니의 손에 울부짖을 지경까지 괴롭힘 당하며 살고 있을 것이다.

내 눈이 세미놀에게 닿자 그는 우리가 아주 친밀한 사이라도 되는 듯이 역겹고 은근한 눈길을 던졌고, 나는 피가 얼어붙는 것 같았다. 이 남자를 보면 정말로 내 몸에 벌레가 기어가는 것 같다. 남편은 눈치를 못 채는 것 같았고, 눈치챘다 해도 아무 말이 없었다. 리틀 울프에게는 자기 자신보다 부족이 더 중요하다는 세미놀의 말은 사실이다.

나는 이 망나니의 눈길에서 빨리 벗어나고 싶었기 때문에 연회가 끝나자마자 남편에게 수화를 해서 춤 잔치에 참석하지 않고 오두막으로 돌아가겠다고 했다. 하지만 나는 곧장 떠나지 못했다. 남자들이 그 망할 파이프를 피우는 동안에는 누구도 오두막을 드나들 수 없었기 때문이다. 그것은 미개인들의 셀 수 없이 많은 '규칙' 가운데 하나다.

남자들이 여유를 부리며 파이프를 피우는 동안 줄스 세미놀은 위스키 한 병을 꺼냈다. 그레첸에게 한 통을 잃기는 했지만, 여기 오는 길에 교역소에서 위스키를 여러 통 구했다고 자랑했다. 그는 사람들에게 주석 잔을 돌리며 모두에게 위스키를 한 모금씩 권했다. 나는 내 남편도 그걸 받아 마시는 모습에 혐오감이 들었다.

리틀 울프가 위스키를 마실 때 세미놀이 나를 보며 속삭였다. "오늘 밤이야, 예쁜이."

모두가 당장 한 잔 더 마시고 싶어 했지만, 세미놀은 그들을 비웃으며 첫 잔은 무료지만 그 후에는 돈을 내야 한다고 말했다.

나는 남자들이 그렇게 빠른 속도로 변하는 걸 본 적이 없다. 그 점에서도 버크 대위가 옳았다. 미개인들은 술의 노예고, 안 쓰러울 만큼 술에 대한 내성이 없다. 많은 사람이 '무료' 첫 잔만으로도 술에 취한 듯 금세 호전적이고 거칠어졌다. 나는 남편에게 우리 오두막으로 돌아가겠다고 다시 말했다. 남자들이 흡연을 끝냈건 말건 상관없었다. 그리고 나는 오두막 입구로 기어가기 시작했다. 그러자 남자들은 수많은 "호우" 소리로 내 무례를 나무랐고, 리틀 울프는 그답지 않게 거친 태도로 내 발목을 잡아 자기 곁으로 당겼다. 남자들은 모두 더없이 재미있다는 듯 정신없이 웃었다.

하지만 남편의 눈길은 내가 처음 보는 눈길이었다. 그 표정이 너무나 천박해서 나는 뼛속까지 오싹해졌다. 내가 아는 그 남자가 맞나 싶었다. 나는 몸을 비틀어 그에게서 빠져나온 뒤 허겁지겁 오두막을 나와 우리 티피로 달려갔다.

곧이어 춤 잔치의 음악이 시작되었는데, 그것은 전과 달리 이상하게 삐걱거렸다. 오두막에 있는 우리 귀에 온갖 고함과 욕설이 들려 왔다. 우리 오두막의 노파 크루키드 노즈*가 나를 보고 고개를 흔들며 말했다. "베호에마페."

그리고 집게손가락으로 술 마시는 시늉을 했다.

나는 다른 이들이 걱정되어 다시 밖에 나가 보기로 했다. 하

❖ 매부리코

지만 내가 천막을 나서려 하자, 노파가 몽둥이를 들고 앞을 가로막았다.

"제발요." 내가 말했다. 그리고 '친구'와 '찾는다'는 수화를 했다. "제발 보내 주세요."

노파는 나를 이해하는 것 같았다. 불만스러운 듯 툴툴 소리를 냈지만 몽둥이 든 손을 내렸다.

나는 춤 잔치가 벌어지는 곳에서 약간 거리를 두고 돌아갔지만, 잠시 멈춰 서서 보니 세미놀이 차린 간이 '술집' 앞에 남자와 여자들이 온갖 종류의 잔과 술값으로 치를 물건을 들고 줄을 서 있었다. 그 가운데는 활과 화살, 카빈총도 있고, 가죽, 담요, 생활용품, 구슬, 옷도 있었다. 하룻밤이 지나면 그 망나니가 온 천막촌을 다 차지할 기세였다!

나는 멀리서도 사람들이 취해 비틀거리는 것과 평소의 정연한 춤이 광란의 회오리로 변해도 '헴나네'가 손을 쓰지 못하는 걸 알 수 있었다. 알코올을 마시지 않은 신중한 사람들은 얼른 각자의 오두막으로 돌아갔고, 친척들은 서둘러 이런 행사 때 소녀들을 묶어 둔 밧줄을 잘랐다. 이것은 기이하지만 효과적인 미개인의 풍습으로 젊은 남자들이 음악과 춤에 흥분해서 처녀들을 유혹해 가지 못하게 하는 장치였다. 하지만 오늘 밤 악당이 된 것은 위스키였다.

나는 먼저 마사를 찾고 다른 사람들도 함께 찾아서 헤어 목사의 오두막으로 피신해야 한다고 생각하며 발걸음을 서둘렀다. 그러니까 교회에 몸을 피하는 것과 마찬가지였다. 천막촌은 넓게 펼쳐져 있기 때문에 길을 가는 동안 개별적인 춤 잔치를 여럿 지났는데 술이 모두를 오염시킨 것 같았다.

마사의 오두막에 도착해 보니, 마사는 혼자 있었고 예상했던 대로 거의 공황 상태였다.

"도대체 이게 무슨 일이지, 메이?" 그녀가 물었다. "모두 미쳤어!"

마사와 나는 목사의 오두막으로 향했다. 상황은 시시각각 악화되었다. 누구도 상황을 통제하지 못했다. 사방에서 불이 타오르고 총소리와 쌈박질이 일고, 한없이 천박한 춤에 지옥의 내장에서 끓어오르는 듯 미친 음악이 동반했다. 우리는 남자들이 비명 지르는 아내와 딸을 술값으로 끌고 가는 참담한 장면에 아연했다. 하지만 목숨이 두려워서 끼어들지 못했다.

목사의 오두막에 가보니 이미 많은 여자가 모여 있었고, 어떤 이들은 서로 끌어안고 공포에 떨며 울고 있었다. '헴나네' 도그 우먼은 오두막 구석에 앉아 목사를 달래는 것 같았고, 목사는 완전히 정신이 나간 듯했다. 그는 겁에 질려 악몽을 꾼 거인 어린애처럼 버펄로 모피 밑으로 기어들었다. 그리고 사나운 눈빛으로 몸을 흔들며 땀을 뻘뻘 흘렸다.

"Qu'est que se passe avec le Reverend?(목사님이 왜 이러시나요?)" 내가 반남반녀에게 물었다. "Il est malade?(병이 나셨나요?)"

"Il a perdu sa médecine.(주술을 잃었소)" 남/녀가 슬프게 말했다.

"Comment?(어떻게요?)"

"Sa médecine, elle est partie.(주술이 떠났소)"

도그 우먼이 같은 말을 했다. 그는 연민이 가득했고, 목사의 코 밑에 불붙인 세이지 풀을 흔들었다. 그것은 그가 잃어버린 주술 또는 내가 볼 때는 용기를 다시 찾아 주는 역할을 하는 것 같았다.

나는 덜덜 떠는 거대한 흰 옷의 사제 옆에 무릎을 꿇고 앉아 속삭였다.

"아프세요, 목사님? 도대체 무슨 일이에요?" 나는 그의 통통한 팔을 잡고 그를 세게 흔들었다. "제발, 우리 여자들한테는 목사님이 필요해요."

"미안해요, 도드 양." 그가 이마를 훔치고 마음을 다스리려 하며 말했다. "희망이 없어요. 말할 수 없이 참담한 일이 일어날 수 있어요. 나는 전에도 미개인이 술에 빠진 걸 본 적이 있어요. 술은 이들에게 사탄의 도구입니다. 이 사람들은 술에 미쳐요. 이 자들이 얼마나 참혹한 짓을 할 수 있는지 상상도 못할 겁니다. 상상도요. 한계가 없습니다. 유일한 희망이자 방어책은 그들의 눈앞에서 완전히 사라지는 것뿐입니다."

"하느님 맙소사." 내가 말했다. "지금은 믿음을 잃으실 때가 아니에요. 여자들을 위해서 목사님이 힘을 내셔야 해요."

"숨어요." 목사가 버펄로 모피로 얼굴을 가리며 말했다. "숨어요. 그것밖에 희망이 없어요."

목사가 우리를 지켜 줄 힘이 없다는 걸 분명히 보였는데도 여자들은 그의 오두막을 떠나지 않았고, 곧 다른 여자들도 와서 오두막은 아주 비좁아졌다. 모두가 겁에 질려 천막촌을 덮은 광란의 혼돈 속으로 다시 나갈 엄두를 내지 못했다.

지넷 파커도 있고, 작은 프랑스 여자 마리 블랑슈, 늘 검은 옷을 입고 기이하게 조용한 에이다 웨어도 있었다. 에이다 웨어의 비관주의가 실현되는 것 같았다.

"교회가 우리에게 목사님을 보내 준 게 다행이네요." 그녀가 음울하게 말했다. "목사님이 있어서 훨씬 좋아요."

잠시 후 나시사 화이트가 머리가 온통 헝클어진 채 히스테리컬하게 혼잣말을 중얼거리며 오두막으로 들어왔다.

"그래, 내가 말했어. 우리는 실패했어. 오늘 밤은 사탄이 지배하는 밤이야. 내가 이미 말했어……."

"무슨 말을 했는데요, 나시사?" 내가 물었다.

"심장에서 사탄을 물리치라고." 그녀가 말했다. "교회가 임무를 완수하고 이교도의 가련한 영혼이 모두 하느님께 맡겨지기 전까지 그들과 교접하지 말라고."

그녀는 처음 보듯이 나를 보면서 말했다.

"그랬지? 그렇게 말했지? 봐, 당신이 무슨 짓을 했는지 봐, 이 불경한 창녀 같은 여자야. 당신은 사탄의 지배를 받아 들였고, 이게…… 그 결과야!"

그녀가 옷을 치켜 올리자 그녀의 허벅지 안쪽에 가늘게 핏물이 흐르는 게 보였다. 나시사의 남편이 술의 힘을 빌려 마침내 남편의 권리를 행사하기로 결정한 게 분명했다.

"안타깝네요, 나시사." 내가 말했다. "정말이에요. 하지만 어떻게 그 일이 나나 다른 사람을 비난할 근거가 되는지는 모르겠네요. 혹시 피미나 데이지 러블레이스를 봤어요? 켈리 자매하고 그레첸은요? 세라를 봤어요?"

"모두가 남김없이 죄인이야." 나시사가 고개를 저으며 말했다.

"모두 지옥불에 떨어질 거야."

"바깥을 봐요." 에이다 웨어가 말했다. "여기가 이미 지옥이에요."

나는 다른 사람들과 내 천막 식구들이 걱정되어 내 오두막으로 돌아가기로 했다. 마사는 겁에 질려서 나와 헤어지는 걸 견디지 못했기에 나와 함께 나섰다. 우리는 춤추는 무리를 피하고 사람들 눈을 외면하면서, 최대한 투명 인간처럼 허겁지겁 걸었다.

우리 천막 식구들은 버펄로 모피 위에 웅크리고 모여 앉아 있었다. 예상했던 대로 리틀 울프는 돌아오지 않았다. 족장의 딸 프리티 워커ㅡ 나하고 나이 차이가 몇 살밖에 되지 않는 사랑스러운 처녀 ㅡ는 아까 다른 처녀들과 함께 밧줄을 묶고 춤 잔치에 갔다. 다행히 그녀는 풀려났고 지금은 어머니 옆에 웅크리고 앉아 조용히 울고 있었다. 내 친구인 젊은 아내 페더 온 헤드는 불안한 표정으로 아기를 가슴에 꼭 끌어안았다. 나는 겁에 질린 프리티 워커 옆에 무릎으로 앉아서 그녀를 달래려고 했다. 노파 크루키드 노즈는 천막 바로 안쪽 자기 자리에 책상다리로 앉아서 몽둥이를 무릎 위에 들고 경계했다. 처음으로 나는 그녀가 거기 그러고 있는 것이 기뻤다.

천막촌 위로 울부짖는 짐승 소리 같은 외침이 솟아올랐다. 총소리와 섬뜩한 비명, 아내와 아이들의 애끓는 외침. 나는 우리 여자들이 걱정돼서 미칠 것 같았다.

"세라를 찾아 봐야겠어." 내가 말했다. "무사한지 확인해야 돼. 너는 여기 있어, 마사. 여기 있으면 괜찮을 거야."

하지만 내가 오두막을 나서려 하자 크루키드 노즈가 다시 몽둥이를 든 채 앞을 막았고, 이번에 그녀는 아주 단호했다. 나는 제발 내보내 달라고 부탁하다가 마침내 참을성을 잃고 영어로 말했다.

"좋아요, 그 몽둥이로 나를 쳐봐요. 나는 친구들을 찾아가야겠어요."

나는 몽둥이를 밀고 천막 입구의 덮개를 열어 젖혔다. 그랬다가 심장이 쿵 멈추는 줄 알았다. 우리 오두막 입구 앞에 줄스 세미놀이 서 있었다. 세미놀이 내 팔을 잡고 밖으로 끌어낼 때 뒤에서 마사의 비명 소리가 들렸다. 그는 무쇠 같은 힘으로 내 얼굴을 자기 앞으로 끌어당기더니 개처럼 나를 핥았다. 그가 내 콧구멍 속으로 혀를 밀어 넣자 구더기가 몸속으로 들어오는 느낌이었다. 나는 토할 것 같았다.

"이제 네 혀를 내놔 봐, 귀여운 살로프." 그가 말했다. "네 혀를 내놔."

"놔줘." 내가 벗어나려고 몸부림치면서 애처롭게 말했다. "제발 놔줘."

그때 크루키드 노즈가 이 망나니의 귀 뒤쪽을 몽둥이로 세차게 내리쳤고, 쩍 하고 조롱박 깨지는 듯한 소리가 났다. 세미놀은 죽은 것처럼 땅바닥에 쓰러졌고, 귀에서 피가 흘러내렸다.

"아아, 할머니가 이자를 죽였어요." 내가 노파에게 말했지만, 그 말은 기쁨에 차 있었다.

마사는 겁에 질려서 계속 울기만 했고, 크루키드 노즈와 내가 세미놀의 다리를 하나씩 잡고 우리 오두막에서 어느 정도 떨어진 곳에 끌어다 놓았다. 오 하느님, 나는 진심으로 그가 죽었기를 바랐지만, 고개를 숙여 보니 그는 여전히 숨을 쉬었고 귀는 버섯처럼 부풀어 올랐다.

티피 안으로 돌아왔을 때 나는 노파의 팔을 잡았다. 그 팔은 늙은 나무뿌리처럼 단단하고 울퉁불퉁했다.

"고마워요." 내가 말했다. "제 목숨을 구해 주셨어요. 정말 고마워요."

크루키드 노즈는 히죽이고는 눈을 감았다. 그러더니 고개를 끄덕이고 '기다리라'는 신호를 한 뒤 자기 잠자리 머리맡의 파플레시를 뒤져 자신의 것보다 약간 작고 끝에 돌이 달린 몽둥이를 꺼냈다. 그녀는 질서 담당 일을 가볍게 여기지 않아 그에 필요한 무기들을 갖추어 두고 있었다. 노파는 몽둥이를 공중에 휘두르고 내게 샤이엔 어로 뭐라고 말하더니 그걸 내게 건넸다. 나는 그녀의 말을 정확히 이해했다. '어떤 놈이 다시 너를 괴롭히면 이걸로 머리를 쳐.'라는 뜻이리라. 나는 "호우" 하는 말로 알아들었다는 뜻을 전했다.

"메이, 제발 다시 나가지 마." 마사가 간청했다. "여기 같이 있어."

"금방 올게, 마사." 내가 말했다. "세라를 찾아야 돼."

지구상에 지옥이 있다면, 천막촌에 세 번째로 나간 길은 그 미로 속 같았다. 아직도 몇몇 춤꾼이 죽어 가는 불빛 속에서 비틀거렸다. 다른 이들은 불 주변에 정신없이 뒤엉켜 쓰러져 있었다. 어떤 이들은 비척이며 일어서려 했고, 어떤 이들은 바닥에서 몸부림쳤다. 술 취한 남녀 미개인이 지나가는 나를 떠밀었다. 벌거벗은 남녀가 동물처럼 땅 위에서 교접했다. 나는 그런 자들을 타넘었고, 내 앞으로 다가오는 이들을 밀쳤으며, 필요할 때면 몽둥이를 휘둘러 길을 냈다. 세상이 신의 은총을 잃고, 우리가 여기 버려져 그 마지막 타락을 지켜보게 된 것 같았다. 우리 처지의 불확실함이 그때만큼 절실하게 느껴진 적이 없었다. 그때만큼 공포에 강력하게 사로잡힌 적도 없었다. 나는 존 버크를 떠올리며, 그가 한 모든 말, 그 모든 경고들을 생각했다. 내가 그의 말을 들었다면. 그가 나를 안고서 이런 공포가 없는 문명의 품으로 다시 데리고 가 주기를 얼마나 바랐던가!

그때 나는 가장 충격적인 장면에 맞닥뜨렸다. 데이지 러블레이스가 남자들에 둘러싸여 있었다. 그녀는 피범벅이 된 채 바닥에 엎드려 있었고, 옷은 허리까지 치켜 올라가 있었다. 미개인들이 그녀를 윤간하는 것 같았다. 내가 소리를 지르며 그들을 밀치고 들어갈 때, 또 한 사람이 그녀의 몸에 올라탔다. 나는 있는 힘껏 몽둥이를 휘둘러 그 남자의 뒤통수를 정통으로 갈겼다. 그는 신음하며 그녀의 몸 위로 힘없이 쓰러졌지만, 내가 그를 밀쳐 내기 전에 다른 사람이 뒤에서 나를 잡고 내 손에서 몽둥이를 빼앗았다. 이제 그들은 내게 관심을 돌려 내 팔을 잡고 땅에 찍어 눌렀다. 나는 힘을 다해 발길질하고 물고 할퀴고 침을 뱉으며 싸웠다. 그들은 내 옷을 찢었다. 나는 다시 비명을 질렀다.

그때 쩍 하고 가죽 채찍 소리가 울리고 또 한 번 울리더니 내 위에 웅크리고 있던 미개인 한 명이 목을 움켜쥐고 꾸룩거리며 헝겊 인형처럼 뒤로 나가떨어졌다. 그런 뒤 귀에 익숙한 목소리가 들렸다. 말투는 익숙했지만 샤이엔 어로 말해서 정확히 누구인지 얼른 알지 못했다. 하지만 잠시 후 영어를 말하자 나는 바로 알 수 있었다.

"비키지 못해, 더러운 이교도 놈들아!" 그것은 나의 노새꾼 지미의 목소리였다. 나의 구원자 더티 거티였다. 그와 동시에 다른 두 명이 도움을 주러 왔다. 미개인 또 한 명이 내 몸에서 들려나갈 때 그레첸의 목소리가 들렸다.

"술 취한 돼지 같으니라고, 널 죽일 테다! 너는 내 남편이 아냐. 하늘에 맹세코 널 죽일 테다!"

그러면서 그녀는 남자를 찼고, 너무 취해서 걸음도 제대로 못 걷던 그는 그녀의 진노를 피해 네 발로 기어갔다. 하지만 그레첸은 무자비하게 그의 뒤를 쫓아가서 큼직한 발로 그를 걸어찼고 그는 흙먼지 속에 뻗고 또 뻗었다.

"이 망할 술주정꾼아, 네가 지금 무슨 짓을 하고 있는지 알아? 내가 널 죽일 거야. 이 더러운 고주망태야. 널 죽인다니까, 망할 놈아!"

그리고 피미가 내 몽둥이를 빼앗아 간 미개인에게서 그것을 다시 빼앗아 들고는 잠시도 멈추지 않고 완벽한 호를 그리며 백핸드로 그의 얼굴을 갈겼다. 남자의 코가 뺨에 닿을 정도로 납작해지며 피를 뿜었다. 그때 다시 채찍 소리가 났고, 남은 남자들은 여자들의 분노를 피해 허겁지겁 달아났는데, 술에 취해 비틀거리고 서로에게 걸려 넘어지고 하는 꼴이 한심하기 짝이 없었다.

"괜찮아, 메이?" 피미가 물었다. 그 목소리가 너무도 차분해서 그녀가 마치 다른 세상에서 온 것 같았다. 그녀는 나를 일으켜 세웠다.

"나는 괜찮아, 피미. 그런데 데이지는 어때?"

나는 혼란 속에서 그녀가 어떻게 됐는지를 놓쳤다. 그녀는 아직도 내가 처음 본 자리에서 흙에 얼굴을 박고 엎어져 있었다. 우리는 그 곁에 무릎을 꿇었다. 그녀가 뭐라고 웅얼거렸지만, 잘 들리지 않았다.

"오두막으로 데려가야 돼." 피미가 말했다.

그레첸은 이제 술 취한 남편의 머리카락을 잡은 채 아이가 헝겊 인형을 끌고 가듯 그를 질질 끌고 다녔고, 그는 일어서려고 버둥거렸다.

"미안해, 메이. 모두 미안해." 그녀가 말했고, 나는 그녀가 비통과 분노의 눈물을 흘리는 걸 보았다.

"모두 너무 미안해." 그녀가 다시 말했다. "이 더러운 술주정뱅이를 집으로 데리고 갈게. 내일 보자. 너희들한테 정말 미안해."

"우와, 함부로 건드리고 싶지 않은 여자인 걸." 거티가 감탄하며 말했다. "저 남편은 앞으로 술 생각이 나도 한 번 더 생각해야 할 거야."

"정말 고마워, 지미." 내가 그녀에게 감사했다. "정말로 꼭 필요할 때 와 주었어."

"이제는 거티라고 불러도 돼." 그녀가 말했다. "아니면 아무 이름으로라도. 캠프 로빈슨에서 들통 났어. 다른 노새꾼이 너처럼 내가 앉아서 오줌 누는 걸 봤어. 들통 나기 딱 좋은 일이지만, 달리 방법이 없잖아."

"여기서 뭐 하는 거야, 거티?" 내가 물었다.

"너의 대위가 나를 보냈어." 거티가 말했다. "전할 말이 있어.

하지만 먼저 이 난장판부터 해결하자. 이 여자를 같이 옮긴 다음에 이야기해 줄게. 어쨌거나 지금은 혼란이 좀 가라앉고 있는 것 같아. 사람들이 어찌나 잔치에 빠져 있던지 천막촌을 달리는 동안 아무도 눈치를 못 채더라고. 내가 샤이엔 조랑말을 훔치러 온 크로 족이 아닌 게 다행 아냐? 너희 부족은 이제 여름 내내 이동할 텐데 말이야."

거티 말이 옳았다. 마을은 점차 조용해져 갔다. 춤꾼과 술꾼들은 의식을 잃고 쓰러지거나 오두막으로 돌아가거나 잠을 자러 강가 버드나무 숲으로 기어갔다. 거티, 피미와 나는 데이지를 그녀의 천막으로 데려갔다. 그녀는 의식을 되찾았고 적어도 비틀거리며 걸을 수는 있었다.

"아버지한테는 말하면 안 돼." 그녀가 웅얼거렸다. "웨슬리 체스트넛 씨는 신사처럼 행동하지 않았어. 여자가 술이 좀 취했다고 이렇게 이용했어. 아버지한테는 한마디도 말아 줘. 부탁이야."

데이지의 티피 노파가 오두막 입구에서 우리를 맞았고, 우리는 그녀를 안으로 들인 뒤 버펄로 모피에 조심스레 눕혔다. 노파는 물에 적신 천으로 얼굴에 묻은 피를 닦아 내며 조용하게 한탄했다. 푸들 펀 루이즈는 요란하게 짖으며 흥분해서 데이지의 머리 주변을 맴돌았다.

데이지의 남편 '피 묻은 발'은 우리가 오두막에 도착한 직후에 왔다. 개는 새 주인과 친해진 듯 열렬하게 그를 맞았다. 그는 훌륭하게도 술을 마시지 않았고, 거티에게 샤이엔 어로 아내를 찾아 온 천막촌을 쑤시고 다녔다고 말했다. 이름은 불쾌하지만, 그는 잘생긴 남자로 데이지를 진심으로 걱정했다. 우리는 그녀에게 무슨 일이 있었는지 그에게 말하지 않았다. 하지만 그는 알았을 것이다.

거티와 피미와 나는 새벽이 되어서야 데이지의 티피를 떠났다. 피미는 나중에 보자고 하면서 자기 오두막으로 갔고, 거티와 나는 리틀 울프의 천막으로 갔다.

천막촌은 기이하게 조용했다. 공기는 서늘하고 바람 한 줄기 불지 않았으며, 꺼져 가는 오두막 모닥불 연기가 티피 위로 가늘게 솟아올랐다. 밝아 오는 지평선을 배경으로 강가 절벽이 희미하게 드러났고, 새들이 조심스레 아침 노래를 시작하더니 곧 목청을 한껏 높였다. 언제나처럼 새벽빛은 세상을 새로이 비추었다. 불확실한 희망이 돌아왔다. 모든 것이 다시 차분해진 것 같았다. 땅이라는 배가 마침내 폭풍을 빠져나온 것 같은 평화가 찾아왔다.

거티와 나는 친족끼리 반원형으로 모인 티피들을 둘러갔다. 아직도 시체처럼 의식이 없는 몇몇 술꾼이 바닥에 뒹굴고 있었다. 나는 최악의 일에 대비해 마음을 다지면서 지난밤에 찾아나선 세라의 오두막 앞에 멈추었다. 그리고 덮개를 가볍게 긁어 그녀를 불렀다. 다행히도 세라는 잠이 덜 깬 얼굴로 입구에 나왔다. 그리고 나를 보고 웃었다.

"너 때문에 걱정 많이 했어." 내가 말했다. "밤새 너한테 오려고 했어. 네가 무사한지 확인하고 싶었어."

그녀는 오른손 엄지 끝으로 자기 가슴을 가리켜 '나'를 표시하고, 이어 왼손 바닥을 펼치고 그 위에 오른손 검지 끝을 수직으로 댔다. 그것은 '안전하다'는 뜻이었다. 그러니까 '나는 안전하다'는 말이었다.

그녀의 등 뒤로 빛이 희끄무레하게 비치는 오두막 안을 들여다보니, 그녀의 어린 남편 옐로 울프가 버펄로 모피 위에서 쿨쿨 자고 있었다. 세라는 내게 다시 웃어 보였고, 오른손 손등을 위로 한 채 가슴에서 밖으로 움직이며 저미는 듯한 동작을 했다. 그것은 '좋다'는 뜻이다. 내 남편은 좋다,는 뜻이었던 것 같다.

"그래, 좋구나." 내가 말했다. "그냥 네가 많이 걱정됐어. 들어가서 자. 나중에 보자."

그리고 거티와 나는 계속 걸었다.

"너는 어떻게 샤이엔 어를 할 줄 아니?" 내가 거티에게 물었다.

"내가 어릴 때 샤이엔 족하고 좀 살았다는 이야기 안 했나? 딱이 부족은 아니었지만, 여기도 아는 사람들이 있을 거야. 샤이엔 남자 친구도 있었어. 아주 멋진 친구였지. 잘 생겼고, '헤헤노' (블랙 버드)라는 이름이었어. 만약 그가 1864년에 콜로라도 주 샌드 크릭에서 시빙턴의 군대에 죽지 않았다면 나는 아마 블랙 버드하고 결혼했을 거야. 우리가 무슨 나쁜 짓을 했던 게 아냐. 그저 거기 야영한 게 전부였어."

사람들이 하나둘 오두막에서 몸을 일으키기 시작했다. 몇몇 아낙과 할멈들이 바깥을 살피러 나왔고, 자기 티피 앞에 쓰러진 사람의 신원을 확인하기도 했다. 어떤 노파들은 시체처럼 뻗은 사람들을 발로 차고, 자기 가족이 아닌 경우 성난 어미 닭처럼 꽥꽥거리며 쫓아냈다. 다른 이들은 어젯밤의 티피 물을 그들의 얼굴에 부었고, 사람들은 푸푸 소리와 신음 소리 속에 깨어났다.

"어젯밤을 후회하는 인디언들이 많겠군." 거티가 말했다. "그래, 술은 이 사람들을 망가뜨리고 있어. 그런데 어디서 구한 거지?"

"남부 샤이엔 족이 왔어." 내가 말했다. "그중에 줄스 세미놀이라는 이름의 혼혈 친구가 술을 가져왔어."

거티는 무거운 얼굴로 고개를 끄덕였다.

"그래, 나도 줄스 세미놀을 알아. 더러운 놈이지. 되도록 가까이 않는 편이 좋아. 내 말 명심해."

나는 즐거워서는 아니지만 웃었다. "그래, 나도 이미 알아."

"너한테 해코지를 했니?" 거티가 멈춰 서서 나를 보며 말했다.

"아니." 내가 대답했다. "딱히 그렇다고는 할 수 없어."

하지만 그제야 비로소 어젯밤의 공포가 밀려오는 듯 눈물이 차올랐다.

"아, 거티." 그리고 나는 정신없이 울기 시작했다. 이 고난이 시작된 뒤 운 것은 처음이었는데 멈출 수가 없어 땅바닥에 무릎을 꿇고 앉아 두 손에 얼굴을 묻었다.

"괜찮아, 메이." 거티가 내 옆에 앉아서 내 어깨에 팔을 두르고 말했다. "실컷 울어. 더티 거티 말고는 아무도 볼 사람이 없으니까. 그리고 그 여자는 아무한테도 말을 안 할 거야."

"대위 소식을 전해 줘, 거티." 내가 눈물을 흘리며 말했다.

"그래." 그녀는 말했지만, 그 목소리에는 그다지 내키지 않는 기색이 있었다. "오두막으로 돌아가면 전부 이야기해 줄게."

"브래들리 양이랑 결혼했어?" 내가 나를 다스리며 물었다. "어서 말해 줘, 거티."

"너는 강한 여자야, 메이." 그녀가 말했다. "나는 그 점이 좋아. 말해 줄게. 결혼식은 다음 달이야."

"잘됐네." 내가 고개를 끄덕이고 눈물을 닦으며 말했다. "잘됐어. 그 여자는 대위한테 좋은 아내가 될 거야."

"메이, 나는 너희 두 사람 사이에 무슨 일이 있었는지 모르지만 짐작은 해." 거티가 말했다. "대위가 이미 임자가 있고, 너 또한 그랬다고 그런 일이 일어날 수 없는 건 아니니까. 나는 여기 생활이 어떤지 알아. 너는 세상 끝에서 추락한 것 같을 테고, 그럴 때 대위처럼 강인하고 번듯한 사람을 보면 악착같이 매달리게 되는 거지. 그리고 다른 사람과 약혼했다고 해서 대위가 네가 떠난 뒤 사춘기 소년처럼 얼빠져 지내지 않는 건 아냐."

"그런데 너를 여기로 보낸 이유는 뭐지, 거티?" 내가 일어서면서 물었다. "나한테 그 이야기를 하러 보낸 건 아닐 거 아냐?" 우리는 다시 길을 갔다.

"너한테 경고를 하라고 했어." 그녀가 말했다. "대위는 군인은 아무도 믿지 않아. 곧 이야기하겠지만 큰 문제가 생겼거든. 나를 보낸 건 내가 너도 알고 여기 언어도 알고 이 사람들과도 끈이 있어서야."

"나한테 뭘 경고한다는 거야?"

"너희가 여기 오기 전에 블랙 힐스에서 금이 발견되었다는 소문 들었지?" 거티가 말했다. "정부는 1868년에 포트 래러미 조약으로 그 땅을 수 족과 샤이엔 족에게 주었어. 서류에 다 쓰여 있어. 법적으로는 그래. 백인들의 통행을 방해하지만 않으면 블랙 힐스에서 옐로 스톤에 이르는 땅이 다 그 사람들의 터전이야. 조약에 바로 그렇게 되어 있어. 그런데 이제 블랙 힐스에 금광이 있다는 이야기가 돌고 있어. 바로 지난주에 군대는 소문의 진상을 확인하려고 커스터 장군과 지질학자들을 금 사냥꾼들 틈에 보냈어. 내 동료 중에는 거기서 노새꾼으로 일하는 사람도 있어. 나도 여자라는 게 들통나지만 않았어도 거기 있었을 거야."

"커스터가 여름이 끝날 때 안장주머니에 금을 가득 채워서 돌아오면," 그녀가 말을 이었다. "사람들이 떼를 지어 그리 몰려들 거야. 아니 사실 소문만으로도 이미 열풍은 시작되었어. 채굴꾼, 개척민, 상인, 창녀, 그리고 황금 열풍을 따라다니는 사람들은 인디언을 막아 줄 군대가 필요해. 인디언은 아직도 거기가 자기들 땅이라고 생각하니까. 그야 당연하지. 확실히 받았으니까. 그곳은 그 사람들의 위대한 주술의 땅이고, 그들은 백인들이 거기서 총을 쏘고 사냥감을 내쫓는 일을 별로 좋아하지 않을 거야. 대위가 들은 이야기에 따르면, 워싱턴 사람들은 몇 가지 이유로 백인 신부 계획을 접으려고 한대. 하나는 이 난리 법석이 벌어지면 인디언을 죽이는 데 백인 여자가 방해가 되는 게 싫은 거야. 그리고 인디언들이 여자를 인질로 활용하게 만들고 싶지 않은 거지. 그리고 신문들이 이 황당한 사태를 알게 될 거야. 그러면 율리시즈 그랜트가 사람들 눈에 어떻게 보이겠어? 그래서 추후 공지가 있을 때까지 너희가 최초이자 최후의 인디언 신부가될 거야. 지금은 하나도 공식적인 게 없어. 대위는 크룩의 참모라서 이런 걸 알고 그래서 더 괴로운 거지. 인디언들 사이에 워싱턴의 위대한 백인 아버지가 첫째, 신부 계약을 깨뜨리려고 한다는 것과 둘째, 블랙 힐스를 도로 빼앗으려고 한다는 말이 퍼지면, 그때 벌어질 난리 법석은 이루 말할 수 없을 거야. 대위는 네가 그런 일을 겪는 걸 바라지 않아. 그러니까 나와 함께 캠프 로빈슨으로 돌아오라는 거야. 잠깐 눈을 붙인 다음에 오늘 떠나자."

"우리 모두?" 내가 물었다. "지금 떠난다고?"

"메이, 백인 여자가 전부 한꺼번에 떠나면," 거티가 말했다. "인디언들이 오 분 만에 쫓아와서 도로 잡아갈 거야. 그리고 별로 즐거워하지 않을 거야. 그 사람들은 이제 너희가 자기 사람이라고 생각해. 인디언들에게 계약은 계약이거든. 아니, 너하고 나만 가는 거야. 조용히 나가면 충분히 빠져나갈 수 있어. 더군다나 어제 그런 일이 있었으니. 나는 이 지역을 잘 알고, 리틀 울프는 너를 그냥 보내 줄 거야. 족장이 도망친 마누라 꽁무니를 쫓아가는 건 별로 모양새가 좋지 않으니까."

"하지만 거티, 여기 친구들을 두고 나 혼자 떠날 수 없다는 건 너도 알잖아." 내가 말했다. "더군다나 어젯밤의 일도 있는데."

"나도 대위한테 그렇게 말했어." 거티가 말했다. "하지만 정부가 다른 여자들도 구할 방법을 마련할 거라고 말하래. 그건 그냥 시간문제고 일단 너부터 안전할 수 있도록 하자는 거야."

"우리 정부가 그토록 믿음직하다고." 내가 비웃었다. "존 버크가 나를 바보로 여기지 않았다면 그 말을 믿을 거라 생각했을 리 없어. 아니면 나를 친구들을 두고 떠나는 비겁자로 여기거나."

"그렇지 않아, 메이." 거티가 말했다. "그건 너도 알아. 하지만 어쨌건 대위는 시도해 볼 가치는 있다고 생각했어. 너는 어젯밤

이 끔찍했다고 생각하겠지만, 사태는 회복될 틈도 없이 더 악화
될 거야. 술 문제는 극복해도, 인디언들이 사태를 파악하면 —
그리고 개척민들이 떼 지어 블랙 힐스로 가는 걸 보면 금세 알
수밖에 없어 — 이곳은 숙녀가 지낼 만한 곳이 못 돼. 여기서는
안전하지 않아."

나는 웃고 말했다. "우리는 지금도 안전하지 않아. 버크 대위
에게 이리로 분견대를 이끌고 와서 우리를 안전하게 호송해 달
라고 말해. 신사처럼."

"말했잖아, 그런 일은 못해." 거티가 말했다. "그 사람은 군인
이야. 나를 너한테 보냈다는 것만 상부에 알려져도 군법회의 감
이야."

"그러면 우리의 공식 지위는 뭐지?" 내가 물었다. "희생양일
뿐인 건가? 흥미롭지만 결국 실패한 정치적 실험? 사역 중 변고
를 당한 선교사? 아니면 가장 쉽게, 자기 의지로 미개인들과 동
침한 타락한 백인 여자?"

"그래, 메이." 거티가 말했다. "좋을 대로 생각해. 이미 말했듯
이 사람들은 너희를 집으로 데려갈 방법을 찾을 거야. 하지만
커스터가 황금에 대한 보고를 가지고 돌아오고, 사람들이 방법
을 찾을 때까지는 모두 가만히 기다리고만 있을 거야. 그리고
그게 정부가 가장 잘하는 일이지."

"한심한 인간들!" 내가 말했다. "그 사람들은 부끄러운 줄도
모른대?"

"그건 그 사람들이 두 번째로 잘하는 일이야." 거티가 쓴웃음
을 지으며 말했다. "부끄러운 줄 모르는 거."

우리는 오두막에 도착했다. 리틀 울프의 오두막, 내 집에.

"피곤하지, 거티." 내가 말했다. "배도 고프고. 여기 잠시 머물면서 배도 채우고 잠시 눈도 좀 붙이는 게 어때?"

"좋아." 그녀가 말했다. "하지만 먼저 노새를 데려와야 해. 천막촌 근처에 묶어 두고 왔거든."

"호스 보이한테 노새를 데려오라고 할게." 내가 말했다. "그게 그 아이의 일이고, 그 일을 아주 잘해."

"우후!" 거티가 말했다. "너는 귀부인이로구나! 일을 해줄 하인이 골고루 있고!"

오두막 안에는 모두가 아직 자고 있었다. 노파만이 예외였는데, 나는 그녀가 잠자는 걸 본 적이 없다. 그녀는 독수리 발 같은 손으로 내 팔을 잡고 히죽거리는 것이 내가 무사히 돌아와서 정말로 기쁜 것 같았다. 거티가 자신을 소개하고, 두 사람은 샤이엔 어로 잠깐 대화를 속삭였다. 리틀 울프가 아직 오두막에 돌아오지 않은 것은 그리 놀랍지 않았다. 대족장은 아마도 술친구들과 함께 어디에선가 곯아떨어졌을 것이다.

나는 호스 보이의 잠자리로 가서 그 옆에 무릎으로 앉았다. 티피 안에는 아직 햇빛이 희미했지만, 그 아이가 눈을 뜨고 있고 그 눈이 꺼져 가는 모닥불 빛에 포금砲金처럼 반짝이는 게 보였다. 내가 아이 이마를 쓰다듬자 아이는 살짝 미소 지었다. 나는 두 손을 귀 양옆에 대고 꼼지락거렸다. 그것은 노새를 뜻하는 수화였다. 소년은 키득거렸고 아마 내가 장난을 친다고 생각한 것 같았다. 거티가 와서 내 옆에 앉았다.

"네가 노새를 어디 묶어 놨는지 말해 줘, 거티." 내가 말했다.

"이 아이가 데리고 와서 돌봐 줄 거야."

그녀는 아이에게 말했고, 아이는 잠이 활짝 깨어서 자기 의무를 수행하기 위해 서둘러 일어났다. 나는 이제 이들의 말을 조금씩 알아들었지만, 아직도 그걸 말할 용기는 나지 않았다.

"거티, 정말 부럽다. 나는 샤이엔 말 때문에 아주 힘든데."

"말했잖아. 어린 시절에 배웠다고. 어릴 때는 말을 배우기가 쉬워. 하지만 곧 익숙해질 거야. 우리말이랑 순서가 완전히 반대라고 생각하면 돼. 예를 들어 '수영하러 강에 갈 거다'라고 말하려면 샤이엔 어로는 '간다, 강, 수영' 이런 순서로 말해야 돼. 모든 게 거꾸로야."✤

콰이엇 원은 소리 없이 일어나서 막대기로 모닥불을 쑤시고 작은 고기 냄비를 불에 얹었다. 그런 뒤 물주머니를 채우러 티피를 나갔다. 미개인들은 밤새 물을 보관하고 아침에 버리는 특이한 관습이 있다. 그런 물은 '죽었다'고 한다. 그리고 아침마다 시내에 내려가서 주머니에 '산 물'을 채워 온다.

그녀는 곧 돌아오더니 납작 냄비에 물을 넣고 커피 가루도 한 줌 넣었다. 그리고 납작 냄비를 불에 올렸다. 커피는 미개인에게 아주 귀한 물품인데, 그녀는 손님— 누구인지 모르고 묻지도 않았지만 —에게 그것을 대접하려는 게 분명했다. 이 사람들은 전반적으로 베푸는 걸 아주 좋아한다. 그리고 지난밤의 시련에도 불구하고 삶은 계속되었다.

✤ 번역은 이렇게 했지만, 우리말과 영어의 어순 차이 때문에 실제 샤이엔 어의 어순은 우리말과 비슷하다.

지금 천막촌은 보급 상태가 예외적일 만큼 좋다. 세미놀이 가져온 위스키 말고도 남부인들은 미개인이 가장 귀하게 여기는 세 가지 물품— 백인의 담배, 설탕, 커피 —을 공급했다. 모두 교역소에서 선물로 받아 온 것이다. 물론 어젯밤 술에 취해서 다 탕진했을 가능성도 크다.

나는 내 옆자리에 거티가 누울 버펄로 모피를 깔고, 그녀에게 고기 그릇과 설탕을 듬뿍 넣은 주석 잔 커피를 가져다주었다.

"흐음, 나쁘지 않은데." 그녀가 내가 만들어 준 등받이에 편안히 기대며 말했다. "나는 전부터 인디언 오두막에서 자는 걸 좋아했어. 정말 안락하고 포근해."

"나도 어젯밤 일을 겪기 전까지는 그런 생각이 들려고 했어." 내가 말했다. "나는 정신병원에도 있었어, 거티. 하지만 그런 광란은 난생처음이었어."

"그건 그냥 술 때문이야, 메이." 그녀가 말했다. "간단해. 이 사람들한테 술은 독이야. 술이 이 사람들을 미치게 해."

"너는 이 사람들하고 얼마나 살았니, 거티?"

"몰라, 가만 보자…… 전부 합해서 8년 정도." 그녀가 말했다. "어렸을 때 포장마차 수송대에서 납치됐다가 샌드 크릭 사건이 있을 때까지 함께 지냈어. 언젠가 내 사연을 다 말해 줄게. 이렇게 피곤하지 않을 때 말이야. 어쨌건 나는 이 사람들이랑 사는 게 좋았어. 떠나기 싫었지. 그래, 이런 생활은 쉽게 적응할 수 있어. 내 말 이해되니? 너는 어때? 어젯밤 일을 뺀다면."

"뭐라고 평가할 만큼 오래 있지 않았어." 내가 인정했다. "그리고 그걸 생각해 볼 시간도 없었어. 일하고 배우고 여기 방식을 익히고 우리 방식을 가르치고 하느라 너무 바빴어. 네 말을 듣고 보니까, 지난 몇 주일 동안 내가 행복했나 하는 질문도 해본 적이 없구나. 그냥 체념하고 있었어. 하지만 어젯밤을 겪고 나니 그 질문을 다시 생각해 봐야 할 것 같아."

"아니, 그럴 필요 없어, 메이." 거티가 가볍게 손을 저으며 말했다. "내가 말한 대로 어젯밤은 전부 술 때문이야. 금방 회복될 거야. 너도 회복할 거야. 나는 네가 나를 따라오지 않을 걸 알았어. 대위한테도 너는 약속을 어기는 사람이 아니라고 말했지. 여기 사람들은 좋은 사람들이야. 남부인 가운데는 안 좋은 사람들이 있는 게 사실이야. 그 사람들은 백인하고 너무 많이 어울렸어. 하지만 자기들끼리만 살면 아무 문제 없어. 백인들이 이 사람들한테 거짓말도 안 하고 술도 안 주고 가만두면, 다 괜찮아져."

"그리고 백인 신부도 안 주면." 내가 덧붙였다.

"그래, 우리는 늘 남의 일에 끼어 일을 망치고 있어." 거티가 인정했다. "그리고 인디언 생활의 좋은 점이 바로 그거야. 내가 '행복'한지 어떤지 신경 쓸 필요가 없다는 거야. 내가 볼 때 행복이란 백인들이 만들어 낸 그다지 영양가 없는 고민이야. 술처럼 말이야. 여기서는 그저 새끼 곰이나 프롱혼 영양, 코요테, 새처럼 살 뿐 그런 생각을 할 필요가 없어. 비를 막아 줄 지붕이 있나? 추위에 떨지 않나? 배를 채울 음식이 있나? 깨끗한 물이 있나? 좋은 남자가 있나? 친구들도 있나? 바쁘게 할 일이 있나?"

나는 그 질문 하나하나에 고개를 끄덕였다.

"너도 인디언 이름 있지, 메이?" 거티가 물었다. "물어본다는

274

걸 잊었다. 내 이름은 '아메하에'였어. '하늘을 나는 여자'라는 뜻인데, 내가 전속력으로 달리는 거친 말에서 뛰어올라 나무에 착지한 적이 있거든. 그걸 보고 인디언들은 내가 하늘을 난다고 생각했어. 나는 그 이름을 좋아했어."

"내 이름은 '메소케'야." 내가 말했다.

"제비로구나." 거티가 말했다. "그래, 예쁜 이름이다. 내가 볼 때 너한테는 인생에 필요한 모든 게 있는 것 같아. 더 뭐가 필요해?"

나는 그 질문을 잠시 생각해 보고 말했다. "안전…… 아마도 사랑."

"이런," 거티가 비웃었다. "안전이 그렇게 중요했다면 너는 여기 있지 않을 거야. 그냥 정신병원에서 살았겠지. 그리고 사랑? 참 쉽군! 저기 불가에 쪼그려 앉은 여자 보여?"

그녀가 콰이엇 원을 가리켰다.

"저 여자가 자기가 행복한지 아닌지 걱정할 것 같아? 네 눈에는 저 여자가 사랑을 별로 경험하지 못한 걸로 보일지도 몰라. 가족하고도, 남편하고도, 아이들하고도. 하지만 한 가지 말해 줄게. 네가 여기서 행복했다는 걸 언제 알게 될지 말이야. 바로 여기를 떠난 다음이야. 이런 일을 곱씹어 볼 시간이 생겼을 때."

"아이들이 보고 싶어, 거티." 내가 말했다. "그게 제일 힘들어. 나한테 아이가 둘 있는 거 알아? 내가 여기 지원한 건 아이들 때문이야. 자유를 얻어서 아이들을 다시 만나려고. 날마다 아이들을 생각하고, 그 아이들이 어떻게 살지 어떻게 자랐을지 생각해. 그걸로 힘을 얻어. 나는 아이들이 여기 와서 나랑 같이 미개인

틈에서 자라면 어떨지 하는 것도 가끔 상상해."

"아주 좋아할 거야." 거티가 말했다. "망할 놈의 술만 빼면, 아이들이 살기 좋은 곳이야. 처음에 이 사람들한테 납치당했을 때는 죽을 만큼 괴로웠는데, 시간이 지나니까 내 본래 인종은 거의 잊었어. 꼭 동화 속을 사는 것 같았지. 그리고 그 동화를 깨뜨리는 건 백인의 세계야. 어젯밤에 그런 일이 일어난 거지. 내 경우는 샌드 크릭에서 그랬고."

"네가 너한테 아이들한테 보내는 편지를 주면," 내가 물었다. "요새에 가서 부쳐 줄래? 우리가 여기를 떠나기 전에는 편지를 보낼 수 없을 거야. 하지만 네가 대신 부쳐 줄 수는 있지 않을까?"

"해볼게." 그녀가 말하고 웃었다. "여기는 우편배달 제도가 없으니까."

"여기 생활이 그렇게 좋았다면 왜 백인 세상으로 돌아갔니, 거티?" 내가 물었다. "블랙 버드가 샌드 크릭에서 죽어서?"

거티는 한동안 말이 없었고, 나는 그녀가 잠들었나 했다.

"그것도 이유의 하나였어." 그녀가 마침내 말했다. "하지만 내가 백인이라는 사실을 완전히 극복할 수 없기도 했어. 그건 어떻게 할 수가 없었지."

그 뒤로 우리는 침묵했고, 간밤의 노역으로 인한 피로가 우리를 덮쳤다. 나는 거티 옆의 내 잠자리에 몸을 웅크리고 누웠다. 친구를 집으로 불러 함께 자는 소녀 시절로 돌아간 것 같았고, 오늘 아침 그녀가 여기 있어 주는 게 특히 고마웠다. 그녀는 분명히 거친 여자에다 몸도 잘 안 씻는 것이 분명하지만 마음씨는 바다 같다. 그리고 사람에 대해 그 이상의 어떤 말이 필요하겠는가?

해가 떠오르고 천막촌의 일과가 시작되었지만, 티피 안은 고요하고 안전했으며, 부드러운 아침 햇살이 버펄로 가죽을 뚫고 들어왔다. 따뜻한 모닥불은 이른 아침의 냉기를 쫓아 주었다. 천막 안에는 인간의 체취와 연기와 커피와 고기 음식과 동물 가죽과 흙 냄새가 뒤섞여 떠돌았다. 그 모든 것이 이제는 전혀 역겹지 않고 기이한 편안함을 주었다. 그건 집의 냄새였다.

거티는 곧바로 코를 골았다. 우렁차고 리듬감 있는 그 소리는 지미라는 이름의 노새꾼에게 어울렸지만 거슬리지 않았고 나는 곧 잠으로 빠져들었다.

➤➤➤ 1875년 6월 15일 ◀◀◀

공포의 밤 이후 일주일 이상 지났다. 나는 펜을 내려놓고 다른 이들과 함께 하루하루를 충실히 살았고, 그러면서 참담한 피해를 복구하고 우리 영혼의 고갈된 우물을 채우기 위해 노력했다.

거티는 오늘 아침에 혼자 캠프 로빈슨으로 떠났다. 그녀는 내가 아이들에게 보내는 편지와 버크 대위에게 보내는 사신私信만을 가지고 갔다. 편지에서 나는 대위에게 내 안위에 대한 걱정에 감사하지만 거티와 함께 돌아갈 수 없다고 했다. 그리고 그의 결혼을 축하하고, 나는 내 결혼 생활에 만족한다고 했다.

나는 그녀에게 들은 소식을 아무에게도 전하지 않았다. 어쩌면 그것은 잘못이고 사람들에게 각자 자기 갈 길을 선택하게 하는 게 옳은지도 모른다. 하지만 우리가 어찌 할 수 없는 일들에 대해 불안감을 안겨 줄 필요는 없어 보였다. 이처럼 무력한 상태의 그들에게 공포를 안겨 주는 일은 더 큰 비극과 절망만을 초래할 것이다. 우리는 이 사업에 자원해서 참여했지만, 최근의 사건을 보면 실제로 우리는 포로인 것 같다.

걱정했던 대로 나시사 화이트— 그날 음주 난동과 남편의 강제 겁탈을 겪고 이곳의 사역을 포기한 게 분명한 —가 이끄는 몇몇 여자들은 다음 날 바로 천막촌을 떠나려 했다. 하지만 거티가 말했듯이 남편들은 몇 시간 지나지 않아 여자들을 찾아 오두막으로 데리고 돌아왔다. 안 그랬어도 그들은 멀리 가지 않아 평원에서 탈진해 죽거나 다른 부족에게 잡혔을 것이다.

"크로 족이나 블랙 풋 족에게 잡히면," 거티가 말했다. "샤이엔 족 생활이 천국이었다는 걸 깨달을 거야."

나의 남편 리틀 울프는 사흘 낮 사흘 밤 동안 오두막에 돌아오지 않았고, 천막촌 어디서도 모습이 보이지 않았다. 그 시간 동안 그는 아마 집도 음식도 물도 없는 평원에 나가 혼자 맨땅에서 자며 자기 죄를 참회했을 것이다. 자신의 신에게 신성한 가르침을 빌었을 것이다.

마침내 그가 돌아왔을 때 병든 코요테 한 마리가 그의 뒤를 따라왔다. 천막촌 사람들이 모두 그에 대해 한마디 했지만, 이 일을 특별히 이상하게 여기는 건 우리 백인 여자들뿐이었다. 미개인의 세계는 우리의 세계와 육체 개념조차 다르다는 것, 그 세계는 우리가 접근하기 아주 어렵다는 걸 우리는 깨닫기 시작했다.

코요테는 수척했고 군데군데 털이 빠졌으며 우리 오두막 근처를 사흘이 넘도록 배회했다. 나는 그 짐승이 너무 무서웠다. 내가 휘이 하고 쫓으면 녀석은 게처럼 옆으로 비켜서 이상한 소리를 냈다. 리틀 울프가 오두막을 나설 때마다 코요테는 일정한 거리를 두고 그 뒤를 따랐다. 무슨 이유인지 천막촌 개들은 코요테에게 신경을 쓰지 않고 — 아마 아픈 동물인 걸 알아봐서 그랬을 것이다 — 일부러 녀석을 피하는 것 같았다.

리틀 울프는 코요테에게 말을 걸지 않았고, 그게 있다는 걸 의식하지도 않았다. 그는 자신만의 힘겨운 싸움을 하는 듯 침묵과 숙고에 잠겨 있었다. 그는 나와 수화조차 나누지 않았고, 내가 신혼여행 때처럼 영어로 이야기를 건네면 자기 언어로 대답하는 대신 완전히 무시했다. 그의 행동을 두고 온 천막촌에 온갖 추측이 떠돌았다.

주술사 화이트 불은 헬렌 플라이트에게 코요테가 족장의 주술 동물이며, 그것이 병에 걸렸다는 건 족장과 온 부족이 술로 병에 걸렸다는 뜻이고, 만약 코요테가 천막촌에서 죽으면 모두에게 나쁜 일이 될 거라고 말했다. 하지만 사흘이 지난 뒤 코요테는 사라졌다. 아침에 일어나 보니 자취 없이 떠났고 다시는 돌아오지 않았다. 리틀 울프는 차츰 자기 모습을 찾았다.

그날 밤 일은 다른 사건들도 빚었다. 프랑스 처녀 마리 블랑슈의 남편 '까마귀를 피하다'가 '휘파람 부는 엘크'가 쏜 총에 심장이 뚫려 죽었다. 마리의 고통은 이만저만이 아니다. 두 분 부모님이 시카고에서 살해됐는데, 이제는 남편까지 살해된 것이다. 그녀는 남편을 좋아했기에 완전히 넋이 나가 있다. '까마귀를 피하다'의 동생인 '곰 한 마리'가 샤이엔 관습에 따라 — 내가 볼 때는 훌륭한 관습이다 — 그녀와 결혼하겠다고 했다. 내 제한된 경험으로 볼 때 프랑스 여자들은 본래 아주 현실적이기 때문에, 마리 블랑슈는 첫 남편의 죽음을 슬퍼하면서도 그 청혼을 고려하고 있다. 그녀도 자신과 아이를 돌보아 줄 사람이 필요할 것이다.

슬프게도 살인자 '휘파람 부는 엘크'는 에이다 웨어의 남편이다. 그 어두운 여자에게 우울할 이유가 부족하기라도 한 것처럼 말이다. 이 사건은 샤이엔 사회에 큰 충격을 안겨 주었다. 부족민을 죽이는 것은 그들 사회에서 가장 큰 범죄고, 그들 역사에서 거의 일어난 일이 없기 때문이다. 살인자는 동행을 원하는 가족과 함께 추방되어 마을 바깥에서 외롭게 살아야 한다. 그리고 다시는 돌아올 수 없다. 사람들은 그에게 말을 걸지도 않고 그가 옆에 없는 것처럼 행동하고, 그는 어떤 부족 행사에도 참여하지 못한다. 그는 사실상 투명 인간이 된다.

추방된 에이다의 남편은 심지어 이름도 '더러운 살'로 바뀌었다. 샤이엔 족은 부족민을 죽인 자는 즉시 몸 안쪽이 썩기 시작한다고 믿기 때문이다. 부족 법에 따라 에이다는 공식 이혼 없이 남편을 떠날 수 있지만, 그녀는 남편과 함께 추방당하는 쪽을 선택했다. 하지만 그녀는 죄가 없기 때문에 자유롭게 마을을 찾아올 수 있다. 그러나 남편의 죄에 오염된다고 간주되기 때문에 다른 사람이나 물건에 손을 댈 수 없다. 그녀가 다른 이의 오두막에서 음식을 먹으면 그 냄비와 접시는 오염을 피하기 위해

깨거나 버려야 한다. 이런 미신이 마을에서 에이다의 인기를 높여 주지 않는다는 건 덧붙일 필요도 없을 것이다.

"병원에서 의사들이 내 병에 대해 물을 때," 며칠 전 회합에서 불쌍한 에이다가 말했다. "남편이 간통했다는 사실을 견딜 수 없다고 말했어. 특히 시카고의 길고 우중충한 겨울에는. 검은 개가 내 가슴을 타고 질식시킬 듯 짓누르는 게 느껴졌거든. 그래서 그 겨울에 의사들은 나를 정신병원으로 보냈고, 거기서 친구라고는 그 검은 개뿐이었어. 남편은 내 병과 입원을 이유로 들며 ― 그자의 죄의 대가일 뿐인데도 ― 나와 이혼하고 애인과 결혼했지. 그래도 의사들은 나한테 계속 물었어. 왜 그렇게 슬프냐고? 왜 검은 옷만 입냐고? 내 우울병의 원인이 뭐라고 생각하느냐고? 그런데 이제 내 남편은 '더러운 살'이라는 이름의 살인자야. 내장이 썩어 가는……. 그리고 나는 다시 한 번 남편의 죄로 추방당했어. 내가 왜 검은 옷만 입는지 궁금한 사람 있어? 이세상에 여자의 고통에 끝이 있는 거야?"

에이다가 우리에게 한 말 가운데 그렇게 긴 이야기는 처음이었다.

"하지만 긍정적인 면을 봐, 에이다." 메기 켈리가 말했다. "네 남편은 살인자지만 이제 마을에서 추방되었으니 간통을 저지르지는 못할 거 아냐. 아무도 다가가지 않을 테니!"

우리는 모두 웃었다. 에이다마저 살짝 웃었다. 그녀는 어두운 유머일망정 유머 감각이 없지 않기 때문이다.

"메기 말이 맞아." 수지가 말했다. "그리고 또 있어. 나도 시카고의 겨울에는 약간 우울병을 앓지만 평원의 여름에 쏟아지는 햇살은 시카고의 겨울하고는 비교할 수 없거든. 그 늙어빠진 검은 개한테는 지독하게 더울 게 분명해. 여기서는 그놈을 보기가 좀 힘들걸."

그렇게 우리는 서로에게 용기를 북돋아 주려고 한다.

다음의 일은 여기 기록하기가 가장 싫다. 원주민 백인 할 것 없이 그날 밤 많은 여자가 술 취한 미개인에게 겁탈당했다. 나시사 화이트를 비롯한 몇몇 경우는 남편이 그 일에 가담했다. 데이지 러블레이스는 그날의 참사 이후 말을 잃고 사람들을 피해서 모두 그녀를 걱정한다. 적어도 그녀의 남편은 선량하고 참을성 있는 사람이고 그녀를 좋아하는 것 같다.

가장 불행한 건 아마도 그날 밤 참사를 부른 장본인인 줄스 세미놀이 아무런 벌도 받지 않고 참회하는 기색도 없이 계속 우리 곁에 남아 있다는 사실이다. 아직도 귀가 부풀어 있는 걸 빼고는 크루키드 노즈의 방망이 타격에서도 회복한 것 같았고, 벌써 몇 번이나 우리 오두막에 와서 내게 더러운 눈길을 던지며 말할 수 없이 추저분한 말을 했다. 나는 그에 대한 공포를 감추려고 하지만, 그 남자가 너무 무서워서 혼자 밖에 나가지 않으려고 한다.

리틀 울프도 세미놀이 내게 끈질기고 음흉한 관심을 품은 걸 알고 있지만, 지금까지는 그 남자가 와도 잘 참고 있다. 온화한 주술 족장으로서 내 남편은 세미놀이 사람들에게 술을 들여온 일을 회의에서 비난하는 이상의 어떤 행동도 할 수 없었다. 진실로 그 역시 술로 인해 실수한 점을 뺀다면, 리틀 울프는 수도승처럼 의무를 준수한다. 그렇게까지 자신을 버리는 모습이 거의 예수처럼 보일 지경이다.

≫≫ 1875년 6월 17일 ≪≪

오늘 아침에 헬렌 플라이트가 나를 찾아와서 자신이 명예 손님으로 초대받은 춤 잔치에 함께 가자고 했다. 킷 폭스 전사 패가 어제 크로 족 습격에서 돌아왔다. 그들은 현명하게도 그 지옥의 밤에 술을 마시지 않고, 강 건너편에서 따로 전쟁 춤을 춘 뒤 계획된 대로 다음 날 아침 떠났다. 모두가 헬렌의 멋진 새 그림을 그려 넣었고, 그림 솜씨가 단순한 막대기 형상을 벗어나지 못한 미개인들에게 그 그림의 실물감은 엄청난 경지였다.

습격은 대성공을 거두었고 어제 킷 폭스 전사들은 어마어마한 수의 크로 족 조랑말을 이끌고 떠들썩하게 개선했다. 게다가 적의 말도 많이 빼앗았지만 인명 피해가 한 명도 없었다.

"아무래도, 메소케." 헬렌이 오늘 아침에 내게 말했다. "킷 폭스 사람들은 이 성공이 완전히 내 덕분이라고 생각하는 모양이야. 지금 나를 '주술 새 여자' 그러니까 '베케소마헤오네베스체'라고 불러. 정말 길지? 그러니까 너는 그냥 계속 '새'라고 불러줘."

"알았어, '베세'." 내가 대답했다. (우리 일부는 샤이엔 말을 익히기 위해 함께 노력했고, 이름이 가장 시작하기 좋았다.)

"그래, 한 친구가 벌써 크로 족 말 세 마리를 선물하고 무용

담을 전했어." 헬렌이 말했다. "정확히 말하면 노래와 춤으로 이 야기했어. 오늘 밤 네가 나하고 같이 춤 잔치에 가면 너도 볼 수 있을 거야. 그 친구한테는 도요새를 그려 주었는데, 자기하고 말 이 추격하는 적이 쏘는 총알과 화살을 도요새처럼 잘 피해서 아 무 부상도 입지 않았대. 춤과 노래로 이 이야기를 전하면서 이 친구는 두 팔을 날개처럼 들고 구부려서 도요새가 영토 과시를 할 때 내는 키질 소리 같은 걸 내더라고. 상당했어. 아니 대단했 다는 표현이 더 맞을 거야. 그런 건 처음이었어. 그러니까 정말 새 소리 같았어. 진짜로 도요새가 된 것처럼 말이야."

"네 마술에 대한 견해를 수정해야 할 모양이야, 헬렌." 내가 말 했다. "네가 나를 마술의 신봉자로 만들고 있어."

공포의 밤에 믿음을 크게 잃은 ─ 자기 '주술'의 실패를 인정 한 ─ 헤어 목사는 우리 여자들과 미개인들에 대한 영향력이 대 폭 줄었다. 특히 미개인들은 비겁함을 보이는 것을 아주 경멸한 다. 그들은 목사의 주술이 그가 늘 물리치라고 설교하는 사탄의 주술 앞에 그토록 미약하다면, 목사가 말하는 위대한 백인 영혼 에게 도대체 무슨 힘이 있겠는가 생각한다. 미개인의 신학적 추 론은 어린애 같으면서도 단순한 논리가 있다. 신의 영향력은 그 지상의 대리자가 지닌 영향력과 똑같고, 현재로서는 헬렌 플라 이트의 마법이 가장 큰 힘을 지녔다.

천막촌에 떠도는 말로는 내일 여름 사냥을 떠난다고 한다. 어 디로 가는지, 기간이 얼마나 되는지는 모른다. 존 버크나 거티나 군대가 우리 움직임을 추적할 수 있을지 없을지도 모른다. 이렇 게 급박하게 유목 생활에 들어가는 일은 또 하나의 결별, 황야

로 더 깊이 들어가는 또 하나의 발걸음 같다. 우리를 귀환이 아
니라 반대편으로 더 멀리 끌고 가는…….

　월경을 거르자 나는 임신했음을 더욱 확신했다. 다시 어머니
가 된다는 것은 기쁨과 두려움을 동시에 안겨 준다. 이제는 걱
정해야 할 사람이 둘이다.

→ 다섯 번째 일기 ←

집시의 삶

'이제 다시 움직인다. 말들이 사람들을 따라 언덕을 내려간다.
사람들은 버펄로를 따라가고, 버펄로는 대지에 돋는 풀을 찾아간다.'

– 메이 도드의 일기에서

⇒⇒⇒ 1875년 7월 7일 ⇐⇐⇐

몇 주일 동안 계속 이동하고 있다. 다행히 달력을 가져와서 하루하루 표시하고 있기 망정이지 안 그랬으면 시간 감각을 완전히 잃었을 것이다. 당연한 일이지만 미개인들은 우리 역법을 지키지 않고, 그들의 시간은 우리의 시간과 다르기 때문이다. 설명하기가 어렵다. 그저 그들에게는 시간이 없다는 것밖에는……

지금 나는 야트막한 언덕에서 나의 말 솔저를 타고 푸른 평원을 내려다보고 있다. 그리고 착한 아이 호스 보이─ 몸이 깃털처럼 가볍고 피부는 햇볕에 갈색으로 그을린 ─는 흔히 그러듯이 내 안장에 함께 앉아 있다. 나는 갈수록 이 아이가 좋다. 아이는 나의 보호자고, 나는 아이의 보호자다.

여자 몇이 함께 달린다. 지금은 나, 마사, 피미, 헬렌, 페더 온 헤드다. 이렇게 이동하는 시간이 최고의 시간이고, 때로는 우리가 만나 서로의 소식을 듣는 유일한 시간이기도 하다. 야영지에서는 모두 할 일이 너무 많기 때문이다.

같은 이유로 나는 이 일기도 이동 중에 적기 위해 등에 띠로 묶고 다니다가 멈춰 설 때마다 조금씩 끼적이기로 했다. 지금은 호스 보이의 등에 일기장을 대고 쓰고 있다.

여기서 우리는 전체 무리를 본다. 남부인이 합류하면서 족히 200채나 되는 오두막의 주민들이 평원을 건너간다. 말과 개와 수레가 함께 움직인다. 어떤 이는 걷고, 어떤 이는 말을 탄다. 전사들로 이루어진 호위대는 먼 지평선에서 이따금 모습을 보이다가 바다의 배처럼 다시 저지대로 사라진다. 정말로 장관이 아닐 수 없다! 얼마나 많은 백인이 이런 대이주를 목격했을까? 그리고 거기 직접 참가한 사람은 얼마나 될까?

샤이엔 족은 원래도 부유하지만 크로 족 습격 이후로는 말이 더 많아졌다. 여자들 일부와 좀 큰 아이들은 짐말이나 수레 말옆에서 이따금 채찍을 휘두르며 걷는다. 다른 이들은 말의 등짐 위에 직접 탄다. 어린 소녀들은 말 한 마리에 서너 명이 함께 타서 놀이도 하고 한 둥지의 병아리들처럼 조잘거린다. 꼬맹이들은 큰 개도 타고 조랑말도 탄다. 샤이엔 아이들은 걸음마를 하는 동시에 말과 평원 조랑말을 타기 시작하는데, 아둔한 평원 조랑말은 모양이 우리가 아는 조랑말과 크게 다르고 성미가 차분해 길들이기 쉬우며 유순하다. 노인, 특히 병에 걸리거나 허약한 이, 그리고 아직도 어른의 손길이 필요한 아이들은 수레에 타고, 아기들은 아기 판에 앉혀서 어머니가 등에 맨다. 아기 판은 때로 안장이나 수레에서 늘어져 내려 말의 움직임에 따라 달랑거리고, 그러면 아기들은 재미있어 웃는다. 아기들은 깨어 있을 때는 눈을 크게 뜨고 이동 행렬을 바라본다. 이런 식으로 그들은 평원 유목 생활을 햇빛처럼 자연스럽게 받아들인다. 인디언 아이들은 거의 우는 일이 없다. 정말로 사랑스러운 귀염둥이들이다. 하지만 사실 아이들은 원래 그렇지 않은가? 나는 계속 내 아이들이 생각난다. 여자들이 계속해서 임신을 알리고 있기 때문이다. 우리 정부는 우리 임무에 믿음을 잃었을지 모르지만, 아기를 기다리는 어머니가 어떻게 미래의 희망을 버릴 수 있겠는가?

오늘은 기분이 아주 좋다. 지난 몇 주 동안 계속된 이동은 힘든 노역이지만 나하고 꽤 잘 맞는다. 내가 전에 대위와 이야기할 때 그가 수사적으로 물었던 "미개인들의 셰익스피어는 어디 있습니까?"에 대한 답이 떠오른다. 원주민이 세계 문학에 별로 기여하지 못한 것은 그들이 사는 일에 너무 바빠서 — 이동하고, 사냥하고, 일하고 — 그 과정을 기록할, 또는 거티의 말대로 그것을 생각해 볼 시간의 여유가 없기 때문이라고. 그것이 그렇게 나쁜 일만은 아닌 것 같다. 그리고 나는 여기서 가능한 대로 짬을 내어 이 사건들을 충실히 적고자 한다.

이 기회를 빌려 우리 일행 네 명— 어쩌면 우리 집단의 대표라고도 할 수 있는 —을 살펴보자. 우리는 얼마나 뒤죽박죽인지! 우리는 거의 원주민이 다 되어서 다른 샤이엔 여자들하고 별로 구별이 되지 않고, 피부도 거의 그들과 비슷하게 검어졌다.

(물론 피미는 더 검지만!) 내 창백한 안색도 그렇게 열심히 기름 물감을 바르는데도 진한 밤색이 되었다.

날씨가 허락하면 피미는 여전히 남자의 앞가리개 정도만 입는다. 가슴을 드러내는 일은 이미 오래전에 모두에게 용인되었다.

날이 더워지면서 헬렌은 무거운 칠분바지를 버리고 재봉사 지넷 파커에게 주문한 숫사슴 가죽 저고리와 바지를 입는다. 여자 옷으로는 아주 이상하지만 헬렌에게는 잘 어울린다. 그녀는 완전히 변경 개척민 같고, 특히 언제나 입에 파이프를 물고 있어서 더욱 그렇다.

마사와 나, 그리고 내 동료 아내 페더 온 헤드는 모두 원주민 여자들이 좋아하는 헐렁한 영양 가죽 통옷을 입는다.

이제 다시 움직인다. 말들이 사람들을 따라 언덕을 내려간다. 사람들은 버펄로를 따라가고, 버펄로는 대지에 돋는 풀을 따라간다.

➤➤➤ 1875년 7월 14일 ◀◀◀

지난 몇 주 동안 우리가 우왕좌왕한 것처럼 보여도, 거기는 진정한 질서가 있다. 야영지는 놀라울 만큼 효율적으로 꾸려지고 이동한다. 어머니에게 들은 유럽의 집시 이야기가 생각난다. 물론 이제 나는 내 혼례 오두막이 해체된 이유를 안다. 나 혼자서는 해내지 못했을 것이다. 이것은 가장 순수한 형태의 공동생활이다. 벌집처럼, 개미굴처럼 모든 구성원이 전체에 기여한다.

여자들은 파플레시를 꾸리고, 오두막을 해체하고, 말과 수레에 짐을 싣고, 지난번과 똑같은 야영지를 꾸리는 데 필요한 모든 일을 한다. 우리 오두막에서는 노파 크루키드 노즈가 이런 일을 지휘한다. 사나운 까치처럼 소리를 질러 대며 누가 조금만 잘못해도 무기고에서 꺼내 든 버드나무 회초리를 휘두른다. 이동을 시작한 첫날, 나는 그 살벌한 회초리에 종아리를 맞았다. 아마도 내가 짐 꾸리는 방식이 잘못된 모양이다.

"아야!" 내가 아파서 소리 지르며 펄쩍 뛰었다. 어찌나 세게 때렸는지 살이 빨갛게 부풀어 올랐다. 화가 나서 노파에게 돌아섰더니 그녀는 내 분노를 알아차리고 슬슬 물러섰다. 내가 손가락을 흔들며 다가갔다. 나는 손으로 내 목을 잡고 다시 그녀를 가리키며 말했다. "아무리 할머니가 이 일을 총괄한다고 해도 나한테 이런 짓을 또 하면 그때는 목을 확 졸라 버릴 거예요!" 물론 영어로 한 말이지만, 그건 여자들의 보편적인 언어이기도 했고, 노파는 내 말뜻을 알아들었다. 그 뒤로는 회초리를 들지 않았기 때문이다.

남자들은 사냥에 전념하고, 여러 전사 패는 야영지를 지키고 이동 행렬을 보호하는 역할을 한다. 지금까지는 적과 마주치지 않았고, 버려진 야영지 흔적을 빼면 적의 자취도 본 적 없다. 지금 우리가 지나는 곳은 크로 족과 쇼쇼니 족의 땅이라서 전사 패들의 경계가 더욱 엄해졌다.

여자로서 맡은 영역을 어느 정도 받아들이고 보니, 전체적으로 원주민의 노동 분담은 꽤나 평등하다는 것을 인정하지 않을 수 없다. 사냥은 아버지와 친구들에게는 취미 생활이었지만, 이들에게는 그야말로 삶과 죽음의 문제다. 어렵기도 매우 어렵고 위험한 경우도 다반사다. 이번 여름에도 벌써 추격하다 조랑말에서 떨어져 버펄로에게 밟혀 죽은 사람이 한 명 있다. 또 한 명은 버펄로 수놈의 뿔에 받혔지만 살아남았고(그 사람의 이름은 이제 '버펄로가 죽이지 못한 자'이다), 세 번째 사람은 전속력으로 달리던 조랑말이 오소리를 밟아 넘어져 다리가 부러질 때 크게 다쳤다(이 사람의 이름은 지금 '말 다리 부러지다'이다). 그래도 남자들이 사냥에 나설 때는 우리 여자들이 야영지의 허드렛일과 이동 관련 일을 할 때보다 훨씬 기대감에 찬 모습이다. 물론 여자들도 대개 서로 격려와 협동 속에 일을 하기는 한다.

놀랍게도 미개인들은 우리의 흑녀 피미— 인디언 이름은 '검은 백인 여자'라는 뜻의 '모타에베호아에'인—를 사냥에 끼워 주었다. 여자들은 사냥단 참여가 허락되지 않지만, 샤이엔 족은 특별한 재능을 알아보는 데는 아무 편견이 없고, 피미는 사냥 솜씨를 확실히 증명했다.

동시에 부족 여자들은 일상적인 일에 큰 영향력을 행사하고, 사람들의 평안과 관계된 모든 문제에 의논 상대가 된다. 예를 들어 나의 남편 리틀 울프는 어떤 남자 주술사의 조언보다 이름난 여자 주술사 '바람에 맞서는 여자'의 조언을 중시하고, 각종 문제와 관련해서 내가 의견을 냈을 때 거기 동의하는 일은 드물지만 그래도 존중하며 들어 준다. 우리 백인 사회는 양성 관계에 관한 한 미개인에게 배울 점이 있는 것 같다.

척후들은 우리가 가는 거의 모든 곳에서 큰 규모의 버펄로 떼를 발견했다. 그래서 사냥 수확이 아주 풍성하고, 식량이 가득

쌓였다. 거기에 엘크사슴, 사슴, 프롱혼, 각종 소형 사냥감, 송어— 이곳의 시내는 물고기가 너무 많아서 동작만 빠르면 손으로도 잡아 올릴 수 있고, 그건 여자와 아이들의 일이다 —도 있었다. 이미 가죽도 잔뜩 쌓였고, 그것들은 부족민이 쓰기 위한 것도 있지만, 보호소 교역소에서 커피, 설탕, 담배, 옷감, 화약, 조리 기구, 그 밖에 미개인을 사로잡는 백인의 여러 사치품과 교환하기 위한 것도 있다.

어떤 날은 사냥단이 사냥감을 찾지 못하기를 바라기도 한다. 사냥 수확이 많으면 모두에게 할 일이 많아지기 때문이다. 벌써부터 손이 할머니처럼 변한 나는 사냥한 동물의 가죽을 벗기고, 몸통을 자르고, 속을 긁어내고, 가죽을 무두질하고, 고기를 말리고, 모닥불에 요리하는 데 능숙해졌다. 물론 요리에 관한 한 우리 가족이 모두 내 솜씨에 감탄하는 것은 아니지만.

그리고 나는 첫 번째 아내 콰이엇 원과 미약한 평화 관계를 이루었다. 좋은 사이라고는 할 수 없지만 그녀는 내 존재를 용인해 주고 나는 이제 그녀를 두려워하지 않는다. 하지만 그녀는 내가 불을 맡겠다고 할 때마다 얼굴이 어두워진다. 그러면 내게 일 번 아내이자 수석 요리사의 자리를 빼앗긴다고 느끼는 것 같다. 하지만 솔직히 내가 일을 덜어 주는 걸 고마워하는 것 같기도 하다.

내가 우리의 끊임없는 노동에 가끔 불평하는 정도라면, 맡겨진 일을 전혀 하지 않는 사람도 있다. 탈출 시도가 실패한 뒤로 나시사 화이트는 자신은 여기 있을 생각이 전혀 없음을 이곳 사람들에게 명확히 밝혔고, 어떤 일에도 참여하지 않는다. 선교에 대한 열정도 대폭 줄어들었다. 미개인은 너무도 거칠고 수준이 낮아서 온전한 기독교인이 될 수 없다는 판단 아래 그녀는 그들의 영혼 구원을 포기하고, 이제는 장래의 백인 주인에게 고분고분 따르는 법을 그들에게 가르치고 있다.

"나시사는 사람들한테 노예가 되는 법을 가르치고 있어." 피미가 말했다. "그러면 이들이 우리 흑인들처럼 영혼의 구원을 위해 백인의 신에 의지할 거라고. 정복자들은 어디서나 그런 식으로 노동력을 착취하지."

그 목적을 위해 나시사는 두 미개인 소녀를 포섭해서 그들에게 '문명화된' 가사 노동을 가르치고 있다. 미개인 소녀들이 치마 끝을 잡고서 무릎 굽혀 인사하고, 그녀의 물건을 들고 다니며 '네, 마님', '네, 주인님' 하는 말을 연습하는 건 이런 황야의 한복판에선 희극적인 것을 넘어서 약간 미친 짓처럼 보인다.

우리들 중 많은 수가 교역소에서 구한 각종 냄비와 접시를 쓰고 심지어 질 낮은 은식기도 쓴다. 물론 아직 손으로 먹는 사람도 있지만.

"보호 구역에 정착하면," 나시사가 말한다. "내 가르침이 많은 도움이 될 거예요. 그러면 언제든지 요새 장교들 가정에, 그리고 문명이 미개인의 사악한 약탈을 겁내지 않고 그 고귀한 손길을 뻗어 확보한 변경에 생겨날 백인 도시와 개척촌에서 일자리를 찾을 수 있을 테니까요." (말이 나온 김에 말하자면, 나시사는 남편이 '본의 아니게' 결혼 초야를 치른 일을 용서하지 않았다. 그를 오두막에 들이지도 않고, 임신 여부도 밝히지 않는다.)

나는 그 '하녀'들이 왜 일부러 그런 취급을 받는지 모른다. 어쩌면 호기심 때문일 수도 있고 그저 예의 때문일 수도 있다. 미개인들은 호기심도 많고 예의도 바르기 때문이다. 하지만 이 친구들이 훌륭한 가사 노동자가 될 가능성은 별로 없을 것이다.

이제 우리는 척후 선발대가 가서 고르고 야영지 포고꾼이 행렬을 누비며 선포한 목적지에 도착했다. 하루를 접을 때가 되면 우리 행렬은 몇 킬로에 걸쳐 길게 퍼진다.

새 야영지에 하루만 있건 여러 날 있건 상관없이 여자들은 지난번과 완전하게 똑같은 일을 반복한다. 각 친족 집단과 개별 오두막이 전과 똑같은 위치로 배열된다. 전체적으로 원형으로 배치되는 오두막들은 언제나 일출을 마주하도록 동쪽을 바라보고, 그것은 각 친족 집단과 개별 오두막의 입구도 마찬가지다. 여기에는 종교적인 목적뿐 아니라 실용적 목적도 있다. 사람이 아침 해의 온기를 받으며 깨고, 오전에 오두막 입구 천을 열면 햇빛이 전체 티피에 온기와 빛을 뿌리기 때문이다. 그 대칭과 질서는 꽤 아름다워서 일종의 예술 작품 같다.

해가 지기 한참 전에 우리는 마을 전체를 세웠다. 여기서 몇 주일 또는 몇 달을 지낼 것처럼. 불이 지펴지고 음식을 하고 아이들이 놀고, 남자들은 담배를 피우며 회의를 한다. 그리고 언제나처럼 여자들은 일한다……

우리는 텅 강가에서 엿새 동안 야영했다. 이동을 시작한 뒤로 한곳에 이렇게 오래 야영하기는 처음이다. 이곳은 산기슭의 움푹한 자연 분지라 비바람을 막기가 쉽다. 작은 골짜기엔 말들이 먹을 싱싱한 풀이 무성하고, 낮은 언덕과 절벽으로 사방이 둘러싸였으며 강가의 커다란 미루나무들은 가벼운 바람에도 이파리를 살랑거린다.

나는 아침에 동이 트자마자 ― 내가 하루 중 가장 좋아하는 때다 ― 야영지 사람들이 하나둘 깨어날 때, 아침 물을 길으러 강의 웅덩이로 간다. 굴뚝새가 활기찬 아침 노래를 시작하고, 개개비는 푸른 버드나무 틈에서 노란 불꽃처럼 파닥거린다. 내가 다가가면 오리, 거위, 학이 물 위로 너울너울 날아가고, 때로는 새끼가 있는 암사슴이 덤불 속으로 꼬리를 팔딱이며 달아난다. 제비들은 모래 절벽의 둥지에서 날아 내려와 물 표면의 벌레들을 낚아채고, 펄떡이는 송어는 웅덩이에 동심원을 그린다. 이 차가운 물속에 주머니를 담그고 주머니가 하류 쪽으로 밀리며 무겁게 차오르면, 나는 이 세상의 일부가 되어 이 주머니처럼 생명으로 부푸는 것 같다.

그리고 이때는 내가 일기를 끼적일 최상의 시간이기도 하다. 하루를 시작하기 전, 야영 생활의 법석이 시작되기 전의 몇 분을 훔친 이 시간이. 나는 강물 속 웅덩이가 내려다보이는 바위에 앉아 있다. 공기는 서늘하고 고요하며, 아직 해가 떠오르지 않아 절벽들은 그림자에 잠겨 있고, 평원의 끊임없는 바람도 아직 일어나지 않았다…….

때로 헬렌 플라이트가 이 바위까지 함께 와서 새들을 그린다. 우리가 조용히 앉아 있으면 캐나다두루미와 아메리카흰두루미, 큰왜가리, 해오라기가 웅덩이에 다시 돌아오기도 한다. 그녀는 스케치북을 무릎에 펼쳐 놓고, 이빨로 파이프를 굳게 물고, 눈썹은 언제나처럼 아주 놀라운 일이 일어날 듯 기대감으로 치켜 올라가 있다. 내가 중간중간 글을 멈추면 내 무릎에서 일기장을 가져다가 구석에 새를 한 마리 그려 넣는다. 물 위의 벌레를 먹으려고 급강하하는 제비, 부리로 물고기를 물고 나뭇가지에 앉은 물총새.

"어쩌면 '메소케'," 그녀가 일기장을 내게 다시 건네며 말한다. "우리 둘이 공동 작품을 만들 수도 있어. '서부 평원 미개인과 함께 한 여성의 삶', 제목은 그런 식으로 하고, 글 메이 '제비' 도드 리틀 울프 부인, 그림 헬렌 엘리자베스 '주술 새 여자' 플라이트 호그 부인으로 하는 거야."

"멋진 생각인데, 헬렌!" 내가 가볍게 대답한다. "변경 문학의 고전이 될 거야!"

"그런데 안타깝게도 나는 사람의 모습을 그리는 데는 약해." 헬렌이 말한다. "나는 언제나 동물을 그리는 게 더 편해. 그중에서도 특히 새가. 내 동료 선덜랜드의 앤 홀 부인의 전신 초상화를 그린 적이 있는데, 부인이 그림을 처음 보고는 이렇게 말했지. '헬렌, 내 모습이 꼭 넓적부리홍저어새 같아!' 하고."

바위에 오래 앉아 있으면 헬렌 말고도 그레첸, 세라, 마사, 데이지, 피미 등도 온다. 우리는 여기서 자주 모인다. 일종의 새벽

여성 클럽이고, 나는 자칭 회장이다.

데이지는 술 취한 야만인에게 고초를 겪은 공포의 밤 이후 많이 회복되었고, 성격도 크게 둥글어졌다. 기이하게도 (물론 이런 상황에서 기이하지 않은 일이 무엇이 있을까마는) 그녀는 그 '사고' 이후 피미와 친해졌다.

"내 친구 유피미아 워싱턴 소식 들었어?" 오늘 아침 데이지가 무릎에 푸들 펀 루이즈를 앉히고 물었다. "크레이지 도그 전사 패에서 피미에게 가입을 요청했대. 전례가 없던 일이지. 그리고 그건 사교 모임의 안주인 역할이 아니야. 완전한 여전사가 되는 거지. 그런 영예를 얻은 여자는 부족 역사상 피미가 처음이래. 피미가 보통 여자라야지. 자랑스럽지 않아? 펀 루이즈하고 나는 자랑스러워. 우리 모두의 큰 영광이라고 생각해. 피미가 사냥에 워낙 뛰어나서 생긴 일이야."

이제 어린 세라가 미소 짓고 콰이엇 원과 리틀 울프의 딸인 프리티 워커와 함께 샤이엔 어로 이야기한다. 그녀는 자주 나와 함께 물을 길으러 온다. 인디언들은 세라를 '샤이엔 말을 하는 백인 소녀'라는 이름으로 부른다. 우리 중에 처음으로 그들의 언어에 능숙해졌기 때문이다. 그들은 그녀가 샤이엔 어를 하기 전에는 아예 말이 없었다는 기이한 아이러니를 거의 모른다! 그녀는 지금 평원의 태양 아래 피어난 들장미 같다. 그 어느 때보다 행복하고 건강하다. 기나긴 서부행 기찻길에서 나에게 매달리던 연약하고 겁에 질린 아이라고는 믿을 수 없다. 그녀와 그녀의 가녀리고 어린 남편 옐로 울프는 떼려야 뗄 수 없는 사이다. 이렇게 사랑이 깊은 두 사람은 본 적이 없다.

사랑 이야기가 나오니, 이제는 큰 발이라는 뜻의 '모막세하타헤'라는 이름이 된 그레첸은 어리숙한 남편 노 브레인스와 화해했다. 그녀는 올여름 술의 난장판이 벌어졌던 그 어두운 밤 이후 남편을 완전히 손아귀에 넣었다.

그는 게으르고 허영심이 강하고 형편없는 가장이라는 평판을 받고 있다. 그레첸이 수도 없이 "끼닛거리를 가져와, 이 덩치 큰 게으름뱅이야!" 하고 명령하며 그를 천막 밖으로 내쫓아도, 노 브레인스는 사냥에서 빈 짐말로 돌아오는 일이 많은데, 그럴 때면 우리는 기이하면서도 약간 재미있는 장면을 목격한다.

성난 가족들─ 그레첸과 남자의 어머니와 이렇게 저렇게 함께 하는 아이들 ─이 막대기를 들고 그를 쫓아 천막촌을 달리는 것이다. "이 바보 같은 인간아." 그레첸이 스위스 인의 분노로 얼굴이 빨개져서 소리 지르고, 그의 엉덩이를 발로 차고, 막대기로 머리와 어깨를 때리면 아이들은 그의 다리를 공격한다.

"고기를 안 가져오면 어떻게 가족을 부양한다는 거야? 우리는 당신 형과 친구들에게 의존하지 않으면 밥도 못 먹고 옷도 못 입어. 나는 구호 대상이 되기 싫어! 나는 이렇게 열심히 일하는데 기부나 받아서 살 수는 없어! 이 멍청한 인간아! 그렇게 옷을 잘 입고 모양을 내면서, 버펄로가 발밑에 쓰러져도 그 고기를 못 가져와? 이 천하의 등신 얼간이 같은 인간아!"

그러면 불쌍한 노 브레인스는 그레첸의 큰 발과 다른 사람들의 매질을 피하기 위해 비틀거리며 천막촌을 달리다가 결국 땅에 쓰러져서 아이들에게 막대기로 맞으며 욕과 비웃음을 듣는다. 평원 사냥꾼의 생활은 결코 쉽지 않다.

하지만 우리가 강 웅덩이 위 바위에서 만나는 지금처럼 고요한 순간에 그레첸은 목장의 암소처럼 차분하게 바보 남편에 대한 애정을 표현한다. 내가 볼 때 그녀는 마침내 남편이 생긴 것에 감사하고, 다만 그가 사람 구실을 해주기를 바랄 뿐이다.

　"아주 똑똑한 사람은 아냐. 그건 사실이지." 그레첸이 그를 변호하며 말한다. "하지만 아이들이 태어나기 전에 저 멍청이를 좋은 남편이자 훌륭한 가장으로 만들 거야. 내가 예쁜 여자가 아닌 건 알지만, 나는 열심히 일하고 인디언 백인 상관없이 가족에게 좋은 집을 만들어 줘. 나는 성실하고 단정한 사람이고 좋은 어머니가 될 거야. 남편한테도 좋은 아내가 되고. 우리 어머니한테 그렇게 배웠어. 그리고 내 남편이 부족 전체에서 가장 덜떨어진 사람일지 몰라도 그래도 내 남편이야. 그리고 나를 좋아해!"

　그리고 그녀는 입을 가리고 웃는다.

　"나를 아주 좋아해." 그녀는 평평한 손으로 우람한 가슴을 치며 덧붙인다. "내 큼지막한 젖을 좋아해! 틈만 나면 나하고 버펄로 모피 위를 뒹굴려고 해!"

　그러면 우리는 모두 웃는다. 마음이 바다 같은 그레첸.

　이제 천막촌이 천천히 깨어나고, 다른 사람들도 물주머니를 채우러 강가로 내려온다. 그리고 미개인 남성 수영 클럽이 아침 수영을 하러 온다. 그들이 물을 첨벙대는 소리가 여기저기서 들린다. 인간들이 자기 영역에 모여 드는 데 놀란 새들이 날아오르면서 강가에는 무거운 날개 수백 개가 요란하게 퍼덕거린다. 삐걱이는 자연의 교향악 같은 새들의 제멋대로의 외침— 깍깍,

끼욱끼욱, 휘이휘이, 삐리삐리 —이 차츰 희미해지고, 그 자리에 여자, 아이, 남자들의 소리가 들어선다. 멀리서 천막촌 포고꾼이 아침 포고를 시작한다. 그의 높고 쨍쨍한 목소리가 울리면 하루 중 최고의 시간은 끝난다.

때로 나는 프리티 워커에게 물주머니를 들려 보내고 계속 글을 쓰거나 친구들을 찾아간다. 프리티 워커는 예쁜 처녀. 청년들은 수줍은 표정으로 그녀에게서 눈길을 떼지 못한다. 아버지처럼 날씬하고 긴 다리로 춤을 추듯 우아하게 움직이고, 어머니와 달리 음울하고 의심 많은 성격이 아니다. 열정적이고 솔직하며 총명하고 눈빛이 맑다. 우리 백인 여자들을 좋아해서 우리는 그녀에게 영어를 가르치고 그녀는 그 대가로 우리에게 샤이엔어를 가르친다. 우리는 전보다 샤이엔어를 말하는 데 쑥스러움을 덜 느끼고 기본적인 의사소통을 할 수 있게 되었다. 그리고 이 사람들이 고담준론을 펼치는 일이 워낙 드물기에 그 정도면 충분한 경우가 대부분이다. 프리티 워커는 이 점에서 우리에게 많은 도움을 주었고, 그녀와 함께 있는 시간은 즐겁다. 물론 그녀의 어머니는 우리의 우정을 그리 반기지 않지만.

나는 그다지 적절하지 않아 보여서 지금까지 피했던, 하지만 우리가 여기 적응하는 데 가장 큰 어려움을 끼친 이야기를 해야겠다. 바로 화장실 문제다. 다행히 우리 부족은 몇몇 부족들과 달리 아주 위생적인 부족이다. 사람들이 숲에 그냥 들어가서 아무 데나 볼일을 본다면 200명의 천막촌에 얼마나 많은 오물이 쌓일지 쉽게 짐작할 수 있을 것이다. 우리는 최근의 이동 중 다른 부족들이 썼던 야영지들을 지나쳤는데, 오물 냄새가 수 킬로

미터 밖까지 진동했다.

샤이엔 족은 이에 대해 비교적 위생적인 해결책을 갖고 있었다. 물론 프라이버시는 보장받지 못하지만. 야영지를 설치하면 언제나 바람이 불어 가는 방향에 모든 사람이 볼일을 보는 장소를 만든다. 소년들이 이런 공동 화장실을 지키고, 오물을 바로 묻게 감시한다. 소년들은 이 일로 시작해서 나이가 더 들면 말을 지키는 일로 옮겨 간다. 화장실을 지키고 분변을 묻는 것은 기본 위생 문제도 있지만 야영지 주변에 개가 많기 때문이다. 개들은 기회만 생기면 — 아, 말하기 정말 그렇지만 — 몰래 들어와서 사람의 변을 먹기도 한다.

우리 백인 여자들은 화장실에 몇 가지 개선을 도입했다. 프랑스 출신 마리 블랑슈(그녀는 결국 살인자 남편의 동생과 결혼했다)는 이런 공동 화장실에 기겁을 했다. 프랑스 사람들은 목욕을 자주 하지 않아서 그것을 벌충할 여러 가지 위생 도구를 개발했는데, 마리 블랑슈는 '비데' 역할을 하는 물통을 설치해서 '화장실 소년들'에게 관리를 맡겼다. 그래서 이 작은 — 하지만 여자에게는 매우 중요한 — 분야에서 우리는 미개인 사회에 유용한 것을 가르쳤다고 생각한다. 하지만 이 일에 더 이상의 자세한 설명은 필요 없을 것 같다.

지금 현재 나는 우리 운명을 인정하고 여기 약간 만족하기도 하지만, 최근에는 불길한 느낌을 피할 수 없다. 일상적인 즐거움 뒤에 잠복한 뭐라 말할 수 없는 음울함이다. 나는 희끄무레한 새벽빛 속에 눈을 찌푸린 채 일기장을 들여다보며 만약 무슨 일이 생겨서 내가 문명으로 돌아가지 못한다면 누가 이 글을 읽어 줄까 생각한다. 내가 호텐스와 윌리엄에게 돌아가지 않으면 그 아이들은 어떻게 될까? 나는 거티에게 준 편지가 그들에게 닿기를 기도하지만, 아이들이 글을 아는 나이가 되었을 때 우리 아버지와 어머니가 그 편지를 보여 줄지 어쩔지 어떻게 알겠는가? 그런 생각이 내 마음에 불안을 안겨 준다. 내가 어떻게 되건 아이들이 어느 날 미개인 사회에 살았던 어머니의 인생을 알게 된다면, 아무리 괴짜에 고집불통에 바보에 충동적인 여자였다 해도 미친 사람은 아니었다는 걸 알게 된다면 나는 기쁠 것이다.

⋙ 1875년 8월 7일 ⋘

최근에 나를 감싸고 있던 우울한 예감은 상상하던 것보다 더 끔찍하게 실현되었다. 최악의 참사가 일어났기 때문이다. 오늘은 그 어떤 날보다도 더 끔찍한 최악의 날로, 나와 동료들은 지금 절망적인 곤경에 빠져 있다.

아침은 평소와 다름없이 평화롭게 시작되었다. 나는 새벽에 야영지 근처 텅 강의 웅덩이가 내려다보이는 바위에 앉아 있었다. 그리고 등에 끈으로 맨 일기장을 풀려고 했다. 헬렌 플라이트는 내 옆에 앉아서 햇빛이 그림 그리기에 적당해지기를 기다렸다. 마사, 세라, 프리티 워커는 내 다른 옆쪽에 앉아 있었다. 켈리 자매도 와서 아침 식사거리로 송어를 잡으려고 강에 낚싯줄을 던지고 있었다. 그레첸은 물주머니를 채우려고 내려가서 강가에 쭈그리고 앉았다.

그러다 우리는 동시에 무언가 이상하다는 걸 느꼈다. 아침 노래를 시작했던 새들이 갑자기 조용해졌기 때문이다. 그 침묵을 깨고 수십 마리 오리와 거위가 근처 강 하류 쪽에서 일제히 날아올랐다. 우리는 하던 일을 멈추고 고개를 들었는데, 그와 동시에 바위에서 끌려 내려왔다. 더러운 손이 입을 막고, 목에 칼이 들어오고 강철 족쇄 같은 팔들이 우리를 꼼짝 못하게 했다. 물새들의 날갯짓 소리 위로 들리는 소리라고는 전쟁용 돌 몽둥이를 퍽 하고 내리치는 소리와 우리 친구 그레첸이 물가에서 힘없이 쓰러지며 내는 신음 소리뿐이었다.

　　납치가 어찌나 신속하게 이루어졌는지, 지금 생각해 보니 납치범들은 지난 며칠 동안 우리를 관찰하며 우리가 오가는 모양을 살피고, 우리를 데려갈 인력을 계산했던 것 같다. 그리고 그레첸은 우람한 덩치와 강인한 외모로 한두 명이 쉽게 상대할 수 없으리라 여겨 그냥 정신을 잃게 만드는 쪽을 택한 것 같다.

　　우리는 너무도 빠르고 비밀스럽고 강력하게 제압되어서 저항할 방도란 없었다. 저항하거나 소리를 지르면 그 즉시 목에 칼이 들어올 게 분명했다. 그래서 우리는 공포로 마비된 채 납치범들이 온 하류 쪽으로 질질 끌려갔다. 덩치가 특히 크고 무시무시하게 생긴 남자가 그레첸을 감자 자루처럼 어깨에 둘러멨다. 어느 부족 남자들인지는 몰랐지만, 우리 샤이엔 족보다 키가 크고 피부색도 밝았으며, 어떤 이는 백인 공장에서 만들어진 플란넬 셔츠를 입고 몇몇은 꼭대기를 잘라 내고 둘레에 깃털과 오색 천을 단 검은 군모를 썼다.

　　그들이 하류 쪽의 얕은 여울에서 우리를 들쳐 업은 채 강을 건너자, 거기 미루나무 숲에 청년 몇몇이 말과 함께 기다리고 있었다. 그 일부는 우리 부족의 말이었다. 우리는 거기서 생가죽 끈으로 손발이 묶이고 입에 재갈이 물린 채 사슴 시체처럼 안장 앞머리에 걸쳐졌다. 그런 뒤 미개인 납치범들이 하나씩 그 뒤에 올라탔다.

얼마나 오래 이동했는지 전혀 모른다. 적어도 몇 시간은 걸렸을 테지만, 고통과 불편이 너무 커서 그보다도 훨씬 길게 느껴졌다. 나는 그레첸이 죽었을 거라고 생각했다. 그녀는 의식이 돌아오지 않았고, 내가 힘껏 고개를 돌려 바라보니 안장 앞머리에 걸친 그녀의 몸은 이미 생명이 없는 것 같았다. 한 시간은 족히 지난 다음에야 나는 그녀의 신음 소리를 듣고 안심했다.

할 일이라고는 무력하게 현 상태를 생각하는 것밖에 없던 힘겹고 고통스러운 이동 끝에 우리는 임시 오두막 대여섯 개로 이루어진 작은 야영지에 다다랐다. 그 오두막들은 길쭉한 나뭇가지 몇 개를 얼기설기 잇고, 그 위에 포장 천을 두른 것에 지나지 않았다. 사냥이나 전쟁 패의 임시 야영지가 분명했다. 여자는 한 명도 없고, 우리가 들어갈 때 젊은 청년 몇 명만이 나와서 맞았기 때문이다. 우리는 다시 한 번 거칠게 말 등에서 흙 위로 나뒹굴었다. 미개인들은 그 모습에 신이 나서 웃으면서 낯선 말로 조롱을 했다.

마침내 그들이 우리 손과 발을 풀고 입에서 재갈을 떼었다. 나는 재갈이 어찌나 심하게 물렸던지 입 가장자리가 찢어져서 피가 났다. 손발이 풀리자 나는 우리 중에 가장 어리고 가장 겁먹은 프리티 워커에게 기어갔다. 샤이엔 아이들은 이런 식으

로 다른 부족에게 납치당하는 이야기를 들으며 자라기 때문에
— 우리나라의 도깨비 이야기와 비슷하다 — 이것은 그 아이에
게 최악의 악몽이 실현된 것이 분명했다.

"오에타네오." 그녀가 공포감에 울부짖었다. "오에타네오."

그녀가 너무 겁에 질려 있어서 나는 무슨 말을 하는지 이해하
지 못했는데, 세라가 통역해 주었다. "크로 족이에요. 이 사람들
이 크로 족이래요."

나중에야 깨달았지만, 그건 세라가 내게 영어로 건넨 처음이
자 마지막 말이었다.

우리는 크로 족이 샤이엔 족의 원수라는 걸 잘 알았다. 거기
다 어설픈 백인 옷과 우스꽝스러운 군모가 한심하기 이를 데 없
었는데, 그들은 우리가 절망하자 아주 우쭐하고 즐거워했다. 불
쌍한 마사는 완전히 혼이 나가서 같은 말을 계속 반복했다.

"우리를 죽일 거야, 우리를 모두 죽일 거야. 분명히 우리를 죽
일 거야. 우리 모두를 죽일 거야."

마침내 메기 켈리가 쏘아붙였다.

"입 닥쳐, 마사. 정말로 우리를 죽일 생각이었으면 벌써 해치
웠지 여기까지 이렇게 고생스럽게 데려오지 않아."

"그래, 메기 말이 맞아." 수지가 낮은 목소리로 말했다. "벌써
죽였겠지. 일단 우리를 강간할 거야. 저기 저 친구를 봐. 숲이 움
직이는걸."

실제로 그중 한 명의 앞가리개 아래가 발기해 있었고, 다른
이들이 그 모습을 보고 웃으며 그를 재촉했다. 그러자 그 망나
니는 세라의 머리카락을 잡고 그녀를 그 엉성한 오두막 안으로

끌고 들어가려고 했다. 그것은 의식적인 선택이라기보다 그녀가 가장 가까이 있었기 때문이다.

"안 돼." 나는 소리 지르며 그 남자의 다리를 잡았다. "그 친구는 안 돼. 제발, 대신 나한테 해."

"그래, 이 악당아." 수지 켈리가 남자의 다른 다리를 잡았다. "아니면 나한테 하든가! 그 아이는 건드리지 마!"

우리의 처절한 부탁에 남자들은 더 즐거운 것 같았다. 그 미개인은 잠시 몸을 버둥거려 수지의 손을 떼어 내더니 내 턱을 정통으로 차서 나를 바닥에 널브러뜨렸다. 겁에 질려 꼼짝도 못하는 마사와 아직도 의식이 제대로 돌아오지 않아 신음하며 누워 있는 그레첸만 빼고 모두가 우리를 도우러 오려고 했지만 미개인들이 꼼짝 못하게 했다.

세라를 끌고 간 악마 녀석이 이제 그녀의 머리카락을 놓고 그 몸에 타고 앉아서 다리를 벌리려고 했다. 세라는 눈물을 흘리며 그를 막으려고 발버둥을 쳤다. 내가 살아 있는 한 그녀의 어린 얼굴에 나타난 침묵 속의 단호한 표정과 뺨에 흐른 슬픔의 눈물은 잊을 수가 없을 것이다. 그리고 그 순간 나는 이와 똑같은 순간이 그녀가 정신병원에서 자랄 때 있었다는 걸, 그녀의 침묵은 그녀의 최후의 힘, 잔인한 세상에 대한 마지막 증언이었다는 걸 깨달았다. 이제 다른 남자가 나를 땅바닥에 눌렀고, 범죄를 막을 길이 없어진 나는 울면서 하느님에게 기도했다.

그 칼이 어디서 나왔는지 모른다. 어떤 사람은 나중에 그건 그 크로 족 놈의 것인데 세라가 그의 허리띠에서 빼냈다고 했고, 어떤 사람은 그녀가 처음부터 옷 속에 감추어 왔다고 했다.

하지만 나는 그녀가 손에 든 강철 칼을 자신에게 올라타는 놈의 목에 박아 넣는 것을 보았다. 남자는 놀라서 꾸르륵거렸고 손을 휘저어 칼 손잡이를 잡고 피가 분수처럼 솟구치는 목에서 빼냈다. 그리고 목숨이 끊어지기 직전 마지막 숨을 쉴 때 그 칼로 세라의 목을 그었고, 순식간에 그녀의 눈에서 생명이 떠났다.

이제 어둠이 내리고 우리는 조잡한 오두막 한 곳에 모여 앉아 있다. 우리는 서로를 위로하며 조용히 울고 속삭인다. 몇몇 젊은 미개인이 입구에 쪼그리고 앉아 우리를 감시하지만 다시 우리를 묶지는 않는다. 우리가 모든 전투력을 잃었기 때문이다. 세라를 죽인 뒤 더러운 야수들은 남은 우리를 차례로 범했다. 우리는 모두 놈들의 만행을 침묵 속에 견뎠다. 나는 프리티 워커만을 간신히 이 운명에서 구해 주었다. 그녀를 범하려는 자에게 대신 나를 취하라고 한 것이다. 나는 등에 매고 온 일기장을 무릎에 펼쳐 놓고 이 참담하고 어쩌면 마지막이 될 일기를 쓰고 있다.

"왜 아직도 일기를 쓰니, 메이?" 방금 전에 마사가 작고 쉰 목소리로 물었다. "이제 그런 게 무슨 소용이 있다고?"

"몰라, 마사." 내가 말했다. "그냥 살아 있기 위해서 쓰는 것 같아. 우리 모두 살아 있게 하려고."

헬렌 플라이트는 쓸쓸하게 웃으며 말했다. "그래. 나는 완전히 이해해. 네 펜은 너의 주술이고, 네가 그걸 움직이는 한 너에게는 할 일이 있고 또 살아 있는 거야. 이런 일에도 불구하고 우리는 여전히 살아 있어. 물론 세라를 빼고 말이지."

우리는 모두 차갑게 식어 가는 세라의 시신을 보았다. 우리는 그녀의 시신을 오두막 뒤쪽에 끌어다 놓았다.

"난 더 이상 살고 싶지 않아." 마사가 말했다. "세라는 운이 좋은 건지 몰라. 우리가 겪은 일에 비하면 죽음이 오히려 축복이야. 그리고 앞으로 겪을 일을 생각해도."

"징징대지 좀 마, 마사." 메기 켈리가 말했다. "수지하고 나는 아기를 낳을 거고 그걸 위해 살 거야. 안 그래, 수지?"

"그렇고말고, 메기." 수지가 말했다. "우리는 어머니가 될 거야. 우리 남자들이 우리를 구하러 올 거야. 나는 알아."

"그래, 나도 그렇게 믿어." 헬렌이 말했다. "기운 내, 마사. 우리는 가혹한 일을 당했지만, 우리 남편들은 크로 족이 마누라들을 데려가게 놔두지 않을 거야. 네 남편 탱글 헤어는 어쨌건 크레이지 도그 전사 패의 우두머리고 — 메이의 남편 리틀 울프는 내 남편 호그 씨가 2인자인 엘크 패의 우두머리고 — 이렇게 말해도 좋다면 아주 유능한 사람이야. 그들이 분명히 우리를 구하러 올 거야. 언제라도 여기를 덮쳐서 저 더러운 놈들에게 복수해 줄 거야."

아직도 폭행의 충격으로 의식이 온전치 않은 그리고 어쨌건 그래서 강간은 피한 그레첸이 우리 옆에 누운 채 힘없이 고개를 들고 말했다. "그리고 내 남편 노 브레인스도 잊지 마. 그 사람은 올 거야. 나는 알아."

우리는 불을 피울 수 없었고 차가운 밤공기에 맞서 몸을 부둥켜안고 서로가 줄 수 있는 온기와 미약한 위안을 찾았다.

하느님, 감사합니다! 헬렌의 말이 맞았다. 우리는 구조되어 무사히 우리 사람들에게 돌아왔다! 크로 족 도적놈들— 납치범, 살인범, 강간범, 악마 —은 모두 죽었다. 우리 전사들은 어린 청년 크로 족도 몇 명 죽였다. 그 점은 안타깝다. 그 아이들은 소년에서 갓 벗어난 나이였기 때문이다. 물론 그중 일부는 혼란 속에 도망쳤지만…….

공격 시점은 우리 인생에서 가장 암담했던 24시간이 지난 직후의 새벽이었다. 크로 족 파수병은 조용히 제거되었을 것이다. 우리의 용감한 전사들이 야영지를 습격했을 때 다른 납치범들은 계속 자고 있었기 때문이다. 크로 족은 오두막에서 기어 나올 틈도 없이 우리 전사들의 무시무시한 고함에 놀라 비명을 지르며 살해되었다. 내 남편 리틀 울프가 공격을 이끌었는데, 그는 사람이 아니라 복수의 신인 듯, 짐승인 듯, 곰인 듯 두려움도 없고 자비도 없었다. 그는 방패와 창을 들고 말을 내달리며 신의 분노 그 자체처럼 적들을 내리쳤다. 그 순간 그는 정말로 빛나는 나의 기사였다.

우리 여자들은 오두막 안에 엉켜 있었지만, 입구가 뚫려 있어서 이 엄청난 살육을 볼 수 있었다. 남자들 곁에는 앞가리개만 입고 온통 알몸인 우리의 용감한 피미도 함께 왔다. 크로 족은 괴성을 지르며 달려드는 이 여전사의 모습에 기겁했을 것이다. 그녀는 신화에 나오는 전쟁의 여신처럼 활을 쏘아 적의 심장에 꽂았고, 이어 다시 소름 끼치는 고함을 지르며 두 번째 놈에게 몽둥이를 내리쳤다. 아, 정말이지 대단한 광경이었다.

우리 남편 전부가 왔다. 헬렌이 예견한 대로 노 브레인스마저 정교한 장식의 전쟁 저고리를 입고 왔지만, 아무래도 그는 최초의 공격이 끝날 때까지 뒤에 머물다가 이미 죽거나 다친 적들에게 카운트쿠*를 하려고 온 것 같았다.

옐로 울프가 가장 먼저 우리 오두막에 왔는데, 사랑하는 아내가 싸늘하게 죽은 것을 발견하자 내가 평생 들어 본 적 없는 구슬픈 통곡을 했다. 그는 그녀의 시신을 두 팔로 들어서 거세게 안았다. 우리 모두 세라로 인해 그리고 그 남편의 강렬한 슬픔으로 인해 다시금 울었다.

슬퍼하는 그를 뒤에 남기고 우리는 오두막을 나가 죽은 자와 죽어 가는 자의 아비규환 속에서 각자의 남편을 찾았다. 그들은 적의 머리 가죽을 벗기고, 신체를 절단했는데 그 장면은 너무도 비현실적이고 꿈같았다. 우리가 거기 있으면서도 없는 것 같았다. 진실로 우리는 이제 모두 미개인이다. 이 참혹한 복수의 성사聖事로 우리는 함께 새로 태어났다. 우리는 적의 죽음과 신체 절단이 기뻤기 때문이다. 다시는 예전으로 돌아갈 수 없으리라……. 우리는 우리 가슴속의 원시적 잔혹성을 보았다. 피와 복수에 열광했다. 적들의 머리 가죽을 보며 춤을 추었다. 우리는 그 모든 일을 했다, 신이시여…….

샤이엔 남자들은 대체로 부부애를 드러내는 편이 아니지만,

---

* 북아메리카 평원 인디언의 의식으로, 압도적으로 이길 때 적을 살짝 놀리며 용맹을 과시하는 일.

켈리 자매는 기쁨 속에 자신들의 쌍둥이 남편에게 달려가서 조랑말에 요정처럼 사뿐히 올라타고는 남편의 허리에 다리를 감고 어깨를 끌어안으며 얼굴과 목에 정신없이 키스를 퍼부었다.

"잘 왔어," 그들이 말했다. "정말 잘 왔어. 당신들이 올 줄 알았어. 사랑하는 아내를 구하러 올 줄 알았어."

어느 정도 회복했지만 아직도 걸음이 불편하고 무릎이 떨리는 그레첸은 어리숙한 남편이 말을 끌고 오는 것을 보았다. 노브레인스는 방금 전의 카운트쿠로 의기양양했고, 그 자신도 우리더러 보라고 적의 피 묻은 머리 가죽을 흔들었다.

내 남편 리틀 울프는 역시 그답게 말 위에 조용히 앉아서 우두머리 늑대처럼 현장을 둘러보았다. 그러다 내가 딸 프리티 워커하고 함께 있는 것을 보자 곧바로 달려와 말에서 내렸다.

딸은 울음을 터뜨리며 아버지의 품으로 뛰어들었다.

"네베악사에메, 나토나." 리틀 울프가 아이를 안으며 말했다. "네베악사에메, 나토나."

그런 뒤 그는 아이의 어깨 너머로 나를 보았다. "에나소에호보, 메소케?(놈들이 이 아이도 겁탈했소, 제비?)"

나는 고개를 저었고, 남편의 눈에 담긴 다음 질문에 눈을 떨구고 눈물을 흘렸다.

"나사토네오에토헤, 나에하메.(그자들을 막을 수 없었어요) 나사토네오에토헤."

리틀 울프는 내게 부드러운 미소로 고개를 끄덕였고, 그가 다음에 한 말은 우리 두 사람 모두에게 한 말이라고 생각한다.

"에세페헤바에, 에세페헤바에.(이제 다 괜찮아)"

314

오늘 오후 천막촌으로 돌아올 때 부족 여자들이 전부 달려 나와 우리를 맞으며 환호했다. 하지만 옐로 울프가 '베호아오케'의 시신을 태운 말을 끌고 오는 것을 보았을 때, 여자들 사이에 구슬픈 곡소리가 울렸고 그 소리는 온 야영지에 퍼졌다.

⋙ 1875년 8월 9일 ⋘

오늘 아침 우리는 세라와 배 속의 태아를 함께 묻었다. 샤이엔 혼례복을 입히고 흰색 버펄로 가죽으로 덮은 뒤 평원의 얕은 무덤에 묻고 돌로 덮었다.

세라의 매장을 기독교식으로 할지 샤이엔 식으로 할지를 두고 관련된 모든 이들이 열띤 논전을 벌였다. 물론 헤어 목사와 나시사 화이트는 전자를 주장했다. 하지만 나머지는 모두 세라가 지상의 짧은 인생에 누린 유일한 행복은 이 사람들과 함께할 때였다고 믿었다. 그리고 우리는 그녀의 영혼이 샤이엔 족이 '세아노'라고 하는 곳— '하늘에 걸린 길' 즉 은하수 끝에 있는 죽은 자들의 나라 —에 가기를 소망했다. 샤이엔 족은 죽은 사람은 모두 창조주 '헤아마베호에'와 함께 산다고 믿는다. 그들은 '세아노'에서 지상과 똑같은 마을에서 사냥하고 일하고 먹고 놀고 사랑하고 전쟁을 한다. 지상에서 선했건 악했건, 고결했건 사악했건, 용감했건 비겁했건 상관없이 모두가 — 한 사람도 빠짐없이 — 죽은 자들의 나라에 가고 '세아노'에서 사랑하는 사람들의 영혼을 만난다.

"천당이네요." 내가 헤어 목사에게 말했다. "세아노는 우리가 말하는 천당하고 똑같네요. 무슨 차이가 있죠, 목사님?"

"중대한 차이가 있습니다, 도드 양." 목사가 말했다. "그곳은 기독교의 천당이 아니고, 세례와 상관없고 선행과 악행에 상벌도 받지 않고 모두가 가는 곳입니다. 그런 곳은 없습니다. 있을 수가 없습니다. 지옥이 없는데 어떻게 천당이 있겠습니까?"

"목사님, 이 지상이," 내가 말했다. "천당이면서 지옥이에요. 그걸 우리 세라보다 잘 아는 사람은 없었어요. 그 아이는 남편의 손에 맡겨 단순한 이교도의 장례를 치러야 해요."

하지만 목사는 예상대로 한 발짝도 물러서지 않았다.

"세라는 유일하게 진정한 교회에서 세례를 받았습니다." 그가 말했다. "그리고 그 시신은 세라의 영혼이 주님의 왕국으로 들어갈 수 있도록 성사를 받아야 합니다."

그래서 결국 두 가지 장례가 다 치러졌다. 하나는 헤어 목사가 집전하는 장례식, 또 하나는 옐로 울프의 가족이 치르는 장례식. 그의 가족은 그녀의 말에 시신을 태워 최종 안식처로 데려갔고, 거기서 놀랍게도 옐로 울프는 무덤 옆에서 말의 목에 칼을 그어 — 자기 아내가 죽은 방식 그대로 — 말을 죽였다. 숨통이 잘린 말은 처절하게 울며 무릎을 꿇고 쓰러졌다.

"'베호아오케'가 하늘에 걸린 길을 달려서 세아노에 가려면 말이 필요해."

말이 옆으로 쓰러지고 그 눈에 빛이 사라지자 옐로 울프가 말했다. 그렇게 해서 세라의 영혼은 말을 타고 자신이 가고 싶은 천국으로 — 어느 쪽으로건 — 달려갔고 모두가 만족했다.

장례 행렬이 무덤을 떠날 때 옐로 울프는 신부의 무덤 옆에 책상다리로 앉아 있었다. 우리는 이틀 밤 이틀 낮 동안 바람에 실려 오는 그의 통곡 소리를 들었다.

말할 필요도 없이 우리 모두에게 힘든 시간이었다. 세라의 비극적 죽음뿐 아니라 우리가 크로 족에게 당한 능멸은 우리를 변화시켰다. 우리가 지금까지는 희미하게밖에 이해하지 못하던 것이다. 목사는 공허하고 진부한 말만 할 뿐 거의 아무런 위로도 주지 못했고, 언제나 그렇듯이 우리끼리 위로를 나눌 뿐이다. 어쨌든 그것은 다행이다.

그리고 우리는 그날 밤과 그다음 날에 대해 우리끼리도 그렇고 다른 사람들하고도 절대 이야기하지 말자고 약속했다. 이미 벌어진 일을 바꿀 수는 없고, 우리는 그 기억을 떨치고 앞으로 가야 한다.

우리의 샤이엔 가족은 우리를 너그러운 품으로 다시 맞아들이고, 꾸지람의 기색 없이 깊은 근심과 친절로 우리를 돌본다. 꾸지람은 오직 몇몇 백인 여성의 몫인 것 같다. 나시사 화이트는 우리가 크로 족을 부추기기라도 한 것처럼 그 치욕이 우리의 죄에 대한 징벌이며 자신의 올바름을 확인해 주는 일이라고 여긴다.

우리의 고난 이후 나는 언제나 남편 곁에 있으려고 한다. 그는 진실로 나의 구원자이자 보호자이다. 착하고 용감한 사람. 그에 대한 애정이 전에 없이 커졌는데, 그것은 이상하게도 아내라기보다는 딸로서 갖는 감정 같다. 야영지로 돌아온 뒤 지난 며칠 동안, 나는 그와 함께 버펄로 모피 밑에 들었다. 물론 성적 친밀을 위해서가 아니라 그를 내 옆에 느끼고 그의 곁에 누워 그의 부드러운 온기와 거칠지만 기분 좋은 냄새에서 편안함을 얻기 위해서다. 첫째 부인 콰이엇 원은 내게 다정해졌다. 그녀는 내가 밤마다 리틀 울프 곁으로 가는 것을 알고도 시샘하지 않는다. 우리가 돌아온 뒤 딸 프리티 워커와 함께 잤으니 내가 자기 딸을 보호한 일을 알고 있으리라. 그 딸과 나는 모두 이 지상의 도깨비를 보았고, 그 어느 때보다 놈을 겁낸다.

⋙ 1875년 8월 20일 ⋘

내 계산으로 나는 지금 임신 3개월째다. 아기가 다치지는 않았을 것 같고 그것은 감사하다. 마사와 켈리 자매도 나름대로 건강해 보이고 그레첸도 마찬가지다. 감사한 일이다.

절친한 친구들 가운데 피미와 헬렌 플라이트만이 임신하지 않은 것 같다. 헬렌은 물론 이 계획에 참여하기 위해 신체검사관에게 불임이라는 걸 속였음을 이미 털어놓았다.

"호그 씨는 아주 다정한 친구지." 그녀가 말한다. "하지만 결혼한 이후 아내를 임신시키지 못하면 자신은 진정한 남자가 아니라는 안타까운 생각에 사로잡혀 있어. 거의 날마다 자기 배를 문지르면서 아기가 생겼는지 물어봤고, 내가 아니라고 대답하면 또 시도한다니까! 아, 너무 피곤한 일이 되었어. 그런데 납치 사건이 있은 뒤에는 더 이상 그러지 않아. 이제 나는 내 힘을 온전히 '주술'을 키우는 데 쓸 수 있어."

아직도 정조 끈을 차고 있는 피미는 깊고 가볍게 웃고 말한다.

"나도 헬렌처럼 직업이 있어. 사냥꾼이고 이제는 거기다 전사야. 그건 임신부에게 적합한 직업이 아니지. 거기다가 나는 어릴 때부터 남자들 욕망의 희생자가 되었어. 나는 남편 '모타에베호에'를 사랑하고, 언젠가 그의 아이를 가질 거야. 하지만 그 시기는 내가 결정할 거야."

다른 이들은 모두 함께 임신해서 경험을 나누고 서로 위로하며 계획을 세우게 된 것을 기뻐한다. 우리 계산에 따르면 아기들은 내년 2월에 태어날 예정이고, 만삭의 몸으로 추운 겨울을 날 것이 걱정이기는 해도 그때쯤이면 좀 더 안정적인 생활로 접어들 수 있을 거라 희망한다. 보호소에 들어가 의사와 병원의 혜택을 받을지도 모른다. 몇몇 부족 회의에서 올해 거기 간다는 이야기가 있기 때문이다.

⋙ 1875년 8월 23일 ⋘

오늘 아주 추악한 일이 있었고, 그 일은 앞으로도 오랫동안 영향을 미칠 것이다. 헤어 목사의 고통스런 외침과 미개인 무리의 성난 고함 소리에 우리는 목사의 오두막으로 달려갔다. 그리고 거기서 충격적인 장면을 보았다.

'하타베세베하메', '나쁜 말'이라는 남자가 채찍을 들고 벌거 벗은 목사를 도그 우먼의 오두막 밖으로 내몰고 있었다. 맨숭맨 숭하고 거대한 분홍색 살집의 목사는 흐느끼며 남자들의 채찍 을 막으려고 했고, 이 뚱뚱한 남자의 몸에는 이미 성난 채찍 자 국이 빨갛게 올라왔다. 많은 사람이 모였고, 그 가운데는 '나쁜 말'의 가족도 있었다. '나쁜 말'의 아내 땅딸막한 '보헤나에', '곰 의 여자 노래'가 목사의 오두막에서 어린 아들을 안고 나왔다. 아이 역시 벌거벗고 있었는데, 어린 아이가 벌거벗은 건 전혀 특이한 일이 아니었지만 그래도 무슨 일이 있었는지 분명하게 알 수 있었다. 목사가 샤이엔 어와 영어를 섞어 가며 아이에게 교리 문답을 가르쳤을 뿐이라고 떠들었기 때문이다. 하지만 아 이 아비는 그런 설명에 진정하지 못하고 계속해서 사납게 채찍 을 휘둘렀다.

나는 구경꾼들 틈에서 수지와 메기 켈리 자매를 보고 그들에 게 가서 물었다.

"목사를 도와주어야 하나? 저 사람이 싫기는 하지만 불쌍하잖 아."

"이건 가족 일이야, 메이." 수지가 말했다. "저 위선자가 소년 을 겁탈하다 걸렸어. 가톨릭 교회에서 늘 벌어지는 일이지. 메기 하고 내가 고아원에서 자랄 때 늙은 사제들이 늘 사내애들을 겁 탈했어. 안 그래, 메기?"

"그래, 수지, 슬픈 일이지." 메기가 말했다. "그런 일을 당하 는 아이들은 분노를 품고 크거든. 그게 내 경험이야. 이 사람들 은 아마 이런 일을 처음 보았을 것야. 목사와 함께 사는 저 남자처럼 여자 같은 이들도 어린 남자애들을 가지고 장난치지 않아. 저 '헴나네'는 독신 서약을 했다고 들었어."

"저 사람은 지옥에 갈 거야." 내가 한심한 목사를 보며 말했다. "자비를 베풀 가치는 없지만 그래도 자비가 필요해."

"저 사람한테는 아무것도 할 수 없어, 메이." 수지가 말했다. "저 비역쟁이를 죽이지는 않을 거야. 그냥 잘 가르칠 거야."

실제로 아이 부모는 곧 분노를 누그러뜨린 뒤 아들을 데리고 떠났고 구경꾼은 흩어졌다. 쌍둥이와 나는 상처투성이 붉은 살덩어리가 되어 땅바닥에 웅크린 채 벌벌 떠는 타락한 영적 지도자를 그의 오두막으로 데리고 들어갔다. 도그 우먼이 걱정하는 소리를 내면서 그의 상처를 살폈다.

'거대한 흰 토끼'는 이제 우리 사람들 사이에서 완전히 위신을 잃었다. 상당수의 백인 여자가 임신을 해서 우리 쪽의 계약을 달성했다는 점을 빼면, 우리는 미개인의 영혼에 문명의 우월함을 전달하는 데 별달리 성공을 거두고 있는 것 같지 않다.

⋙ 1875년 8월 28일 ⋘

다시 이동한다. 이번에는 우리가 온 뒤 처음으로 몇 개의 소집단으로 나누어서 각기 다른 방향으로 간다. 사냥감이 넓게 퍼져서 우리 사람들도 퍼져야 한다. 집단이 작아야 먹여 살리는 일도 수월하기 때문이다.

이런 결별은 우리 백인 여자들에게 큰 불안을 안겨 주었다.

마사는 남편 탱글 헤어 씨가 우리 가족과 다른 무리에 속해 나와 헤어지게 되자 거의 히스테리를 일으킬 지경이 되었다. 다시 만날 때까지 어쩌면 여러 주가 지나야 할 테고, 어쩌면 더 오래 걸릴지도 모른다.

"안 돼, 너하고 못 헤어져, 메이." 불쌍한 마사는 오늘 아침 우리가 곧 출발할 거라는 말을 듣고 말했다. "너 없이 내가 어떻게 지내?"

"잘 지낼 거야, 마사." 내가 그녀를 달래려고 했다. "너네 집단 사람들하고 어울리게 될 거야."

"얼마나 오래 떨어져 있는 거야?" 마사가 물었다. "참을 수 없어. 우리는 어떻게 되는 거지?"

"걱정 좀 그만해." 내가 말했다. "너는 항상 걱정, 걱정이지만, 언제나 별일 없었잖아. 안 그래?"

마사가 웃고 말했다.

"지난 몇 달 동안, 특히 지난 몇 주 동안이 '별일 없었다'고 말한다면 그런 네 마음의 평온함을 나는 흉내도 못 내. 네가 옆에서 용기를 주지 않으면 나는 견디지 못해."

"바보 같은 소리 하지 마." 내가 말했다. "당연히 견딜 수 있어. 우리는 곧 다시 만날 거야."

"그걸 어떻게 알아, 메이?" 그녀가 물었다. "우리가 다시 만날 수 있을지 없을지 어떻게 알아?"

"또 걱정한다." 내가 마음을 가볍게 추스르면서 말했다. "너는 곧 어머니가 될 거야. 그리고 나는 전부터 걱정 많은 어머니는 걱정 많은 아기를 낳는다는 말을 믿었어."

"그 말은 맞아, 메이." 그녀가 말했다. "하지만 어쩔 수 없어. 나는 본래 근심이 많아. 여기 황야로 오지 말아야 했어. 나는 겁쟁이 생쥐야. 모든 게 두려워."

"그 많은 일을 겪었으니, 마사." 내가 말했다. "네가 겁먹는 것도 잘못은 아냐."

"하지만 너는 겁 안 먹잖아." 그녀가 말했다. "너처럼 된다면 소원이 없겠어. 용감하고 겁도 없고. 그날 밤 일은 말하지 않기로 했지만, 이 말은 해야겠어. 난 정말 네가 자랑스러웠어. 그리고 놈들이 세라를 죽일 때 너를 돕지 못한 거 미안해, 정말 미안해."

마사는 흐느끼기 시작했다. "너무 무서웠어, 메이. 너를 돕고 싶었는데 그럴 수 없었어. 움직일 수가 없었어. 아마 내가 옆에 갔으면 놈들이 세라를 못 죽였을지도 몰라."

"그런 생각은 하지 마, 마사." 내가 잘라 말했다. "그리고 그날 밤 일은 말하지 않기로 약속한 거 잊지 마. 우리가 무슨 일을 했어도 그 아이를 구할 수는 없었어."

"그래도 너는 프리티 워커를 지켰잖아." 마사가 말했다. "나는 그런 용기를 못 냈을 거야, 메이."

"바보 같은 소리." 내가 말했다. "이제 그만해, 마사."

그때 그녀는 나를 힘껏 끌어안았다. "내게 무슨 말인가 해서 용기를 불어넣어 줘, 메이."

"내가 해줄 말은 딱 한 가지야, 친구." 내가 말했다. "다음에는 이 일을 다시 이야기하지 않는 거다. 먼저 약속해."

"그래, 약속할게."

"그날 밤 나도 너만큼, 다른 모든 사람들만큼 겁이 났어." 내가 말했다. "그 일이 시작된 순간부터 그랬어. 하지만 나는 두려움을 감추는 법을 배웠어. 여기 온 첫날 그렇게 맹세했지. 인생이 두려울 때마다 나의 호텐스와 윌리엄을 생각하고 아이들이 무사하다는 걸로 위안을 삼겠다고, 아이들의 작은 심장이 차분히 뛰는 걸 떠올리며 평정을 유지하겠다고. 그날 밤 미개인들이 들이닥쳤을 때 나는 그 생각을 했지. 그리고 내게 일어날 수 있는 최악은 내가 죽는 게 아니라 배 속의 아기가 죽는 거라는 걸 깨달았어. 그래서 굴복했지. 그리고 참았어. 너하고 다른 사람들도 참았지만. 우리는 여자고, 그중에는 어머니도 있고, 또 앞으로 어머니가 될 사람도 있으니까. 또 헬렌 플라이트 같은 친구는 본래 강해. 헬렌이 전에 전사들의 주술 이야기를 하며 했던 말 생각 안 나? 자기 힘을 정말로 강하게 믿으면 그게 자신을 지켜 준다고 한 말."

"그래, 생각나." 마사가 말했다. "하지만 너는 헛소리라고 했잖아! 미신이라고!"

"그랬지." 내가 인정하고 웃었다. "사실 아직도 그렇게 생각해! 하지만 마사, 네가 그날 밤을 이겨 냈고, 굴복하고 견뎌 내서 네 아기를 살렸다는 걸 잊지 마. 네가 여자로서, 어머니로서 가진 힘은 너의 주술이고 그게 너를 구했어. 그 사실에서 용기를 구해. 결별을 두려워하지 마. 우리는 잠시만 헤어진다는 거, 네 남편과 가족, 그리고 같은 집단의 친구들이 너를 보호해 준다는 거, 그리고 때가 되면 우리가 다시 만나리라는 걸 믿어."

우리 집단은 남쪽으로 간다. 그리고 다가오는 겨울을 나기 위한 물품을 구하러 포트 래러미의 교역소로 간다고 한다. 리틀 울프는 요새 사령관을 만나 위대한 백인 아버지가 샤이엔의 젊은 전사들에게 약속한 나머지 백인 신부 일도 의논하려고 한다. 나는 그게 잘못된 생각이라는 걸 깨우치려고도 하지 않고, 거티에게 들은 말을 하지도 않았다. 최근에 샤이엔 족 사이에 백인이 계약을 어기고 있다는 불만이 다시 일고 있다. 우리가 온 이후로 신부들이 더 이상 오지 않고, 앞으로 올 기미도 없기 때문이다.

이번 요새 방문을 통해 우리는 5월에 이 사람들에게 인도된 뒤 처음으로 문명과 다시 만나게 될 것이다. 겨우 다섯 달 만인데, 한 생이 지나간 것 같다. 그 많은 일을 겪고 다시 요새로 간다는 사실에 이상한 두려움이 차오른다. 버크 대위가 새 신부와 함께 아직도 거기 주둔해 있을지 궁금함을 참을 수 없다. 거티가 다녀간 뒤로 그에게서는 더 이상 소식이 없었다. 그리고 그 이후 우리는 끊임없이 이동했다.

우리는 지금 버펄로 모피와 가죽, 엘크사슴, 사슴, 영양 가죽이 엄청나게 많다. 너무 많아서 말들이 대부분 짐말이 되고 사람들은 주로 걷는다. 젊은이들은 다시 한 번 크로 족을 습격해서 말을 훔치려 한다. 어떤 이들은 요새로 가는 길에 백인 개척촌을 습격해서 훔치자고 한다. 내 남편 같은 '늙은 족장'들은 이 일에 반대한다. 그들은 우리가 백인과 평화를 맺었다고 믿는다.

나는 주로 걷는다. 내 말 솔저는 등에 살림 파플레시들을 잔뜩 실어서 짐을 덜어 주고 싶기 때문이다. 나는 걷는 게 싫지 않다. 조금은 좋아하는 편이다. 유목 생활의 고충에 대해 무슨 말을 한다 해도 우리 여자들은 지금 육체적으로 더없이 건강하다. 나는 정신병원에 감금되어 지내던 긴 세월에 내가 얼마나 활동력을 잃고 근육이 물러졌는지 잘 몰랐다. 그렇게 살다 보면 활동 부족이 당연해지고 건강한 야외 활동의 기쁨을 잊는다. 미개인들과 살기 시작한 처음 몇 주 동안 나는 온몸의 근육과 뼈가 통증을 느낄 만큼 피로했다. 하지만 지금 나는 더없이 탱탱하다. 다른 여자들도 마찬가지고, 어떤 이들은 알아볼 수가 없을 정도다. 거의 모두 체중이 빠지고, 피부는 까매졌으며, 경주마처럼 날렵해졌다. 백인 여자들은 이 경험을 통해서 신체 활동 가득한 야외 생활이 건강에 끼치는 이점 또한 발견할 것이다.

기쁘게도 헬렌 플라이트와 남편은 우리 집단이었고, 피미와 켈리 자매도 마찬가지다. 나의 절친한 친구 가운데 그레첸과 마사, 데이지 러블레이스가 각자 다른 길로 간다. 불쌍한 에이다 웨어는 살인자 남편의 곁을 떠나지 않고, 계속 '무딘 칼' 집단의 주변에 머문다. '무딘 칼' 집단도 어딘지 알 수 없는 곳으로 떠났다. 그것은 마치 기러기 무리의 위치를 추적하는 것 같다. 그리고 마사를 놀라게 하기 싫어서 말을 삼갔지만, 사실 나도 우리가 어떻게 언제 다시 만날지 모른다.

불쌍한 헤어 목사와 나시사 화이트는 리틀 울프의 집단에 합류하게 되었다. 아마 우리가 요새로 가기 때문인 것 같다. 수치스러운 범죄 이후 목사는 참회자 또는 추방자처럼 우리와 약간의 거리에서 흰색 노새를 타고 따라온다. 나는 그를 좋아한 적이 없지만, 지금은 좀 불쌍하다. 요새에 도착한 뒤 그를 다시는 못 보게 된다고 해도 놀라운 일이 아닐 것이다. 나시사 또한 선교 사업의 그토록 눈부신 실패로 아마 탈출을 계획하고 있을 것이다.

남부 샤이엔 족 다수는 이미 자기 땅으로 떠났지만, 일부는 포트 래러미까지 우리를 따라온 뒤 거기서 남쪽으로 이동할 것이다. 두 달 가까이 그 망나니 줄스 세미놀을 보지 않아 좋았는데, 짜증스럽게도 그가 다시 우리 집단에 끼게 되었다. 포트 래러미에서는 그 망나니하고 완전히 헤어지게 되기를 바란다. 거기서 그는 분명히 자기 부족민들과 함께 남쪽으로 갈 것이다. 크로 족에게 그런 일을 겪고 보니, 그의 존재를 견디기가 더욱 싫어진다.

"엑속소헤네타모아네." 그 남자가 마지막으로 우리 오두막 주변을 어슬렁거렸을 때 내가 마침내 남편에게 말했다. "저 사람이 나한테 더러운 말을 해요."

리틀 울프의 얼굴이 분노로 어두워졌다. 하지만 그뿐이다.

우리 소집단은 아침 일찍 천막촌을 철거하고 땅거미가 내리기 직전까지 이동해서 전보다 훨씬 더 빨리 움직인다. 나는 우리가 날마다 몇 킬로미터를 가는지 모른다. 지나는 길의 풍경은 아주 아름답다. 얕은 언덕들이 물결처럼 출렁이는 평원의 초지와 그사이를 가르고 지나가는 강줄기들 — 여름에 비가 없어서 강들은 수위가 낮다 — 벌써 누런 가을빛을 보이며 동그랗게 몸을 마는 풀들. 북쪽에서 쌀쌀한 가을 바람이 불어와 이제 곧 겨울이 온다는 것을 알리고 있다.

빅혼 산을 서쪽에 두고 우리는 대략 남남동 방향으로 이동해서 행잉 우먼 천과 텅 강의 합류점에서 강을 건너고, 클리어 강과 파우더 강의 합류점으로 가서는 파우더 강을 따라 크레이지 우먼 강 쪽으로 갔고 거기서 동남쪽의 벨 푸르슈 강을 향해 간다. 어쨌건 내가 군 지도에 표시하는 내용은 그렇다. 몇몇 강은 백인이 부르는 이름과 인디언이 부르는 이름이 다르지만. 벨 푸르슈 강을 건너자 버펄로그래스 평원이 끝나면서 황량하고 건조한 언덕과 바위 협곡, 건천이 계속된다. 우리는 이 황폐한 사막을 서둘러 건넌다. 이곳의 유일한 물은 염분이 있고 알칼리성이라 마실 수 없기 때문이다.

어느 날 동쪽 지평선에 블랙 힐스가 희미하게 떠올랐고, 다음 날 우리는 그곳의 소나무 기슭이 보일 만큼 가까이 갔지만, 그 솔숲을 왼쪽에 끼고 평원 가장자리를 남쪽으로 이동했다.

>>> 1875년 9월 10일 <<<

오글랄라 수 족의 전사 패가 블랙 힐스 밖으로 달려나와 우리 앞을 가로막았다. 다행히 이들은 샤이엔 족과 동맹이고, 전사 패의 일부는 우리 부족과 친척 관계다. 우호적인 관계인데도 전사들은 우리에게 강렬한 인상을 주기 위해 엄청난 장관을 이루며 왔다. 우리는 확실히 강렬한 인상을 받았다. 그들은 얼굴을 악마처럼 칠하고, 구슬 등으로 화려하게 장식하고, 높은 소리를 지르며 말을 달렸다. 내가 그때껏 본 중 그토록 맹렬한 집단은 처음이었다.

그동안 관찰한 바에 따르면 미개인들은 몸단장과 겉모습 가꾸기에 많은 공을 들이고, 그런 일에 특히 정성일 때는 전쟁을 준비할 때다. 노주술사 화이트 불은 헬렌 플라이트에게 전사는 전쟁에 나갈 때면 죽음에 대비해서 최상의 모습을 해야 한다고 설명했다. 옷을 제대로 갖춰 입지 못하고 창조주인 '위대한 주술'을 만나는 것은 전사의 결례이기 때문이다.

"그러니까 메이," 헬렌 플라이트가 즐겁게 말했다. "여기는 화가의 낙원이야. 내가 전사의 몸을 장식하는 건 전쟁에서 부상을 막아 줄 뿐 아니라 '위대한 주술'에게 좋은 인상을 주게도 만드니까. 그러니까 세상에 어떤 예술가가 하늘의 신에게 작품을 보여 주는 것보다 더 큰 꿈을 꿀 수 있겠어?"

헬렌은 자신이 영국 국교도라고 말하지만, 그녀 또한 나만큼이나 불경하다는 건 굳이 말할 필요가 없을 것이다.

수 족과 샤이엔 족은 흔히 통혼하지만, 리틀 울프는 그들의 말을 모르고 그들을 그리 좋아하지도 않는다. 수 족 여자들은 부도덕하다고 생각한다. 내 남편은 확실히 부족주의자로 자신과 가족을 동맹들과 구별하는데 그 경계심은 백인을 대할 때하고도 거의 비슷하다.

어쨌건 전사들— 아마 서른 명 정도 —이 우리 앞에서 기마술과 용맹스런 자세를 과시한 뒤 리틀 울프가 오두막 밖으로 힘차게 나와서 그들 집단의 우두머리와 수화를 했다. 그들의 우두머리는 내가 이해하기로는 '험프'라는 이름의 덩치 큰 남자였다.

두 족장이 중요한 일을 의논하려면 먼저 당연히 수 족 집단 전체를 식사와 끽연 모임에 초대해야 했다. 그런 초대를 하지 않는 것은 무례한 일이다. 몇몇 가족이 오두막을 열어 전사들을 맞았고, 그런 뒤 주술사 오두막에서 회의가 열렸다. 형식적인 절차가 모두 마무리되자 의식용 파이프에 불을 붙인 수 족이 마침내 자기들 전사 패의 의도는 금을 찾는 백인들과 블랙 힐스를 침범하는 백인 변경 개척민을 습격하는 것이라고 설명했다.

샤이엔 통역관을 통해서 수 족 족장 험프는 리틀 울프에게 샤이엔 족이 이 전쟁에 함께할 것인지를 물었다. 블랙 힐스는 마지막 회담에서 수 족과 샤이엔 족에게 '영원히' 양도된 것이라고 했다.

리틀 울프는 이런 요청을 점잖게 듣고 자기도 그 조약을 잘 알고 있지만, 수 족도 알 수 있듯 지금 우리는 소집단이고 전사보다는 여자와 아이가 더 많으며 현재 교역을 하러 가는 길이지 백인 개척민과 전쟁을 하러 가는 길이 아니라고 대답했다.

"백인이 샤이엔 족에게 하얀 여자들을 주었으니 당신들은 싸우지 않을지도 모른다." 험프가 우리에게 손을 저으면서 말했다. "백인 여자들이 당신들을 나약한 겁쟁이로 만들었을지도 모른다."

이 명백한 조롱에 수 족 전사들은 은근한 눈길로 킬킬거렸다.

내 남편의 얼굴은 어두워졌고, 나는 그의 턱 근육이 바르르 떨리는 것을 보았다. 그것은 그의 유명한 분노가 일어나고 있다는 신호였다.

"수 족은 샤이엔 족의 전쟁 능력을 잘 알 것이다." 리틀 울프가 말했다. "우리는 평원 최고의 전사임을 자부한다. 우리더러 겁쟁이라고 말하는 건 어리석은 일이다. 지금 우리 집단은 전사 집단이 아니라 교역 집단이다. 그것이 내 말이고, 이 문제에 대해서 내가 할 말은 그게 전부다."

그 말과 함께 리틀 울프는 자리에서 일어나 주술사의 오두막을 떠났다. 나는 그를 따라 집으로 왔다. 이튿날 아침 수 족은 떠났다.

⇛⇛ 1875년 9월 14일 ⇚⇚

어제 우리는 포트 래러미에 도착했다. 이보다 더 고통스러운 문명 귀환은 없을 것이다. 우리는 모두 우리가 정말로 어느 세계에 속한 건지 질문하지 않을 수 없다. 어쩌면 어느 쪽도 아닌지 모른다.

우리는 요새 주변 인디언들과 되도록 먼 곳에 야영지를 꾸렸다. 지난 몇 달 동안 샤이엔 족과 함께 살고서 다시 보니 그들의 행색과 행동은 더욱 큰 충격이었다. 진실로 우리 백인 문명은 이 불행한 영혼들에게 오직 파멸과 절망만을 안긴 것 같다. 앙상한 몸에 누더기를 걸친 이들 여럿이 우리 야영지로 와서 구걸을 했다.

야영지를 꾸린 뒤, 리틀 울프는 교역소에서 일을 보려고 교역단과 가죽을 쟁인 짐말들을 이끌고 요새 안으로 들어갔다. 우리 중 일부는 남편을 따라 요새 안으로 들어갔지만, 몇 달에 걸친 황야 생활 끝에 문명과 마주한다는 데 갑자기 두려움을 느낀 이들도 있다.

24시간이 지난 지금 돌이켜보니, 남편을 따라 요새로 들어가겠다는 내 고집은 충동적이었다. 문명에 대한 갈증이 너무도 커서 나는 우리가 문명사회 사람들에게 어떻게 보일지 거의 생각하지 않았다. 그리고 마음 한구석으로 존 버크 대위를 잠깐 보거나 그의 소식을 듣고자 했던 것 같다.

피미와 헬렌도 나와 마찬가지로 아무런 부끄러움 없이 교역소까지 가기로 했고, 켈리 자매도 그랬다. 켈리 자매의 거들먹거림을 누를 수 있는 것은 없다. 덧붙이자면 켈리 자매와 헬렌 플라이트는 미개인 기준으로 상당한 부자가 되었다. 켈리 자매는 도박 제국을 통해, 헬렌은 미술 활동을 통해. 헬렌은 자기 재산을 팔아 화약과 전장총 탄알, 그림 도구들과 여러 가지 문명의 '사치품'을 사고자 했다.

"그리고 앤 홀 부인에게 편지도 보낼 거야!" 그녀가 흥분해서 말했다. 나도 가족에게 보내는 편지를 준비해 왔다. 하지만 군대는 분명 아직 이런 편지 교환을 금지할 것이다.

우리의 늙은 포고꾼 '페페'가 요새 초병에게 우리의 도착을 알렸고, 시간이 약간 흐른 뒤 정문이 열리고 흑인 기병 중대가 우리를 맞았다. 그들은 군인답게 정확한 태도로 우리 소규모 교역단 양편에 정렬해서 우리를 안으로 호송했다. 엄격한 군사 훈련에도 불구하고 흑인 병사들은 유피미아에게서 눈을 떼지 못했다. 크로 족 일을 겪은 뒤 '넥사나네'*라는 이름을 얻은 그녀는 흰 말을 타고서 남편 블랙 맨의 점박이 조랑말을 따라갔다.

날은 온화했고, 그녀는 여름내 그랬듯 가슴을 드러낸 채 앞가리개만 했다. 검게 빛나는 긴 근육질의 다리에는 구리를 두드려 만든 발찌가 걸려 있었다. 피어싱한 귀에 구리 고리를 걸고, 목에 알록달록한 구슬 목걸이를 건 그녀는 더없이 당당했다. 미개인보다도 더 미개인 같았다.

피미 근처에 있던 군인 한 명이 군율에 반함에도 불구하고 수근거렸다.

"당신네 두 깜둥이가 여기서 뭘 하는 거지? 포로로 잡힌 거야?"

피미는 깊은 목소리로 웃으며 말했다.

"우리는 이 사람들이랑 살아, 깜둥이. 이 사람들은 우리 부족이야. 내 남편은 샤이엔 인이고 영어를 몰라."

"샤이엔 인이라고!" 다른 군인이 말했다. "미친 깜둥이 여자구만!"

요새로 들어갈 때 호기심에 찬 구경꾼들— 민간인과 군인—이 모여서 우리 행렬을 지켜보았다. 리틀 울프가 말을 탄 채 맨 앞에서 행렬을 이끌었고, 여섯 명의 전사가 그 뒤를 바짝 따랐으며, 여자들과 소년들이 이끄는 짐말이 그 뒤를 이었고, 행렬의 맨 뒤는 전사들이 지켰다. 나도 솔저와 다른 짐말 두 마리를 끌고 헬렌 플라이트가 끄는 짐말 네 마리와 함께 걸었다. 평소처럼 영양 가죽 통옷에 각반을 두르고 모카신을 신은 차림이었다. 요즘 나는 머리를 인디언 식으로 땋는다. 이 머리가 아주

❖ 두 배로 죽인 여자

편하다는 걸 알았기 때문이다. 동료 아내 페더 온 헤드가 머리를 아주 잘 땋아 준다. 헬렌은 파이프를 물고 영국식 사냥 모자에 숫사슴 가죽 바지와 재킷 차림으로 전장총을 어깨에 걸쳤다. 켈리 자매는 우리 뒤에서 역시 가죽을 잔뜩 실은 짐말들을 끌고 우쭐거리며 걸었다.

믿어지지 않지만 나는 그제야 우리 모습이 그곳 사람들에게 얼마나 기괴하게 보일지 깨달았고, 그 장면을 돌이키니 지금도 민망함에 얼굴이 붉어진다. 우리가 무슨 대접을 기대할 수 있던 건지는 모른다. 내 어리석은 오만은 우리가 문명으로 개선하는 영웅적 탐험가가 아니라 절망적일 만큼 희극적인 구경거리가 되었다는 것을 알지 못했다.

구경꾼 무리에는 군인 아내들도 여럿 있었고 그들은 처음에는 놀라서 웅성거리다가 이내 지나가는 우리에게 큰 소리로 떠들었다.

"저기 좀 봐, 백인 여자 두 명이 있어. 빨강머리들 말이야." 그들의 말소리가 들렸다. "아유 더러워! 미개인하고 똑같아!"

"세상에, 저 깜둥이 여자는 홀딱 벗었네!"

"저 영국 여자 ― 화가 말이야 ― 옷차림 좀 봐. 버펄로 사냥꾼 같지 않아?"

"머리 땋은 저 여자는 지난봄에 존 버크하고 장난치던 뻔뻔한 여자 아냐? 꼴을 보니 완전히 미쳤구만!"

"지금 대위가 저 여자를 본다면!"

이 마지막 말들이 내 가슴에 화살처럼 박히면서, 갑자기 나는 버크 대위를 만나기 싫어져 그를 만나지 않게 해달라고 기도했다. 우리가 어쩌면 그렇게 오만하고 아둔할 수 있었을까? 나는 부끄러움에 얼굴이 빨개져서 땅을 내려다보았다.

"저자들은 좁쌀들이야, 메이." 헬렌 플라이트가 내가 당황한 걸 보고 언제나처럼 유쾌하게 말했다. "저 사람들은 예의범절을 몰라. 그러니 신경 쓸 필요 없어. 저런 좁쌀들에게 얽매이지 마. 지금 너는 그야말로 여인의 표상인걸! 신경 쓰지 마. 고개를 당당히 들어! 예술가는 좁쌀들에게 고개 숙이면 안 돼. 그게 오래전에 내 고귀한 벗 앤 홀 부인에게 배운 교훈이지. 좁쌀에게 고개 숙이지 마라!"

그런 뒤 헬렌은 밝은 얼굴로 눈썹을 추켜올리고 모자를 벗어 놀란 구경꾼들에게 유쾌하게 흔들어 보였다. 그 말은 힘이 되었고 나는 다시 고개를 들었다. 그래도 대위가 포트 래러미에서 내 굴욕을, 나의 '미개인' 모습을 보지 않기를 기도했다.

그때 무슨 이유에서인지 구경꾼 사이의 분위기가 바뀌는 것 같았다. 그들은 우리에게 그렇게 호기심에 찬 악담을 떠들어 대는 것만으로는 우리가 건전한 기독교 세계에서 일탈한 죄에 충분한 질책이 되지 않는다고 생각하는 것 같았다. 교역소에 거의 다다랐을 때 누가 소리쳤다.

"창녀들!" 이어 다른 사람이 말했다. "더러운 창녀들!"

"하느님을 두려워하는 우리 선량한 사람들 틈에 이런 오염물을 들이는 이유가 뭐지?" 또 다른 사람이 말했다.

침착한 피미는 평생을 그런 비난과 편견 속에 살았기 때문에 거기 반응하는 방법을 알았다. 그녀가 아는 '자유의 노래' 하나를 부르기 시작한 것이다. 그녀의 풍부하고 음악적인 목소리가 추악한 욕설을 뚫고 솟아올라서 그 소리들을 덮고 마침내 침묵시켰다.

> "나는 비난받고 조롱당했네
> 나는 비난받고 조롱당했네, 아이들아
> 나는 비난받고 조롱당했네
> 나를 두고 하는 많은 이야기를 들었네."

그리고 차후 분명히 벌을 받겠지만, 우리를 호송하는 흑인 병사 몇몇이 2절을 따라 했다. 그들 역시 차별의 기억을 공유했고 그 노래를 잘 알았다. 그들은 자신들이 맡은 우리 모두를 보호하려는 듯 노래를 불렀다.

> "이 세상 곳곳에 문제 있으리라
> 이 세상 곳곳에 문제 있으리라, 아이들아
> 이 세상 곳곳에 문제 있으리라
> 이 세상 곳곳에 문제 있으리라."

남자들의 깊은 목소리와 그 위로 천사— 검은 천사 —처럼 솟아오르는 우리 피미의 콘트랄토 목소리는 우리 모두에게 기운과 용기를 불어넣었다. 그리고 모두가 3절을 함께 불렀다. 피미가 오두막에서 부르는 것을 수도 없이 들었기 때문이다.

> "나는 신앙을 버리지 않으리라.

나는 신앙을 버리지 않으리라, 아이들아

나는 신앙을 버리지 않으리라

나는 신앙을 버리지 않으리라."

우리는 교역소 상점에 이르러 행렬을 멈추었고, 상점 주인이 혼혈 통역자를 대동하고 리틀 울프와 협상하러 나왔다. 기다리는 동안 나는 처음으로 고개를 돌려 더없이 음울한 우리의 도착을 지켜보는 이들을 보았다. 그들은 침묵에 빠져서 의구심과 혐오가 어린 표정으로 우리를 보았다.

그리고 그 얼굴들을 살펴보기 시작하다 내 눈은 곧바로 존 G. 버크 대위의 눈과 마주쳤다······.

문명의 앙상한 품

'여섯 달 전 우리가 불안에 찬 백인 여자들로

포트 래러미를 떠나 황야로 들어선 것을 생각하면 기이하기 짝이 없다.

그리고 이제 우리는 어쩌면 마찬가지로

불안에 싸인 인디언 아낙으로 집으로 돌아간다.

나는 오늘 아침 차가운 바람 속을 달리면서

이들에 대한 나의 충성은 내 가슴속에서 뛰는 심장에 의해 봉인되었다는 것을,

내가 아무리 원했다 해도 내가 변하지 않을 수는 없었다는 것을 깨달았다.'

– 메이 도드의 일기에서

1875년 9월 14일, 포트 래러미(계속)

여기는 새 일기장을 시작하기에 적절한 곳인 것 같다. 내가 존 버크를 처음으로 다시 본 순간, 그는 내게서 떠난 사람이라는 걸 확실히 알았기 때문이다.

나와 눈이 마주쳤을 때 대위는 혐오감을 감추지 못했고, 그 얼굴에 불쾌감이 스치는 것도 막지 못했다. 우리는 그렇게 한참 서로를 보았고, 마침내 그는 안도하는 듯한 표정으로 내게서 눈길을 돌렸다. 자신이 큰 실수를 저지를 뻔했다는 듯한, 내가 애초에 자신이 생각했던 그런 사람이 아니라는 듯한 표정으로.

대위를 다시 보며 밀려든 감정의 소용돌이 가운데 그의 혐오감과 외면 어느 쪽이 더 고통스러웠는지 모르겠다. 나는 쿵쿵거리는 심장을 달래기 위해 이곳에서 해야 할 일에 집중했다. 짐

말에서 가죽 꾸러미를 풀어 땅에 내리자, 꾸러미는 묵직한 소리를 내며 떨어졌다. 쿵 소리와 먼지 구름이 말 다리 아래서 물결쳤다.

교역소 주인은 루이 바티스트라는 이름의 키가 작고 다리가 휜 프랑스 인이었는데, 꾸러미를 하나하나 살피고 세며 장부에 숫자를 적어 내려갔다. 바티스트는 큼직한 매부리코에 조그만 두 눈이 가운데 바짝 붙어 있어서 인디언들은 그를 '페세 마케타'라고 불렀다. 영어로는 '빅 노즈 리틀 맨'이었다.

빅 노즈가 헬렌 플라이트 앞에 가자 그녀가 말했다.

"저는 이 신사분들과 상관없이 개인적으로 따로 협상하겠습니다. 그리고 수전과 마거릿 켈리를 제 대리인으로 삼겠습니다."

"저는 인디언 남자분하고만 거래합니다." 교역자가 말했다. "Jamais avec les squaws.(여자하고는 안 합니다)"

"그 이유를 물어도 괜찮을지요?" 헬렌이 기분 상한 기색 없이 물었다.

바티스트는 작은 눈을 가늘게 뜨고 그녀를 훑어보았다. 그러더니 씩 웃으며 말했다.

"그 버펄로 옷 속에, mais peut-être vous avez une petite squaw madame, non?(아무래도 여자가 있는 것 같네요. 맞습니까?)"

헬렌은 흔들림 없는 미소 속에 남자에게 차분하게 말했다.

"이건 내 물건이에요. 그리고 저기 여자분들에게," 그녀는 켈리 자매를 가리켰다. "이 물건의 거래를 맡깁니다. 고맙습니다."

수지와 마거릿이 앞으로 천천히 나왔다.

"프랑스 선생님, 우리 두 자매하고 협상하지 않으면 안 될걸요." 수지가 말했다.

루이 바티스트는 답답하다는 듯 두 손바닥을 위로 들고 말했다.

"Comme j'ai dit, mesdames(말씀드렸듯이) 저는 인디언 남자들하고만 거래합니다. Toujoures. Jamais avec les squaws.(언제나요. 여자들하고는 하지 않습니다)"

"그래요. 그 사람들이 여자들보다 더 속이기 쉬우니까요." 헬렌이 건조하게 말했다.

그때 내가 나섰다.

"우리는 미국 정부의 대표단이에요. 그랜트 대통령이 이 사람들에게 백인의 세계를 가르치라고 공식 파견한 사람들이에요. 이 일을 통해 이 사람들에게 아주 훌륭한 경제 교육을 할 수 있겠네요."

바티스트는 담뱃진에 찌든 노란 침 줄기를 다리 사이에 뱉었다. 하지만 그 일부는 꼬부라진 코끝에 걸려 수도꼭지에서 새는 녹슨 물처럼 떨어졌다. 그는 킁 소리를 내고 손등으로 코를 닦은 뒤 근엄하게 손등을 내려다보았다.

"Oui.(예) 당신들이 누군지는 압니다." 빅 노즈가 고개를 끄덕이며 말했다. "미개인과 결혼한 백인 신부들이죠. n'est-ce pas?(맞죠?)"

그는 놀라움과 유감이 뒤섞인 표정으로 고개를 저었다.

"Moi?(나요?) 나도 인디언 여자가 있습니다. 아라파호 족이죠. 백인 여자들보다 착합니다." 그가 말했다. 그러고는 어깨를 으쓱했다. "그래요, ça va(좋아요), 해보죠. 상점에 들어오세요. 하지만 모든 거래는 대족장이 합니다."

그런 뒤 바티스트는 계속 꾸러미를 세고 공책에 숫자를 적어 내려갔다.

"참 추한 남자야." 헬렌 플라이트가 말했다. "거기다 무례하고. 개인적으로 나는 프랑스 사람들이 늘 별로였어."

"나도 그래." 메기 켈리가 말했다. "하지만 저 사람도 거래에서 켈리 자매를 이길 수는 없어. 안 그래, 수지?"

버크 대위를 비롯한 군 장교들이 상점 안에 있었다. 그들은 긴 탁자에 장부책을 펼쳐 놓고 앉은 바티스트 뒤에 서 있었다. 리틀 울프가 바티스트 맞은편에 앉았고, 젊은 엘크 패 전사 두 명이 그의 등 뒤 양옆에 섰다. 족장은 가구에 익숙하지 않아서 의자 가장자리에 뻣뻣하게 걸터앉았다. 헬렌과 켈리 자매와 나는 문 바로 안쪽에 서 있었다. 몇 달 만에 건물 안에 들어서자 놀랍게도 나는 기이한 밀실 공포증을 느꼈다.

존 버크는 내 쪽을 보지 않았다. 나는 그가 나를 외면하려고 애쓰는 것을 확실히 알았다. 그를 보는 내 가슴이 아팠다. 우리의 마지막 만남을 떠올리지 않을 수 없었다.

빅 노즈는 연필로 장부책을 두드리며 말했다.

"좋아요. 밀가루 네 자루, 설탕 두 자루, 베이킹 소다 한 자루, 커피 한 자루, 압축 담배 여섯 덩어리, 늑대 약 한 자루……."

통역자― 리틀 뱃＊이라는 이름의 요새 주변 혼혈 ―가 리틀 울프에게 통역을 마치기도 전에 내가 앞으로 나서서 말했다.

❖ 작은 박쥐.

"말도 안 돼요. 여기 이 가죽과 그 밖의 물품은 우리가 온 여름 동안 노동한 성과예요. 그만한 대가로는 다가오는 겨울의 절반도 버틸 수 없어요."

버크 대위가 탁자 건너편에서 나를 건너다보았다. 그는 내가 끼어든 데 처음에는 놀랐지만 이내 민망하다는 듯 얼굴을 붉히고 고개를 숙였다.

"수요와 공급의 법칙 모르십니까." 빅 노즈가 늑대처럼 웃으며 말했다. "족장도 그걸 압니다. 올해는 버펄로가 너무 많아요. 이것이 내 쪽의 제안입니다. 받아들이든지 떠나든지 마음대로 하세요."

"야, 이 거지야!" 수지가 말했다. "우리가 바보인 줄 알아? 버펄로 가죽이 너무 많다니! 그런 말은 들어 본 적이 없어. 올해 버펄로는 어느 해보다 귀했고 당신도 우리 못지않게 그 사실을 잘 알아."

"미안합니다. mesdames.(숙녀 여러분)" 바티스트가 두 손을 들고 말했다. "어쨌거나 내 쪽의 제안은 이것입니다. 이게 공정하지 않다고 생각하시면 캠프 로빈슨의 교역소로 가 보시지요. 거기 mon chèr ami(내 친구) 쥘 에스코피는 이만큼도 잘해 주지 않을 겁니다. Moi?(나요?) 쥘에 비하면 나는 산타 클로스입니다."

"화약이랑 탄약은 어떤가요?" 헬렌 플라이트가 물었다. "우리는 사냥할 때 그것도 필요해요."

"Non, non, madame.(안 됩니다, 부인)" 상점 주인이 고개를 저으며 말했다. "Je suis désolé.(죄송합니다) 미안하지만 조지 크룩 장군의 명령에 따라 탄약이나 화약은 더 이상 les sauvages(야만인)과 교역하지 않습니다. C'est vrai, n'est-ce pas, capitaine?(맞죠, 대위님?)"

그가 뒤에 선 버크 대위에게 고개를 돌리며 물었다.

"맞습니다." 버크 대위가 대답했다. 그리고 그는 나에게 뻣뻣하고 형식적인 군대식 인사를 하고 말했다. "남편에게 설명해 주십시오. 워싱턴의 '위대한 아버지'가 샤이엔 족의 안녕을 위해 이제 화약과 탄약은 교역 물품에서 제외한다는 사실을 말입니다. 그 대신 위대한 아버지는 다양한 농기구를 도매가격에 제공하고 있습니다."

나는 웃음이 터져 나오는 걸 막을 수 없었다.

"농기구요? 도매가격요? 좋아요! 엄청나게 유용하겠네요. '다양한 농기구'로 겨울을 날 수 있는데, 사냥할 화약과 탄약이 다 무슨 소용이겠어요?"

"이렇게 훌륭할 수가!" 메기 켈리가 말했다. "땅이 얼기 전에 감자를 심어야 한다는 거야?"

"샤이엔 자녀들에 대한 '위대한 아버지'의 따뜻한 관심에 대해 한마디 하자면," 내가 목소리를 높여 말했다. "우리가 가죽을 판 대가로 화약이나 탄약은 못 사도, 원한다면 한 부족을 망가뜨릴 싸구려 위스키 정도는 살 수 있죠? 그런 물품은 아직도 거래 가능한 거죠?"

빅 노즈는 매부리코 아래 늑대 같은 이를 드러내고 말했다.

"Mais oui, madame.(그렇습니다, 부인) 족장께서 원하면 최고의 위스키를 드리죠."

이런 대화가 오가는 동안 리틀 울프는 가만히 앉아서 통역이

전하는 이야기를 들었다. 마침내 내가 샤이엔 어로 그에게 말했다. 분노로 인해 어찌나 말이 유창해졌는지 나도 놀랐다.

"이 '베호'들이 우리를 속이려 하고 있어요. 우리 물건은 빅 노즈가 제안하는 것보다 열 배는 더 가치 있어요."

리틀 울프는 고개를 끄덕이고 대답했다.

"'페세 마케타'는 언제나 우리를 속이려고 하오. 하지만 우리 사람들은 설탕과 커피에 맛을 들였소. 우리는 이런 물품이 필요하고, 그래서 최선의 거래를 해야 하오."

"워싱턴의 '위대한 아버지'의 명령으로," 내가 말했다. "화약과 탄약이 교역 금지된 걸 알고 있나요? 대신 농기구를 주겠대요."

그 말에 리틀 울프는 정말로 놀란 것 같았다. 통역자 리틀 뱃은 그 정보를 그에게 전달하지 않은 것 같았다.

"농기구?" 리틀 울프가 물었다. "그런 것이 우리 사람들에게 무슨 소용이오?"

"아무 소용 없죠." 내가 말했다. "우리 사람들이 보호소에 들어가 농사를 짓기 전까지는요."

리틀 울프는 말도 안 된다며 파리를 쫓듯 손을 흔들고 말했다.

"우리는 사냥꾼이오. 농부가 아니오. 전사에게 농기구는 소용 없다고 전해 주시오. 우리는 소총과 탄약이 필요하다고." 그리고 빅 노즈에게 말했다. "이제부터 내 아내 '메소케'와 여자들이 협상을 진행하겠소."

그와 함께 리틀 울프는 자리에서 일어나 평소 같은 위엄 속에 방을 나갔고, 그의 전사들이 뒤를 따랐다. 그러자 켈리 자매가 빅 노즈와 협상에 나섰다.

"프랑스 양반, 지금으로서는," 수지가 말했다. "여자들하고 거래하는 것 말고는 방법이 없을걸? 안 그래, 이 사기꾼아?"

나는 이 기회를 빌려 존 버크에게 접근했다. 그는 탁자에서 종이를 주워 모으며 바쁜 척했는데, 나를 마주 대하는 일을 피하기 위해서인 게 뻔했다. 나는 그에게 그런 사치를 허락하지 않고 물었다.

"군대가 왜 이런 사기 행위에 동참하나요, 대위님? 이 사람들을 속이는 게 어떤 이득이 있죠?"

대위는 예의 바르게 허리 굽혀 인사하고 낯선 사람을 보듯이 말했다.

"리틀 울프 부인. 안타깝게도 저는 이런 일을 논의할 처지가 아닙니다. 안녕히 계십시오."

그러면서 그는 모자챙을 만지작거리며 내 곁을 지나가려고 했다. 하지만 그러기 전에 내가 그의 팔을 잡았다. 주제넘은 행동인 걸 알았지만 어쩔 수 없었다.

"존." 내가 솟구치는 감정에 눈물이 차올라서 말했다. "존, 나 메이예요. 왜 나하고 이야기하지 않죠? 왜 나를 외면하죠?"

대위는 멈춰 서더니 나를 처음 보듯이 내 눈을 바라보고 속삭였다.

"반가워요, 메이."

"뭘 기대했나요, 대위님?" 내가 말했다. "내가 멋진 드레스라도 입고 올 줄 알았나요? 우리가 황야에서 미개인들과 살고 있다는 걸 모르나요? 이 옷차림이 대위님께 거슬렸다면 죄송합니다."

"아니에요, 메이." 존 버크가 말했다. "용서해요. 거슬린 거 없어요. 그저…… 기억하던 모습과 많이 달라서 그래요."

그러더니 내면에서 거대한 갈등이 올라오는 듯 이마에 깊은 고뇌를 떠올리며 덧붙였다.

"죄송합니다, 부인. 나가야겠습니다. 나중에 이야기할 기회가 있을 겁니다."

나는 그가 성큼성큼 상점을 빠져 나가는 것을 바라보았다.

그날 내 친구 거티가 노새를 타고 우리 야영지로 왔다. 나는 아이들 떠드는 소리와 개 짖는 소리에 오두막 밖에 나갔다가 그녀를 만났다. 그녀는 모직 바지에 지나치게 큰 남자 코트를 대충 걸치고 목에는 두건을 둘렀으며, 멋대로 고쳐 독수리 깃털로 경쾌하게 장식한 낡은 기병대 모자를 쓰고 있었다.

"메이," 거티가 노새에서 내리며 말했다. "모자에 턱끈이 달려서 다행이야. 안 그러면 지금쯤 없어졌을 테니까. 인디언이 모자보다 좋아하는 건 없어. 이유는 나도 몰라."

거티는 코트 주머니에서 사탕을 한 줌 꺼내서 주변에 떠들며 몰려드는 아이들에게 나눠 주고 말했다.

"이제 훠이. 저리 가! 나는 이 부인하고 조용히 이야기하고 싶어. 안 돼, 말했지. 내 모자 가져가면 안 돼!"

거티가 모자를 벗어 허벅지에 대고 털자 먼지 구름이 일었다. 머리카락은 땀에 젖고 기름기에 뭉쳐 있었다. 납작하게 눌리고 꼬불꼬불한 모습이 초원에 있는 사슴들 잠자리 같다. 그녀의 얼굴은 땟물이 얼룩덜룩했다. 거티가 개인위생에 별 관심이 없다는 것은 새로운 사실이 아니다. 사실 그녀는 씻지 않은 미개인과 비교할 만한 독특한 냄새를 풍긴다. 그래도 나는 그녀를 꼭 끌어안았다. 그녀가 온 것이 정말 반가웠다.

"여긴 정말 버림받은 황야야." 그녀가 말했다. "더럽게 흉해. 우리가 여름을 보낸 북쪽의 풀밭 지대가 좋아. 여름 절반을 혼혈 척후 빅 뱃 푸리에하고 같이 너희 뒤를 따라다녔어. 그 친구는 혼혈 치고는 괜찮은 친구야. 길도 잘 찾고 나한테 허튼 장난도 안 쳤지. 그게 무슨 뜻인지 안다면……."

나는 뒤의 말보다 앞의 말에 더 놀라서 물었다.

"그게 무슨 소리야, 거티? 여름 내 우리를 따라다니다니?"

"대위가 나더러 너를 잘 지켜봐 달라고 부탁했거든." 그녀가 말했다. "네가 걱정돼서 미치려고 해. 특히 내가 지난 번 네 일을 보고한 뒤로는 더. 그때 그 술 난동 이후 말이야. 나는 네가 잘 지내고 있다고 했지. 술은 그날 밤 다 마셔 버린 것 같았거든. 인디언들은 술이 있으면 그냥 있는 대로 다 마셔 버려. 그러다가 다 떨어져서 더 마실 게 없으면 거기서 끝이야. 내가 아는 바로는 그래."

나는 고개를 끄덕이고 물었다.

"그러다 우리가 텅 강에 야영지를 꾸린 다음에 추적을 그만둔 거야? 맞아?"

"그래, 그때쯤이면 네가 괜찮아질 거라고 생각했어." 거티가 말했다. "그래서 대위한테 그렇게 보고했지."

"네가 그렇게 버크 대위의 일을 꾸준히 한다니," 내가 말했다. "지금도 그 사람 소식을 가져온 것 아냐?"

"맞아, 메이." 거티가 말했다. "대위는 너를 보고 싶어 해. 오늘 저녁 식사가 끝난 뒤 플랫 강 다리 남쪽에서 만나재. 사람들 눈을 피할 수 있도록 백인 복장으로 왔으면 좋겠대."

나는 웃었다.

"그래, 인디언 아낙이랑 어울리는 모습이 보이면 대위에게 좋을 일이 없겠지. 특히 족장의 여자니 더욱. 안타깝지만 나는 지금 백인 옷이 없어, 거티. 다 나눠 줬어. 그런 옷은 뭐랄까…… 우리의 지금 상황이랑 안 어울려 보였어."

"그래, 무슨 말인지 알아, 메이." 거티가 말했다. 그녀는 자기 옷을 내려다보았다. "내 옷을 빌려 입는 건 어때. 나는 백인 옷이건 인디언 옷이건 상관없지만, 너한테 잠깐 빌려 줄 수는 있어."

"그 말은 고마워, 거티." 내가 얼른 말했다. "하지만 그럴 필요 없을 거야."

한때 내가 당연하게 여기던 문명사회의 위생을 포기하고 사는 처지이기는 해도, 더티 거티의 '향기로운' 옷을 입을 엄두는 나지 않았다.

"대위는 인디언 아낙 옷차림의 나를 만나야 해. 그 시간에 다리로 갈 거라고 말해 줘."

"알았어." 그녀는 그렇게 말하고 흙 속에 장화를 문질렀다. "나하고도 잠깐 만나는 게 어때? 같이 사람들도 만나고 소식도 듣고."

나는 거티를 보며 부드럽게 웃음 지었다. 존 버크를 만난다는 생각에 정신이 팔려서 서운하게도 그녀를 친구가 아니라 전령으로만 대했다는 걸 깨달았다.

"물론 그래야지." 내가 말했다. "네게 소홀할 생각은 없었어, 거티. 꼭 찾아와 줘. 다른 여자들도 너를 반가워할 거야."

"메이, 다른 친구들을 만나기 전에," 거티가 말했다. "사적인 문제 하나를 해결하자. 나한테 묻고 싶은 거 없어?"

"묻고 싶은 것?" 내가 물었다. "존 버크에 관해서?"

거티가 고개를 끄덕이고 말했다.

"브래들리 양이랑 파혼했어. 그게 네가 궁금해하던 거라면. 그 여자는 뉴욕의 어머니에게 돌아갔어."

도로의 행인도 이따금 지나는 마차의 마부도 허드슨 베이 사 담요를 몸에 두르고 삐걱이는 플랫 강 다리를 건너는 인디언 아낙에게 관심을 기울이지 않았다. 다리를 건너자 나는 누가 보고 있지는 않은지 얼른 주변을 둘러보고 강둑으로 이어진 버드나무 사이 좁은 길을 내려갔다.

존 버크는 미리 와서 나를 기다리고 있었다. 아직 그가 나를 보지 못했기에 나는 잠시 그를 지켜보며 뛰는 가슴을 진정시켰다. 그는 뒷짐을 진 채 느리게 흐르는 강물을 바라보며 몽상에 잠겨 있는 듯했다. 내가 한때 자신과 셰익스피어를 읽은 매력적이고 단정한 백인 차림이 아닌 것을 보았을 때 그의 얼굴에 떠오를 실망을 견딜 자신이 없어서 내가 먼저 말을 걸었다.

"뒤돌아보지 말아요, 대위님." 내가 말했다.

"왜 그런 말을 하죠?" 대위가 놀랐지만, 뒤로 돌지는 않고 물었다.

"아까 보았을 때랑 똑같은 모습이니까요." 내가 말했다. "아직도 미개인 복장이에요. 당신 얼굴의 혐오감을 견딜 수 없어요."

그러자 그가 돌아섰다. 자책의 폭풍 속에 검은 눈썹을 찌푸린 고통스러운 표정으로 그가 말했다.

"용서하세요, 부인. 제 행동이 어리석었습니다. 여러 달이 지나서 당신을 다시 만나니 충격이 컸습니다."

내가 웃고 말했다.

"그래요, 충격이죠. 정말요! 그리고 지금 나는 적의 복장이니, 정말 감당하기 힘들었을 거예요!"

"화를 내시는 게 당연합니다, 부인." 그가 말했다. "다른 복장을 기대한 게 잘못입니다. 하지만 제 얼굴에 떠오른 게 혐오감이 아니라는 걸 믿어 주십시오."

"아니라고요?" 내가 그에게 다가가며 물었다. "그러면 뭐였나요, 대위님? 제가 혐오감으로 착각한 게 무엇이었나요?"

그가 앞으로 다가와서 내 두 손을 잡았다. 그의 손가락은 강하고 거칠었지만 그 손길은 기억 속 그대로 부드러웠다. 그리고 기억 속 표정 그대로 내 눈을 바라보는 그의 눈도 부드러워졌다.

"상심이겠지요." 그가 말했다.

"상심이요?" 나는 두 뺨에 피가 몰리는 것을 느끼며 물었다. "무슨 말씀인지 모르겠네요, 대위님. 제가 이교도가 된 데 상심하셨나요?"

"아뇨, 메이. 당신이 다른 남자의 사람이라는 상심입니다." 그가 대답했다. "그리고 다른 민족의 사람이라는 것. 한때 아주 짧은 시간 동안 당신은 내 사람이었지요. 저는 당신을 보냈습니다.

당신이 내 얼굴에서 본 것은 실패에 대한 후회, 자신의 허약함을 자책하는 남자의 표정입니다."

그때 나는 존 버크의 품으로 들어갔다. 아니면 그가 나를 이끌었다. 어느 쪽인지 모르겠다. 어느 쪽도 그런 일을 의도하지 않았을 것이다. 특히 결혼한 여자를 끌어안는 것을 허용하지 않을 도덕적 엄격함을 지닌 그는 더욱. 하지만 우리는 자석 같았고, 서로에게 매달려 아무 말도 하지 않았다. 할 수 있는 말이 없었기 때문이다.

나는 눈물을 막으려고 눈을 감았지만 그래도 눈물이 그의 목에 떨어졌고 나는 내 뺨이 젖는 게 느껴졌다.

"존," 내가 속삭였다. "존, 우리가 어떻게……."

"나는 당신을 가졌지만," 그가 말했다. "보내 버렸어요. 나는 그 일을 용서하지 않을 겁니다."

"그리고 나는 당신을 떠났죠, 존." 내가 말했다. "다른 방법은 없었어요. 지금도 다른 방법은 없어요."

담요가 발밑으로 떨어졌고, 대위의 팔이 나를 감쌀 때 부드러운 영양 가죽 옷이 내 피부에 바로 닿았다. 우리는 서로를 느꼈다. 그리고 우리 몸의 친숙한 곡선은 곧 하나의 형태로 녹아들었다. 그런 뒤 우리는 동시에 팔을 풀고 떨어져 섰다. 내 가슴속에선 절벽에서 떨어지는 듯 아득한 느낌이 들었다.

대위가 먼저 입을 열었는데, 그 목소리는 꺼칠하면서도 약간 맹렬했다. "이럴 수 없어요, 메이. 당신은 다른 사람의 아내니까."

"맞아요, 존." 내가 말했다. 빨갛게 달아오른 얼굴이 천 개의 조각으로 부서질 것 같았다. "저는 그이의 아이를 가졌으니까요."

그 말에 그는 미소를 짓고 다시 앞으로 다가왔다. 그 사실이 우리에게서 잠시 서로에 대한 필요를 없애 주었다는 듯이. 그는 손가락을 활짝 벌리고 그 큰 손을 내 배에 댔다. 마치 자기 아이를 만져 보는 것 같았다.

"기쁜 소식이네요, 메이." 그가 말했다. "진심이에요."

나는 그의 손 위에 내 손을 얹었다.

"넉 달 정도 됐어요. 인생이 우리를 이끌고 가는 방향이 정말로 이상하죠?"

"운명이 부과하는 것에, 사람은 복종해야 하느니." 그가 인용했다. "바람과 파도에 맞서 봐야 아무 소용 없도다."❖

"당신이 정말 보고 싶었어요, 메이." 그가 말했다. "한순간도 당신을 생각하지 않은 적이 없어요."

"나도 그래요, 존." 내가 말했다. "그런데 약혼녀는 어떻게 된 거죠? 리디아 브래들리 말이에요. 거티 말로는 뉴욕으로 돌아갔다던데요."

"양심 때문에 리디아와 결혼할 수 없었습니다." 그가 말했다. "메이, 당신을 사랑했고 당신과 잠자리를 했습니다."

"아, 존, 그런 지독한 양심 때문에 스스로를 괴롭히지 말아요." 내가 말했다. "당신의 가톨릭 원칙은 너무 완고해요. 브래들리 양은 상냥한 여자고 좋은 아내가 됐을 거예요. 물론 당신도 훌륭한 남편이 되고요."

"당신은 언제나 실제적이죠, 메이?" 존이 말했다. 그리고 그

❖ 셰익스피어 《헨리 6세》 3부 4막 3장.

특유의 비틀린 미소를 짓자, 그의 지친 눈 가장자리에 주름이 졌다. "'상냥하다'는 표현은 맞지 않아요. 어쨌건 나 같은 군인의 아내가 되기에는 너무 예민했어요."

"브래들리 양은 세상에서 가장 복 많은 여자가 될 뻔했어요, 존." 내가 말했다.

"당신은요, 메이?" 그가 물었다. "당신의 운은 어떤가요? 남편을 사랑하나요? 이런 '중매' 결혼이 행복한가요?"

"질문이 세 개로군요, 대위님." 내가 말했다. "첫째 질문에 대해서는 제 운은 들쭉날쭉이라고 말씀드려야겠어요. 두 번째 질문에는, 네, 남편 리틀 울프를 사랑하고 존경해요. 좋은 남자고 훌륭한 가장이죠. 하지만 당신이 뜻하는 그런 사랑은 아니에요. 당신을 사랑했던 것처럼 사랑하지는 않아요. 어떻게 그럴 수 있겠어요? 그리고 마지막, 제 행복에 대한 질문에는 우리 친구 거티가 말했듯이 '행복이란 백인들이 만들어 낸 그다지 영양가 없는 고민'이라고 대답하겠어요."

버크는 웃었다. 다시 들으니 가슴이 미어지는 깊고 풍부한 웃음이다.

"셰익스피어에 버금가는 문장인걸요!" 그가 말했다. "멋진 친구예요, 거티 말이에요. 그렇지 않아요?"

"맞아요." 내가 말했다. "그리고 제게 정말 잘해 주었어요."

"하지만 미개인 사회의 생활은요, 메이?" 그가 좀 더 심각한 목소리로 물었다. "그건 어떻습니까? 당신 때문에 내가 걱정 많이 한 거 알죠."

"그래서 거티를 보내 나를 살펴보게 했잖아요." 내가 말했다.

"알아요, 존. 그리고 깊이 감사해요. 거티는 첫 번째 때는 정말 꼭 필요할 때 왔어요. 그리고 두 번째 왔을 때는 조금 일찍 떠났죠……."

대위의 얼굴이 다시 어두워졌다.

"그게 무슨 뜻인가요, 메이?" 그가 물었다. "거티는 당신이 건강하고 새로운 환경에 잘 적응하고 있다고 했어요. 무슨 일이 있었나요?"

"거티 말이 맞아요, 존." 크로 족 납치 사건을 말하는 건 쓸데없는 걱정만 키우는 일이라는 걸 나는 잘 알았다. "그저 당신이 우리에게 경고했듯이, 이 사람들하고 사는 건 낯설고 때로는 겁나는 일이라서 그래요. 우리 일행 중 한 명이었던 어린 세라가 사고로 죽었어요."

존이 손등을 내 얼굴에 부드럽게 대고 말했다.

"안타깝네요, 메이. 당신이 그 친구를 좋아한 거 알아요."

"그 일만 빼면 우리는 잘 견디고 있어요." 내가 말했다.

"적어도 당신은 그런 것 같네요." 그가 말했다. "당신을 봐요, 메이. 원주민처럼 탱탱하고 까무잡잡해요. 내가 기억하던 모습보다 훨씬 더 아름다워요. 야외 생활이 당신하고 잘 맞는 것 같아요."

"불편한 점도 있지만 확실히 좋은 점도 있어요." 내가 말했다. "대부분은 현실을 벗어나서 꿈속을 사는 것 같아요. 하지만 여기 돌아와서 당신을 만나니…… 갑자기 꿈이 깨네요."

"그 꿈은 아직 끝나지 않았어요, 메이." 버크가 심각한 어조로 말했다. 그리고 내게서 등을 돌리고 강물을 바라보았다. "당신을 부른 이유가 당신을 다시 보고 싶어서만은 아니라는 걸 알겠지요."

"그럴 거라고 생각했어요, 대위님." 내가 말했다. "거티 말로는 정부가 우리를 버리려고 한다더군요."

"아뇨, 그렇지 않아요." 버크가 다시 돌아서며 재빨리 말했다. "크룩 장군이 힘을 쓸 수 있는 한 그런 일은 없어요."

"그러면 크룩 장군이 힘을 쓸 수 있나요?" 내가 물었다.

"군은 지금 아무런 보답을 받지 못하는 처지예요, 메이." 그가 대답했다. "거티가 올여름에 당신에게 찾아간 뒤로 사태는 더 불안정해지고 있습니다. 커스터 탐사단의 지질학자들이 블랙 힐스의 금광에 대해 눈부시게 희망적인 보고를 가지고 돌아왔어요. 손쉬운 부를 쫓는 채굴꾼 무리는 지금도 그리로 달려가고 있습니다. 군대는 그들을 막아서 포트 래러미 조약을 지키라는 불가능한 임무를 부여받았습니다. 물론 이런 상황은 지속될 수 없어요. 언론에 선동된 대중은 블랙 힐스에서 백인 개척민의 안전을 보장하고 인디언을 완전히 몰아내라고 요구합니다."

"몰아낸다고요?" 내가 물었다. "하지만 그 사람들은 블랙 힐스가 자기들 땅이라고 믿고 있어요. 그게 사실이고요. 수 족이 이미 우리를 찾아왔어요. 블랙 힐스를 침범하는 채굴꾼들을 공격하겠다고요. 우리 사람들이 거기 참여하는 것도 시간문제일 뿐이에요."

"그래요, 바로 그 이유로, 그리고 인디언 국 왓킨스 조사관의 추천에 따라서," 대위가 말했다. "국방부는 남아 있는 자유 미개인들— 수 족, 샤이엔 족 상관없이 —을 보호구역에 들여보내 정착시킬 것을 지시했습니다. 이 계획은 곧 실행될 겁니다."

"군대가 왜 저 더러운 프랑스인과 협력하는지 알 것 같네요." 내가 말했다. "당신들이 미개인에 대한 사기 거래를 허락하는 건 그들이 온순한 아이들처럼 위대한 백인 아버지의 자비에 자신들을 맡기도록 만들려는 목적이군요."

"맞습니다." 버크 대위가 고개를 끄덕이며 말했다. "이 평화로운 해결책을 실행하는 데는 당신과 친구들의 도움이 필요합니다. 남편들에게 되도록 빨리 가족을 데리고 보호소로 들어가자고 설득해야 합니다."

"그리고 그들에게 무기와 탄약을 더 주지 않기로 한 결정도," 내가 덧붙였다. "이런 노력이 실패할 경우를 대비한 것이겠지요?"

대위는 내 눈을 피하지 않고 음울하게 고개를 끄덕였다.

"크룩 장군의 지휘 아래 전투가 준비되고 있습니다. 그 목적은 1876년 2월 1일까지 자발적으로 협조하지 않는 적대 인디언을 모두 소탕하는 것입니다. 리틀 울프 족장의 아내로서 메이, 당신은 이 일에 큰 도움을 줄 수 있는 처지입니다. 그렇게 하면 많은 생명을 구할 수 있습니다."

"이제 와서 보니 결국 인디언 신부 계획을 유용하게 쓸 수 있게 된 거네요." 내가 말했다.

"나는 처음부터," 버크가 말했다. "이것이 당신과 친구들을 위험에 몰아넣는 혐오스럽고 부도덕한 일이라고 생각했습니다. 하지만 어쨌건 일은 실행되었고 당신이 거기 있으니 네, 이제 유용하게 쓰일 수 있게 된 거죠."

"내 남편은 샤이엔 족이 공식 조약으로 '영원히' 받은 땅은 누구도 침범하지 않는다고 알고 있어요." 내가 말했다.

"그랜트 대통령은 최근 블랙 힐스와 주변 지역을 샤이엔 족과 수 족에게서 구매할 협상단을 보냈습니다." 대위가 말했다.

"그 사람들이 팔지 않겠다고 하면요?" 내가 물었다.

"함께 이동 생활을 하면서 알게 됐을지도 모르지만, 메이." 그가 말했다. "미개인은 그렇게 연합된 집단이 아닙니다. 당신의 부족 같은 하나의 부족도 여러 지도자가 이끄는 소부족으로 나뉘어 있습니다. 대통령의 협상단은 수 족과 샤이엔 족 가운데 협상에 나설 무리를 틀림없이 찾아낼 겁니다. 그런 뒤에도 거기 남아 있는 사람들은 미국 군대가 침입자로 간주할 것입니다."

"야비하기 이를 데 없군요." 내가 낮은 목소리로 말했다.

"하지만 필요한 일입니다." 대위가 말했다. "역사의 불가피한 흐름이에요."

"만약에 우리가 설득에 실패해서 샤이엔 족이 정해진 날까지 보호소에 들어가지 않으면," 내가 물었다. "우리를 공격할 건가요, 존? 우리가 적이 되나요?"

"그런 건 있어서는 안 되는 일이에요, 메이." 대위가 확고하게 말했다. "내가 이런 이야기를 하는 건 그런 끔찍한 사태를 막기 위한 거예요. 당신의 남편 리틀 울프는 이미 크룩 장군과 회견을 요청했어요. 당신이 족장에게 긍정적인 영향력을 행사할 수 있을 겁니다."

"내 남편이 의논하고 싶어하는 건 위대한 백인 아버지가 약속한 백인 신부가 다 오지 않았다는 문제입니다." 내가 말했다. "샤이엔 족이 이교도일지 모르지만 대위님, 그 사람들도 셈은 할 줄 알고, 내 남편은 약속이 지켜지지 않고 있는 걸 모를 수가 없습니다."

"리틀 울프를 설득해 주세요." 버크가 말했다. "미개인들이 보호구역에 평화롭게 정착하면 나머지 신부를 보내 준다고요."

"이제 나더러 정부를 위해 거짓말까지 하라고 부탁하네요, 존?" 내가 끓어오르는 분노를 느끼며 말했다. "당신들의 추악한 술수를 감추기 위해 내 남편한테 거짓말을 하라고요?"

"내 술수는 아니에요, 메이." 버크가 얼른 말했다. "크룩 장군의 술수도 아닙니다. 정부는 우리에게 어떤 자문도 구하지 않았어요. 만약 자문을 구했다면 이런 일은 일어나지 않았을 겁니다. 이 일에서 우리가 맡은 역할에 대해서는 사과할 것이 없습니다. 우리는 이미 집을 떠나 위험에 빠진 당신들을 보호하는 임무를 맡았습니다. 나는 크룩 장군과 당신 남편의 회견을 마련해 줄 것입니다. 장군은 미개인을 공정하게 대해 주는 고결한 분입니다. 그는 신부들을 더 보낸다고 약속하지는 않겠지만, 그걸 당근으로 쓸 수는 있습니다. 당신은 남편을 설득해서 겨울이 닥치기 전에 부족을 이끌고 보호소로 들어가게 도와야 합니다. 거기 가면 필요한 모든 것을 받을 것입니다. 식량, 거처, 아이들─ 당신의 아이들도 ─은 기독교 교육을 받을 것입니다. 글도 배우고 농사 짓는 법, 성경이 가르치는 대로 쟁기질과 호미질로 땅을 정복하는 법을 배울 겁니다. 정치 상황이 어떻게 바뀌어도 메이, 당신이 얼마나 바뀌었다 해도, 이것이 당신이 원래 부여받은 임무라는 걸 잊지 말아요. 미개인을 동화시켜서 기독교 문명의 품에 안겨 주는 일 말입니다."

"풍채 좋으신 우리 감독교 목사께서 그 넓은 품으로 아이들을 안아 주셨다는 이야기는 들었겠죠?"

"들었습니다." 버크가 얼굴을 붉히며 말했고, 나는 그의 분노가 비등점에 이르는 물처럼 거세지는 걸 보았다. "헤어 목사는 휘플 주교가 소환했고, 주교는 혐의에 대한 완전한 조사를 약속했습니다."

"완전한 조사 같은 건 필요 없어요." 내가 말했다. "우리는 진상을 다 아니까요. 아이들에 대한 그런 행동은 샤이엔 사람들은 전혀 모르는 일이라는 걸 아시나요? 그냥 드문 게 아니라 아예 몰라요. 당신은 아마추어 민속학자니 그 사실이 흥미로울 수 있겠네요. 우리가 미개인에게 가르칠 게 참 많죠, 존?"

"교회 선교협회는 미개인의 영적 지도자로 가톨릭 사제를 보낼 생각을 하고 있습니다. 당신 남편이 현명하게도," 대위가 은근한 미소를 지으며 덧붙였다. "이번에는 특별히 '검은 옷'을 요청했습니다."

"좋네요." 내가 딱딱하게 말했다. "이제 사내애들은 안전하겠어요."

"메이!" 버크가 고개를 젓고 자기도 모르게 웃으며 말했다. "당신은 내가 아는 가장 불경한 여자예요!"

하지만 그는 다시 웃었다. 배에서 울리는 깊고 즐거운 웃음이었다. 그리고 나도 함께 웃었다. 우리는 짧은 포옹을 나누고 헤어졌다. 더 미적거리다가는 다시 한 번 하나가 되고픈 욕망에 사로잡힐까 두려웠다.

362

리틀 울프는 크룩 장군을 만났다. 우리 백인 여자들은 회견에 참석하는 것은 물론이고 야영지 밖으로 나가는 것조차 금지당했다. 덴버 소재 〈로키 마운틴 뉴스〉의 로버트 E. 스트래혼을 비롯한 몇몇 기자가 최근에 요새를 방문했기 때문이다. 당국은 우리가 언론에 노출되거나 어떤 식으로든 정부 또는 군과 연결되었다는 것이 드러나는 것을 막았다. 어쨌건 첫날 요새 거주자들과 부딪힌 뒤로 우리는 대부분 백인들과 접촉하는 것을 피했다. 금기시되는 사안이고 신문들도 다루지 않지만, 요새 주변 인디언들과 함께 사는 다른 백인 여자들도 있다. 그들은 주로 알코올 중독자였는데, 이 불쌍한 여자들은 '타락한 창녀'로 불렸고, 사람들은 우리 또한 그런 부류로 여겼다.

내가 리틀 울프와 크룩 장군의 회견에 대해 아는 것은 리틀 울프 자신과 거티에게서 들은 얼마 안 되는 내용이 전부다. 거티는 바깥 창문에서 그 이야기를 엿들었다. 버크 대위가 말했듯이, 장군은 신부 추가 인도 문제에 확답하지 않았다. 그저 샤이엔 족이 겨울이 오기 전에 보호소에 들어가면 그 문제는 고위당국에서 다시 의논할 거라고만 했다. 백인들의 이런 화법은 리틀 울프에게 혼란과 분노를 안겨 주었다. 그가 볼 때 그 일은 이미 협의되고 계약된 일이기 때문이다. 장군은 또한 샤이엔 족이 보호소에 들어가면 '위대한 아버지'가 너그러이 돌봐줄 것이라고 약속했다.

"그렇다." 리틀 울프가 대답했다. "나는 레드 클라우드 보호소에 가서 '위대한 아버지'의 너그러움을 보았다. 그곳 땅에는 남은 사냥감이 없었다. 그리고 샤이엔 족에게 한 신부 약속처럼 전체 약속의 극히 일부만이 전달되었다. 그래서 수 족은 자기 말을 잡아먹어야 했다. 우리는 여름 동안 우리 땅에서 자유롭게 살았고, 겨울 동안 먹을 식량을 충분히 마련했다. 필요한 모든 게 다 있고 우리 땅에서 자유롭게 지내는 우리가 왜 보호소에 들어가야 하는가?"

리틀 울프의 논리는 단순한 아이 같으면서도 확고해 반박할 여지가 없었다. 미개인과의 협상에 닳고 닳은 크룩 장군도 겨울 전에 보호소에 들어가는 것이 샤이엔 족에게 줄 이점을 설명하는 데 상당한 애로를 겪었다. 회견은 불만족스럽게 종결되었다.

그나마 즐거운 일이라면, 교역 문제에서 빅 노즈 리틀 맨이 드디어 켈리 자매라는 호적수를 만났다는 것이다. 우리 가죽에 대한 탐욕 때문에 이 사기꾼은 우리를 이른 시간 내에 궁핍에 빠뜨리고자 하는 군대와의 동맹을 어겨, 우리는 상당히 유리한 결과를 얻어 냈다. 그와 더불어 요새 바깥에 번성하는 불법 교역과 부도덕한 거래자를 통해서 리틀 울프는 필요한 소총과 탄약과 화약을 얻었다.

내 남편은 어리석지 않아 샤이엔 족에게 무기와 탄약을 주지 않으려는 '위대한 백인 아버지'의 결정은 우리에게서 방어 수단을 빼앗으려는 의도임을 안다. 그리고 리틀 울프는 약속된 신부 문제에서 분명히 '수상한 냄새'를 맡았을 것이다. 그러니 불법 교역자들에게 구입한 밀수 군수품 가운데 새 카빈총 한 상자가 있던 것도 그리 우연은 아닌 것 같다.

어제 우리의 이름난 주술사 몇 명이 요새로 왔는데, 그건 부끄럽게도 존 G. 버크 대위와 몇몇 군인이 그들에게 도전한 때문이었다. 인디언들은 버크를 '종이 주술사'라고 불렀다. 크룩의 부관으로 그가 늘 공책에 무언가를 적기 때문이다.

우리가 요새를 자유로이 출입할 수 있었다면 백인 여자들은 이런 모욕적인 계획을 더 빨리 알았을 테고, 그 일을 바로 끝낼 수 있었을 것이다. 우리는 꼬마 소년 한 명이 리틀 울프의 오두막으로 달려와 우리의 모든 주술사가 백인의 '주술 상자'에 당하고 있으니 '온화한 주술 족장'이 가서 도전해야 한다고 말했을 때에야 그 일을 알게 되었다.

나는 아이가 무슨 말을 하는지 몰랐지만, 남편을 따라 요새에 가보기로 마음먹었다. 도착해 보니 우리 주술사 또 한 명이 '주술 상자'에 도전했다가 막 실패한 참이었다. 그것은 할 일 없는 군인들이 폐기한 전지를 조작해서 손잡이를 돌리면 막대기를 잡은 사람이 전기 충격을 받도록 만든 장치였다. 군인들은 전지 옆에 물 양동이를 가져다 놓고, 양동이 바닥에 반짝이는 일 달러 은화를 놓았다.

그들은 아무나 와서 양동이 속 은화를 가져가라고 하며 — 하지만 물론 한 손으로 전지의 막대기를 잡고 있어야 했다 — 즐거워하고 있었다.

우리 주술사들은 차례로 주술 노래를 부르며 양동이에 손을 넣어 은화를 꺼내려고 했다. 군인들이 자신들의 '주술 노래' —

아일랜드 민요 〈팻 몰리〉 —를 부르는 동안 존 버크 자신이 기계의 손잡이를 돌렸고, 그러면 가엾은 미개인들은 강력한 전기 충격에 굴복했다. 이렇게 해서 주술사들이 차례로 구경꾼들 앞에서 모욕을 당했다. 어떤 이들은 용감하게 두 번 도전하기도 했지만, 그런다고 될 일이 아니었다.

버크가 아직 내가 사람들 틈에 있는 걸 모를 때, 내가 남편에게 말했다.

"이 일을 하지 마세요. 이건 '주술'이 아니라 백인들의 장난이에요. 당신이 시도하다가는 몸도 다치고 사람들 앞에서 창피당해요."

하지만 다른 부족민은 리틀 울프에게 온화한 주술 족장의 힘을 증명할 것을 촉구했고, 족장은 그럴 의무를 느꼈다.

그때까지도 나를 보지 못한 버크는 내 남편이 기계 앞으로 가서자 말했다.

"아, 대족장 리틀 울프께서 몸소 우리 주술 상자에 도전을 하시겠다고?"

버크의 즐거운 말투에서 나는 악의를 읽었고, 그것은 매우 실망스러웠다. 나는 더 참지 못하고 앞으로 나갔다.

"신사분들의 여흥이 이렇군요, 대위님? 순진한 사람들에게 모욕을 주는 게 즐거우신가 봐요? 차라리 강아지들을 데려다가 괴롭히는 게 어때요?"

몇몇 군인은 웃었지만, 잘못을 들킨 아이들처럼 머쓱한 기색이었다.

"강아지라면 더러운 이교도들처럼 잡아먹는 게 어떨까요." 한 군인이 숨죽여 키득거렸다.

"그냥 좀 노는 거예요, 부인." 다른 군인이 말했다. "우리한테 먼저 주술을 겨뤄 보자고 한 건 이교도들이에요. 악의 없는 놀이예요."

내가 말했을 때 버크 대위는 얼굴이 창백해졌는데, 질책보다 내가 거기 있다는 사실에 더 놀란 것 같았다. 그가 입을 열었을 때 그 목소리에 사과의 기미는 없고, 오만한 반항기 같은 것이 어려 있었기 때문이다.

"우리는 상대적으로 무해한 방식으로 미개인을 가르치고 있습니다. 우리의 우월한 힘에 비해 그들의 미신은 무력하다는 것을요." 그가 말했다. "그런 것은 다른 곳보다 여기서 배우는 것이 더 좋습니다."

"알겠어요. 대위님." 내가 말했다. "그 가르침을 내 남편 리틀 울프, '온화한 주술 족장', 샤이엔 족 최고의 지도자이자 용맹한 전사에게 베풀려고 하시는군요. 그러면 사람들은 백인들에 대항하는 게 얼마나 소용없는 일인지 확실히 배울 테지요."

"오직 족장께서 자신의 주술을 시험해 보고자 한다면 그렇습니다, 부인." 대위가 말했다. 그의 어둡고 그늘진 눈이 내 눈을 꿰뚫었다.

리틀 울프는 한 손에 막대기를 잡았고, 군인들은 민요 〈팻 몰리〉를 불렀다. 내 눈은 존 버크를 떠나지 않았고, 그는 전지의 손잡이를 돌리며 함께 노래를 불렀다. 리틀 울프는 주술 노래를 하지 않고 가슴에 찬 온화한 주술 주머니 ─ 일종의 부적 ─만 만지고 팔을 양동이에 넣었다. 그때 대위는 계속 나를 보고 열렬히 노래하면서 손잡이를 멈추었고 나의 남편은 양동이 바닥에서 무사히 은화를 꺼냈다. 모두가 열렬히 환호했고, 나도 다른 여자들과 함께 소리 높여 환호성을 올렸다.

존 버크는 기계 앞에 놓인 의자에서 일어나서 내게 가벼운 미소로 목례를 하더니 씩씩하게 밖으로 나갔다.

➤➤➤ 1875년 9월 20일 ◀◀◀

날씨가 변했고, 우리는 출발 준비를 한다. 지난 몇 주 동안의 온화한 초가을 날씨는 하룻밤새 곤두박질쳤다. 어젯밤 나는 오두막에 누워서 북풍이 불어닥치는 소리를 들었다. 그것은 화물 열차처럼 무시무시하게 덜커덩거렸다. 나는 버펄로 모피를 따뜻하게 덮고서도 뼛속까지 추위를 느꼈다.

오늘 아침에 거티가 마지막으로 찾아와서 물었다. "네 동료 나시사 소식 들었어?"

"아니." 내가 대답했다. "하지만 무슨 소식을 들어도 놀라지 않을 거야."

"요새 의무실에 있어." 거티가 말했다. "유산했대. 하지만 내가 간호사를 한 명 알거든. 그 친구 말로는 의사가 긁어냈대."

"긁어내?" 내가 물었다. "낙태했다는 거야?"

"내가 들은 바로는 그래."

"내가 착각했다, 거티." 내가 말했다. "놀랐어. 우리는 나시사가 임신한 줄도 몰랐어."

"간호사 말로는 나시사가 남편이 자기를 강제로 범했다며 지워 달라고 했대." 거티가 말했다. "그리고 이교도 아기를 낳을 수 없다고."

"그러면 회복할 때까지 요새에서 지내겠구나." 내가 말했다. "우리랑 같이 북쪽으로 가지 않고 말이야."

"그래." 거티가 고개를 끄덕이며 말했다. "병가를 내는 거지. 어쨌건 자기가 볼 때는 여기 남아서 이교도들의 보호구역 정착을 돕는 게 더 훌륭한 일이라고 떠들고 있어. 내 말 알겠어?"

"그럼," 내가 말했다. "난파선을 탈출하는 쥐인 거지. 놀랍지 않은 건 바로 그 부분이야. 그 여자가 위선자라는 건 우리 모두 잘 알고 있었으니까. 다만 그런 일까지 할 줄은 몰랐어."

"네가 알아 두면 좋을 게 또 하나 있어, 메이." 거티가 말했다. "나시사가 사람들한테 너를 비롯한 몇몇 여자가 전쟁의 길을 택했다고 말해. 너는 이제 완전히 야만인이 돼서 크로 족 머리 가죽을 벗기고, 심지어는 크로 족 사람들의 신체 부위를 덜어 냈다고. 내 말이 무슨 뜻인지 안다면……."

"알겠어." 내가 말했다. "그 여자가 누구한테 이런 소문을 퍼뜨리지?"

"들어 주는 사람이라면 아무한테나." 거티가 말했다. "거기에 대해 나한테 해줄 말 있어?"

"아니." 내가 대답했다. "말할 수 없어. 그냥 이렇게만 말할게. 올 여름 텅 강가에 야영할 때 우리 중 몇 명이 크로 족 도적놈들에게 납치되었어. 네가 떠난 직후였어. 너한테 이 이야기를 안 한 건 네가 우리를 일찍 떠난 걸 자책할 게 뻔해서야. 어린 세라가 그때 죽었지. 다른 사람들은 모두 남편이 와서 구해 주었어. 너한테 말할 수 있는 건 거기까지야."

거티가 고개를 끄덕이고 말했다.

"이해해, 친구. 다시는 묻지 않을게. 그냥 그 선교단 여자가 떠드는 소리가 무언지 알아야 할 것 같아서. 나한테는 아무 상관 없어. 나는 거기 살았거든. 그곳이 어떤지 알아."

"고마워, 거티." 나는 그녀가 더 캐묻지 않는 것을 고마워하며 말했다.

"그것보다 나는 작별 인사를 하러 왔어." 거티가 말했다. "우리도 떠나게 됐거든. 어디로 가는지는 몰라. 말을 안 해줘. 하지만 아주 굉장한 원정 같아. 나한테 다시 노새꾼 일을 주었으니까, 여자까지 쓸 정도라면 일대의 노새란 노새, 마차란 마차는 다 동원한다는 이야기지. 내일 아침에 떠날 거야. 내 생각에 크룩이 블랙 힐스 문제로 군대를 북쪽으로 이동시키는 것 같아. 크레이지 호스와 시팅 불이 이끄는 수 족이 거기서 채굴꾼과 개척민을 괴롭히고 있대. 너희 부족은 어디로 갈지 모르지만, 내가 선택할 수 있다면 그쪽으로는 가고 싶지 않다. 인디언 집단을 분간하는 능력으로 말하면 군대는 버펄로 똥하고 등심 스테이크도 구분하지 못하는 수준이거든. 그들이 고용한 인디언 척후들도 작은 무리는 절반도 구별 못해. 적어도 멀리서는, 그리고 가까이 왔을 때는 이미 너무 늦지. 그래서 군대는 적대적 지역에 들어오는 인디언은 모두 적성 인디언으로 보기로 했어. 죄가 없다는 걸 증명하기 전에는 유죄라는 거야."

"대위가 너한테 더 자세하게 말 안 해줬어, 거티?" 내가 물었

370

다.

"그 사람을 못 봤어, 친구." 그녀가 말했다. "군대의 움직임을 노새꾼에게 알려 주는 건 아주 위험한 일이거든. 내 말뜻을 안다면. 하지만 전지 이야기는 들었어."

그녀가 계속 말했다.

"리틀 울프가 나섰을 때 대위가 전지 손잡이를 돌리지 않은 건 용기가 필요한 일이었어. 대위는 그 일로 동료들에게 체면을 잃었다고."

"그 사람은 물러나지 않았어." 내가 말했다. "그냥 손잡이를 돌리지 않은 것뿐이야."

"군인한테는 다 똑같아, 친구." 그녀가 말했다. "그들로서는 자신들의 뛰어난 주술로 대족장을 잡을 기회였어. 그에게 교훈을 줄 기회. 하지만 대위는 포기했지."

"그건 그냥 전지였어, 거티!" 내가 말했다. "그 이상 아무것도 아니야. 그냥 전기 기구였을 뿐이라고!"

"그야 그렇지, 나도 알아." 그녀가 말했다. "하지만 남자들이 그래. '내가 너보다 큰 전지가 있다.' 대위는 널 위해서 그런 거야. 알지?"

"알아." 내가 말했다. "그건 잘한 일이야. 대위를 보면 고맙다고 해줘, 거티."

내가 웃었다. "그가 그 일에 확신이 필요하다면, 그의 전지가 족장의 전지와 모든 면에서 동등하다고 말해도 돼."

거티가 웃고 말했다. "남자들은 그런 말 좋아하지. 안 그래, 친구?"

주어진 시간이 너무 짧아서 당국은 우리의 몰락한 토끼 목사님을 대신할 사제를 찾지 못했지만, 어떻게 해서인지 우리와 동행할 베네딕투스회 수도사는 구했다. 이 낯선 친구가 어디 출신인지는 알 수 없지만, 그는 어제 저녁 당나귀를 타고 우리 야영지에 와서 자신을 앤서니라고 소개하고, 4세기 이집트의 은거 수도사인 사막의 성 안토니오에서 따온 이름이라고 설명했다. 그는 성 안토니오처럼 외딴 황야에서 수도하고자 했고, 우리가 반대하지 않으면 동행하고 싶다고 했다.

"아이쿠, 하느님." 내가 옆자리의 헬렌 플라이트에게 조그맣게 말했다. "처음에는 비대한 감독교 남색꾼을 노새에 태워 보내더니, 이제는 앙상한 베네딕투스회 은수자를 당나귀에 태워 보내는군. 당국이 우리의 영적 필요에 대해 어떤 생각을 갖고 있는지 알겠어."

"외딴 곳을 찾는다면 제대로 찾으셨네요, 앤서니 수사님." 메기 켈리가 수도사에게 인사했다. "나하고 수지는 독실한 가톨릭 신자랍니다. 수사님이 오셔서 기뻐요, 안 그래, 수지?"

"그렇고말고." 수지가 말했다.

"좋아요." 헬렌이 말했다. "평원의 앤서니라고 불러 드릴게요! 우리 작은 집단의 인원이 느니 기쁘네요."

새벽에 이 글을 쓴다. 우리는 잠시 후 아침이면 야영지를 허물어야 한다. 나는 지금 버펄로 모피와 담요 밑에 몸을 웅크리고 있고, 콰이엇 원은 아침 모닥불을 쑤시고 있다.

"에오이토." 나와 눈길이 마주치자 그녀가 속삭인다. "눈이
와."

나는 모피를 더 바짝 둘렀다. 안타깝게도 물을 길으러 가야
하지만, 따뜻한 잠자리를 떠날 수가 없어서 잠시 일기를 쓰며
다른 생각을 해보려고 한다.

거티가 말한 대로 어제 우리는 기병 2개 중대가 짐을 잔뜩 실
은 노새 무리를 이끌고 요새를 떠나는 것을 보았다. 한 중대는
캠프 로빈슨이 있는 북동쪽으로 갔고, 다른 한 중대는 포트 페
터먼이 있는 북서쪽으로 갔다. 후자가 크룩 장군의 병력이니 존
버크 대위도 거기 있을 것이다. 내가 볼 때 크룩 장군은 우리가
여기 있을 때 병력을 과시하기 위해 일부러 군대를 움직인 것
같다. 우리 무리가 다른 부족민에게 돌아가 보고하도록.

내가 위안을 삼을 만한 것은 보호소로 들어갈 시한이 어쨌건
가을을 다 지나고 겨울도 거반 지난 때라는 것뿐이다. 버크 대
위와 크룩 장군은 그 점을 명확히 했다. 나는 다른 사람들과 힘
을 합해서 우리 남편들뿐 아니라 부족의 여자들에게도 백인에
게 항복하는 것이 지혜로운 길이라는 걸 설득할 생각이다. 하지
만 평화로운 여름을 보내고 온 부족이 풍요를 누리는 이때에 사
람들에게 자유를 양도하고 자신들이 '영원히' — 이들 사회에서
'영원히'는 정말로 '영원히'다 — 소유한 땅을 비워 줄 이유를 이
해시키기는 매우 어려울 것이라는 두려움이 든다.

다가오는 겨울 동안 우리 일도 걱정이다. 특히 출산이 다가
와서 더 그렇다. 여름 내내 기후가 대체로 온화했던 까닭에 우

리 '신부'들은 가혹한 날씨로 인한 불편이 별로 없었다. 끊임없는 평원의 바람이 가끔 불안과 짜증을 일으킨 것과 불쌍한 마사가 건초열로 고생한 일을 빼면. 이제 갑작스러운 북극의 바람이 닥치면서 천막에 갇혀 지낼 것도 두렵다. 이 긴 겨울을 티피에서 보내는 것보다는 보호소의 좀 더 영구적인 거처— 어쩌면 진짜 집 —가 확실히 마음이 더 끌리기는 한다. 하지만 인정해야 할 것은 인디언 티피는 구조가 아주 훌륭해서 여름의 열파 속에서 놀라울 만큼 서늘하고, 지금의 첫 한파 속에서도 아직은 아주 안락하다는 것이다. 그리고 아침 모닥불이 타오르면 티피는 금세 따뜻해진다.

페더 온 헤드가 아기— 나는 내 아들 윌리엄의 이름을 따서 이 아기를 윌리라 부른다 —와 함께 내 버펄로 모피 밑으로 들어왔다. 이것은 내가 천막 식구들에게 가르쳐 준 놀이다. 쌀쌀한 새벽에 때로 그들이 내 잠자리로 들어오면 나는 아기를 코로 비비고 — 아기는 평원 자두 같은 냄새가 난다 — 우리는 모두 아이들처럼 킥킥거리고 아이를 가운데 두고 자매처럼 서로 끌어안고 다시 잠이 들기도 한다. 때로 프리티 워커도 들어오고, 그녀의 어머니 콰이엇 윈도 이런 자매애 향유를 반대하지 않는다. 요사이 밤이 쌀쌀해지면서 첫째 아내는 적법한 자리인 남편 옆의 잠자리를 다시 차지했고, 나는 이제 밤의 공포를 이겼기에 그 자리를 포기할 수 있다. 우리는 정말 서로의 따뜻한 체온으로 위로를 찾는 늑대 무리 같다. 때로 호스 보이도 우리 모피 속으로 기어들어 오는데, 최근에는 이 친구가 여자들하고 순진하게 몸을 부둥켜안기에는 조금 나이가 많다는 걸 느끼고 있다. 어느 날은 그가 발기한 성기를 내 다리에 대고 세게 누르기도 했다! 나는 몽당연필로 그의 물건을 탁 쳤다. 아이는 소리를 지르고 그 일을 바로 그만두었다.

이제 우리 여자들은 모피 속에서 속삭이며 키득거린다. 우리는 영어 대신 샤이엔 어를 한다. 아기가 가운데서 옹알거린다. 이렇게 행복한 아기는 본 적이 없다. 아기는 우는 일이 거의 없고, 어쩌다 울어도 페더 온 헤드가 코를 꼬집으면 바로 멈춘다. 이런 식으로 샤이엔 어머니는 아이에게 동물 같은 침묵을 가르친다.

이불 속은 따뜻하면서도 강렬한 냄새가 가득하고, 함께 안온 감에 싸인 우리는 누구도 일어나서 바깥의 차가운 공기와 눈밭으로 나가고 싶어 하지 않는다. 누구도 오늘 짐을 꾸려 추위와 눈 속에 출발하고 싶어 하지 않는다. 하지만 야영지 포고꾼의 목소리가 들리고, 우리는 잠시 침묵 속에 그가 외치는 오늘의 소식을 듣는다.

"우리 사람들은 오늘 아침 떠난다. 우리는 북쪽의 겨울 천막 촌으로 간다. 오늘 우리는 집으로 간다. 짐을 싸고, 오두막을 허물어라. 오늘 아침 우리 사람들은 이동한다."

그래도 일어나지 않고 버펄로 모피 속에서 서로를 더 바짝 끌어안는데 노파가 날카롭게 소리친다.

"모두 안 일어나? 짐 쌀 시간이야. 오늘 출발해."

그래도 머뭇거리면 노파는 버드나무 회초리를 가져와서 이불 위를 두드린다. 그 어떤 일도 노파에게는 무기고를 열 핑계가 된다. 마침내 페더 온 헤드가 모피 밖으로 나가서 부족 아낙의 힘겨운 일을 시작한다. 일이 시작되면 이렇게 빈둥거릴 시간이 없다. 오늘 아침 그녀는 아기를 내 곁에 두고 나간다. 내가 윌리를 돌볼 것을 알기 때문에 아이에게 얽매이지 않고 자유롭게 일하기 위해서다. 소중한 몇 분 동안 나는 코로 아기를 비비고 그러면 아기는 비둘기 같은 소리를 내며 옹알거린다. 하지만 이제 더 이상 물 긷는 일을 미룰 수 없고, '보케사에'의 꽥꽥 소리도 참을 수 없다. 그래서 나도 미적미적 일기장을 옆으로 밀고 따뜻한 버펄로 모피 밖으로 나가서 하루의 고된 일과를 마주한다. 나는 윌리의 모피를 젖히고 아기를 페더 온 헤드가 자기 잠자리 옆에 세워 둔 아기판에 매단다. 아기는 투정 부리지 않지만 그 안타까운 눈길을 보면 '날 두고 가지 마세요, 작은 엄마' 하고 말하는 것만 같다.

오두막 밖으로 나가니 태양이 동쪽 지평선에 막 떠오르고 있지만, 오늘 아침에는 어떤 온기도 느껴지지 않는다. 기온은 영하인 게 분명하고, 하얗게 반짝이는 눈 위에는 강으로 내려가는 한 사람의 발자국이 찍혀 있다. 그것은 일찌감치 일어나서 아침 수영을 나간 리틀 울프의 발자국이다. 그와 미개인 남성 수영 클럽은 날씨에 상관없이 활동을 계속한다. 이제 나는 그 발자국을 따라 가다가 버드나무 숲에 쪼그려 앉아 오줌을 눈다. 노란 오줌 줄기가 눈을 녹여 그 밑의 축축한 붉은 흙을 드러낸다. 그런 뒤 나는 강으로 가서 옷을 벗는다. 각반과 모카신을 벗고 무거운 버펄로 웃옷의 온기를 포기한 뒤 얼른 통옷을 벗는다. 그런 뒤 망설이지 않고, 물의 차가움을 생각할 겨를도 없이 재빨리 물속으로 들어간다. 숨이 목에 걸리고 나는 얕은 다이빙 끝

376

에 헐떡이며 올라와서 얼어붙은 가슴으로 숨을 쉬려고 애쓰며 조그만 비명을 지른다! 아, 차가워!

나는 물에서 허겁지겁 나와 아직도 티피의 온기를 머금은 버펄로 외투를 알몸에 두른 뒤 통옷과 모카신, 각반을 집어 들고 눈밭을 맨발로 뛰어 오두막까지 갔는데 오두막에 당도할 때는 발이 완전히 얼어 있다. 나는 입구를 벌컥 열고 웃음 속에 부르르 떨며 들어가고, 천막 식구들은 재미있어 한다. 아기판에 매달린 아기는 내 요란한 등장에 눈을 동그랗게 뜨고 즐겁게 꼴깍거린다.

"그래, '에토네토!'" 내가 샤이엔 어로 말하고 이어 영어로 말한다. "추워! 부르르르!"

그러면 페더 온 헤드와 프리티 워커가 손으로 입을 가리고 봄물결 같은 조용한 소리로 수줍게 웃는다. 아기는 즐겁게 꼴깍거린다. 그리고 노파는 꽥꽥거리지만 노파도 그렇고 감정 표현이 없는 콰이엇 원마저 내 장난에 슬며시 웃음을 참지 못한다…….

이렇게 우리의 하루는 시작된다. 나는 오직 내 의무만을 생각한다. 오늘 우리는 떠난다. 나는 인디언 아낙이다.

≫≫≫ 1875년 9월 23일 ≪≪≪

어제 추위 때문에 천막촌 철거가 느리게 진행된 바람에 우리는 오전이 절반 가량 지나서야 마침내 길에 나섰다. 그때는 이미 북풍이 강력하게 일어서 하루 종일 우리에게 불어닥쳤다.

다행히 귀향길에는 원하는 사람은 모두 말을 탈 수 있었다. 여기 올 때 신고 온 가죽 수백 장을 처분했고, 그와 교환한 제품들은 자리를 덜 차지하기 때문이다.

나는 주로 헬렌 플라이트와 나란히 말을 탔다. 새로 온 특이한 영적 지도자 앤서니 수사는 작은 당나귀를 타고 우리 뒤를 따랐다. 그의 긴 다리는 발이 땅에 닿을 듯 덜렁거렸고, 불쌍한 당나귀는 우리에게서 너무 처지지 않기 위해 이따금 비틀비틀 속보를 해야 했다.

켈리 자매의 능란한 중개 덕택에 헬렌은 결국 그 '지독한 개구리 인간'— 그녀가 빅 노즈를 가리키는 말 —에게서 얼마간의 그림 용품을 구할 수 있었다. 주둔군 아내 가운데는 남편이 원정을 나간 기나긴 날들의 취미 생활로 미술에 손을 댄 사람들이 있었고, 그 프랑스 인은 그런 물품을 약간 구비해 두었다. 헬렌은 목탄과 스케치북을 사고, 심지어는 소중한 캔버스 천도 한 필 구했다. 이 사랑스러운 친구는 공책 두 권도 사서 내게 선물로 주었다. 나는 정말로 고마웠다. 이 일기장이 빠른 속도로 채워져 가고 있기 때문이다. 나는 조만간 일기 쓰기를 아예 중단해야 할지도 모른다. 가지고 다니기가 꽤 번거로워지고 있다.

헬렌은 입에 파이프를 굳게 물고 차가운 북풍 속을 달렸다. 파이프는 목도리 밖으로 비죽 튀어나왔지만 그녀는 좀처럼 불을 붙이지 못했다. 우리는 모두 온몸을 둘둘 싸맸다. 나는 털가죽을 안에 댄 모카신을 신고 각반을 둘렀으며, 두 손은 보드라운 비버 털가죽 원통 토시 같은 데 넣었다. 그녀는 상점에서 새로 산 장갑을 끼고 남자 장화를 신고, 역시 원주민의 털가죽 각반을 둘렀다. 우리는 모두 무거운 버펄로 털외투를 입었는데, 이 것은 고맙게도 지난여름에 우리 천막촌의 재봉사 지넷 파커가 지어 준 것이다. 머리에는 모두 카자흐 인 같은 비버 털가죽 모 자를 귀까지 내려 썼다. 인디언 식 모자로 아주 따뜻하다. 그리 고 얼굴에는 모직 목도리를 둘렀다. 이렇게 온몸을 싸맨 까닭에 다른 조건이 좋아도 대화하기가 어려웠겠지만 지금은 바람이 얼굴을 거세게 때려서 말이 나오다가도 목구멍 안으로 밀려 들 어갈 지경이었다. 우리는 상대에게 소리를 지르고 그 말을 알아 들었는지 무력하게 상대를 보았다. 그런 뒤 함께 어깨를 으쓱하 고 오직 각자의 생각을 말벗 삼아 침묵 속에 말을 달렸다. 그리 고 몸을 웅크려 쉼 없이 부는 바람 앞에 몸피를 최대한 줄이려 고 안간힘을 썼다.

여섯 달 전 우리가 불안에 가득 찬 백인 여자들로 포트 래러 미를 떠나 황야에 들어선 것을 생각하면 기이하기 짝이 없다. 그리고 이제 우리는 어쩌면 마찬가지로 불안에 싸인 인디언 아 낙으로서 집으로 돌아간다. 나는 오늘 아침 차가운 바람 속을 달리면서 이들에 대한 나의 충성은 내 가슴속에서 뛰는 심장에 의해 봉인되었다는 것을, 내가 아무리 원했다 해도 내가 변하지 않을 수는 없었다는 것을 깨달았다.

나는 또한 이 일기장에도, 심장에도 더 이상 존 버크를 담을 여유가 없다. 나는 그를 내 마음에서 밀어낸다. 이것은 그렇게 간단한 일이 아니다. 나는 그를 잊혀진 과거로 가볍게 보낼 수 없다. 그것은 의지의 행위에 가깝다. 말하자면 내 영혼에 스스로 행하는 외과 수술, 피가 철철 흐르는 절단 행위다. 그를 다시 보고, 그의 품에 잠깐 안기고, 그의 강하고 부드러운 손을 내 배에 다시 느끼고 보니, 그와 헤어지는 일은 이번이 훨씬 더 고통스럽다. 이별할 때 나는 이번이 정말로 마지막이라는 것을 느꼈기 때문이다.

지금은 포트 래러미를 떠나서 처음 꾸린 야영지의 밤이다. 오늘은 바람에 막혀 그다지 많이 이동하지 못한 것 같다. 따뜻하게 입었는데도 저녁이 되자 뼛속까지 얼어붙은 것 같아 ─ 평원의 바람은 어떤 옷도 칼날처럼 가르고 들어온다 ─ 오늘 저녁 우리 오두막의 온기는 특별히 더 사치스럽게 느껴진다.

리틀 울프가 오늘 이동 중에 영양 한 마리를 잡아서, 우리의 저녁 식사는 신선한 그 허리 고기였다. 나는 모든 야생동물 고기 중 이게 가장 연하고 맛있다. 헬렌과 그 남편 호그 씨도 저녁 식사에 초대했고, 새 수도사 앤서니도 불렀다. 이렇게 써놓고 보니 실제보다 더 그럴 듯하고 공식적인 느낌이 든다.

손님들은 약속된 시간에 대충 맞추어 오두막 입구 덮개를 긁었고, 모닥불 가에 마련한 손님 자리에 앉았다. 리틀 울프가 고기 조각을 들어 네 방향과 하늘과 땅에 대고 축복을 빈 뒤, 불가의 접시에 내려놓았다. 그것은 '헤아마베호에'─'위대한 주술' 자신 ─에게 내놓은 것이다. (물론 언제나 개들이 재빨리 먹어치우지만 사람들은 모른 척한다.) 그런 뒤 우리는 모두 열심히 먹기 시작했다. 미개인은 식사를 할 때 상당히 심각하고 ─ 거의 생사의 문제로 여기는 것 같다 ─ 식사 중 대화를 하는 일도 별로 없다.

하지만 헬렌과 나는 그 관습을 무시하고 (물론 무시하는 게 그것뿐은 아니지만!) 계속 수다를 떨면서 새 손님이 낯선 환경에서 편안함을 느끼도록 하려고 했다.

"궁금한 게 있는데요, 앤서니 수사님." 헬렌이 물었다. "자연에 관심이 있으신가요?"

"그게 제 인생입니다." 젊은 베네딕투스 수도사가 부드러운 경외심이 담긴 목소리로 대답했다. "하느님의 창조물들은 제게 축복입니다."

"멋져요!" 헬렌이 말했다. "그러니까 자연을 찬양하는 건 황야의 영적 생활에 거의 필수예요. 제가 주제넘게 여쭙겠는데요."

헬렌이 다시 물었다. "혹시 사냥을 하시지는 않겠죠?"

"사냥이라고요?" 수도사가 물었다.

"물론 안 하시겠죠." 헬렌이 말했다. "그저 이맘때면 ─ 지금은 꼭 한겨울 같지만 ─ 그러니까 가을이 되면 저는 사냥 생각으로 피가 끓거든요. 고지대를 쑤시고 다니고 새 떼가 천둥 치는 소리로 날아오르고 탕탕 총소리가 울리고! 아닌 게 아니라 곧 수사님을 호그 씨와 제 오두막에 불러서 사냥한 새들로 저녁 식사를 대접해야겠어요. 요리 좋아하시나요, 앤서니 수사님?"

"저는 빵을 굽습니다." 앤서니가 나직하게 말했다.

나는 단순하면서도 조용한 총기가 반짝이는 이 수도사에게 호감이 갔다. 그가 이 사람들과 잘 어울릴 것 같고, 이 세상에 하느님의 일은 그런 겸손한 정신 속에 가장 잘 실현된다는 것을 되새겨 줄 것 같다.

"빵이라고요! 멋져요!" 헬렌이 눈썹을 치켜 올리며 말했다. "빵을 구울 줄 아는 남자보다 더 유용한 건 없어요. 그래요, 우리 식사에 갓 구운 빵이 더해지면 얼마나 좋을까요. 원주민은 거의 빵에 미쳐 있어요. 그리고 우리는 이번에 밀가루와 베이킹 소다를 잔뜩 마련했죠. 그래요, 이번 가을에 재미있는 요리를 해볼 수 있겠네요. 안 그래, 메이?"

우리는 그렇게 이야기를 하고 바깥에서 울부짖는 바람 소리를 들으며 영양 고기를 먹었다. 모닥불이 타오르는 천막 안은 따뜻했다. 바람은 안으로 들어오지 못하고 티피 표면을 미끄러졌다. 둥근 구조의 이점이다.

모두 식사를 마치자 리틀 울프는 파이프와 흡연 주머니를 꺼냈고, 관습을 어기기를 주저하지 않는 헬렌도 자신의 짧은 파이프에 담배를 넣고 조그만 막대기로 모닥불을 옮겨 붙였다. 그런 뒤 모두 등받이에 편안히 기대앉았고, 호스 보이와 노파는 잠자리에 들었다.

사교적인 헬렌마저 말없이 생각에 잠겼다. 오두막 안에 들리는 소리는 모닥불이 조그맣게 타닥거리는 소리와 바깥에 부는 바람 소리뿐이었다. 거의 완벽한 고요의 순간이었고, 나는 이 기회를 빌려 천막 식구들을 살펴보았다. 아기를 안은 페더 온 헤드, 평소와 달리 청소도 요리도 하지 않고 이리저리 돌아다니지도 않고 그저 딸 프리티 워커 옆에 앉아 딸과 함께 모닥불을 들여다보는 콰이엇 원. 그 한쪽 옆에 앉은 리틀 울프는 경건하게 파이프를 피운 뒤 부드럽게 그리고 약간 장중하게 우리의 경건한 손님 앤서니에게 건넸고, 앤서니는 그것을 헬렌의 남편 호그에게 건넸다.

나는 사람들을 둘러보며 다른 사람들은 이 밤에 무슨 생각을 할까 상상해 보았다. 헬렌 역시 짧은 요새 체류 기간 동안 나처럼 문명의 인력을 느꼈을 테고, 역시 나처럼 때가 되면 그곳으로 돌아갈 수 있을지 걱정하고 있을 것이다.

우리의 인디언 가족은 아마도 다가오는 겨울을 생각할 테고, 리틀 울프의 경우는 자신이 영원히 책임진 사람들의 불확실한 미래를 생각할 것이다. 하지만 어쩌면 그들은 내일의 이동과 이제 곧 친구와 가족을 다시 만날 일만을 생각할지도 모른다.

새 수도사는 이 새로운 세상에서 길을 가르쳐 달라고 자기 신에게 기도했을 것이다. 그와 눈이 마주치자 나는 미소를 지어서 우리가 친구라는 것을 일러 주었다.

호스 보이는 잠자리에서 모닥불을 들여다보았다. 그의 밝은 암회색 눈동자에 불빛이 파닥였다. 아마도 그는 추운 가을밤 말들만 생각하고 있을 것이다. 잠시 후면 담요로 몸을 감싸고 나가서 새벽에 다른 소년과 교대할 때까지 말들 곁에서 밤을 새우며 도둑이나 늑대의 습격을 막아야 하기 때문이다. 이들은 정말로 강인한 이들이다! 하느님이 이들을 사랑하시길…….

얼마 후 헬렌과 호그— 그 역시 말없고 위엄 있는 친구로, 괴짜 화가 아내를 진심으로 사랑하는 듯하다 —는 일어나서 자신들의 오두막으로 돌아갔다. 내가 앤서니에게 우리 오두막에서 자도 좋다고 했지만, 그는 자신도 담요가 있고 맨땅에서 자는 데 익숙하다며 거절했다. 그것은 자신의 신앙 활동의 일부라고 했다.

나는 손님들과 함께 나가서 잠자리에 들기 전에 볼일을 보았다. 이제 겨울이 다가오니 미개인에게 요강의 편리함을 가르쳐 주어야겠다. 그건 천막 생활에 정말로 큰 도움이 될 백인의 발명품이다!

담요를 둘렀는데도 티피를 나서자 뺨에 칼바람이 닿았다. 우리가 야영지를 꾸린 작은 냇가는 나무 없는 고원에 둘러싸여 있다. 볼품없이 쓸쓸한 데다 바람을 막아 줄 게 전혀 없다. 바람은 등성이를 달려 내려와서 옹기종기 모인 우리 힘없는 티피 집단을 공격했다. 거대한 자연의 힘 앞에서 우리는 얼마나 미약한가! 그 속에 사는 이 사람들이 미신에 사로잡힌 것도 놀라운 일이 아니다. 그들이 생명을 좌우하는 네 방향의 신과 땅과 하늘의 신과 야생동물의 정령에게 복을 비는 건 놀라운 일이 아니다. 그리고 마찬가지로 백인들이 요새와 집, 상점과 교회라는 취약한 성채를 지어 그 광막함과 공허함에 저항하는 것도 놀라운 일이 아니다. 그들은 땅을 경배할 줄 모르니 그저 채우려고만 드는 것이다.

나는 치맛자락을 허리까지 들고 낮은 세이지브러시 덤불 옆에 쪼그려 앉는다. 미약하게나마 바람을 막을 수 있는 곳은 이곳뿐이다. 버크 대위는 이 풀을 '재미없는 초목'이라고 하는데 그 말이 맞는 것 같지만, 그래도 어쨌건 강렬하면서도 그다지 불쾌하지 않은 향이 있다. 나는 몇 차례 위생 용도로 이것을 몸에 문지른 적이 있다. 미개인식 프랑스 향수라고나 할까.

오늘 밤에 달은 없고 바람이 하늘에서 구름을 몰아냈고, 하늘은 내 머리 위에서 빛난다. 나는 오줌을 누러 쪼그려 앉은 채로 억만 개의 별을 보았다. 이제 나 자신의 미미함은 예전처럼 두려움 대신 위안을 준다. 내가 아무리 작아도 이 완벽한 우주의 일부라고 느껴진다……. 내가 죽어도 바람은 계속 불고 별은 계속 빛날 것이다. 내가 지구에서 차지한 땅은 지금 내가 만들어 모래흙이 빨아들이고 영원한 평원 바람에 금세 마를 물만큼이나 순간적이기 때문이다…….

➤➤➤ 1875년 9월 28일 ◀◀◀

우리는 원 모양의 경로를 이루며 서두르지 않고 천천히 파우더 강 지역으로 돌아간다. 인디언은 백인들에게는 무계획적이고 임의적으로 보일 수 있는 아주 독특한 방식으로 이동한다. 먼저 척후가 길을 이끌고 사람들이 뒤를 따른다. 처음에는 북쪽으로 가다가 갑자기 계획이 바뀐 듯 동쪽으로 방향을 틀어 여러 달 전에 이런 이동 생활이 본격적으로 시작된 캠프 로빈슨 근처의 소나무 언덕으로 간다. 하지만 이번에는 캠프를 멀리 둘러서 그 주변에 자리 잡은 백인 정착촌들을 피한다. 정착촌은 대개 급하게 지은 오두막과 헛간들로 이루어졌고, 지붕은 흙이고 거리는 진창이다. 우아함이란 없는 이런 판자촌에서 문명의 섬세한 손길을 느끼기란 매우 어렵다. 아니 문명의 손길은커녕 거친 자연이 조금이라도 개선되었다는 느낌조차 들지 않는다.

몇몇 목축업자가 캠프 로빈슨 주변에 이주해 있었고, 어느 날 우리가 그들의 땅을 지나는 길에 젊은이 몇이 사냥을 나가 육우 몇 마리를 죽였다. 나는 남편에게 소는 개척민의 것이고 그것을 죽이면 우리 사람들한테 문제가 생긴다고 말했지만, 리틀 울프는 개척민들이 버펄로를 몰아내고 이 땅의 사냥감을 몰살시켰으며 우리는 이동 중에 식량을 구해야 한다고 말했다. 그리고 어쨌건 자신은 원래 버펄로가 있던 자리에 소가 있는 것을 발견하고 사냥하는 젊은이들을 말릴 수 없다고 했다. 많은 경우에 그렇듯이 나는 리틀 울프의 단순한 논리를 효과적으로 반박하기가 힘들었다.

하지만 사냥에 이어 벌어진 잔치 때 사람들은 얼굴을 찡그리며 소고기의 맛을 불평했다. 그리고 나도 이제 소고기보다 야생 버펄로 고기가 더 맛이 좋다는 것을 인정한다.

캠프 로빈슨 주변의 언덕을 떠난 뒤 우리는 인근 레드 클라우드 보호소에 잠깐 들러서 레드 클라우드 자신을 포함한 다코타 족 지도자들과 파우와우를 했다. 그들은 정부 협상단 일을 논의했다. 협상단은 현재 캠프 로빈슨에서 블랙 힐스 매수를 시도하고 있고, 그중에는 헤어 목사의 상관 휘플 주교도 있다. 리틀 울프는 그 회의에 참석하지 않기로 했고, 수 족의 여러 지도자도 블랙 힐스를 '팔' 의사가 없다는 단순한 이유로 그와 행동을 같이했다. 자신들은 그곳을 팔 권한도 없지만 있다 해도 마찬가지라고 그들은 생각했다.

하지만 늘 그렇듯이 인디언들은 이 문제에서 견해가 갈렸다. 그 자신이 이미 보호소에 정착해서인지 레드 클라우드는 매도에 우호적인 것 같다. 하지만 '위대한 백인 아버지'가 부족에게 생필품을 제대로 공급해 주지 않아 그곳 사람들은 우리 부족에 비하면 무척 궁핍한 생활을 하는 것 같다. 회의에서 레드 클라우드는 리틀 울프에게 백인 채굴자가 이미 블랙 힐스에 너무 많이 침입해서 그 물결을 막는 것이 불가능하니, 아무것도 못 받는 것보다는 약간이라도 받는 편이 나을 거라고, 백인들은 언제나 그렇듯 자기들이 원하는 것은 어떻게든 손에 넣고 만다고 말했다. 길고 열띤 토론과 파이프 흡연을 하고도 합의는 이루어지지 않았다. 이런 분열과 단결 능력 부족은 존 버크가 말한 대로 미국 정부를 상대하는 인디언들의 큰 단점이다.

레드 클라우드에 잠시 야영할 때 보호소 보호관이 우리를 찾아왔다. 카터라는 이름의 약빠르고 유들유들한 친구로, 리틀 울프의 무리를 보호소 명단에 올리려고 온 것이다. 내가 그에게 영어로 말을 걸자 나를 '인디언 아낙'으로 여기고 있던 그는 깜짝 놀랐다. 그 사람은 백인 신부 계획을 몰랐던 게 틀림없다. 처음에는 내가 납치된 줄 알고 구해 주겠다는 제안까지 했으니 말이다! 내가 족장의 아내라는 사실과 나를 비롯한 여러 백인 여자가 자유의지로 샤이엔 인과 결혼했다고 설명하자 그는 더 당황했다. 나는 카터 소장의 혼란스러워하는 모습이 재미있었고, 우리가 여기 오게 된 계획을 자세히 설명할 필요를 느끼지 않았다.

"당신처럼 예쁜 분이 이런 참담한 처지에 놓이다니요." 그가 걱정스럽게 말했다. 나를 건실한 매춘업에서 추락하여 최후의 방편으로 미개인과 함께 사는 '타락한 창녀'로 본 것이다. 그런 뒤 그는 내게 캠프 로빈슨 근처의 소읍 크로포드에 최근 문을 연 괜찮은 '하숙집' 주인 여자를 안다고 했다. 그 집에는 캠프의 군인과 우편배달부, 노새꾼, 채굴꾼을 비롯해서 서부 변경 기지와 관련된 온갖 잡배가 드나든다고 했다. 이 사람 말을 들으면 그런 사람들조차 우리가 지금 함께하는 미개인보다는 훨씬 훌륭한 고객이라는 것 같았다. 미개인들은 그 맬러리 부인의 여자들과 어울리는 것은 고사하고 그 집에 발조차 들여놓을 수 없기 때문이다.

나는 그 말에 정말로 부아가 치밀었다. 그래서 남자에게 우리는 매춘부가 아니라 아내라고 다시 말했다. 교회와 정부의 허락 속에 결혼했고 우리 의지로 여기 왔으며, 매춘이라는 천박한 제도는 샤이엔 족에게는 아예 존재하지 않는다고 했다. 그리고 당장 우리 오두막을 나가라고, 그가 한 모욕적인 언사를 내가 남편에게 전하면 산 채로 당신의 껍질을 벗겨 모닥불에 구워 먹을지도 모른다고 했다! 그토록 재빠른 도주는 나는 난생처음 보았다!

➤➤➤ 1875년 10월 3일 ◀◀◀

레드 클라우드 보호소에서 우리는 북쪽의 블랙 힐스로 이동했다. 리틀 울프는 그 지역에 백인들이 얼마나 몰려들고 있는지 직접 확인하고자 했고 또 겨울이 닥치기 전에 '나바보세'— 주술 오두막 —에서 종교 의식을 열고자 한다. 백인들이 베어 뷰트라고 부르는 이 장소는 블랙 힐스 북쪽 끝의 산으로 완벽한 대칭 모양에 꼭대기가 평평하다. 이곳은 샤이엔 족의 성지다. 이들의 믿음에 대해 배울수록 미개인들이 토끼 목사가 전파하는 기독교를 그리 열렬하게 받아들이지 않는 것은 그들에게 이미 정교하고도 만족스러운 ―'모체오에베'라는 메시아 인물까지 있는 ― 종교가 있는 것도 그 이유의 하나라는 생각이 든다. '모체오에베'는 온화한 주술 그 자체로 일종의 예언자이자 지도자이지만, 나사렛 같은 먼 수수께끼의 땅이 아니라 바로 여기 '나바보세', 샤이엔 족의 땅에서 온다. 이 사람들이 이 땅을 포기하지 않으려고 하는 것이 이상한가?

전설에 따르면, '온화한 주술'은 아주 오래전에 샤이엔 족에게 나타나서 앞으로 그들 세상에 어떤 이가 올 거라고 말했다. 그 사람은 속속들이 꿰맨 옷(인디언 표현으로 백인 옷을 가리키는 말)을 입고 와서 우리 사람들에게 필요한 모든 걸 파괴한다고 한다. 우리에게 와서 모든 것을, 사냥감과 대지까지 모조리 빼앗아 간다고 했다. 인디언의 종교에 미신이 많을지는 몰라도 '온화한 주술'의 예언이 우리 시대에 바로 이렇게 실현되고 있기 때문에 사람들이 믿지 않을 수 없는 것이다.

영적 문제로 들어가면 우리의 은둔자 '평원의 앤서니'는 예상했던 대로 사람들에게 인기를 끌기 시작했다. 샤이엔 족은 그를 즉시 성직자로 받아들이고 ― 그가 보여 주는 단순함과 자기 부정은 그들이 존경하는 것이기 때문이다 ― 그의 일과 기도 음송도 받아들였다. 인디언은 모든 형태의 음송과 종교 의식을 아주 좋아한다.

나는 다른 백인 여자들도 앤서니와 만나기를 바라고 있다. 그가 나에게 힘이 되고 있기 때문이다. 그는 조용하고도 신실하지만, 그러면서도 장난스러운 유머가 있다. 나는 종교심이 깊었던 적이 없지만, 이 사람이 무슨 이유로건 우리에게 와서 고귀한 목적에 봉사할 거라는 느낌이 든다. 하느님, 드디어 제가 신앙을 찾나 봐요!

블랙 힐스는 내가 지금껏 본 것 가운데 가장 아름다운 자연 지역으로 소나무, 전나무, 노간주나무가 가득하고 사냥감이 바글거렸다. 고맙게도 날씨가 다시 누그러들어, 겨울 전에 짧은 휴식을 약속하는 완벽한 가을 날씨였다. 따뜻한 날씨 속에 이 아름다운 새 땅에 들어서자 우리는 모두 말할 수 없이 기분이 밝아졌다. 레드 클라우드 보호소에서 우리는 모두 약간 낙담했던 것 같다. 그곳 사람들은 너무 가난하고 비참해 보였다. 저것이 우리 사명의 원대한 종결인가. 이 자유롭고 풍요로운 사람들을 저런 궁핍과 무기력 상태로 끌고 가서 감금할 뿐 동화 같은 건 이루지 못하고 내버려 두는 게…….

포트 래러미를 떠난 뒤 나는 남편에게 몇 차례에 걸쳐 우리 부족민을 보호소에 데리고 들어가야 한다고 이야기했다. 나를 비롯한 임신부들 배 속의 아기를 거론하며, 아기들이 보호소에서 태어나면 더 안전한 환경에서 살고 학교도 다니며, 그것을 통해서 우리 사람들에게 새로운 백인의 삶을 가르쳐 줄 수 있을 거라고 이유를 들었다.

"그게 당신이 원한 거잖아요." 내가 리틀 울프에게 말했다. "당신이 워싱턴에 갔을 때 요청한 거요."

그러면 리틀 울프는 우리 사람들은 지금 풍요롭고 백인 없이도 잘 지낼 수 있다고, 아직은 이런 좋은 생활을 포기하고 싶지 않다고 대답할 뿐이다. 내 아기는 물론 백인 부족에 속하지만, 어렸을 때 몇 년만이라도 자기 아버지의 세계에 대해, 그리고 그 세계가 어떻게 옛 방식을 이어 가는지 알 기회가 있어야 한다고 말한다. 백인의 새로운 삶에 대해서는 나중에 배울 시간이 많을 거라고.

"우리는 지금의 삶을 돌아보게 될 거요." 리틀 울프가 부드럽게 말했다. "그리고 이 땅에 우리보다 행복하고 부유한 이들은 없었다고 생각할 거요. 좋은 오두막과 풍성한 사냥감, 말들, 거기다 훌륭한 재물도 많고, 나는 아직 백인 방식으로 살기 위해 이것들을 포기할 생각이 들지 않는구려. 아직은 아니오. 가을이 지나고, 겨울이 오고, 여름이 다시 지나면…… 그때 다시 생각해 봅시다."

샤이엔 족은 우리와 시간 개념이 다르다. 날짜 기한이나 최후 통첩 같은 것은 그들에게 거의 의미가 없다. 그들의 세상은 우리 세계보다 동적이고, 계절의 변화 이상의 시간 변화에 익숙하지 않다.

"하지만 군은 우리에게 그만한 시간을 주지 않을 거예요." 내가 리틀 울프에게 말했다. "제 말은 이거예요. 우리는 겨울에 사람들을 이끌고 보호소에 들어가야 돼요."

지금 생각하니 이것도 리틀 울프가 우리를 레드 클라우드에 데려간 한 가지 이유가 아닌가 싶다. 우리 아이들이 앞으로 그런 곳에서 자란다면 어떨지 생각해 보라는. 진실로 우리를 기다리는 것이 그것이라면 우리가 지금 누리는 자유는 일시적이라고 해도 어느 때보다 더 소중하게 여겨진다.

블랙 힐스로 밀려드는 채굴자들을 피하기 위해 그토록 큰 노력을 기울였는데도 우리는 그들 또는 그들의 자취에 많이 부딪혔다. 들판을 지나가는 대규모 마차 행렬도 몇 차례 맞닥뜨리고, 새로이 생겨난 개척촌도 여럿 보았다. 우리의 척후는 이 지역에 군대도 들어와 있음을 보고했다. 리틀 울프의 엄격한 명령 아래 우리 전사들은 행동을 자제했고 우리는 백인들이 알아차리지 못할 만큼 조용히 그들 곁을 지나갔다. 하지만 피미 말에 따르면 그녀의 남편 블랙 맨을 포함한 몇몇 젊은이는 몰래 빠져나가서 이주민을 습격하는 오글랄라 수 전사 패에 결합했다. 그 일은 어떤 좋은 결과도 낳을 수 없을 것이다.

우리는 '노바보세' 산 인근에서 며칠을 야영했다. 이곳에서 미개인들은 온갖 종교 의식을 벌이고 있다. 연회와 춤 잔치가 있고 환상도 추적하고 북은 거의 쉬지 않고 울린다. 의식들은 너무 복잡해서 익숙하지 않은 사람들에게는 이해하기 어려울 뿐 아니라 기록하기도 쉽지 않다. 금식도 하고 제물도 많이 바치고 고행도 많이 한다. 젊은 남자들은 가슴에 구멍도 뚫고 장대나 색칠한 방패(여기서도 헬렌의 그림 실력은 많은 수요를 불러 일으켰다!)에 몸을 묶고 고통 속에 춤판을 돌아다니는 것 같은 끔찍한 신체 훼손 행위도 한다. 우리가 이들의 삶과 종교에 얼마나 적응했건 간에 — 사실 상당히 적응했다고 본다 — 문명인 가운데 이런 원시적 신체 훼손 관습에 혐오감을 느끼지 않는 사람은 없을 것이다. 하지만 우리의 앤서니 수도사는 이 행위들에 깊은 관심을 갖고 이교도의 종교 의식을 부지런히 메모하고 있다. 그는 이것이 기독교 자체와 관련이 있거나 심지어 거기 뿌리를 두고 있을 수도 있다고 생각한다. 성직자로서 가진 소망일뿐이 겠지만, 어쨌건 그게 그의 일이다. 앤서니는 예수의 복음을 아주 조심스럽게 전달한다. 헤어 목사의 유황불 지옥과 징벌의 위협, 나시사 화이트의 복음주의적 열정과는 전혀 다르다. 대신 그는 정직, 겸손, 관용의 자세로 오두막에서 오두막을 찾아갈 뿐이라서, 부족민들은 설교를 받고 있는 줄도 잘 모른다. 그는 이들의 영혼을 구원할 최고의 희망이다. 만약 그들이 구원을 원한다면……

어제 리틀 울프의 제일 조언자인 '바람에 맞서는 여자'가 자신의 환상을 족장에게 이야기하기 위해 우리 오두막에 왔다. 그녀는 아주 특이한 사람으로 검은 머리는 사납고, 눈에는 모닥불 빛 같은 특이한 빛이 있다. 그녀는 혼자 살고 성직자라서 생활에 필요한 것은 부족민들이 챙겨 준다. 남자들은 사냥한 동물을 가져다주고 여자들은 다른 물품을 챙겨 준다. 그녀는 앞날을 보는 사람, 다른 세상—'이 세상 너머의 진짜 세상'—에 발 한쪽을 걸치고 있다고 여겨진다. 남편은 그녀의 조언을 아주 중요하게 여긴다.

그녀가 책상다리를 하고 앉아서 리틀 울프에게 속삭였다. 나는 그 뒤에 바짝 붙어 앉아서 그 말을 들으려고 귀를 쫑긋 세웠다.

"환상 속에서 나는 우리 사람들의 오두막이 불타는 것을 보았소." 그녀가 입을 열었다. "군인들이 우리 물건을 높다랗게 쌓아 올리고 불을 질렀소. 모든 것이 파괴되고 우리가 가진 것은 모조리 불길 속에 사라졌소. 우리 사람들이 벌거벗은 채로 언덕으로 달아나서 바위틈에 짐승처럼 웅크리고 숨었소."

그러더니 여자는 두 팔로 자기 몸을 감싸고 날씨가 춥다는 듯 몸을 앞뒤로 흔들었다. 나도 그 냉기가 느껴졌다.

"날씨가 아주 춥소." 그녀가 말을 이었다. "그리고 우리 사람들은 추위에 떨며 죽어 가고 있소. 아기들은 어미의 품에 안긴 채 얼어붙은 강물처럼 새파랗게 떨고 있소……."

"안 돼요!" 나는 나도 모르게 소리쳤다. "그런 말하지 말아요! 말도 안 돼요! 나는 그런 환상을 믿지 않아요. 그건 미신이에요. 나는 그런 말 듣지 않겠어요! 누가 가서 앤서니 수사님을 불러다 줘요. 그분 말씀이 진실일 테니까요."

하지만 그 순간 나는 내가 영어로 말했고, 리틀 울프와 '바람에 맞서는 여자'는 내 말이 끝나기를 기다리며 가만히 참고 있다는 걸 알았다. 그런 뒤 그들은 더 바짝 붙어 앉았고, 나는 더 이상 그들의 대화를 들을 수 없었다.

예언자가 우리 오두막을 떠난 지 얼마 지나지 않아 리틀 울프
가 아무 말도 없이 불쑥 떠났다. 나는 나중에야 그가 스스로 환
상을 얻기 위해 언덕 꼭대기로 갔다는 걸 알았다. 족장은 홀로
움직이는 남자고 지금은 생각이 많을 게 분명하니 여자 주술사
가 한 말을 생각해 보기 위해 갔을 것이다.

리틀 울프는 사흘 낮 사흘 밤이 지난 뒤 오두막으로 돌아왔
다. 환상 추적에 대해서는 간단히 말했다.

"우리 사람들을 지켜 달라고 위대한 주술에게 제물을 바쳤소.
하지만 그는 아무런 신호가 없었소."

➺➻ 1875년 10월 14일 ➺➻

우리는 주술 오두막을 떠나 북쪽으로 갔다가 다시 서쪽으로
방향을 바꿔 출렁이는 평원을 조용히 지나간다. 며칠 동안 종교
의식을 치른 후 사람들은 기력을 소진해서 말수가 줄어들며 차
분해졌고, 백인들이 신성한 땅에 밀려드는 것을 직접 본 탓에
앞날을 불안해했다. '바람에 맞서는 여자'의 종말론적 환상은 이
제 모두가 알게 되었다. 그리고 리틀 울프가 위대한 주술에게
제물을 바쳤지만 환상을 보지 못했다는 것도 안다. 그것은 좋은
일로 여겨지지 않는다.

우리는 '노바보세'를 방문한 이후 이동에 크게 힘을 쓰지 않고 파우더 강 지역을 향해 다시 구불구불 간다. 가을 날씨는 계속 좋다. 강가에는 미루나무와 네군도단풍나무와 물푸레나무가 붉고 노랗게 물들고, 평원은 우리 앞에 야트막하게 출렁이며 펼쳐진다. 평원을 덮은 풀의 바다는 이제 황금빛과 황토색으로 변하고, 협곡의 자두나무 숲은 짙은 보라색이다. 길에는 사냥감이 아주 많다. 버펄로 떼는 털이 땅에 닿을 정도로 길게 늘어진 무거운 겨울옷으로 갈아입었다. 영양도 수백 마리씩 떼 지어 다니고, 사슴과 엘크사슴이 가을 발정기에 들어서 엘크사슴 뿔 부딪치는 소리가 신들의 나팔 소리처럼 평원을 울린다. 거위와 오리와 학이 이주를 시작해서, 거대한 새 떼가 하늘을 까맣게 덮고 공중을 울음소리로 채운다. 정말로 장관이다.

"하느님의 축복입니다."

어느 날 우리가 하늘을 바라보는데 앤서니가 소박하게 말했다. 누가 그 말을 부정할 수 있겠는가.

거대한 사막꿩 떼가 우리 말 앞에 날아올라, 가을바람에 흩어지는 씨앗처럼 지평선을 향해 퍼져 간다. 헬렌은 사냥으로 기운을 되찾고, 엽총 솜씨로 인디언 동료들을 즐겁게 한다. 그녀는 몇몇에게 사용법을 가르쳐 주기도 했지만, 그녀의 사냥 솜씨를 따를 자가 없다는 것이 나는 자랑스럽다.

연일 이동도 수월하고 날씨도 좋아서 우리 사람들은 조용히 대지의 풍요를 수확하지만, 이것은 겨울 전의 가을, 폭풍 전야의 고요다. 그 폭풍에 대해서는 주술 오두막 사건 이후 어떤 수군거림이 오고 있다.

우리는 마침내 겨울 천막촌에 도착했고, 그것은 진정한 귀향
이었다. 다른 집단은 차 바퀴살이 중심축에 하나하나 꽂히듯이
몇 주 전부터 차례로 돌아와 있었다. 이미 왔다가 다른 곳에 천
막촌을 차리기 위해 다시 떠난 집단도 있다. 어떤 집단은 이미
겨울 동안 보호소에 들어가기로 결정했다. 척후들이 전하는 소
식도 있는 데다 '위대한 백인 아버지'가 최근 수 족과 샤이엔 족
에게 모든 자유 인디언은 2월 1일까지 보호소에 들어가야 하고,
그러지 않으면 혹독한 대가를 치를 거라고 최후통첩을 했기 때
문이다. 인디언들이 '세 개의 별'이라고 부르는 크룩 장군은 일
찍 응할수록 보호구역의 좋은 땅을 주고 물품도 넉넉하게 공급
하겠다고 약속했다. 보호소에서 겨울을 보내고 '위대한 백인 아
버지'가 주는 식량과 물품을 받는 것은 모든 자에게 가장 안락
한 길이 될 것이라고 했다.

천막촌에 돌아갔을 때 우리는 보호소에 들어간 이들 가운데
상당수가 우리 백인 여자들과 그 남편이라는 걸 알았다. 우리도
그렇지만 그들도 들에서 의사도 없이 특히 겨울에 아기를 낳는
일을 두려워했다. 누가 그들을 욕할 수 있겠는가?

출산까지는 아직 몇 달이 남았고, 나는 다가오는 출산에 별로
겁을 먹지 않고 있다. 나는 이전의 임신도 수월했고, 두 아이 모
두 집에서 산파의 도움만으로 낳았다. 하지만 리틀 울프가 우리
집단의 당면한 행보에 어떤 결정을 하건 상관없이, 나는 그들이
먼저 보호소에 들어가기로 결정한 것이 기쁘다. 그것은 좋은 일

일 수밖에 없고 우리 백인 여자들은 사람들의 갈 길을 미리 열어 주는 선발대 역할을 할 것이다. 그리고 아무리 봐도 우리 모두가 결국 가게 될 수밖에 없다. 나는 겨울이 끝나기 전에 모두가 남편들에게 '냉혹한 문명의 전진' ― 버크 대위의 약간 과장된 표현 ― 에 '굴복'하라고 설득할 수 있다고 확신한다.

그렇게 우리는 어제 오후 천막촌으로 들어왔다. 그리고 다른 사람들에게 우리의 노래, 리틀 울프 집단의 노래를 불러 도착을 알렸다. 우리 사람들이 전부 노래했다. 어린 아이들까지. 즐거운 단결과 우정의 노래다. 나도 가사를 익혔기에 말을 타고 들어가면서 노래했고, 피미도 헬렌도 켈리 자매도 그랬다. 그것은 아주 활기찬 합창이 되었다!

겨울 천막촌은 윌로 천과 상류 파우더 강 합류 지점의 아름다운 풀밭 계곡에 설치되어 있었다. 바람과 눈이 들지 않고, 강 한쪽에는 울창한 언덕으로 이어지는 소나무 절벽이 서 있으며, 다른 쪽에는 수많은 협곡이 울퉁불퉁한 고원을 향해 솟아 있고, 먼 지평선에는 빅혼 산의 희미한 윤곽선이 보인다. 계곡은 그 순간 우리에게 필요한 모든 것이 있는 것 같았다. 말을 먹일 풀, 흐르는 물, 불을 땔 미루나무가 있는 데다 몇 무리의 대규모 버펄로 떼가 멀지 않은 곳에 겨울 거처를 잡고 가축 소처럼 평온하게 풍성한 가을 풀을 먹고 있다.

우리는 이곳에 잠시 정착할 것이다. 그리고 앞날의 계획을 세울 것이다. 몇 달 동안 쉴 새 없이 이동한 끝이어서 이런 정착은 정말이지 반갑다.

우리가 돌아오자 마사는 기뻐서 펄펄 뛰었다. 나는 멀리서 말을 타고 들어가면서도 그녀를 알아보았고, 배가 상당히 부른 것을 알았다. 우리가 약간 솟은 지형 너머로 노래를 부르며 말을 타고 오는 모습을 보고 그녀는 열렬하게 손을 흔들었다. 아이처럼 뛰며 손뼉도 쳤다. 그런 뒤 나는 놀라운 광경을 보았다. 그녀가 자기 오두막 옆에 매어 놓은 말의 머리에 밧줄 고삐를 두르더니, 갈기를 잡고 인디언처럼 훌쩍 뛰어 말에 타는 것이 아닌가! 그런 뒤 말을 돌려서 우리를 맞으러 달려 나왔다! 하느님 맙소사, 저 사람이 내 친구 마사 맞나? 처음 여기 왔을 때 걸음을 디딜 때마다 비틀거리고 넘어지던 그 마사가? 그래서 사람들이 '넘어지는 여자'라고 부르던?

　그녀는 숨을 헐떡이며 달려왔지만 나야말로 그녀의 모습에 숨이 막혔다.

　"메이, 아, 메이." 그녀가 말했다. "네가 돌아와서 얼마나 기쁜지 몰라! 네가 정말 걱정됐거든! 어디 갔었니? 그동안의 일을 전부 말해 줘야 돼. 그리고 나도 전할 소식들이 있어. 네가 떠난 뒤 정말 많은 일이 있었어. 하지만 먼저 포트 래러미에 갔니? 장교들하고 식사했니? 대위를 만났니?"

　나는 마사가 정말로 강인하고 건강해 보인다는 것을 놓칠 수 없었다. 임신으로 늘어난 체중은 그녀에게 어울린다. 그녀가 이토록 건강해 보이기는 처음이었다. 우리가 몇 달 전 이 길에 올랐을 때 그녀는 여전히 생쥐처럼 겁이 많았다. 그리고 그사이에 그녀는 정말로 예뻐졌다. 장밋빛 뺨, 그을리고 튼튼한 팔. 나는 놀라움과 기쁨으로 웃음을 터뜨리고 말했다. "다 천천히 말할게,

마사. 천막촌을 꾸린 다음에 만나서 수다를 떨자. 나도 너를 다시 만나서 반가워. 그리고 마사, 너 정말 인디언 같다! 무슨 묘기처럼 안장도 없이 말을 타고……. 임신한 여자한테 적절한 행동이 아니야!"

"나는 요즘처럼 몸이 좋을 때가 없었어, 메이. 임신이랑 야외 생활이 나하고 잘 맞는 것 같아. 네 말이 맞았어. 나는 너 없이도 잘 지냈어. 나는 정말 인디언이 된 것 같아!"

그런 뒤 우리는 여학생처럼 깔깔거리고 수다를 떨면서 나란히 천막촌으로 들어갔다.

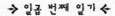

겨울

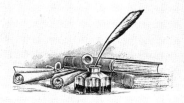

'마을 어귀에 이르렀을 때 우리는 전속력으로 티피를 뚫고 달리며

보이는 모든 것을 쏘아 죽이라는 명령을 받았다.

마을에 다가가자 높이가 3미터 정도 되고 넓어졌다 좁아졌다 하지만

폭이 평균적으로 15미터가 넘는 협곡이 나왔다.

우리는 조심스럽게 협곡을 내려갔다.

협곡 바닥의 나무 둥치 앞에 열다섯 살 정도 되는 소년이 조랑말을 타고 있었다.

우리와의 거리는 3미터도 되지 않았다.

아이는 담요를 몸에 두르고 동상처럼 서서 총탄을 기다렸다.

아메리카 인디언들은 인도인들처럼 극기 속에 죽을 줄 안다.

나는 총을 들었다……'

– 존 G. 버크 회고록 《크룩 장군과 변경에서》에서

⇶ 1875년 11월 1일 ⇷

우리는 겨울 천막촌에 아주 맞춤한 때에 도착했다. 이틀 전에 첫눈이 왔기 때문이다. 다행히 그 전 이 주일 가까이 날씨가 온화했고, 남자들은 몇 차례의 사냥에서 계속 성공을 거두었다. 우리 식품 저장소는 이제 온갖 종류의 고기─ 생고기, 말린 고기, 훈제 고기 ─로 가득하고, 우리는 더없이 풍족하다.

차가운 북풍이 하루 종일 불더니 마침내 무시무시한 눈보라가 닥쳤다. 눈이 수평으로 날리며 군대처럼 평원을 가로질러 다가왔다. 처음에는 가벼운 눈발이었지만 곧 엄청난 폭설로 바뀌어서 볼일을 보러 바깥에 나가기만 해도 길을 잃고 눈 속에 갇혀 버릴 것 같았다. 다행히 천막촌은 최악의 바람과 적설은 약간 피할 수 있는 곳에 자리했다. 하루가 지난 뒤 바람은 차츰 가라앉았지만 눈은 계속 되었다. 눈은 이제 아래로 내렸고, 마침내 바람이 완전히 멎으면서 은화만큼 큼직한 눈송이가 꾸준히 떨어져 내렸다. 이틀 낮 이틀 밤 동안 그런 눈이 계속 내렸다. 그러더니 다시 바람이 불어 하늘의 구름을 흩더니 갑자기 멈추었다. 수은주가 곤두박질치고 하늘의 별이 깨끗한 눈 위에서 차갑게 빛났다. 거대하게 쌓인 눈이 평원 지형을 따라 울퉁불퉁 조각을 이룬 모습이 마치 눈보라가 칠 때 지구 자체가 몸을 움직여 자신을 새롭게 만들어 낸 것 같았다.

물론 눈보라가 칠 때 우리는 집에 묶여 있어서 며칠 동안 친구들도 찾아가지 못했다. 모두가 되도록 오두막에만 있었다. 우리 오두막은 따뜻하고 아늑했지만, 꼼짝 못하는 생활은 결국 너무도 지루해졌다. 바람이 누그러든 뒤 어느 날 아침 나는 과감히 강가로 내려갔다. 나는 아무리 물이 차가워도 수영을 포기할 생각이 없었고, 그것은 적어도 짧게나마 '집'에서 벗어나게 해주었다.

⫸⫸⫸ 1875년 11월 5일 ⫷⫷⫷

날씨는 계속 맑고 춥지만 지금은 적어도 밖에 나가 서로를 찾아갈 수 있다. 포트 래러미에서 돌아온 뒤 사람들 숫자를 보면 백인 여자들 중에 절반 이상이 겨울을 앞두고 남편과 '가족'을 데리고 보호소에 들어갔다는 걸 알 수 있다. 그들로서는 아주 알맞은 때에 떠난 것이다. 지금은 눈이 너무 많이 와서 이동이 사실상 불가능하기 때문이다. 그레첸과 모자란 남편 노 브레인스는 아직 우리 곁에 있고 데이지 러블레이스와 '피 묻은 발'도 마찬가지다. 데이지의 남편 사랑은 더 커졌다.

"도저히 믿을 수가 없어." 그녀가 말했다. "내가 깜둥이 인디언을 사랑하게 되다니 말이야. 하지만 그렇게 되어 버렸어. 남편이 깜둥이처럼 새까매도 상관없어. 나는 남편이 좋고 이 사람 아이를 임신한 게 기뻐."

피미와 나는 레드 클라우드를 방문한 이후 보호소에 들어가는 문제를 놓고 갈등 중이고, 우리 둘은 이 문제에 대해 몇 차례 열띤 토론을 했다. 내가 볼 때 그것은 피할 수 없고 우리 사람들에게 최선의 길이다. 하지만 그녀는 보호구역 제도는 노예 제도와 똑같다고 생각한다.

"나도 남편 '모타에베호에'하고 이 일을 의논했어." 피미가 말한다. "그 사람은 대부분을 자유인으로 살아서 흑인의 노예 생활을 기억하지 못해. 그래서 우리는 보호소에 들어가지 않기로 했어. 나는 더 이상 백인의 노예 생활을 하지 않아."

"피미, 보호구역에 노예는 없어." 내가 주장한다. "우리 사람들은 그 땅을 소유하고 거기서 자유롭게 살 거야."

그 말에 피미는 그 음악적이고도 당당한 말투로 대답한다.

"알겠어. 그러면 거기서 샤이엔 족하고 백인하고 완전한 평등을 누린다는 거지? 그게 네가 하는 말이지, 메이?"

"그래, 피미."

내가 대답하지만 약간의 머뭇거림이 있고, 그것을 통해 피미는 내게 확신이 부족한 것을 알아차린다.

"우리 사람들이 백인과 평등하다면 우리가 왜 보호구역에 가야 하는 거지?"

피미가 묻는다.

"부족민들이 우리 사회에 동화되는 첫 단계로 보호구역에 자발적이고 일시적으로 사는 거야."

그렇게 대답하지만 나는 내가 그녀가 놓은 덫 속으로 들어간다는 걸 안다. 피미는 깊고 풍성한 소리로 웃는다.

"알겠어. 만약 '자발적으로' 보호구역에 들어가지 않는다면? 그러면 우리가 수천 년 동안 살았고 나와 내 남편을 포함한 많은 사람이 계속 살고자 하는, 그리고 본래 우리 땅인 이 땅에 남기로 한다면?"

"안 돼, 피미." 내가 본의 아니게 버크 대위의 역할을 맡으며 부끄럽게 대답한다, "여기서는 더 이상 살 수 없어. 너도 안 돼. 2월 기한이 지난 뒤에도 여기 있으면 너는 법을 어기는 게 되고 처벌을 받을 거야."

"그건 백인들이 만든 법이지." 피미가 말한다. "우월한 종족인 백인은 이런 법을 만들어서 열등한 자들이 제자리를 지키게 만들지. 메이, 그게 바로 노예 제도야."

"무슨 소리야, 유피미아!" 내가 답답해서 말한다. "그건 같은 게 아냐."

"다르다고?" 그녀가 묻는다. "그러면 차이를 설명해 봐."

물론 나는 설명할 수 없다.

"우리 사람들은 예전에 자기 고향에서 강제로 쫓겨났어." 피미가 말을 잇는다. "우리 어머니는 어린 시절에 가족의 품에서 납치당했어. 평생 동안 나는 어머니를 위해 고향에 돌아가는 꿈을 꾸었어. 이제 이 사람들하고 사는 게 어떤 면에서 그런 일이라고 생각해. 이건 내가 우리 어머니 고향, 내 가족에게 가장 가까이 가는 길이야. 그리고 내가 나 자신에게 약속했듯이 나는 지금부터 무슨 일이 있어도 자유로운 여자로 살고, 필요하다면 자유를 지키다 죽을 거야. 나는 이 사람들한테 굴복하라고, 보호 구역이나 보호소에 들어가서 살라고 말할 수 없어. 그건 이들에게서 자유를 빼앗는 거고, 이들을 우월한 집단의 노예로 만드는 일이니까. 그게 내 입장이고 네가 무슨 말을 해도 내 마음은 바뀌지 않아."

"하지만 피미," 내가 간청한다. "그러면 왜 이 계획에 참여했니? 너는 교육 받은 여자야. 너는 우리가 촉진하는 동화 과정이라는 게 불가피하게 소수의 원주민이 다수의 침략자에게 흡수되는 과정이라는 걸 알았을 거야. 역사는 언제나 그런 식이었어."

"아, 맞아, 메이." 피미는 내 괴로운 모습이 재미있다는 듯이 낮게 웃는다. "네가 보는 역사는 그래. 백인의 역사. 하지만 내 역사와 나의 새 부족인 이 사람들의 역사는 그렇지 않아. 내 역사, 우리 어머니의 역사는 고향과 가족의 품에서 납치당해서 외국 땅에서 노예가 된 역사야. 이 사람들의 역사는 자기 땅에서 밀려나고, 저항하면 살육당한 역사야. 흡수? 동화? 무슨 소리. 우리 역사의 공통점은 박탈, 살해, 노예화야."

"그래, 네 말이 맞을 거야, 피미." 내가 말한다. "그게 바로 우리가 여기 온 목적이야. 역사가 반복되지 않게 하는 것. 다른 길이 있다는 것, 그러니까 함께 조화롭게 살 방법을 서로에게 배우는 평화적인 해결책을 증명하는 것. 우리 아이들은 이런 노력의 최종적 증거이자 미래의 진정한 희망이 될 거야. 예를 들어서 내 아들이 자라서 네 딸하고 결혼한다고 생각해 봐. 어때, 피미! 그 아이들의 자식은 백인과 흑인과 인디언이 뒤섞이게 되는 거야. 이렇게 해서 너와 나, 우리는 이런 고귀한 실험의 개척자가 되는 거야!"

"메이," 피미가 목소리에 진정한 슬픔을 담고 말한다. "대농장에는 뮬라토가 가득했어. 다양한 피부빛의 혼혈들이. 나 역시 그중 한 명이지. 절반은 백인이니까. 우리 아버지는 대농장 주인이었어. 그래서 내가 자유를 누렸나? 그래서 '우월한' 문화에 수용되었나? 아니, 나는 여전히 노예야. 우리 혼혈들의 삶은 대개 더 힘들었어. 우리는 흑인도 아니고 백인도 아니고 양쪽에서 미움을 받았으니까. 너의 대위가 한 말이 옳았어. 요새 주변에 사는 혼혈들 봤지. 그 사람들이 너희한테 동화된 것 같니?"

"그 사람들은 두 인종 사이에 태어났어." 내가 확신 없이 말했다. "하지만 모두 침략당한 인종의 여자에게서 태어났어. 아버지가 침략자잖아. 우리 여자들, 우리 어머니들이 열쇠를 쥐고 있어, 피미. 우리는 우리의 자유의지로 샤이엔 인과 결혼했어. 우리가 낳는 아이는 두 인종 모두에게 선물이 될 거야."

"네 아이들을 위해 네 말이 옳기를 바란다." 피미가 말했다. "조금 전에 너는 나한테 왜 이 계획에 참여했느냐고 물었지. 여러 달 전 여기로 오는 기차 안에서 말했듯이 나는 자유로운 여자로, 어떤 남자도 섬기지 않고 다른 이들과 동등해지려고 여기

408

참여했어. 나는 다시는 내 자유를 포기하지 않을 거야. 그리고 내 아이가 자유로운 사람으로 살아갈 수 있다는 확신이 들 때에만 아이를 낳을 거야. 내가 그 자유를 위해서 싸워야 한다면 싸울 수밖에 없지. 그리고 보호구역에서 태어나는 건 자유가 아니야."

그렇게 해서 피미와 나의 대화는 계속 같은 곳을 맴돈다. 나는 미래의 화합을 위해 평화로운 굴복을 주장한다. 그것은 어쩌면 미래에 대한 이상주의적 견해일 것이다. 사실 역사에 그런 예는 없다. 그리고 피미는 저항과 비타협과 투쟁을 옹호한다. 그를 위해 남편과 자신이 속한 전사 패를 부추겨서 보호소 이주에 반대하고, 침략자 백인과 군인을 비난한다.

하지만 아직은 합의에 도달할 시간이 있다. 이 문제를 가지고 씨름할 긴 겨울이. 언제나처럼 천막촌에 남은 사람들은 보호소 이주 문제에 대해 의견이 갈려 있다. 어떤 이들은 그것이 유일한 대안이라는 사실을 가족들에게 설득하고 있다. 샤이엔 가족은 여자들의 영향력이 크기 때문에 나는 내 천막 식구들에게 설득 노력을 집중한다. 그들에게 백인의 놀라운 발명품들— 그 일부는 그들도 이미 알고 있다 —과 문명사회가 주는 여러 안락과 여자에게 절실한 편의와 이점들을 설명했다. 여자들의 마음을 얻으면 다른 이들의 마음도 곧 따라올 것이기 때문이다.

오늘 그레첸과 나는 남녀 간의 장벽을 하나 더 부수었다. 일시적일지라도…….

우리는 전부터 남자들의 '땀 오두막'을 부러워했다. 그건 우리 백인 사회의 증기 사우나 같은 것으로, 다른 점이라면 여기서 그 일은 특별한 종교적 의미가 있고 여자들한테는 엄격하게 금지되었다는 것이다. 땀 오두막은 가운데 커다란 불을 지피고 그 위에 돌을 올린 뒤 돌이 빨갛게 달아오르면 거기 물을 부어서 수증기를 만든다. 주술사가 이 과정 전체를 관장하며 시시때때로 주문을 읊고, 남자들은 뿌듯한 얼굴로 파이프를 돌린다. 참가자들은 불 가에 둘러앉아 땀을 흠씬 흘리다가 더 견딜 수 없으면 밖으로 나가 눈에 뒹굴거나 얼어붙은 강에 뚫어 놓은 구멍에 뛰어든다. 그런 뒤 다시 땀 오두막으로 돌아와 땀을 흘린다. 이것은 건강에도 좋고 위생에도 좋은 일 같다. 특히 겨울에는.

며칠 전에 내가 그레첸의 오두막에 갔을 때 그녀가 남편 노브레인스가 지금 땀 오두막에 가 있다고 말하며 아쉬워했다. 그녀가 살던 스위스에서도 길고 어둡고 추운 겨울이면 사람들은 똑같은 일을 했다며. 물론 거기는 종교적 의미도 없고 남자만 참가한다는 제약도 없었지만. 그레첸의 가족은 미국에 와서도 그 관습을 이어 일리노이 주의 가족 농장에 사우나를 짓고 일 년 내내 애용했다고 했다.

"메이, 증기 목욕보다 좋은 건 없어." 그레첸이 안타까운 얼굴로 고개를 저으며 말했다.

"그런데 왜 우리는 증기 목욕을 못하는 거지?" 내가 물었다.

"메이," 그녀가 말했다. "남자들은 땀 오두막에 여자를 허락하지 않아. 우리 남편이 그렇게 말했어."

"왜?"

"그건 남자들만 하는 거래." 그레첸이 말했다. "여기 사람들은 원래 그렇대."

"그레첸, 그게 무슨 말도 안 되는 소리야?" 내가 말했다. "너하고 내가 지금 당장 거기 가서 증기 목욕을 하자!"

"안 돼, 메이." 그레첸이 말했다. "그건 별로 좋은 생각이 아닌 것 같아."

"당연히 좋은 생각이지." 내가 주장했다. "얼마나 개운할지 생각해 봐! 남자들에게 좋은 건 여자들도 즐길 수 있다는 걸 이 사람들한테 가르쳐 주어야 돼. 암거위한테 좋은 건 수거위한테도 좋다고!"

"좋아, 메이, 뭐 어때?" 그레첸이 말했다. "너 거기 뭐 입고 갈 거야, 메이?"

"수건을 입을 거야." 내가 대답했다. "땀 오두막에서 달리 무얼 입겠어?"

"맞아, 메이. 나도 그래." 그레첸이 고개를 끄덕이며 말했다. "좋은 생각이야."

우리 중 많은 이가 여기 올 때 면 수건을 가져왔고, 인디언도 그 편리함을 알아서 이제 수건은 모든 교역소에서 다 판다. 그래서 나는 내 오두막에 가서 수건을 가지고 나와 다시 그레첸과 만난 뒤 남자들의 땀 오두막 요새 공격에 나섰다.

모두가 한공간에서 가까이 살다 보니, 신체 노출과 관련된 조심성은 이제 큰 문제가 되지 않는다. 우리가 머리끝에서 발끝까지 옷으로 싸매건 반라로 다니건 아무도 상관하지 않는다. 가슴을 드러내는 일도 꽤나 자연스럽다. 그래서 그레첸과 나는 장난을 꾸미는 여학생들처럼 킥킥거리면서 커다란 배를 수건으로 감싸고 눈밭을 달려 땀 오두막으로 들어갔다. 우리는 천막 입구의 덮개를 긁었다.

"빨리 열어 줘요, 추워 죽겠어요!" 나는 샤이엔 어로 소리쳤다.

주술사는 여자가 들어오겠다는 목소리를 듣고 깜짝 놀라서 덮개를 젖히고 도대체 어떤 뻔뻔한 여자가 이 '남성 전용' 시설에 도전하는지 내다보았다. 그러자 우리는 망설이지 않고 입구를 뚫고 깔깔거리며 기분 좋은 습기와 열기가 가득한 땀 오두막 안으로 들어갔다. 우리의 난데없는 등장에 불 가에 둘러앉은 남자들이 놀라고 불만스러운 기색으로 웅성거렸다. 주술사 자신— 피곤하고 유머 감각 없는 노인네 화이트 불 —은 불청객의 침입에 딱딱한 얼굴이 되어 우리에게 악령을 쫓는 딸랑이를 흔들며 말했다.

"여자들은 나가시오. 당장 나가. 이건 나쁜 일이오!"

"나쁜 일이 아니에요." 내가 대답했다. "좋은 일이에요. 우리도 여기 앉아서 땀을 흘릴 거예요!"

그리고 그레첸과 나는 불 앞에 가서 앉았다. 완고한 전통주의자들은 일어나서 화를 내며 땀 오두막을 나갔다. 그레첸의 남편이 그녀에게 엄격하게 말했다.

"여기서 뭐 하는 거야? 왜 여기 와서 나한테 창피를 주는 거지? 여기는 여자가 오는 곳이 아니야. 집에 가!"

"조용히 해, 이 멍청한 인간아!" 그녀가 남편에게 손가락을 흔들며 말했다. (그레첸은 샤이엔 어도 영어처럼 독일어 억양으로 말한다!) 뜨거운 증기 속에 그녀의 거대한 젖가슴이 끓는 물에 데친 아기 돼지처럼 발갛게 달아올랐다.

"자기 마누라한테 그렇게 말하는 남자가 어디 있어! 내가 여기 있는 게 싫으면 당신이 집에 가!"

노 브레인스는 아내에게 겁을 먹고 물러갔고, 다른 증기 목욕객들은 재미있어했다.

"헤모모나모!(공처가로군)" 누군가 소리쳤다. "호우" 다른 사람이 고개를 끄덕이며 말했다. "헤모모나모!" 그들은 모두 즐거워하며 낄낄거렸다.

이런 웃음으로 남자들은 어느 정도 진정되었고, 땀 오두막 의식은 우리가 거기 없는 것처럼 계속되었다. 사실 나는 그 의식을 치른 목적 자체가 우리가 거기 없는 것처럼 행동하기 위한 것이었다고 본다. 그레첸과 내 몸에 땀이 비 오듯 흐르기 시작했고, 마침내 오두막의 열기가 참을 수 없는 수준에 이르자 우리는 입구로 기어갔다. 화이트 불이 덮개를 열어 주자 우리는 완전히 발가벗고 정신 나간 어린애들처럼 꽥꽥거리며 강으로 달려갔다. 그레첸의 걸음이 묵직하게 울렸고, 그녀의 거대한 가슴은 속이 꽉 찬 파플레시처럼 흔들렸다.

얼음 구멍에는 다시 살얼음이 잡혀 있었고, 우리는 그 속으로 뛰어들어서 숨을 헐떡이다가 얼른 다시 나와서 맹렬하게 땀 오두막으로 달려갔다. 임신부에게 권장할 만한 행동은 아닐지 몰라도 인디언 아기라면 자연의 힘 앞에 건강해야 한다.

하지만 이번에는 완고한 화이트 불이 우리의 요청을 들은 체하지 않고, 오두막 입구 덮개를 풀지 않았다.

"추워 죽겠어요!" 내가 소리쳤다. "당장 들여보내 줘요!"

하지만 그는 아무런 응답이 없었고, 우리는 정말로 얼어 죽는 걸 피하기 위해 그레첸의 오두막으로 달려가서 그 집의 불로 몸을 말렸다.

"우리가 할 일이 뭔지 알아, 그레첸?" 내가 말했다. "여자들의 땀 오두막을 짓는 거야. 그래, 올 겨울은 아주 길 테고, 우리는 가죽도 많고 남는 건 시간뿐이니까 함께 모여서 여자의 땀 오두막을 꿰매자. 그게 완성되면 남자들은 절대 들이지 않는 거야! 엄격한 여성 전용 클럽이지."

"좋은 생각이야, 메이!" 그레첸이 동조했다. "정말 좋은 생각이야. 남성 출입 금지! 여성 전용!"

우리는 그렇게 겨울을 보낼 것이다. 가능한 여흥을 하고 장난을 치고 땀 오두막 짓기 같은 활동으로 바쁘게 움직이며. 갈수록 짧아지는 겨울날에 침침한 오두막에만 앉아 있으면 하루하루가 죽을 듯 지루할 수 있다. 물론 우리는 아침 일찍 산 물을 긷고 장작을 모으는 것 같은 일이 있다. 나는 두 가지 일이 다 싫지 않다. 적어도 그 일을 하려면 답답한 천막 밖으로 나가야 하기 때문이다. 그리고 늘 그렇듯이 요리도 하고 식사도 준비하고 청소, 바느질처럼 때로 따분하게 느껴지는 아내의 일들이 있다. 그것도 빈둥거림을 막아 주는 효과는 있다.

우리 남아 있는 백인 여자들의 우정은 더욱 깊어지고 있다. 더 이상 이동— 오두막 해체와 재설치, 짐 쌌다 풀기 —을 하지 않으니 우리는 서로의 오두막에 더욱 자주 찾아가서 각자의 가족에게 2월이 오기 전에 보호소에 들어가자고 설득하는 작업이 얼마나 진척되고 있는지 이야기한다.

우리는 날마다 만나서 서로의 임신 상태를 비교하고 출산을 준비하고 서로에게 용기를 북돋아 준다. 우리는 수다떨고 토론하고 웃고 울고 때로는 그저 조용히 불 가에 손을 잡고 둘러앉아서 불길을 바라보며 우리 인생의 수수께끼를 생각하고, 불확실한 앞날을 생각하고…… 우리가 함께 있는 것을 기뻐한다. 겨울은 길고 쓸쓸할 것이 분명하기 때문이다.

평원의 앤서니 수사는 우리에게 큰 위로를 주고, 우리는 마을 가장자리에 세운 그의 오두막을 자주 찾는다. 그곳은 소박하고 수도사의 집답게 티끌 하나 없이 깨끗하다. 우리는 그의 불 가에 둘러앉아 일일 성무 기도를 함께 음송한다.

"봄이 되면 이곳에 암자를 지을 겁니다." 앤서니가 나직하고 따뜻한 목소리로 말한다. "저는 복되게도 강물 위의 이 언덕 지대에서 필요한 모든 걸 갖게 될 겁니다. 하느님과 함께하는 삶에는 소박한 거처와 순수한 마음 말고는 필요한 것이 별로 없기 때문입니다. 나중에는 제 손으로 수도원을 지을 겁니다. 그러면 복되게도 겸허한 정신과 단순한 심성을 지닌 사람들이 여기로 찾아올 것이고, 우리는 여기서 기도하고 공부하고 찾아오는 모든 손님과 하느님의 말씀을 나눌 것입니다."

그것은 아름다운 소망이고, 우리는 자주 함께 침묵 속에 명상하며 그 모습을 떠올린다. 나는 앤서니 수사가 언덕에 지은 수도원이 눈앞에 거의 보일 지경이다. 우리 모두가 거기서 조용히 예배하고, 우리 아이들과 아이들의 아이들이 거기 가는 모습……. 그 생각은 마음에 위안을 준다.

책을 읽고 성무 기도를 하고, 우리에게 성경을 가르치는 데서 한 발 더 나아가 앤서니는 우리와 원주민 여자들에게 빵 굽는 법을 가르친다. 겨울에 하기 딱 좋은 일이고 그로 인해 우리 천막들에 좋은 냄새가 가득 찬다.

날씨는 계속 맑고 춥다. 다행히 바람은 별로 없다. 해가 떠서 새하얀 평원 위에 반짝이면 모든 것이 정말로 아름답다.

➤➤➤ 1875년 12월 10일 ◀◀◀

마지막 일기를 쓴 지 한 달 가까이 지났다. 물론 시간은 별 문제가 아니다. 그보다는 계절의 전반적인 무기력과 그에 따른 흥미로운 사건이 없어 보고할 것이 워낙 없다 보니 펜을 쉬게 되었다. 우리도 곰처럼 동면할 수 있다면! 긴 겨울 동안 잠을 자고 봄이 온 뒤에야 깨는 그들은 얼마나 지혜로운가.

샤이엔 족에게는 지루함이 별 문제가 아닌 것 같다. 그들은 정말로 부러울 만큼 참을성이 많은 것 같다. 며칠 동안 눈보라로 천막에 묶여 지내도 아무 불평 없이, 동물처럼 흔들림 없이 침착하게 날이 갤 때를 기다린다. 단순한 놀이 몇 가지와 남자들 사이의 가벼운 도박을 빼면 여흥이라고 할 만한 게 거의 없다. 예외라면 '이야기'인데, 이것을 통해서 우리는 이 순수한 사람들의 역사를 배운다. 그리고 물론 이들은 책도 읽지 않는다.

우리 백인들은 여기로 가지고 오거나 지난번에 포트 래러미에서 구한 몇 권 되지 않는 책을 읽고 또 읽는다. 대위가 아끼던 셰익스피어 책은 너무 많이 읽어서 넝마가 되었고, 나는 그 책을 혼자 간직하고 싶은 마음이 굴뚝같은데도 다른 사람들에게 빌려 주었다. 하루에 한 번 앤서니를 찾아가는 일을 빼면 우리의 소수의 여흥 가운데 하나는 누군가의 오두막에 모여서 함께 셰익스피어를 읽는 것이다. 둥글게 앉아 서로에게 책을 넘겨 가며 각자가 맡은 역할을 읽는다. 하지만 오두막은 채광이 좋지 않고 요즘은 해도 너무 짧다.

이제 여자들의 땀 오두막이 완성되어서 운영 중이다! 그것은 정말로 큰 기쁨이고 우리 백인 여자들은 거기서 우리만의 회의를 연다. 하! 우리는 젊고 대담한 샤이엔 여자들도 땀 오두막으로 부른다. 나의 천막 식구 프리티 워커와 페더 온 헤드도 처음에는 수줍어했지만 지금은 열렬히 참여한다. 어린 소녀 한 명이 불을 돌보고 양동이로 뜨거운 돌에 물을 붓는 일을 한다. 그리고 여자라면 누구나 환영이다! 우리는 거의 벌거벗고 앉아서 땀을 흘리다가 강물로 달려간다. 헬렌 플라이트는 파이프를 자주 피우는데, 남자들의 엄격한 의식을 흉내 내서 다른 이들에게 건네기도 한다. 샤이엔 여자들은 땀 오두막에 와서도 흡연을 불명예스러운, 심지어는 불경한 행위로 여겨 흡연에 참여하기는커녕 파이프에 손도 대지 않으려고 한다.

배가 엄청나게 불렀다! 집채만 하다! 임신부 가운데서도 내 배가 유난히 더 부른 것 같다! 본래 몸집이 큰 그레첸도 나만큼 배가 크지 않다. 내 배 속의 미개인 아기는 분명히 거인이 될 것이다! 다행히 이렇게 배가 부른데도 임신으로 인한 문제는 없다. 몸도 아프지 않고, 거대한 배를 둘러싸는 간단한 행위를 빼고는 불편한 일도 별로 없다. 샤이엔 족은 여러 가지 치료약이 있는데 ― 다양한 뿌리, 약초, 꽃, 나뭇잎, 풀잎 등을 달인 차 ― 어떤 것은 내 입에도 잘 맞는다. 그들은 임신부에게 이 약을 준다. 부족 여자들이 임신부들을 어찌나 애지중지 돌보는지 약간 귀찮을 정도다.

일대에는 아직 사냥감이 많이 남아 있고, 맑은 날씨로 사냥이 계속되면서 신선한 고기도 끊이지 않고 공급된다. 이것은 남자와 여자들에게 많은 일을 안겨 주기 때문에 적어도 빈둥거리는 일은 줄어든다. 가죽을 벗기고 몸을 토막 내고 무두질할 일이 언제나 있다.

나는 원주민 구슬로 가죽에 수놓는 법을 익혔고, 여기 완전히 취미를 붙였다. 그 일은 시간을 즐겁게 보낼 수 있고 여럿이 함께 평화롭게 할 수도 있다. 우리는 불 가에 앉아 수다를 떨며 시간을 보낸다. 이제 우리 백인 여자들은 대부분 샤이엔 어를 어느 정도 하게 되었고, 동료 샤이엔 아낙들과도 많이 친해졌다. 그들은 우리 백인과는 세상을 보는 방법이 크게 다르지만, 문화의 차이만큼이나 여자로서 가진 공통점도 많다. 날마다 우리는 서로를 더 많이 배우고 서로에 대한 이해와 존경을 키운다. 그렇게 우리는 똑같은 일상과 걱정, 똑같은 노동을 공유한다. 그리고 임신부로서 — 인디언 아낙들 가운데도 임신부가 있다 — 그 부담과 책임과 임박한 출산의 기쁨을 공유한다.

그리고 의사소통이 원활해지면서 우리는 유머라는 접착제도 활용할 수 있게 되었다. 처음에 샤이엔 여자들은 우리 백인 여자들이 남자에게 고분고분하지 않은 것을 보고 상당히 큰 충격을 받았다. 하지만 남자에 대한 우리의 가벼운 농담과 조롱은 그들도 재미있어하고 우리 모두에게 깊은 자매애를 안겨 주는 듯하다. 우리의 이야기에 인디언 여자들은 함께 고개를 끄덕이고 "호우" 하고 키득거리며 남자에 대한 여자의 자연스러운 우월성을 '발견', 아니 '인정'한다.

과묵한 성격이지만 때로 나는 콰이엇 원에게서도 조심스러운 미소를 이끌어 낸다. 말수가 적은 사람들이 흔히 그렇듯 그녀는 주변의 일을 예리하게 관찰한다. 예를 들면 어느 날은 리틀 울프가 오두막에서 '무딘 칼' 족장과 '미친 노새' 등의 지도자들과 회의를 했다. ('미친 노새'는 샤이엔 어로는 '마세하에케'라고 한다. 그에게 이런 이름이 붙은 것은 그가 노새를 타고 수 족 천막촌에 갔을 때 어떤 수 족 사람이 "여기 노새를 탄 미친 샤이엔 인이 온다"고 말했기 때문이다.) '미친 노새'는 장광설을 피곤하게 늘어놓는 사람으로 그가 회의에 참석하면 나는 늘 두렵다. 그는 같은 이야기를 하고 또 하기 때문이다. 유일하게 좋은 점은 그의 목소리가 수면제 같은 효과가 있어서 아이들을 깊은 잠에 빠뜨린다는 점이다. 나는 때로 리틀 울프와 다른 참석자들도 그 남자가 이야기할 때

겨울 **419**

조는 걸 보았다.

어쨌건 얼마 전에 평소처럼 '미친 노새'가 떠들고 있는데, 돌아보니 콰이엇 원이 그 조심스러운 관찰의 눈길로 나를 보고 있었다. 나는 그녀에게 미소를 짓고 불 앞에 손을 들어 '미친 노새'의 머리 위 오두막 벽에 그림자 인형을 만들었다. 엄지손가락과 다른 손가락들을 벌렸다 오므렸다 해서 그림자 인형이 '미친 노새'처럼 중얼거리게 만들었다. 그러자 사람들이 잠에서 깨었다. 내 수다쟁이 그림자 인형을 본 사람들이 숨을 죽인 채 웃었고, 콰이엇 원마저 손으로 입을 가려야 할 만큼 크게 웃었다.

포트 래러미에서 잠깐 만났을 때 버크 대위는 미개인들이 발전하려면 무엇보다 부족에 대한 연대를 포기하고 개인의 안녕을 도모하는 법을 배워야 한다는 의견을 피력했다. 버크는 미개인이 백인 세계의 '개인주의적 문명' 속에서 제대로 살아가려면 그래야 한다고 말한다. 샤이엔 족에게 그런 개념은 완전히 낯선 것이다. 우리 사람들, 부족, 그리고 부족 내의 가족은 언제나 개인을 앞선다. 이 점에서 그들은 고대 스코틀랜드의 씨족과도 비슷하다. 예를 들어 내 남편 리틀 울프의 헌신성은 더없이 고결하고, 문명사회의 '교정'이 필요하지 않아 보인다. 대위는 자기 주장을 뒷받침하기 위해 미군의 척후로 일하게 된 인디언들의 불행한 사례를 든다. 그들은 법을 지키는 선량한 시민으로서 미군에 기여한 데 대해 보상을 받았다. 돈과 식량과 옷, 그 밖에도 여러 가지 보살핌을 받았다. 이들을 고용하고 백인 아버지에 대한 충성을 확보하는 조건은 단 하나, 자기 부족과 가족을 배신하는 것이다⋯⋯. 그렇게 개인주의적 진취성에 어떤 고귀함과 좋은 점이 있는지 나는 모르겠다…….

혼란스러운 일이 있었다. 어제 콰이엇 원이 우리 오두막에 사람들을 몇 명 초대해서 갓 구운 빵을 대접했다. 그런데 어떻게 해서인지 그녀는 비소 가루와 베이킹 소다를 착각했다. 샤이엔 족은 교역소에서 구한 비소로 늑대에게 약을 놓는다.

이런 사고의 결과는 쉽게 상상할 수 있을 것이다. 하느님의 가호로, 아니 어쩌면 위대한 주술의 가호로 아무도 죽지 않았다. 하지만 정말로 그게 문제였는지 알아보기 위해 빵 조각을 던져 준 불쌍한 개 두 마리는 죽었다. 몇몇 손님도 병에 걸렸다. 나는 호스 보이를 보내 앤서니와 다른 사람들을 불렀고, 우리는 함께 비소에 중독된 사람들을 토하게 했다. 다행히 나를 비롯해서 임신부들은 빵을 먹지 않았다. 잘못했으면 아기들한테 큰 일이 났을 것이다.

이제 모두가 건강을 회복했지만 모두가 큰 고통을 겪었다. 리틀 울프는 위독해졌다. 나는 그의 목숨이 걱정되어 그의 곁에서 밤을 새웠다. 불쌍한 콰이엇 원은 이 사태가 자기로 인해 촉발되었다는 사실 때문에 극심한 고통을 겪었다. 나는 최선을 다해 그녀를 위로했다.

이 일로 회의가 소집되어 늑대에게 약을 놓는 문제를 의논하게 되었다. 샤이엔 족은 최근에 백인 보호관에게서 늑대에게 약을 놓는 법을 배웠는데, 보호관들은 늑대를 죽이면 사람이 사냥할 것이 더 많아질 거라고 조언했다. 인디언들이 비소 사용을 늘리자 평원 곳곳에는 늑대뿐 아니라 코요테, 독수리, 매, 까마귀, 너구리, 스컹크, 때로는 곰의 시체까지 늘었다. 비소 독은 그것을 뿌린 고기를 먹거나 그 고기를 먹고 죽은 시체를 먹은 모든 동물을 죽였기 때문이다.

우리 오두막은 이름 높은 족장들과 여러 전사 패의 높은 사람들, 존경 받는 주술사, 그리고 앤서니 수사까지 모여 복닥복닥했다. 백인 여자도 몇 명 참여했고 샤이엔 여자들과 함께 평소처럼 남자들의 원 바깥에 앉았다.

남자들이 담배 피우는 의식을 마친 뒤 가장 먼저 발언한 사람은 노주술사 '보아오메세아에스체'였는데, 내 샤이엔 어 실력이 생각보다 나쁘지 않다면 그 이름은 '변을 보는 영양'이라는 뜻이다.

"리틀 울프의 아내가," 노인이 입을 열었다. "늑대 약과 빵 소다를 착각한 건 안타까운 일이오."

그 말에 여기저기서 "호우" 하는 소리가 올랐다.

"늑대 약은 사람들이 빵에 넣어 먹는 것이 아니오." 그가 오만하게 말했다. "하지만 제대로 사용하면 비소는 좋은 것이오. 늑대를 죽여서 우리 사람들에게 더 많은 사냥감을 안겨 주기 때문이오."

그런 뒤 노인은 고개를 끄덕이며 자신의 논리에 만족감을 보였다. 모인 사람들은 큰 소리로 "호우" 했다.

나는 참을 수 없었다. 보기 좋은 행동이 아닌 것도 알고, 남편을 난처하게 만들 수 있다는 것도 알지만, 그 지점에서 벌떡 일어나서 말했다.

"우리가 늑대를 죽여서 사냥감이 많아진다면 보호소에 있는 우리 친척들은 벌써 오래전부터 비소를 사용했는데, 왜 그들의 땅에는 사냥감이 없을까요?"(물론 샤이엔 어로 말했기 때문에 실제로는 이렇게 유창하지 못했다.)

참석자들에게서 전반적으로 반대를 표현하는 소리가 일었다. 그게 내 발언 내용에 대한 것인지 여자가 회의에서 발언했다는 사실에 대한 것인지는 알 수 없다.

"베호아에……" 리틀 울프가 참석자들에게 미소 짓고 말했다. "에오케사헤체베옥소헤사네헤오." 그것은 대충 '백인 여자들은…… 누가 뭐래도 자기 생각을 말한다'는 뜻이다.

이 지점에서 '소족장' 블랙 코요테가 발언했다. 그는 잘생긴 친구지만, 성미가 급하고 호전적이며 특히 백인에 대한 혐오감이 강한 것으로 유명하다.

"'메소케'가 옳아요." 그가 말했다. "비소로 늑대를 죽이는 대신 그걸로 백인을 죽여야 돼요. 독을 넣은 빵을 많이 만들어서 백인들에게 주어야 해요. 늑대보다는 그 사람들이 훨씬 더 위험해요."

"그런 뜻은 아니었어요." 나는 블랙 코요테의 호전적 지지자들이 내는 "호우" 소리와 반대자들의 불만의 목소리 위로 내 목소리를 전달하려고 했다.

"우리 사람들은 언제나 늑대와 작은 늑대(코요테)하고 살았습니다." 블랙 코요테가 말을 이었다. "우리가 활이나 소총으로 놈들을 죽이기도 하지만, 그래도 서로에게 사냥감이 부족했던 적은 없습니다. 버펄로와 다른 사냥감이 사라지기 시작한 것은 백인이 오고 나서입니다. 늑대는 우리의 적이 아닙니다. 백인이 적입니다."

젊은 전사의 말은 이제 반대보다 "호우"를 더 많이 받았다. 그는 참석자들의 마음을 점점 얻어 가는 것 같았다.

"이에 대한 '마헤오네스체베호에'의 말을 듣고 싶소." 리틀 울프가 말했다. 그것은 앤서니를 가리키는 샤이엔 이름 가운데 하나로, '성스러운 말을 하는 백인'이라는 뜻이다.

앤서니는 조용하게 말했다. 그는 놀라울 만큼 짧은 시간에 기초적인 샤이엔 어를 익혔다. "그리스도께서 빵이라는 축복을 준 것은 생계를 유지하라는 뜻이지 사람을 죽이라는 뜻이 아닙니다." 그는 블랙 코요테에게 말했다. "지상의 모든 짐승은 하느님이 신성한 계획에 따라 창조한 것입니다. 하느님께서는 모두가 나누어 먹을 수 있도록 풍성하게 베풀어 주십니다."

모두가 긴 침묵 속에서 앤서니의 소박하지만 설득력 있는 말을 생각했다.

마침내 나의 남편 리틀 울프가 손을 들고 평소처럼 사려 깊은 태도와 과장도 허식도 없는 차분한 이성과 논리로 말했다.

"메소케, 모타베오코호메, 마헤오네스체베오에가 모두 옳소. 우리는 오래전부터 늑대와 함께 살았고, 샤이엔 인을 더 많이 죽인 건 늑대가 아니라 백인 군인이오." (여기서 산발적인 "호우" 소리가 났다.)

"늑대와 작은 늑대는 우리가 어디를 가건 우리 사람들을 따라

424

왔소. 그들은 우리가 사냥하고 남기는 찌꺼기와 뼈다귀를 청소해 주고 있소. 이것은 나쁜 것이 아니오. 모든 것이 땅으로 돌아가서 낭비가 없어지기 때문이오. 물론 늑대가 때로 버펄로 새끼나 사슴, 엘크사슴 새끼들을 죽이는 건 사실이오. 또 늙고 힘없는 동물도 죽이오. 하지만 늑대는 고기를 먹는 짐승이오. 위대한 주술께서 사람에게만 고기를 허락했다면, 왜 지상에 늑대가 있겠소? 이 독으로 우리는 늑대와 작은 늑대뿐 아니라 우리 친구이자 이웃인 동물도 많이 죽이고 있소. 나 자신도 그 독을 먹고 죽을 뻔했소. 나는 위대한 주술께서 이 독이 나쁘다는 걸 알리기 위해 내게 독을 먹였다고 생각하오. 모든 동물을 죽이고 쫓아내는 건 백인의 방식이지 우리 사람들의 방식이 아니오. 우리는 이 땅에서 다른 동물들과 함께 살면서 모든 것을 나누었고, 백인이 오기 전까지 누구도 부족하지 않았소. 그러므로 우리 천막촌에서는 이제 비소 사용을 허락하지 않을 것이오. 그것이 내 결정이오."

≫ 1875년 12월 25일 ≪

크리스마스 아침이다! 나는 나의 두 아이를 생각하며 깨어났다. 기억이 물결쳐 들어왔다. 지난 크리스마스의 기억들. 내가 아직 어리고 아직도 산타 클로스가 순록 썰매를 타고 우리 지붕에 내려와서 인형과 사탕을 줄 거라고 믿던 시절……. 내 딸 호텐스와는 겨우 두 번의 크리스마스를 함께했고, 윌리와는 겨우

한 번을 함께했을 뿐이다.

이 크리스마스 아침에 나는 언젠가 우리가 다시 만날 거라고, 그러면 내 아이들에게 어머니의 인생과 모험을 말해 줄 거라고 맹세하면서 눈을 떴다.

다시 눈이 내리기 시작했다. 바람도 불고, 우리는 다시 날씨 때문에 티피에 묶여 있다. 하지만 나는 크리스마스에 이렇게 갇혀 있기가 싫어서 조용히 일어나 따뜻하게 입고 다른 사람들이 일어나기 전에 오두막을 빠져나갔다. 눈과 추위와 긴 밤 때문에 사람들은 전보다 더 많이 자고, 어떻게 보면 동면하는 것 같다. 나는 일기장을 등에 끈으로 묶고 이 크리스마스 아침에 마사를 만나러 갔다.

마사의 오두막으로 가는 길에 바람은 맹렬했고, 눈은 흰색 회오리로 나를 휘감아서 숨을 쉬기가 어려웠다. 코앞도 제대로 보이지 않았고 어느 지점에서는 방향을 잃고 공황감에 싸이기도 했다. 그것은 하얀 바람의 감옥이었다. 하지만 잠시 후 폭설 틈새로 마사의 오두막 덮개가 살짝 보였다. 우리 오두막은 서로 다른 그림이 그려져 있어서 금세 알 수 있다.

입구에서 나를 맞은 마사는 내가 폭풍을 뚫고 이렇게 일찍 찾아온 데 놀랐다.

"메리 크리스마스!" 내가 소리쳤지만 그 소리는 바람 소리가 거의 삼켜 버렸다.

"메리 크리스마스." 나는 안에 들어가서 숨을 헐떡이며 다시 말했다. 천막 안은 고치처럼 어둡고 따뜻하고 아늑했다. 나는 버펄로 외투에서 눈을 떨었고, 마사는 내 외투를 벗겨 주었다. 서로를 마주 보는 우리 둘은 툭 튀어나온 배가 영양 가죽 아래서 서로 닿았다.

"크리스마스?" 그녀가 말했다. "아, 메이. 완전히 잊고 있었네. 크리스마스라……. 여기 불 가에 앉아. 커피 끓일게."

마사의 남편 '모메헥사에헤'는 불 가의 자기 자리에서 아직 자고 있었다. 마사와 내가 함께하는 시간이 많아지면서 나는 이 친구를 더 잘 알게 되었는데, 그는 머리는 미친 듯이 헝클어졌지만 유쾌하고도 편안한 친구다.

마사와 나는 모피에 앉아 등받이에 기댔다. 그렇게 앉으면 우리 몸 상태로 인한 불편을 약간 덜 수 있다. 그녀는 막대기로 불을 쑤셔서 작은 커피 주전자를 얹었다.

나는 마사에게 줄 작은 선물을 만들었다. 버터처럼 부드러운 영양 가죽으로 내가 직접 꿰매어 만든 아기 모카신 한 켤레다.

"크리스마스 선물이 있어, 친구." 내가 말하고 수놓은 사슴 가죽 주머니에 넣어 온 아기 신발을 내밀었다.

"선물?" 마사는 놀라고 안타까운 목소리로 조그맣게 말했다. "하지만 메이, 나는 너한테 줄 게 아무것도 없는데. 날짜를 완전히 잊고 있었어!"

"상관 없어, 마사." 내가 말했다. "중요한 건 우리가 오늘 이렇게 안전하고 따뜻하고 건강하게 함께 있다는 거야."

그러자 마사는 울음을 터뜨리더니 계속 울고 또 울었다. 나는 그 눈물을 막을 수 없었고, 위로도 할 수 없었다.

"무슨 일이야, 마사." 내가 물었다. "왜 우는 거야?"

하지만 그녀는 고개를 저으며 울 뿐이었다. 흐느낌이 너무 거세서 숨을 멈추고 말을 할 수가 없었다. 마침내 어느 정도 진정이 되자 그녀가 목이 메인 소리로 말했다.

"미안해, 메이. 갑자기 왜 그랬는지 모르겠어. 오늘이 크리스마스라는 걸 알게 되니 갑자기 너무 집 생각이 나고 외로웠어. 남편이랑 행복하지 않은 게 아니야. 난 정말 행복하니까. 하지만 가끔은 집이 그리워. 너는 집 생각 안 나니, 메이? 그런 생각 안 해?"

"매일 하지, 마사." 내가 인정했다. "하루도 빼놓지 않고 나의 두 아이를 생각해. 하지만 지금 내 집은 여기 있는 집이야. 이제 선물 열어 봐, 마사."

그녀는 선물을 열어 손가락을 아기 신발에 가볍게 대고 사랑스럽게 구슬을 훑었다.

"메이. 정말로 예쁘다. 내 평생 가장 예쁜 아기 신발이야. 고마워. 너한테 줄 크리스마스 선물이 없어서 미안해."

그리고 그녀는 다시 울었다.

"뚝." 내가 말했다. "마음에 든다니 기뻐. 하지만 이제 그만 울어."

"산타클로스가 오늘 티피의 연기 구멍으로 내려올까?"

마사가 얼굴에 미소를 띠고 손등으로 눈물을 닦으며 말했다.

"물론이지!" 내가 말했다. "당연한 거 아냐? 산타 할아버지는 전 세계 모든 어린이를 찾아간다고 하잖아. 내년에는 우리가 낳은 아기들도 찾아올 거야, 마사. 생각해 봐! 우리 아이들의 첫 크리스마스를!"

"우리가 함께 출산 오두막으로 갔으면 좋겠다, 메이." 마사가 말했다. "너하고 내가 동시에 아기를 낳는 거야. 하지만 내가 너보다 먼저 낳으면 네가 내 곁에 있어 주겠다고 약속해 줄래?"

"당연히 약속하지." 내가 말했다. "그리고 내가 먼저 낳게 되면 — 지금 이 엄청난 배를 보면 분명히 내가 먼저일 것 같은데 — 그러면 네가 곁에 있어 주겠다고 약속해야 돼."

"약속해." 그녀가 말했다. "메이. 넌 정말 멋진 친구야. 메리 크리스마스!"

"메리 크리스마스, 마사." 내가 말했다. "함께 크리스마스 노래를 부르자."

그리고 우리 둘은 노래를 시작했다. 밖에는 눈보라가 날뛰고, 바람이 산 짐승처럼 신음하며 울부짖고, 눈은 오두막 주변을 휘저으며 몸을 부딪히고 빙글빙글 돌다 평원으로 날아갔다. 마사와 나는 불 가에 따뜻하게 앉아 있었다. 이 크리스마스 아침에 우리는 감사할 게 많았고, 우리는 진심으로 미래에 대한 희망과 용기를 담아 노래했다.

참 반가운 신도여

다 이리 와서

베들레헴 성내에 가 봅시다······

나는 이제 마사의 불가에서 이 일기를 쓰고 그녀는 내 옆에서 만족스럽게 존다. 탱글 헤어 씨도 자고, 이 집의 노파도 입구 앞에서 잔다. 오두막 안은 모든 것이 조용하고 따뜻하고, 우리는 안전하다. 아마 나도 잠이 들 것 같다······.

나는 아주 어리석은 짓을 했고, 그래서 내 생명뿐 아니라 배 속의 아기와 폭풍 속에 나를 구하러 온 사람들의 생명까지 위험에 빠뜨릴 뻔했다. '사고'가 난 지 거의 한 달이고 나는 이제 겨우 일어나 앉아 글을 쓸 수 있다. 어쩌면 그렇게 내가 무모할 수 있었는지!

마지막 일기에 썼듯이 나는 크리스마스 아침에 마사의 집에 갔다가 한동안 잠이 들었다. 깨어 보니 마사와 다른 사람들은 아직도 자고 있었다. 나는 몇 시인지 몰라서 오두막 입구로 기어가 밖을 내다보고, 폭풍은 아직 멎지 않았지만 하늘에는 빛이 남아 있는 걸 확인했다. 그래서 어둠이 내리기 전에 내 오두막으로 돌아가야겠다고 마음먹었다. 나는 일기장 한 장을 뜯어 마사에게 메모를 남긴 뒤 버펄로 외투를 입고 폭풍 속으로 나갔다.

폭풍은 더욱 거세어져 있었다. 하지만 나는 오두막이 멀지 않다고, 똑바로 걸어가기만 하면 금방 나올 거라고 되뇌었다. 아침에는 제대로 오지 않았던가? 하지만 몇 걸음 걸어가니 이상하고도 무시무시한 현상이 일어났다.

바람과 눈의 소용돌이가 혼돈의 세계로 나를 감싼 것이다. 갑자기 나는 방향을 알 수 없었다. 동서남북도, 좌우도, 심지어 위아래도 알 수 없었다. 나는 완전히 길을 잃었다. 뒤로 돌아가야겠다고, 그렇게 멀리 오지는 않았다고 나는 필사적으로 생각했다. 하지만 나는 어디가 '뒤'인지 알 수 없었다. 공황감이 나를 덮쳤다. 나는 거기 맞서 싸우면서 한 발 한 발 앞으로 가려 했지만 뒤엉킨 정신으로는 그것마저 하기 힘들었다. 눈발은 수백만 개의 회초리처럼 얼굴과 눈을 때리고, 버펄로 외투 속으로 파고 들어서 벌거벗은 듯한 느낌을 안겨 주었다. 나는 그 자리에 누워 폭풍이 지나갈 때까지 웅크리고 싶은 충동에 휩싸였지만, 내 혼란한 정신으로도 그것은 죽음의 문턱을 넘는 일이라는 걸 알았다. 나는 눈 먼 여자처럼 두 손을 앞으로 뻗고 아무 오두막에나 닿기를 바라며 비틀비틀 걸었다. 소리를 지르고 싶었지만, 바람 소리에 나조차 내 목소리가 들리지 않았다. 공포와 눈이 얼굴을 때리는 고통에 눈물이 흘러 뺨을 얼렸다. 마침내 나는 바람과 공황감 때문에 더 이상 숨을 쉴 수가 없었다. 움직일 힘도 없었다. 나는 눈 속에 무릎으로 털썩 주저앉아서 두 팔로 내 몸을 감싸고 앞뒤로 몸을 움직이며 배 속의 아기에게 속삭였다.

"아가야, 나를 용서하렴. 용서해 줘."

그리고 옆으로 쓰러져서 몸을 동그랗게 말고 죽음의 잠이 밀려오는 것을 느꼈다. 나는 내가 곧 죽으리란 것을 알았다. 하지만 갑자기 몸이 따뜻하고 편안해지면서 기이한 꿈을 꾸었다.

꿈속에서 나는 아름다운 봄날의 강변을 걷고 있었다. 미루나무는 이파리가 무성하고 사방에 약전동싸리가 활짝 피었으며 평원의 풀은 스코틀랜드의 들판처럼 푸르렀다. 나는 어떤 젊은 여자의 뒤를 따라 걷고 있었고, 그 여자가 누구인지 금세 알았다. 세라였다. 나는 그녀를 만난 기쁨에 눈물을 흘리며 그녀를 따라잡으려고 뛰어갔다. 세라는 나를 돌아보며 손을 흔들었고 나는 그녀도 임신한 것을 알았다. 그녀가 미소 짓고 내게 샤이엔 어로 소리쳤다. "'세아노'는 정말 아름다워요, '메소케'. 나는 여기서 아기를 낳을 거고 나중에 당신도 여기 올 거예요. 그때 메소케를 맞아서 하늘에 걸린 길을 따라 이곳을 구경시켜 줄게요. 하지만 아직은 아니에요. 당신은 돌아가야 해요."

그리고 그녀는 돌아서서 내게서 다시 멀어져 갔다.

"잠깐, 세라." 내가 소리쳤다. "기다려, 제발⋯⋯."

하지만 나는 그녀를 따라잡지 못했고 그녀는 앞으로 사라졌다⋯⋯.

내가 얼마나 잤는지 모르지만 마침내 깨어났을 때 나는 오두막 속 내 잠자리에 있었다. 호스 보이가 옆에 앉아서 내 뺨에 비스킷처럼 따뜻한 손을 대고 있었다. 나는 그가 진짜인지 알아보려고 손을 뻗어 턱을 만졌다.

"모에노하 헤타네카에스코네." 내가 아이에게 속삭였다.

소년은 내가 눈 뜨는 것을 엄숙하게 보더니 내게 미소를 지었다.

"모에노하 헤타네카에스코네." 내가 속삭였다.

"메소케." 그가 말했다.

그런 뒤 다른 사람들이 놀라서 내 곁으로 몰려왔고 놀랍게도 그 사람들 틈에서 나는 내 친구 거티도 보았다.

"나메세보타메?" 내가 무의식적으로 샤이엔 어로 말했다.

"아기는 괜찮아, 친구." 거티가 말했다. "하지만 엄청난 행운인걸. 도대체 왜 눈보라 속을 헤매고 다닌 거지? 미친 거야?"

나는 힘없이 웃었다. "그런 말 예전에 많이 들었지. 내가 어떻게 집에 왔어?"

"이 친구가 너를 발견했어." 거티가 호스 보이를 가리키며 말했다. "눈 속에 묻힌 너를 혼자서 질질 끌고 왔어. 이렇게 깡마른 친구가 어떻게 너하고 또 한 사람을 데리고 왔는지 나도 몰라."

그녀는 내 배에 손을 대고 웃더니 가볍게 배를 문질렀다.

"너는 아기 낳은 적 있어, 거티?" 내가 힘없이 속삭였다. "한 번도 그런 말 들은 적이 없어."

"없어, 친구." 그녀가 말했다. "꼬맹이들을 좋아하지도 않아."

하지만 나는 그게 진심이 아니라는 걸 알았다.

"하지만 이 호스 보이는 괜찮은 것 같아. 이 친구가 멍청한 너를 구했어."

"정말로 사랑스러운 친구야." 내가 말했다.

그리고 나는 며칠 동안 의식 안팎을 넘나들었다. 눈 속에 쓰러져서 폐렴에 걸려 열과 망상이 동반했다. 나는 깨었다가 잠이 들었고, 다시 깨었다가 잠이 들었고, 시간 감각이 전혀 없었다. 그 와중에도 나는 사람들이 티피를 계속 드나들고, 크루키드 노즈가 엄격한 수간호사처럼 손님들을 지켜보는 것을 알았다.

나의 착한 호스 보이는 좀처럼 내 곁을 떠나지 않았고 때로는 내 곁의 모피에서 웅크리고 잤다. 주술사들이 음송을 했고 코 앞에 불붙은 세이지 잎을 댔으며, 딸랑이를 비롯한 주물을 머리 옆에 흔들었다. 앤서니는 내게 성경 구절을 읽었다. 내 친구와 가족들이 있었다. 그들의 얼굴이 흐릿한 얼룩이 되었다. 마사가 내 옆에 있고, 거티, 페더 온 헤드, 헬렌, 유피미아, 켈리 자매, 콰이엇 원, 그레첸, 데이지, 프리티 워커, 모두가 있었다. 그리고 꿈속에서 나는 어린 세라를 보았다.

때로 여자들은 내게 부드럽게 노래했다. 페더 온 헤드와 프리티 워커는 샤이엔 노래를 했고, 백인 여자와 인디언이 서로에게 노래를 가르쳐서 내 병상이 노래 마당이 되어 가나 싶으면 노파가 몽둥이로 사람들을 쫓아냈다.

사람들이 떠나면 내 남편 리틀 울프가 내 곁에 조각처럼 꼼짝하지 않고 앉아 있어서, 나는 정신이 들었을 때 혼자인 적이 없었고 그를 보면 언제나 안심이 되었다. 내 남편이 우리를 지켜주는 한 나와 내 아이에게 나쁜 일이 일어날 수는 없었다. 내가 열 때문에 오한이 나고 몸이 떨리면 그가 내 옆에 누워 두 팔로 나를 따뜻하게 안아 주었다.

나는 잠 들었다 깨어나고 잠 들었다 깨어났다. 어떨 때는 몇 분 이상 눈을 뜨고 있을 수가 없었다.

하지만 시간이 지나자 열이 가시고 천천히 기운이 돌아왔다. 그리고 다시 아기가 배 속에서 움직이는 것이 느껴지고, 모든 것이 무사하다는 것을 알았다.

이 순간 나는 등받이에 기대앉아 흐린 모닥불 빛으로 이 글을 쓴다. 페더 온 헤드가 조용히 내 옆에 앉아 있다. 눈꺼풀이 다시 무거워진다…….

➸➸➸ 1876년 1월 26일 ⫷⫷⫷

오 하느님, 어떻게 이런 일이 있을 수가…….

지난번 일기를 쓴 뒤 나는 일기장을 불룩한 배에 세워 둔 채 잠이 들었다. 그러다가 몇 시간 뒤에 깜짝 놀라서 깼다. 분명한 진통이 왔다.

"이럴 리가." 내가 혼자 속삭였다. "아직 몇 주 더 남았는데."

그리고 무언가 문제가 있다는 걸 알았다. 리틀 울프가 옆에 앉아 있었고 호스 보이는 내 곁에 웅크리고 자고 있었다. 나는 아이 어깨에 부드럽게 손을 댔고, 아이는 동물처럼 벌떡 깨어났다. 내가 아이에게 속삭였다.

"가서 마사를 불러다 줘." 그리고 남편에게 말했다. "아기가 나와요."

여자들이 달려오더니 나를 모피 채로 들어 올려 출산 오두막으로 데리고 갔다. 샤이엔 여자들이 아기를 낳는 그 오두막은 다행히도 우리의 집단 출산을 위해 미리 세워져 있었다.

출산 오두막까지 가는 길은 하늘이 맑고 밤공기는 바람도 없이 차가웠다. 나는 누워서 사람들에게 실려 가면서 하늘에 반짝이는 수백만 개의 별을 보았다. 그 순간 유성이 하늘을 가로질러 갔다. 나는 이것을 좋은 징조로 여기고 유성에게 건강하고 튼튼한 아기를 낳게 해달라고 빌었다.

출산 오두막에는 이미 '바람에 맞서는 여자'가 불을 피워 놓고 있었다. 티피는 깨끗했고, 새로 무두질해서 수를 놓은 가죽과 담요가 예쁘게 배치되었으며, 벽에는 여러 가지 상징물과 헬렌 플라이트가 그린 새 그림이 그려져 있었다.

"너희는 이 가운데," 헬렌이 아직도 그림을 그리며 말했다. "각자 자기 아이의 주술 새를 고를 수 있어."

나는 노랫소리가 예쁘고 부지런한 데다 용감한 굴뚝새를 골랐다. '베케세헤소', 작은 새를.

여자들은 나를 자리에 조심스레 내렸다. 그런 뒤 여주술사가 곁에 와서 우리 사회의 의사와 비슷하게 나를 살폈다.

"에아네타노." 그녀가 사람들에게 말했다.

"네, 진통이 왔어요." 내가 말했다. "아기가 건강한가요?"

"에토네스토헤세하마?" 여자가 마사를 돌아보며 물었다.

"왜 나한테 안 묻나요?" 내가 물었다. "내가 몇 개월인지는 내가 말할 수 있어요. 다른 사람들처럼요."

"에네헤스토헤세하마." 마사가 대답했다.

"아니, 그렇지 않아, 마사." 내가 소리쳤다. "이건 조산이야. 아직 때가 안 됐어."

"그래도 심한 조산은 아냐." 그녀가 침착하게 말했다. "너는 언제나 우리를 앞서서 이끌었어. 이제 어머니가 되는 길도 앞서가는 거야. 열병 때문에 진통이 일찍 왔나 봐."

나는 최근의 병으로 아직 허약했기 때문에 아이를 낳을 힘이 있을지 걱정되었다. 하지만 이내 날카롭고 규칙적인 고통이 찾아왔다. 얼굴에 땀이 솟았다. 아기에게 무언가 문제가 있다는 확신이 들었다.

여자들이 젖은 수건으로 이마를 닦아 주고, 나를 되도록 편하게 해주려고 하며 격려의 말을 건넸다. 하지만 마침내 때가 오자 나는 너무 지쳐서 힘을 전혀 줄 수 없었다. 정신이 희미해지는 게 느껴지고 전에 꾸었던 멋진 꿈으로 다시 미끄러져 들어갔다. 그곳으로 돌아가고 싶었다. 평화롭고 푸르른 곳, 세라가 있는 곳……

나는 그때와 똑같은 봄날의 아름다운 강가에 있었다. 미루나무 잎이 무성하고 초원에는 약전동싸리 꽃이 피고, 세라가 내게 손을 흔들며 소리쳤다.

"아직은 아니에요, 메소케. 조금 더 있다가 와요. 아기한테 당신이 필요하니까요."

그런 뒤 아주 먼 곳에서 나는 '바람에 맞서는 여자'의 목소리를 들었다.

"에나체아네." 그녀가 차분하게 말했다. "이러다 죽겠어."

나는 그게 누구를 말하는지 몰랐다.

내 앞에서 세라가 미소 띤 얼굴로 손을 흔들었다. 나는 정말로 그녀에게 가고 싶었다.

"안 돼요! 죽을 리가 없어요." 멀리서 마사가 소리쳤다. "메이, 아기가 나오고 있어, 메이. 정신 차려. 기운 내야 돼!"

그리고 세라가 말했다.

"지금은 때가 아니에요, 메소케. 다음에 내가 당신을 '세아노'로 부를게요. 하지만 이제는 돌아가서 당신의 딸을 세상에 내보내야 돼요."

그런 뒤 나는 목이 졸린 채 정신이 들었고, 아기가 세상의 빛을 보려고 다리 사이를 비집고 나오는 게 느껴졌다.

"아, 하느님." 나는 헐떡이며 말했다. "아, 나메에세보타메, 나메에세보타메."

"그래, 메이!" 마사가 소리쳤다. "아기가 나오고 있어! 더 힘 줘. 나오고 있어!"

그런 뒤 나는 아기가 쑥 빠져 나가는 걸 느꼈다. 아기의 미끈 거리는 머리가 허벅지 안쪽에 느껴졌고, 참을 수 없는 고통과 그에 뒤이은 달콤한 해방감이 왔다. '바람에 맞서는 여자'는 아기를 잡고 세상으로 끌어냈다. 그리고 딸아이를 들어 올리고 엉덩이를 때렸다. 나의 꼬마 굴뚝새는 성난 울음을 터뜨렸다. 하느님, 감사합니다…….

나는 깨어 있으려고 했지만, 고개를 들 수도 없고 아기를 볼 수도 없었으며 깊은 잠이 다시 나를 잡아당기는 게 느껴졌다.

"베호메세보체." '바람에 맞서는 여자'가 놀라서 말했다. "베호메세보체."

"무슨 뜻이야, 마사?" 나는 너무 진이 빠져서 간신히 속삭여 물었다. "거티, 저 말이 무슨 뜻이야? 왜 저런 말을 하지? 아기는 건강해?"

"베호메세보체." '바람에 맞서는 여자'가 아기를 닦고 강보에 싸면서 다시 말했다. 다른 샤이엔 여자들이 궁금한 듯 모여들어서 아기를 살펴보았다.

"호우." 그들이 놀라움 가득한 목소리로 말했다. "호우, 베호메세보체, 베호카케소아스!"

"말해 줘!" 나는 마지막 힘을 쥐어짜서 말했다. "왜 자꾸 저런 말을 해? 내 아기한테 무슨 문제 있어?"

"걱정 마, 친구. 아기는 건강해." 거티가 말했다. "아주 튼튼한 딸이야. 하지만 여주술사 말이 맞아. 인디언 아기는 아니야. '베호메세보체', 백인 아기야. 다른 사람들 말대로 '베호카케소아스' 백인 계집애야."

"맞아, 메이." 수지가 말했다. "아기 얼굴이 아일랜드 인처럼 하얗고 뺨은 장밋빛인걸."

"스코틀랜드 – 아일랜드 계지." 메기가 짓궂게 덧붙였다.

"그러니까," 헬렌이 속삭였다. "네 아기는 백인 같다는 거야."

"오, 하느님." 나는 나를 잡아끄는 죽음 같은 잠 속으로 떨어지면서, 그리고 그것에 감사하면서 말했다.

"존 버크의 아이구나……."

나는 그 뒤로 이틀 가까이 내리 잤고, 가끔 아기에게 젖을 물릴 정도로만 깨었다. 깨어나면 때로는 '바람에 맞서는 여자'나 다른 여자들이 아기를 이미 내 젖에 갖다 대고 있기도 했다. 아기는 예뻤고, 아이를 본 순간 나는 아이 아버지를 의심할 수 없었다. 아이는 코가 버크의 코고, 눈도 깊고 총명한 버크의 눈이었다. 아이는 존 버크의 아이가 분명했다.

여자들은 내가 기운을 차릴 때까지 묽은 죽을 먹이며, 전처럼 나를 간호했고 마침내 나는 오늘 일어나 앉아 일기를 적을 수 있게 되었다.

방금 전에 남편 리틀 울프가 처음으로 딸을 보러 왔다. 나는 당연히 그 순간을 두려워했다. 그는 내 옆에 앉아서 내 품에 안긴 아기를 오랫동안 바라보았다. 그가 무슨 생각을 할지 나는 그저 상상만 할 뿐이었다. 나는 이 위대하고 친절한 남자에 대한 부정에 부끄러움과 후회가 가득했다. 물론 내가 존 버크와 그런 경솔한 행동을 했을 때는 그를 알지도 못했지만.

마침내 리틀 울프가 손을 뻗어 손가락 뒤쪽을 아기의 뺨에 아주 조심스럽게 댔다.

"나토나." 그가 말했고, 그것은 질문이 아니라 진술이었다.

"호우." 내가 머뭇거리는 조그만 목소리로 대답했다. "맞아요, 당신의 딸이에요."

"나토나, 에모나헤." 리틀 울프가 아이에게 미소 짓고 말했다. 그의 얼굴에는 아버지 된 기쁨이 가득했다.

"네, 정말로 그렇죠?" 내가 말했다. "당신 딸이 정말 예뻐요."

"에페헤바에." 그가 만족스럽게 고개를 끄덕였다. "'헤아마베호에'가 나 '온화한 주술' 족장에게 우리의 새 길을 일러 줄 백인 아기를 주었고, 이건 좋은 일이오. '바람에 맞서는 여자'가 설명해 주었소. 수도사가 한 말과 같소. 이 아기는 '보에스타네베스토마네헤', 우리의 구원자요. 우리 사람들을 약속의 땅으로 인도하라고 '마헤오'가 보냈소."

나는 리틀 울프가 아기를 자기 아이로 받아들이는 순수한 태도에 깊은 감동을 받았고, 그가 성경 이야기를 뒤죽박죽 섞어 말하는 데 미소 짓지 않을 수가 없었다. 여러 달 동안 헤어 목사의 설교와 앤서니 수사의 조용한 설명을 연달아 들은 까닭에 우리 사람들은 자신들의 본래 종교와 기독교가 뒤섞인 기이한 종교를 갖게 되었다. 아마도 그것이 올바른 길인 것 같고, 그것은 다른 어떤 종교 못지않게 합리적이다.

"여보," 내가 부드럽게 말했다. "아기 예수는 여자애가 아니라 사내애였어요. 이 아이는 구원자가 아니라 우리의 딸일 뿐이에요. 당신과 나의 딸."

"호우." 그가 동의했다. "알고 있소. 이번에는 구원자가 여자아이요. 그것도 좋은 일이오."

나는 웃고 나서 영어로 말했다.

"저는 딱히 성모 마리아는 아니에요. 하지만 당신이 그걸 원한다면 안 될 거 뭐 있나요!"

➤➤➤ 1876년 1월 28일 ◀◀◀

그렇게 해서 나와 존 버크의 딸은 온 천막촌의 신성한 아이, '보에스타네베스토마네헤', 구원자가 되었다. 하느님 '마헤오'가 샤이엔 족에게 준 선물로, 다음 세대 샤이엔 족을 새 세계로 이끌어 갈 백인 아기가. 손님들이 줄을 이어 아기를 보러 와서 감탄하고 아이의 우윳빛 피부를 보고 "호우"하며 선물을 안겨 주었다. 버크 대위가 보았다면 얼마나 아이러니한 일이었을까!

나는 이런 사기를 부추길 마음이 없지만, 그렇다고 남편의 미신을 꺾지도 않았다. 나는 이 일을 의논하기 위해 앤서니 수사를 만나 그에게 모든 것을 고백했다. 그는 다른 사람들과 마찬가지로 리틀 울프에게 우리 딸의 진짜 아버지를 밝히는 것은 아무런 이득이 없고, 실제로 이 사건은 남은 자유 샤이엔 인을 보호소에 들어가게 하는 데 기여할 좋은 일이라고 말했다.

"하느님의 왕국에 사고란 없습니다. 아마 당신의 아이는 지상에 하느님의 뜻을 이어 가기 위해, 이교도에게 하느님의 말씀을 퍼뜨리기 위해 선택되었는지 모릅니다."

"정말로 그렇게 믿으시는 건 아니겠지요, 앤서니?" 내가 웃으며 말했다. "그냥 내 딸로 보아 주면 안 될까요? 저한테는 그걸로 족해요."

물론 내 백인 친구들 가운데 몇 명, 특히 언제나 불경한 거티와 데이지 러블레이스는 아이 일을 두고 나를 놀리지만 그러면서도 아이를 아주 예뻐한다. 나와 대위의 관계에 대한 소문은 이제 확고해졌지만, 누구도 그걸로 내게 뭐라 하지 않고 심지어 놀라지도 않는 것 같다.

역시 임신으로 몸이 무거운 데이지가 아이를 보러 와서는 부은 눈을 짓궂게 뜨고 웃으면서 아기에게 남부 억양으로 말했다.

"완전히 예수 그리스도잖아. 네 이야기 많이 들었다, 아가. 온 천막촌 사람이 다 네 이야기를 해." 그리고 그녀는 고개를 설레설레 저었다. "메이, 내가 아는 한 너는, 엄밀히 간통은 아니었다 해도 사실상 결혼 전야에 다른 남자와 문란 행위를 하고 그 결과로 남편에게 사생아 백인 아이를 안겨 주었더니 모두가 그 아이를 아기 예수로 믿고 칭찬하는 유일한 여자야. 엄청난 행운이야. 어떻게 이런 일이 가능했지?"

"그냥 운이 좋은 거야, 데이지." 나는 웃으며 인정했다. "그냥 눈 먼 행운이야."

"대위에게 딸이 생긴 걸 알릴 거야?" 그녀가 물었다.

"아이를 보게 되면 바로 알겠지." 내가 대답했다. "하지만 나는 지금 리틀 울프 대족장의 아내고, 이 아이는 공식적으로 그의 딸이야. 어쨌거나 이런 상황이 군대에 알려지면 독실한 가톨릭 신자 대위가 얼마나 곤란해지겠어?"

"남자들이 다 그렇지 뭐." 데이지가 말하고 큰 소리로 웃었다. "자기들이 문제를 일으킨 장본인이라는 건 절대 생각 못해. 웨슬리 체스트넛 씨가 바로 그랬지. 나는 우리가 결혼할 줄 알았는데 말이야."

"그 사람의 아기를 가졌던 거로구나, 데이지?" 내가 물었다.
"전혀 몰랐네."

"그래, 그리고 바로 입양 보냈어." 데이지가 말했다. "지금껏
평생 후회하고 있는 일이지. 하지만 지금 내 배 속의 이 아기?
이 깜둥이 아기는 무슨 일이 있어도 지킬 거야."

⋙ 1876년 1월 29일 &lll;

어제 나는 몸을 회복한 이후 처음으로 거티와 따로 이야기할
기회를 가졌고, 내가 사고 이후 그녀를 처음 보았을 때부터 품
고 있던 질문을 했다.

"너는 안부 묻는 일 같은 거 중요하게 여기는 사람이 아니야."
내가 단도직입적으로 말했다. "지금은 한겨울이고 여기 오는 건
아주 힘들고 급한 일이었을 거야. 무슨 일인지 이야기해 줘."

"안 그래도 상황이 좀 진정되면 이야기하려고 기다리고 있었
어." 거티가 말했다. "네가 병을 앓고 아기 낳고 하느라 생각을
놓쳤을지 모르는데, 지금 군대에서 정한 기한이 바짝 다가왔어."

"일이 너무 많았어." 내가 말했다.

"그야 잘 알지." 그녀가 말했다. "그래서 내가 가만히 있었던
거야. 대위가 소식을 줘서 보냈어. 그 사람 편지를 가져왔어. 하
지만 먼저 설명해 줄게. 크룩의 군대는 이달 초에 포트 페터먼
을 떠나서 여기로 오고 있어. 물론 대위도 함께 있지. 어디까지

왔는지는 나도 몰라. 악천후 때문에 아마 어딘가에서 야영하고 있을 테니까. 하지만 이제 몇 주 정도면 여기 들이닥칠 게 분명해. 대규모 분견대야, 친구. 이번에는 제대로 나섰어. 장교가 예순한 명이고, 사병은 1만 4천 명이야. 보급도 잘 되어 있지. 짐노새가 4백 마리고, 짐꾼이 예순네 명이고 마차가 168대, 구급마차만 일곱 대야. 거기다가 인디언 척후도 350명 있어. 인디언들은 다른 편으로 넘어간 자들을 '늑대'라고 불러. 그런 건 본 적도 없을 거야. 그 사람들만으로도 군대 자체야. 쇼쇼니 족, 크로족, 포니 족 무리가 한 가득이고, 수 족, 아라파호 족, 샤이엔 족도 있어. 그래, 바로 너네 부족 사람들도 있어. 샤이엔 늑대의 우두머리가 누구일지 맞혀 봐."

"줄스 세미놀." 내가 망설이지 않고 말했다.

"맞아, 친구." 거티가 말했다. "그리고 그놈 밑에 있는 사람들 중에는 아직도 이 천막촌에 가족이 있는 사람들도 있어. 지난가을에 백인 아내하고 같이 보호소에 들어간 사람들 있잖아. 프랑스 출신 여자 있지, 마리 블랑슈라고? 그 친구 남편이 늑대야. 그리고 여기서 추방된 사람 있잖아, 그 아내는 검은색 옷만 입고."

"에이다 웨어." 내가 말했다.

"맞아. 그 여자 남편, 이름이 '더러운 살'이지. 그 사람들은 네가 여기 있는 걸 금방 알아낼 거야. 어디 있는지 정확히 알아. 군대는 정말로 작정하지 않고는 이만한 병력을 보내지 않아. 블랙 힐스에서 채굴자와 개척민이 너무 많이 다치고 있고, 사람들은 인디언을 몰아내 달라고 군대에 아우성이야. 시카고의 셰리던 장군하고 워싱턴의 대통령한테까지 청원을 넣고 있지. 크룩

444

은 이 지역에서 발견되는 적성 인디언은 모조리 소탕하라는 명령을 내렸어. 그리고 2월 1일까지 보호소에 들어가지 않은 인디언은 모두 적성 인디언이야. 그건 바로 너를 의미해, 친구."

나는 내 신분이 정부 계획의 자발적 참여자에서 '적성 인디언'으로 변화되었다는 아이러니를 감지하지 않을 수 없었다.

"하지만 우리가 그 명령에 따르고 싶어도 이런 날씨에 어떻게 해?" 내가 말했다. "너도 알잖아. 더군다나 임신한 여자들이 이렇게 많은데."

"그럼, 알지." 거티가 말했다. "어쨌건 내가 너한테 말하고 싶은 건 이 모든 일이 이미 시작되었다는 거야. 그리고 잊지 말아야 할 건 군사작전은 한번 시작되면 저절로 굴러간다는 거야."

"지금 여기를 떠날 수는 없어." 내가 말했다. "나는 갓난아기가 있어. 다른 사람들도 곧 아기를 낳을 거야. 이 사람들은 아무 죄가 없어. 아무 잘못도 저지르지 않았어."

"친구, 나는 1864년에 샌드 크릭에 있었어." 거티가 내 기억을 일깨웠다. "그 사람들도 아무 잘못 없었어. 작년에 헨리 대위와 버펄로 사냥꾼들은 새파 강가의 남부 샤이엔 족을 급습해서 천막촌을 태우고 그 주민을 남김없이 죽였지. 갓난아기를 불에 던지고. 군은 원하는 짓은 어떤 짓이나 다 해. 신병들을 갓 뽑아다가 겨울에 알지 못하는 적을 상대로 싸우면서 고초를 겪게 해봐. 겁에 질린 자들은 어떤 일이든 할 수 있어. 특히 명령이 떨어지면."

"그건 광기지, 거티." 내가 말했다.

"알아, 친구." 거티가 조용히 말했다. "대위도 그걸 알아. 하지만 그러건 말건 상관없어. 내가 너한테 하려는 이야기가 그거야. 인디언들이 죽이는 사람도 죄 없는 사람들이야. 결론은 늘 그렇지만 이 나라에는 인디언과 백인이 함께 살 수 없다는 거야. 한 가지 확실한 건 백인들은 물러가지 않을 거라는 거. 그리고 또 한 가지는 인디언들은 이 싸움을 이길 수 없다는 거지."

거티는 셔츠 앞섶을 뒤져 버크 대위의 편지를 꺼냈다.

"여기 있어, 친구." 그녀가 내게 편지를 건네며 말했다. "이 편지는 아마 내가 한 말을 그대로 반복하고 있을 거야."

와이오밍 준주 포트 페터먼

1875년 12월 26일

부인, 부인께서 건강한 몸으로 이 편지를 받기를 기도합니다. 부인께 그리고 부인과 함께 있는 다른 여자분들께 더없이 긴급한 소식이 있습니다. 그래서 다시 한 번 우리의 충실한 사신 '지미' 편에 이 편지를 보냅니다.

부인의 부족은 최대한 신속히 천막촌을 철거하고 남쪽의 포트 페터먼으로 이동하셔야 합니다. 길에서 만날 군대에게 우호적인 집단임을 보여 주기 위해서 항시 백기를 들고 이동해야 합니다. 그러면 요새까지 남은 거리를 군이 안전하게 호송하고, 거기서 장래의 정착을 위한 모든 준비를 하게 될 것입니다. 이 편지를 쓰는 지금 크룩 장군은 평원 인디언 전쟁사에서 가장 큰 규모의 겨울 전투를 준비하고 있습니다. 저 또한 장군의 막료 중 한 사람으로서 레이널드 S. 매킨지 대령 휘하 열한 개 기병 중대와 함께 이동하고 있습니다. 날씨와 도중에 마주치는 적대 세력과의 교전 등을 고려해도 늦어도 2월 중순까지는 파우더 강에 도착할 것으로 예상됩니다. 우리 척후들은 부인의 천막촌의 대략적인 위치와 그곳 주민들의 수를 파악해 보고했습니다.

머뭇거릴 시간이 없다는 사실은 아무리 강조해도 지나치지 않습니다. 크룩 장군의 휘하에서 매킨지 대령을 비롯한 여러 사령관은 빅혼 강과 옐로 스톤 강에서 다코타 주 블랙 힐스 사이에 있는 모든 인디언을 소탕하라는 명령을 내렸습니다. 자비란 없을 것입니다. 매킨지 대령의 군대가 마주치는 모든 인디언은 적성으로 간주될 것입니다. 예외는 오직 항복의 백기를 들고 페터먼 쪽으로 남하하는 무리뿐입니다. 제 말을 이해하시겠습니까? 지금 바로 출발할 것을 간곡히 부탁드립니다. 머뭇거리지 마십시오.

당신의 종

존 G. 버크

미국 제3기병대 대위

≫≫ 1876년 1월 30일 ≪≪

거티의 소식과 버크 대위의 긴급한 편지— 이제 다른 사람들도 모두 편지를 읽었다 —는 당연히 우리 모두를 동요시켰다. 날씨 때문에 군대가 몇 주 지체하기는 했지만, 우리가 이들의 터무니없는 요구에 응할 수 있는 방법은 없다.

나는 버크 대위에게 이런 내용을 편지로 적어 거티에게 당장 출발해서 대위가 소속된 매킨지의 기병 중대를 막아 달라고 부탁했다. 그리고 리틀 울프에게 우리 천막촌 중앙의 천막 장대에 백기를 걸라고 설득했다. 아무리 명령이 내려지고 무시무시한 경고를 했다고 해도 고요히 천막을 치고 사는 한겨울의 마을을 공격하기야 하겠는가? 거기다 잘 알고 있듯이 임신부가 여남은 명이나 되는 마을을.

≫≫ 1876년 2월 17일 ≪≪

거티가 서둘러 떠난 지 이 주일이 넘는다. 아직 답신은 없지만 날씨는 계속 바람과 폭설로 지독하다. 연쇄 반응처럼 다른 이들도 곧 아기를 낳기 시작했고 출산 오두막은 전력 가동된다. 마사와 데이지는 같은 날 아기를 낳았다. 건강한 사내아이들이다. 그 아름다운 갈색 아이들은 나처럼 신화를 끌어들여 아기 아버지를 설명할 필요가 없었다. 실제로 그 아이들과 비교하면 나의 새하얀 아일랜드-스코틀랜드 계 딸은 더욱 창백하고 이국적으로 보였다!

"이럴 수가!" 마사는 처음 아들을 보고 말했다. "메이, 애 아빠 머리카락을 그대로 닮았어!"

그 말이 맞았다. 마사의 아들은 엉키고 뭉친 검은 머리를 하고 태어났다 그래서 우리는 아이를 탱글 헤어 2세라고 이름 붙

448

였다. 뒤이어 퀠리 자매가 언제나처럼 동시에 진통을 시작하고 아기를 낳았으며, 둘 다 쌍둥이 딸이었다. 쌍둥이 엄마, 쌍둥이 아빠, 쌍둥이 아기들, 그렇게 해서 쌍둥이는 불어난다. 얼마나 특이한가!

"집안 내력이야." 수지가 말했다. 퀠리의 아기들은 특이하게 생겼다. 피부는 갈색인데 머리카락은 짙은 붉은색이다.

지금까지는 모든 아이가 건강하다. 우리는 출산과 관련해서 사소한 문제도 없는 행운을 누렸다. 샤이엔 족은 부족민의 증가를 기뻐했고, 모든 여자들이 아기를 예뻐한다. 페더 온 헤드는 나의 어린 굴뚝새 '렌'을 자기 아기처럼 사랑한다. 젖 먹일 때가 되어도 아기를 놓아 주지 않는다. 아기는 그녀와 굳은 유대감을 맺은 듯하다. 사실 젖으로 부푼 나의 가슴만 아니라면 누가 아기 엄마인지 알 수가 없을 정도다. 콰이엇 원도 아기를 좋아하는 것 같고, 리틀 울프는 계속 아버지의 긍지를 보인다.

⇛ 1876년 2월 22일 ⇚

아직도 군대의 신호는 없다. 우리는 모두 거티가 내 편지를 대위에게 전달해 주었기를 기도했고, 모든 것이 잘될 거라고 믿었다.

리틀 울프는 회의를 열었고, 남은 전사 패의 수장들은 대부분 이동이 가능해지는 대로 포트 페터먼을 향해 남행하자는 데 합의했다. 이 결정은 적어도 부분적으로는 우리 딸 때문이었다. 나는 정말 안심했고 자랑스럽기도 했다. 우리는 어쨌건 여기서 우리 임무인 평화로운 해결을 실현하고 있었기 때문이다. 평원의 수도사 앤서니도 여기 많은 도움을 주었다. 부족민은 성직자다운 행동을 알아보고, 수도사의 소박한 믿음과 금욕, 금식, 참회는 샤이엔 족이 잘 알고 그들 또한 자신의 신에게 다가가기 위해 수행하는 일이었다.

앤서니는 지금까지 우리 아이 모두에게 세례를 주었고, 부족민에게 평화와 조화의 길을 조언했다. 가슴에 하느님을 담은, 선량하고 순수한 남자다. 우리는 그가 페터먼까지 동행하기를 바랐지만, 그는 이곳에 암자를 짓고 나중에 강 위의 언덕에 수도원을 짓겠다는 맹세를 지키기로 했다. 우리는 앤서니가 많이 그리울 것이다. 마음 한구석으로 나는 그와 함께 남고 싶기까지 했고, 보호구역에 정착한 뒤에도 여기 자주 찾아오고 싶다.

어제는 그레첸이 아기를 낳았다. 어머니의 덩치와 전혀 다르게 기이할 만큼 조그맣고 섬세한 아기다. 아기의 영어 이름은 세라다.

≫≫ 1876년 2월 24일 ≪≪

며칠 동안 한겨울의 해빙기라고 할 만큼 추위가 누그러들고 눈이 빠른 속도로 녹았다. 우리 척후들은 천막촌에서 더 멀리까지 갔다가 오늘 미국 군대가 사나흘 거리까지 왔다고 보고했다. 그것은 움직임이 둔한 군대로서는 일주일 이상 이동해야 한다는 뜻이었다. 우리는 주술 오두막에 백기를 걸어 두었고, 나는 거티가 우리의 뜻을 정확히 전달했다고 믿었다.

하지만 절망스럽게도 킷 폭스 패에 속한 피 끓는 전사들은 잠시 풀린 날씨를 틈타 서쪽의 쇼쇼니 족을 습격하러 나갔다. 이 전사 패의 출격을 가장 먼저 안 것은 켈리 자매였다. 킷 폭스 패에 속한 그들의 남편들은 어느 날 아침 일찍 도둑처럼 떠났다. 아내들에게 이번 습격은 새로 태어난 아기들을 위한 거라고, 아이들 수만큼 말을 데리고 올 거라고 말했다.

"말릴 수가 없었어." 메기가 말했다. "바람이 잔뜩 들어서 말이야. 집안에 아기가 새로 태어나면 그걸로 충분한 거 아냐? 그런데 그 인간들은 자기가 남자라는 걸 증명하려면 조랑말을 훔쳐야 되는 거야."

습격은 더없이 어리석은 일이다. 쇼쇼니 족은 크로 족과 마찬가지로 샤이엔 족의 원수이자 백인의 동맹이기 때문이다. 최근 회의에서 백인에게 항복한다는 결정이 내려지자 몇몇 젊은이는 이런 경솔한 행동이 전투를 맛보고 자신들이 전사라는 걸 증명할 마지막 기회로 여긴 것이다. 이번 경우도 인디언 사회의 독립적 성격과 중앙 권력의 부재가 그들 자신의 이익을 해치는 경우다.

개인적으로 나는 최근에 리틀 울프와 보호소에서 살아갈 우리의 미래에 대해서 의논하고 있다. 크룩 장군은 샤이엔 족이 항복하는 즉시 독자적인 보호구역을 주겠다고 약속했다. 우리는 이 모험을 시작할 때 모든 사람이 인디언과 최소 2년을 지내겠다고 서명했기 때문에, 우리의 진짜 일— 인디언에게 우리 세계의 방식을 가르치는 —은 2년 차인 올해 보호소에서 시작될 것이다.

"필요한 것 하나는," 내가 리틀 울프에게 설명했다. "두 아내를 포기하는 거예요. 아내를 한 명 이상 두는 건 백인의 법에 어긋나요."

"나는 아내 둘을 버리고 싶지 않소." 리틀 울프가 대답했다. "나는 내 아내 모두에게 만족하오."

"백인의 방식이 그래요." 내가 설명했다. "당신은 첫째 아내 콰이엇 원만을 남기고 페더 온 헤드와 저를 포기해야 해요. 페더 온 헤드는 아직 젊으니 새 남편을 구할 수 있을 거예요."

"어쩌면 페더 온 헤드가 새 남편을 원하지 않을지도 모르오." 리틀 울프가 말했다. "지금의 남편인 나하고 언니 콰이엇 원하고 우리 아이하고 같이 지내는 것이 행복할지 모르오."

"페더 온 헤드가 무엇을 원하는지는 중요하지 않아요. 그것이 백인의 법이에요." 내가 말했다. "남편도 하나고 아내도 하나예요."

"그러면 '메소케' 당신은?" 리틀 울프가 물었다. "당신도 새 남편을 찾을 거요?"

"저는 어떻게 할지 모르겠어요." 내가 솔직하게 대답했다. "하지만 당신보다 더 훌륭한 남편을 구할 수 있을 것 같지는 않아요."

"당신은 아마 우리를 떠나 우리 딸을 아이가 속한 백인 세계로 데려갈 거요. 아이는 어머니 부족에 속하니까." 리틀 울프가 자랑스럽게 말했다. "'위대한 백인 아버지'가 약속한 천 명의 신부를 모두 주었다면 모든 아이가 백인 부족에 속해서 우리 사람들과 백인을 하나로 이어 주었을 거요."

"크룩 장군은 우리가 보호소에 들어가면," 내가 말했다. "그랜트 대통령과 이 일을 다시 의논할 거라고 약속했어요."

"그렇소." 리틀 울프가 고개를 끄덕이며 말했다. "백인들의 약속은 이미 많이 겪었소."

➤➤➤ 1876년 2월 28일 ◀◀◀

공포…… 살육…… 야만……. 어디서 이야기를 시작해야 할지 모르겠다. 메기 켈리의 겁먹은 속삭임에서 시작할까?

"아이쿠머니나." 그녀는 젊은 남편이 자랑스럽게 불가에서 춤을 추며 끔찍한 전리품을 들어 올렸을 때 말했다. "아이쿠머니나, 하늘이시여 굽어살피소서. 이 인간들아, 도대체 무슨 짓을 저지른 거야? 무슨 짓을?"

이어 마사가 그걸 알아보고 피가 얼어붙는 비명을 질렀고 내 피도 얼어붙어서 그 자리에서 심장이 멈춰 버릴 것 같았다. 존 버크의 말이 옳았다.

킷 폭스 패는 오늘 아침 쇼쇼니 족에게서 훔친 말 무리를 앞세우고 죽음의 요정처럼 괴성을 지르며 천막촌으로 돌아왔다. 언뜻 볼 때는 별 문제 없는 행동이었다. 부족들은 늘 서로의 말을 훔치기 때문이다. 그건 청년들의 놀이고 양편에 사상자가 전혀 없는 경우도 많다. 그래서 우리는 이번 습격도 그런 것이라고 생각했다. 남자들이 당당하게 개선했고, 서글픈 곡소리도 없고, 죽은 동료의 시신을 태운 말도 없었기 때문이다. 그들은 쇼쇼니 족 말을 몰고 천막촌을 돌며 과시했고, 천막촌 포고꾼은 축하 춤 잔치가 열릴 것을 알렸다.

킷 폭스 패에 이어 척후들이 와서 미국 군대가 근처에 왔음을 알렸다. 나는 남편에게 매킨지 대령에게 사신을 보내 우리에게 그들을 적대할 의사가 없음을 다시 알릴 것을 제안했다. 리틀 울프는 다른 문제를 처리하기 전에 먼저 킷 폭스 패의 지도자 래스트 불의 오두막에서 열리는 연회와 춤 잔치에 참가해서 습격의 성공을 축하해야 한다고 대답했다. 래스트 불은 호전적이고 뻐기기 좋아해서 내가 전부터 싫어하는 사람이다.

우리는 어쩔 수 없이 피곤한 연회에 참석해서 래스트 불의 요란하고 허풍 가득한 말을 들었다. 식사가 끝나자 모두가 모닥불로 나갔고, 거기서 킷 폭스 전사들은 돌아가며 승리의 춤 속에 전쟁 이야기를 했다.

어젯밤 눈이 왔지만, 하늘은 맑았고 기온이 곤두박질쳐서 겨울 한파가 다시금 기세를 올리고 있었다. 하지만 추운 날씨도 자랑스러운 전사들의 기쁨의 잔치를 제지하지는 못했다.

나는 아기를 오두막에 있는 페더 온 헤드에게 맡겼고, 연회 후에 아기에게 젖을 먹이기 위해 돌아갔다.

"춤 잔치에 가, '나베오 아'." 내가 페더 온 헤드에게 말하고, 게걸들린 렌을 젖가슴에 댔다. "오늘 밤은 아기하고 같이 여기 있고 싶어."

"안 돼, '메소케'." 그녀가 대답했다. "아기하고 남편하고 춤 잔치에 가야 돼. 포고꾼이 새로 태어난 아기는 모두 첫 번째 승리의 춤을 보아야 한다고 했잖아. 아기들을 위한 승리야. 네가 딸을 데리고 돌아가지 않으면 남편은 기분이 나빠질 거야. 그건 킷 폭스 패에 무례한 일이야."

그래서 나는 내키지 않는 걸음으로 아기를 데리고 가서 춤 잔치에 나온 다른 사람들을 만났다. 이번에 아기를 낳은 여자가 모두 초대되고, 켈리 자매가 명예석에 앉았다. 그들의 젊은 남편들이 쌍둥이 아기의 탄생이라는 기적, 이 많은 새 생명의 탄생이라는 기적을 축하하는 데 아주 큰 기여를 한 것 같았다.

모닥불이 어찌나 큰지 열기가 추위도 물리칠 정도였고, 우리는 아기들을 털가죽과 담요로 꽁꽁 싸맸다. 불길이 하늘로 솟구치자, 전사들은 춤을 추며 이야기를 시작하고 장대에 매단 피투성이 머리 가죽을 자랑스럽게 흔들었다. 우리 중 몇몇은 고개를 숙였다. 우리가 크로 족 도적을 죽이고 신체를 훼손하며 느낀 복수의 기쁨이 부끄럽게 떠올랐기 때문이다. 이제 그 기억과 잔인한 후속 사건은 진짜로 일어난 일, 우리가 정말로 한 일이 아니라 지독한 악몽처럼 느껴졌다. 우리는 문명인이기 때문이다.

메기와 수지의 쌍둥이 남편은 각각 쌍둥이를 안은 두 아내 앞에서 춤을 추었다. 두 남자는 생가죽 주머니를 주고받으며 자신들의 위업을 기리는 노래를 했다.

"이 주머니에는 쇼쇼니 족의 힘이 들어 있다네. 우리 '헤스타케'는 아이들에게 주려고 그 힘을 빼앗아 가져왔지. 쇼쇼니 족은 우리에게 힘을 빼앗겼으니 다시는 강해질 수 없다네. 오늘 밤 우리는 우리 아이들이 강하게 자라라고 이 힘을 선물로 줄 거야. 우리 백인 아내들의 아이는 우리 사람들의 미래이기 때문이지. 그들은 힘이 있다네."

그런 뒤 '헤스타케'는 주머니를 높이 들고 흔들었고, 아무도 거기서 눈을 뗄 수 없었다. 그 안에 어떤 큰 보물, 쇼쇼니 족의 대단한 주술이 든 게 분명했다. 한 명이 춤을 추며 공중에 주머니를 흔들고, 다른 한 명에게 건네자 그는 똑같은 노래를 부르더니 주머니에 손을 넣어 작은 물건을 꺼내고 소중한 보석처럼 아내 메기에게 건넸다. 나는 그게 무엇인지 보려고 눈을 찌푸렸다. 우리 모두가 거기서 눈을 뗄 수 없었다.

처음에 나는 그게 무언지 몰랐지만, 이내 내 호기심은 돌처럼 굳고 내 피는 얼어붙었다. 그것이 끔찍한 신체 부위, 말할 수 없는 야만의 전리품이라는 것을 단박에 알았기 때문이다.

"오 하느님." 메기 켈리가 속삭였다. "하느님, 우리를 굽어살피소서. 이 인간들아, 도대체 무슨 짓을 한 거야? 도대체 무슨 짓을……."

내 눈에 눈물이 흘러서 뺨을 차갑게 적셨다.

"제발, 그만."

내가 속삭이며 하늘을 올려다보았다. 모닥불의 불길이 밤하늘로 솟구쳤고, 그 불꽃이 별이 되고 있었다.

"안 돼." 나는 속삭였다. "제발 이런 일은……."

남자는 노래에 맞춰 춤을 추며 그 끔찍한 전리품을 높이 들어올렸다. 부드럽게 "호우" 하고 칭송하는 소리와 샤이엔 여자들의 높게 떨리는 외침이 북소리 위로 올랐다.

"이 주머니에는 쇼쇼니 족 아기 열두 명의 오른손이 들어 있지. 이것은 그들 부족의 힘이지만 이제는 우리 것이 되었다네. 나는 이것을 우리 딸들에게 선물로 줄 테야. 우리 아이들이 이 힘을 가질 거야."

그가 그 조그만 손을 높이 들자, 꼬부라진 작은 손가락들이 간신히 보였다.

마사가 고통과 혐오로 내지른 비명이 밤하늘을 사이렌처럼 가르고 북소리와 다른 사람들의 부드럽고 음악적인 떨림 위로 솟아올랐다. 나는 아기를 가슴에 안고 구토감과 공포감에 다리를 떨며 리틀 울프의 옆자리에서 일어섰다. 남편은 차분하게 춤을 보고 있었다. 아기를 끌어안은 내 눈에 눈물이 흘렀다.

"메세보토!" 나는 미친 사람처럼 소리쳤다. "아기들이에요! 이 사람들이 아기를 살육했어요! 알겠어요?"

나는 떨리는 손가락으로 춤추는 사람들을 가리켰다.

"저 죄 없는 아기들 손이 당신 딸의 손일 수도 있는 거 몰라요? 도대체 당신들은 어떤 사람들이기에 이런 짓을 할 수 있는 거죠? 야만족들! 지옥불에 탈 거예요! 버크의 말이 옳았어요."

그런 뒤 나는 아기를 품에 안고 힘껏 달렸다. 새로 내린 차가운 눈이 발 밑에서 아프게 뻑뻑 소리를 냈다.

나는 울면서 오두막으로 돌아와 무릎으로 털썩 주저앉았다. 그리고 아기를 안고 흔들며 흐느꼈다.

"아가야, 아가야." 내가 할 수 있는 말은 그게 전부였다. "나네소, 나네소……"

페더 온 헤드와 콰이엇 원이 곁에 와서 무슨 일인지 물었다. 나는 흐느끼면서 왜 부족 여자들은 남편들이 그렇게 끔찍한 범죄를 저지르도록 허용하느냐고 물었다. 처음에 그들은 내 질문을 이해하지 못했다. 그런 것에 의문을 제기하는 것은 여자의 일이 아니었기 때문이다.

"아기들이요!" 내가 소리쳤다. "남자들이 아기를 죽여서 손을 잘랐어요. 그게 우리 아기들일 수도 있다고요. 이해 안 돼요? 그건 나쁜 일이에요. 남자들이 한 일은 아주 나쁜 일이에요."

나는 '잘못된'이라고 말하고 싶었지만, 샤이엔 어에는 그런 뜻의 말이 없다. 아마 그게 어려움의 근원인지도 모른다. 콰이엇 원이 부드럽게 대답했다.

"쇼쇼니 족은 언제나 우리의 적이었어, 메소케. 그래서 킷 폭스 패는 그 사람들 말을 훔치고 그 힘을 가져다가 우리 아이들에게 준 거야. 남자들이 그런 일을 한 건 쇼쇼니 족이 우리와 아이들에게 나쁜 주술을 쓰지 못하게 하려는 거야. 그렇게 해서 우리 사람들을 지키고, 메소케의 아이를 지키는 거지. 우리 전사들은 쇼쇼니 아기들의 힘을 빼앗아서 메소케의 딸 '보에스타네 베스토마네헤', 구원자에게 주었어. 그 아이를 강하고 안전하게 해달라고."

"정말 아무것도 모르시는군요." 내가 더 이상 울 힘도 없어져서 무력하게 말했다. "아기 손에는 아무런 힘이 없어요."

나는 강보 속으로 손을 뻗어서 딸아이의 손을 빼냈다. 아이는 내 손가락을 감싸쥐었다. "봐요." 내가 말했다. "이렇게 작고 연약한 아기 손에 무슨 힘이 있어요."

이 어두운 밤 잠을 자는 것은 불가능했다. 다른 사람들도 나처럼 즉시 춤 대열을 떠났고, 짐작했듯 많은 이가 수도사의 경건한 위안을 찾아 마을 가장자리에 있는 앤서니의 오두막으로 갔다.

축하 잔치는 우리가 떠난 뒤에도 계속 되었고, 우리는 모두 아기를 안고 앤서니의 모닥불 가에 둘러앉아서 둥둥 울리는 북소리와 음악 소리와 노래로 전하는 킷 폭스 전사의 아기 죽인 이야기를 듣고 또 들었다.

우리는 이 일을 이해하고, 서로를 달래고, 이런 광기의 이유를 생각해 보려고 했지만 그것은 불가능했다. 켈리 자매는 특히 남편들이 킷 폭스 패에 속해서 직접 범죄를 행한지라 정말로 달래기가 힘들었다. 아일랜드 인의 뻔뻔한 생기가 모두 사라졌다.

"집에 가고 싶어, 메기." 수지가 말했다. "저런 짓을 저지른 자들을 다시는 볼 수 없어."

"그래, 수지." 메기가 말했다. "다른 방법이 없어. 우리는 여기서 끝났어. 아기들을 데리고 아침 일찍 떠날 거야. 군대를 만나면 도움을 받을 수 있을 거야."

하지만 우리는 모두 이들의 죄와 실패를 공유했고, 앤서니의 조용한 힘과 차분한 위로, 우리가 따뜻한 불 가에서 한 기도도 얼어붙은 심장을 녹이지 못했다.

"도대체 하느님은 어떤 분이기에 이런 일을 허락하나요?" 내가 젊은 수도사에게 물었다.

"믿음을 요구하는 분이죠." 그가 말했다. "인류를 구원하기 위해 외아들을 십자가에 매단 분입니다."

"여기 온 다음에 하나도 배운 게 없어." 수지 켈리가 쓴웃음을 지었다. "메기하고 나는 독실한 가톨릭 교도예요. 하지만 이런 끔찍한 일을 보니 믿음이 흔들려요.”

"이제 여러분이 이교도 사회에서 할 진짜 일이 시작됩니다.” 앤서니가 말했다. “이 죄 없는 영혼들에게 하느님의 말씀을 전해야 돼요.”

어느새 새벽이다. 어떤 여자들은 자기 오두막으로 돌아갔고, 다른 사람들은 앤서니의 오두막에서 아기를 안고 졸면서 가끔씩 진저리를 친다. 나는 밤새 잠을 이룰 수 없어서 불 가에 앉아서 이 끔찍한 일을 기록했다. 빨리 군대가 도착하기 바란다. 그들이 우리를 안전하게 문명의 품으로 데려다 주기를…….

아직도 춤 잔치의 북소리와 음악은 계속되고, 사람들은 밤새춤을 춘다. 그 누구도 잊지 못할 밤. 나도 내 오두막으로 돌아가야겠다…….

➤➤➤ 1876년 3월 1일 ◀◀◀

그래, 이제 다 끝났다. 완전히 끝났다. 군대는 동이 트자마자복수의 신처럼 우리 마을에 밀어닥쳤다. 나도 총에 맞았다. 목숨이 얼마 남지 않은 것 같다. 마을은 파괴되어 불타고, 사람들은 벌거벗은 채 언덕으로 달아나서 바위틈에 짐승처럼 웅크리고 있다. 다른 사람들이 어디 갔는지는 나도 모른다. 어떤 이는아직 살았고, 어떤 이는 죽었다. 나는 페더 온 헤드, 콰이엇 원, 마사와 함께 얕은 동굴로 도망쳐서 숨어 있다. 우리는 여기서 아기들을 안고 있고, 아래쪽에는 마을이 불탄다. 군인들은 거대한 장작더미 위로 우리 물건, 우리가 가진 모든 것— 가죽, 털가죽, 담요, 고기, 식량, 안장, 탄약 —을 던져 넣고 죽은 자들의 시신도 던진다. 불붙은 횃불로 오두막에도 불을 놓아서 오두막들은 산불 속 나무들처럼 타오르고, 그 안에 있는 탄약과 화약들이 폭죽처럼 폭발한다. 우리가 가진 모든 것이, 사라졌다. '바람에 맞서는 여자'의 환상이 실현되고 있다. 인간은 미쳤고, 우리 미개인들…… 우리가 아기를 낳아서 벌을 받는 것인가? 지금은 물어볼 앤서니가 없다. 앤서니에게 물어야 한다. 앤서니는 알 것이다…….

나는 총에 맞았고, 죽음이 가까운 것 같다. 가슴에서 숨이 덜그럭거리고 코에서 피거품이 나온다. 나는 죽으면 안 된다……. 사랑하는 윌리엄과 호텐스, 너희를 떠나는 엄마를 용서해 다오. 너희에게 돌아가고 싶었어, 정말로……. 내가 죽어도 언젠가 너희가 이 글을 읽고 네 어머니의 인생을 알게 되기 바란다. 내가 너희를 정말로 사랑했고, 너희를 생각하며 죽었다는 것을…….

서둘러야 한다. 몸이 너무 차가워서 일기장에 연필을 움직이기도 힘이 든다. 이빨이 덜그덕거린다. 여자와 아이와 노인은 천막촌 위쪽 바위들 틈에 흩어져 있다. 마사는 나와 함께 있다. 콰이엇 원과 페더 온 헤드, 우리 아기들도 함께. 다른 사람들은 어디 있는지 모른다. 어떤 이들은 죽었다. 많은 사람이 죽었다.

나는 힘이 다할 때까지, 이 일을 기록할 것이다…….

오늘 새벽, 그러니까 불과 몇 시간 전에 나는 앤서니의 오두막을 나섰다. 나는 아기를 우리 오두막으로 데리고 와서 페더 온 헤드의 모피 안에 뉘었다. 그리고 나의 호스 보이가 말을 돌보는 강가로 내려갔다. 춤 잔치 음악도 그치고 모두 잠자리에 들어서, 드디어 천막촌도 침묵에 잠겼다. 말들이 불안하게 히힝거리는 소리가 들려서 나는 무언가 문제가 있다는 느낌이 들었다. 나는 걸음을 더 빨리 했다. 공포가 담즙처럼 목구멍에 차올랐고 나는 강을 향해 달렸다.

그리고 나는 우뚝 멈추어 섰다. 호스 보이가 담요를 둘러쓴 채 석상처럼 꼿꼿하게 서 있었다. 그리고 그 앞에 말을 탄 존 G. 버크 대위가 처형자처럼 아이에게 총을 겨누고 있었다. 그의 옆에는 말을 탄 중위가 있었고, 말 두 마리는 모두 차가운 새벽 공기 속에 내뿜는 구름 같은 입김을 빼고는 돌처럼 꼼짝하지 않았다. 그들 뒤로는 협곡의 바위와 강둑과 절벽을 따라 수백 명의 기병과 인디언이 수은처럼 흘러내렸다. 나는 앞으로 가서 소리쳤다.

"존, 지금 뭐하는 거예요? 총을 내려요. 이 아이는 아직 어린애예요. 우리는 항복할 거예요. 백기 걸린 것 못 봤어요?"

나를 향한 버크의 표정은 유령이라도 본 듯한 충격이 가득했고 충격은 곧 의구심으로 넘어갔다. 그는 망설였고 총을 든 손이 떨렸다.

"메이, 척후들은 여기가 크레이지 호스의 수 족이라고 했어요." 그가 말했다. "당신이 여기서 뭐 하는 겁니까?"

"여기는 샤이엔 족의 마을이에요." 내가 말했다. "리틀 울프의 마을이요. 우리 마을요. 거티가 말 안 했어요? 존, 그 총을 내려요. 이 친구는 아직 어린애예요."

"늦었어요, 메이." 대위가 말했다. "마을은 포위되었고, 곧 공격이 시작돼요. 거티는 다른 분견대에 있어요. 우리 척후장 세 미놀이 여기가 수 족 크레이지 호스 족장의 마을이라고 했어요. 우리가 온 길로 가서 언덕에 숨어요. 나중에 찾아갈게요."

"어서 쏘세요, 대위님." 중위가 옆에서 짜증스럽게 말했다. "아이가 소리 질러서 다른 사람들에게 알리면 안 됩니다."

"바보!" 내가 소리쳤다. "사람들이 총소리는 못 들을까요? 존, 제발 이런 일을 하지 말아요. 이건 광기예요. 여기는 리틀 울프의 마을이에요. 평화롭게 항복하려고 백기를 걸었어요."

버크 대위는 소년을 보고 이어 나를 보았다. 그늘진 그의 두 눈은 석탄처럼 까매졌다.

"미안해요, 메이." 그가 말했다. "나는 당신에게 미리 경고하고자 했어요. 우리는 전쟁 중이고 이제 공격이 시작되었으니 나는 명령에 따릅니다. 나는 이 나라의 군인이에요. 얼른 달아나서 숨어요."

버크는 냉혹할 만큼 확고하게 총을 겨누고 방아쇠를 당겼다. 호스 보이는 누더기처럼 땅에 쓰러졌다. 총알은 아이의 이마 가운데를 꿰뚫었다.

잠시 동안 바위 절벽에 메아리치는 총소리를 빼고는 아무 소리도 들리지 않았다. 지구 자체가 믿을 수 없다는 듯 멈춰 선 것 같았다. 하늘에 계신 하느님이 시간을 정지시킨 것처럼……. 존 버크는 무장하지 않은 어린 소년을 살해했다.

"돌격하라!" 그의 곁에 있던 중위가 소리쳤고, 그와 함께 우리 앞에 지옥의 문이 열렸다.

나는 눈 속에 미끄러지고 넘어지며 우리 오두막으로 달려갔고, 그와 동시에 군대가 양쪽에서 마을을 덮쳤다. 나는 오직 아기를 구해야 한다는 생각뿐이었다. 사람들은 이제 침략자들이 천둥처럼 들이닥치는 것을 알게 되었다. 사방에서 총소리와 공포의 비명이 울리고, 사람들이 죽었다. 내 남편 리틀 울프는 카빈총을 들고 오두막 입구로 나가 총을 쏘고 달리고 총을 쏘고 달렸다. 다른 남자들도 그렇게 해서 여자와 아이들이 오두막 뒤쪽으로 달아날 시간을 벌었다.

나는 오두막 안으로 달려가서 아이를 안았다. 콰이엇 원은 칼로 천막 뒤쪽을 찢어 프리티 워커와 페더 온 헤드— 아기 판에 아기를 맨 —가 지나가도록 들고 서 있었다. 나는 그 구멍으로 나가다가 크루키드 노즈를 돌아보고 말했다. "'보케사에', 어서 와요!"

하지만 노파는 잇몸을 드러내며 웃더니 몽둥이를 흔들며 차분하게 말했다. "너는 가, 메소케. 아기를 살려. 나는 늙은이고 오늘은 죽기에 좋은 날이야."

크루키드 노즈는 티피 입구로 나갔고, 내가 뒤쪽으로 달려 나가다 돌아보니 노파는 말을 타고 달리는 군인에게 몽둥이를 휘둘렀다. 군인은 안장에서 미끄러져 두 손을 버둥거리다가 쿵 소리와 함께 땅에 떨어졌고 노파가 그에게 달려들었다.

나는 돌아서서 달렸다. 아기를 안은 채 다른 사람들을 따라 마을을 둘러싼 바위 절벽으로 갔다. 사방에 폭력과 광기와 비명과 총성과 군인들의 고함, 그리고 우리 전사들의 외침과 여자들의 통곡이 울렸다. 나는 마사와 그레첸과 데이지를 찾아 소리쳤지만, 이런 난리통에 누구도 내 목소리를 들을 수 없었고, 나 또한 그들의 목소리를 들을 수 없었다.

나는 피미를 언뜻 보았다. 그녀는 완전한 나신으로 백인 군인의 말을 타고 달렸다. 매끈한 검은 몸이 흰 눈 속에 번득였다. 그녀는 땅에 내려서 우리 여자 한 명의 가슴팍에 꽂힌 대검을 빼내려고 하는 군인에게 달려들었다. 피미는 창을 들고서 도저히 인간의 소리라고 여겨지지 않는 고함을 질렀고, 고개를 든 군인의 눈은 그녀가 달려드는 모습에 놀라 휘둥그레졌다. 나는 다시 돌아서 다른 사람들을 따라 언덕으로 갔다. 그러다가 갑자기 등에 탕 하는 충격을 느끼고 오두막 지지대로 얻어맞은 것처럼 비틀거렸다. 나는 아기가 충격받지 않도록 하면서 앞으로 넘어졌다. 하지만 곧 다시 일어나 달렸다.

날은 너무나 추웠고, 많은 여자와 아이들이 모카신조차 신을 틈 없이 벌거벗은 채로 오두막을 나와 달렸다. 어떤 여자는 갓난아기를 안고 자기 몸으로 추위를 막아 주려고 했다. 절벽에서는 노인들이 바위틈에 웅크리고 앉아 떨었다. 모두가 몸을 숨길 동굴이나 움푹한 곳을 찾았다. 달아난 우리 말들이 사나운 눈을 하고 바위틈을 달렸다. 건조하고 차가운 공기 속에 발굽 소리가 울렸다. 어떤 사람들은 말을 잡아 목을 벤 뒤 그 배를 갈라서 김이 오르는 창자에 얼어붙은 발을 넣었다.

날이 너무 추워서 나는 딸아이의 목숨이 걱정되었다. 나는 아이를 외투 속에 넣었다. 내가 옷을 입고 있는 것이 얼마나 다행인지. 나는 마침내 프리티 워커, 페더 온 헤드, 콰이엇 원을 보았고, 또 마사도 보았다. 마사도 거의 벌거벗고 있었고, 사로잡힌 동물처럼 바위틈에 웅크린 채 아들을 안고 앞뒤로 몸을 흔들었다. 아기는 추위로 파랗게 얼어 있었다. 나는 무릎으로 앉아서 마사의 아기를 내 외투 안에 넣었다. 피부에 닿은 아기는 고드름 같았다. 마사도 추위에 떠느라 말도 하지 못했다. 나는 외투를 벗어 그녀에게 둘러 주고 렌을 페더 온 헤드에게 건네며 마사의 아이도 그녀의 품에 안겨 주었다.

"아이를 살에 대고 있어 줘." 내가 말했다.

나는 콰이엇 윈이 허리에 찬 칼집에서 칼을 꺼낸 뒤 그녀의 도움 속에 따가닥거리며 지나가는 암말의 갈기를 잡았다. 내가 말 등에 올라타자, 콰이엇 윈이 말을 달랬다. 말은 옆걸음을 치면서 균형을 잡았고, 그러는 사이 나는 몸을 숙여 칼로 재빨리 말의 목을 그었다. 말은 공기가 빠져나가는 깊은 신음 소리와 함께 털썩 주저앉았다. 나는 말이 쓰러지기 전에 뛰어내렸고, 눈은 말의 피로 금세 거뭇거뭇해졌다. 말이 옆으로 쓰러지자 나는 칼로 그 배를 갈랐고, 김 오르는 창자가 쏟아져 나왔다. 말은 다시 일어서려고 했지만, 결국 쓰러져 죽었고 나는 마사의 아들을 옷 속에서 꺼내 따뜻한 말의 배 속에 넣었다.

"고마워." 내가 말에게 말했다. "고마워요, 어머니."

그런 뒤 페더 온 헤드와 나는 마사를 말로 데려가서 그녀의 언 발도 창자 속에 넣었다. 그녀는 마침내 오한을 멈추고 말을 할 수 있게 되었다.

"메이, 너 총 맞았어. 등에."

그때 나는 내가 왜 쓰러졌는지 깨닫고 등에 맨 일기장을 풀었다. 공책이 총알의 힘을 약간 흡수한 것이 분명했지만, 총알은 일기장을 완전히 뚫고 내 견갑골 사이에 박혀 있었다. "아, 메이." 마사가 말하고 울음을 터뜨렸다. "너도 총에 맞았어. 이럴 수가!"

"그만해, 마사." 내가 단호하게 말했다. "몸을 숨길 곳을 찾아야 돼. 불을 지펴야 돼."

"땔감이 없어." 마사가 울었다. "우리는 모두 이 바위틈에서 죽을 거야. 하느님 맙소사. 메이, 넌 총에 맞았어. 우리 아기들, 우리 아기들……." 그리고 그녀는 울었다.

"네 아들은 괜찮아, 마사." 내가 말했다. "말의 온기를 받으니까 꼬마 탱글 헤어가 금세 기운을 되찾는걸."

그건 사실이었다. 아기는 피와 내장으로 범벅되어 마치 출산을 다시 겪는 신생아 같았다. 하지만 혈색이 돌아왔고 이제는 기운차게 울었다.

"봐! 튼튼하잖아." 내가 말했다. "몇 시간은 따뜻할 거야. 하지만 몸을 피할 곳을 찾아야 해."

이제 나는 손이 거의 얼었고 손가락은 곱았다. 이 마지막 글은 이 얕은 동굴에서 쓴다. 불도 없고…… 모두 뼛속까지 얼어 있다. 내 숨소리는 갈수록 얕게 덜그럭거리고 입술에는 피거품이 흐른다.

발 아래에서는 온 마을이 추운 새벽 속에 탁탁 소리를 내며 타오른다. 바위틈바구니에서 우리는 그 불길의 온기가 부럽지만 그것을 느낄 수는 없다. 그 불이 다 타면 그 뒤에 남는 것은 잿더미와 도망치지 못한 자들의 타다 만 시신뿐일 것이다. 하느님, 우리 모두를 용서하소서. 인간을 용서하소서.

차가운 바위틈에서 내려다보니 천막촌 개들이 마을로 슬그머니 기어 들어가 폐허 속에 살점을 찾는 모습이 보였다. 차가운 아침 공기에는 계속 폭발한 화약, 그을린 가죽, 탄 살점의 냄새가 실려 온다. 마을에는 아직도 군인 수십 명이 돌아다닌다. 우리가 내려가서 개들하고 같이 마을을 뒤지는 것을 막기 위해서다. 남은 고기나 추위를 피할 불, 또는 담요를 찾지 못하게……

군인들은 계속 우리의 마지막 물건들을 쌓아 올리고, 그 위에 죽은 부족민들을 얹은 뒤 군데군데 불을 놓는다. 이런 화장의 불길은 차갑고 빠르게 타올라 금세 숯덩어리로 변한다.

이따금 언덕에서 힘없는 총소리가 울린다. 우리 전사들이 쏘는 총이다. 하지만 그들은 무기도 제대로 갖추지 못했고 탄약도 없다.

"너는 정말 용감한 여자야, 메이." 마사가 다시 추위로 이를 덜덜 떨며 말한다. "정말 용감해. 계속 일기를 쓰다니. 전처럼 우리를 살아 있게 해. 너를 사랑해, 친구야."

"나도 사랑해, 마사."

"이제 끝난 거지?" 그녀가 이빨을 부딪히며 조그맣게 말한다. "끝난 거지? 무엇을 위해?"

"이 아이들을 위해." 내가 대답한다. "우리 아기들은 살아야 해. 이 아이들은 우리의 유일한 흔적이 될 거고, 그거면 충분해."

"이제 내려가자." 마사가 말한다. "군인들에게 항복하자. 우리가 백인인 걸 알면 받아들여 줄 거야."

"그들은 우리 모두를 죽였어, 마사." 내가 말한다. "백인도 인디언도. 하지만 어쩌면 이제는 그 욕망이 충족되었는지 모르지.

원한다면 너는 아들을 데리고 가, 친구. 가서 네가 누군지 밝히고 군인들의 자비를 부탁해."

"버크 대위를 찾을 거야." 마사가 말한다. "그 사람을 데려올 거야. 그 사람이 우리를 데려갈 테니, 넌 여기서 기다려, 메이."

"그래, 가 마사. 나는 일기를 다 썼어. 잠깐 눈을 붙여야겠다. 너무 피곤해. 우리 친구 세라는 더없이 아름다운 곳에 살고 있어, 마사. 봄날의 아름다운 강변에 햇빛이 어룽거리고 새들이 노래해······. 가, 친구. 프리티 워커, 페더 온 헤드, 콰이엇 원이 여기서 나를 돌볼 거야. 여기서 네가 버크 대위하고 돌아오기를 기다릴게. 어서 가. 아들을 데리고 가. 군인들한테 우리가 누구인지, 자기들이 무슨 짓을 했는지 말해 줘. 여기는 크레이지 호스의 마을이 아니고, 샤이엔 대족장 리틀 울프의 마을이라고 전해 줘. 그리고 존 버크 대위에서 이 말을 해줘. '현명한 아버지는 자기 아이를 알아본다'✤고······."

✤ 셰익스피어 《베니스의 상인》 2막 2장.

보충 설명

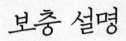

몬태나 주 파우더 강변, 사막의 성 안토니오 수도원

수도원장 평원의 앤서니 씀

1926년 11월 15일

이 얼마나 놀라운 축복인가! 하느님은 서두르는 법이 없도다! 당신의 비밀을 드러내는 데도! 선물을 내리는 데도! 이 세상 모든 시간이 그분 손 안에 있으니!

반세기가 넘도록 나는 이 일기가 사라지지 않고 전해졌다는 사실을 알았다. 하지만 아무에게도 말하지 않았다. 이 일기는 사흘 전에 이 일기 마지막 부분의 사건이 일어난 곳과 그리 멀지 않은 곳에 있는 우리 수도원으로 왔다. 이것을 여기 가져온 이는 인근 텅 리버 인디언 보호구역에 사는 젊은 샤이엔 인 해럴드 와일드 플럼스다. 나는 그를 태어났을 때부터 안다. 내가 유아 세례도 주었다. 그는 이 일기를 쓴 부인— 메이 도드 리틀 울프, 그리고 샤이엔 족에게는 '메소케'로 전해지는 —의 손자다. 해럴드는 샤이엔 족이 '베케세헤소' 그러니까 렌 또는 리틀 버드라고 하는 이의 아들이다.

벌써 50년도 더 되었다! 오늘날의 서부는 1876년과 얼마나 다른가. 나도 다른 사람이 되었기를 기도한다. 젊음의 오만을 약간이라도 떨쳤기를, 그리고 그를 통해 이 노령에 하느님에게 조금 더 가까이 다가갔기를. 나는 병들었고 눈도 거의 보이지 않으며 살 날이 오래 남지 않았다. 나는 마침내 그곳에 가서 나의 왕의 발치에 영원히 앉게 될 그날을 기쁨과 사랑으로 기다린다. 그분이 나를 부른다. 나는 복되게도 그의 목소리를 듣고 모든 것에 임재한 그분의 손길을 본다.

나는 진실로 복되게도 기도와 노동과 독서와 공부의 완벽한 인생을 살았다. 내 이마의 땀과 내 손의 노동, 하느님의 사랑으로 나는 복되게도 강 언덕에 이 소박한 수도원을 지었다. 이 언덕 꼭대기에 그 옛날 소박한 오두막을 짓고 은거 생활을 시작했다. 그리고 복되게도 그 세월 동안 소박한 마음으로 이곳에 찾아온 다른 열두 명에게 둘러싸여 지금까지 살아 왔다.

나는 복되게도 반세기가 넘도록 이 언덕들 사이를 걸었다. 식물과 동물을 연구했다. 땅에서 돌을 없애고 밭을 가꾸었다. 복되게도 손님들을 맞아 따뜻한 식사와 포근한 잠자리와 여행길에 먹을 신선한 빵을 베풀었다. 그리고 나는 기도했다.

50년 전 나는 복되게도 샤이엔 대족장 리틀 울프의 아내 메이 도드 및 그 친구들을 따라 젊은 은수자의 몸으로 여기 왔다. 50년이라니!

"어머니는 건강하시니?" 해럴드 와일드 플럼스가 이 일기를 가져온 날 내가 물었다. "마지막으로 여기 다녀간 지 벌써 몇 달이구나. 요즘 네 어머니 생각을 많이 한다."

"어머니는 건강이 안 좋으세요, 원장님." 해럴드가 말했다. "암으로 사실 날이 얼마 안 남았어요."

"보호구역으로 한번 네 어머니를 만나러 가야겠구나." 내가 대답했다. "나는 늙고 눈도 침침하지만, 복되게도 아직 걸을 수 있고 거기 가는 길은 잘 알고 있으니 말이다."

"아녜요, 원장님." 해럴드가 대답했다. "어머니가 부탁하는 건 그저 원장님이 이 일기를 읽고 마지막 권의 빈 종이에 그 후의 일을 적어 주시는 거예요. 저더러 다음 주에 다시 와서 가져다 달라고 하세요."

"얘야." 내가 말했다. "나는 복되게도 네 어머니 렌을 태어난 그날부터 알았다. 하지만 이런 일기 이야기는 한 적이 없어. 렌은 이것이 그날의 포화를 견디고 살아남았다는 걸 예전부터 알고 있었니?"

"아뇨, 원장님." 해럴드가 말했다. "이건 지난 세월 동안 부족의 신성한 보물로 온화한 주술 꾸러미에 보관되었어요. 노인들 몇 명만이 알았죠. 할아버지 리틀 울프가 1904년에 죽을 때까지 이걸 직접 간직했지만, 어머니에게는 말씀하지 않았어요. 할아버지는 줄스 세미놀을 죽여서 추방되고 '온화한 주술' 족장의 지위를 잃은 뒤 25년 동안 이 일기를 몰래 간직했어요. 할아버지가 돌아가신 뒤 사람들은 이걸 온화한 주술 꾸러미에 보관하다가 최근에 어머니가 죽음을 앞두자 어머니에게 읽으라고 준 거예요."

"그러면 네 어머니는 이제 자신의 생부가 누구인지를 알겠구나." 내가 해럴드에게 말했다. "그리고 너는 네 진짜 할아버지가 누군지 알고.”

“네, 원장님.” 해럴드가 말했다. “그리고 어머니는 지금 이 마지막 일기장의 남은 종이에 원장님이 그날의 일을 마저 적어서 모든 걸 알고 눈을 감고 싶어 하세요.”

“착한 아이로구나, 해럴드.” 내가 그에게 말했다. “네 어머니는 네가 자랑스러울 게다. 부탁을 들어주마. 다음 주에 오너라. 그때까지 일을 마쳐 놓겠다.”

그래서 한없는 은총과 지혜의 하느님은 내가 인생의 마지막 시기에 지상에서 이 마지막 과업을 행하도록 해주셨다. 그는 이 훌륭한 일기를 내가 잠시 돌볼 수 있는 축복을 내리셨다. 나는 여러 해 전에 리틀 울프가 이걸 가지고 왔을 때 그에게 직접 읽어 주었다. 그는 영어를 몰랐기 때문이다.

이제 나는 복되게도 소박한 필경사가 되어, 이 일기를 마무리하는 보충 설명을 쓰게 되었다. 일기장의 한쪽 면에는 메이 도드의 피가 말라붙어 있다. 나는 거기 입을 맞추어 축복을 내렸다. 그리고 일기장의 종잇장을 모두 꿰뚫고 마침내 내 친구의 등을 파고든 갈색 총탄 자국 주변에 이 글을 쓴다.

군인들이 들이닥친 날 나는 도망가는 사람들과 함께 언덕으로 달려가지 않고 마을로 내려갔다. 거기서 살육과 방화의 현장을 돌아다녔다. 내 수도복을 보고 군인들은 나를 해치지 않았다. 그날 하느님은 내 인생의 모든 날 그랬듯이 내가 그분의 말씀을 전파하고 마음을 여는 모든 이에게 자비의 선물을 줄 수 있도록 나를 보호해 주셨다.

나는 도망칠 수 없는 사람들— 노인과 병자들 —을 보호하려고 했고, 도망치는 이들을 도와주려고 했다. 가능한 곳에서는 벌거벗은 아이들과 여자들이 몸을 덮을 것을 찾아 주었다. 상처 입은 자들을 돕고 죽어 가는 자들에게 종부 성사를 베풀며 하느님의 위안을 전했다. 나는 죽음과 파괴의 현장을, 지상에 펼쳐진 지옥 불길 속을 걸었다.

그날 군인들의 손에 무수한 마을 사람이 죽었다. 개성적인 영국 여자 헬렌 엘리자베스 플라이트는 자기 집을 지키다가 죽었다. 내가 마지막으로 본 그녀의 모습은 티피 앞에 두 발을 벌리고 서서 차분히 전장총을 장전하고 침략군을 쏘는 모습이었다. 입 꼬리에는 파이프를 물고 있었다. 그러다 군인의 총에 이마를 관통당해서 죽었다. 나중에 그녀의 아름다운 새 그림은 불길 속에 사라졌다. 미술계의 크나큰 손실이 아닐 수 없다. 그 작품들이 살아남았다면 헬렌은 아주 유명해졌을 것이다. 하지만 지금 남은 것은 메이의 일기장에 그려 넣은 몇 점의 스케치뿐이다.

흑인 여자 유피미아 워싱턴도 그날 죽었다. 그녀는 싸우다 죽었지만 먼저 많은 군인을 죽였다. 악마처럼 싸우는 그녀의 모습에 젊은 군인들은 질겁했다. 많은 군인들이 아직 어린 소년이었다. 유피미아는 침착했지만 그 가슴에는 커다란 분노가 있었다. 하느님이 그녀의 분노를 달래 주셨으리라 믿는다. 그녀는 영적인 여자였기 때문이다. 하지만 하느님은 그녀에게 다른 계획도 가지셨다. 내가 기억하는 피미는 분노하는 여자가 아니라 기쁨과 슬픔과 자유의 노래를 부르는 여자다. 때로 정원을 돌보거나 빵을 굽거나 그냥 언덕을 거닐 때 나는 아직도 가끔 그 노래들을 흥얼거린다. 그런 뒤 나는 복되게도 유피미아—그녀의 샤이엔 이름은 처음에는 '모타에바호에이', 검은 백인 여자였지만 나중에는 '넥사나하네'로 바뀌었다—를 회상한다. 그렇다, 샤이엔 족은 아직도 옛날 의식을 벌여서 '두 배로 죽인 여자'의 전공을 기린다.

나와 만났을 때 그레첸 패타우어는 아직 살아 있었지만 치명상을 입은 상태였다. 그녀는 맨가슴에 죽은 딸을 안고 큰 소리로 흐느꼈다. 남편 노 브레인스는 공격이 시작되자마자 가족을 버리고 언덕으로 달아났다. 그레첸은 하느님의 사랑스러운 자녀였다. 나는 그녀와 아기의 몸을 덮고 그녀가 마지막 순간을 최대한 편안하게 보낼 수 있게 했다.

"남편이 아기를 두고 갔어요." 그녀가 흐느꼈다. "저 멍청이가 아기도 잊어버리고 달아났어요. 나는 세라의 목숨을 살리려고 했어요, 앤서니 수사님."

"잘 알고 있습니다, 자매님." 내가 그녀에게 말했다. 그리고 나는 복되게도 그레첸과 아이에게 종부 성사를 해주었고, 나 역시 슬픔에 북받쳐 울었다.

"괜찮아요, 앤서니 수사님." 그레첸이 흐느끼면서도 나를 달랬다. "괜찮을 거예요. 나하고 아기는 '세아노'에서 세라하고 하느님하고 살 거예요. 모두 다 잘될 거예요."

이런 야만과 살육 속에서 하느님은 그레첸의 착한 마음을 통해 당신을 드러내셨다. 그분은 내게 다가오는 고난을 견딜 힘을 주셨다.

군인들은 이제 천막촌을 거의 다 파괴했다. 쇼쇼니 척후단에서 구슬픈 울음이 솟아 올랐다. 그들은 샤이엔 족의 아기 손 전리품 주머니를 발견하고 그것이 자기들 것임을 알아보았다. 그들의 슬픔의 통곡은 듣기 고통스러웠다. 나는 멈추어서 그들을 위로하려고 했다. 나는 쇼쇼니 어를 모르지만 주머니를 축복하고 아이들의 영혼을 위해 기도했다.

그날 살아남은 샤이엔 인 일부는 군인들이 살려 두었고, 또 일부는 언덕으로 달아났다. 그날 오전에 나는 마사 탱글 헤어가 아기를 안고 얼이 빠져 마을을 헤매고 다니는 것을 보았다.

"도와주세요, 앤서니 수사님." 마사가 나를 보자 간청했다. "아기가 너무 차가워요."

나는 불길에서 빼낸 담요들을 쌓아 놓고 있었다. 그중 하나를 아이에게 두르고, 또 하나를 마사에게 둘러 주었다.

"버크 대위를 찾아야 해요." 그녀가 말했다. "도와줘요, 수사님. 메이가 다쳤어요. 도움이 필요해요. 버크를 찾아야 해요."

"메이는 어디 있나요, 마사?" 내가 물었다. "내가 돕겠어요."

"메이는 지금 차가워요, 수사님. 총에 맞았거든요."

마사는 나를 천막촌 근처 절벽으로 데리고 갔지만, 그곳을 다시 찾기는 그렇게 쉽지 않았다. 마침내 우리는 거기 도착했다. 바위틈에 난 얕은 동굴이었다. 나는 지금도 그곳에 간다. 나는 복되게도 그곳을 메이 도드를 기리는 성소로 만들어 놓았다. 거기서 내 동료 수도사들과 함께 성무 기도도 하고 명상도 한다. 샤이엔 족은 한 장소에서 일어난 모든 일─ 모든 출생, 모든 삶, 모든 죽음 ─은 그곳에 계속 존재하고, 그래서 과거와 현재와 미래가 지상에 영원히 함께한다고 믿는다. 나도 그것을 믿게 되었다.

그 참혹하고 추웠던 날 아침, 나는 메이의 이름을 소리쳐 불렀지만 대답은 오지 않았다. 내가 동굴에 갔을 때는 아무도 없고 그녀는 바위벽에 기대어 죽어 있었다. 콰이엇 원, 페더 온 헤드, 프리티 워커는 메이의 아기 렌과 함께 사라졌다. 동굴에서 나는 메이 도드에게 종부 성사를 하고 그녀의 언 손가락에서 연필을 빼냈다. 내가 복되게도 지금 이 손에 들고 있는 이 일기장도 그때 여자들과 함께 사라졌다.

나는 마사를 데리고 다시 연기에 싸인 마을로 돌아왔고, 거기서 마사와 아기를 존 G. 버크 대위의 손에 넘겼다. 내가 이 사람을 만난 것은 그때가 처음이었다. 하지만 나중에는 그와 가까워졌다. 그는 그 뒤 나의 암자에 자주 찾아왔고, 나는 복되게도 그의 참회를 도울 수 있었다.

공격 당일 밤 수은주는 영하로 곤두박질쳤다. 군대가 모든 것을 파괴한 뒤 샤이엔 족은 매서운 추위를 피할 방도가 없고 의복도 거의 없었다. 생존자들은 산 반대편에 있는 라코타 족장 크레이지 호스의 마을로 도망갔다. 나도 그들을 따라가서 생존자들을 돕고 위로했다.

이틀 동안 상상할 수 없는 고통과 고난이 펼쳐졌다. 첫날 열한 명의 샤이엔 아기가 어머니 품에서 얼어 죽었고, 다음 날 세 명이 더 죽었다. 남아 있던 백인 아기들도 다 죽었고, 예외는 메이의 딸 렌뿐이었다.

어떤 종교 연구자는 이 일을 통해 하느님의 복수를 교훈으로 삼고 싶을지 모른다. 하지만 하느님은 복수의 신이 아니다. 하느님은 은총과 빛과 자비가 가득하다. 하느님이 쇼쇼니 족 아기들을 죽인 것이 아니다. 마찬가지로 그분이 샤이엔 족에게 복수하려고 아기들을 죽인 것이 아니다. 양쪽의 미혹된 인간들이 갓난아기들을 살육했다. 그리고 하느님은 아이들의 영혼을 자신의 왕국으로 거두어 가셨다.

데이지 러블레이스와 아들 웨슬리는 첫날 밤 추위에 스러졌다. 나는 차가운 달빛 아래 그들에게 종부 성사를 했고, 데이지와 아이는 용감하게 그리고 평화롭게 주님의 왕국으로 갔다. 강아지 펀 루이즈는 주인의 얼어붙은 몸 옆에서 웅크리고 떨고 있었다. 나는 개를 수도복에 넣어 왔고 개는 살아남았다. 펀 루이즈는 내 곁에서 몇 년을 더 살았고 노령으로 잠을 자다가 편안하게 죽었다.

켈리 자매 마거릿과 수전은 이틀간의 참극 속에 각자의 쌍둥이를 모두 잃었다. 그들의 비탄은 보기에 안타까웠다. 그들은 나를 비난하고 우리 주님이 당신의 천국으로 자기 딸들을 데려갔다고 비난했다.

메기와 수지는 씩씩한 쌍둥이였다. 내가 아는 한, 마사를 빼면 매킨지의 공격과 그 이후에 닥친 고난을 견디고 살아남은 백인 여성은 그들뿐이다. 아기들을 잃은 뒤 그들은 제정신이 아니었다. 그들은 샤이엔과 수 족의 여러 습격단에 가담해서 인디언 전쟁이 끝날 때까지 백인을 상대로 악마처럼 싸웠다. 그해 여름 커스터와 부하들이 리틀 빅혼에서 죽었을 때 두 사람이 인디언과 함께 싸웠다는 보고가 있다. 그 뒤로 나는 켈리 자매에 대해 많은 조사를 하고 많은 소문을 들었지만 그 뒤로 그들이 어떻게 되었는지 알아내지는 못했다. 그들에게 하느님의 축복이 있기를.

리틀 울프는 공격 당일에 일곱 차례 부상을 입었다. 그는 천막촌에서 달아나는 부족민을 지키기 위해 용감하게 싸웠고, 어떻게 해서인지 살아남았다. 그는 두 아내 콰이엇 원과 페더 온 헤드, 그리고 딸 프리티 워커와 함께 난민이 된 부족을 이끌고 산을 넘어 크레이지 호스의 천막촌으로 갔다. 샤이엔 족에게 이제 남은 것은 없었고 차츰 생기를 잃었다. 한 달도 지나지 않아 많은 이가 하나둘 캠프 로빈슨으로 들어가서 항복했다.

정부는 은밀히 손을 써서 가을에 인디언 가족을 보호구역으로 데리고 들어간 백인 여자들은 본래의 집으로 돌려보냈다. 어떤 이는 아이를 백인 세계에 데리고 가서 키웠고, 어떤 이는 보호구역의 샤이엔 족에게 남기고 떠났다.

매킨지 공격에서 살아남은 것이 확실한 유일한 백인 여자 마사 애트우드 탱글 헤어는 아들을 데리고 시카고로 갔다. 아들의 백인 이름은 도드였다. 나는 마사를 다시 보지는 못했지만 그 뒤로 오랫동안 편지를 주고받았다. 마사는 나중에 재혼해서 아이를 몇 명 더 낳았다. 그리고 첫 편지에서 자신이 메이의 마지막 메시지를 존 버크에게 전달했다고 말한 것을 빼면, 마사는 두 번 다시 그 일을 언급하지 않았다. 나도 정부 당국이 어떤 조치로 그녀의 침묵을 샀는지 끝까지 밝히지 못했다. 그런 질문을 하는 것은 수도사의 일이 아니다. 하지만 그 일에 대해 그녀는 끝까지 침묵했다. 마사는 3년 전에 주님의 왕국으로 갔다.

리틀 울프의 비극적인 말년은 모두가 알고 있다. 몇 년 뒤 그는 술에 취한 상태로 보호소 상점에서 줄스 세미놀이 프리티 워

482

커에게 음란한 말을 하는 것을 보고 그를 쏘아 죽였다. 이 범죄로 인해 샤이엔 역사에 손꼽히는 위대한 남자는 '온화한 주술' 족장의 지위를 박탈당하고 '더러운 살'이라는 이름으로 추방되었다.

리틀 울프는 추방된 뒤 아흔이 넘도록 25년을 더 살았다. 그리고 수도사처럼 되어 충실한 첫째 아내 콰이엇 원을 데리고 사방을 유랑했다. 나는 두 사람이 함께 언덕을 걷는 것을 자주 보았다. 나는 때로 복되게도 내 오두막 옆에 그들의 티피를 세워 주었다. 그때 족장은 내게 처음으로 이 일기를 건네고 읽어 달라고 했다. 나는 언제나 콰이엇 원에게 빵을 구워 주었고, 리틀 울프는 비소 사건 이야기로 그녀를 놀리곤 했다.

페더 온 헤드는 샤이엔 족이 일부다처제를 포기할 때 리틀 울프의 오두막을 떠났다. 그리고 마침내 와일드 플럼스라는 젊은 이와 결혼하고, 렌을 자신의 딸로 키웠다. 물론 사람들은 이 신성한 백인 아이가 백인 여자 메이 도드와 리틀 울프의 딸이라는 것을 알았다. 샤이엔 족은 비밀리에 옛날 의식을 행할 때 아직도 그녀를 '보에스타네베스토마네베', 구원자라고 부른다. 그들은 리틀 울프가 늘 주장했듯이 그 아이를 '마헤오'가 샤이엔 족에게 준 선물이라고, 버펄로가 사라진 뒤 살아갈 방법을 일러 주기 위해 하느님이 보낸 선물이라고 믿었다.

내가 메이 도드의 일기를 리틀 울프에게 읽어 주고, 그래서 존 버크에 대해 알게 된 뒤에도 그는 그 믿음을 버리지 않았다. 그 때문에 이 일기를 비밀로 간직하고 자기 딸에게 일러 주지 않았다. 죽기 전에 그는 온화한 주술 꾸러미를 지키는 자에게 나중에 렌이 죽음을 앞두면 이 일기를 전해 주라고 일렀다. 리틀 울프는 정말로 위대한 자였다. 이 땅에서 그를 알고 지낸 것은 나의 복이었다.

존 버크는 인디언 권리의 열렬한 옹호자이자 정부의 인디언 정책을 맹렬히 비난하는 사람이 되었다. 그런 활동으로 그는 군대 안에서 승진이 어려워졌다. 마침내 그는 다른 여자와 결혼해서 자녀를 두었다. 하지만 인디언 전쟁 때 건강을 크게 해쳐서 1896년에 죽었다.

존 버크는 메이 도드의 아이 렌을 자기 딸이라고 주장하지 않았다. 하지만 비밀리에 그녀를 지켜보고 힘껏 그녀의 뒤를 돌보았다. 나는 그걸 확실히 안다. 복되게도 내가 바로 그 일을 대신하는 역할을 맡았기 때문이다. 나 평원의 앤서니 수사는 존 버크와 함께 기도했고, 샤이엔 족에게 이 아이의 출생이라는 마지막 기적을 허락하라고 그에게 조언했다. 메이 도드가 옳았다. 이 거대한 실험에서 남은 것은 아이들뿐이었고…… 그걸로 충분했다.

하느님의 아이들에게 축복 있으라!

에필로그

일리노이 주 시카고

J. 윌 도드 씀

1997년 2월 23일

평원의 앤서니 수도원장은 메이 도드 일기에 보충 설명을 쓰고 나서 이 주일 뒤인 1926년 12월 7일 아침에 죽었다. 그가 파우더 강 위쪽 언덕에 세운 사막의 성 안토니오 수도원은 아직도 활동하는 수도원이다. 보호구역에 처음 왔을 때 나는 그곳에서 순조롭게 — 앤서니 원장은 아마도 기적적으로라고 말했겠지만 — 조사를 시작할 수 있었다. 나는 가족 추천서를 가지고 갔고, 그것은 내 증조할머니 메이 도드와 샤이엔 족을 연결하는 유일한 고리였다.

수도원의 수도승들은 도드라는 내 성에 큰 관심을 보였다. 그리고 기뻐했다. 모두가 메이 도드의 전설을 잘 알았기 때문이다. 수도사들은 아직도 그녀가 죽은 바위틈에서 성무 기도와 명상을 한다. 그들을 통해서 나는 위대한 샤이엔 족장 리틀 울프의 살아 있는 최고령 후손인 96세의 해럴드 와일드 플럼스를 만나게 되었다.

해럴드는 몬태나 주 레임 엘크 마을에 있는 텅 리버 인디언 보호구역에서 메이 스왈로 와일드 플럼스라는 이름― 아마도 우연이 아닐 ―의 손녀와 함께 주택 개발 공사의 콘크리트 주택에 살고 있다. 미국 내 많은 보호구역 마을이 그렇듯이 그곳은 제3세계 같은 느낌을 주는 황량한 장소이다. 해럴드의 집 건너편의 불탄 건물에는 핏빛 같은 붉은색 스프레이로 이 게토의 구호가 적혀 있었다. '경찰 꺼저.'

나는 이미 수도승들에게서 해럴드가 젊어서 보호구역 밖의 대학에 다니고, 아메리카 원주민 사회에서 유명한 변호사가 되었다는 말을 들었다. 그는 오랜 세월 보호구역에서 원주민 일과 관련해서 샤이엔 족을 위해 ― 때로는 무보수로 ― 일했다고 한다.

내가 해럴드 와일드 플럼스에게 가져간 편지는 물론 내가 가족 자료실에서 발견해서 조사를 시작하게 만든 편지이며, 동시에 어린 시절 나와 동생 지미가 무수히 소문을 들었던 편지다. 그것은 메이 도드가 서부 평원에서 시카고의 두 자녀 호텐스와 윌리엄에게 보낸 유일한 편지다.

편지는 거친 납 연필로 써서 글씨가 많이 흐려졌고, 공책에서 찢어낸, 이제는 갈색으로 변한 종이에 쓴 것이다. 날짜는 1875년 6월 10일이고, 날짜 밑에는 '네브내스카 준주 어딘가, 나이어브래라 강 북쪽'이라고 적혀 있었다.

내 조사에 따르면 1875년 6월 10일에 호텐스와 내 할아버지 윌리엄은 메이의 부모님과 함께 시카고 레이크 쇼어 드라이브에 있는 집에서 살았다. 메이는 가족 기록에 따르면 시카고 북쪽 50킬로미터 거리에 있는 미시건 호 근처의 사설 정신병원 레이크 포리스트 병원에서 지냈다. 이 병원은 아직도 운영 중이고, 세월의 유행에 맞추어 몇 차례 이름을 바꾼 뒤 지금은 '서리너티 듄스'라고 불린다. 물론 1870년대의 환자 기록은 남아 있지 않지만 공식 가족사에 따르면 메이는 그 이듬해 겨울 알 수 없는 이유로 거기서 죽은 것으로 되어 있다. 그녀는 레이크 포리스트 묘지의 도드 가족 묘역에 묻혔다. 어쨌건 거기 그녀의 묘비가 있다. 시카고의 재산가 집안이 모두 그렇듯이 우리 집안도 출생과 결혼으로 가지를 넓게 펼쳤고, 나는 지난 세월 동안 친척들의 장례식 때문에 그곳에 자주 갔다. 그중에는 베트남에서 죽은 동생 지미의 장례식도 있었다. 지미의 무덤은 증조할머니 메이 도드의 무덤에서 그리 멀지 않다.

우리 할아버지 윌리엄 도드도 그렇고 그 누이 호텐스도 세월이 많이 지난 다음에야 이 유일한 편지를 읽었다. 아이들이 미친 어머니— 자녀들이 아는 것은 그들이 어렸을 때 죽었다는 것뿐인 —가 보낸 이 편지에 놀랄 것을 두려워한 메이의 가족은 이 편지를 깊숙한 곳에 보관했고, 그 존재는 메이의 부모님이 모두 돌아가신 다음에야 알려졌다. 그때 윌리엄과 호텐스는 이미 어른이었다. 그들 어머니의 편지는 20년의 세월이 지나 그들에게 도착한 것이다. 당시 기준으로 보아도 지독하게 느린 배달이라고 하지 않을 수 없다. 편지는 서둘러 쓴 듯 짧았다.

사랑하는 나의 호텐스, 그리고 윌리엄에게

이 편지를 서부 평원에서 '더티 거티' 또는 '노새꾼 지미'로 유명
한 내 친구 거티 매카트니에게 맡긴다. 이 편지가 너희에게 도착
할 수 있을지 모르겠구나. 도착한다 해도 너희가 읽을지도 모르
겠다. 그 점에서 나는 이 편지를 병에 넣어 이 거대한 풀밭의 바
다에 던지고, 언젠가 이것이 너희의 바닷가에 닿기를 기도하는
듯한 느낌이란다.

그 황당한 희망보다 더 맹렬한 것은 너희가 건강하게 잘 지내고
우리가 곧 다시 만나기를 바라는 희망과 기도란다. 지금 벌어진
일들을 모두 설명할 시간도 없고 공간도 없구나. 너희가 언젠가
어머니의 인생을 알 수 있도록 이곳의 생활을 자세한 일기로 쓰
고 있단다. 지금으로서는 그저 간단히, 나는 너희와 부당하게 헤
어져서 정신병원에 보내졌다고밖에 말할 수 없구나. 너희 아버
지 해리 에임스에 대한 내 사랑이 '광기'로 여겨진 거지. 하지만
너희 둘이 바로 그것의 결과이고, 그것에 대해서 나는 아무런 후
회가 없단다. 너희 아버지가 어떻게 됐는지 전혀 몰라. 너희 할
아버지만이 설명해 줄 수 있을 거야. 할아버지가 용기가 있다면.
지금 나는 서부 평원에서 샤이엔 인디언들과 함께 살고 있어.
아, 너희가 볼 때 정말 미친 짓처럼 보일 것 같구나. 나는 리틀
울프라는 대족장과 결혼했어. 아, 이 편지는 그렇게 좋은 생각이
아닐지도 모르겠다. 너희한테 어머니가 정말로 미쳤다는 확신만
심어 줄 것 같으니 말이다. 하지만 그런 걱정을 하기는 늦었어.
나는 리틀 울프의 아이를 임신 중이고 이번 겨울에 너희 동생을

낳을 거야. 여기 나 말고 다른 사람들도 있어. 그러니까 다른 백인 여자들도. 우리는 중요한 정부 계획에 참여했고, 그것에 대해서는 너희가 나중에 알게 될 거야. 그때 너희가 어머니를 자랑스러워하기를 바란다. 여기서는 더 말할 수가 없구나.

내가 항상 너희를 내 가슴에 품고 있고, 매 순간 너희를 생각하고 너희를 다시 안을 날을 기다린다는 걸 알아다오. 그리 멀지 않은 날 그렇게 될 거야. 너희에게 돌아갈 것을 약속할게. 내 온몸이 오직 그 목적을 위해 산단다.

너희를 사랑하는 엄마

메이 도드

해럴드 와일드 플럼스는 눈이 멀었지만 아직도 정신이 예리했고, 그의 손녀 메이가 이 편지를 읽어 주는 동안 나는 낡고 얼룩진 소파 가장자리에 앉아 있었다. 편지 읽는 소리를 들으니 나는 다시 한 번 '서부로 가서 인디언과 살았다'란 말이 우리 집안에서 어떻게 광기에 대한 완곡한 표현이 되었는지 이해했다. 그것은 감수성이 예민한 아이들을 위한 표현이었고, 우리 가족 가운데 그것을 실제로 믿은 사람은 아마 나와 동생 지미뿐일 것이다.

하지만 역시 특권층의 아이로 자란 내가 이 황량한 콘크리트 주택을 둘러보며 드는 생각은 이곳이 나 자신의 세계와 얼마나 먼가, 내 증조할머니는 이 평원에서 그 거리를 얼마나 절감했을까 하는 것뿐이었다. 그리고 그때 나는 일말의 의심도 없이 이 이야기가 사실이라고 믿게 되었다.

편지 읽기를 마치자 해럴드는 미소를 짓고 고개를 끄덕이며 말했다.

"그래, 할머니 글이 맞아. 그분 필체를 알아 보겠니, 메이?"

메이는 30대 후반의 매력적인 여성이었다.

"네, 할아버지." 그녀가 말했다. "일기하고 똑같아요. 종이도 같고요. 이걸 찢어 낸 부분도 찾을 수 있을 것 같아요."

"일기가 있습니까?" 내가 놀라서 낮은 목소리로 물었다.

"메이, 가서 온화한 주술 꾸러미에서 할머니의 일기를 가져오렴."

해럴드가 손녀에게 말했다.

"이 손님은 우리 친척이다. 우리 어머니의 이부異父 오빠 윌리의 손자야. 이 친구가 마침내 우리를 찾았구나."

그런 뒤 해럴드는 희뿌연 맹인의 눈으로 나를 보았다.

"지난 세월 동안 내 백인 친척을 찾을 생각을 여러 번 했지." 해럴드가 말하고 어깨를 으쓱했다. "하지만 다른 일들이 바빴어. 자네 할아버지 윌리엄은 아직 살아 계시나?"

"삼십 년도 더 전에 암으로 돌아가셨습니다." 내가 말했다.

"아, 그래." 해럴드는 신중하게 고개를 끄덕이며 말했다. "우리 어머니 렌도 젊어서 암으로 돌아가셨지. 나는 왜 이렇게 오래 사는지 몰라. 아마 이 일기를 주려고 그랬는지 모르겠군. 앤서니 수도원장님이 그렇게 말씀하셨거든."

그리고 해럴드는 미소를 지었다.

"앤서니 원장님이라면 아마 내가 복되게도 자네에게 이 일기를 줄 수 있었다고 말했을 거야."

그 순간 메이가 생가죽 끈으로 묶은, 낡고 갈라진 가죽 장정의 공책들을 가지고 들어왔다.

"그래, 자네가 이 일기를 읽어 보면 재미있을 거야, 월 도드."

해럴드가 내게 말했다. 그리고 메이 스왈로 와일드 플럼스는 조심스럽게 내 손에 이 꾸러미를 내려놓고 길고도 우아한 손가락으로 그 끈을 풀었다.

참고 자료

이 소설을 쓰기 위해 자료를 연구할 때, 저자는 아래의 저술들에서 귀중한 통찰과 정보를 얻었다.

찰스 L. 블록슨. 《지하 철도: 자유를 향한 탈출의 극적인 일인칭 기록》(1987).
존 G. 버크. 《크룩과 함께 변경에서》(1891).
W. P. 클라크. 《인디언 수화와 우리 시설들에서 농아에게 가르치는 동작에 대한 간단한 설명, 그리고 원주민의 특이한 법률, 관습, 신화, 미신, 생활 방식, 평화 규범과 전쟁 신호》(1885).
윌리엄 크로넌. 《자연의 대도시: 시카고와 대서부》(1991).
토머스 W. 던리. 《푸른 병사들의 늑대: 1860~90년 인디언 척후와 미국 육군 외인 보조 병사들》(1994).
브리짓 조지-핀들리. 《여성의 글에 드러난 변경: 여성 서사와 서부 팽창의 수사학》(1996).
조제핀 스탠즈 인 팀버 글렌모어와 웨인 리먼. 《샤이엔 주제어 사전》(1984).

글로리아 데이비스 구드. 〈당신도 당신의 이야기를 하라〉, 린다 고스와 클레이 고스의 《참여해서 말하라: 흑인 구술 모음집》(1995)에서.

조지 버드 그리넬. 《샤이엔 인디언》 2권(1925).

———. 《싸우는 샤이엔 족》(1915).

———. 《샤이엔 모닥불 가에서》(1926).

E. 애덤슨 호벨. 《샤이엔: 대평원의 인디언》(1960).

로버트 H. 켈러 2세. 《1869~82년의 미국 개신교와 인디언 정책》(1983).

존 스탠즈 인 팀버·마곳 리버티. 《샤이엔의 회고》(1967).

토머스 B. 마키스. 《우드 레그: 커스터와 싸운 전사》(1931).

조지프 C. 포터. 《종이 주술사: 존 그레고리 버크와 그의 미국 서부》(1986).

피터 J. 파월. 《온화한 주술: 북부 샤이엔 역사에서 신성한 화살, 태양의 춤, 신성한 버펄로 모자의 계속되는 역할》 2권 (1969).

글렌다 라일리. 《1825~1915년 변경의 여자와 인디언》(1984).

메리 샌도즈. 《샤이엔의 가을》(1953).

R. B. 스트래턴. 《사로잡힌 오트먼 여자들》(1875).

로버트 우스터. 《1865~1903년 군대와 미국 인디언 정책》(1988).

옮긴이의 말

이 작품은 미국 정부가 아메리카 원주민을 동화 또는 회유하기 위해서 백인 여자들을 신부로 보냈다는 상상을 토대로 쓰였다. 서두에서도 밝히듯 이런 상상은 역사 속 실제 제안에 토대하고 있지만, 그 제안은 실현되지 않았기에 전체 내용은 철저히 허구이다. 그러나 작가가 가공해 낸 이 허구의 세계는 현실감이 대단해서 많은 독자가 저자에게 메이 도드가 실재 인물이었냐고 묻고 아니라는 대답에 실망한다고 한다.

이 작품은 대담한 상상에 토대한 만큼 구성이 조금 복잡한데, 프롤로그에 해당하는 두 편의 글을 뚫고(?) 본문인 메이 도드의 일기로 넘어가면 한순간도 지루할 틈을 주지 않는 흡입력을 발휘한다.

이런 흡입력의 상당 부분은 당돌하고도 사랑스러운 주인공 메이 도드에게서 온다. 시카고 대부호의 딸인 메이는 사랑을 위해서라면 물불을 가리지 않는 열혈 여성이다. 신분이 낮은 남자와 사랑에 빠져 결혼하지 않고 두 아이를 낳았을 뿐 아니라, 인디언 마을에 가는 도중에도 호송 장교와 사랑에 빠진다. 그리고 샤이엔 족장 리틀 울프의 아내가 된 뒤에는 그에게도 깊고 따뜻한 사랑을 느낀다.

이런 뜨거운 마음과 더불어 그녀는 자신이 태어난 창백한 부르주아 사회를 비판하는 날카로움과 자신이 끌어안게 된 부조리를 헤쳐 나가는 결연한 투지도 갖추고 있다. 그녀가 이런 열정과 지성과 투지로 동료 신부들과 함께 낯선 인디언 사회에 적응 또는 부적응하며 겪는 크고 작은 성취와 실패, 기쁨과 좌절, 그리고 예상된 비극과 예상치 못한 반전이 시종일관 작품을 살아 있게 한다.

메이 도드뿐 아니라 다른 등장인물들도 강렬하고 다채로운 개성을 자랑한다. 흑인 여전사 피미, 붉은 머리 악동 켈리 자매, 유순하고 겁 많은 마사, 강인하고 열정적인 헬렌 플라이트 등은 약간 과장된 측면이 있기는 하지만, 실제로 눈앞에서 살아 움직이는 듯이 또렷하다. 등장인물들 가운데 리틀 울프 족장이나 존 버크 대위처럼 실재했던 인물들도 있지만, 그들 또한 이야기에 맞게 허구적으로 변형되었다. 그들 또한 매우 생생하고 매력적으로 그려져서, 실제 인물은 어땠을지 개인적으로 상당한 호기심이 생겼다.

짐 퍼거스는 오랜 세월 문필업에 종사했지만 소설로는 이 작품이 처녀작이다. 이전까지는 돈을 벌기 위해 사냥 등의 야외 스포츠와 관련된 '잡문'을 주로 썼다. 하지만 이런 경력은 이 작품에 더없이 소중한 밑거름이 된 것 같다. 서부 평원의 자연 환경에 대한 묘사와 야외 생활에 대한 꼼꼼한 설명이 작품의 현실감을 더욱더 증폭시켜 주기 때문이다.

퍼거스의 뒤늦은 처녀작은 미국뿐 아니라 세계 각국에서 베스트셀러가 되었는데, 특히 미국에서는 많은 독서 클럽의 토론 프로그램으로 채택되었다. 그만큼 이 작품이 소설로서 재미뿐 아니라 함께 토론해 볼 만한 내용을 충실히 갖추고 있다는 방증일 것이다.

이 작품이 토론할 만한 가치를 지닌 이유는 여러 가지가 있겠지만, 그중 하나는 인디언의 역사를 입체적으로 보려고 노력했다는 점이다. 인디언을 '무지하고 미개한 악당'으로 그리던 시초의 경향에 대한 반동으로 한동안은 그들을 '고결한 희생자'로 묘사하는 경향이 있었다. 이 작품은 그들이 받은 부당한 박해와 희생을 바탕에 깔고 있지만, 그러면서도 그들 역시 인류가 가진 여러 악덕에 취약함을 그려 보인다. 몇몇 사건은 우리에게 생경한 방식으로 드러나기 때문에 '문명인'의 눈에 더욱 섬뜩하고 끔찍하게 보인다.

'서부의 로망'이 아닌 인디언 이야기, '인류가 잃어버린 순수함'이 아닌 인디언 이야기가 지금 우리에게 어떤 의미가 있을까. 하지만 바로 그 지점에 이 작품이 더욱 의미가 있다고 생각한다. '서로를 잘 이해하지 못하는 문화가 충돌'하는 일은 규모와 강도는 달라도 어느 곳의 어느 역사 시기에도 벌어지기 때문이다.

우리는 모두 인디언 이야기의 결말을 안다. '악당'으로서건 '인류의 마지막 순수 집단'으로서건 그들은 모두 패배했고, 그 역사는 참혹했다. 이 이야기 역시 비극으로 끝나지만 사건이 펼쳐지는 동안에는 메이 도드의 발랄함과 아름다운 대평원의 풍경, 결혼과 사랑이라는 드라마로 밝고 유쾌함을 전달하는 순간이 많다. 짐 퍼거스는 자신이 소설을 쓰는 목적은 어떤 의도를 전달하는 게 아니라 그저 '좋은 이야기'를 들려주는 것이라고 밝혔는데, 독자를 빨아들이는 흥미진진한 스토리에 역사적 (사실은 아니더라도) 진실 탐구가 결합된 그의 처녀작은 그 목적을 훌륭하게 달성한 것으로 보인다.

한 가지 안타까운 점은 역자로서는 로마자로 표기된 샤이엔어의 독음을 알아볼 방법이 전혀 없어서 그저 라틴어를 읽듯이 표기했다는 것이다. 실제 샤이엔 어 발음과는 많은 차이가 있을 것이다. 독자 여러분의 양해를 바란다.

옮긴이 고정아

연세대학교 영문과를 졸업하고 현재 번역가로 활동중이다. 옮긴 책으로 《전망 좋은 방》, 《하워즈 엔드》, 《순수의 시대》, 《내 무덤에서 춤을 추어라》, 《노맨스 랜드》, 《니웅가의 노래》 등이 있다.

천 명의 백인 신부

초판 1쇄 발행 | 2011년 7월 15일

지은이　　　짐 퍼거스
옮긴이　　　고정아
책임편집　　김성희
디자인　　　최선영·장혜림

펴낸곳　　　바다출판사
발행인　　　김인호
주소　　　　서울시 마포구 서교동 398-1 창평빌딩 3층
전화　　　　322-3885(편집), 322-3575(마케팅부)
팩스　　　　322-3858
E-mail　　　badabooks@gmail.com
홈페이지　　www.badabooks.co.kr
출판등록일　1996년 5월 8일
등록번호　　제 10-1288호

ISBN 978-89-5561-608-8　03830